中国二十世纪传记文学史

山西出版传媒集团
山西人民出版社

郭久麟 著

图书在版编目（CIP）数据

中国二十世纪传记文学史/郭久麟著.—太原：山西人民出版社，
2009.6（2015.1重印）
ISBN 978-7-203-06439-8

Ⅰ.①中… Ⅱ.①郭… Ⅲ.①传记文学-文学史-中国-20世纪
Ⅳ.①I 207.5

中国版本图书馆CIP数据核字（2009）第097782号

中国二十世纪传记文学史

著　　者：郭久麟
责任编辑：孔庆萍
装帧设计：清晨阳光（谢成）工作室

出 版 者：山西出版传媒集团·山西人民出版社
地　　址：太原市建设南路21号
邮　　编：030012
发行营销：0351-4922220　4955996　4956039
　　　　　0351-4922127（传真）　4956038（邮购）
E-mail：sxskcb@163.com　发行部
　　　　sxskcb@126.com　总编室
网　　址：www.sxskcb.com

经 销 者：山西出版传媒集团·山西人民出版社
承 印 者：山西出版传媒集团·山西新华印业有限公司
开　　本：787mm×1092mm　1/16
印　　张：26.5
字　　数：416千字
印　　数：3 001－4 500册
版　　次：2009年6月第1版
印　　次：2015年1月第2次印刷
书　　号：ISBN 978-7-203-06439-8
定　　价：58.00元

如有印装质量问题请与本社联系调换

目　　录

世纪的丰碑
　　——《中国二十世纪传记文学史》序言 ················ 王维玲　1

第一篇　绪论

第一章　传记文学概论 ·· 3
　一、传记的性质 ··· 3
　二、传记的分类 ··· 4
　三、传记文学的作用 ··· 5

第二章　中国传记文学发展概论 ································· 7
　一、中国古典传记文学的辉煌开端 ······························· 7
　二、中国史传文学的衰落与杂传的兴盛 ························· 9
　三、中国古典传记向现代传记的嬗变 ··························· 13
　四、中国现代传记文学的突破和发展 ··························· 14
　五、中国当代传记文学的马鞍形发展 ··························· 16
　六、港台及海外华人传记文学创作 ······························ 22

第二篇　中国传记文学从古典到现代的嬗变

第三章　戊戌变法前后的传记文学 ···························· 27

一、戊戌变法前后传记文学发展概论 ························· 27

二、李秀成的《李秀成自述》 ··································· 30

三、王韬的《弢园老民自传》 ··································· 32

四、徐珂的《冯婉贞传》 ·· 33

五、梁启超的传记文学 ·· 34

第四章 辛亥革命时期的传记文学 40

一、辛亥革命时期传记文学概论 ································ 40

二、蔡元培的传记文学 ·· 41

三、章炳麟的传记文学 ·· 43

四、陈去病的传记文学 ·· 45

五、徐自华的传记文学 ·· 47

第三篇 中国现代传记文学的突破和发展

第五章 五四以后的自传文学 51

一、五四以后的自传文学概论 ··································· 51

二、鲁迅的《朝花夕拾》和《两地书》 ······················· 54

三、冯玉祥的三部自传 ·· 60

四、胡适的传记创作与理论 ······································ 62

五、郭沫若的自传 ··· 66

六、郁达夫的自传和日记 ··· 70

七、瞿秋白的《多余的话》 ······································ 74

八、沈从文的《从文自传》 ······································ 76

九、谢冰莹的《一个女兵的自传》 ····························· 78

第六章 五四以后的他传文学创作 83

一、五四以后的他传概论 ··· 83

二、张默生的《异行传》 ··· 84

三、朱东润的《张居正大传》 ··································· 92

四、吴晗的《朱元璋传》……………………………………………95
　　五、吴其昌的《梁启超传》…………………………………………98
　　六、萧红的《回忆鲁迅先生》………………………………………101

第七章　延安革命根据地的传记文学……………………………………106
　　一、延安革命根据地传记文学概论………………………………106
　　二、沙汀的《随军散记》……………………………………………107
　　三、周而复的《诺尔曼·白求恩断片》……………………………110

第四篇　新中国成立初期传记文学的兴盛和衰落

第八章　新中国成立初期传记文学的兴盛…………………………………117
　　一、新中国成立初期传记文学概论………………………………117
　　二、溥仪的《我的前半生》…………………………………………118
　　三、吴运铎的《把一切献给党》……………………………………121
　　四、马可的《冼星海传》……………………………………………124

第九章　"文化大革命"时期传记文学的衰落……………………………127
　　一、"文化大革命"时期传记文学概论……………………………127
　　二、彭德怀的《彭德怀自述》………………………………………128
　　三、陈白尘的《牛棚日记》…………………………………………130

第五篇　新时期传记文学的繁荣和发展

第十章　新时期传记文学的大发展………………………………………137
　　一、新时期传记文学概论…………………………………………137
　　二、新时期传记文学的理论建构…………………………………141

第十一章　新时期政治人物传记…………………………………………145
　　一、新时期政治人物传记概论……………………………………145
　　二、曾志的《一个革命的幸存者》…………………………………146

三、戴煌的《胡耀邦与平反冤假错案》……………………………149
四、逄先知的《毛泽东和他的秘书田家英》………………………152
五、柯岩的《永恒的魅力》……………………………………………156
六、叶永烈的传记文学…………………………………………………160
七、王朝柱的《开国领袖毛泽东》……………………………………167
八、权延赤的领袖传记文学……………………………………………172
九、郭保林的《高原雪魂——孔繁森》………………………………176
十、陈廷一的政治人物系列传记………………………………………181
十一、东方鹤的《张爱萍传》…………………………………………185
十二、铁竹伟的《霜重色愈浓》………………………………………189
十三、刘平平、刘源、刘亭亭的《胜利的鲜花献给您
　　　——怀念我们的爸爸刘少奇》…………………………………193
十四、毛毛的邓小平传记………………………………………………195
十五、张俊彪的军事英雄传记…………………………………………203
十六、陈晋的领袖影视纪录片…………………………………………207

第十二章　新时期作家、学人传记……………………………………220
一、新时期作家、学人传记概论………………………………………220
二、茅盾的《我走过的道路》…………………………………………222
三、巴金的《随想录》…………………………………………………224
四、杨绛的《干校六记》和《我们仨》………………………………231
五、刘白羽的《大海——记朱德同志》和《心灵的历程》…………237
六、韦君宜的《思痛录》………………………………………………242
七、张紫葛的《心香泪酒祭吴宓》……………………………………246
八、许渊冲的回忆录……………………………………………………251
九、王火的《在"忠字旗"下跳舞》…………………………………257
十、马仲扬、苏克尘的《邹韬奋传记》………………………………259
十一、胡辛的女性传记文学……………………………………………261
十二、王晓明的《无法直面的人生——鲁迅传》……………………265

十三、陆键东的《陈寅恪的最后二十年》……268

十四、黄昌勇的《王实味传》……271

第十三章　新时期艺术家、明星传记……274

一、新时期艺术家、明星传记概论……274

二、袁世海的回忆录……275

三、廖静文的《徐悲鸿一生》……277

四、新凤霞的《我叫新凤霞》……280

五、邓在军的《屏前幕后——我的导演生涯》……283

六、赵忠祥的《岁月随想》和《岁月情缘》……287

七、陈祖德的《超越自我》……289

八、聂卫平的《围棋人生》……294

九、刘晓庆的几部自传……297

第十四章　新时期科学家、企业家传记……301

一、新时期科学家、企业家传记概论……301

二、魏根发、祁淑英的《钱学森》……302

三、桑逢康的《荣氏家族》……304

四、余德庄的《世纪情结——侯光炯的人生道路》……309

五、张维的《熊庆来传》……311

六、董明珠的《棋行天下》……315

第十五章　新时期中外历史人物传记……317

一、新时期中外历史人物传记概论……317

二、匡亚明的《孔子评传》……318

三、陈贻焮的《杜甫评传》……320

第十六章　新时期普通百姓传记……325

一、新时期普通百姓传记概论……325

二、朱东润的《李方舟传》……326

三、赵定军的《妈妈的心有多高》……329

四、杨二车娜姆的《走出女儿国》……332

第六篇　港台及海外华人传记文学

第十七章　港台及海外华人传记文学 ················ 337
　一、港台及海外华人传记文学概论 ················ 337
　二、顾维钧的《顾维钧回忆录》 ················ 339
　三、李宗仁的《李宗仁回忆录》 ················ 344
　四、林语堂的《苏东坡传》 ················ 347
　五、曹聚仁的《鲁迅评传》 ················ 350
　六、徐铸成的《杜月笙正传》 ················ 353
　七、赵浩生的《八十年来家国》 ················ 355
　八、陈香梅的《一千个春天》 ················ 357
　九、唐德刚的《胡适杂忆》 ················ 359
　十、寒山碧的传记文学创作与研究 ················ 365
　十一、林太乙的《林语堂传》 ················ 370
　十二、关愚谦的《浪，一个"叛国者"的人生传奇》 ················ 375
　十三、李敖的自传与回忆录 ················ 379
　十四、连方瑀的《半世纪的相逢——两岸和平之旅》 ················ 384

结束语 ················ 390

主要参考文献 ················ 395

后　记 ················ 396

附录：论郭久麟传记文学创作与理论研究 ················ 全　展　401

世 纪 的 丰 碑

——《中国二十世纪传记文学史》序言

王 维 玲

捧在我手里的这部40多万字的《中国二十世纪传记文学史》，是传记文学作家和理论家郭久麟教授继《传记文学写作论》和《传记文学写作与鉴赏》之后连续撰写出版的第三部传记文学的理论专著。在十来年的时间里，郭久麟教授一鼓作气，连续出版三部百万字有质量、有分量的传记文学理论专著，这在当代中国传记文学史，甚至在整个中国文学史上，也是少见的。作为一个出版工作者、中国传记文学学会会长，我为郭久麟教授在传记文学理论方面的杰出贡献感到由衷的高兴。

中国是传记文学大国，从《史记》开始，2000多年来，我们不但有"二十五史"中的浩如烟海的史传作品（其中不乏优秀的传记文学佳作），而且还有被称为杂传的散见在各种书籍中的传记文学精品。20世纪是中国改天换地的伟大世纪，传记文学也完成了由古典向现代的巨大变革，取得了巨大的成就，出现了不少优秀的传记文学大家，涌现出大量的传记文学佳作。世纪初有梁启超、章炳麟、蔡元培等，五四以来，出现了鲁迅、郭沫若、胡适、郁达夫、林语堂、沈从文、张默生、朱东润、谢冰莹、沙汀、周而复、吴其昌等传记文学作家。当代传记文学成绩更大，而且作家更多、品种更多、数量更多、影响更大、成就更高。新中国成立初期，主要是青年英雄、革命家、革命烈士的传记，如《刘胡兰》、《董存瑞》、《黄继光》、《邱少云》、《丁佑君》、《向秀丽》、《把一切献给党》、《我的一家》、《王若飞在狱中》、《方志敏战斗的一生》等；60年代初期还出现了《毛主席的好战士雷锋》、《县委书记的榜样——焦裕禄》等优秀传记文学作品。这些作品发行量大，流传广，受到全国人民，尤其是青少年读者的欢迎，成为他们生活中不可缺少的伴侣、导师和朋友，对塑造新一代的人生观、世界观、道德观、价值观起了很大的作用。有些传记人物至今影响不衰。20世纪80年代到21世纪初，是传记文学创作和出版最活跃、最繁荣的时期，出现了一大批优秀的传记文学作家，如刘白羽、叶永烈、王朝柱、毛毛、匡亚明、铁竹伟、权延赤、陈廷一、杨绛、王火、张紫葛、陈晋、廖静文、陈贻焮、邓在军、戴煌、桑逢康、徐铸成、胡辛、郭宝林、陈白尘、韦君宜、许渊冲、张俊彪、张维、王晓明、余德庄、郭久麟、陈祖德、刘晓庆、袁世海、新凤霞、赵忠祥、黄昌勇等。随着思想的解放、禁区的冲破，传记文学创作的领域拓宽了，从领袖人物到党政军杰出人物，从革命英雄到革命烈士，从文学家、艺术家、科学家、企业家到民主人士、海外侨胞，从中外历史名人到当代名人明星到普通百姓，从正面人物到反面人物到有争议的人物，方方面面的人物，都有人写了。传主的类型、传记的范围、传记的内容大大扩展；出版的品种多，数量大；传记的写作水平和质量更大大提高。我国港、澳、台地区和海外华人的传记文学也取得了较大成就。传记文学逐渐成为文学创作的生力军。

　　可是相对于传记文学的兴盛，对传记文学的研究却相当滞后。五四以前，中国几乎没有传记文学的研究专著；直到新时期，才出现了几部关于《史记》及中国古代传记文学史的研究著作；传记文学的理论研究和作品评论，更是寥寥无几。在这种情况下，郭久麟决定总结自己多年从事传记文学写作的经验和教训、心得和体会，从事传记文学的理论研究。他写的第一部传记理论著作是《传记文学写作论》，该书在论述传记文学的性质、特点、作用以及中国传记文学的历史及传记文学作家修养的基础上，全面、系统地论述了传记文学写作的规律和方法。该书于1999年出版，是我国新时期以来较早出版的传记文学理论专著。2003年，他又出版了《传记文学写作与鉴赏》，对从古到今的80余篇优秀传记文学作品进行了深入的鉴赏和评析，是第一部把传记文学理论研究同传记文学作品分析评价结合起来的专著。在这个基础上，郭久麟针对20世纪末只有中国古代传记文学史，而没有20世纪传记文学史的状况，决定撰写一部《中国二十世纪传记文学史》。如果说《传记文学写作与鉴赏》是对中国优秀传记文学作品的散点式赏析，有较大的随意性的话；那么，《中国二十世纪传记文学史》则要求对中国20世纪传记文学作历史性的、系统性的、科学性的研究和评价，要求对中国20世纪传记文学的精品作比较、分析、综合、归纳，然后系统地进行研究，从中总结出经验和教训，并找出一些规律性的东西，以利于21世纪传记文学的发展。这是郭久麟传记文学研究工作的又一次飞跃，也是传记文学史上一项开创性的工作，有填补空白的意义。

本书虽名为《中国二十世纪传记文学史》，可是作者却将研究对象在写作时扩大到19世纪末期到21世纪初叶，较20世纪略有扩张，为的是更清醒地认识20世纪传记文学的发展和成就。

本书最大的成功是作者完全按照自己的认识来选择作品、安排纲目，并独立地进行评价。

20世纪，特别是新时期以来，传记文学不但数量极大，而且每部作品字数又很多（一般都是30多万字），并且几乎没有人做过评价。这就给20世纪传记文学史的写作提出了极大的难题和挑战：怎么去选择、认识和评价那浩如烟海的传记文学作品？哪些作家的哪些作品是优秀的传记文学作品？哪些作家的哪些作品可以进入20世纪传记文学史的范畴？其中又有哪些作家的哪些作品可以真正地入选20世纪传记文学史？对此，作者就不得不阅读大量的传记文学作品，并在研究分析中制定把握的标准，那就是在传记文学创作和研究中有突出贡献和显著特色。首先要求该作品是传记文学或者说是文学的传记，即要用文学的立意、文学的手法、文学的语言，写出真实的、历史的或现实的人物的经历及其性格乃至其心灵。从这个标准出发，凡是史传性的传记，作者一般不选；传记小说，一般不选；一些评价甚高，但没有以人物为中心或是没有很好地写出传主的经历及个性的传记，也没有选用。其次，则是对属于文学传记的作品，因数量太大，而能选入传记史的则应是有相当水平、相当质量和相当有代表性的。因此，作者又拟定了几个条件：第一，是在中国文学史、传记发展史上有重大成就、巨大影响、突出地位的作家作品；第二，是在传记的历史性、真实性、科学性与文学性、艺术性等方面结合得比较好的作品；第三，是在传记写作的某些方面有突出特色；或者在传主的选择、传记形式的开拓、人物的塑造、人物心灵和感情世界的开掘、艺术的手法及语言的创新上，或者在传记理论研究与创作的结合上有贡献的。总之，郭久麟完全按照这些科学的观点和标准，确定了入选作品。

在初步选好入围作品后，作者再按纵的时间线索和横的逻辑关系，安排出全书的构架及纲目。本书的结构安排较为科学，材料取舍也很得当。全书分为6篇：绪论、近代、现代、新中国成立初期、新时期、港台及海外华人的传记文学作品，全面涵盖了20世纪中国的传记文学创作。近代部分最少，现代部分较多，当代部分最多，这充分反映了20世纪传记文学发展的实际状况；这个结构显然是非常清晰的、合理的，也是高明的。

在对所选传记文学作品的评价上，作者没有按照正统的、一般的文学史的写法：由编写组共同讨论，分头执笔，限定每篇、每章、每节的字数，然后由主编或副主编定稿；而是根据他个人的感受和理解，融合他的文艺学、美学、哲学、历史学、社会学的观点，对作品进行比较自由的、文学的、审美的、历史的、社会的评价。郭久麟往往是抓住作品突出的特点展开论述，灌注进他的感情，他的体验，他的思考；所以，他的评论写得舒展自如，摇曳多姿，文采焕然，并显得很有感情，很有个性，很有特点。评论的篇幅，也不完全固定，有的很长，有的较短，不像一般文学史那般拘谨、死板。评论的长短并不完全同作品的质量成正比。

由于是个人写史，所以在本书中，郭久麟大胆地、酣畅淋漓地融入了个人的独特、新鲜的见解。作者对四川大学教授、著名传记文学作家张默生的平民传记文学作品《义丐武训传》、《厚黑教主传》给予如实的评价。郭久麟还对瞿秋白的《多余的话》、谢冰莹的《一个女兵的自传》、萧红的《回忆鲁迅先生》、曾志的《一个革命的幸存者》、陈晋的领袖影视传记片等作了较高的评价。此外，对一些有争议的作品，如刘晓庆的《我的路》、张紫葛的《心香泪酒祭吴宓》等，作者在认真研读了作品，经过反复思考之后，提出了自己的看法，做出了自己的评论。为了对《心香泪酒祭吴宓》提出自己的见解，作者甚至专程到成都采访了张紫葛先生。作者对作家作品不但谈优点、谈成就、谈贡献，而且也敢于谈缺点、谈不足、谈教训。如对朱东润、权延赤、王朝柱、王晓明，甚至对李敖等，郭久麟都在高度评价其成就的同时，如实地，甚至是比较尖锐地指出其不足或缺点。作者绝不风大随风、雨大随雨，也不为名人或领导的言论所左右，而是凭着自己的良心、自己的观点、自己的见解、自己的感受来独立地评价作家作品。作者对我讲："我的观点可能有偏颇，甚至可能有错误，但是，它绝对是我的一家之言，是我对中国20世纪传记文学的独立见解。而且我的用心绝对是好的，是真诚的、坦白的，是为了中国传记文学更好地发展。我非常欢迎专家、作家、学者、读者对我提出批评指正。我很高兴，这个改革开放的时代给了我发表独立见解的条件和机会。"

对郭久麟的这种学术观点和立场，我是很欣赏的。

梅花香自苦寒来。郭久麟能在十来年时间里推出三部100万字的传记文学理论著作，是他对传记文学矢志不移的爱的结晶，是他几十年来在传记文学写作与研究上艰辛奋斗的结果。据我所知，郭久麟从中学起就热爱传记文学，粉碎"四人帮"以后即开始从事传记文学写作，出版了《随卫敬爱的周副主席》、《陈毅青少年时期的故事》、《罗世文传》、《少年罗世文》、《雁翼传》等五六部传记文学作品。尽管他有数千册藏书，但是，他却感到非常不够；为了写好《中国二十世纪传记文学史》，他不得不经常到市区和学院的图书馆去查阅、借阅、复印有关图书资料，到各大书店和旧书店去寻找、去淘宝；他放弃了所有的爱好和兴趣，把教学以外的所有精力和时间都投入到传记文学的阅读、研究和写作之中，他也在广泛的阅读和深入的钻研之中，感受到精神的快乐和充实，感受到思想的提升和生命的价值。

《中国二十世纪传记文学史》气势宏大，内容丰赡，见解独特，论述深刻，文笔畅达，对于广大的传记作家，传记爱好者，大中小学的语文、历史教师，史志编修者，都有很好的参考价值；也可以作为大学文科院系的补充教材。我特向大家推荐，希望广大读者能喜欢它！

是为序。

第一篇

绪 论

第一章　传记文学概论

一、传记的性质

传记是人类用笔为自己建造的辉煌的、不朽的纪念碑。

传记是从人类纪念前辈、缅怀英雄、实现自我的天性中产生的最古老的文体之一。

传记几乎同人类的文明一样古老，而且随着人类文明的发展而越来越发达。

人们对传记性质的认识，经历了很长的历史演变。在中国古代，传记被看做是历史的一个分支。在《四库全书总目提要》史部中，有"传记"，但"传"和"记"是分开的："叙一人之始末者为传之属，叙一事之始末者为记之属。"在西方，最早的传记同历史学、哲学、文学和修辞学也没有明显界限。直到16世纪，英国文艺理论家约翰·德莱顿才提出了"传记"一词，并将其定义为"特定的人的生平的历史"，但是还是把它看做是历史的分支。这种情况直到19世纪末才开始转变，西方学者才认识到传记的文学性。从英国学者菲力浦斯·布鲁克斯到法国著名传记作家莫洛亚都把传记看做"个人生平的文学"和"艺术作品"，以后，又出现了"传记文学"一词。1986年出版的《新不列颠百科全书》把传记文学同小说、诗歌、戏剧、儿童文学等并列为文学形式并下了如下定义："传记文学作为最古老的表现形式之一，它吸收各种材料来源，回忆一切可以得到的书面的、口头的、图画的证据，力图以文字重现某个人——或者是作者本人，或者是另外一个人的生平。"《大苏维埃百科全书》把传记定义为："传记是在同社会现实、文化和时代的日常生活的联系中重造一个人生平历史的作品。传记可以是学术的、艺术的、通俗的，等等。"中国学术界对传记的认识也同西方一样，经历了类似的变化，就是逐渐由认为传记是属于历史的到认为其属于文学。胡适早在五四前后就提出了"传记文学"这个概念，并且认为："传记文学是以传记为领域的一种文学，任何与传记有关的文字资料都是传记文学的作品。"朱东润在他早年所写的几篇论文中（如《中国传记文学之进展》、《传记文学之前途》、《论传记文学》），详细论述了他的传记文学观点："传记文学是史，同时也是文学。因为是史，所以必须注意到史料的运用；因为是文，所以必须注意人物形象的塑造。"当代作家和学者对传记文学的性质有更深入的论述。传记文学作家叶永烈写作时注意史实的准确性和作品的可读性。南京大学杨正润在其《传记文学史纲》中说："歌德把自己的传记取名《诗与真》，鲁迅称中国最伟大的古典传记《史记》是'史家之绝唱，无韵之离骚'，钱钟书要求传记作品'史蕴诗心'，这些不同时代或不同国度的博学大师，对传记的看法却是如此一致，他们道出了传记的真谛——传记是历史的和真实的，又是文学的和诗的。"郭久麟从自己的多年传记文学写作和研究体验中提出：传记文学是历史与文学的有机结合，是历史与文学嫁接产生的宁馨儿；它是用文学的立意和构思，文学的笔法、技法和手法，文学的语言和文学的氛围，来描写和表现历史的或现实的真实人物的生平、经历、性格和心灵及其环境成因的文学作品，它应该是文学大家族中一种独立存在的文体。

二、传记的分类

从传记的形式上看，传记可以分为自传、他传和回忆录。再仔细划分，自传又可以分为标准自传、小传及资料性自传（如书信、日记、笔记等）；他传又可以分为正传、评传、解释性传记、小传、资料性传记（如年谱、生平资料汇编等）；回忆录也可以分为以写自己为主和以回忆别人为主两种。

从传记的文学性看，则可以分为史传类、学术类及文学类三种。史传类传记是指用史学笔法，对传主生平行状给予严谨求实的叙述；学术类传记指学术性评传；而文学类传记则是以文学的手法、技法和语言来生动地描写和刻画传主的生平事迹和性格风采，即狭义的传记文学。

如果说，史传类传记属于历史学的范畴，学术类传记属于理论、学术的范畴；那么，文学类传记，即传记文学，则应隶属于文学的范畴。如同消息和通讯，属于新闻；而报告文学，则更多地倾向于文学。

本书主要论述传记文学，故特对传记文学的性质和特点再加论述。

传记文学是用文学的构思和立意，文学的笔法、技法和手法，文学的语言和氛围，来叙述、描写和再现真实的历史人物或现实人物的生平事迹、形象风貌、性格心灵及其形成的主客观条件和环境。因而，它不再是单纯的历史作品，亦不同于一般的文学作品；而是历史与文学的结合，是历史与文学嫁接产生的宁馨儿。这正如报告文学是文学与新闻的结合，是新闻与文学嫁接产生的宁馨儿一样。

更具体地说，传记文学首先必须具备历史性、真实性、科学性，即传记文学描写的人必须是历史上或现实中确实存在过或存在着的人，对这个人的生平事迹作准确的描述，要经得起历史的、科学的检验和考察，这就要求传记文学具有历史的真实性和科学性。然而，传记文学不仅仅只要求真实性、科学性，而且还要求历史人物或现实人物的生平和性格的具体性和生动性，展示出人物性格的成因乃至心灵的发展轨迹，这就不能不要求其具备一定的文学性、艺术性。传记文学的文学性、艺术性，系指传记作家应在人物活动的历史范畴内，在人物、事件、材料基本真实的基础上，运用包括再造想象和细节虚构及有限夸张在内的各种文学手法来生动鲜活地展示人物的生平、风采、性格和心灵。在这方面，传记文学与报告文学比较接近，但报告文学侧重于人物的片断或具有新闻性的某一方面特征的展现，而传记文学则更侧重于对人物的全面的、完整的经历、性格和心灵作历史性的揭示和描绘。

三、传记文学的作用

由于传记文学出于人类缅怀英雄、纪念前辈、实现自我的天性，有着明确的目的性、明显的功利性，因而传记文学较之一般历史著作和文学作品有着更高的历史价值、史料价值和更强的认识功能、教育功能及审美作用。

第一，传记作品可以把本民族、本国历史上和现实中的伟大人物和杰出英雄的真实形象和丰功伟绩雕刻在自己民族的画廊上，镌刻在亿万人民的心灵中，从而构成民族精神的不朽象征，成为民族宝贵的精神财富。其实，不同时代、不同国家、不同民族往往都把自己的理想人物作为榜样，让大家学习和效法。而传记文学则把这些理想人物的动人形象、丰功伟绩和精神风采再现出来，因而成为宣传和学习这些榜样的最方便的形式，也能产生最好的效果。

第二，传记文学作品往往以其强烈的、鲜明的道德伦理观念贯穿其中，因而具有一般历史作品和文学作品难以比拟的社会教育功能。

第三，传记文学往往要生动传神地写出一个个独特完整的人生，剖析一个个活生生的灵魂，这就为读者认识自己的同类，认识社会，认识自我，学习前人的成功经验，吸取前人失败的教训，提供最直观、最生动、最有效的教材。因此，传记文学的记录功能、认识功能和审美功能特别强。

第四，传记文学真实生动地再现了历史生活中的富于典型性的人物，因而大大丰富了文学典型形象的画廊，为文学艺术的再创作提供了坚实、广阔的基础。

第五，传记文学可以开拓和发展史学研究的新课题、新方向、新思路，可以弥补史学研究中的某些不足和缺陷，从而大大丰富史学研究的内容。

第二章　中国传记文学发展概论

一、中国古典传记文学的辉煌开端

中国是文明古国，也是传记文学大国。中国传记文学有着悠久的传统，更有着辉煌丰厚的成果。

在春秋战国时期，已经出现传记意识的萌芽和具有传记因素的作品，《诗经》中的《生民》和《公刘》，分别记叙了后稷和公刘的生平事迹，而屈原的《楚辞》更包含着浪漫主义诗人的自传成分。在《尚书》、《左传》、《战国策》、《国语》等著作中，作者开始记叙人物的活动，揭示人物的性格；《晏子春秋》以生活中的小故事表现了晏子的形象和性格，传记因素更强。

中国真正的传记文学作品是从司马迁的《史记》开始的。司马迁以他的《史记》中的优秀篇章，把中国的传记文学带入辉煌的古典时代，也为全人类的传记文学树立了一座不朽的丰碑！

《史记》的出现，既是历史发展的必然要求，也是中国史学与文学发展及史学与文学结合的必然产物，更是司马迁家族的期望与他个人天才和勤奋的结晶。司马迁（前145—前90？），字子长，夏阳（今陕西韩城）人。司马迁生活在汉朝的鼎盛时期，其父亲担任了30年左右的太史令，决心写一部历史巨著。临死前，他把宏伟理想和抱负全部留给了儿子。司马迁从小就师从著名学者，游历祖国各地，以后又跟随汉武帝在各地巡视考察。他慨然接受父亲遗命，立志"述往事，思来者"，要"究天人之际，通古今之变，成一家之言"。

《史记》共52万多字，130篇，其中本纪记载帝王事迹，世家记载诸侯大臣的事迹,列传记载各朝代、各阶层、各类型的重要历史人物的事迹。这样,《史记》凭借以人物为中心的历史传记,开创了中国正史特有的纪传体形式。

由于司马迁既是学识渊博、阅历广博的学者,又是才华横溢、情感丰富的作家,善于在历史真实的基础上,调动多种艺术手法描绘人物,因而他笔下的众多历史人物,如项羽、刘邦、韩信、张良、廉颇、蔺相如、屈原、李广等,都既有高度的历史真实性,又有鲜明生动的个性,做到了史学与文学的结合,取得了极高的艺术成就。

《史记》比古罗马的传记名著早一两百年,而且博大精深,结构完善,人物众多,个性鲜明;作者见解深刻,感情丰沛,文采焕然,使《史记》不但成为中国史传作品和传记文学中的典范之作,而且也是世界上最早最优秀的传记杰作,在中国和世界的传记文学史上,《史记》都是开天辟地之作,占有极其重要的地位,高标起历史的丰碑!

受司马迁《史记》的影响,在他逝世100多年后,东汉的著名史学家和文学家班固撰写了又一部重要史书——《汉书》,其中的传记文学成就很高。班固(32—92),生于官僚家庭,其父班彪曾撰《史记后传》。班固23岁时,开始撰写《汉书》。5年后,有人告他私改国史,因而被捕入狱。其弟班超上书辩白,汉明帝读了班固的《汉书》初稿,赞赏其才,命他继续编《汉书》,经过20多年的努力,《汉书》基本完成。《汉书》是中国第一部由官方下令编撰的断代史。班固所处的时代,正是汉朝国力强盛时期。班固以正统的儒家思想来编写《汉书》的传记,对西汉帝王的功业给予肯定和歌颂,对爱国英雄和忠诚官吏给予表彰,而对腐朽无能的官员则予以揭露和鞭挞。在传记写作的艺术方面,班固不像司马迁那样倾注强烈的感情,注重细节和个性色彩,而是比较冷静客观地写作,显得"怨而不怒,哀而不伤,乐而不淫";其文学性虽不及《史记》,但在材料选择上则较《史记》更加严谨、翔实。

班固之后,陈寿(233—297)搜集了三国魏晋时期的各种著述资料,写成《三国志》纪传体著作65篇,为三国鼎立时期(220—280)政治、军事、经济及文艺、学术、科技领域的重要人物立传,为这一动荡时期的风云人物描绘出动人的画卷。作者善于挑选传主一生中具有代表性的事件及典型细节来刻画人物,史学和文学价值都很高。但是，陈寿在写活着的政治人物时，采用了隐恶扬善的笔法，开史传文学之恶劣先例。

范晔（398—445）的《后汉书》根据历史发展的需要，扩大了传主的数量和范围，其传主达500人，大大超过《史记》和《汉书》；他还增加了《文苑列传》、《方术列传》、《烈女传》、《逸民列传》等7个类传，在广阔的范围内展示了东汉各类人物和社会风貌。由于范晔性格刚直，爱憎分明，又系私家著述，因而敢于直面史实，无所隐讳，褒贬臧否颇有见地；同时，在写作上又注重细节和文采。这使《后汉书》受到后世称赞，谓其颇似《史记》而异于《汉书》。

以上4部史书称为"前四史"，代表着中国古典传记文学的最高成就。

二、中国史传文学的衰落与杂传的兴盛

"两晋六朝，百家荒芜，而治史者独盛。"（梁启超《中国历史研究法》）确实，这个时期除《三国志》和《后汉书》外，还有《宋书》、《南齐书》和《魏书》三部史传问世。这后三部史传虽然部分篇章写得有个性、有文采，但总的说来，在写人记事的实录精神或文学色彩方面，均无法同"前四史"相比。

唐朝建立后，中国社会进入鼎盛时期。唐太宗非常重视编修史书，在他的指导下，唐初陆续编出了《梁书》、《陈书》、《北齐书》、《周书》、《隋书》、《晋书》、《南史》、《北史》等8部史书。其修书者，均不乏才、学、识俱优者；可是，由于受到当朝旨意的制约，在各方面都表现出钦定的色彩，缺少个性和独立性，在内容和形式上显得僵化、凝固化。

五代时期，于945年编成《唐书》（后改为《旧唐书》），内容充实，叙述详明、生动，有较高的价值。

宋朝建立后，国内相对稳定繁荣，薛居正编成《旧五代史》（原称《梁唐晋汉周书》）。以后欧阳修主修了《新五代史》（原称《五代史记》），并与宋祁合著《新唐书》，其中的传记部分，代表了宋代传记文学的正统和主要成就，有强烈的爱憎感和是非感，常用对比法及逸事细节刻画人物，故人物形象生动，成就较高。

元朝统治时间较短，民族矛盾尖锐，传记作品较少，佳作更少。元朝贤相脱脱奉旨主修辽、金、宋三史。其中《宋史》编得较好，不仅史料丰富，有重要的史学价值；而且一些人物传记形象鲜明，颂扬了传主的爱国主义精神。

明太祖于洪武元年下令修《元史》，由于成书太仓促，舛误不少，文学成就亦不太高。

清代的《明史》编纂得非常认真，编写时间长达90多年，且经几位总裁之手，故史料丰富可靠，文字亦简赅、清俊，在正史中可算精品。但由于明末清初忌讳太多，故缺漏不少，写法上亦时显呆板。

上述正统的二十四史中的史传文学，从《后汉书》以后，因当朝统治者的高度重视和严格控制，日渐僵化和停滞，难于在传记文学发展过程中发挥主导作用。传记文学创作的主力军由大量非官方的民间作家取而代之。从西汉末年开始兴起的各种杂体传记，到魏晋以后，越来越兴盛。唐代古文运动更促进了杂体传记的繁荣。唐宋时期的著名作家都写了不少优秀传记，明清两朝也出现了不少优秀的传记文学作家和优秀的传记文学作品。这些正史之外的传记，打破了正史条条框框的束缚，不受官方的审查删削，而且又多出自进步作家之手，从各个方面、各个层次记述了各个朝代形形色色的众多人物的生平事迹，使中国的传记文学呈现出异彩纷呈、繁荣昌盛的局面。

魏晋杂传的兴起，同时代的动荡、思想的解放、个人意识的觉醒有关。

曹操（155—220）的《让县自明本志令》就是一篇极富个性色彩的自传。全文处处流露出曹操"天下英雄舍我其谁"的狂傲及"挟天子以令诸侯"之野心。

陶渊明（365—427）的《五柳先生传》则写出了自己孤洁清高的情致，勾画出一个超然物外、淡泊名利、书酒自娱的隐逸之士的形象，写得神采飞扬，余韵幽远。

西晋皇甫谧的《庞娥亲传》写烈女为父报仇的事迹，故事紧张、曲折，富于悬念，描写又绘声绘色，且有不少细节，因而人物形象极其鲜明突出。

南朝刘宋宗室、临川王刘义庆（403—444），招集文人编成《世说新语》。全书收录汉末至东晋200年间的名士在道德、才能、性格、处世等方面的逸闻

1130多条。这些逸闻生动地描绘了这些文士们的独特个性，富于典型性和表现力，但还不能算正规的传记。

魏晋南北朝时期，随着佛教传入中国，出现了不少佛教人士的传记。如僧人慧皎的《高僧传》，凡16卷，收入公元58—519年高僧以及印度来的传教者的传记，传主达257人，附见239人。收录面广，史料价值很高。该书文字简洁，不时采用文学笔法，渲染了一些富于戏剧性的场面，以揭示人物性格。

著名僧人法显之自传《法显传》（又名《佛国记》），详尽记载了他赴印度求经之经过及见闻感受，为中国古典传记增添了异域色彩，提供了珍贵的文化历史地理材料。

在佛教人士的传记中，最著名的当推《大慈恩寺三藏法师传》。该传记完整而详尽地展示了唐僧为追求佛教真谛和促进中外文化交流而不畏艰险、顽强拼搏的崇高精神和爱国热忱，塑造了一位舍命求法的高僧形象。该传将传记和游记两种体裁相结合，以写人为主，也写出了生动逼真的旅途见闻与西域的浪漫传说故事，增加了传记的异域色彩和生动性，是我国古代传记文学的第一部单传名著，也是我国单行传记发展的一个里程碑。

唐代，由于韩愈、柳宗元的热情投入，中国的杂体传记取得了较大的发展。他们把传主从帝王将相、权门高士扩展到社会底层不知名的小人物，大大扩展了传记创作的领域，增加了传记的平民性和艺术性。

韩愈（763—824）写了80多篇传记（包括墓志75篇、传4篇、行状2篇），多数写得有特色，有相当高的思想艺术水平。其写柳宗元、孟郊、张巡等篇，都能抓住人物最主要的品性或特点，通过生动的、精选的事迹来表现其独特个性；语言口语化，富于感情，常带议论，令人深长思之！

柳宗元（773—819）同韩愈一道领导了古文运动，在传记写作上，取得了重大成就。他发扬了《史记》的优良传统，大都取材于社会中普普通通的下层人物，通过他们的遭遇，表现社会的疾苦和人民的聪明才智。《捕蛇者说》为其名篇之一，其他如《童区寄传》、《段太尉逸事状》等，塑造了生动的人物形象，语言朴实、简洁、生动。

宋代作家欧阳修、王安石和苏轼在传记创作方面成就很高。欧阳修

（1007—1072）除撰写《新五代史》外，还写了不少杂体传记。其自传《六一居士传》，其为父母亲所写的碑文《泷冈阡表》，及为挚友所写的《石曼卿墓表》等均以散文笔法，写得纡徐委备，流畅圆润，富于情韵。王安石（1021—1086）曾任宰相，实行变法，因守旧派反对而失败。他的传主常为有实绩之政治家、文学家；在写法上则能打破常规，立意卓绝，构思新颖。宋代大文豪苏轼（1037—1101）也写了数十篇传记。他既写了9400余字的《司马温公行状》，也写了不到500字的《方山子传》，都各有特色。

还应提及的是，南宋著名词人李清照（1084—1151）之《金石录后序》，以沉痛凄楚之笔调，叙述诗文书画、古玩奇器得失聚散的经过，将她与赵明诚的家世、爱好、事业、遭遇和生活情趣、人生感慨倾诉出来，富有强烈的艺术感染力。南宋爱国名将文天祥（1236—1283）为其诗集《指南录》所写"后序"，记叙其奉使北上求救国之策而被元军所俘及逃脱敌手之经过，抒发了山河破碎、无力回天之悲痛及以身殉国之决心。情怀高洁，文辞感人。两位作者均无心为传，却都写出了优秀传记。

明代传记作家宋濂（1310—1381）除主撰《元史》外，还写了百余篇杂传，传主为官吏、书生、奇士、隐士、僧侣、歌伎等，如《秦士录》、《王冕传》、《杜环小传》、《记李歌》等篇，人物性格鲜明，语言流畅，有较高的艺术性。李贽的《陈亮传》、《青田刘文成先生传》，钟惺的《白云先生传》、《断香铭》，李梦阳的《梅山先生墓志铭》，徐渭的《自为墓志铭》，袁宏道的《徐文长传》，袁中道的《李温陵传》，张岱的《自为墓志铭》等，都有较高的思想深度和艺术水平。

清代的优秀传记主要是顾炎武、黄宗羲、戴名世、方苞、全祖望等文人所写的杂体传记。顾炎武（1613—1682）在清军南下时曾组织义军抵抗，明亡后拒绝出仕清廷，游历祖国各地，写了大量以"天下兴亡"为"己任"之"匹夫"，如《朱妣王硕人行状》、《书吴潘二子事》、《拽梯郎君祠记》等。黄宗羲（1610—1695）在清兵南下之时，在家乡浙江一带组织义兵抵抗，失败后隐居山中，授徒著述。其传记主要是表彰节义之士和抗清英雄，如《刘宗周传》、《兵部左侍郎苍水张公墓志铭》。黄宗羲也为一些普通人物作传，如《李因传》、《胡玉台传》、《书澹台事》。黄宗羲还为学术界人物作评传性质的传记，如《李杲堂先生墓志铭》写古文豪李文胤，《高旦中墓志铭》写名医高斗魁，《谈儒木墓表》写历史学家谈迁。这些传记可看做中国学术评传之滥觞。戴名世（1653—1713）之《南山集》中有相当部分传记是写抗清志士的，如《画网巾先生传》、《左光斗传》，人物个性鲜明，真切感人。方苞（1668—1749）是桐城派的开山祖师，著作甚多，仅传记作品就有100多篇，主要写忠臣、孝子、节妇、烈妇，多数传记较枯涩；但《左忠毅公逸事》、《陈驭虚墓志铭》、《石斋黄公逸事》等，以几件动人的逸事和精选的细节，表现了传主的独特个性，深为感人。全祖望（1705—1755）以主要精力写作传记，大部分皆表彰明末忠义之士。他的《顾先生炎武神道表》、《明故兵部尚书兼乐阁大学士赠太保吏部尚书谥忠介钱公（肃乐）神道节二碑铭》、《明故权兵部尚书兼翰林侍讲学士勤张公（煌言）墓碑》、《华氏忠烈合传》等，内容翔实，史料丰富，行文朴实无华，人物形象生动传神，在艺术上取得了很高成就。

戊戌变法前，曾国藩（1811—1872）作为"桐城派"中兴的宗主，写了不少传记作品，叙事磊磊有生气，人物勃勃有生机，语言铮铮有骨气，对传记文学发展有所贡献。曾国藩还团结造就了一批传记作家，推动了清末的传记文学创作。在他的"曾门四大弟子"中，黎庶昌和吴汝纶的传记文学创作在曾国藩的基础上进一步体现了近代传记文学的转变：即传记文学与时政的结合。

三、中国古典传记向现代传记的嬗变

1840年鸦片战争，拉开了中国近代史的序幕。社会政治的急剧变化和西方经济文化的传入，使中国的传记文学开始了从古典向现代的嬗变。

在中国近代19世纪末期的传记文学创作中，开始实现传记文学从古典向现代嬗变的是李秀成和王韬。李秀成和王韬的两部传记的传主，都已不再是传统的帝王将相或才子佳人，而是农民革命的将领和通晓中西方哲学的学者，这标志着中国传记开始进入一个新阶段。

李秀成（1823—1864）是太平天国后期军事统帅，1864年天京陷落被俘，

他在狱中写出了3万字的《李秀成自述》。作者以太平天国高级将领的身份，以亲身经历和亲见亲闻，既写出了他在太平军中的战斗经历，表现了他既刚强勇猛又效忠天王的复杂心理和独特性格；又写出了太平天国从金田起义到定都天京直至天京陷落的战斗历史及内部的矛盾斗争和自相残杀，总结了农民革命的经验教训，显示了强烈的悲剧性。

　　王韬（1823—1897）曾去英、法、俄、日等国游历，回到上海后创办弢园书局和致格书院。他主要的传记佳作是《弢园老民自传》。自传毫不掩饰地张扬自我，宣传自我，写作上也纵笔宣泄，不拘一格，标志着中国知识分子自我意识的觉醒。

　　从戊戌变法失败至辛亥革命，再到五四运动前，较优秀的传记文学都是为改良者和革命者作传。如萧汝霖的《谭嗣同传》，江标的《前四品京堂湖南学政江君传》，章炳麟的《邹容传》，徐自华的《鉴湖女侠秋君墓表》等，所写人物都慷慨悲壮，真切感人。容闳（1828—1912）的回忆录《西学东渐记》，反映了我国第一代留学西方的知识分子为了把西方现代文明传播到中国而做的努力。

　　20世纪初期写作和宣传传记最力，并真正完成了传记革新的作家，是梁启超。梁启超（1873—1929）是中国启蒙运动中最重要的思想家之一。他的传记作品多达40部，约45万字，贯穿着强烈的英雄史观，成为他宣传新思想的重要工具。他在变法失败后的流亡途中即写出了《殉难六烈士传》，随即又写了《南海康先生传》，热情为戊戌变法的烈士和英雄立传。他还选择为古今中外之英雄立传，以弘扬英雄主义，激发民族精神，有着强烈的个性色彩和感人的力量。梁启超既"仿西人传记之体"，又学司马迁之法，语言上则运用半文半白的"新语体文"，开创了传记文学的新体式。

四、中国现代传记文学的突破和发展

　　从1919年五四运动到1949年中华人民共和国成立，在这30年的岁月中，中国传记进入现代时期，取得了重大的发展和成就。这一时期，新的传主代替了昔日的帝王将相，传主的范围大大扩展，传记表现的生活面更加广阔，传记的形式摆脱了古典模式和文言文，风格趋向多元化、多样化，在对人性丰富性和复杂性的探讨上，不少作家做出了巨大的努力，传记的质量、种类和数量都大大超过往昔。

五四以来中国第一位重要的传记作家和理论家是胡适。胡适（1891—1962）写了《传记文学》等论文并作"传记文学"的讲演，他不但自己写了几十篇传记，还提倡并动员别人写传记，推动了中国传记文学的发展。在传记文学的理论建设方面，现代著名作家郁达夫和著名学者朱东润、孙毓棠等人也起了较大的作用。

五四运动促进了知识分子思想和个性的大解放，于是最便于表现自我、张扬自我的自传和回忆录的写作便出现了高潮。其中的主要作者是郭沫若和郁达夫。

中国现代文学史上的天才作家郭沫若（1892—1978），以充沛的激情，写了大量的自传、回忆录、日记，后来他把这些散篇作品汇编成四大卷《沫若自传》，共110万字。表现了他丰富的人生历程和独特的个性，也为我们描绘了一幅波澜壮阔的中国现代史的画卷。

郁达夫的《日记九种》是现代传记文学中由知识分子所写的、第一部作者在生前公开发表的私人日记，真诚地展现了自己在一场婚变中的感情纠葛和矛盾冲突。《达夫自传》共九章，作者对自己的性意识进行了自我解剖，这在中国传记史乃至整个中国文学史上都是第一次。

鲁迅的《朝花夕拾》是散文式的回忆录，《两地书》则是第一部公开发表的私人信件，具有丰富的思想内涵和很高的文学价值。

著名作家沈从文（1902—1988）的《从文自传》不但表现了一个农村青年的觉醒，还写出了一些极富特色的人物。

谢冰莹（1906—2000）在大革命时期写出了《从军日记》，轰动文坛；大革命失败后，又写了《一个女兵的自传》，再次轰动文坛，在文坛上独树一帜。

此时期，还出版了《巴金自传》、《庐隐自传》、《资平自传》、《钦文自传》等，著名新闻记者邹韬奋写了《经历》、《抗战以来》、《患难余生记》三部回忆录。

瞿秋白的《多余的话》是他在狱中对自己一生的回顾和分析，心理分析坦诚、率真、清醒，文章的风格沉痛而凄婉。

朱东润的《张居正大传》运用文学手法，塑造了鲜明的人物形象，成为中国传记史上第一部运用现代传记方法写作的传记文学作品。

著名学者张默生（1895—1979）的《苗老爷传》、《鸟王张传》、《义丐武训传》、《厚黑教主传》等均写的是平民百姓，人物性格鲜明，人物形象活灵活现、呼之欲出，这在中国现代传记文学史上具有开创性。

著名学者吴晗（1909—1969）写了《朱元璋传》，经过多次修改，达到较高水平，写出了明朝开国皇帝朱元璋完整的一生。

延安革命根据地的传记文学是现代传记文学的一个重要的方面。沙汀的《随军散记》通过贺龙的言谈举止、生活细节，表现了他豪爽直率、自信谦逊的独特个性。周而复的《诺尔曼·白求恩断片》极其生动地描写了白求恩医生对工作极端负责，对病员极端热忱，对技术精益求精的精神，歌颂了他的国际主义精神和高贵品格。

五、中国当代传记文学的马鞍形发展

新中国成立以来，传记写作呈马鞍形发展。新中国成立之后的17年，传记文学得到了一定的发展；"文化大革命"中陷于停滞；"文化大革命"后在更广范围、更大规模、更深程度和更高质量上得到了蓬勃发展。

新中国成立初期，传记文学主要是为英雄人物立传，其中高玉宝的《高玉宝》，吴运铎的《把一切献给党》，梁星的《刘胡兰小传》，黄纲的《革命母亲夏娘娘》，柯蓝的《不死的王孝和》，雷加的《海员朱宝庭》，陶承的《我的一家》，缪敏的《方志敏战斗的一生》，植霖的《王若飞在狱中》，萧三的《毛泽东的青少年时代》，朱道南的《在大革命的洪流中》，陈昌奉的《跟随毛主席长征》等，都有很强的政治性和较高的艺术性，深受读者欢迎。20世纪60年代出版的《毛主席的好战士雷锋》、《县委书记的榜样——焦裕禄》，对广大青少年的健康成长起了很大的作用。由于受当时风尚的影响，一些作品带有一些公式化、概念化的缺点。

这个时期，北大教授邓广铭写了《辛弃疾传》和《岳飞传》，北大另一位著名教授冯志写了《杜甫传》，其学术性和科学性很强。陈寅恪（1890—1969）的《柳如是别传》，通过诗歌和史实的考证，为柳如是洗冤辩诬，歌颂这位"美人而兼烈女"、"儒士而兼侠女"的奇女子。

溥仪的《我的前半生》把自己极其特殊、极其罕见的大起大落的人生际遇真实而客观地写了出来。也向我们展示了神秘的宫廷生活，残酷的王室斗争，日满的外交密谋，战犯改造的内幕，具有很高的历史价值、史料价值和审美教育作用。

"文化大革命"中，传记创作趋于没落。只有作为"检查交代"的《彭德怀自述》以及陈白尘在"文化大革命"中秘密写下的日记，才因其真实可信而具有较高的价值。

随着"四人帮"的覆灭和改革开放的实行，传记写作也出现蓬勃发展的新气象，传记的内容和形式以及数量、规模、质量都得到了极大发展，学术界对传记的研究也开始活跃。

政治人物传记写作取得了很大的成绩。在新时期，以毛泽东、周恩来、邓小平等人为传主的传记作品数量很多。其中，权延赤的《走下神坛的毛泽东》、《走下圣坛的周恩来》，叶永烈的"红色三部曲"——《红色的起点》、《历史选择了毛泽东》、《国共风云——毛泽东与蒋介石》，邓小平女儿毛毛的《我的父亲邓小平》、《我的父亲邓小平——文革岁月》，王朝柱的《开国领袖毛泽东》等都有较高的价值。中共历史上的重要人物也都有传记或回忆录，如刘白羽的《大海——记朱德同志》，铁竹伟的《霜重色愈浓》，陶铸女儿陶斯亮的《一封终于发出的信》，罗瑞卿女儿点点的《非凡的年代》，王稼祥夫人朱仲丽的《黎明和晚霞——王稼祥文学传记》、《江青外传》，成仿吾的《长征回忆录》，杨成武的《敌后抗战》，李瑞芝的《回忆父亲吉鸿昌》，以及《李大钊传》、《张爱萍传》、《贺龙的脚印》、《任弼时传》、《董必武传》、《方志敏传》、《林伯渠传》、《聂荣臻回忆录》等，都是较好的作品；特别是曾志的《一个革命的幸存者》，写得极为真诚、大气，生动感人！

陈廷一的政治人物传记表现了中国现代史上的重要人物及其家庭、家族的历史和风采。

　　叶永烈不但写出了"红色三部曲"、《陈云之路》、《中共中央一枝笔——胡乔木》等革命家的传记，而且还勇闯禁区，写出了江青、张春桥、姚文元、王洪文"四人帮"及陈伯达的长篇传记，在反面政治人物的传记文学创作上作出了开创性的贡献。

　　新时期较早出现且很有价值的传记作品是作家、学人的自传、回忆录和他传。

　　著名作家茅盾（1896—1981）在粉碎"四人帮"后写了《我走过的道路》，著名戏剧家夏衍写了《懒寻旧梦录》，都有较高的文学价值和史料价值。巴金的《随想录》以沉痛和忏悔的心情，回顾了十年"文化大革命"中的惨痛遭遇并对自己的言行进行了深刻反思，具有震撼人心的魅力。陈白尘的《云梦断忆》，丁玲的《狱中回忆》、《我所认识的瞿秋白——回忆与随想》，刘白羽的《心灵的历程》，都有广博的思想容量、高度的历史价值和深厚的文学魅力。

　　写鲁迅先生的传记有好多种，各有风格，各具特色，这反映了新时期传记文学百花齐放的盛况。其他如《闻一多传》、《胡风传》、《李苦禅传》、《弘一法师传》、《苏曼殊评传》、《巴金评传》、《冰心评传》、《徐志摩评传》、《沈从文传》等，也都有自己的特色。

　　在新时期，学人传记逐渐繁荣，其中影响特别大的，当推杨绛的《干校六记》和《我们仨》，季羡林的《牛棚杂忆》，韦君宜的《思痛录》，王火的《在"忠字旗"下跳舞》等学者作家的回忆录，塑造了传主的文化人格，批判了"文化大革命"，表现了对知识分子生存意义的探究和追寻；他传则有张紫葛的《心香泪酒祭吴宓》，陆键东的《陈寅恪的最后二十年》，王晓明的《无法直面的人生——鲁迅传》，程伟礼的《信念旅程——冯友兰传》，高建国的《顾准全传》，张冠生的《费孝通传》，李辉的《萧乾传》，戴光中的《胡风传》等，也具有深刻的反思性，闪耀着高尚的精神光辉。

　　艺术家、明星的自传、回忆录和他传也大量涌现。徐悲鸿夫人廖静文的《徐悲鸿一生》，以生死不渝的感情写出了徐悲鸿奋斗的一生及其独特的性格；著名艺术家新凤霞的《我叫新凤霞》，著名舞蹈家吴晓娜的《我的舞蹈艺术生涯》,著名电影演员刘晓庆的《我的路》,开启了影视明星写作自传、回忆录的热潮;赵忠祥的《岁月随想》显得淡定、平和、风趣,有较高的思想深度;倪萍的《日子》以散文笔法写作,表现出较强的抒情色彩;邓在军的《屏前幕后》写出了她数十年的导演生涯;刘彦君的《梅兰芳传》,翟墨的《圆了彩虹——吴冠中传》,倪振良的《赵丹传》,杨澜的《凭海临风》,姜昆的《笑面人生》,姜丰的《温柔尘缘》,黄宏的《从头说起》,李东旭、马兰的《东方笑神赵本山》等,都有自己的特色。此外,还有体育明星的自传、回忆录,如陈祖德的《超越自我》,聂卫平的《围棋人生》等,也很受欢迎。

新时期还出现了大量科学家、企业家的传记。

在"科教兴国"国策的带动下,新时期科学家传记得到了蓬勃发展。20世纪90年代出版了《科学巨匠丛书》、《中国国防科技科学家传记丛书》、《中国科学家传记文学丛书》和《当代中华科学英才丛书》等,为世界公认的华人科学家钱学森、杨振宁、丁肇中、邓稼先、王淦昌、华罗庚、苏步青、吴健雄、李远哲等树碑立传。在科学家传记中,魏根发、祁淑英的《钱学森》,林沫的《困惑的大匠·梁思成》,聂冷的《吴有训传》,聂冷、庄志霞的《袁隆平传》,张维的《熊庆来传》,吴崇其的《林巧稚》,江才健的《吴健雄传》,余德庄的《世纪情结》等都是优秀的作品。

在企业家的传记中,较有影响的有桑逢康的《荣氏家族》,汪卫兴、倪冽然的《船王包玉刚》,傅子玖的《陈嘉庚》,杨国桢的《陈嘉庚》,夏萍的《李嘉诚传》、《曾宪梓传》等。

表现中外历史人物的传记和评传也得到了发展。朱东润连续写出了《陆游传》、《梅尧臣传》、《杜甫叙论》、《陈子龙及其时代》等学术传记;匡亚明的《孔子评传》和邓广铭的《岳飞传》均有很强的学术性;陈贻焮的《杜甫评传》,3卷,108万字,是中国有史以来最长的学术传记,对杜甫一生的创作及其思想性格的发展作了深入评述。写外国历史人物的传记作品也不少,如李显荣的《托洛茨基评传》,解力夫的《纵横捭阖斯大林》、《身残志坚罗斯福》、《临危受命丘吉尔》、《坚韧不拔戴高乐》、《盗世奸雄希特勒》等。

新时期也出现了不少为普通百姓立传的作品,朱东润为"文化大革命"中去世的妻子写了《李方舟传》，在"文化大革命"后才得以发表；刘心武的《树与林同在》，陈丹燕的《上海的红颜遗事》，徐光荣的《烹饪大师》，残疾作者赵定军写自己个人奋斗及培养子女经历的《妈妈的心有多高》，冯骥才的《一百个人的十年》等，是其中的优秀作品。

以上这些，都反映了新时期传记写作的繁荣。新时期传记繁荣的又一表现是传记作品的"出版热"。在新时期，大型传记丛书陆续推出。影响较大的除前面提到的以外，还有中华书局的《年谱丛刊》，湖南人民出版社的《世界名人传记丛书》（翻译），湖南科技出版社的《诺贝尔奖金获得者传》、《中国现代科学家传记》，《晋阳学刊》编辑部的《中国现代社会科学家传略》，书目文献出版社的《中国当代社会科学家传略》、《外国著名文学家传》等。

一些人物辞典和人物传记资料索引，因其高度的史料价值和实用性，也开始陆续出版。其中较有分量的是，北京外国语学院编的《中国作家大辞典》（分古代和现代，已出9卷），上海辞书出版社的《中国人名大辞典》，中国作协编的《中国作家大辞典》，武汉测绘科技大学出版社的《中国当代知名学者辞典》，中国社会科学院近代史研究室编的《近代来华外国人名辞典》，南京大学校长匡亚明主持编写的《中国思想家评传》等。

传记期刊也出版了好几种。主要的有《人物》（双月刊，人民出版社）、《传记文学》（季刊，文化艺术出版社）、《名人传记》（月刊，黄河文艺出版社）等。

1992年成立的先后以刘白羽、王维玲和万伯翱为会长的中国传记文学学会对20世纪90年代以来的中国传记文学作品进行了两次评奖活动。中外传记文学研究会自1994年在北京大学成立以来，召开了10余次年会，出版了《中外传记文学通讯》和《传记文学研究》等书刊。这两个学会对推动传记文学的写作和研究，都起了很大的作用。

传记理论研究和评论方面也有较大进展。对传记文学的系统研究，是从20世纪90年代初期出版的李祥年的《传记文学概论》和朱文华的《传记通论》开始的，紧接着出版了郭久麟的《传记文学写作论》和俞樟华的《中国传记文学理论研究》等。进入21世纪以后，这方面的著作有北大学者赵白生的《传记文学理论》，南京大学学者王成军的《纪实与纪虚》，李战子的《语言的人际元功能新探——自传话语的人际意义研究》。

中国传记文学史的研究也有所突破。韩兆琦主编了《中国传记文学史》，陈兰村主编了《中国传记文学发展史》，二者均以古代为主。陈兰村与叶志良主编的《20世纪中国传记文学论》和全展的《中国当代传记文学概观》分别对中国20世纪和当代传记文学进行了较全面的研究。郭久麟撰写的这部《中国二十世纪传记文学史》则是第一部关于中国20世纪传记文学史的专著。

对中国古典传记的研究，主要集中于司马迁、韩愈、王安石等人，韩兆琦教授先后编撰了《史记选注集说》、《史记评论赏析》、《史记人物传记论稿》，陈兰村和张新科编撰了《中国古典传记论稿》，郭双成写了《史记人物传记论稿》，张大可写了《史记研究》，可永雪写了《史记文学成就论稿》，张新科写了《史记学概论》，俞樟华写了《史记新探》、《史记艺术论》。

对近现代传记文学作家的研究评析，集中在梁启超、胡适、郭沫若、郁达夫、林语堂、朱东润身上。萧关鸿、戴光中、耿云志、孙毓茂、傅正乾、万平近、李祥年、朱文华、郭久麟、吴晓明、余昌谷、王维玲、王炳根、韩梅村等为主要的评论家。萧关鸿在《中国百年传记经典》（1~4卷）中对20世纪的传记作家作品作了精当扼要的点评，郭久麟的《传记文学写作与鉴赏》选择从古至今的80多部（篇）优秀传记文学作品进行深入评析，韩梅村在《多棱镜下的人生——张俊彪论》中，以6万字的篇幅，分析了张俊彪的传记文学创作。

对西方传记的介绍和研究，也有相当进展。杨正润的《传记文学史纲》把中国传记的发展放在世界传记发展的大格局中来比较阐释，资料丰富，议论精湛，具有开拓性和创新性。何元智的《中西传记文学研究》，对西方传记及其理论作了扼要的介绍。西方传记理论著作开始在我国翻译出版；在《传记文学》等杂志和报纸上，也陆续刊登和介绍了西方传记文学的一些理论。

对于传记文学的研究，也开始进入高校课堂。复旦大学中文系朱东润教授招收了专攻传记文学的博士研究生；不少高校在本科和硕士研究生阶段开设传记文学必修课或选修课；一些高校写作教材有传记文学写作章节。

当然，对传记理论的探讨，面还不够广，深度谈不上，对当代传记的研究更不够；对外国著名传记作品和理论著作翻译得不多；对中外传记及其理论的比较研究就更少。这些，都还有待于学术界同行的共同努力。

六、港台及海外华人传记文学创作

香港、台湾和海外华人传记文学是中华民族传记文学的一部分，20世纪以来，也得到了较大发展。

香港传记文学取得了很大的成就。1968年由大陆去到香港的寒山碧用5年时间写出《邓小平传》，真实客观地表现了邓小平波澜壮阔的一生，享誉海内外；他的《香港传记文学发展史》也有开创性的价值。著名作家曹聚仁的《鲁迅评传》也极为成功。香港作家徐铸成的《杜月笙正传》和《哈同外传》也颇有特色。

胡适到台湾后继续做了传记文学的倡导工作。以后刘绍唐在台湾创办了《传记文学》杂志，不久又成立了传记文学出版社，并出版传记文学丛书。台湾还编辑出版了《近代中国史料丛刊》和《中国现代自传丛书》等。

台湾作家江南写了《蒋经国传》；李敖写过《梁启超胡适徐志摩连环传》、《胡适评传》等，但影响最大的是《李敖自传与回忆》、《李敖快意恩仇录》；著名画家徐悲鸿的前妻蒋碧薇流寓台湾后写的《我与悲鸿》与《我与道藩》，文笔清新，在台湾影响较大；著名作家江南的《蒋经国传》，也很有影响。

连方瑀的《半世纪的相逢》真实生动地记述了她与丈夫连战先生的大陆之行，受到读者的喜爱。

在海外，最重要、最有成就的传记作家是林语堂（1895—1976），他一生著述丰富，其传记主要是《苏东坡传》、《武则天传》以及《林语堂自传》（写于1933年）和《八十自叙》（写于1976年）。此外，林语堂的女儿林太乙的《林语堂传》更是写活了林语堂的形象。

李宗仁的《李宗仁回忆录》，详细记叙了他大半生的经历；顾维钧的《顾维钧回忆录》，是中国作者所写的最长的一部回忆录。为李宗仁、顾维钧以及胡适写过口述回忆录的美籍华人唐德刚的《胡适杂忆》，很有特点。

著名美籍华人陈香梅写了《一千个春天》等回忆录，表现了她同美国飞虎队长陈纳德将军的爱情和奋斗史。德籍华人作家关愚谦的《浪，一个"叛国者"的人生传奇》真实生动地描写了他曲折坎坷的人生际遇和鲜明性格，展示出他丰富的情感世界。

第二篇

中国传记文学从古典到现代的嬗变

第三章　戊戌变法前后的传记文学

一、戊戌变法前后传记文学发展概论

戊戌变法前，曾国藩（1811—1872）作为"桐城派"中兴的宗主，写了不少传记作品，如《江忠烈公神道碑》、《李勇毅公神道碑铭》、《毕君殉难碑记》、《满妹碑志》等，对传记文学的发展有所贡献。首先，他把墓志铭当做表达自己政治观点的传记文学来写，强化了传记的文体意识。其次，他主张"以史传人"，即从历史的角度叙写传主，重在写人，有助于传记创作的发展。第三，他的传记作品充满了阳刚之气，叙事磊磊有生气，人物勃勃有生机，语言铮铮有骨气，被当时文人誉为"经世大文，信史实迹，读之足以开豪杰心胸"。他团结造就了一批散文作家（包括传记文学作家），形成了"桐城派"的中兴局面，推动了清末的传记文学创作。曾国藩之后的"曾门四大弟子"中，黎庶昌和吴汝纶的传记文学在他的基础上进一步体现了近代传记文学的转变：即传记文学与时政的结合。

黎庶昌（1837—1897）曾上万言书议论时政，成为曾国藩幕僚。其写妻妾朋友的传记作品文笔跌宕，气势雄放，哀婉动人，能以生活细节传达人物个性。其《二部侍郎石公神道碑铭》撰写了一位敢于反抗外敌的官员。作者先渲染环境的恶劣："先是，咸丰十年八月，西洋英法两国，以条约不谐故，合寇天津。吏民骇散，总督以下官员，多受辱。"再写这位知府单身赴敌的大无畏行动："公时为知府四年，私念空城徒死无益，不若径往赴敌。即单车抵英酋所，陈说大义，谕我朝神武，宜速罢兵议和……慷慨而谈，颜色不变，英酋虽未即听，然心敬中国有人矣。既而以五百人劫质南营，公即倔强谩骂，时时引手搏颈曰：'速杀我，取吾头去。'酋益敬，礼有加，为具食，不肯食；敬酒，不肯饮；勺水不入口者三日。"最后作者写他的影响："酋皆私窃自谓：此大皇帝忠臣，不可屈，宜还之。而天津士民数十万人复集，日夜环奏轮舟，雀跃欢呼曰：'还我石父母来！'"其爱国反帝之热情，溢于言表。

吴汝纶（1840—1903），字挚甫，安徽省桐城人，曾国藩、李鸿章幕僚，后为京师大学堂总教习。他主张"文章应切于时变"，应"以能济时变为归宿"。他的传记作品《李文忠公神道碑铭》、《左文襄公神道碑》、《神中烈公神道碑》等往往从小处着手，大处落笔，于平易中见雄浑，淡雅中见骨力。他还写过一篇《弓裴安墓表》，塑造了传主弓裴安"善为田"、"善构造"的工匠形象，赞扬了西方建筑业和农业的先进，为近代传记文学创立了新型的传主，显示了鲜明的时代特色。

在近代传记文学的发展历程中，翻译家林纾也功不可没。林纾（1852—1924），字琴南，号畏庐、冷红生，福建闽县人，曾任京师大学堂教员。他的传记创作学习《史记》，注重细节和叙事。其《冷红生传》、《谢秋浔传》、《僮遂小传》、《先妣事略》等，均能于叙事中揭示人物心态和性格。如《冷红生传》自述他三次回绝美女、名妓向他示爱的经历，揭示了内心深处情与理、灵与肉的冲突。《先妣事略》写母亲对儿子的爱和思念，十分感人。

在中国近代19世纪末期的传记文学发展过程中，真正实践传记文学从古典向现代嬗变的是李秀成和王韬。所谓古典向现代的嬗变，是指从内容到形式上的革新。即传主的性质，传记的内容、思想、结构，乃至传记的语言及表达方式等都有巨大的变化。李秀成和王韬的两部传记的传主，都已不再是传统的帝王将相或才子佳人，而是农民革命的将领和通晓中西方哲学的学者，其内容也大大不同于往昔，表现方式上也有提高。

李秀成（1823—1864）出生于贫苦家庭，在太平军中屡立战功，成为太平天国后期的军事统帅，1864年天京陷落被俘。李秀成按曾国藩"详供"要求写出了3万字的供状，但尚未全部完成即被曾国藩所杀。《李秀成自述》既是李秀成的自传，也是太平天国的简史。作者以太平天国高级将领的身份，以亲身经历和见闻感受，既写出了他的家世和他在太平军中的战斗经历和作用，表现了他既刚强勇猛又效忠天王的复杂心理和独特性格；又写出了太平天国从金田起义到定都天京直至天京陷落的战斗历史，表现了太平天国内部的矛盾斗争和自相残杀，并总结了农民革命的经验。这部自传真实地表现了英雄末路时的复杂而悲凄的情怀，显示了强烈的悲剧性。

这个时期还出现了一位受过西方思想文化熏陶的传记作者王韬。王韬（1823—1897）曾去英、法、俄、日等国游历，回到上海后创办弢园书局和致格书院。他主要的传记佳作是《弢园老民自传》。其自传冲破了中国传统的儒家学说中"自省"、"慎独"的教条，毫不掩饰地张扬自我、宣传自我，坦率放言自己放达不拘的性格；写作上也纵笔宣泄，不拘一格，这篇传记标志着中国知识分子自我意识的觉醒。

这两部自传标志着中国传记出现了全新的传主、全新的思想，也预示着中国传记开始进入一个新阶段。

戊戌变法失败至辛亥革命这段时期，较优秀的传记文学都是为改良者和革命者作传。其中如萧汝霖的《谭嗣同传》，以与谭临刑前的三次对话突出展示了谭嗣同从容就义、视死如归的英雄品格。谭嗣同生前好友、启蒙宣传家唐才常为变法维新人物江标所作《前四品京堂湖南学政江君传》，以深厚感情痛悼江君之死，悲壮感人。清末著名革命家兼学者章炳麟为邹容所写《邹容传》，仅以数百字即写出了邹容之生平、性格及其在狱中生病和死亡的经历。作者把叙述与抒情，逸事与对话融为一体，实为不朽之佳作。石门女士徐自华的《鉴湖女侠秋君墓表》写出了秋瑾女士不平凡的生平和刚毅豪放之性格，亦不失为一篇激情洋溢的优秀传记。

从戊戌变法到辛亥革命时期，写作和宣传传记最力，并真正完成了传记革新的作家，是梁启超。

梁启超（1873—1929）是中国启蒙运动中最重要的思想家之一。他的传记作品多达40部，约45万字，成为他宣传新思想的重要工具。梁启超的传记贯穿着英雄史观。戊戌变法失败后，梁启超满腔悲愤，在流亡途中即热情为戊戌变法的英雄立传。他还选择为古今中外之英雄立传，以弘扬英雄主义，激发民族精神。他的传记传主有春秋时代著名丞相管子，沟通西域、扩大华夏版图的英雄张骞和班固，北宋时期著名改革家王安石，航海家郑和，明代抗清名将袁崇焕，清朝晚期最重要的政治家、外交家、洋务派领袖李鸿章等。

梁启超能站在时代的高度，把英雄放在历史的长河中进行评说和论述，并进而表达和抒发自己的政治或学术立场、情感，因而有着强烈的个性色彩，富于感人的力量。在传记写作上，梁启超既"仿西人传记之体"，又学司马迁之法，在结构形式上吸取中西方传记的优点和长处，语言上则运用半文半白的"新语体文"，开创了传记文学的新体式。

二、李秀成的《李秀成自述》

李秀成（1823—1864），广西藤县人。父母为农民，幼时家贫，种地为生，仅随舅父读过三年书。受拜上帝会影响，参加了太平军，在部队中英勇善战，屡立战功，太平军定都天京以后，被封为忠王，成为太平天国后期重要的军事将领。天京被攻破之后，他为保护洪秀全幼子逃出城外，把自己的战马让幼主骑走，终被清兵俘获。在狱中，他写下了这篇自述，尚未写完，即被曾国藩所杀。

《李秀成自述》是鸦片战争以后第一部引人注意而又引起争议的长篇自述传记。它是由太平天国的卓越统帅李秀成在狱中按清军统帅曾国藩审讯时的要求写的自供状。李秀成在自述中叙述了自己参加太平天国起义的经过和自己在运动中的作用及自己对天朝的认识，叙述了太平天国天王和几位主要统帅的经历及从金田起义到天京陷落的悲壮历程，写出了天朝内部的矛盾斗争和自相残杀，写出了起义军同清兵及"鬼兵"（洋人军队）战斗的详细过程，他还对这次农民起义的经验教训作了自己的一些总结。因此，这篇自述不但是李秀成的自传，而且也可以看做是太平天国高级将领所写的太平天国简史，具有极其珍贵的文献史料价值。

《李秀成自述》虽然没有多少文学色彩，结构也有些杂乱，但还是写出了作者自己的经历及其英勇机智和忠诚于太平天国大业的性格。作者写他自幼"在家孤寒无食，种地耕山，帮工就食，守分安贫"，只读过三年书，只因"道光廿六、七、八年间，有天王自东省花县上来……教人敬拜上帝"，于是参加了太平军，他"在军中，勤劳学练，生性秉直，不辞劳苦，各上司故而见爱，逢轻重苦难不辞"。因而屡立战功，先调"指挥之任"，以后又被任命为忠王。他浴血苦战，六解京师之围；他目光远大，刚正无私，对天朝内部矛盾斗争和自相残杀以及洪秀全的弱点错误有清醒的认识，也多次提出很好的建议，但未得到洪秀全的采纳。后来他自己也受洪姓诸王的牵制和约束，但他仍"尽我一生一世愚忠对天"。即使在洪秀全病死，天京被清兵攻破之后，他还率残军保护天王幼子逃出城外，终至被俘。他深刻地剖析了自己的愚忠思想："虽天王气满蒙尘,误国失邦,我受过其恩,尽心而救天王这点骨血,是尽我愚忠而为。"作者同清王朝进行了殊死搏斗，但在被俘以后，却忏悔自己的过去，向当年的死对头曾国藩等人乞怜，还向曾国藩献上收齐太平天国余部的10条章程（当然,这也可能是他的缓兵之计,或者是他出于人道主义的考虑,但已无法证明）。从中可以看出这位英雄在走投无路、生死考验前的痛苦而复杂的思想情感，显示出浓烈的悲剧色彩。

在《李秀成自述》中，我们还看到了太平天国运动的悲壮历程。作者作为太平天国运动的亲身参与者，又是后期的高级将领，亲眼看到太平天国运动从开始到高潮到失败的全过程，故写得极为真实和沉重。作者写了太平天国起始宣传拜上帝会的情况和金田起义的经过，写天王借上帝发动群众："天王死去七日后还魂……劝世人敬拜上帝，劝人修善，云若世人肯拜上帝者，无灾无难，不拜上帝者，蛇虎伤人……为世民者俱是怕死之人，云蛇虎咬人，何人不怕？故而从之。"写义军攻克南京后的威风："水面舟只万余，各尽满载粮食等件"；作者也写出了太平天国获得胜利的原因："开立军伍，整立营规，东王佐政事，事事严整，立法安民"，故"上下战功利，民心服"。但自定都天京后，东王杨秀清威风张扬，不知自忌，北王韦昌辉将东王及其亲戚属员尽行杀净，翼王石达开欲劝阻北王滥杀无辜，北王竟欲杀翼王，翼王逃出，北王竟杀了翼王全家，后被众将杀死。翼王回天京后，又受天王心腹挟持，只好带兵远征出走。由于"自相残杀"，太平军力量削弱。作者还写了天王"用人不专，信人之不实，诌佞张扬，明贤偃避，豪杰不登，故有今之败"。作者以自己的亲身经历、亲眼所见、亲耳所闻、亲身感受，写出了太平天国的历史，总结了太平天国的历史经验，具有很深刻的思想内涵。

三、王韬的《弢园老民自传》

王韬(1828—1897),字利宾,号兰卿,后改名为韬,号众韬,江苏长洲(今苏州)人。曾在上海英国教会所办之墨海书馆供职。太平天国运动中,他因与太平天国将领有联系(他自称是为国家在起义军中作反间计),被当局通缉,不得已避居香港,受英国人雅理各之聘,翻译中国经书,并到欧洲和俄国、日本游历,主编了中国第一份宣传资产阶级改良主义思想的报纸——香港《循环日报》。后回上海创办弢园书局,主持致格书院。王韬介绍西方文化的著作有《弢园文集外编》、《淞隐漫录》、《海陬冶游录》、《蘅花馆诗录》等。他的传记作品有《法国儒莲传》等,而其成就最高、影响最大的传记作品是《弢园老民自传》。

《弢园老民自传》是中国古代传记文学史上第一篇冲破旧礼教的束缚而张扬自我、宣传自我的自传佳作。由于王韬自幼受中国古代文化熏陶,成年后又到欧亚诸国游历,并长期从事中外文化交流工作,因而又深受外国文化的影响。他的自传,既有中国古代立功立德立言的传统精神的烙印,更深受西方个性解放的价值观的影响;他打破了中国士大夫阶层传统的"自省"、"慎独"、"敏于行而慎于言"之类的教条,在自传中放肆地宣传自我、张扬自我、表彰自我,写出了完全不同于中国古代知识分子的全新的自我,也写出了完全不同于古代传记的一部新作。

他首先大胆标榜自己写自传的目的是为了扬名天下:"生而作传,非古也。老民盖惧没世无闻,将自叙梗概如此。"他自夸:"九岁成童,毕读群经,旁涉诸史杂说,无不该贯,一生学业悉基于此。"他又夸耀自己:"生平未尝属稿,恒挥毫对客,滂沛千言。"同时,他又坦率直言自己放达不拘的性格:"自少性情旷逸,不乐仕进,尤不喜帖括，虽勉为之，亦豪放不中绳墨。"他表述自己忧国忧民之怀："惟是时事日艰，寇氛益迫，老民蒿目伤心，无可下手，每酒酣耳热，抵掌雄谈，往往声震四壁，或慷慨激昂，泣数行下……"他在自传中毫无隐讳地抒发自己的欢乐和痛苦。别人称赞他是当今最通达时务之人时，他马上把对方引为"生平第一知己"；而谈到自己没有儿子，女儿残疾又早殇时，他又义愤填膺："呜呼！老民既无子矣，而复夺其女，不解造物者所以待之，抑何刻酷至斯哉！"王韬本人那种受西方文化影响的新型知识分子的性格和心理，都在自传中袒露无遗。

从写作形式上看，由于作者思想解放，个性豪迈洒脱，因而这部自传显得生动活泼、不拘一格，而且文辞酣畅、通俗易懂，显示了西方自传体对中国传记创作的影响。

《弢园老民自传》在近代自传文体发展中具有开风气的作用，对郭沫若、郁达夫等人的自传写作也有较大的影响。

四、徐珂的《冯婉贞传》

徐珂（1868—1928），字仲可，浙江钱塘（今杭州）人，光绪举人，官至内阁中书。曾入袁世凯幕府。戊戌变法期间加入康有为、梁启超组织的保国会，以后又加入保浙会。变法失败后返回故乡杭州，加入南社，担任过上海商务印书馆编辑，从事著述和编辑工作。工于诗，亦善散文，且博学多闻，熟通掌故。作品有《天苏阁词》、《大受堂札记》、《清稗类钞》。

《冯婉贞传》通过圆明园附近谢庄民众在冯婉贞父女率领下自发抗击英法联军侵略的史实，生动地刻画了冯婉贞爱国爱家、智勇双全的形象。这篇传记突出地运用了对比、衬托的手法。作者先描写冯婉贞之父冯三保勇而多艺，爱国爱乡，在英法联军侵入北京，首都动荡、"骚然"之时，毅然组织团练，筑石砦土堡于要隘，抗击侵略军，且十分机智地指挥民众埋伏于石砦之后，打了一个漂亮的伏击战。写到此，作者已经刻画出了一个较为优秀的爱国爱乡的勇者形象。然而，作者没有到此止步，而是在这个基础上进一步展示了冯婉贞智勇双全的形象。冯婉贞在其父因率众打退英法联军而沾沾自喜之时，高瞻远瞩地提出了

"小敌去,大敌来矣,设以炮至,吾村不齑粉乎?"的问题。当冯三保不知怎么办时,她又提出了"以吾所长,攻敌所短,操刀挟盾,揉进鸷击",避开敌人的火器,与敌人展开巷战。可是,冯三保担心敌人太强大,加上又有重男轻女的思想,不愿听她的意见。她决心"尽吾力以拯吾村",遂动员村里的青年"与其坐而待亡,孰若起而拯之"!她率领村民,发挥自己的特长,克敌之短,机智灵活地以突击和近战,战胜了侵略军。作者以英勇聪明的冯三保作为陪衬,更多地表现了两代人的形象,突出了冯婉贞的机智、勇敢、敢作敢当、见义勇为而又聪慧机敏、富有远见卓识的性格。

其次,文章突出了冯婉贞的英勇杀敌的行动,"挥刀奋斫,所当无不披靡"。写她巧用战术,正确地指挥村民,在敌人溃退时大呼:"敌人远我,欲以火器困我也,急逐弗失!"率众追上敌人,与敌人纠缠在一起展开肉搏,使敌人的枪炮不能发挥作用。由于她抓住时机,追上敌人,发挥了自己的优势,终于打败敌人,使谢庄得以保全。

这篇传记为我们展现了一位英勇机敏的反帝爱国的女英雄的形象,丰富了中国传记文学的人物画廊。

五、梁启超的传记文学

梁启超(1873—1929),字卓如,号任公,别号饮冰室主人,广东新会人。曾在广州万木草堂协助康有为进行变法理论的研究工作。1895年赴京会试,与康有为等发动"公车上书"。1896年在上海主编《时务报》,编辑《西政丛书》,发表《变法通议》。1898年入京协助康有为组织保国会,积极从事变法维新运动。戊戌政变后逃亡日本,与康有为建立保皇会,先后创办了《清议报》、《新民丛报》和《新小说》等,宣传改良,主张保皇,1916年策动蔡锷组织护国军讨伐袁世凯。五四时期反对尊孔复古,提倡民主与科学。晚年在清华大学等高校任教,专事讲学与著述。

梁启超是近代资产阶级改良运动杰出的政治家、思想家、宣传家,以毕生精力推动中国的启蒙运动。他又是著名的文学家、学者。他学识渊博,才华横溢,著作内容广博宏富，涉及政治、经济、历史、哲学、文学等方面，影响极大。在文学改良运动方面，他倡导了"诗界革命"、"小说界革命"、"文界革命"，写过诗词、散文、戏曲、小说，其中以散文的成就和影响最大。他的散文叙事严谨、说理透彻，语言华美畅达、热情奔放，创造了号称"新民体"的新文体，开启了近代文体解放和五四白话文运动的先河。

梁启超在传记文学写作方面作出了突出的贡献。他的传记作品很多，主要是写中国当时变法图强的人物，中国历史上的杰出人物及可为中国人学习效法的外国著名历史人物。戊戌政变刚过，他就为他的战友谭嗣同等写了六烈士传；接着又写了长篇传记《李鸿章传》、《王荆公传》、《管子传》；还写了"可以为中国国民法"的《新英国巨人克林威尔传》、《意大利建国三杰传》、《匈牙利爱国者噶苏士传》、《罗兰夫人传》等外国杰出人物传记。贯穿在梁启超传记作品中的主调，是对英雄的崇拜、对英雄业绩的歌颂和理想主义的呼唤。在写法上，他一方面继承了司马迁《史记》"载道"的传统及夹叙夹议的方法；一方面又学习和借鉴西方19世纪英美传记的民主思想和自由形式。他拓展了传记的政治思想内容，扩大了传主的范围，打破了古典传记的刻板模式，吸取了西方传记的一些优点，赋予传记以鲜明的个性色彩。他完成了中国近代传记向现代传记的转型。

梁启超最早写出的传记文学是《殉难六烈士传》。这六篇传记分别写了戊戌变法中牺牲的六位烈士。这六位烈士都是他的亲密战友，又都是杰出的、激进的知识分子，有着献身改良运动、献身革命事业的仁爱之心，作者对他们都比较了解，也十分尊重。在创作时，梁启超满怀对战友的深情，运用《史记》的手法，通过人物的行动和语言，再现历史事件和历史人物，刻画人物性格，展现人物的风采，特别表现了他们视死如归的精神。《康广仁传》记述了康有为弟弟康广仁的独特性格："精悍厉鸷，明照锐断，见事理若区别黑白，勇于任事，洞于察机，善于观人，达于生死之故，长于治事之条

理,严于律己,勇于改过。"作者还将康广仁与康有为两兄弟加以对比:"南海(即康有为)先生之学,以仁为宗旨,君则以义为宗旨。故其治事也,专明权限,能断割,不妄求人,不妄接人,严于辞受取与,有高掌远摭陷廓清之概,于同时士大夫之豪俊皆俯视之。"又比较谭嗣同与康广仁:"六烈士之中,任事之勇猛,性行之笃挚,惟复生(即谭嗣同)与幼博(即康广仁)为最。复生学问之深博,过于幼博;幼博治事之条理,过于复生:两人之才,真未易轩轾也。呜呼,今日眼中之人,求如两君者,可复得乎?可复得乎?"作者写康广仁慷慨就义时的豪迈:"死亦何伤!……特恐我等未必死耳,死则中国之强在此矣,死又何伤哉?"当有人担心他们死后,"后无继者"之时,"君曰:'八股已废,人才将辈出矣,何患无继哉?'神气雍容,临节终不少变,呜呼烈矣!"

《谭嗣同传》以白描手法,简练而生动地记述了资产阶级改良主义激进派的杰出代表谭嗣同短暂而光辉的一生。作者在简洁地叙述了谭嗣同的生平之后,较详细地记述了谭嗣同入京参与维新变法活动之热情真诚;记述了他以父命就官一年却闭门养心读书,写成《仁学》一书;记述他在南学会演说,"慷慨论天下事,闻者无不感动",湖南全省风气大开。作者把描写叙述的重点放在谭嗣同参与戊戌变法的行动上:谭嗣同与杨锐、林旭、刘光第等一同参与新政,沟通了皇上与康有为的直接联系,锐意欲行大改革;然而,皇上手无实权,赐衣带诏,命康有为与谭嗣同等设法筹救,谭嗣同遂冒着巨大的风险,径造袁世凯寓所,动员袁世凯救圣主,诛逆贼。袁世凯表面答应,然而,却在关键时刻背叛了光绪皇帝,变法维新惨遭失败。最后作者以自己亲眼所见、亲耳所闻,记述谭嗣同以拯救皇上、拯救同志(康有为、梁启超)为己任,献身变法事业的慷慨举动:"昔欲救皇上,既无可救;今欲救先生,亦无可救。吾以无事可办,惟待死期耳!"但他仍"知其不可而为之",叫梁启超到日本领事馆救康有为先生,又劝梁启超赴日,自己则留下来救皇上,他对梁启超说:"不有行者,无以图将来;不有死者,无以酬圣主。今南海之生死未可卜,程婴、杵臼、月照、西乡,吾与足下分任之。"他自知要被逮捕,日本志士数人劝他东游,他坚决不听:"各国变法,无不从流血而成。今中国未闻有因变法而流血者,此国之所以不昌也。有之,请自嗣同始。"他还在狱中题了诗句:"我自横刀向天笑,去留肝胆两昆仑",表达他对康有为和改良志士的思念和祝福以及为变革献身的决心。本篇传记以作者同传主的交往和作者的亲眼所见、亲耳所闻来写，显得特别亲切、真实；同时，作者对传主有深厚的情感，写得真挚感人。在写谭嗣同夜访袁世凯时，描写得绘声绘色，神情毕现，使人如临其境，如闻其声，如见其人：（谭嗣同）乃直出密诏示之曰："今日可以救我圣主者，惟在足下，足下欲救则救之。"又以手自抚其颈曰："苟不欲救，请至颐和园首仆而杀仆，可以得富贵也。"袁正色厉声曰："君以袁某为何如人哉？圣主乃吾辈所共事之主，仆与足下，同受非常之遇，救护之责，非独足下。若有所教，仆固愿闻也。"谭嗣同之忠诚坦荡，袁世凯之虚伪狡诈，均表现出来了。

这六篇传记，显示了梁启超继承以《史记》为代表的中国传记文学传统的深厚功底和雄健笔力。

然而，更可贵的是，作者并未满足，而是以更大的努力，学习了西方传记文学的新方法，在传记文学创作方面写出了更多的佳作，作出了更大的贡献。一方面，他写了不少"可以为今日中国国民法者"的外国英雄之传记，如《匈牙利爱国者噶苏士传》、《新英国巨人克林威尔传》、《意大利建国三杰传》、《罗兰夫人传》等；另一方面，写了更多中国历史上在某一方面有特殊贡献之英雄，如《南海康先生传》、《王荆公传》、《管子传》、《袁崇焕传》等。

梁启超的评传《李鸿章传》可以说是传记文学史上的一个奇迹。梁启超与李鸿章"政治上为公敌，其私交也泛泛不深"，那么，他为什么要为自己的政敌作传，而且在传记中还为之辩护呢？这也是出于梁启超的英雄史观。因为，梁启超认为李鸿章是一个"非常之人"，"中国独一无二之代表人物"，是一个"英雄"，是中国特有的"英雄"。"十九世纪列国皆有英雄，而我国独无一英雄，则吾辈亦不得不指鹿为马，聊以解嘲，翘李鸿章以示于世界曰：此我国之英雄也。"所以他愿为李鸿章作传，以拨去李鸿章身上的政治尘埃，表彰他身上值得效法的英雄素质和富国强兵的有益做法，从而促进维新变法事业的发展。这不能不使人敬佩他的宽广胸怀和远见卓识。

《李鸿章传》从李鸿章所处的历史条件与中外环境立论，然后以将传主之历史与其所从事之工作性质相结合的方法，分别按"兵家之李鸿章"、"洋务时代之李鸿章"、"中日战争时代之李鸿章"、"外交家之李鸿章"、"投闲时代之李鸿章"及"李鸿章之末路"、"结论"的顺序,全面展开对李鸿章一生功过是非的论述和评价。作者在论述和评价时,总是把言论行动、成绩过错结合着人物所处的时代环境和世界格局、环球形势进行全面分析,有时还与中国乃至世界历史上的人物相互参照,因而显得大气磅礴,客观而准确。

作者既高度评价李鸿章在平息太平天国运动及捻军中的"功劳",在洋务运动中的远见卓识和在外交活动中的自主精神,以及他忠于清朝、进退如昔的品质;同时又尖锐地指出李鸿章用人唯亲、自私贪婪、缺乏政治头脑等缺点,并实事求是地分析了他所处的时代、社会、官场对他的影响和制约。作者指出:李鸿章身上有他自身的不足,加之历史条件的限制,他犯了许多错误,给中国的发展带来了不少负面影响。因此,作者声称:"吾敬李鸿章之才,吾惜李鸿章之识,吾悲李鸿章之遇。"

更难得的是,作者还能从李鸿章所处的时代、社会环境和整个世界的大环境中去评价李鸿章的历史功过和人格品质,乃至运用比较法,把李鸿章与中外历史和现实中的人物相比较,从而得出较为准确的评价。同时,梁启超还"以作近代史之笔力",以对近代史的深邃了解,从军事、洋务、外交、内务等方面,对李鸿章的思想、观点、做法、功过作了深刻分析,具有很高的学术价值。因此,严格地说,《李鸿章传》是一部杰出的政治学术评传。

作者写李鸿章,气宇轩昂,气度高远,内容丰富,笔力雄健。作者一开始就把李鸿章之出生与世界和中国的历史联系起来:"李鸿章之初生也,值法国大革命的风潮已息,绝世英雄拿破仑窜死于绝域之孤岛。西欧大陆之波澜,既已平复,列国不复自相侵掠,而惟务养精蓄锐,以肆志于东方。于是数千年一统垂裳之中国,逐日以多事。"你看,这是何等气魄!在结论中,作者又将李鸿章与古今中外的人物霍光、诸葛亮、郭子仪、王安石、秦桧、曾国藩、左宗棠、李秀成、张之洞、袁世凯、梅特涅、俾斯麦、格兰斯顿、爹亚士(今译梯也尔)、井伊直弼、伊藤博文等相比较,也即把李鸿章放到中国和世界历史的长河中作纵向的考察和横向的对比,从而更加准确地评价其历史地位,显得气象博大恢弘。

作者写《管子传》(管子即管仲),一开始也是从议论入手,境界高远,气象博大:"一国之伟人,间世不一见也,苟有一二,则足以光其国之史乘,永其国民之讴思。"而后在"叙论"的开首再次在古今中外之对比中,引出管子。接着,作者更从管子所处的时代、政治形势,管子的爱国心,管子之初政,管子之法治主义,管子之官僚政治,管子之官制,管子之内政,管子之教育,管子之经济政策,管子之外交,管子之军政等方面,进行了全面论述。最后,作者高度评价和赞扬了管子之丰功伟绩:"呜呼!管子之功伟矣!其明德远矣!""呜呼,如管子者,可以光国史矣。"全传融叙述、描写、议论、抒情于一体,显得纵横捭阖、气势磅礴。

梁启超是中国19世纪末至20世纪初最重要的思想家,他以传记文学的形式,来表达他的爱国主义情怀和英雄主义的抱负,因此,他在写传记作品时,首先注意选取具有爱国主义、英雄主义精神的人物作为传主。而且,作者还在传记中热烈赞扬和高度评价这些传主,甚至直接发表见解,倾注自己强烈的感情,引导读者更好地学习这些英雄。在传记的写法上,梁启超自觉地学习太史公"夹叙夹议"的笔法,把他对传记人物、历史事实、当代时局的所见所感,都毫不隐讳地表现出来,使作品具有浓厚的政论色彩。同时,他又吸取西方传记文学自由放达的方式,写得灵活自如,自由舒展。他时而长篇论述,时而详作考证;时而引用众多材料,时而大发感慨;时而严肃评价,时而诙谐调侃。总之,作者打破了传统传记的刻板体式,根据自己情感表达的需要,率意而为,不受约束。作者语言热情奔放,流利畅达,文白相间,自成一体,极有个性。这些,构成了梁启超传记文学豪迈雄健的风格,也是他对中国传记文学的重大贡献。

梁启超在传记理论方面也颇有建树。他不但介绍了西方传记理论,而且还系统研究了中国古典传记,写出了《中国历史研究法》、《中国历史研究法补编》、《新史学》等著作。他指出传记文体("人的专史")在史学中的相对独立性,并指出传记应"以人物为本位"。他还论述了旧传记5种体式在内容和形式上的特点以及传记写作方面的若干问题。

梁启超以其热烈的变法图强的思想,强烈的爱国热情,以其大量的、富于革新精神的传记作品和传记理论,实现了中国传记文学由古典向现代的转变和革新。

第四章 辛亥革命时期的传记文学

一、辛亥革命时期传记文学概论

以孙中山为首的资产阶级革命派领导的辛亥革命，推翻了腐朽的清王朝，结束了两千多年的封建统治，在中国历史上具有划时代的伟大意义。在传记文学创作上，也迎来了近代传记文学的大发展。

辛亥革命时期，在中国和海外的宣传革命的各种白话报刊上，革命的作家们根据现实斗争的需要，编写了大量白话文的传记文学作品。这正如阿英在《传记文学之发展——辛亥革命文谈之五》（《人民日报》，1961年11月20日）中所说的："传记文学的发展，在当时几乎成为绝大多数革命刊物不可缺少的部门。采用这种文学形式来宣传革命，也正适应了民族革命和爱国主义宣传工作的需要。"当时，章太炎写了《邹容传》和《徐锡麟、陈伯平、马宗汉传》等传记；蔡元培写了《徐锡麟墓表》和《杨笃生先生蹈海记》等传记；陈去病则不但以古为今用的方式，取材抗清英雄，为现实的爱国运动服务，而且还写了辛亥时期的著名革命家王金发等人的传记；徐自华则为革命女侠秋瑾写出了精彩的传记；严复也创作了《孟德斯鸠列传》、《斯密亚丹传》等外国名人传记，宣传爱国主义精神和民族革命思想；柳亚子写了《宁烈士太一传》和《陈烈士勒生传》等。此时期，还有《孔子传》、《黄帝传》、《中国革命家陈涉传》、《中国排外大英雄郑成功传》等传记出现。"这种文学形式能得到发展的机会，对革命发挥作用，不能不说是辛亥革命文艺阵线方面的一种突出成绩。"（阿英：《传记文学之发展——辛亥革命文谈之五》）

这一时期还有第一位"以中国人毕业于美国第一等之大学校"的容闳（1828—1912）的回忆录《西学东渐记》（原英文译名为《我在中国和美国的生活》），反映了我国第一代留学西方的知识分子为了把西方现代文明传播到中国而奋斗的情况。

二、蔡元培的传记文学

蔡元培（1868—1940），字鹤卿，号孑民，浙江绍兴人。清光绪十六年（1890）进士，任翰林院编修。甲午战争后接触西学，同情变法运动，变法失败后弃官回绍兴从事教育，先在绍兴中西学堂任监督（校长），后到上海南洋公学执教。光绪二十八年（1902）与章炳麟等创立中国教育会，任会长，宣传反清革命。光绪三十年（1904）与陶成章组织光复会，任会长。次年加入同盟会。不久，赴德国留学。辛亥革命后回国，任南京中华民国政府教育总长，改革封建教育，建立了资产阶级民主教育体制。1913 年赴欧洲考察，与吴玉章等创办留法勤工俭学会。1917 年任北京大学校长，实行"思想自由、兼容并包"的方针，积极支持新文化运动。1926 年参加北伐，九一八事变后，主张抗日，拥护国共合作。1940 年病逝于香港。著有《蔡元培全集》。

蔡元培是近代著名的思想家、教育家，对哲学、文学、美学、心理学、教育学均有研究。蔡元培的传记分为辛亥革命志士传、亲朋好友传和口述传略三类。

蔡元培为辛亥革命英雄立传的传记中较知名的是《徐锡麟墓表》和《杨笃生先生蹈海记》。

徐锡麟是辛亥革命的著名烈士。蔡元培的《徐锡麟墓表》写出了徐锡麟的生平事迹、革命精神及其成长的历史和社会环境。《杨笃生先生蹈海记》则写出了杨笃生烈士蹈海自杀的社会原因及其个人的病因。

这两篇传记在写法上都注重一开始就以一段议论或抒情的文字揭示主旨，渲染氛围。如《徐锡麟墓表》从浙江抗清的历史引出徐锡麟的事迹："有明之亡，集义师、凭孤城，以与异族相抗者，于浙为最烈；而文字之狱，亦甲于诸省。故光复之思想，数百年未沫。……在所见世以言论鼓吹光复者，莫如余杭章先生炳麟，而实力准备者，莫如山阴徐先生锡麟……而徐先生乃于前五年赍志以没。其没也，又为光复史中构造一最重大之纪念，此后死者之所以尤凭吊流连而不能自已者也。"《杨笃生先生蹈海记》一开始就点出杨笃生先生的精神和事迹："先生以革命为唯一宗旨，以制造炸弹为唯一之事业。"这都为全文定了基调，确定了主旋律，也使全文主题更鲜明。

蔡元培非常重视突出辛亥革命志士的革命事迹和精神，又注重实事求是的美学原则。作者剖析杨笃生蹈海自杀的原因，既写了烈士感触时事，忧国忧民，痛不欲生；也写了烈士曾患过急性脑炎，脑疾经常发作，蹈海前夕，他脑炎狂炽；为报效祖国，他还计划回国去杀一二清政府腐败官员，然祖国太远，旦夕难达，他闷愤至极，夜不能眠，终于蹈海自杀。作者既写了传主自杀的社会原因，又没有回避传主自杀的个体原因。没有拔高，也没有贬低，把一位有血有肉的革命先驱者的形象展现出来了。

蔡元培还有写亲情友情的传记《亡友胡钟生传》和《悼夫人王昭文》，十分感人。《悼夫人王昭文》表达了对妻子去世的无限伤感："十年之中，余不在家者十之三四；既在家矣，往往饥驱而出，其得欣然聚首者，不过两三年耳。君之病，余适以事往嘉善，得讯而归，不及十日而君死矣。呜呼，余能为不负君耶！"作者还写了妻子有洁癖，同他发生分歧，以至心情不悦，得了肝病；写他决定给她平等的权利和生活的自由，两人"伉俪之爱，视新婚有加焉。呜呼，孰意其不可久耶！"无限哀伤，感人肺腑！

蔡元培不但是一位革命家，更是中国著名的教育家。他在执掌北京大学校长期间，请陈独秀担任北大文科学长，倡导"思想自由、兼容并包"的方针，将北大变成了中国新文化的摇篮，影响了整整一个世纪。美国著名哲学家杜威曾说："拿世界各国的大学校长来比较一下，牛津、剑桥、巴黎、柏林、哈佛、哥伦比亚……以一个校长的身份，而能领导那所大学对一个民族、一个时代起到转折作用的，除蔡元培而外，恐怕找不到第二个。"

《蔡元培口述传略》叙述了作者家世、求学投身革命及教育的经历，可惜只记到1919年，但《口述传略》仍然具有极重要的价值。首先，作者写出自己性格"之宽厚，为其父之遗传性。其不苟取，不妄言，则得诸母教焉"。其次，作者写出了重视和委身教育的原因："康党所以失败，由于不先培养革新之人才，而欲以少数人弋取政权，排斥顽旧，不能不情见势绌，此后北京政府，无可希望。故抛弃京职，而愿委身于教育云。"第三，作者还写出了他敢于标新立异的性格，如写他在妻子逝世后提出再婚的条件：女子不缠足，须识字，男子不取妾，男死后，女可再嫁，夫妇如不相合，可离婚。在当时此真可谓惊世骇俗，足见他提倡妇女解放、男女平等、反对封建礼教的精神。第四，写出了他担任不少学校校长，尤其是北京大学校长后的办学指导思想和特别措施，如提出"大学学生，当以研究学术为天责，不当以大学为升官发财之阶梯"，提出"以大学为囊括大典包罗众家之学府，无论何种学派，苟其持之有故，言之成理者，兼容并包，听其自然发展"。

三、章炳麟的传记文学

章炳麟（1869—1936），字枚叔，号太炎，浙江余杭人。甲午战争后，关心国事，涉猎新学，加入强学会，任《时务报》编辑，鼓吹变法。戊戌变法后被通缉，逃亡台湾、日本，受孙中山革命思想影响，宣传反清革命。1899年回国从事民主革命。1903年因发表《驳康有为论革命书》和为《革命军》作序而被捕入狱，出狱后赴日本，参加同盟会，主编《民报》，宣传民主革命思想。辛亥革命后回国任临时政府枢密顾问。后脱离同盟会，成立中华民国联合会（后改名"统一党"），主编《大共和日报》。因反对袁世凯称帝被捕，袁死后获释。1917年参加护法军政府，任秘书长。五四运动后，思想渐趋保守。晚年奋起反对日本侵略中国。1936年病逝于苏州。

章炳麟是近代著名的资产阶级民主主义革命家、思想家、教育家，也是学识广博的学者和文学家，在哲学、经学、史学、文学和文字学、音韵学等方面都有突出贡献。他的散文，尤其是政论散文，思想深刻，议论透辟，内容充实，气势磅礴，有很强的说服力和感染力。著有《章氏丛书》、《章氏丛书续编》、《章氏丛书三编》。鲁迅称赞他说："七被追捕，三入牢狱，而革命之志，终不屈挠者，并世并无二人。"其传记文学多以辛亥革命志士为传主，人物事迹真实，描绘生动，文辞典雅，艺术性较强。

《邹容传》是章炳麟最优秀的传记文学作品。邹容（1885—1905）是独立不羁的民主主义革命斗士，以巨大的热情写出了反清名著《革命军》，章炳麟曾为之修改润饰，并为之作序、刊刻。《革命军》鲜明地提出了推翻帝制、建立共和的主张，对当时社会产生了巨大影响。鲁迅曾高度评价说："倘说影响，则别的千言万语，大概都抵不过浅近直截的'革命军中马前卒邹容'所做的《革命军》。"后章炳麟因此被捕，邹容主动投案与章共处。在狱中，章炳麟又为邹容讲解经书，并竭力关心和帮助邹容。邹容死后，作者写了这篇小传纪念亡友。

这篇传记以极其生动而精练的笔墨，记述了邹容的身世及其独立不羁、疾恶如仇的性格，写出了自己同邹容的相识和友谊，也控诉了帝国主义和清政府对革命者的残酷迫害。作者首先以精选的事例和细节写出了邹容反对传统、特立独行、敢于斗争、疾恶如仇的性格：他从小慧敏过人，但却不愿参加科举考试；稍长后，即"非尧舜，薄周孔，无所避"；在日本留学时，发现学生监督姚甲有奸事，邹容率几位学生闯入其家，打他的耳光，剪他的发辫；邹容对那些崇洋媚外的人也毫不留情地批评和嘲讽。

作者进一步描写邹容怀着对清王朝的痛恨，写下了《革命军》，求作者修饰。作者鼓励他，为之作序，为之刊刻、发行、宣传。邹容在狱中学习经学，并依然保持正直品格，为狱中受委屈者打抱不平。后因心情愤激和受狱中虐待，不幸去世，死时年仅20岁。作者写邹容病重，作者为之诊病、熬药。但作者为邹容请日本医生，狱卒长又不许。作者既写出了邹容去世的个人原因，也揭露了"西医狱囚至微贱，凡病，皆令安座待命，勿与药"的社会原因。

由于作者对传主非常了解、敬佩，有忘年之交，又有很高的文化修养，故传记写得真实生动，富于情感，真切感人。

章炳麟还写了著名的辛亥革命烈士的合传《徐锡麟、陈伯平、马宗汉传》。这篇传记所写三位辛亥革命烈士，都与作者有交往。作者在描写他们的时候，把自己同他们的结交，对他们的友谊，都写出来了；而更重要的是，写出了他们的革命精神。作者描写徐锡麟刺杀安徽巡抚恩铭，极其生动：

……安徽巡抚恩铭,谓徐锡麟能,奏请加二品衔。然闻人言论:日本学生多阴谋,稍忌之。锡麟亦心动;即移书浙江诸豪,刻日赴安庆,又外与诸练军结,欲仓促取安徽大吏,令军心乱,乃举事。期五月二十八日巡警生毕业,集大吏临事,尽掩杀之。恩铭欲速,召其执事顾松,令易期以二十六日临视。时援未集,顾已无可奈何,乃密与陈伯平、马宗汉为备。及期,鼓吹作,诸人吏皆诣校疑立,巡抚前即位,三司诸史以次侍。锡麟令顾松键门,拒出入。顾松固知情,阳诺,不为键。锡麟持短铳,遽击恩铭,数发皆中要害,左右舆之走,三司皆夺门走,即闭城门,拒外兵。诸军至,不得入,乃发兵捕锡麟。锡麟知事败,传呼巡警生百余人,曰立正,巡警生毕立正。锡麟曰向左转走,巡警生皆左转走。走则攻军械局,据之;发铳,弹丸尽;发炮,炮机关绝。陈伯平战死。锡麟登屋走,追者至,被擒。恩铭已死,三司问锡麟状,曰:"受孙文教令耶?"锡麟曰:"我自为汉种,问罪满洲,孙文何等鲵生,能教令我哉!"五月二十六日,虏杀山阴徐锡麟于安庆市,刳其心,祭恩铭。而浙江虏官亦捕杀秋瑾。

此段写得极为生动精彩,写徐锡麟准备起义及刺杀恩铭,语短气促,人物动态、神情栩栩如生,有《史记》之遗风。

四、陈去病的传记文学

陈去病(1874—1933),字巢南,号垂虹亭长,笔名有南史氏,江苏吴江人。1906年加入同盟会,1909年与柳亚子等创办了南社,参加过护法运动和孙中山领导的北伐战争。后任南京东南大学教授、江苏革命博物馆馆长等职。

他从宣传革命、激励读者的目的出发,非常重视传记文学写作。他有《明遗民录》,多为明末清初时期的抗清英雄立传,在生动的叙事中刻画人物。如《雪湖高士杨硕父先生小传》,写传主在其老师被杀以后,立即叩伪定南王孔有德之门,请求进狱中为老师收尸,以"少尽师生之谊",但有德不许,他竟——

立依于庭墙而哭四日，欲继以死，有德心动。会给事中金堡已为僧，亦上书请，遂听之。于是先生乃舁棺诣公死所，见公刃血在颈，而身首未殊面俨然生也，爰跪而泣曰："门生在此，老师之目遂瞑乎。"忽公张目如炬，双睛不转，而神采炯然。先生且悲且惧，摩掌熨目，久而始合。潜具绯莽一袭，金幞头一事，肃而殓之权厝于北门风洞山之麓，并为从殉总督张文烈公同敞具殓殡，瘗诸其旁。

这段写传主对老师之深情，何等真挚、强烈！写老师死后之形象，又是何等惊心动魄，撼人心魄！其所表现的高尚的气节，有多么强烈的现实意义啊！作者还写杨硕父在埋葬了老师遗体之后，又追踪其孙子昌文，并保护他藏于荒山之中。但竟被瞿公之弁王陈策劫公家属及昌文，大索货贿，"先生立叱释之，卒护昌文还乡里，而己亦隐居雪湖终其身"。最后，作者抒发深沉的感慨曰：余"叹公成仁之烈，就义之义，以为人尽如公，大明三百年之国祚，未必遽为胡虏斩也。天祸中国，失节堕行之徒，方且钻附腥膻……甚且丧心病狂如王陈策辈，乃敢倒行逆施，冀卖公为快。嗟乎，痛哉！世道如斯，人心难问。……呜呼！神州陆沉之日，正士君子砥砺名教之秋，乃举世方波靡，而吾松陵先达，其维持风义，使不使扫地尽者，竟无独有偶焉。然则居先生之乡，闻先生之风者，其遏弗喟然而思、抚然以兴哉！"

陈去病更常为辛亥革命的著名人物立传。《王逸姚勇忱合传》就是其代表作。作者先写王逸（即辛亥革命时期大名鼎鼎的王金发）家乡之民风："绍兴为勾践旧封，其民坚忍沉鸷喜借交报仇，视杀人若草芥。既触禁网，则又往往藏亡讳匿，至破厥家而不顾。近世贤者，若徐锡麟、秋瑾之伦尚已，而竺绍康、王逸亦其俦也。徐、秋诸烈已别有纪，今纪王逸。"作者写王逸幼时无赖，"然颇畏其母，每斗殴，闻母至，则惶恐归受戒，其他弗能制也"。然后写他留学日本，与徐锡麟成立光复会，回国后，秋瑾被抓，王逸逃走，清兵烧其家，他遂逃亡到日本。后又与张恭回国参加起义。张恭被抓，王逸"闻张恭之捕，出一妇人所闻，乃乘夜纵火焚其居，妇人几不免，逸又遣其弟茂击杀汪云生于途，谓其与彼妇同谋也"。作者更写了他抓捕刺客之事："宋教仁之被刺于沪上也，一时莫悉其主谋,独逸以缉匪自任,期于必获。未几果侦得贼为应桂馨,而案乃大白,逸之功也。"作者也写了王逸于胜利后在龙山之上建军政分府,其亲信黄三"怙恃其众,横征暴敛,以便其私,而逸不问也"。黄三还仗势报复仇家,"由是民无弗能堪,争归咎逸,而逸不悟也。久之,有讽逸者,逸乃解职去"。全传写得曲折回旋,大起大落,传主之优点缺点、成绩错误,杂然并存,显示出鲜活的灵魂。

五、徐自华的传记文学

徐自华(1874—1935),女,字寄尘,号忏慧,浙江石门人,南社著名女诗人。1906年她在主持湖州浔溪女校时,与来校执教之秋瑾结为知己,对其十分崇敬。1907年,秋瑾被杀害后,她同秋瑾生前好友吴芝瑛满怀深情,不畏风险,在西泠桥畔为秋瑾卜地营墓,又写下了《鉴湖女侠秋君墓表》及《秋瑾逸事》等优秀传记文学作品颂扬秋瑾,表现了高度的爱国热忱。

徐自华的《鉴湖女侠秋君墓表》,以真切感人的事迹,表现了秋瑾女侠的生平事迹和爱国情结、英雄性格。秋瑾(1875—1907)是近代中国妇女解放运动的先驱。她1904年东渡日本,不久被举为同盟会主盟,1907年在绍兴与徐锡麟组织"光复军",约期举行反清起义,事败后被捕,在绍兴轩亭口英勇就义。徐自华首先写出她的身世和她慷慨豪爽、意气自雄的性格,尤其突出了她喜文好剑、高谈雄辩的特点。接着,写秋瑾决心以天下为己任的抱负:"人生处世,当匡济艰危,以吐抱负,宁能米盐琐屑终其身乎?"于是赴日本留学,与同志重兴共爱会,任会长,受到同人的敬重和热爱。回国后又创办《中国女报》,最后因徐锡麟事败而被杀害。

作者在描写秋瑾性格时,不仅写秋瑾自己的言语和行动,而且还精选了一些细节,如写秋瑾"悲歌击节,拂剑起舞",写秋瑾在日本演讲:"君亦负奇磊落,往会则抠衣登坛,多所陈说,其词悲感激动,荡人心魄。人之闻者,未尝不泣数行下,而襟袖为之渍也。"作者写秋瑾为办报奔波,也十分生动:"君经营罔倦,编纂益力,并日冒风雪,走求援助,栖栖不以为苦。"作者还写出了秋瑾性格的复杂性和多重性。既写秋瑾"不拘小节,放纵自豪,喜酒善剑,若不可绳以理法",又写她"然本其衷,殊甚端谨,无有敢一毫犯其辞色者",写她"虽爱自由,而范围道德,固始终未尝或逾者也"。

作者怀着对烈士的敬重,将满腔热情、高度评价倾注于传记之中;将抒情和议论融合在叙述之中,使文章既有思想的深度,又真挚感人。如结尾,作者以连续四个排句,直接抒发了对秋瑾的真挚情感:"石门徐自华,哀其狱之冤,痛其遇之酷,悼其年之不永,憾其志之不终。"她冒着风险,为秋瑾"卜地西泠桥畔葬焉",然后把秋瑾比作岳飞,深情地写到:她写这篇墓表,是为了让后世之人到此能"尚想其烈","俯仰徘徊,至流涕不忍去"。她深情地预言:秋瑾之墓,"例于岳王坟同不朽云"。

徐自华写传记,始终是怀着一腔友情、真心,因而写得真挚淳朴,毫无仰视与神化之弊。而《秋瑾逸事》则更从秋瑾的生活逸事中,从些微小事中展现秋瑾的鲜活性格,活灵活现,生动传神。如写她同秋瑾临别时互赠礼物,她又为秋瑾梳头,二人相互戏谑,写得何等细腻!而写秋瑾与她游园时,见一留学生挟一雏妓游乐,秋瑾喟然叹曰:"君辈见留学界腐败形状乎?"然后,竟不顾她之阻拦,非得上前质问留学生。作者写道:"余笑谓曰:'子真杀风景。'女士亦笑曰:'余如骨鲠在喉,不吐不快。'其疾恶如仇如此。"真是写得细腻生动,富于戏剧性和小说味,把人物写活了!

第三篇

中国现代传记文学的突破和发展

第五章　五四以后的自传文学

一、五四以后的自传文学概论

以倡导科学和民主的五四新文化运动给中国现代传记文学带来了新的思想意识、新的理论武装和新的艺术语言形式，使中国现代传记文学出现了崭新的传主、崭新的内容和崭新的语言，并且得到了迅速的突破和蓬勃的发展。

20世纪初，随着卢梭的《忏悔录》、普鲁塔克的《传记集》、鲍斯威尔的《约翰生传》及莫洛亚的传记作品和理论著作传入中国，中国作家获得了新型传记文学创作的样板和理论的武装。胡适、郁达夫、朱东润等力图在以《史记》为代表的中国传记文学优良传统的基础上，引进西方先进传记理论，建立起中国自己的现代传记理论；同时在传记文学的创作实践上，为适应五四以后社会变革的需要，传记文学也冲破传统的模式和文言文的桎梏，形成了新的现代体式和白话文；社会上各行各业出类拔萃的人物形成的崭新的传主，取代了古典的帝王将相；新的民主的、科学的、现代的思想观念，取代了封建的忠孝节义的观念；传记表现的生活领域大大扩展；人性的丰富性、复杂性、开阔性和变化性，得到了如实的、深入的描写和展示；传记的形式和风格趋于多样化、个性化。五四以后，充满血肉和情欲的、栩栩如生而又丰满圆活的传主形象出现在传记文学的巨大舞台上。

五四以来，中国第一位重要的传记作家和传记理论家是胡适。其最著名的自传是《四十自述》（1933年出版）。这部自传以父母订婚为序，从童年一直写到美国官费留学和在美发起"文学革命"，其中写母亲对他的养育和教诲最为动人。这部自传还写了他对自己一些不光彩的经历和放荡生活的回忆。胡适在理论上指出了西方传记的优点和中国传记的弱点，但在写作时仍然走的是传统的老路，尤其是对材料的重视远超过对人物性格的刻画。这使他的传记缺乏生动性和文学性。胡适还留下了大量日记和一部口述传记。胡适在学术界有着重要地位和影响，他的传记文学创作，特别是他对发展传记文学的呼吁和论述，大大提高了传记文学在人们心目中的地位，有力地推动了中国传记文学的发展。

在传记文学的理论宣传方面，现代著名作家郁达夫和著名学者朱东润、孙毓棠等人也起了较大的作用。郁达夫（1896—1945）写了《传记文学》和《什么是传记文学》等文章，具体介绍了西方传记作品及其理论。朱东润（1897—1989）则写了《中国传记文学之进展》、《大唐慈恩寺三藏法师传》、《传记文学与人格》、《传记文学之前途》等文，介绍了西方的传记理论，并提出了自己的真知灼见。孙毓棠著有《传记与文学》一书，其中的《论新传记》和《传记的真实性和方法》，较完整地归纳了西方传记理论家的理论主张。

五四运动促进了知识分子思想和个性的大解放，于是最便于表现自我、张扬自我的自传和回忆录的写作便出现了高潮。其中的主要作者是郭沫若、鲁迅和郁达夫。

郭沫若（1892—1978），中国现代文学史上的天才作家，也是著名的历史学家和社会活动家。他以充沛的激情，写了大量的自传、回忆录、日记，后来他把这些散篇作品汇编成四大卷的《沫若自传》，共110万字。这部自传为我们展示了他的革命生活、政治活动和学术观点，表现了他丰富而独特的个性，也为我们描绘出一幅波澜壮阔的中国现代史画卷。《沫若自传》不仅是他个人经历、情感、个性的鲜明反映，而且也是中国近现代史的缩影，是大时代的一面镜子！《沫若自传》虽然缺乏严格的完整的构思和对材料的仔细搜集与推敲，但其内容广阔，人物个性鲜明，而且文笔清新、畅达，一些精美篇章如同散文诗，优美动人。

鲁迅的《朝花夕拾》是鲁迅青少年时代的回忆录，《两地书》则是他与许广平女士的通信集，都是优秀的传记作品。

在中国现代文学史上占有重要地位的郁达夫以他自己的日记和自传，为传记文学的发展作出了贡献。《日记九种》发表于 1927 年，是中国现代知识分子创作的第一部作者在生前公开发表的私人日记，而且是个人婚变的日记。作者以大胆的自我暴露、自我解剖、自我抒情宣泄的方式，勇敢地、真诚地、淋漓尽致地表现了自己在一场婚变中复杂的感情纠葛和尖锐的矛盾冲突，从而展示了五四运动以后知识分子的自我觉醒和对个性解放、自由恋爱的热烈追求，具有开创性的价值。《达夫自传》共 9 章，写了 9 个独立的生活片断，从幼年家乡的生活写到日本求学的生活历程和情感经历。作者在自传中对自己进行了自我解剖和心理分析，尤其是对自己的性心理作了坦率的剖析，这在中国传记史乃至中国文学史中都是第一次。

现代著名作家沈从文（1902—1988）的《从文自传》不但表现了一个农村青年的觉醒，还以清新的笔触描述了他亲身经历和看到、听到的故事，描绘了一幅幅明朗的风俗画，写出了一些极富特色的人物。

谢冰莹（1906—2000）在大革命时期，报考了武汉军事政治学校（前身是黄埔军校），在紧张的军旅生活中，写出了成名作《从军日记》，轰动文坛。大革命失败后，又写了《一个女兵的自传》，再次轰动文坛，在当时文坛上独树一帜。

此时期，著名作家巴金写了《巴金自传》（后改名《回忆》），庐隐写了《庐隐自传》，欧阳予倩写了《自我演戏以来》，张资平写了《资平自传》，许钦文写了《钦文自传》，柳亚子写了《五十七年》和《八年回忆》。著名新闻记者邹韬奋写了《经历》、《抗战以来》、《患难余生记》三部自传和回忆录。著名军事家冯玉祥写了《我的生活》、《我的抗战生活》和《我所认识的蒋介石》，都很有影响。

政治家的自传最有影响的是瞿秋白的《多余的话》。瞿秋白是中国最早的马克思主义者之一，曾担任过中国共产党的主要领导人。1935 年他在赴香港途中被国民党军队逮捕杀害。《多余的话》就是他在狱中对自己一生的回顾和分析，"一点最后的最坦白的话"。作者是一介"书生"，却成了共产党的领袖人物，作者在生命的最后时刻严格地解剖自己并表达了对这个世界、对自己的妻子儿女深深的留恋。作者高度的理论水平和文学修养，使他的分析显得坦诚、率真、清醒，文章的风格也显得沉痛而凄婉。

从整体上看，中国现代自传可以分四类：以郁达夫为代表的自我暴露型，以郭沫若为代表的自我张扬型，以瞿秋白为代表的自我剖析型和以谢冰莹为代表的自我倾诉型。

二、鲁迅的《朝花夕拾》和《两地书》

鲁迅（1881—1936），原名周樟寿，字豫才，1898年起改名树人。浙江绍兴人，中国现代文学的奠基人。出生于一个没落的封建士大夫家庭。1902年赴日本留学，曾到仙台学医，后弃医学文。五四新文化运动中参加了《新青年》编委会工作并开始新文学创作。1920年至1927年先后在北京大学、北京女子师范大学、厦门大学、中山大学任教，其间参与并领导了进步文学团体，编辑文学期刊。1927年10月到上海，专门从事文化活动和创作，成为中国左翼文学阵营的盟主和代表作家。1936年10月19日病逝于上海。

鲁迅在新文学创作上留下了不朽的业绩。他于1918年首次发表短篇小说《狂人日记》，以后又发表了《阿Q正传》等著名作品，先后结集为《呐喊》、《彷徨》和《故事新编》。鲁迅成为现代中国最负盛名的小说家。他一生还写了700多篇杂文，结集为17本杂文集。他的杂文，在极为广阔的背景上反映了中国民主革命的历史进程，深刻剖析了中国当时各阶层人们的精神世界和复杂的社会世态，取得了极高的思想和艺术成就。

另外，鲁迅还创作了散文集《朝花夕拾》和散文诗集《野草》，以及大量译文和论著等。《朝花夕拾》记述了作者童年至青年时期的一些生活片断，于生活琐忆中透露出时代风云、社会变迁和人生侧影，在五光十色的生活画面中勾勒出鲜明生动的人物形象。他同学生，后成为他妻子的许广平女士的通信，集结为《两地书》出版。

鲁迅先生的《朝花夕拾》以优美传神的笔触，生动地记述了他少年时代的有趣的经历和见闻，以及青年时代动人的生活片断，实在是以散文形式写下的珍贵的回忆录和优美的传记文。其中，《长妈妈与"山海经"》、《藤野先生》、《范爱农》等,以写人为主,刻画了作者心目中难以忘怀的几位长辈亲友的生动形象;《从百草园到三味书屋》、《父亲的病》、《琐忆》等,则以记事为主,记述了作者青少年时代的生活经历和当时的风俗世态;而《狗猫鼠》、《二十四孝图》等,则写了作者少年时代看到的生活现象。

这些作品将叙事、描写、议论、抒情融为一体,以从容、清新的笔法,写出了自己的人生经历、见闻和感受,写出了自己的人生体验,写出了自己的师长、同志和朋友,对我们认识和了解鲁迅性格的形成及其所处的社会时代背景,都是十分珍贵的。

其中脍炙人口的一篇,是写少年时代人生经历的《从百草园到三味书屋》。这篇文章生动传神地记叙了鲁迅先生少年时代读书前后不同的生活内容和人生体验,具有很高的艺术水平和文化价值。

作者首先写了他在百草园度过的自由自在、无拘无束的幸福生活。那短短的泥墙根带给他的无穷乐趣,那雪地捕雀的无穷快感,都使少年鲁迅把这儿当成了天堂和乐园。在文章中,鲁迅真实地再现了儿童追求自由和快乐的天性,具有很高的真实性。然而,这样的生活是不能长久的!不知道什么原因(作者写文章时当然知道了,可他就是不说,而偏要以当时儿童的心态来写,这就大大增加了文章的真实性和贴近性),家里人把他送进了全城最好的私塾,他在那半禁闭式的书塾里,天天读死书、背死书,稍稍问一个自己心中的小问题,先生就说不知道,而且还不高兴。于是,他们就乘先生不注意时跑到教室外折腊梅花、寻蝉蜕,然而先生一叫,又得陆续回到教室,又得放开喉咙读书,然后,乘先生读书入神的时候,又描起绣像画来。鲁迅把儿童时代不喜欢死读书、读死书,而渴望自由地在大自然中游玩的儿童天性活脱脱地展示出来了。而这,正是传记文学应该提倡和发扬的最宝贵的真谛——写出人物的真实情感,真实体验,真切感受!

从写作的艺术方法来看,第一,作者突出运用了对比反衬法。作者笔下百草园的趣味无穷与三味书屋的枯燥乏味形成生活内容和情感内涵的尖锐对照。写百草园,一开始就点出它是"我的乐园",然后以极其生动的语言写出园中的各种有趣的动物、植物、菜畦、石井栏以及作者游玩其间的"无限趣味";而写三味书屋,则突出了拜先生、拼命读书,以及老师的威严,写出儿童好动、好玩和热爱自然的天性受到压抑和束缚，在这对比之中，作者的过渡更起了极其重要的作用：作者先写"我不知道为什么家里的人要将我送进书塾里去了"，接着写道，"总而言之，我将不能常到百草园了。Ade，我的蟋蟀们！Ade，我的覆盆子们和木莲们！……"这段抒情诗一般优美的文情并茂的过渡，把童年鲁迅对百草园的深厚情感，对大自然的无比热爱，对童年无拘无束的自由生活的留恋与向往，写得天真活泼，跃然纸上，也反衬出作者对私塾生活的反感。

第二，这篇文章人物描写生动传神。如写老师的外貌："他是一个高而瘦的老人，须发都花白了，还戴着大眼镜。"而读起书来，则"微笑起来，而且将头仰起，摇着，向后面拗过去，拗过去"。把一个老学究的形象活画出来。作者写他的语言也极简洁，只有三句话。第一句是生硬地回答学生的问题："不知道！"第二句是对学生们大声吼叫："人都到哪里去了！"第三句是对学生们瞪几眼，大声道："读书！"仅仅三句话，却逼真传神、惟妙惟肖地把这个老学究、封建教师的思想、情感、神态、气质都写出来了。

第三，语言形象逼真。如开头写百草园，作者就用"碧绿"来形容菜畦，让一片生气蓬勃、欣欣向荣的园地，呈现在我们面前；用"光滑"来描写石井栏，则突出了它的古老和洁净；用"高大"二字，写出了皂荚树的挺拔和繁茂；而"紫红"二字，则显示了桑葚的色彩和滋味。这些树木景物经作者的彩笔一描绘，就显得格外逼真，格外动人，给人以情的陶冶和美的享受。作者写百草园的鸟禽昆虫，更是生动传神，富于情感。听油蛉在"低唱"，蟋蟀在"弹琴"，用拟人化的手法，写出了儿童的幻想和欢快的心情，写活了儿童的童心和童趣。而当他不得不告别百草园时，作者又用了"Ade，我的蟋蟀们！Ade，我的覆盆子们和木莲们！……"短短的两句拟人，真切地表达了少年鲁迅对百草园的深厚情感和真诚留恋，给人以深深的触动。

《范爱农》则是《朝花夕拾》中一篇描写真实人物的佳作。

范爱农是鲁迅先生为我们从记忆深处捞起来的一个独具个性的悲剧人物。作者通过对他的独特个性和悲剧命运的描写，展示了深广的时代内容和对人生的浩叹。

作者通过他同范爱农的交往来描写范爱农。作者是在留学日本的时候，在得知徐锡麟和秋瑾被清政府杀害，留学生们讨论要不要发电报到北京，痛斥清政府的无人道的时候，认识范爱农的。在鲁迅极力主张发电报的时候，即有一种钝滞的声音跟着起来："杀的杀掉了，死的死掉了，还发什么屁电报呢。"鲁迅一看："这是一个高大身材，长头发，眼球白多黑少的人，看人总像在渺视。"而这个人竟然是徐锡麟的学生，鲁迅更加愤怒，坚执地主张要发电。在推举拟电稿人时，范爱农又发言了："何必推举呢？自然是主张发电的人啰。"这就是作者第一次认识范爱农。作者以先抑后扬的手法，表现了范爱农的独特外貌和独特的语言，表现了他愤世嫉俗的性格和对时局的悲观失望。

第二次写范爱农，是辛亥革命的前一年，作者回到家乡做教员时，突然在熟人的客座上看见了他。这时候的范爱农，显得更潦倒了："只这几年，头上却有了白发了"，"穿着很旧的布马褂，破布鞋，显得很寒素"，他因没学费，不能再留学，"回到故乡之后，又受着轻蔑，排斥，迫害，几乎无地可容"。只好躲到乡下，教几个小学生糊口，心里常时气闷，便经常喝酒解愁。他与鲁迅结识后，常在一起喝酒聊天发牢骚。以后，尽管景况更拮据，却仍然是喝酒、讲笑话。这写出了辛亥革命前进步知识分子的尴尬处境。

然而，当辛亥革命胜利后，范爱农却露出了从来没有见过的笑容，立即上城来找鲁迅，"老迅，我们今天不喝酒了。我要去看看光复的绍兴。我们同去"。然后，鲁迅当了师范学校的校长，范爱农当了学监，"他不大喝酒了，也很少有工夫谈闲天。他办事，兼教书，实在勤快得可以"。然而，辛亥革命后，社会并没有大的改观，他们很失望，鲁迅住不下去了，被邀去了南京。他们又一次离别了。这是第三次写范爱农。作者在辛亥革命前后的对比中，写出了进步知识分子对革命的向往以及辛亥革命给他们带来的希望和革命后的失望。

鲁迅第四次写范爱农，是鲁迅离开故乡以后，范爱农被孔教会会长的校长去掉了学监职务，范爱农"是什么事也没得做，因为大家讨厌他"，只好寄食在熟人家，"景况愈困穷，言辞也愈凄苦"。最后，"说他已经掉在水里，淹死了"。作者很怀疑范爱农是自杀的，因为他是浮水的好手，不容易淹死的，而且他死前曾给作者写信，表达了自杀的动机："如此世界，实何生为？盖吾辈生成傲骨，未能随波逐流，惟死而已，端无生理。"鲁迅写范爱农的死，凄惨茫然，扑朔迷离，表现了深沉的悲剧意识和强烈的时代特色。

鲁迅是非常高明的小说大师。这篇文章运用了小说刻画人物的方法，生动传神地写出了范爱农独特的孤傲耿介的个性和不愿流俗的鲜明形象。我们可以在他身上看到阮籍、嵇康等人的性格和身影。但是，范爱农又是新时代的形象，作者通过对他和身边人物以及事件风云的描写，表现了辛亥革命的不彻底性，也表现了知识分子的软弱性。

鲁迅在文章中还把自己融了进去，写出了自己对范爱农由讨厌到怜爱、由隔膜到理解的认识过程和心灵感受，抒发了对时代和人生的双重慨叹。

鲁迅的《藤野先生》也是记人的佳作，融入了鲁迅的感情，写出了热爱教育事业，毫无偏见地培养鲁迅的藤野先生的感人形象。作者采用白描手法，生动地描写了藤野先生的音容笑貌："其时进来一个黑瘦的先生，八字须，戴着眼镜，挟着一叠大大小小的书。一将书放在讲台上，便用了缓缓而很有顿挫的声调，向学生介绍自己道：'我就是叫作藤野严九郎的……'"作者还精心选择了藤野先生为自己改讲义，纠正自己的解剖图以及得知鲁迅不再学医时的"悲哀"和与其依依惜别的心情，突出地表现了藤野先生超越狭隘的民族偏见热忱关怀弱国青年的美好品质。作者还运用了对比的手法，用一些具有"大日本主义"的青年竟然疑心藤野先生给鲁迅漏题以致出现检查讲义、写匿名信等丑事，来反衬藤野先生的高尚品质。

《两地书》是鲁迅与景宋（许广平）合著的通信集。收入从1925年3月至1929年6月的通信135封，共分三集。这是鲁迅与许广平由相知到相爱到真诚结合并相互激励同走人生长路的精神历程的真实记录。第一集，为北京通信，记录了他们由相知到相爱的过程，表现了他们情感的微妙历程。开始，许广平是在对当时政治和学校生活的极度郁闷和苦恼之中以学生的身份向鲁迅求教关于处世之道的，她写道："情形是一天天的恶化了，五四以后的青年是很可悲观痛哭的了！……先生，你能否……给我一个真切的明白的指引？"鲁迅收到这封信后，立即作了真诚坦率的答复，希望她运用"壕堑战"："对于社会的战斗，我是并不挺身而出的……欧战的时候，最重'壕堑战'……中国多暗箭，挺身而出的勇士容易丧命，这种战法是必要的罢。"在频繁的通信中，在思想认识和人生情怀的交流中，两人的情感发生了微妙的变化，称谓也逐渐改变，越来越亲昵和贴近，两颗心也越来越靠拢。第二集，是厦门—广州通信，记录了他们离开北京南下后分居两地的思恋和怀想之情。第三集，是北平—上海通信。是鲁迅1929年5月到北平探望母亲时，写给许广平的信，主要是两人之间一往情深的情感倾诉。

透过《两地书》的相互倾诉，我们看到了鲁迅对人生、对社会、对当时的各种问题的认识和看法，看到了鲁迅和许广平的相知相爱的心路历程，更看到了鲁迅与许广平的崇高人格和美好品质。鲁迅在同许广平的通信中逐渐了解了许广平，并逐渐爱上了许广平。但是他又考虑到他俩年龄的差距，考虑到自己有妻子，害怕给许广平带去不好的影响，因此，他情愿忍受爱情的煎熬之苦。这表现了鲁迅为人处世的严肃认真，更显示了他对爱情、对爱人负责的品格。同时，也表现出鲁迅是一个有血有肉，有着七情六欲的平凡人！而且，我们还看到了许广平在爱情上的执著和勇敢：当她认准鲁迅是自己爱的归宿时，就勇敢地、义无反顾地去追求，表现了她新女性的坦诚情怀。请看许广平给鲁迅的信："你的痛苦，是在为旧社会而牺牲了自己。旧社会留给你痛苦的遗产（指鲁迅妻子朱安——作者按），你一面反对这遗产，一面又不敢舍弃这遗产，恐怕一旦摆脱，在旧社会里就难以存身，于是只好甘心做一世农奴，死守这遗产。有时也想另谋生活，苦苦做工，但又怕这生活还要遭人打击，所以更无办法……""我们也是人，谁也没有逼我们独来吃苦的权力，我们也没有必须受苦的义务的，得一日尽人事，求生活，即努力做去就是了。"鲁迅接信后，心里完全踏实了，他写信告诉许广平："先前偶一想到爱，总立刻自己惭愧，怕不配，因而也就不敢爱某个人，但看清了他们（指高长虹等对鲁迅与许广平通信、恋爱散布流言飞语的人）的言行思想的内幕，便使我自信我绝不是必须贬抑到那样的人了，我可以爱！"鲁迅坚定地宣示了爱的决心，也表达了追求爱情和新生活的决心，表现了鲁迅多情亦豪杰的内心世界。

三、冯玉祥的三部自传

冯玉祥（1882—1948），安徽巢县竹柯村人，出生于农民家庭，是中国近现代史上有重大影响的著名军事家和政治家。他参加过近现代史上的许多重大事件，毕生追求光明和进步，为民主革命、新民主主义革命事业，作出了重要贡献。

他的一套《冯玉祥自传》包括《我的生活》、《我的抗战生活》和《我所认识的蒋介石》三卷。《我的生活》记述了他从出生到从军，从滦州起义到兴兵讨袁，从赶走张勋到驱逐末代皇帝直至北伐的人生历程；也披露了他由贫农的儿子成长为赫赫将军的心路历程。比如在第十章"山东道上"写他穿粗布大褂被拦在山东巡抚的宴席之外，一老先生劝他置几顷地，有军官劝他学打麻将等，写出了他面对这些问题的态度和思索，从而写出了他拒绝诱惑、严格律己的性格。《我的抗战生活》记述了他在抗日战争时期的生活和战斗的经历。抗战中，冯玉祥担任军事委员会副委员长职务，奔走于各个战场，呼吁国共合作，一致对外；他又先后出任第三战区和第六战区司令长官，亲临前线，指挥作战；国民政府迁都重庆后，他又辗转大后方各地，巡视部队，督察军训，宣传抗日。作者写

《我所认识的蒋介石》则系回忆自己从1928年同蒋介石换帖结拜到1948年20多年的合作与矛盾分裂的重要交往，叙述了冯玉祥同蒋介石之间的公私交往的发生、发展和变化的过程，揭示了冯玉祥对蒋介石的认识及其发展变化的原因。

《我的生活》等三部自传生动地展现了19世纪末至20世纪40年代中国的社会、经济、军事及政治状况，追溯了历史上许多重大历史事件（特别是滦州起义、兴兵讨袁、粉碎张勋复辟、驱逐末代皇帝以及北伐战争和抗日战争），写出了他在这些历史事件中的亲身经历、亲眼所见、亲耳

所闻、亲身体验。同时，作者又是这些事件中的重要人物，参与了事件的策划、执行，掌握了大量第一手珍贵的材料，又披露了不少鲜为人知的内幕资料和绝密隐情，因而其自传具有极为重要的史料价值和历史意义。作者在观察认识与改造社会的过程中，还接触、了解了蒋介石、周恩来等重要历史人物和众多的下层人物，作者均从自己的观察、认识和理解的角度，对他们进行了描写、议论和评价，谈了自己的感受和看法，这就更增添了这三部传记的价值和意义。而且，这三部自传还以自己的叙述和描写，再现了自己吃苦耐劳、勤恳好学、忧国忧民、追求光明、坚持正义、刚直不阿、疾恶如仇的人格精神。这个形象，具有极大的典型意义，代表着中国军队领导人从旧民主主义向新民主主义的转变和飞跃，显示了历史变革的伟大历程及其发展趋势。

《我的生活》等三部自传就像冯玉祥本人一样，朴实无华，本色淳厚。正如他在"卷首诗"《我》中说的："平民生，平民活。不讲美，不要阔。只求为民，只求为国，奋斗不懈，守诚守拙。此志不移，誓死抗倭。尽心尽力，你写我说。咬紧牙关，我便是我。努力努力，一点不错。"他的自传，也是"尽心尽力"，"守诚守拙"，写得真实朴实，淳厚无华。作者真实而坦诚地写了他小时候贫困的家庭生活和艰苦的学习生活。小时候，他才上了三个月的学，就到父亲营盘里自修功课。他每天写字认字，温习旧课。军营中的贾少书"那一笔优秀的书法，和他的丰富渊博的学问，更加强了我对他的敬佩仰慕之心。他成了我的楷模，我的典型，事事我都要学他……"他每天要练习写字，可是又买不起纸笔，"于是就用一根细竹管，顶端扎上一束麻，蘸着稀薄的黄泥液，在洋铁儿片上涂写"。

作者写他人生的观感，十分真挚坦率。如抗战期间他在重庆虎溪乡，每逢二、五、八赶场，"我到场上一看，最坏的就是相面、批八字、看风水，更特别的是为死人烧纸的票子也弄成法币一样，这真是异想天开了。这十足地表现出我们的社会是太落后了，不然为什么这些不合乎科学的事，就没有人管没有人问，这都是毒害老百姓的事"。但当他看到他的房东编草帽，他又高兴了："我看到刘老板家里，男的勤劳耐苦地种田；女的除了种庄稼、做饭、洗衣服以外，到了夜晚，还在那里编草帽。一个草帽赚钱也不少，一个场上有时候卖十几顶，那样十天就会有三个场，可以卖三十多顶，对家里过日子帮助挺大。他们这种化无用为有用的精神，我是永远不会忘记的。"对看相和编草帽的对比，表明了冯玉祥爱憎分明的性格和对封建迷信的反感。

作者将叙述、描写与议论融合在一起，在叙事过程中时有描写与议论，表达了作者的认识和态度，增添了传记的思想内涵。如《我的生活》的末尾，作者表达了对帝国主义的义愤和批判："帝国主义者，尤其日本帝国主义者，对于中国的一贯政策，就是竭尽智谋，用尽手段，阻碍中国的统一。把中国造成割据的局面，在中国掀起长期的内乱，他们就可以为所欲为地攫取利益，实现其侵略与并吞的野心。他们仇视革命政权，必设法压迫之、打击之、破坏之，使其永远不能抬头，永远不能成功。一部中华民国史，写满耻辱，涂满血迹，无论翻开哪一页，都可以看见他们幢幢的鬼影。在这里，中国各家军阀，被其挑拨离间，受其指使与操纵，做了他们的最忠实的鹰犬。"这段议论，融入了作者多年的观察、感受与体验，何等深刻，何等犀利，又何等痛快淋漓！文字也明白如话，坦率明确。

四、胡适的传记创作与理论

胡适（1891—1962），原名洪骍，字适之，安徽绩溪人。1915年就读于哥伦比亚大学哲学系。期间开始在留学生中探讨文言文的改革。1917年回国后任北京大学教授，在《新青年》上发表《文学改良刍议》、《历史的文学观念论》、《建设的文学革命论》等文学论文。1920年出版第一本白话诗集《尝试集》。1938年出任国民政府驻美大使，1946年任北京大学校长，1949年流亡美国，1958年任台北"中央研究院"院长，1962年病逝于台北。其著作结集为《胡适文存》、《胡适文选》等。

胡适从1914年9月在留学日记中第一次提出"传记文学"的名称起，终其一生，始终不遗余力地提倡和推进中国的传记文学写作。这基于他对传记文学的重视和热爱。他认为，"传记起源于纪念伟大的英雄豪杰"，又"可以帮助人格的教育"，而且还可以给史家做材料；但是，由于中国"没有崇拜伟大人物的风气"，又多忌讳，因而中国缺乏传记文学。于是他一生都努力地提倡传记文学。

胡适不仅以发表演说、劝名人写传记、给其他人的传记写序言的方式提倡传记文学，而且还自己带头创作传记。他是五四以来第一位大力倡导、研究和写作传记文学的作家，为中国现代传记文学的发展作出了重要的贡献。

胡适一生创作的传记数量很多，种类不少。从数量上看，约120万字。作品将近100种，各种类型的传记都有。自传方面，有自述、散文体自传、年谱和口述自传；他传方面，则既有长篇传记，也有短篇传记，还有小传、逸事、年谱；此外，还有传记理论方面的演说、序言、日记等。

胡适在《四十自述》的"自序"中开宗明义地指出："我在这十几年中，因为深深地感觉中国最缺乏传记的文学，所以到处劝我的老辈朋友写他们的自传。不幸的很，这班老辈朋友虽然都答应了，终不肯下笔。……我的《四十自述》，只是我的'传记热'的一个小小的表现。"他还说："我们抛出几块砖瓦，只是希望能引出许多块美玉宝石来；我们赤裸裸的叙述我们少年时代的琐碎生活，为的是希望社会上做过一番事业的人也会赤裸裸的记载他们的生活，给史家做材料，给文学开生路。"

的确是这样。胡适在《四十自述》中"赤裸裸"地，也是真实、坦率地叙述了他少年时代的生活，因而有很高的历史感和时代感。又因为他描写的是"琐碎生活"，因此真实而生动地写出了那个时代的人情世态、社会风情，写出了那个时代的特定的真实的人物。在《四十自述》中，我们不是看到了胡适生活的那个年代的种种生活情景和世态人心，看到了少年时代胡适的成长，看到了胡适父母，特别是胡适母亲的性格和形象了吗？胡适3岁前就在父母亲怀中用父亲教母亲的红纸方字学会了700多个字，还坐不上高凳就进学堂里念书，而且每天都是第一个上学。他的勤奋好学，少年老成，他的孝顺母亲，宽容忍耐，都在琐碎细屑的叙述描写中表现出来了。胡适还写了自己如何在书籍中（亦即在知识的学习中）树立了无神论

的观点，以及他如何读书、如何写作、如何写诗，等等，这使我们对他的成长，对他成长的那个时代，都有了真切具体的了解。

胡适还以精彩的细节写了自己的童年生活和顽皮的性格。如写他小时候想把神像抛到茅厕里，吃了酒装酒疯以躲避母亲的责罚等，都十分生动有趣，也表现了作者不隐瞒自己缺点的坦率作风。

胡适对自己的母亲非常热爱，他以强烈的情感和生动的细节写出母亲的形象和性格。她对亡夫十分敬重，时刻不忘以丈夫的品质和遗嘱来教育儿子。一次，他说了一句对父亲不恭的话，让母亲听见了，母亲在晚上夜深人静后，罚他跪下，重重地责罚了他，并不许他上床睡。他因用手擦眼泪，眼睛生了翳病，母亲听说可用舌头舔好，竟真用舌头来舔他的眼睛。慈母真情，深切感人。作者还写他母亲气量大，性子好，在丈夫去世后，以年轻的后母后婆的极为尴尬的身份，艰难地团结着一家人。作者还写了他的母亲如何以十分巧妙的办法来帮助和教育那自私自利又好使性闹气的媳妇，如何聪明地应对那些除夕上门要债的债主。写出了坚强正直、富于心计、敢于负责的贤妻良母型的母亲形象。作者十分感激他的母亲："我在母亲的教训之下住了九年，受了她的极大极深的影响。我十四岁……就离开了她。在这广漠的人海里独自混了二十多年，没有一个人管束过我。如果我学得了一丝一毫的好脾气，如果我学得了一点点待人接物的和气，如果我能宽恕人，体谅人……我都得感谢我的慈母。"

作者在《四十自述》中的开头，还以小说的笔法，描写了父亲和母亲的相亲，饶有文学意味。可惜以后的章节却没有用文学笔法来写，使这部传记的文学意味没能得到发挥。

胡适还在《逼上梁山——文学革命的开始》一文中写出了他如何探讨中国的文学革命，留下了珍贵的史料。

胡适还有一份《胡适口述自传》，是由著名美籍华人作家、史学家唐德刚根据胡适口述整理而成的。这部口述自传全面而细腻地记述了胡适的一生行事及其在文学革命中的思考、地位、作用。

胡适不仅写自传，还为他人立传。他给现代名人、古代名人，甚至是不知名的学生立传。其中，《丁文江的传记》、《李超传》、《张伯苓先生传》、《追悼志摩》等是写得较好的。

《丁文江的传记》写的是作者的挚友，中国著名的地质学家丁文江。作者满怀对传主的挚爱和尊敬，收集了丰富的材料，包括丁文江自己的文章、日记、书信；还采用了丁文江的朋友、学生的文章和评论。胡适以上述大量丰富的材料，从不同的角度和视点，写出了丁文江对地质科学的杰出贡献及其献身科学的精神，和他"捧出心肝待朋友"的美好情操。胡适按照时间顺序，通过对丁文江人生的几个重要阶段以及作者同丁文江的关系和友谊的描写，为我们写出了"一个最有光彩又最有能力的好人；一个天生的能办事，能领导人，能训练人才，能建立学术的大人物"。

《李超传》所写的传主李超，是一个普通的女大学生。她因不满旧礼教，发愤出门读书，却受到旧家庭和传统势力迫害，终致短命。这是何等可惨可悲的事啊！胡适并不认识李超，可是当他看到李超的信札后，对这无名女子产生了极大的同情，决心为之作传。他觉得："替这一个女子作传比为什么督军做墓志铭重要得多。"胡适这样满腔热情为小人物作传，是十分难能可贵的。作者通过李超的传记，提出了家长族长的专制和女子教育问题。

他的《张伯苓先生传》写得很简洁。先写张伯苓到其令尊好友严修家当私塾老师，然后写他创办南开中学，抗战时把南开中学迁到重庆。作者写了张伯苓因为爱国，"自然对于中国的政治发展向来极关心。但过去曾有许多次他拒绝了政界的高官，如教育部部长和天津市长等职位，因为他要使自己专心一意去实现他的南开的教育理想"。"只有抗战才把他拉入了政治生活，作了众所仰望的一个领袖。"作者还对张伯苓的身世和他在教育方面的成就及其思想作了深刻的分析。

《追悼志摩》则以作者对志摩的友谊和了解，以志摩的优秀诗篇切入，写出了著名诗人徐志摩单纯的理想主义和他所追求的"三位一体"的人生——"理想的人生必须有爱，必须有自由，必须有美"。可以说，胡适是真正深切地了解、理解和同情志摩的朋友。而这篇悼文也真正写出了志摩的灵魂。

胡适还写了不少年谱，如《吴敬梓年谱》、《王若虚年谱》、《齐白石年谱》、《罗壮勇公年谱》等。胡适还为自己写了《我的年谱》。其中，《章实斋先生年谱》写得最好。作者花了巨大精力，搜集了大量材料，不但写出了章实斋一生的事迹，还写出了他学术思想的形成过程。他把章实斋的著作中表现他思想主义变迁沿革的，都择要摘录，分年编入；且把他批评别的大师的话，也摘要抄出；他还打破一般传记只说传主长处而不说其短处的旧例，不仅说章实斋的长处，也指出其短处，可以说替年谱开了一个新例。

胡适生活在新旧交替的时代，自己也是非常矛盾而复杂的人物，在传记文学写作中也反映了新与旧的矛盾。他虽然在理论上指出了中国传记的弱点和西方传记的优点，但在实际写作时却走上了中国传统的老路，对传统道德的推崇、赞美多于对新思潮和新道德的赞美；对材料的重视和考证超过对人物性格的刻画和描写。这使他的传记作品文学性较弱，缺乏艺术魅力。

五、郭沫若的自传

郭沫若（1892—1978），原名郭开贞，四川乐山人。辛亥革命时期受民主主义思想启蒙，于1913年底赴日本留学。五四运动后开始文学创作，与郁达夫、成仿吾等在日本组织创造社，回国后在上海创办《创造》季刊等刊物。在领导抗日文化工作中作出了很大贡献。新中国成立后，历任中国文联主席、中国科学院院长、全国人大常委会副委员长等职，是我国著名的文学家、历史学家和社会活动家。

郭沫若著述极多，兼涉文学、历史、考古等领域，尤以文学创作成就最为卓著。1921年他出版的第一部，也是最有影响的诗集《女神》，开一代诗风，为中国现代诗歌奠定了基础，以后又陆续出版诗集《星空》、《前茅》、《瓶》、《恢复》、《战声集》、《蜩螗集》等。抗战时期创作的《屈原》、《虎符》等6部历史剧标志着他文学创作的又一个高峰。散文创作在他文学创作中占有重要地位。他的散文分为叙事抒情散文、杂文政论及自传体散文三部分。其自传体散文的写作始于流亡日本期间，以后陆续结集为《我的童年》、《反正前后》、《黑猫》、《走出夔门》、《我的学生时代》、《离沪之前》、《创造十年》、《创造十年续编》、《北伐途次》、《洪波曲》等。这些自传文字达100多万字，展现了一个革命的知识分子的艰辛历程和执著追求，表现了中国民主革命的历史进程、社会风貌和文化动向，还勾勒出众多历史人物的精彩剪影，有着非常珍贵的历史文献价值和清新可读的文学风格，在中国现代传记文学发展史上占有十分重要的地位。

《我的童年》中说："写的只是这样的社会生出了这样的一个人，或者也可以说有这样的人生在这样的时代。"作者记叙了家乡嘉定沙湾的历史风情和父母亲的家世，写出了他童年的学习生活和成长历史。

作者童年生活在一个社会动荡的时代，生活在一个从完全的封建教育向改良教育过渡的时代，作者以他自己的经历为中心，写出了这一转变所经过的痛苦、曲折而复杂的过程。作者以他自己受到的封建教育制度的摧残和侮辱，控诉了封建教育制度的罪恶。作者写发蒙读《三字经》，把暧昧的哲学问题"撇头撇脑就搁在儿童的头上，你教他怎么能够懂？你教他怎么能够感觉到趣味？"作者以自己的亲身体验，批判了自古以来的教育方针：就是一个"打"字。"不打不成人，打到做官人"。作者写出了当时打骂教育的方法："他的刑具是一两分宽、三尺来往长的竹片。非正式的打法是隔着衣裳、隔着帽子的乱打；正式的打法是打掌心、打屁股。"而"这打屁股的刑罚真是再野蛮也没有了。……儿童的廉耻心、自尊心，是怎样地被人踩躏到没有丝毫的存在了哟！"作者还进一步指出："从前的做官的人就是这样打出来的，所以他们一做起官来便在百姓的头上报仇。他们的严刑峻法不消说是'青出于蓝'的了。"也许是因为小时候受学校老师打骂太多，郭沫若到嘉定乐山县高等小学和中学读书时，就特别富有反叛精神。作者详细地描写了他在嘉定乐山县高等小学和中学的学习生活和多次学潮，并写出了他在这些风潮中的作用、感受和成长。正是这一次又一次的学潮，反映出学校新旧交替时代的风云变幻，更反映出作者曲折而苦难的成长过程。

比起一般的自传来，《我的童年》的最大特点在于它敢于大胆暴露自己的隐私、隐情，性心

理乃至性变态。作者描写了自己七八岁时的性觉醒："时候是暮春天气，天日是很晴明的。一走到园门口来，看见我们的一位堂嫂背着手站在一笼竹林下面。……堂嫂的两只手掌带着粉红的颜色。我在这时突然起了一种美的念头，我很想去扪触那位嫂子的那粉红的柔嫩手。"这是作者在暮春时节面对美丽的嫂子产生的性的觉醒。到了11岁，他的性意识更加泛滥开来，竟然在攀登竹竿时感觉到一种不可言喻的快感，以后，另外一株枇杷树的两枝对称的横枝"又夺去了那竹竿的爱宠了"。作者还进一步写出《红楼梦》、《西湖佳话》、《花月痕》等书把他少年的心挑拨得"似醉如痴了"。如此大胆而真实地写出少年性意识的觉醒，在其他的回忆录和自传中是少有的。作者还描写了他与吴尚之同学"差不多是陷入了一种同性恋爱的心理一样"的"比恋爱更严肃"的关系。还写了他与"转转会"中一位姓汪的少年"对于男性的""真正的初恋"。写汪君在他吃醉酒后吻着他，"把甜蜜的凉汁渡入我的口中"，郭沫若则喊着："啊，我真爱你呀！"并把他紧紧地抱着，与他睡了一夜。作者对自己放荡生涯的描写无疑是大胆而真切的。由于作者是学医的，所以，上述这些描写就更富于社会意义和生理学、心理学的价值了。

在《反正前后》中，郭沫若更以他在成都学习生活的亲身经历和见闻，写出了四川反正前后、辛亥革命的真实的情景。如他写四川巡警道的周孝怀那"娼场厂唱察"的口碑，与学校风潮中选举刘先生为主席、为代表、为起草委员的会议，都是极为生动细腻的，而作者的分析和议论，作者的认识和情感，也蕴涵其间，真把那段纷纭复杂的历史写活了，写得精彩极了！而作者的言论行动和思想感情，也历历如绘地展示在我们面前。

郭沫若的《创造十年》与《创造十年续篇》写出了他在创造社的活动及此段经历对他的影响，也写了创造社同鲁迅的论战。

《北伐途次》和《洪波曲》写了作者北伐和抗战时期的见闻。作者在战争的叙述中为我们描写了许多战友的剪影，尤其是描写了纪德甫的形象，特别是他受重伤后，对照顾他的邓主任等用微弱的声音说的话："我不要紧，请你们留心着敌人。"郭沫若诚挚地赞叹道："一个人临到了死的关头，完全忘记了自我的存在，而顾虑着同在患难中的友人——在这种精神的面前是谁个也会低头的。"

《洪波曲》是抗战初期的回忆，作者为我们描写了保卫大武汉的沸腾的生活。作者也真实地描写了他在撤出武汉的社论中的空话和虚伪。《苏联纪行》和《南京印象》，则写了他1945年对苏联的访问及回国后在南京的活动。

从上面简略的分析中可以看出，《沫若自传》为我们描绘了一幅极为广阔而深邃的中国近现代史的历史画卷。从清末的教育变革到四川的保路运动、辛亥革命，到五四新文化运动，直到北伐战争、南昌起义、抗日战争等一系列的重大事件，作者均以参与者与见证人的身份，作了真切具体而又真实生动的描述。从某种意义上讲，《沫若自传》可以毫不夸张地说是中国的近现代史，中国的近现代文化史、文学史，具有很高的历史意义和文献价值。

《沫若自传》不仅以史家的笔法，赋予传记文学以强烈的时代色彩和历史意义，而且更以文学家的如椽巨笔，记录和描写了现代史上的许多风云人物。作为中国现代著名作家、政治活动家，作者在波澜壮阔的革命运动中接触了中国现代历史上的一些著名人物，如周恩来、蒋介石、朱德、瞿秋白、胡适等，作者都以动人的笔力描绘出了他们在他心中的剪影。如作者写周恩来在南昌起义后，"发着疟疾"、"脸色显得碧青"，却忍着病痛主持军事会议；周恩来在长沙大火中同叶剑英几乎遇难，但刚一脱险，立即又拉着郭沫若的手，赶回大火中的长沙，以期了解最真实的情况。通过这些，写出了周恩来的献身精神。作者还写周恩来的思维像闪电行空一样迅速，像水银泻地一样周密，抒发了对周恩来的赞美之情。

《沫若自传》的最高成就，还在于塑造了传主独特而光彩的形象。郭沫若在思想解放的运动中，充分吸取了卢梭等人的个性解放和个性自由的思想，还吸取了"泛神论"的思想，在自我的回忆中，充分地宣示自己的主体意识，展示自己的独特个性，塑造了鲜明的自我形象。这是《沫若自传》更高的思想艺术成就，也是《沫若自传》为现代传记文学作出的最大贡献。

郭沫若认为，"我们的东方文化就是过于沉着谦恭了"。因此，他自觉地抵制和排斥这种观念，在自传中真实地渲染和表达着一种叛逆的精神和英雄主义的豪情。他从小就不满旧教育体制，经常逃学、喝酒、打架、罢课；为反抗包办婚姻，他出走日本，与安娜同居；为反抗封建文化，他写新诗、搞翻译，成立创造社；为打破旧制度，他参加北伐战争、南昌起义、抗日战争。他大半生都在同旧制度、同黑暗势力战斗。作为一个革命浪漫主义的诗人和作家，郭沫若在描写自己的经历和见闻的时候，时时表现出自己的主观态度，自由地抒发着强烈的爱国主义感情，闪射着理想主义的光华，表现出浓烈的浪漫主义色彩。

同时，作者也写出了他性格中消极妥协的一面。比如，他向往新式的自由恋爱，可是却听凭父母之意，同一个旧式女子结了婚，酿成他一生中的"最要忏悔"的一件事。抗战时期，他勉力地做着政治部第三厅厅长的要职，有时却痛骂自己是"混账的政客"。这些都反映了中国封建文人的弱点及那个时代在这位天才的文化巨人身上烙下的印痕。

六、郁达夫的自传和日记

郁达夫（1896—1945），名文，字达夫，浙江富阳人。1913年赴日留学，1922年毕业于东京帝国大学经济学部。1921年与郭沫若等人成立创造社，同年出版短篇小说集《沉沦》，轰动文坛。1922年回国编辑创造社刊物并从事文学创作与教学工作。抗日战争爆发后，参加抗日宣传工作。1945年日本投降后被日本宪兵秘密杀害。

郁达夫是中国现代著名作家，在小说、散文和诗歌创作方面都取得了突出成就。他1927年出版了《达夫全集》7卷，以后又出版了《忏余集》、《屐痕处处》、《日记九种》、《达夫日记集》、《闲书》等。他的《沉沦》是中国第一部白话小说集，以对主人公性心理的大胆暴露而震动文坛。他的散文分抒情记事、游记小品、随笔杂文、自传日记四类。其早期散文多以自我暴露的方式抒写青年人的时代性苦闷，控诉社会的黑暗和不公；20世纪30年代移居杭州后写了大量游记小品，以细腻、清新、深邃的笔触，描写了江南及北方名胜的优美景色，表现了作者寄情山水的闲情逸韵，颇多名篇佳作；他的杂文随笔富于思想情趣和美学价值；他的自传写他早年的求学生活，真实具体，文辞优美。其日记自传更是大胆剖露内心世界，披肝沥胆，展示自己的情欲和性欲。郁达夫是现代作家中最早关注传记文学，尤其是自传及日记体传记的作家，并为创造现代传记文学作出了杰出贡献。

五四运动带来了思想的解放和个性的觉醒，表现自我，崇尚自我，宣传自我，一时成为风尚。在这方面，郁达夫是突出的典范。郁达夫早期就宣称："文学作品，都是作家的自叙传。"他的作品，都有鲜明的个性特色。他对传记文学特别关注和提倡，曾提出："我们现在要求有一种新的解放的传记文学出现，来代替这刻板的旧式的行传之类。"他自己的传记就写得直率真诚，飘逸潇洒。他对传记文学中的自传体专门进行了研究，还专门写了《日记文学》一文对古今中外的日记进行了评价，认为日记是最能自由自在地表现自我的文体："在日记里，无论什么话，什么幻想，什么不近人情的事情，完全可以自由自在地记叙下来。"郁达夫不仅研究日记体，而且还写出了大量优秀的日记。他不仅写了淋漓尽致地表现自己的经历、见闻和内心剖白的日记，而且还第一个在生前就把这些记录着他的人生活动、婚外恋情乃至情感纠葛甚至情欲、性欲的日记公开发表出版，使之成为从古至今最为大胆坦白的传记文学作品。这就是郁达夫1926年11月3日至1927年7月31日写下的《日记九种》。作者在《〈日记九种〉后叙》中说："半年来的生活记录，全部揭开在人家的眼前了，知我罪我，请读者自由判断，我也不必在此地强词掩饰，不过中年以后，如何的遇到情感上的变迁，左驰右旋，如何的作了大家攻击的中心，牺牲了一切还不算，末了又如何的受人暗箭，致十数年的老友，都不得不按剑相向，这些事情，或者这部日记，可以为我申剖一二。"

　　的确，郁达夫在《日记九种》中详细地叙述了他同王映霞的恋爱经历。郁达夫有妻子荃君及一子一女住在北京，这场父母包办的婚姻并不完美。达夫于1927年初在上海认识王映霞以后，很快就坠入情网，他热烈地爱恋和追求王映霞，并把这种情感和这段婚外恋情如实地、真诚地写在了日记之中。如写他自己"早晨在床上躺着，还在想前天和映霞会见的余味。我真中了她的毒箭了，离开了她，我的心一刻也不安宁。……我只想早一天和她结合"。作者穷形尽相地写出了他坠入情网后的矛盾，时而把她当天使："啊，映霞！你真是我的Beatrice（即贝阿特丽采，诗人但丁的初恋对象，爱情之象征），我的丑恶耽溺的心思，完全被你净化了。"时而又把她看成恶魔："啊啊，女人终究是下等动物，他们只晓得要金钱，要虚空的荣誉。"作者还大胆地写出了他与她的婚外恋情："10

点钟后,和她在沙发上躺着……和她谈了一夜,睡了一夜,亲了无数次的嘴……"作者更写出了他在这婚外恋情中的痛苦和挣扎,矛盾和冲突。如写"和她一边喝酒一边谈我们以后进行的方法步骤,悲哀和狂喜,失望与野心,在几个钟头的中间,心境从极端到极端,不知变化了多少次"。同时,作者还进一步写出了他在婚外恋中的矛盾心情:"我时时刻刻忘不了映霞,也时时刻刻忘不了北京的儿女。一想起荃君的那种孤独怀远的悲哀,我就要流眼泪,但映霞的丰肥的体质和澄美的瞳神,又一步不离的在追迫我。……啊啊,这可诅咒的命运,这不可解的人生,我只愿意早一天死。"他还写:"我一边抱拥了映霞,在享很完美的恋爱的甜味,一边却在想北京的女人,呻吟于产褥上的光景。啊啊,人生的悲剧,恐怕将由我一人独演了。"作者日记中表现的这段爱情纠葛,反映了五四新文化运动后知识分子之自我觉醒和对个性解放的追求,也表现了知识分子的软弱、矛盾和彷徨,具有相当的典型意义。

作者不仅在日记中写了他缠绵悱恻的婚外恋情,而且还写了他的文学艺术活动,他的读书、译书、写作、编辑等工作,写了他对各种作品的评论和读后感,他同文艺界的朋友、同事的交往,他对文学艺术的各种看法,等等。作为一个社会活动家,郁达夫关心着社会生活,关心着国事、天下事。他在日记中也写下了时代的风云际会,社会的动荡变迁。

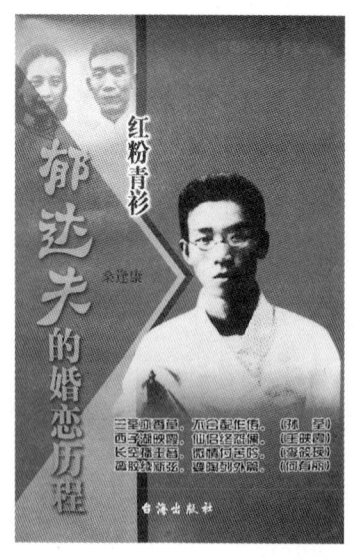

他写了北伐战争以后的政局,写了军阀在上海的屠杀,上海工人的武装起义,北伐军攻克上海及国民党右派同左派的分裂等。如他写军阀对工人的残酷镇压:"西门东门,中国军队以搜查传单为名,杀人有五六十名。连无辜的小孩及妇人,都被这些禽兽杀了,人头人体,暴露在市上,路过之人,有嗟叹一声的,也立刻被杀。……街上血腥充满于湿空气中,自太平天国以来,还没有见到过这样的恐怖。"他也写了上海工人大罢工的情景,还把他自己与映霞的情感倾向和思想观点都写了进去:"自正午12点起,上海的七十万工人，下总同盟罢工的命令，我们在街上目睹了这第二次工人的总罢工，秩序井然，一种严肃悲壮的气氛，感染了我们两人，觉得我们两人间的恋爱，又加强固了。"

郁达夫的《新生日记》以他的情感生活和恋爱为主线，反映了他复杂的精神世界，也展示了他强烈的个性，同时还表现了他的文学艺术活动及广阔的社会现实及政治风云，而在写法上则是记述抒情，率真酣畅，描写议论，优裕自如，具有很高的美学价值和历史价值。在现代文学史和传记文学史上，这部日记还有开拓性的意义——因为它是中国现代第一部作者在生前自己公开发表的大胆暴露个人隐私和情感的私人日记。这对了解一个作家的生活、情感和灵魂，具有特殊的作用和价值。

1934年至1936年，郁达夫还断断续续地写了9篇连续性的自传，叙述自己从出生、读书到日本留学的这段时间的人生经历及心路历程。这9篇自传，写出了他独特的经历，使我们更好地了解他独特性格形成的家庭和社会的环境和条件，更好地了解他所生活的那个时代。作者也写出了他性意识的觉醒（《水样的春愁——自传之四》，写他去会见三位女同学）。作者在《自传之九：雪夜》中，还写了他在日本留学时，如何感觉到民族的歧视，又如何在一个雪夜乘着酒性到日本妓院发泄那难以抑制的性欲，以致破了童贞的情景，使我们看到了他的小说《沉沦》的原型。作者在写自己经历的同时，也写了不少可亲可爱的青少年时代的朋友，为他们留下纯洁清新的剪影：如在小时候"用柔和话抚慰我的婢女翠花"，在二十几年后"突然见到我，先笑了一阵，后来就哭了起来"，而且她"还向布裙袋里摸出了一个烤白芋来给我吃。……大约我在她的眼里，总还只是五六岁的一个孤独的孩子"。还有初次带他上山去冒险的，并教给他许多知识的小伙伴阿千；还有那给了他青春的温情的赵家女孩。这些，都写得那样的生动感人。作者的文笔清新流畅，景物描写晶莹剔透，心理描写真切细腻。再如写同学邀请他到倩儿家时，"我一听了他的这一句密语，立时就涨红了脸，喘急了气。嗫嚅着说不出一句话来回答他，尽是拼命地摇头，表示我不愿意去，同时眼睛里也水汪汪地想哭出来的样子"；而当他第一次单独见倩儿，吹灭了灯，捏住她的手臂的时候，"她只微笑着看看我看看月亮，我也只微笑着看看她看看中庭的空处，虽然此外的动作，轻薄的邪念，明显的表示，一点儿也没有，但不晓得怎样一股满足、深沉、陶醉的感觉，竟同四围的月光一样，包满了我的全身"。这段描写之生动传神，语言之精确优美，就是同最优美的散文相比，也毫不逊色。

郁达夫对传记文学的贡献还表现在他的理论研究中。他在《什么是传说文学》一文中批评中国传统的传记文学的缺点，向中国读者推荐西方优秀传记名家名作，并提出"我们现在要求有一种新的解放的传记文学出现，来代替这刻板的旧式的行传之类"。

七、瞿秋白的《多余的话》

瞿秋白（1899—1935），生于江苏常州一个破落官宦家庭。中国共产党早期领导人，著名的马克思主义文艺理论家、新闻家、作家。1916年入武汉外语学校学习外语，1920年应《北京晨报》聘请赴苏联担任记者。出版有《饿乡纪程》和《赤都心史》。1923年回国后，编辑革命刊物《新青年》、《向导》、《前锋》、《热血日报》等。1927年8月，主持了著名的"八七"会议，提出了武装夺取政权的口号。1931年，受到王明排挤，到上海从事文学活动。1935年被国民党逮捕，留下了一篇颇多争议的《多余的话》，走向了刑场，结束了他36岁短暂而不朽的人生。

这是一篇发自肺腑的、坦率赤诚的、文学色彩极浓而又艺术价值极高的传世之作，也是一篇引起长久争议而又众说纷纭的，甚至作者去世后还遭到多年政治冤屈的文章。

《多余的话》是作者在被捕以后，自知生命行将结束，而写下的"最后的最坦白的话"。作者回顾了自己的一生，严格地剖析了自己的缺点和错误，也回顾了党的历史上的"左"倾和盲动主义的错误，表达了他对人生、社会的看法，表达了他对生命的无比热爱和留恋。在革命历史上，像这样深入地剖析自己的内心和灵魂，像这样无情地揭示自己内心的矛盾和痛楚，像这样大胆地承认自己的错误和不足，实在是十分罕见的，其思想与艺术价值也是很高的。《多余的话》对于研究中共党史和瞿秋白的思想、文艺和人生，有着难以替代的重要作用。

瞿秋白早年参加革命，在文学艺术方面有很深的造诣和修养，他在大革命的后期，同陈独秀的右倾机会主义进行了坚决的斗争，在大革命失败的危急关头，毫不考虑个人的兴趣和重病垂危的爱人，毅然走上了党的最高领导岗位，主持了"八七"会议，率领全党同志以武装斗争反对国民党的反动统治，他是一个大勇者。可是，他却遭到王明路线的打击和排斥，带病到上海从事党的文艺工作。不幸被捕以后，他怀着献身的决心，愿意把自己的"躯壳""交给医学校的解剖室"，同时，他又用马克思主义的利刃，严格地剖析自己的灵魂，解剖内心的矛盾，他认为，他是在21岁时，"从托尔斯泰式的无政府主义很快就转到了马克思主义。……可是无产阶级意识在我的内心是始终没有得到真正胜利的"。他由此感到自己成了二元化的人格。加之党的六届四中全会对他的批判，更使他痛苦，他只好干起了文艺工作。他觉得，他的弱者的道德——忍耐、躲避、讲和气，希望大家安静些，仁慈些等等——不但不足以将自己锻炼成布尔什维克的战士，甚至不配做一个起码的革命者。因此，他从自己一生中得到一个教训："要磨炼自己，要有非常巨大的毅力，去克服一切种种'异己的'意识以至最微细的'异己的'情感，然后才能从'异己的'阶级里完全跳出来，而在无产阶级的革命队伍里站稳自己的脚步。"他就是怀着这种情感，把自己的弱点、缺点、教训以及内心的冲突和矛盾，放在显微镜和放大镜下，进行剖析，把自己的心完全交给了党和人民。这又一次显示了他的大无畏精神和彻底的唯物主义精神。同时，他还怀着严于责己的作风，把党内的一些缺点，甚至"立三路线"等都算在自己头上。瞿秋白在检查中说了一些悲观和过头的话。这正如丁玲在《我所认识的瞿秋白同志》中所说的：有一些干部"在生前尽量为自己树碑立传，文过饰非，歪曲历史，很少有像秋白这样坦然无私、光明磊落、求全责备自己的"。瞿秋白的这种严于律己、深刻剖析自己的精神，"不是比那些装腔作势欺骗人民，给自己搽脂抹粉的人的品格更高尚得多么？"可是后来"四人帮"却据此诬蔑秋白同志为叛徒，挖掘坟墓，暴骨扬灰，实在令人愤慨！好在人民终于为瞿秋白恢复了名誉，而那些迫害他的人，却被押上了历史的审判台！

这篇《多余的话》在感情上的真诚朴实、博大深邃，在写法上的自由挥洒、无拘无束，在语言上的精纯凝重、含蓄深沉，都是无与伦比、难以企及的。古人曰：人之将死，其言也善。这篇临终遗言所表达的耿介拔俗之思、潇洒出尘之怀，实在是令人深思的，也远不是当代人可以完全洞悉或随便评说的。

八、沈从文的《从文自传》

沈从文（1902—1989），原名沈岳焕，湖南湘西凤凰人。20岁离开湖南到北京，尝试写作，同胡也频、丁玲等编辑《京报》副刊等。自1929年起，先后任教于中国公学、武汉大学、青岛大学、西南联大、北京大学，1978年任中国社会科学院历史研究所研究员。著有小说集《边城》、《长河》、《八骏图》、《神巫之爱》、《虎雏》、《石子船》、《月下小景外八篇》、《蜜柑》，散文集《湘行散记》、《湘西》、《昆明冬景》、《烛虚》、《在昆明的时候》、《云南看云集》，传记《从文自传》，回忆录《记丁玲》、《记胡也频》，长篇童话《阿丽思中国游记》，论著《中国服饰史》，文集有《从文散文选》、《从文小说选》、《沈从文文集》（12卷）等。

《从文自传》是沈从文在1932年写的。当时他正在青岛大学教散文习作，也是他创作精力最旺盛的时候。一个朋友准备在上海办个新书店，邀他写自传，并约定一个月交稿。他想："既然是自传，正不妨解除习惯上的一切束缚，试改换一种方式，干脆明朗，就个人记忆到的写下去，既可温习一下个人生命发展过程，也可以让读者明白我是在怎样的环境下活过来的一个人。特别在生活陷于完全绝望中，还能充满勇气和信心始终坚持工作，他的动力来源何在。因此仅仅用了三个星期，写成后重看一次，就破例寄过上海交了卷。"《从文自传》不啻是一幅幅充满神秘色彩的湘西边陲的风景画、风俗画、风情画、风物画，是一篇篇优美奇诡的散文诗，是一曲曲充满魔幻恐怖气氛的奇妙乐章。试看《我所生长的地方》对家乡独特景色的描写，和他在"我读一本小书同时又读一本大书"的描写，就可感受到这一点。但《从文自传》还不仅仅是图画，是散文诗，是音乐，它还是湘西20世纪初叶社会动荡的真实记录。

作者对家乡凤凰小城做了精彩的描写：这个在地图上的黔北、川东、湘西交界处的一个小点，"将那个用粗糙而坚实的巨大石头砌成的圆城作为中心，向四方展开，约有五百左右的碉堡，二百左右的营汛。碉堡各用大石块堆成，位置在山头上，随了山岭脉络蜿蜒各自走去；营汛各位置在驿路上，布置得极有秩序。……地方东南四十里接近大河，一道河流肥沃了平衍的两岸，多米，多橘柚。……河水长年清澈，其中多鳜鱼、鲫鱼、鲤鱼，大的比人脚板还大。河岸上的那些人家里，常常见到白脸长身见人善作媚笑的女子"。再如对湘西辛亥革命的描写，对军阀混战期间残杀民众的血淋淋的描写："民国三年左右时一个黄姓的辰沅道尹，在那里杀了约2000人，民国六年黔军司令王晓琳在那里又杀了3000左右，现时轮到我们的军队做这种事，前后不过杀1000人罢了！"还有对军队内部的矛盾斗争的反映（如写一个叫大王的军官因与一被俘的女土匪头通奸被杀头）等等。这不仅为我们提供了真实生动的湘西社会发展状况的珍贵史料，而且有着深刻的社会教育作用。同时，这部自传还展示了沈从文的成长历史（他青少年时代是怎样地不但要读一本小书……还要到大自然中去读另一本大书——即各种社会知识和自然常识），更写出了他独特的性格及其形成的环境，写出了他聪颖、顽皮、独立思考、敢于追求的性格特点，如他坚决地从部队出来奔赴上海求学，特别是在写他少年读书时，总是在课前、课后甚至在上课时跑到社会上去玩，去观察各式各样的社会现象，这正如他自己说的："20年后我'不安于当前事务，却倾心于现世光色，对于一切成例与观点皆十分怀疑，却常常为人生远景而凝眸'，这份性格的形成，便应当溯源于小时在私塾中逃学的习惯。"

作者在人物刻画与语言表现方面均有极高造诣。如作者写一位土匪，一个大王，他双手击毙过200个左右的敌人，曾经有过17位压寨夫人。他因被司令官救过，就给司令官当忠实的亲信。他听说川军捉到一个年轻美貌的女匪首，竟然到狱中同这女匪首通奸，当川军一排人守在门边，叫他姓名时，他不慌不忙地结好皮带，把两支小手枪取出拿在手中，朗朗地说："兄弟，兄弟，多不得三心二意，天上野鸡各处飞，谁捉到手是各人的运气。今天小小冒犯，万望海涵。若一定要牛身上捉虱，钉尖儿挑眼，不高抬个膀子，那不要见怪，灯笼子认人枪子儿可不认人！"吓得一排人让出一条路让他走了。不久，他被司令官诱捉，他开始想求司令官恩典，莫杀他，"司令官穿了件白罗短褂，手执一支象牙烟管，从大堂客厅从容容走出来"，十分严肃地说："刘云亭，不要再说什么话丢你的丑。

做男子的做错了事，应当死时就正正经经的死去，这是我们部队的规矩。……你女人和小孩子我会照料，自己勇敢一点做一个男子吧。"那大王听司令官一说，便不再喊"公道"了，忽然显得从容了，还送了一个微笑，谢谢司令官几年来的特别照顾，并说别人曾花 6000 块钱让他刺杀司令官，他都没干。这大王的形象，何等鲜明。作者还写到：那温文尔雅的司令官，三年后在湘西辰州地方，被一个姓田的部属旅长客客气气请去吃饭，快走拢时，被机关枪打死。而刺他的田旅长，很凑巧，一年后又依然在那地方，被湖南省主席叶开鑫派另一个部队长官，用请客方法，在文庙前面夹道中刺死。作者以冷峻的笔墨，把地方军阀的阴险残忍、互相残杀，揭露得淋漓尽致。语言极为犀利，极为深刻。

总的说来，《从文自传》以对湘西风土的生动描写，对湘西近代历史的真切记录，和对作者自己性格、心灵的深入剖析和传神刻画，赢得了人们的欢迎。它具有浓郁的民族色彩和地域特色，显示了历史的、民俗的、文化的、美学的极高价值。

九、谢冰莹的《一个女兵的自传》

谢冰莹（1906—2000），原名鸣冈，字凤宝，又名彬。湖南新化县大同镇人。大革命时期，报考武汉中央军事政治学校，次年随军北上，写出了成名作《从军日记》，轰动文坛。大革命失败，过起卖文为生的生活。她两度赴日留学，曾在上海和东京无辜入狱。后应良友图书公司之约，写了《一个女兵的自传》，再次轰动文坛。抗日战争爆发后，她又重上前线。1940 年她回大学任教，1948年秋到台湾，执教于台湾师范学院。

作者回忆说："在我写过的作品里面，再没有比写《女兵自传》更伤心更痛苦的了！我要把每一段过去的生活，闭上眼睛来仔细地回忆一下，让那些由痛苦里挤出来的眼泪，重新由我的眼里流出来。……写的时候，我不知流了多少眼泪……把中卷全部稿子写完修改之后，我已瘦得不像人样了。"

《一个女兵的自传》是谢冰莹的代表作。作品出版后，很多读者问她是否真实，她回答说："这不是一部普通虚构的小说，这是传记体裁；传记，百分之百要真实才有价值。""这是一个女兵的真实故事,丝毫也不虚伪,半点也不夸张。"这部传记为什么连续重版20多次,当时的文学青年为什么几乎人手一册,而且鼓舞了许多青年脱离封建家庭,走上革命道路?首先,真实性,真实的美,真实的魅力,恐怕是一个重要的原因。真实的人,真实的传记,真实的榜样,给了青年们以启迪,以鼓舞,以激励。既然谢冰莹能做到,我为什么不能做到?于是,真实的人,真实的传记,就变成了楷模,变成了力量,变成了激励青年冲破封建枷锁,走向解放和新生的精神力量。

当然,一部传记,要是仅有真实性,而无思想性和艺术性,没有饱满的感情,没有动人的艺术魅力,还是不能打动人的。而这几点,《一个女兵的自传》也是完全具备的。

在20世纪30年代的旧中国,封建礼教、包办婚姻,还普遍地存在着,严重地束缚着青年人的自由和幸福。在这种情况下,作者以生动的事实,表现了她个人勇敢地反抗包办婚姻,坚定地冲破家庭的束缚,争取自由幸福生活的思想和行动,这在当时就有强烈的思想性和时代性。作者的反封建思想是非常坚定和明确的。作者在驳斥父亲(他还算是知书达理的)说的婚姻不需要爱情和不需要共同思想时,义正词严地说:"爸爸,要结婚后才能发生爱情,那只是你的结婚哲学,那只是封建社会独有的怪现象;如今时代不同了,男女二人,一定要经过情感的进化,才能达到结婚的目的。……至于思想一致,就更属重要了!朋友两人的思想不同,尚且不能结交,何况夫妇乃一生的快乐与幸福的创造者;倘若思想不同,各走各的路,爱情立刻会破裂的……现代的婚姻,是与改造社会有直接关系的;两个人结合了,并不是只求自我的享乐,主要的在两人要为国家服务,为社会工作;因此他们不但是夫妇,同时也应该是挚爱的朋友,忠实的伴侣。"正是为了追求这种现代的爱情和婚姻,作者同父母进行了坚决的抗争,一次又一次从牢狱似的家庭出逃,并说服对方解除了婚约,得到了自由。全传的思想性是很高的,时代性是很强的。这是作品吸引人的第二个原因。

第三,传记不仅生动地刻画了作者的新女性形象,展示了她有理想、有信念、有追求、敢想敢干、敢作敢为的性格,而且还刻画了父母亲的形象,父亲的顽固和迂腐,母亲的泼辣和蛮横都写出来了。他们都爱儿女,都希望子女幸福,可是，他们却给儿女带来了无穷的痛苦。父亲还是用旧礼教来规劝女儿，而母亲就只知道乱吵乱骂，无理体罚。请看下面的描述——

> 正在沉思间，忽然又听到父亲的咒骂了：
> "学校不知道是什么魔窟，凡是进去的人，都像着了魔一般，回来都要闹着退婚……"
> "那当然，父母怎么知道儿女需要什么样的妻子或丈夫呢？……"我知道这几句话，会引起父母的痛骂……
> "快不要丢丑了，一个闺女，也能选择丈夫吗？……"
> "俗话说：'好马不吃回头草，好马不嫁二夫郎'，你还记得《烈女传》的故事吗？……"
> "哼，《烈女传》他还读吗？"母亲还没有说完，父亲就忍不住连忙接着说："她只看些什么自由恋爱这一类的小说……她受了这些报刊小说的影响，所以也回来反对父母，反对礼教了！"
> "笑话！礼教也敢反对吗？"母亲越来越威风了："它是数千年来圣人立下的……"
> "贫富虽由天定，但也要人为，萧家的财产很多，你也能够赚钱，将来两人成家立业，慢慢地会成为财主，有田有土，多么享福！"
> 唉！母亲越说越糊涂了，这些话是多么令人心痛呵。她侮辱了我，蔑视了我的人格，根本她不了解她女儿是怎样的思想，怎样的人格，怎样的个体思想……
> "好吧，她只管死吧，我白白地抚养她到这么大，还送她读了这么多年书……"母亲忽然放声大哭起来，眼泪、鼻涕、口沫流了一大片，头，不住地在壁上乱碰……
> 我偷偷地溜了出去，跑到野外去散步。太阳暖暖地照着，可是我的心是凄凉的！

再看大哥说的吧："母亲比历史上，古今中外任何专制帝王，还厉害可怕，难道你还不知道吗？我为了没有得到她的同意，带你嫂嫂去益阳，回来时，她说我犯了'逆母顺妻'的罪，罚我跪了两小时，头上还顶着一大盆水，这件事我是永远不会忘记的！还有，你二哥，三哥，和你姐姐的婚姻，都是不幸的，痛苦到了极点的，但谁也不敢提出离婚的话来！"你看，这母亲是何等专制、残暴。在这里，母亲已经是一个封建卫道士的典型了。这是这部传记在人物刻画上的突出成就。

第四，作者在写作中倾注了强烈的情感。作者爱憎分明，感情丰富、细腻。写到坚决时，慷慨激昂，如她回答哥哥时说："我宁可为反对旧礼教，推翻封建制度而牺牲生命，决不屈服在旧社会的淫威之下……"写到动情时，柔肠寸断。如写她让姨母再劝她："我哀怨地回答她，眼泪如水银一般滚了下来，满怀着慈悲心肠的姨母也陪着我流泪；姐姐更是哭得像泪人儿似的。"作者叙述的语言也很富有感情。比如写她二哥死后的心情："二哥之死，在我生命史上，是最伤心的一页！我的心深深地划上了无数血淋淋的伤痕；我像失掉了灵魂一般的整天叫着'二哥！二哥！'有时哭着，有时笑着。她们都说我疯了。"

第五，传记语言优美、流畅，充满感情。比如，当母亲把她关起来，以便强迫她和萧家的人结婚时，作者写道："深夜，打开窗子放进风来，月儿早已越过帐顶了。从前方归来，因受了湿气而浮肿溃烂的脚，痛得非常厉害；我整晚地呻吟哭泣，母亲连唤我一声都没有，唉！我现在是真的被遗弃的孩子了！我再也得不着慈母的抚摸慈母的安慰了！更永远不能和她亲吻，倒在她温暖的怀中了！……月亮，你将我悲苦的消瘦的影子，照到我母亲的眼里去吧！她为什么变得这样残忍，这样冷酷呢？……"这缠绵悱恻、穷形尽相的语言，把她对母亲的复杂心情都表现出来了。

作者运用了多种表现手法以提高表达效果。如作者善于把写景与抒情结合起来，十分感人。如写她与三哥相依为命住在山上的情景："记得是一个初夏的晚上，月光如水银般倾泻在大地，晚风自树间吹过，发出轻微的哨声；小虫在草里唧唧地叫着，整个的岳麓山，恰像一个美丽的仙女浴在月色之下。……二哥要求我扶着他去外面看月亮，我害怕他一经运动，血管又破裂出血，极力阻止他；但他坚持着要去，没法，只好先摆好睡椅，然后扶着他出去。一只脚刚踏出房门，他就大叫起来:'呀!美极了!美极了!月光如水水如天……'"这段语言,雅致细腻,情景交融,人物情态,栩栩如生,即使置于众多优秀的散文之中,也毫不逊色,从中可以看出这部自传语言的成功。

第六章 五四以后的他传文学创作

一、五四以后的他传概论

五四以后,不仅自传创作取得了重大成就,而且他传创作也得到了划时代的发展,取得了突出成果。

胡适(1891—1962)不但动员别人写传记,自己写自传,而且还写了几十篇他传,如《姚烈士传》、《康奈尔君传》、《吴敬梓传》、《李超传》、《丁文江的传记》等。

朱东润(1897—1979)在传记文学创作上取得了很大的成就,其代表作是《张居正大传》。朱东润对明代的政治、经济及宫廷内部的矛盾斗争有深入的研究,因而史实非常准确,学术性很高。同时,朱东润又有意识地学习了西方现代优秀传记的写作方法,在谋篇布局、描述事件、刻画人物、遣词造句等方面运用了文学手法,而且他还注意运用对话和细节描写,使传记富于生活气息,富于相当的美学价值。《张居正大传》成为中国传记史上第一部运用现代传记方法写作的传记文学作品,为中国现代传记作出了开拓性的贡献。

与朱东润同为大学教授和著名学者的张默生(1895—1979),先后写过《苗老爷传》、《疯九传》、《鸟王张传》、《义丐武训传》、《厚黑教主传》等。他的传记主要写他所熟悉的、有奇异行为和具有一定至性的人,是真正的平民百姓,这在中国现代传记文学史上具有开拓性的意义。在人物塑造上,他既继承了司马迁的艺术传统,又学习了现代西方的表现方法,运用小说刻画人物的方法,运用白描和细节描写,追求个性化、生活化,人物性格鲜明,活灵活现,呼之欲出。材料丰富,细节典型,文字朴实,亲切感人。他的传记文学创作在20世纪三四十年代已很有影响,为现代中国传记文学的发展开辟出一条新路。

此时期著名学者吴晗写了《朱元璋传》(1944年出版时曾用《明太祖》和《从僧钵到皇权》两个名,4年后作了较大补充修改后更为现名)。作者以其严谨的治学态度和渊博的知识,对此书进行了三次较大的、认真的修改,写出了在元末农民起义中从贫寒的普通士兵一步步爬上皇帝宝座的明代开国皇帝朱元璋完整的一生。作者突出渲染了朱元璋"不但是一个以屠杀著名的军事统帅,也是一个最阴险残酷的政治家",对其在中国历史上的贡献肯定不够。

五四时期著名的他传还有萧红的《回忆鲁迅先生》、吴其昌的《梁启超传》、闻一多的《杜甫》等。《回忆鲁迅先生》完全听凭心灵感情的喷涌和内心记忆的牵引,自由挥洒,纵意倾泻,不拘成规,不顾积习,率意而为,自成精品。作者是从回忆中选出富有诗意内涵和激动人心的内容,看似没有时空和逻辑线索,实则是任凭情感召唤而来的诗意的华章,是一种由心灵呼唤而至的至诚的文字。这些看似漫不经心的文字,零零星星的片断,在萧红情感的统摄下奇迹般地凝聚起来了,活现出和蔼可亲的、富有人情味的、平平常常的鲁迅来。《梁启超传》系作者感念恩师、呕血镂心之作,作者对传主有真切深入的了解,故不失为一部传记力作。作者把作为政治家、教育家和文化大师的梁启超的个人历史同鸦片战争以来的中国近代史结合起来,既写出了梁启超的个人经历、性格和成就,又写出了时代历史对他的陶冶和他在世纪风云中的贡献。闻一多的《杜甫》抓住诗人生活和创作中最富特征的片断,以诗的语言,写出了杜甫的经历,更写出了他的思想和性格,他的音容笑貌。

二、张默生的《异行传》

张默生(1895—1979),别字默僧,山东临淄人。1919年考入北京高师,毕业后任教于湖北省立第一师范,后转到齐鲁大学任教。1927年因触犯军阀张宗昌,不得不逃亡至朝鲜。抗日战争时期,携眷回川,任教于重庆大学和复旦大学。新中国成立后,由重庆大学调入四川大学中文系任教授、系主任。1957年被错划为右派，1979 年平反，同年 9 月 24 日病逝。

张默生对旧学、新文学、西方文化和佛教文化都有钻研，涉猎甚广。出版过研究孔子、孟子、庄子、老子的专著。他对传记文学十分热爱，很有研究，写了《义丐武训传》、《苗老爷传》、《疯九传》、《鸟王张传》、《异行传》、《现代学术界怪杰吴秋辉先生》、《推行民众读物的先驱——宋老先生》、《厚黑教主传》等传记文学作品，后结集为《异行传》出版。他的传记主要是写平民百姓中有奇异行为且有一种至性的人，而且这些人物是他或他父亲所熟悉的，他与他们交往甚久，观察仔细，感受深刻，材料丰富，写得朴实、亲切、生动、感人。

张默生的传记作品有一个共同的特点，即传主都是社会底层之人，都是平民，没有官职，没有爵位，没有财产，没有显赫的社会地位，甚至也没有突出的成就，而且往往是有着奇特经历、奇异行为、独特个性、特别专长的奇人。这构成了张默生传记的突出特色：平民特色。

司马迁在《史记》中描写了侠客、医生等平民，以后的正史却很少有写普通百姓的传记，而成为帝王将相的家谱。从魏晋南北朝以后，陶渊明、韩愈、柳宗元、苏轼等开启的杂体传记创作，写了不少下层百姓的传记。可是，真正以普通平民、以有奇异言行且有一种至性的人为传主的传记文学作家，历来都是很少的。张默生则继承了司马迁、韩愈的平民精神，以全部的精力、满腔的热情撰写这些社会底层人物的传记。而且，张默生从生活的真实出发，在自己的平民传记文学中，塑造了一批性格特异而又个性鲜明的人物，为中国传记文学带来了新的形象。这不但填补了中国传记文学史，特别是中国现代传记文学史上平民传主的空白，而且还为中国现代传记文学注入了新鲜的血液，显示了高度的平民性、人民性。

杜勃罗留波夫说："我们不仅把人民性了解为一种描写当地自然的美丽，运用从民众那里听到的鞭辟入里的语汇，忠实地表现其仪式、风习等等的本领……要真正成为人民的诗人，还需要更多的东西：必须渗透着人民的精神，体验他们的生活，跟他们站在同一的水平，丢弃阶级的一切偏见，丢弃脱离实际的学识等等，去感受人民所拥有的一切质朴的感情。"

作者笔下的平民教育家武训，平民理论家、厚黑学教主李宗吾，生活在社会下层的疯九、苗老爷、鸟王张等人，确实是过去的传记文学史上从来没有出现过的新类型的人。这些人不但没有地位，没有多大作为，而且大都有不光彩的历史、极恶劣的生活环境和极特异的、不合常规的、难以为人理解和欣赏的言论和行动。但是，张默生却能抛弃高级知识分子的清高，以满怀的爱心，站在平等的立场，仔细地观察他们的外貌、语言和行动，体验他们的思想感情和内心世界，透过这些人丑陋的、粗俗的甚至是令人厌恶和反感的外表，发现这些人物身上所具有的独特的、美好的品德和人格，可贵的人情美和人性美，并大胆地、真实地、艺术地表现出来，为中国现代传记塑造出全新的来自民间的平民形象，并达到很高的思想艺术成就。这不能不说是张默生的重大贡献。

比如，《义丐武训传》中的武训是中国近代史上的一位奇人。他出生贫苦，幼失父母，他从自己贫困的生涯中认识到穷人没有文化就永远要受富人的欺诈，决心讨钱办义学，让贫困的孩子都能读书。于是，他以乞丐的身份，讨饭、打短工、耍把戏，甚至作践自己供人开心，受尽人世间的轻视、嘲笑、侮辱，历尽艰难，终于积钱创办了三处义学。在受到县、府以至朝廷表彰之后，他依然继续乞讨办学，而绝不享用一点义学的经费及设施，甚至终身不娶以保证全心从事义学。他去世时，各县乡民自动参加葬礼的达万人，学生皆放声痛哭。他死后，人们称他为平民教育家。就是这么一位义丐，张默生以尊敬之情，旁征博引，广搜材料，慎重取舍，写出了《义丐武训传》。这部传记在各种版本的武训传中是最丰富的、最成功的。第二年，这本传记即译成英文、法文和俄文三种版本，可见其影响之大。

《厚黑教主传》写"厚黑学"创立者李宗吾先生的奇特经历和叛逆思想，塑造了一位眼光犀利而又性格怪异的文人形象。作者写李宗吾"偶阅《三国志》而始憬然大悟曰：得之矣，得之矣，古之成大事者，不外面厚心黑而已！然后推而及于群籍，则向所疑者，无不涣然冰释"。由此，李宗吾提出了"厚黑学"。以后，他又在《厚黑习传录》中提出了"求官六字真言"、"做官六字真言"及"办事二妙法"，是古往今来"官场现形"的逼真写照。他还写了《我对于圣人的怀疑》，抨击儒家的"四书"、"五经"和宋元明清学案，尤其是那些以卫道自命的大人先生。作者还进一步写出了李宗吾的狂放不羁、恃才傲物和清正廉洁：

他不愿当官，就是勉强任了公职，也坚决要求先降工资；而在他辞官回家时，他顿感无官一身轻，但却连回家的路费都没有，只好向同乡借钱。他还写了一首诗送给辗转借钱给他的人："厚黑先生手艺多，哪怕甑子滚下坡。讨口就打莲花落，放牛我会唱山歌。"其狂放洒脱，何其生动乃尔！

《疯九传》写作者父亲之朋友疯九常与作者父亲饮酒大醉而打架，医病则常误诊杀人。但对作者之父特别友好，在作者之父被捕之后，"一心以营救吾父为事，即受牵累，犯众怒，不计也"。尤以其撰袁世凯之挽联辛辣滑稽，代表了人民的心声："卖康梁而宠幸位，抚山东，督保定，直入内阁，十数年立地顶天，居然豪杰，谁不说龙腾沧海？坑孙黄以作总统，先临时，后正式，旋改国号，一片心称皇呼帝，忽焉取消，我也笑泥牛入海。"挽幛则是："好大鳖种"（鳖即鼋也，用以谐袁世凯的"袁"也——作者按）。

《现代学术界怪杰吴秋辉先生》写吴先生外貌之怪和住宿、生活条件之简陋及其学问之渊博，理论上之特立独行和敢于创新。

《鸟王张传》写一位善养鸟和兽虫鱼的民间艺人形象……

作者满腔热情地描写民间平民百姓的生活、劳动，表现他们的喜怒哀乐，展示他们的独特个性和思想情怀，体现了进步的思想倾向。

我们在武训身上，看见了下层百姓对文化的渴求和兴办义学，让贫苦百姓的孩子都能学习文化的强烈愿望和美好理想；看到了在最底层的贫苦百姓为人民办义学、办好事的坚强意志和高尚情怀。在现代学术怪杰吴秋辉身上，我们听见了出自无名学者口中的振聋发聩的声音。

张默生传记文学的第二个成就，是以严谨的现实主义甚至近乎自然主义的笔法，以近乎残酷的、赤裸裸的、毫不掩饰的真实描绘，把人物独特而奇怪的言语行动展示出来，从而塑造出独特而鲜明的人物形象。

在《义丐武训传》中，作者用武训自己的言行，特别是他生动的顺口溜来表现武训的性格和人格。如他在以"拿大顶"和"蝎子爬"给人取乐赚钱时，他唱："竖一个，一个钱；竖十个，十个钱；竖得多，钱也多，谁说不能兴义学？爬一遭，一个钱，爬十遭，十个钱，修个义学不费难。"义学办起以后，堂邑知县和当地绅士劝他结婚，他又笑着唱道："人生七十古来稀，五十三岁不娶妻。亲戚朋友断个净，死时落个义学症。"他的这些行为和他唱的歌谣，都很奇怪，也都突出地显示了他为兴办义学甘愿忍受一切艰辛、舍弃一切人间欢乐享受的伟大精神。张默生引用的武训的顺口溜都很通俗、很直白、很粗野，但这些却正符合武训的身份，贴切地展示了武训的内心世界。

写鸟王张行为之痴，十分别致：他提着鸟笼在街上走，竟遭孩子们投石嘲笑，以至狼狈逃窜。别人把树上的蜜蜂卖给他，他竟然付了费，然后上树去取蜂，结果被蜂蜇得从树上摔下来，几乎折断其股骨，面孔亦被蜇得肿如弥勒佛。作者写他"几以鸟之生命为生命，于其妻若子，反漠然视之"。其幼女卧榻上，为其所豢之鹰啄去一目，彼若无其事者。其妻痛恨于心，伺其出，杀鹰三，鸥鹬二，画眉各一；鸟王张归则大怒，将其嫁妆及锅碗盆勺尽碎之，并继三日不食。他的屋中，鸟粪如雨注，扫除之不尽，客常为鸟粪污衣上。这可算痴得不能再痴了吧！"然鸟王张之养鸟也则不痴；非为不痴，智者亦不及焉。"他不仅善饲鸟，且通鸟医，"鸟有病，医之无不奇效"，他善为鸟选种交配，使众鸟蕃生不息。他甚至善使百鸟献技以饷客，"俄而善鸣者鸣，善技艺者技艺，善搏斗者搏斗"。"客有誉其术者，而鸟王张必视为知己，张宴款之。"真是令人不禁要笑他痴得发傻，痴得可爱而又可笑。

张默生之所以能在传记文学作品中成功地刻画出栩栩如生的人物，是因为他继承和借鉴了中国古典小说和西方传记文学的写法。张默生在1942年出版的《异行传》的"自序"中说，他对传记文学进行了深入钻研，他特别喜欢司马迁的《项羽本纪》和慧立等写的《大唐慈恩寺三藏法师传》，喜欢西方的《英雄传》和《约翰生传》。他还钻研了唐宋传奇、《聊斋志异》、《红楼梦》、《水浒传》等作品在人物刻画上的一些方法。他的传记写作主要就是运用小说手法，重视人物性格的描写，他特别重视"人物的个性与神态，凡无关于个性表现的事迹，在别人或视为重要的，我也恝然舍去"。作者在写作时，则尽力钻入人物的心中，也可以说是"借尸还阳"，来重演这些生活舞台上的人物。而且在写作时，作者是"毫无顾忌的写去，对于他们的猖狂恣肆处，既是无情的予以揭发，而于他们的至性过人处，也尽量的为之表扬"。试再举《疯九传》一段为例："疯九遭此大故（指母死——作者按），益挫其志，终日惟酗于酒，时歌时哭……时余父以酗酒滋事，已绝缘曲蘖，因劝疯九戒酒，彼不惟不听，反立逼吾父破戒……吾父坚不欲饮，彼则一意讥讽之，嘲笑之，继复大骂之。余父亦不与较，取向之所订'兰谱'示之曰：'汝尚识此物否？'疯九曰：'吾乃不识此为兰谱乎？'余父取火欲焚之，彼则曰：'我诀诵咒，不能燃！不能燃！'诀咒未毕，而兰谱已成飞灰矣。疯九大怒，诟詈尤甚，余父乃奋拳击之，彼不支，败而逃。余父追之出。彼欲于河中图身尽，纵自入水，水浅，仅及其腹，余父亦纵身投河中，二人水战，疯九又不支，急攀岸而上，窜入芦苇丛中，遂不见。后疯九再访吾父，一似忘却此事，仍与吾父偕游如故。"作者的描写何等细腻、真切、生动，人物形象历历在目，人物性格鲜活独至，几乎与小说无异。

张默生在传记文学的写作艺术上，也取得了突出的成就。

读张默生《异行传》，仿佛进入奇异玄妙的世界，看见光怪陆离之景象，接触荒唐滑稽之言行，领略狂放不羁之灵魂，感受审美之愉悦。欣赏其文，则如观飞瀑泻自千仞之岗，挟飞石以俱下；又如见飓风起于万里天际，裹大鹰以神行；只觉目眩神怡，奇气充溢。这应该归功于作者艺术上的成功。

首先，作者善于在强烈的对比、烘托中，化丑为美，以丑反衬美，在极丑中展示极美。作者往往先写传主外貌和行为之丑，而后在对比和反衬中把人物的心灵美及其独特而奇怪的性格生动传神地表现出来。如写武训，作者先尽情渲染武训的丑。先写武训外貌、声音的丑：他"扁嘴、狭额，身材虽然高大，却是不男不女的样子。而且说起话来，也带着几分女人的声音"。再写他在下决心乞讨凑钱办义学之后，竟然找剃头匠收买他的辫子，并给他剃光了右边的头发，而在左边留下一撮毛，打扮成一个丑角。作者还写他在地上学马爬，供小孩们骑坐，写他吃蛇，吃蝎子，吃破砖碎瓦，甚至吃屎喝尿。作者写武训的丑，真是穷形尽相，无以复加了！但是，正是对他外貌和行为之丑陋的描写，反衬出义丐心灵的纯洁和高尚：他如此丑陋贫困，却决心把自身的不幸丢在脑后，立誓拯救后一辈和他有同样命运的人："使他们无钱也能读书，使他们读了书不再被人欺！"他把自己打扮得很丑，是为了叫人看了开心，容易乞讨，容易筹措义学经费；作者写他吃蛇，吃破砖碎瓦，甚至吃屎尿，给小孩当马骑等行为，确乎很丑恶，但是他的用心，他的目的，却是那样的纯洁和高尚：只为了早日办好义学。这就在行动的丑陋中反衬出内心的高尚。作者还写他终生未娶，众多的人劝他娶亲，他不娶，因为他"不要妻，不生子，修个义学才无私"。他自己不娶亲，却热心为别人做媒，到他50多岁的时候，几乎包办了那一方的男女亲事，简直是一个活月老了。这又在强烈对比中展示出他的无私和热诚了。《义丐武训传》中的武训，颇似雨果《巴黎圣母院》中的撞钟人加西莫多，他们表面上都是丑的，但是越往下看，你却越来越觉得他很美。然而比较起来，武训似乎比加西莫多更丑，却又比加西莫多更高尚、更博大、更完美。可以说，正是作者充分而突出地运用了对比烘托的手法，所以才那么成功地塑造了武训的形象。

再如写学术怪杰吴秋辉，作者写他外貌古怪："是一个像干姜般的老头儿。……脸上的气色，灰黄憔悴，一看就可以断定他是个瘾君子……衣服最不入时，而且污秽肮脏。"其性格更古怪，竟怪到让他的一只眼的猫"卧在他的胸上，陪他酣睡"，而且他还因为自己也是一只眼的缘故被提学司取消了留学资格而解嘲说："我的猫的确相当聪明，不过就是一只眼睛，不能到国外留学，得不着什么学位罢了。"作者还写到吴秋辉的房子，"没有几分傻气的人，真是没有勇气敢进去"。房内不但糊得严严实实，一点不通气，而且摆着几个溺盆，有的都生了蛆，同客人谈话时，竟随时可以小便。他请客人吃茶的茶杯"是污秽得不能看的"。他还是瘾君子等等。他的这些行为是丑的，但是，他的学问却极其渊博，思想也很有见地，很富于创新精神。"他认为中国的学术，完全毁于师承……数千年来就是这么一套……亦步亦趋，不敢稍有异议。一是夜郎自大，一是妄自菲薄，所以中国的学术，永不能大放光明。……他切盼中国的读书人，铲除奴性，把孔子的杏坛踢翻；板起面孔，逼视真理的究竟；恢复自我，有独往独来的精神。"他还说："无条件的崇拜古人，是古人的奴隶；崇拜今人，也是今人的奴隶。……研究学问，原贵继往开来，继往，是我们的凭借，开来，才是我们的正当责任哩。"正是在这种强烈的对比中，活画出其不同于任何人的"这一个"。

其次是叙述、描写、抒情、议论之恰当结合。作者自己说："对于人物的叙述，只求客观的描写，不作主观的评论。因此，什么'太史公曰'，什么'异史氏曰'，以及什么'论曰'、'赞曰'的格套，我一概不取。"实际上，作者写作这些传记,首先是为了"抒泄抑郁的情怀",所以作者的感情是强烈的。只是在议论抒情的方式上,作者打破了从古以来的格套,而自己别出心裁,完全从自己的感受和情绪表达的需要出发,融叙事、描写、抒情、议论于一体,或于叙述中议论,或在描绘中言情,显得感情淋漓尽致,议论真切得体。试看《苗老爷传》最后一段:"七七事起,老爷率其数百信徒,大呼:'耶和华助我!'……今计老爷之年,行且七十矣,须发已斑白矣。天其假之年乎?天其假之午乎?登蜀山而望渤海,怆然神伤,不能自已,乃濡笔而书其事。"于叙事中抒情,表达了怎样真切的思念和祝愿!《疯九传》叙疯九与作者父亲之交情,又凝聚着议论:"疯九一生无朋友,有则吾父一人而已。余父殴之者,不止十数次,然愈殴之,则交愈深,情愈切,至死不渝。"《鸟王张传》之抒情议论更为绝妙:"余草此传竟,已夜半,适有一怪鸮啼于树巅,其声惨厉,初两短声,继则长声呼啸,一时群山回响,宛如众鸮应声而起,历半小时不休。余不禁毛发竖立,几欲掩耳而走。……今传鸟王张而鸮啼,啼之不足,复继以狂啸。啼者,其鸟王张之讣书耶?然则鸟王张竟已死矣。啸者,其快吾之传其事迹耶?然则吾之文幸而可传,则鸟王张不死矣。民国二十八年七月二十六日夜半,默生附记于四川青木关。"作者在叙事描绘和感慨想象之中,寄予了对鸟王张何等深厚的怀念之情啊!

作者运用文言文和白话文两种语体,两种语言都运用得十分纯熟,显示了作者驾驭文言文和白话文的高超本领。他的文言文绝不佶屈聱牙,而是如《水浒传》、《红楼梦》一样用的是文言文中之口头语,所以很好懂。至于他用白话文写《义丐武训传》及《记怪诗人徐玉诺》等,更是适应了人物身份,语言显得更加朴实、朴素、精练、生动。作者说:"孔子对于语言文字的重视与要求,并不是单取华美的形式,而是看重形式与内容恰如其分的统一表现。"应该说,作者真正做到了他所说的:"第一,'言要文',要做到有条有理的美化境界;第二,'辞要达',要做到我手写我心的表里如一;第三,'修辞立其诚',要做到充实光辉的自我创造。"

张默生之所以能写出这些优秀的传记,首先是因为他酷爱传记,且对古今中外之传记有深入研究和独到见解。其次是作者对传主的选择特别严格,必须是奇人奇事且有至性之人;而且他所写之人,除武训外,往往又是他亲见多年之人,作者让这些异人在自己心中反复酝酿,直到酝酿成熟,才行之于笔。作者写作态度又非常认真,他在给朋友的信中说:"弟每作一文,辄须长时间之酝酿,始能着笔。若《苗老爷传》、《疯九传》等,酝酿凡数年之久。于此有一书,譬如难产之妇人,苦矣哉!苦矣哉!"

正是由于作者本来就有很高的文学修养,又对传记写作进行了深入研究,加之对传主进行了深入观察、研究和思考,对如何写好人物进行了长期酝酿,写作时又能抓住传主特点予以大胆的、无顾忌的深入发掘和真实展现,故能取得较大成就。

最后要特别提到的是,在中国现代史上,有两位古典文学专家倾心从事传记文学写作,都取得了突出的成就。一位是朱东润先生,一位是张默生先生。朱东润先生抗日战争时期写了《张居正大传》,新中国成立后继续写了几部大传,还开办了传记博士班。他的传记文学创作得到了很高的评价,在现当代传记文学史上已居于重要位置。可是,同朱东润先生一样早在新中国成立前就已在传记文学上取得了很高成就的张默生先生的命运,就相差十万八千里了。新中国成立初批判电影《武训传》以后,他的《义丐武训传》等传记作品就再没人敢提起;1957年他作为四川大学教授、中文系主任与四川省作协评论组长,因给流沙河的《草木篇》说了几句公道话,又被划成右派分子,连降三级,打入另册。从此,张默生及其作品在中国文坛上几乎消失。张默生是中国现代传记文学史上的一位有独特风格和杰出贡献的作家,我们应该还张默生的平民传记文学在中国现代传记文学史上应有的地位,应该对张默生传记文学创作的历史地位和成就给予正确的历史的评价,还历史以公道。

三、朱东润的《张居正大传》

朱东润(1896—1989),原名朱世溱,江苏泰兴人。1913年赴英国留学,1916年回国,1917年后,先后任武汉大学、复旦大学教授。1929年开始发表作品。其作品有多部古典文学研究专著,但作者更看重的却是传记文学。朱东润于1939年以后,陆续写成了《中国传记文学之进展》、《传记文学之前途》、《大唐慈恩寺三藏法师传》、《传记文学与人格》及《八代传记文学述论》等著作，提出了对传记文学的系统看法。接着，他写出了《张居正大传》，新中国成立后，他又写出了《陆游传》、《梅尧臣传》、《杜甫叙论》、《陈子龙及其时代》、《元好问传》等传记文学作品。他笔下的传主都是中国历史上积极投身于时代风云的著名政治家、文学家；传记也都规模宏大，气势磅礴，情感充沛。他以他一生对传记文学的研究和写作，促进了传记文学的发展，为中国现代传记文学作出了杰出贡献。

《张居正大传》是朱东润第一部，也是最成功的传记文学作品。作者经过长久的思索和反复的斟酌，才选定了这个人物。希望用张居正的"把整个的生命贡献给国家"的精神，来激励抗战时期的政府和人民。作者以传主的著作《张文忠公全集》46卷为主要材料，并搜集了《明史》、《明史纪事本末》、《明纪》、《明史稿》、《明会典》等历史著作，详细研究了明代的政治、经济制度及宫廷生活；同时又认真研究了西方传记名家名著的写法，写出了这部在传记文学史上有划时代意义的作品。朱东润在这部30多万字的传记中，塑造了一位富于才华、胆识和谋略的封建时代的政治家的形象。张居正在明神宗即位后的最初10年间担任首辅大学士，经过一系列的政治改革和艰苦工作，使整个国家实现了安定，政治走上了正轨，经济得到了发展，边境解除了威胁。作者以张居正在复杂的官场斗争中的语言和行动，以及他的诗文、奏对，表现了他"只有前进，没有后退，只有牺牲，没有畏缩的性格"。

作者掌握的材料十分丰富，对材料的选择十分严谨，几乎无一字无出处。作者还从大量史实中提炼出精彩的人物对话，写出人物的思想感情和内心世界。比如写张居正拒绝贿赂，一位知县来贿赂张居正，被拒绝，县官以为张居正嫌少，便设法加添，甚至借了一条玉带一并献上。张居正就给他复了信："往者别时曾以守己爱民四字相规，政屡辱厚惠，俱不敢受，盖恐自背平日相规之言，有亏执

事守己之节。而执事乃屡却不已,愈至愈厚,岂以区区为嫌少而加益耶?至于腰间之白玉带,尤为殊异,顾此宝物,何处得来,恐非县令所宜有也。谨仍璧诸使者。若假之他人,可令返赵。执事从此,亦宜思所以自励焉。"这封退贿信,充分显示了张居正本人的清廉。

作者对朝廷内部之倾轧斗争十分清楚,在对张居正晚年和死后遭遇的描写中,把他的认识深刻地表现出来了:居正晚年,身体不好,几次提出归政乞休,但神宗却一次次下旨慰留:"卿宜仰思先帝丁宁顾托之意,以社稷为重,永图襄赞,用慰朕怀,慎无再辞。"几年后,居正身体更差,再次乞归,仍未获准,只得带病坚持工作,直至病殁。为什么居正要坚决辞归呢?作者对其心理进行了深入剖析:"从居正以上,高拱、徐阶、严嵩、夏言,凡是掌过国家大权的,最后都付出了巨大的代价:有的被杀,有的儿子被杀;即使幸而不死,也常有被杀的危险。这一个传统太危险了,时时给居正以威胁。……现在神宗年已十八,久已超过应当亲政的时期。居正当国,便等于神宗失位,首辅大学士和皇帝,成为不能并立的形势。在这一形态之下,居正头脑糊涂一点,便可以做王莽;气魄大一点,也可以做曹操。但是居正不是王莽、曹操,而且在那个提倡忠孝的环境之下,也不允许王莽、曹操的产生。居正以忠孝自负,而忠孝自负的主张,又和专权当国的现实不能融洽,心理遂陷于极端的矛盾状态。"这真是把居正的处境和心境真切地解剖出来了。"居正带着平生的抱负,埋入江陵的墓地,剩下来的是无限的恩怨和不尽的是非。"你看,居正不幸而怀疑中了。他尸骨未寒时,神宗即开始向居正反攻倒算,狠狠报复他:居正的法制推翻了,官荫、赠谥削除了,甚至连诸子的官职都褫革了。但这还不够,还要抄家,在县令封门之后,诏令开宅搜查之前,居正家已饿死十余口。在严刑拷问之中,其子敬修自杀,懋修投井不死,不食又不死,侥幸保存一条性命。这是怎样的悲剧啊!为什么会产生这样的悲剧呢?作者指出:"居正当国十年,效忠国家,但是居正所揽的大权,是神宗的大权。居正当权便是神宗的失位……这是最显然的逻辑。"

作者在人物刻画上,颇见功力。不但描写出张居正的性格,还描写了徐阶、宋神宗等人物的性格。如他描写徐阶:"徐阶,松江华亭人,短小白皙,一个典型的江南人。在政治上,他正是严嵩的敌手。严嵩柔佞,夏言刚愎,柔能克刚,所以夏言失败了。……徐阶不是这样，他不是钢铁，也不是水，他是一方橡皮。橡皮是柔的，遇到坚强的压力，能屈服，能退让，但在压力减轻的时候，立即恢复原状。对于外来的力量，他是抵抗，但是永远不采取决裂的态度，即在退让的时候，他也永远不曾忘去支撑。这是政治上的一种风度，以后张居正、张四维，都曾经采取过。"

  作者有很高的文学修养，语言精练畅达，有大家风范。在清晰的叙述中，渗透着真切的感情和精辟的议论。比如，在尾声中，作者颂扬了张居正的曾孙同敞：他在明朝北京失陷、南京陷落后，投奔永历帝，担任了兵部右侍郎、总督诸路军务。"领导中原人民抗清的责任，又落到姓张的肩上。关保的血液，在同敞的脉管里跳动了。跟从明太祖的大纛，推翻元朝统治的是他的始祖；整顿国防，分化鞑靼，最后造成明朝强盛地位的是他的曾祖。同敞抚摩自己的筋骨，真有些自负。……前进的时候，一马当先的是同敞；动摇的时候，端坐不动的也是同敞。"最后，当同敞从灵川来到桂林，要同困守空城的瞿式耜一起守城，瞿式耜劝他走："我就为留守，当然死在桂林；总督没有守土的责任，你还是去罢！"他却坚决不走。"式耜高兴地同同敞饮酒达旦。第二天，两人同时被擒。式耜说：'我们久已准备了。'敌人要他们投降，他们拒绝；敌人要他们削发为僧，他们也拒绝；他们只要把自己的热血，为民族横流。……据说在行刑的时候，同敞衣冠整齐，昂然地站着。头颅落地以后，他向前跃起三步，方始躺下。……同敞死了，热烈的血液，灌溉了民族复兴的萌芽。"这里，通过心理活动的描写，运用排比、对仗和夸张的描写，抒发了深沉的情感，也表达了深刻的见解。

  由于张居正的传世资料主要是政治方面的，私人生活鲜为人知，而对野史中的一些传闻，作者又未敢轻易采用，故《张居正大传》显得太政治化、理想化，缺少对传主的家庭生活和感情生活的描写，加之语言较为简古，大量奏对书信又是文言文，阅读起来比较吃力，这也许是这部大传的缺憾吧！

四、吴晗的《朱元璋传》

  吴晗（1909—1969），原名吴春晗，浙江义乌人。1934年清华大学毕业后留校任教。1937年到云南大学、西南联大任教，1948年到解放区。1949年任北京市副市长。吴晗是我国著名的明史专家，于1943年写成《明太祖》，想以其恐怖政治来影射蒋介石的恐怖政治，后于1948年和新中国成立后对该书进行了几次较大的修改，使其材料更加充实、准确，评价更为正确、深刻，达到了较高的学术水平。

第一，作者围绕着朱元璋的人生经历，表现了元末农民起义的波澜壮阔和浩荡汹涌，深刻地阐述了这场农民运动发生的原因及其伟大的历史作用。第二，作者还通过对元末明初的社会经济和政治状况的描绘和分析，对朱元璋的历史功绩作出了中肯的评价。作者既肯定了朱元璋推翻元朝统治，统一全国，减轻农民负担，促进经济发展和社会进步的一面；也揭示出他为了保住皇位，杀害元勋战将，迫害知识分子，钳制思想自由的一面。作者指出他功大于过，"在历代封建帝王中，他是一个比较突出、卓越的人物"。第三，在史料的真实性上，作者以极为科学和严谨的精神，对明史作了深入的研究，在极其丰富的材料中进行了严格的挑选，认真的考证，使材料真实、准确，几乎到了"无一字无来历，无一字无出处"的地步。

《朱元璋传》不仅有高度的真实性、科学性、学术性，而且还带有一定的文学色彩。从传记文学的文学性来看，也取得了一定的成绩。这主要表现在作者以多种艺术手法和丰富的材料，描绘了具有突出个性而又丰富复杂的朱元璋的形象。

作者详细地描写了朱元璋从淘气的顽童、流浪的青年、托钵的和尚、骁勇善战的将领、英明聪慧的君王到阴险毒辣的独裁者的整个人生历程，为我们塑造了一个真实的、独特的、复杂的、立体的封建帝王的完整形象。这个形象的丰富性、复杂性和多面性，在中国传记文学中是少有的，也是十分突出和感人的。作者写他小时候的顽皮和机灵，就十分精彩。小时候，替人放牛放羊，肚子饿了，他竟出主意把小牛杀掉吃了，然后把牛尾巴插在石头缝里，说是小牛钻进山洞里了。当晚，挨了一顿毒打，被赶回了家，丢了饭碗，但也因此赢得了孩子们的信任。而这么一个淘气的农村孩子要成为乱世之王，不可能没有曲折的经历，严酷的斗争，过人的智慧和才华，于是作者写了他当郭子兴的小亲兵时的勇敢、能干、有见识、讲义气，以至成为郭元帅的乘龙快婿；写他在战斗中的善动脑筋，善于学习，礼贤下士，实行屯田制，团结和重用知识分子及各种人才，富于远见，具有天才的战略思想和精明的指挥能力。作者写朱元璋占领应天后，"很尊敬有学问的读书人。也明白读书人能讲道理，替人出主意"，因此，"每逢新占领一个地方，必定访求这地方的读书人，罗致在幕府里作秘书，作顾问，作参谋。徽州的老儒朱升，告诉元璋三句话：'高筑墙，广积粮，缓称王。'对元璋后来的事业极有影响。"在战斗中，部队缺粮，一般都是抢，朱元璋想：政权要让老百姓服从和拥护，与其向老百姓抢，不如自己来生产。于是龙凤四年（1358年），他"以康茂才为都水营田使，专门负责修筑河堤，兴修水利工程，恢复农田生产，供给军需；又分派诸将在各处开荒垦地，立下规矩，用生产量的多少来决定赏罚。且耕且战，几年工夫就成绩显著，仓库都满了，军粮也够了"。

就这样，朱元璋统一了中国，建立了明朝。作者写了朱元璋的统治术：他"用国子监来训练大量的新官僚"。他对官僚机构大加改革，实行行政、军事、监察三种治权分别独立，由皇帝亲自总其成。百官分治，个别对皇帝负责，系统分明，职权清楚，法令详细，组织严密，互相钳制，而最后取决于皇帝，"皇权由之达于极峰"。他还总结历史上宦官和外戚的祸害，不许宦官干预政事，不许外戚干政。

可是，这样一个英明的领袖人物，在取得皇位以后，却为了保住政权，保住皇位，一下子变得那么独断专行，残酷无情。作者写道："洪武二十八年，正式颁布皇明祖训。……在这一年之前，桀骜不驯的元勋、宿将杀光了，主意多端的文臣杀绝了……连光会掉书袋子搬弄文字的文人也大杀特杀。杀得无人敢说话，无人敢出一口大气了。杀，杀，杀！杀了一辈子，以为从此可以高枕无忧，皇基永固。"朱元璋的突出性格及其性格的发展变化，他的复杂的性格，立体的人生，在这些描写中栩栩如生地展现在我们面前。

作者善于从尖锐的矛盾和巨大的场面活动中来刻画人物。如鄱阳湖决战，先介绍敌我双方态势和将领，然后突出敌方（陈友谅）部队的优势和特点。渲染陈友谅亲率数十万大军及100多艘战船，真是"投戈断流，舳舻千里"。这时，有的主张投降，有的主张逃跑，而朱元璋却冷静地分析敌我态势，制定战略决策，先打陈友谅，再打张士诚，然后又施反间计，派间谍打入敌营，把敌人引入埋伏之中，朱元璋亲自去山顶指挥，一举全歼陈友谅全部主力。这一仗写得淋漓酣畅，主次分明，把朱元璋的聪明智慧充分展示出来了。作者还以对比手法写出朱元璋当皇帝前后的巨大变化：当皇帝前爱护士兵，重视人才，尊敬知识分子；可当了皇帝以后却大兴党狱，杀尽了所有不顺眼的文武官员，而且大兴文字狱，大杀知识分子。这尖锐的对比，说明皇权对朱元璋的异化，也说明封建皇权的罪恶。

作者还善于运用生动的细节来刻画人物。比如，写朱元璋和马皇后的关系，写出马皇后的贤惠、善良、聪明。朱元璋被郭子兴禁闭后，马皇后背着人偷刚出炉的炊饼给他吃，把胸口都烧焦了。战斗中，她带着妇女给战士缝战衣、做鞋子。她劝丈夫不要以一时喜怒来赏功罚罪，她还为宋濂求情，使其免于一死；也为财主沈万三求情。她劝朱元璋：赈灾不如贮粮，得宝货不如得贤才，又说"骄纵生于奢侈，危亡起于细微"，"法屡更必弊，法弊则奸生。民数扰必困，民困则乱生"。这些都是至理名言，表现出马皇后的善良和聪颖。

全传虽经多次修改，但对朱元璋统一中国的贡献及其聪明才智仍嫌表现不足，评价不够；作者的语言通俗易懂，尽量把古语写得让当代的人能看得懂，但有时又觉太现代化，太政治化，比如说农民起义军是"从血泊里锻炼出来的坚强的革命细胞"等。

五、吴其昌的《梁启超传》

吴其昌（1904—1944），浙江海宁县人。少年时父母双亡，但家愈贫而学愈力，乡里称之为神童。1925年，吴其昌以骄人的成绩（第二名）考上清华大学国学研究院，受到王国维、梁启超、赵元任、陈寅恪等国学大师的亲自指导。1928年秋，经梁启超举荐，吴其昌受聘南开大学。1932年，吴其昌转任武汉大学历史系教授及系主任。1943年，吴其昌应出版社之约，撰写《梁启超传》一书，不幸只写出半部《梁启超传》，即于1944年2月23日撒手人寰。

尽管《梁启超传》一书只写完半部，但因此书系作者感念恩师、呕血镂心

第三篇 中国现代传记文学的突破和发展
第六章 五四以后的他传文学创作

之作,且作者对传主又有真切深入的了解,故仍然不失为一部传记力作。

这部传记的第一个特点是作者借鉴并发展了1901年梁启超著《李鸿章传》所开创的现代评传的写法,即"以一个伟大人物对于时代有特殊关系者为中心,将周围关系事实归纳其中,横的竖的,网络无遗"(梁启超《中国历史研究法补编·人的专史》)。

吴其昌在为导师作传时,很自然地将作为政治家、教育家和文化大师的梁启超的个人历史同鸦片战争以来的中国近代史绾合起来,从现存三章看,首章标题"一世纪来中国之命运"对应着副标题"从鸦片战争至梁氏诞生的前夕",叙述分析了梁氏出生前中国社会的惨况——天灾人祸导致人民生活陷于绝望的深渊,国家衰弱,社会腐化,朝廷昏庸,贪污普遍,教育落后,道德堕落……从而为梁氏出场予以铺垫,并进而说明"梁氏后来对于祖国命运的影响";第二章标题"亡国景象与维新初期"则对应着副标题"从梁氏诞生至戊戌政变",先写梁启超出生后中国的惨状——绵延的天灾人祸,严峻的形势,中国遭受瓜分的史迹,帝俄侵华的阴谋,暴日蓄谋亡华的野心……在此基础上再写梁启超幼年的家庭生活及家乡环境,突出了梁氏从家乡历史及祖父口训中所受到的爱国主义和民族主义的教育,写出了梁启超同康有为的会面,展示了万木草堂的内容,长兴学舍的教育活动,并进而写出了梁启超独立事业的开始——在长沙时务学堂的活动,创办学会——长沙南学会,办《强学报》与《时务报》;第三章标题"维新的失败与革命的成功"则对应着副标题"自戊戌变法至梁氏亡命",依序写出了"促成戊戌变法的原因",戊戌变法的经过,对戊戌变法失败原因的解析。

显然,这种写法把传主与时代之关系、传主受时代之影响及传主对时代之作用,都表现得特别鲜明和突出。这正如吴其昌本人在本书"绪说"中所说的:"孟子说:'知人论世',我们要知道一个人全部的事业,了解他全部的心境,欣赏他全部的风度,认识他全部的学

问……必须暂时把我的神魂，钻入这个人的时代，并立于这个人的环境，透视这个人的情绪、性格，然后能够做亲切有味的描写，客观无私的综述。并且才可成功一部鲜活的信史。"

这部传记的第二个特点，是吴其昌先生炽热的爱国情怀和尊师情感。试举绪说为例：

> 中国这一百年来（1842—1943）的命运，真正是从乐土跌入了地狱……在道光二十年鸦片战争以前，中国虽然内部已经空虚，但外表承乾嘉余荫，还是金光灿烨！南京条约以后，绑上第一条枷锁！割了第一块骨肉！以后一条一条地绑上无量数的枷锁，一块一块地割了无量数的骨肉！受着这"凌迟"的惨刑，简直堕入地狱的底层……梁启超，正是生长在这个最黑暗地狱底层的有血有泪有志气的一位满身创伤的青年。他也屡次想跳海而死，但他坚决地相信中国必然不亡，并且断然复兴，所以他在全然绝望中，挣扎奋斗。

再如作者在写梁启超创办长沙时务学堂的教育方法和培养出的大量优秀人才之时，也浸透着激情：

> 在这样一种不拘形式，而朝气蓬勃、精力充沛、乐观的、进取的目标之下，自然能够造就出非常奇伟的人才来。……总之，这样一种"设备不具"的学堂，竟培养了如此伟大、质量俱优的杰出人才，真是收获着"乐育英才"的最大成功。

这部传记的第三个特点，是吴其昌大量引述梁启超的著述、言论来论述梁启超所处时代及其思想言行，给人以真实、生动的感觉。如作者写：

> 光绪二十四年戊，因德人的强占胶州湾，引起俄人立即强占旅顺、大连湾，英人强占威海卫、成三角，法人强占广州湾，甚至意人也要强占三都

澳，国人大惊，看见瓜分之刀已在颈上，奔走号呼，"保国会"之类便在各地涌起。幽居深宫的二十九岁皇帝清德宗，也忧愁得要死……康氏又复痛哭流涕地最后一次的上书，有激切的透论，及详备的规划。梁氏扼要记着：

"康先生之上皇帝书曰：'守旧不可，必当变法。缓变不可，必当速变。小变不可，必当全变。'又曰：'变事而不变法，变法而不变人，则与不变同耳。'"

再如写梁启超对戊戌变法失败的原因，亦有公正、平允、精到的自白：

戊戌维新之可贵，在精神耳。若其形式，则诸多缺点。当时举国人士，能知欧、美政治大原者，既无几人，且掣肘百端，求此失彼。而其主动者，亦未能游西域，读西书，故其措置不能尽得其当，殆势使然，不足为讳也。若其精神，则纯以国民公利公益为主；务在养一国之才，更一国之政，采一国之意，办一国之事。盖一国之大原，于是乎在，精神既立，则形式随之而进。虽有不备，不忧其后之不改良也。此戊戌维新之真相也。

梁启超的言论，表明了他对戊戌维新的精神认识之深刻，对其失败原因分析之透辟，也反映出他的见解之高明和心胸之旷达。

六、萧红的《回忆鲁迅先生》

萧红（1911—1942），生于黑龙江呼兰县。1932 年，萧红在哈尔滨的大水灾中与萧军相识相恋，1935 年，同萧军一起抵达上海，得到鲁迅先生的关怀和提携，出版了《生死场》。1939 年 6 月，萧红来到重庆北碚复旦大学，写下了《回忆鲁迅先生》等作品。1942 年 1 月 22 日，萧红病逝于香港，年仅 31 岁。

萧红在上海期间，经常待在鲁迅家。特别是她同萧军感情破裂后，几乎天天待在鲁迅家中，对鲁迅有着真切的了解并与之建立了深厚的友谊。《回忆鲁迅先生》就是萧红在生命的最后几年中，在深挚的回忆中写出的关于鲁迅先生的很动人、很有特色，也很有价值的传记佳作。

这部作品的最大特色，就是没有章节，也未按时间、空间或逻辑层次来结构作品，而完全由45个似乎随意排列的片段组合而成，片段与片段之间有时也互不关联，似乎把某些片断倒置也无碍文章的结构。说明这是非常情绪化的写作，即作者在动笔之前并无总体的构思或通盘的设计；动笔之时，则完全听凭心灵感情的喷涌或内心记忆的牵引，自由挥洒，纵意倾泻，不拘成规，不顾积习，率意而为，自成精品。作者是从回忆中选出富有诗意内涵和激动人心的内容逐一写出，然后用感情红线将一串串珍珠，一幅幅画面，一帧帧速写，构建成一个鲜活的整体。文章看似没有时空和逻辑线索，实则是一种任凭情感召唤而来的诗意的华章，是一种很难驾驭的由心灵呼唤而至的至诚的文字。而这些看似漫不经心的文字，零零星星的片断，在萧红情感的统摄下奇迹般地凝聚起来了，其中活现出和蔼可亲的、富有人情味的、平平常常的鲁迅来。这个鲁迅，是萧红眼中的鲁迅，萧红心中的鲁迅。

作品的第二个特点，是其内容的丰富和真切。作者以一个作家的敏锐眼光和女性的细腻感受，写出了鲁迅先生的饮食起居、音容笑貌、读书写作、亲情友情、接人待物、休闲娱乐等，通过这些，描写了一个外人不太了解的、真实可爱的、富于个性色彩的、极其生活化的鲁迅先生。文章一开始就破空而至，以寥寥数笔，画出了鲁迅乐观爽朗、坦诚率真的动人性格："鲁迅先生的笑声是明朗的，是从心里的欢喜。若有人说了什么可笑的话，鲁迅先生笑得连烟卷都拿不住了，常常是笑得咳嗽起来。"再如，萧红写鲁迅关于女性服装的见解十分高明："那天我穿着新奇的火红的上衣，很宽的袖子。……于是我说：'周先生，我的衣裳漂亮不漂亮？'鲁迅先生从上往下看了一眼：'不大漂亮。'过了一会儿又接着说：'你的裙子配的颜色不对，并不是红上衣不好看。各种颜色都是好看的，红上衣要配红裙子，不然就是黑裙子，咖啡色的就不行了，这两种颜色放在一起很混浊……'""……人瘦不要穿黑衣裳，人胖不要穿白衣裳……胖子要穿竖条子的，竖的把人显得长，横的把人显得宽……"萧红问："周先生怎么也晓得女人穿衣裳的这些事情呢？"许先生在旁说："周先生什么书都看的。"表现出鲁迅的博学。再如写鲁迅对朋友的热诚："挽留朋友玩到半夜12点钟以后，让朋们坐小汽车回家,一定要自己付车钱。鲁迅自己吃饭只有三碗素菜,而朋友来了许先生则一定下厨房,菜食很丰富,鱼、肉……都是用大碗装着,起码四五碗,多则七八碗。鲁迅吃两种烟,价钱贵的给客人抽,便宜的留给自己抽。而到电影院看电影,则先让小汽车把客人送去。电影完了,又让小汽车先把客人送走,自己和家人则到苏州河边等着坐电车,等了二三十分钟车还没来,鲁迅先生拿出烟来,悠然地吸着烟,坐在那儿和一个乡下的安静老人一样。"这些都生动地显示出鲁迅克己待人的美德。

第三个特点,就是作者还善于从很细微的生活细节和生活习惯上来描写鲁迅的性格,如写鲁迅"工作时坐的椅子是硬的,休息时坐的藤椅是硬的,到楼下陪客人时坐的椅子又是硬的";吃东西,也喜欢吃硬的;从吃和坐两方面显示出鲁迅坚毅的性格。还写鲁迅的动作:"刚抓起帽子来往头上一扣,同时左脚就伸出去了";"从家里出来时,两只手露在外边,很宽的袖口冲着风向前走"。揭示了鲁迅干脆利落、争分夺秒、一往无前的性格。

作者写鲁迅的求实作风和对小孩的尊重。有一次,从福建菜馆叫的菜中,有一碗鱼做的丸子,海婴一吃就说不新鲜,别人不信,因为别人吃到嘴里的都没有改味。许先生再给海婴一个,海婴吃了又嚷嚷。别人都不注意,鲁迅先生把海婴碟里的拿来尝尝,果然是不新鲜的。鲁迅说:"他说不新鲜,一定也有他的道理,不加以查看就抹煞是不对的。"

作者详细记述了鲁迅重病后的坚韧、乐观和勤奋。"鲁迅先生感到自己的身体不好,就更没有时间注意身体,所以要多做,赶快做……死了是不要紧的,只要留给人类更多,鲁迅先生就是这样。"鲁迅先生睡在二楼的床上已经一个多月了,气喘虽然停止,但每天发热……鲁迅先生肋痛了就自己忍着,生怕别人晓得了又要不放心,又要看医生,医生一定又要说休息。鲁迅先生自己知道做不到的。病稍好一些,鲁迅先生带着久病初愈的心情,又谈起话来,披了一件毛巾子坐在躺椅上,纸烟又拿在手里了,又谈翻译,又谈某刊物,而且还乐观。萧红到楼上去看鲁迅,鲁迅却在关心她:

"人瘦了,这样瘦是不成的,要多吃点。"

鲁迅先生又在说笑话了。

"多吃就胖了,那么周先生为什么不多吃点?"

鲁迅先生听了这话就笑了,笑声是明朗的。

……(病中)有人来问他这样那样的,他说:

"你们自己学着做,若没有我呢!"

文章的结尾,更显得含蓄而意味深长:

又过了三个月。

1936年10月17日,鲁迅先生病又发了,又是气喘。

17日,一夜未眠。

18日,终日喘着。

19日,夜的下半夜,人衰弱到极点了。天将发白时,鲁迅先生就像他平日一样,工作完了,他休息了。

这不啻是抒情诗、散文诗、抒情文!简练的文字中,蕴涵着丰富的内容;平淡的文字中,激扬着深沉的情意。令人感慨欷歔,欲哭无泪,实为至诚至情的文字!

作者还写了鲁迅的夫人许广平及其儿子海婴。写许先生对鲁迅的敬重与爱戴,体贴与照料,以及许先生的热诚与俭朴。写许先生在鲁迅生病后的哭泣:"她一面眼泪流了满脸,一边拿起杯子来给客人倒茶,一边用左手拿着手帕按着鼻子。"写许先生的劳累:"给海婴打毛衣,缝衣裳;给客人买菜做饭,为客人夹菜,为客人削水果;而她却对自己忽略了","每天上下楼穿的衣裳都是旧的,次数洗得太多,纽扣都洗脱了,也磨破了……有一次我和许先生在小花园里拍一张照片,许先生说她的纽扣掉了,还拉着我站在她前边遮着她"。"许先生买东西也总是到便宜的店铺去买,再不然,到减价的地方去买。勤俭克己到如此地步!为什么呢?""处处俭省,把俭省下来的钱,都印了书和印了画。"——显然,是为了神圣的文学事业。

再如写许先生精选菜送给病中的鲁迅："心里存着无限的期望,无限的要求,用了比祈祷更虔诚的目光,许先生看着她自己手里选得精精致致的菜盘子,而后脚板触着楼梯上了楼。希望鲁迅先生多吃一口,多动一动筷,多喝一口鸡汤。"叙述中融进了怎样的深情!

整篇回忆录极为凝练、简洁、散淡、自由、含蓄、深沉。比如作者写鲁迅不怕鬼:有一天晚上,鲁迅一个人经过坟地,忽然看见一个白影,时小时大,时高时低,正和鬼一样,靠近了一个坟堆。鲁迅就用硬皮鞋向他踢去。结果,原来是个盗墓的贼。鲁迅笑着说:"鬼也是怕踢的,踢他一脚就立刻变成人了。"听了鲁迅讲的这则故事后,作者写道:"我想,倘若是鬼常常让鲁迅先生踢踢倒是好的,因为给了他一个做人的机会。"这写得何其精彩啊!

第七章　延安革命根据地的传记文学

一、延安革命根据地传记文学概论

在中国现代传记文学中，延安革命根据地的传记文学是一个重要的方面。延安革命根据地的传记文学是在抗日战争的烽火之中，在中国人民血与火的战斗中诞生的。它主要是为新时代的新英雄树碑立传，其主要形式是人物专访和速写。这些传记大多是对现实人物的阶段性或局部性生平事迹的描写，带有新闻的特点，但因为不少作品是作家写的，故带有较强的文学性。

在写领袖和高级将领的作品中，以沙汀的《随军散记》最出色。作者以自己的亲身感受，通过贺龙的言谈举止、生活细节，表现了他豪爽直率、自信谦逊的独特个性，展示了英武飒爽、洒脱风趣的贺龙形象。其他，如赵超构的《毛泽东先生访问记》、《朱德将军的招待会》，杨朔的《毛泽东特写》，丁玲的《彭德怀速写》，刘白羽的《八路军七将领》、《记左权同志》，何其芳的《记贺龙将军》、《吴玉章同志的革命故事》、《记王震将军》，周立波的《徐海东将军》、《聂荣臻将军》、《王震将军记》，陈荒煤的《刘伯承将军会见记》等，从不同的角度和侧面，写出了毛泽东、朱德等革命领袖及众多高级将领的光辉形象和生动事迹。

延安革命根据地的传记作品还描写了在战争风云中涌现出来的各行各业的英雄模范人物。周而复的《诺尔曼·白求恩断片》以大量精选的典型事例，极其生动地描写了白求恩医生对工作极端负责、对病员极端热诚、对技术精益求精的精神，歌颂了他献身中华民族解放事业的国际主义精神，展示了他独特的个性和高贵品格。其他，如萧三的《续范亭先生》、《韬奋同志——文化界的劳动英雄》，雷加的《国际友人白求恩》，丁玲的《马辉》、《田保霖》，何其芳的《记冼星海同志》，陈荒煤的《一个农民的道路》，杨朔的《胡康同志》、《王海青》等，多侧面、全方位地表现了新时代涌现出来的这些先进人物的先进事迹。

二、沙汀的《随军散记》

沙汀（1904—1992），原名杨朝熙、杨子青，四川安县人。1926年毕业于四川省第一师范。1932年加入左联，任常委会秘书。1938年赴延安，任鲁艺文学系代主任，年底随贺龙去抗日战争前线。1940年在中共南方局领导下从事重庆文化界的联络工作，后到成都及家乡从事写作。1949年后历任西南文联副主席，四川省文联主席，中国作家协会四川分会主席，中国作家协会副主席，中国社科院文研所所长。著有长篇小说《奇异的旅程》、《淘金记》、《还乡记》、《困兽记》、《青枫坡》，短篇小说集《航线》、《土饼》、《苦难》、《播种者》、《呼嚎》、《兽道》、《堪察加小景》、《医生》、《祖父的故事》、《过渡集》、《沙汀杰作选》，中篇小说集《木鱼山》、《红石滩》，长篇传记文学《随军散记》，以及《沙汀选集》（4卷）。沙汀是中国现代著名小说家，他的散文创作也取得了突出成就，尤其是《随军散记》（后改名《记贺龙》）在人物刻画上显示了杰出的水平，是一部优秀的长篇传记文学作品。

沙汀是优秀的小说家，是刻画人物的行家里手，他的《随军散记》也发挥了他观察和刻画人物的杰出才华，以他的亲眼所见、亲耳所闻、亲身感受，以他犀利的眼光和遒劲的笔力，为我们展示了一位生龙活虎的、有血有肉的、活灵活现的贺龙将军的形象。请看他对贺龙形象的描写：

> 他披着一件短短的灰布羊皮大氅站在山道的边沿上，而在他的背后，则是一列一望无际的高原地带的峰峦，这在落照中看起来很迷人；但认真吸引青年人的，却是他那关于前线生活的叙述。

这是多么动人的富于诗意和象征性的形象：落照中的峰峦衬托着将军的伟岸形象，青年们无心观景，他们都被贺龙的叙述迷住了。英雄比自然更美，更吸引人。

再看下面这段描写，当沙汀他们正在山道上缓缓前进的时候，一阵马蹄声突然从背后掩过来：

> 最先奔过我们的是贺龙同志的大青马。他急驰着，一面转过脸来嚷道："赶紧跟上来保护老子呀！——有一把小刀子就成了！"
>
> 他把帽子戴得略高一点，大衣的前襟飘扬着，而他骑在马上的宽大结实的身躯，就像岩石一样坚定。他的脸色比平日更红润，胡髭更黑，脸上的轮廓也比平日更显现了。在这种情况下，我似乎更加认识了他那性格上的阔大不羁。

这是何等真实而鲜活的贺龙形象啊！

作家对贺龙语言的记叙和描述更是极为精彩的，是高度个性化、口语化和生活化的。作家完全没有像一般的传记作者那样把人物的语言组织剪裁得流畅生动甚至天衣无缝，而是按照生活的真实和逻辑，按人物说话时的口气和习惯，把人物最有特点的、最富于个性化的语言提炼出来，精选出来，从而形成最富魅力的独具特色的贺龙的语言。试看作者记叙贺龙谈他的大青马：

> "不但跑得好"，他向我们投着严肃的视线，"它还很有德义呢！比如你前面有人这样躺起，它就停下来不走了。翻大雪山的时候，靠它救了多少人啊！至少五六十条。每一次总是好几个人，尾巴上，颈项上都拖得有，我自己还一手提一个；就这样往返了好几回。要不然死的人会更多些。你们想，山又高又大，又冷，空气很稀薄，身体坏一点的，还没有喘过气，倒下去就死了。"

再看他同其湖南老乡、国民党军官何键的复杂关系：当他谈到四川军队同八路军配合作战不错时,就联系到说湖南部队的作用也不小,"这一点我们应该说是何键的功劳"。但他下一句话马上又把话头从赞扬转了一百八十度,变成了批评——而这正是他说话聊天的特点——"我从前是很讨厌他的,什么事都用他的同乡人!"这时,何其芳插嘴说何键还主张过读经,他马上接过去:"这也是我见不得他的地方,他想把湖南的青年人全变成老顽固。还有一点我恨他的:他把我的祖坟挖了!"说到这里,他又将话锋一转:"你们不清楚,我两个早年还是把兄弟呢!……"这段话把贺龙同何键的恩恩怨怨以及现在抗日战争中的配合,把贺龙的直率、豪爽、大气和幽默,都生动地表现出来了,真是自然之至,精辟之极!

再比如写贺龙花很长时间让一个生得姣好又聪明的十二三岁的小姑娘做他的干女儿,并把她的名字改为吉长,这时,作者写道:

> 他把双手搁在吉长的肩头上,俯视着她,柔声道:
> "晓得么,你还有个妹妹,叫吉生,才这么长一点子高就跟着我过草地。"
> "现在在延安吗?"一个同志紧接着问。
> "还有个铲铲,已经死了。"

到这里,我们才看见了贺龙的内心世界,体会到他的舐犊深情。他是看到小姑娘想到他的去世了的吉生女儿了呀!但是,作者却没有紧接着进行议论,也没有抒情,而是去描写贺龙的行动:"他一面说,一面用手比着高矮。"然后让读者去理解贺龙的丰富而博大的内心世界和坚定豁达的性格。

再如,作者写贺龙在同甘泗淇的爱人李贞同志仿佛家人一样谈话时,忽然带点幽默地笑着问道:

> "怎么样?听说,老甘在女学校上课,你很不放心呀。还暗地里派人侦查。"
> "瞎说!我根本就没工夫管这一套。"

"你骗人。"

他微笑着摇摇头,随即又叹口气,忽然变得很严肃了。

"老实讲吧,"他轻声地接着道,"在旧军队里干事的时候,我倒有一点靠不住。加入共产党以后,我就变规矩了。"

作者把贺龙加入共产党前后的变化写出来了,内涵是很丰富的。

沙汀的《随军散记》以探幽析微的深入观察和敏锐细腻的真切体验,以其文学家的深厚功力和描写刻画人物的高超本领,为我们塑造出一个真实的、鲜活的、可敬可佩的、可亲可爱的抗日将领的英雄形象。

三、周而复的《诺尔曼·白求恩断片》

周而复(1914—),原名周祖式,安徽旌德人。1938年毕业于上海光华大学英国文学系。20世纪30年代参加左翼文艺活动,任陕甘宁边区文艺协会文学顾问委员会主任,后在中共重庆市委党刊《群众》任编辑,《新华日报》特派员,中共中央南方局香港工委文化委员会副书记,中共中央华东局统战部秘书长,中共上海市委统战部、宣传部副部长,文化部副部长,对外文化联络委员会副主任,中国作家协会顾问等职。主要作品有:长篇小说《上海的早晨》、《长城万里图》(6卷)、《白求恩大夫》,中短篇小说集《山谷里的春天》,长篇叙事诗《伟人周恩来》(4部),《周而复散文集》(4卷)及书法作品集等。

毛泽东在《纪念白求恩》一文中高度评价白求恩大夫的伟大精神和崇高人格。周而复的《诺尔曼·白求恩断片》(新中国成立后,作者又把它改写为《白求恩大夫》)就是白求恩形象和精神品格的真实传神的写照。周而复在文章中以白求恩大夫极其感人的行动和语言,融合着作者的敬佩之情,为我们塑造了白求恩大夫的光彩照人的形象。作者在简要介绍了白求恩大夫的经历后,即以主要篇幅,详细记述了白求恩大夫到中国抗日前线忘我工作直至以身殉职的这段经历。作者按照时间顺序,精选了白求恩大夫的感人事迹和突出细节,凸现了白求恩的伟大和崇高。

作者一开始就描绘了白求恩可爱可亲的形象：

> 一个外国人，抛弃他优裕的生活，越过重重的封锁线，深入到中国的敌后战场，穿一身八路军的灰军装，胳臂上挂着"八路"的臂章，腰间扎着一条宽皮带，脚上穿着一双草鞋；身材魁梧、硕壮，面孔健硕，但有点清瘦，浓眉下面，深藏着一对炯灼的眼睛，那里面饱含着无边的慈爱，颧骨微高，宽大的嘴特角上，常浮着意味深长的微笑，嘴上崛起的短髭和他的头发，都已灰白了。是的，他已是快五十的人了；但他的精神，却很矍铄，像一个活泼健旺的青年。有些时候，还流露出质朴的天真。

作者通过外貌描写把白求恩慈爱、善良、热情、纯真的性格鲜明地显示出来了。这是一幅多么生动传神的肖像画呀！作者是一位优秀的小说家，他刻画人物的高超本领在这里充分地显示出来了。

作者写白求恩于1938年4月到延安，便急于到战地工作。6月经过敌人封锁线，到达晋察冀边区，他给医药条件极度贫乏的边区带来了大批药品和各种器械，更带来了高超的医疗技术和对革命战士的无限热忱。通过近两个月的从清早到深夜的辛勤工作，他建成了边区的国际和平医院。白求恩在开幕典礼上讲了那样深刻的话："我们的工作不仅是为了治疗受伤的同志，而且是为着明天的伟大自由的新中国。"

作者以人物的语言和行动展示白求恩的榜样和带头作用。9月，白求恩到某分区卫生部的后方医院检查病房，看到病员在9月份还没有被子盖，他带着不满的情绪走进卫生部长的寝室开口就问：

"现在夜里冷吗？"

"九月天，当然冷啰。白大夫你请坐。"卫生部长递过一杯茶来。

他没有喝茶，两只炯烁的眼光，质问地盯着对方，又说："你不盖被子行不行？"

"自然需要被子……"

"伤病员为什么没有被子?把工作人员的被子拿出来,给伤病员盖……"

工作人员却不愿意。白大夫对大家说:

"一个医生,一个看护,一个事务员的责任是什么呢?只有一个责任。那责任是什么呢?那责任就是使你的病人快乐,帮助他恢复健康,恢复力量。你必须看到他们的每一个人,都是你的兄弟,你的父亲——因为就真理说,是的,他们比兄弟父亲还要亲切些——他是你的同志。在一切的事情当中,要把他放在最前头,被子应该给他们先盖上,你不把他看得重于自己,那么,你就不配从事卫生事业,实在说,也简直就不配当八路军……"

说完后,白大夫没理他们,独自走去了。他回到寝室里,把自己那床绸被子送到病房里,给一个重病号盖上了。卫生部长把被子拿回给他,他却不要。卫生部长说:

"你晚上不盖吗?"

"我不能让伤病员不盖被子,而我自己盖被子……"

"那怎么行呢?伤病员的被子,今天晚上我们一定想办法好了。"

……

(部长说)"我把我的被子拿出来……"

站在旁边的医生卫生员,听见部长要拿被子,都抢着说:

"我的被子也可以。"

先前不情愿拿被子的三十多个卫生工作人员,都拿出自己的被子给伤病员盖。这时,白大夫才接受卫生部长的请求,把自己的被子拿回去。

白求恩以自己的模范行为带动了大家,也教育了大家。

又一次,当伤员急需输血,而旁边的护士却不愿意,白求恩马上把自己的血输给了这位伤员。这时那位护士哭着要给伤员献血,白求恩因势利导,同卫生部叶部长商量成立了一个志愿输血队,为医疗工作作出了贡献。

作者以更多的篇幅写出了白求恩全心全意、忘我热诚地为伤病员治病的感人事迹:他由后方医院骑着马,冒着大雪从早到晚赶到前线医院,一赶到医院,他见还有20分钟才吃晚饭，就要求马上去病房，大家要他休息一会，他说："我是来工作的，不是来休息的。"他一口气检查了30多个伤病员，其中有5个要立即施行手术，他饭也顾不得吃，一口气为伤病员做完了手术，才去吃晚饭。而当听说重伤员都在曲回寺卫生所时，他不顾已是凌晨1点，要求早上4点半钟就赶往曲回寺。到了曲回寺，天才放亮，他一上午检查了100多位伤员，接着就施行手术，晚上他给医生们讲了4小时关于创伤治疗的课，一直到半夜。第二天又是4点钟起床，到黑寺前线救护伤员。他就是这样忘我地、不知疲倦地工作着，对技术更是严格要求，精益求精。他严肃地批评没给重伤员上夹板以致造成伤员截肢的医生；他组织医务人员给因医院消毒不严而久未出院的伤病员彻底消毒；他每天给伤员动手术，一边做，一边讲，用实际例子来教育和培养医生；他还为边区编写战地医疗书籍——《游击战争中战地医院组织和技术指南》、《模范医院组织法》等。他把自己的一切都献给了八路军伤病员，献给了中国人民，直到他因受感染而不幸殉职。

作者也以一些细节写出了白求恩大夫认真负责的态度和勇于承认错误的精神。

他给一个伤员做手术时，发现绷带缝里露出一只犬牙般的长骨斜向内翻着——伤后治疗没有上夹板：

"啪"的一声，白大夫把手里的器械，扔在器械桌上，两只手交叉着，满脸愠色，对着顾部长：

"这是谁负责的？"

"是郑医生。"

"为什么不上夹板？——中国共产党交给八路军的不是什么精良的武器，而是经过二万五千里长征锻炼的干部，为什么对干部这样不关心？因为不上夹板，需要锯断。"他惋惜地对伤员说："要切掉呀，好孩子。"

伤员的眼泪泉涌般的向外流着。……他简单地结束了这件事："郑医生要受到处罚的。"他伸伸腰……关切地对伤员说："你相信我吧，孩子。"

给病人做完手术后，他半夜又去看伤员，听见伤员说"好"，他快乐得简直要跳起来:"只要伤病员告诉我一声好,那我就不知道该怎么快乐了。"他吃饭时又提到伤员下腿骨没上夹板的事:"处罚那个不负责任的郑医生,我要给你们旅长写信的。……爱护伤员要像亲兄弟——像你希望别人爱护你那样的爱护伤员。"

白求恩对工作是何等的负责啊!

他开办特种外科医院实习周时,三五九旅卫生部政治委员兼卫生部主任潘世征带着王震旅长的介绍信来参加学习,但遭到白大夫的拒绝。他说:"潘世征同志水准太低,工作能力不行,不可能训练成一个好的外科医生。"但是潘世征还是留了下来,向白大夫要工作做,细心研究学习,白求恩对潘世征努力学习的精神,十分赞许。学习结束时,他让潘世征带回一封信给王旅长,信上说:"过去我对于潘世征同志的认识是错的,你的认识是对的。他还能够工作学习,只要他努力下去,是可能成为一个好的外科医生的。现在,我对你承认我的错误。"

作者也写了白求恩急躁的性格。比如写他做手术时,站在门外偷看的村民们发出细碎的话语。而白求恩进行手术时,要求绝对的肃静,他做完手术后,夹起一块染满了鲜血的纱布,生气地向人群中扔去:"这又不是戏班子,有什么好看的,这是手术室啊!"这充分显示了白求恩的独特性格。

作者对白求恩充满了敬重和怀念之情。在沉重地描写白求恩不幸去世后,作者饱含激情地倾诉道:"受伤的战斗员需要像你这样爱护他们的大夫,天天在继续扩大的晋察冀边区,需要像你这样勇敢的战士;新中国这婴儿快要诞生了,需要像你这样热情的助产士,但你却被毒菌夺去了生命,离开我们而去了!医疗界丧失了一个诲人不倦的导师,伤病员丧失了他们再生的父母,中国丧失了一个最好的盟国的战友……"字字情,声声泪,感人肺腑!

第四篇

新中国成立初期传记文学的兴盛和衰落

第八章　新中国成立初期传记文学的兴盛

一、新中国成立初期传记文学概论

新中国的成立，标志着社会主义制度在中国内地的确立。中国共产党高度重视新中国的文学艺术工作，始终把它置于从属于政治的地位。毛泽东《在延安文艺座谈会上的讲话》成为文学艺术的指导方针，解放区文艺的传统在全国范围内延续。因此，新中国成立初期传记文学的政治性比较强，传记文学得到了一定的发展。新中国成立初期，传记文学主要是为现代和当代的英雄人物立传，也有老同志以自传或回忆录的形式描述自己或领袖、战友的革命经历和成绩风采的。其中有不少优秀的作品，如高玉宝的《高玉宝》，吴运铎的《把一切献给党》，梁星的《刘胡兰小传》，黄纲的《革命母亲夏娘娘》，柯蓝的《不死的王孝和》，雷加的《海员朱宝庭》，陶承的《我的一家》，缪敏的《方志敏战斗的一生》，植霖的《王若飞在狱中》，朱道南的《在大革命的洪流中》，陈昌奉的《跟随毛主席长征》等，它们表现了革命党人顽强坚韧、机智勇敢、视死如归的革命精神和战斗友谊，有的还有较高的艺术性，因而受到读者欢迎。

20世纪50年代开始编辑出版的规模宏大的传记文学集《志愿军英雄传》（上、中、下）和多卷集的《星火燎原》、《红旗飘飘》等丛书，发表了不少优秀的短篇传记文学作品。

60年代出版的《毛主席的好战士雷锋》、《县委书记的榜样——焦裕禄》，在广大青少年和群众中产生了很大的影响和作用。

上述作品都有强烈的政治性，直接为政治服务，一些作品缺乏生活内容，人物缺少个性，存在公式化、概念化的缺点。

这个时期，著名学者、北大教授邓广铭写了《辛弃疾传》和《岳飞传》，北大另一位著名教授冯志写了《杜甫传》，他们都对传主及传主的作品和所处时代有深入的研究，在资料的收集和考证上下了很大工夫，传记的学术性和科学性很强。在学术传记中很有特色的是陈寅恪的《柳如是别传》。陈寅恪（1890—1969）是中国一流的学者。他在晚年孤寂和双目失明、疾病缠身的情况下，呕心沥血，撰写了80余万字的学术性传记《柳如是别传》。作者通过诗歌和对史实的考证，为柳如是洗冤辩诬，风格十分严谨，但同时作者又把柳如是当成了偶像和知己，倾注满腔热情歌颂这位"美人而兼烈女"，"儒士而兼侠女"的奇女子。但由于作品全用古文，且多用考证，故能读通此书的人极少。

此时期应该特别提到的自传是溥仪的《我的前半生》。爱新觉罗·溥仪（1906—1967）是中国历史上最后一位皇帝，他3岁登基当皇帝，25岁时成为"满洲国"的傀儡皇帝，日本投降后当了5年苏联的俘虏，1950年回国后作为战犯关押改造，1959年获特赦释放。作者把自己极其特殊、极其罕见的大起大落的人生际遇真实而客观地写了出来，同时，也向我们展示了神秘的宫廷生活，残酷的王室斗争，日本与伪满洲国的外交密谋，战犯改造的内幕，因此，传记具有很高的史料价值和审美教育作用。

如果说，新中国成立十七年传记写作还因为为政治服务而取得一些成绩的话，那么，"文化大革命"时期把政治功利性抬到无以复加的程度，也就把真正的传记文学彻底地扼杀了。"文化大革命"中，传记创作趋于没落，少量的传记作品也成为为"造神"运动服务的工具，只有作为"检查交代"的《彭德怀自述》和陈白尘在"文化大革命"中冒着风险记下的《牛棚日记》，才因其真实可信而具有较高的价值。

二、溥仪的《我的前半生》

爱新觉罗·溥仪（1906—1967），满族人，是清王朝，也是中国历史上最后一个皇帝。他是清帝宗室醇亲王的长子，3岁就登基做了皇帝。1911年辛亥革命爆发，他被迫宣布退位。1931年九一八事变后，日本帝国主义占领了东北三省，他秘密潜去东北，成为日本侵略军扶植下的伪满洲国的傀儡皇帝。1945年日本投降，溥仪被苏联红军俘虏，在苏联被拘留5年，1950年苏军将其移交给中国，关押在抚顺战犯管理所内实行劳动改造，恢复了人性。1959年最高人民法院宣布对他特赦释放，获得公民权。获释后，溥仪在群众出版社李文达的帮助下，写出了《我的前半生》，表现了他从人性丧失到人性恢复的曲折而艰难的人生历程。

把一个中国末代皇帝、伪满洲国的傀儡皇帝改造成为自食其力的富于人性的普通公民，是一个奇迹。这个奇迹还因为一本"奇书"的出版而传遍全世界并使世人相信，这就是溥仪的《我的前半生》。这本书出版后，被译成十几种文字，几十年来，仅中文版就印了180多万册，并被改编为电影和电视剧，在国内外引起极大反响。

《我的前半生》为什么会成为新中国五六十年代最具有国际影响的优秀传记文学作品？它的成功之处又在哪里呢？

第一，传主选择上的成功。在传主的选择上，《我的前半生》很典型，很有特点。《我的前半生》真实地描写了溥仪自己曲折复杂、反差极大的人生经历，写出了他由中国末代皇帝到伪满洲国傀儡皇帝再到阶下囚而后被改造成共和国公民的传奇历史，这就使其具有很高的美学价值和深刻的社会认识作用。中外读者都有一种好奇心，对奇特的人和事，尤其是对溥仪这种带有强烈对比和传奇色彩的经历的人物，都很想了解。这就决定了这本书的群众性、普及性和大众性。而且，强烈的反差和对比，强烈的冲击力，巨大的感染力，产生了美感和阅读张力。

第二，《我的前半生》生动细腻地描写了溥仪心理和性格的发展变化过程，这就使这部传记有了深厚的文化底蕴和高度的审美价值。溥仪3岁就当了皇帝，时时刻刻受着腐朽没落的封建传统的熏陶，使他从小就养成了唯我独尊、冷酷无情、自私自利、独断专行而又猜忌多疑的性格，丧失了普通少年的美好人性。退位后的溥仪失去了主宰中国的权威，又受时代潮流的影响，开始对外面的世界感兴趣，请来了英国人庄士敦做教师，试图在宫内进行革新，甚至还打算出国留学。然而，他毕竟是封建专制制度的代表，他逃不脱封建遗老遗少的包围，又受到日本军国主义的蛊惑，他日益炽燃的复辟野心和报仇的渴望，使他不惜出卖和抛弃自己的祖国和民族，去做了伪满洲国的傀儡皇帝。但是，在日本军国主义的强权之下，哪有他的权力和自由？于是，他内心更加空虚，性格更加暴戾，整日提心吊胆，疑神疑鬼，战战兢兢，如履薄冰。但是，他仍然运用手中的权力，任意折磨奴仆，打死孤儿，出卖国家和民族的利益。直到他进了监狱，彻底丧失了昔日皇帝的威势和特权，他才不得不开始学会面对普通人的生活琐事，开始从事生产劳动，他才真正回到人间。通过参观、学习，通过看守所的教育感化，通过艰苦的、脱胎换骨的磨炼，他逐渐认识了自己的罪恶，也才"获得了真理的阳光，得到了认识真理的自由"，恢复了自己的人性。他在自传中以深沉的忏悔之心回顾总结了自己的前半生："人，这是我在开蒙读本《三字经》上认识的第一个字，可是在我的前半生中一直没有懂得它。有了共产党人，有了改造罪犯的政策，我今天明白了这个庄严字眼的含义，才做了真正的人。"这就是溥仪对自己人性恢复的真切描述，是这部自传的深刻题旨，也是这部自传深层次的社会的、文化的、思想的和美学的意义之所在。

第三，《我的前半生》以传主几十年的生活为中心，表现了传主生活的时代发展变革，展示了他周围形形色色的人物，各种各样的重大事件，及他对这些人物、事件的评价和体验。它使读者看到了20世纪前60年中国所发生的翻天覆地的巨大变化，看到他之所以成为末代皇帝，之所以变成伪满洲国的傀儡皇帝，之所以被逐步地改造成自食其力的新人，实实在在是时代使然。也就是说，是中国垂死的封建专制制度使他丧失了人性；是日本法西斯的政治需要使他走上背叛祖国的道路；是新社会的阳光，是共产党的英明的思想改造政策，是看守所的同志们的教育和感化，使他走上了重新做人的道路，使他恢复了人性。因此，《我的前半生》不仅写出了溥仪的经历、性格发展及人性丧失和恢复的深层变化，而且还以真实具体的描写，揭示了他这些发展变化的社会环境和外部条件，揭示了传主性格发展的原因和动力，这就赋予了这部传记更深层次的政治、思想、历史和美学意蕴。

三、吴运铎的《把一切献给党》

吴运铎（1915—），江西萍乡人。14岁下煤窑做苦工。1938年参加新四军。他被分配到修械所当工人，他一次又一次冒着生命危险制炸药、取引信，三次身负重伤，炸掉了左手手指，炸瞎了左眼，一条腿也炸成了残废。但他没有悲观气馁，而是以不屈不挠的意志，战胜死亡的威胁，坚持为党工作。新中国成立初期，作者把他的经历和思想写成了一部回忆录《把一切献给党》，在全国引起了极大反响。1999年，由吴运铎口述，赵长安记录整理，出版了《奏响生命之歌》，写出了他后半生的奋斗历程。

吴运铎《把一切献给党》是新中国成立后较早出版的一部回忆录。作者真实具体地叙述了他由一个饱受苦难和压迫的穷工人，在革命熔炉里忘我奋斗，刻苦钻研，逐步成长为一个兵工专家的人生经历。表现了他多次为突击完成紧急任务而身负重伤成为残疾，却带病工作，刻苦钻研，把一切献给党的革命精神。这部著作出版以后，在青年中产生了广泛的影响。从20世纪50年代初期到60年代中期的10年间，这本书印刷了40多次，发行1000多万册，并被译成多种外国文字出版发行。"学习吴运铎！""把一切献给党！"成为鼓舞人们前进的口号。吴运铎成为当时一代青年崇敬的英雄和学习的榜样，对青年人革命的人生观、世界观的形成，起了潜移默化的作用。

本书的成功，首先应归功于传主自身的传奇人生和人格魅力。吴运铎是在苦难中出生，在革命阵营中锻炼成长起来的革命战士。作者以生动、具体而又典型的事例，描写了自己从一个自发的工人成长为一个自觉的共产主义战士的过程。作者是在矿山长大的，自幼对工厂、对机器就特别有兴趣，而他更尊重的还是管机器的工人，而做一个管机器的人，就成了他的第一个梦想。他14岁开始当煤矿工人，受尽盘剥和凌辱，严酷的事实砸碎了他"凭本事吃饭"的幻想。就在这时，共产党领导的工人运动把他带进了热血沸腾的新生活，使他开始明白了做人的道理。于是，他决心离开矿山，投奔新四军。在部队，他的生命开始焕发出新的光彩。他们自力更生，艰苦奋斗，开动脑筋，用土办法造出了刺刀、步枪，造出了子弹，造出了平射炮、枪榴弹和各种炮弹。他在斗争中加入了中国共产党。他一次又一次冒着生命危险，突击紧急任务，三次身负重伤，成为残废，他以不屈不挠的意志，战胜了死亡的威胁，在病床上仍然刻苦钻研，坚持科学实验，为解放军的装备发展作出了重大贡献，由一个普通工人成长为红色兵工专家，由一个普通战士成长为杰出的共产主义战士，实践了自己把一切献给党的誓言。作者的成长历程，反映了我国人民在党的领导下走过的翻身解放的道路，体现了我军的英雄主义精神，反映了党和人民的血肉相连的亲密关系，富有强烈的时代气息和社会意义，因而本书出版后受到读者的热烈欢迎，给广大青年以极大的鼓舞和教育。

  本书的成功还在于它的朴实无华、具体生动、真切感人。作者从一个工人成长为一个兵工专家，从一个受压迫的矿工成长为一个共产主义战士，这活生生的现实使他对旧社会充满了强烈的憎，对新制度充满了热烈的爱，对党和人民充满了无限热爱和献身的激情。全文充满了炽烈的情感，包含着不少精湛的哲理。比如作者在根据地为新四军制造枪械时，收到逃到四川的弟弟的来信："大哥被关进了集中营，二哥死在敌人刺刀下，妹妹逃到广西，老母亲流落异乡，沿街乞讨。"家庭的不幸遭遇，使他心情沉重。作者写道："多少个家庭在战争中毁灭了，多少人丧失了亲人！可是个人的不幸，不过是我们祖国人民经受的苦难的一部分。流泪，悲伤，不能结束这种苦难。只有英勇战斗，彻底消灭敌人，以战争来消灭战争，才能夺得幸福。"作者把深刻的道理融入深沉的情感之中，给人以真切的启迪和触动。

  作者也写出了他内心的斗争和矛盾冲突。比如，在拆除 8 颗定时炸弹之时，作者写道：第一次遇到美国的庞然大物，"突然，我的心怦怦乱跳，眼看着这巨大的炸弹，好像立刻就要爆炸，我立即就要粉身碎骨了。两条腿不知不觉地从弹坑里往外走"。这里的描写非常真实，这是人求生的本能和潜意识在起作用，有时是本人完全不能控制的。但是，洞口吹来的一阵凉风，使他头脑清醒了，唤起了他的意识，唤醒了他头脑中的"超我"——"炸弹在坑里，你跑上来干什么？——怕死吗？如果我不拆，就得别的同志来拆，不是同样也有危险吗？临阵脱逃，不仅是懦夫，而且卑鄙。死又有什么可怕？活着就要完成任务，死了就算革命到底！"就这样，吴运铎以无产阶级英雄主义战胜了恐惧和怯懦，勇敢地回到坑里，以高度的勇毅和无比的镇静胜利地完成了任务。

作者以一个劳动者的赤诚和朴实心灵，也以劳动者的质朴通俗的语言，来表现自己的亲身经历和见闻感受，表现自己的成长历程，因而赋予传记以质朴的风格。比如，作者写他小时候的愿望："从那时候起，我觉得世界上最奥妙的东西就是机器了。它不吃饭，也不休息，老是轰轰隆隆地忙碌着。可是最了不起的还是工人，他能让机器听话，还能造机器！做一个管机器的工人——这就是我的第一个梦想。"语言是多么的口语化，多么的朴素亲切。再如，作者也写了他的爱情。吴运铎在炮弹厂认识了火药装配工人陆平，她有空时，经常找吴运铎谈天。吴运铎病了，组织上也派她照料过他。她父亲是贫农，日军"扫荡"，把她家仅有的两间房烧光了。她下决心瞒着父亲参加了抗日游击队。吴运铎把她当成好同志、好朋友，慢慢地，吴运铎发现离开她，像是生活里缺少了什么东西。他把这种感觉告诉了军工部长，军工部长给他做了媒。当吴运铎去到炮弹厂时，大家都让他俩散步。吴运铎问她："我是个残废，你不觉得有什么遗憾吗？"陆平说："你是为革命事业受的伤，我应该向你学习。"就这样，他们在第二天就给师政治部打了份报告，申请结婚了。

他们的爱情真是革命的爱情，充分显示了时代的特点。

作者在第三次负重伤以后，残存的右腿下半截全炸烂了，他却没有一点悲哀和后悔，他想："我相信死亡跟我无缘，我战胜它已经不止一次了。而且，即使是死，或者落个重残废，在我也没有什么遗憾！既然是战斗，总有牺牲者，不是自己，就是别人。"他想起了奥斯特洛夫斯基在《钢铁是怎样炼成的》中通过保尔·柯察金说的关于人生应该如何度过的名言，然后写道："是的，一个人的生命是短促的，而我们的事业却无限长久。个人尽可以遭到许多不幸、许多痛苦，但是只要我的劳动融合在集体的胜利里，那幸福也就有我的一份。"这些语言也是毫无矫饰，显得朴实无华而又真挚厚重。

《奏响生命之歌》融合了《把一切献给党》的内容，补充了吴运铎后半生的事迹，从而完整地再现了吴运铎自强不息、奋斗不止、奉献不已的壮丽人生。

四、马可的《冼星海传》

马可（1918—1976），江苏徐州人，现代作曲家和音乐理论家。抗战前曾参加"一二·九"运动及抗日救亡歌咏活动。1939年赴延安，先后在延安鲁迅艺术学院及东北鲁迅艺术学院音乐系任教。新中国成立后任中国音乐学院副院长兼中国歌剧舞剧院院长等职。1945年参加新歌剧《白毛女》的音乐创作。曾师事冼星海，对其了解甚深。《冼星海传》写于"文化大革命"前，但尚未全部写完，"文化大革命"就开始了。马可不得不中止了写作。这部传记竟永远不能终篇了！

冼星海（1905—1945）是我国杰出的人民音乐家，他作曲的《黄河大合唱》在人民大众中传唱了几十年，受到亿万人民的热烈欢迎，成为20世纪极负盛名的经典之作。马可也是一位优秀的人民音乐家，是新秧歌、新歌剧运动的开创者之一。马可曾师事冼星海，对冼星海十分尊重和敬仰，与冼星海的爱好、兴趣以及从事的事业都相同或相近，友情深厚，又十分了解。冼星海病逝后，他写了许多篇文章，并在"文化大革命"前开始写《冼星海传》，以表达自己对恩师的追思。

这是一部非常经典的、非常成功的文学传记。

之所以说它是文学传记，第一，是因为作者着意以描写和抒情的手法，刻意营造一种文学的、审美的氛围，并注意描绘人物生活的典型环境，为生动地描绘传主的性格和形象奠定基础。作者一开始就以极为优美壮丽的语言，描绘了大海："……它孕育了地球上最初的生命，它创造了自然界无限的奇迹。……有时月明风静，在它点点波光中展示一幅童话般的美丽世界，散放着深沉而又柔美的旋律；有时急风骤雨，它又卷起掀天覆地的万顷波涛，显示粗犷、雄伟和无敌的威力……"接着，作者引用冼星海《黄河大合唱》中的《船夫曲》，写出水手乐观刚毅的性格和舵手的坚定不移和高瞻远瞩，然后是一段画龙点睛般的抒情和议论："海啊，无垠的海啊！它创造了生命，又赋予了生命以胜过一切的坚强性格。"就是在对大海的赞美之中，作者引出了冼星海的出生，写到了星海父亲的去世，而在写星海母亲黄苏英这个平常的劳动妇女的时候，作者又展开了丰富的想象和深沉的议论抒情来赞美中国几千年来的母性传统：顽强的生活意志，自我牺牲精神，对儿女无微不至的关切和慈爱，月光一样温柔的抚爱。然后才写母亲在充满星星光影的海面上划向星星的美梦中生下冼星海，并因此为之取名"星海"。至此，我们才领悟了作者这样纵横恣肆的描写、抒情、议论的目的，就是为了给冼星海的人生一个壮丽迷人的象征，一个意味深长的隐喻，一个宏阔坚实的基础，一个生存发展的环境：星海是大海的儿子，是中国几千年劳动人民优良传统孕育出的民族歌手！这个例子生动地说明马可具有深厚的文学修养，说明他的确是呕心沥血地运用文学手法来营造传记的文学氛围。这就使传记富于浓郁的文学氛围、强烈的审美效果。

　　第二，在人物刻画上，作者也运用了小说的笔法和技法，对人物活动的环境，人物的行动，特别是人物的心理活动和对话，作了适度的想象和合理虚构，在一些关键性的事件和情节上，像小说一样展开描写，把人物刻画得极为生动感人，栩栩如生，具有立体感、鲜活感。比如作者写星海在法国创作乐曲《风》，就以1000多字的篇幅，以深入人物内心的真切体验，详尽地写出了他在巴黎艰苦的求学经历，写他在那个寒冷冬夜的感受，他的内心活动：他在深夜的寒风中想到了10多年前和母亲一起在广州的小茅屋里听珠江上的风雨声，想起杜甫"八月秋高风怒号，卷我屋上三重茅"的诗句，于是在浮想联翩之中，他脑海中浮现出一种旋律。开始他觉得是那悲天悯人的老诗人在唱，渐渐地觉得母亲也在唱，唱着一种他从来没有听过的激昂的调子。随着这曲调，风声也好像更加猛烈起来了。……这是多少历史年代、多少苦难人民的心声！这是祖国的叹息，这是民族的呻吟！……写下来，写下来，用音乐的语言表达出来……音乐从七和弦的悲剧气氛中转入新的乐段，经过一个色彩性的、幻想的间奏，过渡到一个坚实、壮丽的乐句上去。这时，他仿佛觉得老诗人巨大的身影就站在他对面，那深远的眼光和苍劲的脸色像要透过历史的帷幕给世世代代的受难人以鼓舞和安慰。显然，冼星海本人是不可能这么详尽地给马可介绍他的这段创作过程的。这只能是马可根据冼星海的讲述和有关的音乐资料，根据自己音乐创作的经验和体验想象出来的。这就是小说的虚拟，但它又不等于小说的自由自在的创造想象和虚构，这是因为，传记中的人物是真实的，所叙述的事件是真实的，而且这种再造想象则完全是作者根据传主的经历、性格、兴趣、爱好、地位、身份及影响来设想的，这就使人物性格特别鲜明突出。

第三，传记的文学性还体现在对话的描写上。马可在描写冼星海的作品《风》由女高音歌唱家独唱后，巴黎音乐学院的几位音乐大师对他作品的评价，是那样的具体、深入，那样的条理化，甚至连说话时的语气、神态都表现出来了：

"祝贺你，年轻人！"杜卡斯先生紧紧拉着他的手说，"我以为作品是成功的，嗯？"他的眼光像征求同意似的环视一下他的同伴，又接着说下去："一首充满人道主义精神的作品！"……

"照我看，这里还深深体现着一种传统的东方文明——儒家的'仁'……"拉威尔说。

"我以为它和我们西方的人道主义精神是不矛盾的。"杜卡斯说……

"一件有才华的作品，一个有才华的青年。……"普罗科菲耶夫说着，走过去从星海手里接过乐谱……

星海以满足的心情听着这几位大师对《风》的议论。……

显然，这样系统、精彩的评论，就是冼星海当时也不可能如此完整、细腻地记录下来，更别说还有那么复杂的动作和表情，怎么可能如此详细地由冼星海传达、讲述给马可听呢？这只能是马可根据冼星海的大致介绍所进行的再造想象，而正是这生动、适度的想象使传记格外生动传神。

第九章 "文化大革命"时期传记文学的衰落

一、"文化大革命"时期传记文学概论

以1966年5月16日《中国共产党中央委员会通知》,即《五一六通知》为标志,一场史无前例的、延续十年之久的"文化大革命"爆发了。"文化大革命"给我国人民带来了深重的灾难,也给我国的文学事业以严重的摧残,中国的传记文学也被打进了死胡同。

在这场空前的劫难中,"四人帮"疯狂推行文化专制主义,不准以任何形式表现真人真事。江青甚至胡说:"就是刘胡兰,也不要写真人真事!"连《刘胡兰传》也不准出版。更有甚者,"文化大革命"中,许多传记作家受到批判和迫害,如刘白羽、马可、吴运铎、张默生、朱东润等,吴晗更是被迫害致死。当时根据所谓政治斗争的需要篡改史实,制造一些颠倒是非、歪曲史实的人物传记,如什么《孔丘反动的一生》、《孔家店的二老板孟轲》和《鲁迅传》等。

但是,这个时期仍然出现了一些不是为了公开发表的传记作品,其中最突出的是《彭德怀自述》和陈白尘冒着巨大风险在"文化大革命"中记下的《牛棚日记》。《彭德怀自述》是彭德怀元帅在"文化大革命"中面对林彪、"四人帮"的残酷迫害和造反派的反复批斗,根据专案组提出的问题写的"交代"。彭德怀在其中以大无畏的气概和实事求是的精神,愤然写下了自己的革命经历和战斗功勋,对自己人生功过作了深刻剖析,对"四人帮"一伙对自己和革命军队的诬蔑诽谤进行了义正词严的驳斥,显示了一个伟大的无产阶级革命家面对魑魅魍魉

的围攻迫害时的坚定不移的信念、光明磊落的气概和光风霁月的胸怀。《牛棚日记》则是陈白尘在那个恐怖的时代，以特殊的符号记录下的那段噩梦般令人永难忘却的悲惨日子。

二、彭德怀的《彭德怀自述》

彭德怀（1898—1974），湖南湘潭人。湖南陆军讲武学堂毕业。1928年加入中国共产党，同年7月领导平江起义，成立中国工农红军第五军，任军长。12月率红五军上井冈山，参加了反"围剿"和二万五千里长征。抗日战争时期，任八路军副总指挥等职。解放战争时期，任中国人民解放军副总司令等职，率军解放了西北广大地区。新中国成立后，历任中共中央西北局第一书记，西北军政委员会主席，中共中央军事委员会副主席，国务院副总理兼国防部长，中国人民志愿军司令员兼政委。1959年7月在中共中央政治局扩大会议上，受到错误的批判，并被免去国防部长职务。"文化大革命"中被林彪、江青反革命集团迫害致死。

《彭德怀自述》不是一部普通的传记作品。这是深受我国人民爱戴的老一辈革命家，我们党、国家和军队的杰出领导人，我们的开国元勋彭德怀元帅在遭到庐山会议的错误批判和斗争之后，在"文化大革命"中又完全丧失了人身自由和人格尊严之后，在遭到残酷迫害、肆意诬蔑、荒唐审讯之时，在面对手握生杀大权的专案组的蛮横无理、荒诞无稽的审问之时，以大无畏的气概和实事求是的精神，愤然写下的自己的革命战斗经历和对自己人生功过的深刻剖析，以及对自己被诬蔑诽谤的义正词严的驳斥。这是一个伟大的革命家在面对魑魅魍魉的围攻迫害之际所表现出的对自己光明磊落的一生的生动记录，所倾吐的是一个共产党人的坚强信念，所表达的是对中国社会和中国历史的深刻认识。

《彭德怀自述》对自己的一生作了回顾和叙述，对自己的人生作了总结和剖析，并写出了自己的独特性格。作者写他少年时代无米下锅，他同弟弟去讨饭，受尽侮辱，从此，他宁肯一个人上山砍柴，上山捡菌，下河捉鱼，挑煤卖炭，也不再讨饭。他的倔强，他的志气，都表现出来了。这以后，他受参加过太平军的伯祖父的影响，产生了打富济贫、消灭财主和为穷人找出路的思想。而且，他还"常常回忆到幼年的遭遇，鞭策自己不要腐化，不要忘记贫苦人民的生活"。

作者在《彭德怀自述》中详细叙述了井冈山突围的经过：红四军离开井冈山，留下彭德怀率七八百人留守井冈山，并保护井冈山的伤病员及家属小孩，第二天，湘赣两省两万多白军向井冈山合围，重重围困三昼夜，黄洋界、八面山、白泥湖三路阵地皆被突破。彭德怀只好同贺国中保护着伤病员和家属突围，"时值严寒，天下大雪，高山积雪尺许，我的干粮袋丢失了，我不愿别人知道，两天未吃一粒米，饥饿疲乏，真有寸步难行之势。可是枪声一响，劲又不知从哪儿来的"。第三天，冲破敌人的第三层包围。回忆到此，彭德怀联系到别有用心的人对他的诬蔑，愤怒地指斥道："可是这件事，在1969年国庆节后，我《人民日报》通讯员说成是彭德怀不要根据地，违反毛主席指示。我看这种人对根据地不是完全无知，就是打起伟大毛泽东思想反对毛泽东思想。……让他去胡说八道罢，谨慎点罢，防止某天一跤跌倒，跌落自己的牙齿啊！"

彭德怀还针对专案组对他的诬蔑攻击，旗帜鲜明地回顾和讲述了百团大战的历史背景、战斗经过和重大意义。他说："此役共消灭日伪军三万余人……收复大量县城，有些得而复失。……此役胜利的消息传到延安，毛主席立即给我来电报说：'百团大战真是令人兴奋，像这样的战斗是否还可组织一两次？'所以这个战役是取得了不少胜利的。"作者在充分论述了百团大战的意义后，更加尖锐地驳斥了"四人帮"一伙对他的攻击和诬蔑："'文化大革命'中，有些人恶意攻击百团大战。他们说，皖南事变是因为百团大战暴露了力量，引起蒋介石的进攻。消灭新四军八九千人，这个罪责应该彭德怀负。好家伙，这些人是站在哪个立场说话？真令人怀疑，他们根本不懂历史。……对百团大战的恶意攻击者，你们站在日本帝国主义和蒋介石集团的队伍里去了！""我认为百团大战在军事上是打得好的，特别是在打了反摩擦战役之后，必须打反日的百团大战，表示我们是为了抗日才反摩擦的。"他还以毛主席在得到百团大战胜利的消息后给他的电报来作证。这充分显示了彭德怀在面对造反派围攻批斗时的胆略和气魄。

彭德怀还在自述中写出了为什么要在庐山会议后做违心的检查。他听了毛主席在庐山会议上对他的批判，怎么也想不通，抵触情绪挺大。他想保留自己的看法，不作检讨。但是，考虑到不能让党和毛主席的威信受到损失，他还是从全局利益出发，作了检查。他的思想是何等忠诚，他的胸襟又是何等博大！然而，他对追逼他供出"军事俱乐部"的做法，则作了坚决的抵制，他愤怒地说："开除我的党籍，拿我去枪毙了罢！你们哪一个是'军事俱乐部'的成员，就自己来报名罢！"如果说他宁愿违心地检讨，甚至把自己搞臭，是为了军队的团结和党的威信；那么，他坚决抵制所谓"军事俱乐部"的诬蔑，就是不能让那些人"损害党所领导的人民军队"。

彭德怀以他几十年的赫赫战功和不畏权威的直言直谏，受到全国人民的衷心爱戴；而他的《彭德怀自述》，则将成为中国传记文学中的特殊精品，永远以它真实的力量、深刻的剖析和凛然的正气而震撼人心。

三、陈白尘的《牛棚日记》

陈白尘（1908—1994），原名陈征鸿，笔名墨沙、江浩，江苏淮阴人，中共党员。1928年毕业于南国艺术学院。历任中华剧艺社上海艺术委员会主任，上海影协主席，上海文联秘书长，中国作家协会书记处书记，《人民文学》副主编，南京大学教授，中国文联第一、二、三、四届全国委员会委员等。1925年开始发表作品。著有长篇小说《漩涡》、《罪恶的花》、《归来》，短篇小说集《曼陀罗集》、《小魏的江山》，剧本《石达开的末路》、《金田村》、《卢沟桥之战》、《大渡河》、《升官图》、《大风歌》等，电影《幸福狂想曲》、《宋景诗》、《乌鸦与麻雀》等；"文化大革命"中写了《牛棚日记》，粉碎"四人帮"后写了《云梦断忆》，还写了《寂寞的童年》、《少年行》；后4部均为传记文学作品。

《牛棚日记》是著名作家、戏剧家陈白尘在"文化大革命"中冒着巨大的风险，秘密记下来的"文化大革命"日记。作者在本书前言中说："1966年初我由北京中国作家协会贬至江苏省文联。数月后'文化大革命'起，不待省文联的群众揪斗，中国作协即已派人来将我'押解'回京，时为9月11日。从这天开始，整整七个年头，我被半幽禁在'牛棚'之中，每逢夜深人静时，便偷偷地写下最简单的日记，以记录这个'伟大'的时代，数年来从未中断过。1973年我终因心脏病发而被恩准回宁治疗，也说不清是为什么，就在那段隐姓埋名的日子，我又翻出了这些曾经冒着危险而写下来的日记，并将它们一一整理成篇，共得十余册。""文化大革命"后，陈白尘大女儿陈虹翻捡到这部日记，"如获至宝"，遂摘录出自赴京之日起至1972年首次回宁探亲的这部分内容，取名《牛棚日记摘抄》，建议发表、出版。当年5月，陈白尘病逝，未能见到此书出版。陈白尘去世前曾说："今后如有可能，一定要将其全部发表，不容删改一字。"

这部《牛棚日记》确是不可多得的、珍贵的历史资料，时代的宝贵记录，革命友情的赞美诗，真正的牛鬼蛇神的照妖镜，中国作协的"文化大革命"简史。作者记录了他在"文化大革命"时期被关押、批斗、污辱、审查的遭遇；写出了他对"文化大革命"的怀疑、反抗、嘲讽，也写了他和同志之间的友谊和人情。

这部日记表现了作家的胆量和真诚。1966年至1972年，那是何等恐怖、混沌、动荡的年代：抄家批斗、两派混战、武斗战乱，学校变成了战场，学生不上课，工人不上班……在那个时候，作为被审查、被批斗、被打倒的对象，作为被关进了"牛棚"的陈白尘，居然敢每天在夜深人静时偷偷记下真实的日记，这要冒多大的风险，这需要怎样的胆量和勇气，怎样的意志和毅力，怎样的真诚和自信，怎样的远见和卓识啊！日记首先写出自己对大字报、对批斗、对运动，就是一个态度——"相信党、相信群众"。告别妻子时，他俩也以"相信党、相信群众"互勉。正因为如此，作者在受到诬蔑、诽谤、丑化、迫害之时，均能根据党的政策来分析，决不丧失信心。在与妻子告别时，他写道："我说我自信是'十六条'中第三类干部，玲说应是第二类，笑应之。"而当对他竭尽丑化之能事的大字报《反共老手陈白尘的狰狞面目》在大楼后院贴出后，作者愤怒地写道："这张大字报目的何在呢？难道非把我等推到敌人一边去不可么？想不通！或者是非置于死地而后快么？党之发动'文化大革命'的目的在此么？如果以此等材料做定论，是死不瞑目的！"作者如实地写出了历史上一些问题的真相。如外调上海地下剧影协会的情况，"谈片刻，令写材料。1948年夏秋之交，吕复以地下党的身份与我接触，探我意向。当时上海文艺界都纷纷赴港或转解放区，而我以虹女尚在襁褓中，迟迟未走。他便问我：'敢不敢留在上海为党做点工作?'从此,我便在党的领导下做了些事情,而筹建地下剧影协会便是其中之一,上海解放后它终于成为第一个正式成立的群众组织。也正由于此,吴小佩同志才在是年底吸收我参加了党。如今演剧九队被称为国民党的'别动队',吕复被指为特务、叛徒,甚至传说当时的上海地下党都是假党,则这剧影协会又算什么呢?"

作者在高压下仍然保持了独立的意志和正直的品格,绝不承认乱栽的罪名,绝不整人害人,乱写材料。比如,造反派"提审"他,问他:"你既然未出卖过组织和同志,敌人又怎会饶过你?难道敌人会对你仁慈么?"逼他回答。"这显然是个圈套,要我承认是撒谎还是反毛泽东而已。我只能叙述事实,却不能满足要求,于是被逼令中午立即写出书面材料,不让休息。""9时,作第五次'提审',问在反审院中的最后一段历史。侯××批评说'还是不老实,还有重大问题没有交代!'我坚持说绝对没有。"作者再次说:"……该交代的都已再次交代,不管怎么说我不老实,也再无补充的了。"作者表示了实事求是的态度和绝不妥协的精神。作者对大量的外调,采取实事求是的精神,有什么写什么,绝不添油加醋,绝不无中生有。如对张天翼,作者同他是30多年的同事,造反派逼他写检举张天翼材料,"准备的发言以了无新意而未发,结束时××批评我说,对张天翼的批判不够力,揭露不够深。这可能是事实,因为我实在不知张还有什么秘密,而所知者又明知无问题,偏要作批判,焉能不如此?""下午学习会上对天翼批判发言约一小时,自以为下了工夫了。但小×首次以我开火,说还不如吴组缃,是和张有攻守同盟云。其他人亦纷纷责难,矛头一致对着我,且当场令我俩互相揭发。这使我体会到某些家属被迫揭发亲人的痛苦。与天翼相识三十年,对他未曾怀疑过,工作中又无阴谋可谈,硬要批判,焉得不被怀疑?"作者坚持真相的操守令人敬佩。

当作者1970年5月20日听到《红旗》杂志发表批判他的《石达开的末路》的文章《毛主席领导的红军是英雄汉——批判反共历史剧〈石达开的末路〉》的时候,对其剧本被冠以"反共历史剧"的帽子,大吃一惊,非常想不通:"作品有错误,我已检查过了,但何致定以'反共'之罪?4年前大字报上虽有此'恶谥',却总以为是革命群众过火的提法,而今中央党刊也如此相提,实出意外。"

"7日，向冼宁借阅《红旗》，读完批判文章，心痛欲裂。作为中央的党刊，对一个党员作如此批判，其势有如泰山压顶，是无从分辩的了。"6月22日"在食堂前空场上开大会"，批判他"项羽是影射红军的。×则问：'你反对洪秀全，是影射谁？'置之不答。这两个影射，当然是罪大恶极的了。……我于此种场合又怎敢申辩？且又何必去争这无法争辩的是非！我没有反共，没有影射，这是可以用我的一生的历史和作品来证明的，将来的历史学家也会还我以公平的结论的。而且我仍然在相信党，相信群众，运动后期是会有水落石出之一日的！为此，会上我倒坦然起来，随手拾了根柴棒子抠起鞋底上的泥块，以作表态。"看，这就是陈白尘！在中央的大批判文章的大帽子下，在群众当面的诬陷之下，他竟然公然蔑视和反抗！这需要何等的自信和定力，何等的气魄和胆量！

作者也写了"牛棚"中的友谊和温情。如写侯金镜"坚邀去其家午餐，因想看看胡海珠，遂随去。胡面色甚好，但两腿不能行。听说她在'文化大革命'初期服'敌敌畏'自杀而遇救，腿病即由于此"。作者对"牛棚"中友人的点滴关怀，均系于心。如9月21日记："负责'黑窝'的张兆丰（司机）同我谈话10分钟，极感温暖。"1969年9月17日记："丽梅夫妇知我有下放消息，特来探望。在此环境下冒险前来，极为可感。"

作者还写了侯金镜的死：1971年8月8日记："侯金镜同志今晨突然逝世，令人悲痛难已！昨日他随菜班来大田劳动，返连后S还要他为菜地担水，连续挑水10担。夜10时，心脏病猝发，不及抢救，延至凌晨溘然长逝。S这个'积极分子'是间接杀人犯！侯是有名的病号，即使不给照顾，也不能如此折磨人啊。……侯在'文化大革命'初期对目睹的许多现象极为不满，一度被打成现行反革命。如今临近解放他了，又被折磨至死，一个相当好的党的干部遭到如此下场，是一大悲剧！"作者以无比沉痛的心情，以血淋淋的事实，记下了"四人帮"和造反派这些令人发指的罪行。但是，作者和广大的革命作家并没有被这些反动恶行所吓倒。他们进行了各种形式的斗争和对抗。他在1967年12月14日记载："大门口贴出贺敬之自我亮相的大字报，其旁并有柯岩及其子女弟妹等人支持其革命行动的声明，是新的做法……"作者还记下了作家们对"文化大革命"的怀疑和愤懑。如听到陈毅逝世的消息，他想到："作为老战友，毛主席何以竟不能加以保护，卒因折磨致病以死，心中不免闷闷！"作者还以风趣幽默的语言记下自己的见闻和感慨，显示了深刻的智慧和幽默的性格。如 1966 年 9 月 8 日记他被押到北京的情景："晚 8 时文联车来，我先上，张、刘二人各由左右二门进，夹坐两边，其状可笑。但不知玲和孩子们还记得《起解》一剧否？"写路上坐火车，"刘军交涉后，让我站第一位。后边有人窃议说：'是个大首长，带了两个勤务兵！'掩口大笑。"1971 年 7 月 21 日记：他们不许鸭子从打谷场经过，"但群鸭识路，且天已向暮，坚不回头。我们以三根长竹竿横连起来，逼其反转，鸭群则以纵队变成横队，超过竹竿长度，终于由两翼突破，夺路而走，直奔场上。我等只好以失败告终！……我们今天算是接受了一场教训：'指挥棒'不是万能的。"这里面蕴涵着多么深刻的寓意呀！

第五篇

新时期传记文学的繁荣和发展

第十章　新时期传记文学的大发展

一、新时期传记文学概论

随着"四人帮"的覆灭和改革开放政策的实行，文化界出现了繁荣昌盛的局面，传记文学也展现了蓬勃发展的新气象。"文化大革命"期间乃至新中国成立初期形成的各种写作"禁区"被一一冲破，传记的内容和形式以及数量、规模、质量都得到极大的发展；传记刊物、传记辞书大量出现，西方现代传记作品和研究文章大量引入，对传记的研究也开始活跃。

粉碎"四人帮"以后，传记文学从沉寂中缓缓复苏。进入20世纪80年代中期以后，传记文学创作呈现一片繁荣景象。

领袖和党史人物传记写作取得了很大的成绩。粉碎"四人帮"以来，陆续出版了《中共党史人物传》数十卷，《中共军事人物传记》丛书，《不屈的共产党人》等丛书。其中一些作品有较强的思想性和文学性。在新时期，写毛泽东、周恩来、邓小平等人的传记作品，数量很多，其中，萧三的《毛泽东的青少年时代》，权延赤的《走下神坛的毛泽东》、《走下圣坛的周恩来》，叶永烈的《国共风云——毛泽东与蒋介石》，毛毛的《我的父亲邓小平》、《我的父亲邓小平——"文革"岁月》，王朝柱的《李大钊》、《开国领袖毛泽东》，陈晋的领袖传记《文人毛泽东》、《独领风骚》和他的领袖影视传记篇，刘汉民的《诗人毛泽东》等都有较高的价值。中共历史上的重要人物也都有传记或回忆录，如刘白羽的《大海——记朱德同志》，铁竹伟的《霜重色愈浓》，柯岩的《永恒的魅力——一个诗人眼中的宋庆龄》，陶斯亮的《一封终于发出的信》，罗瑞卿女儿点点的《非凡的年代》，陈廷一的《许世友传奇》，张俊彪的《血与火》，戴煌的《胡耀邦与平反冤假错案》，纪学的《朱德和康克清》，王稼祥夫人朱仲丽的《黎明和晚霞——王稼祥文学传记》、《江青外传》，以及《邓颖超传》、《张爱萍传》、《贺龙的脚印》、《任弼时传》、《董必武传》、《方志敏传》、《林伯渠传》等，都是较有影响的作品。

回忆录也兴盛起来，如聂荣臻的《聂荣臻回忆录》，成仿吾的《长征回忆录》，杨成武的《敌后抗战》，李瑞芝的《回忆父亲吉鸿昌》，景希珍的《在彭总身边》，白仲元的《跟着志丹闹革命》等，都是较好的作品。这里，特别要提到曾志的回忆录《一个革命的幸存者》，写得极为真诚、大气，把自己的优点、错误、缺点，都展现出来了；在写我们党组织的功勋时，也揭示出了缺点和失误，时代感很强。

陈廷一的《孙中山大传》、《宋氏三姐妹》、《贺氏三姐妹》政治人物系列传记以恢弘的气魄表现了中国现代史上的重要人物和家族的历史和风采。

传记作家叶永烈勇涉敏感题材，写出了"四人帮"江青、张春桥、姚文元、王洪文及陈伯达等反面人物的长篇传记，在题材的开拓上有所建树。

作家、艺术家的自传、回忆录和他传也得到了蓬勃发展。

著名作家茅盾（1896—1981）在粉碎"四人帮"后写了《我走过的道路》，除记述他前半生的经历和创作活动外，还记述了现代史上的不少重要事件，提供了中国现代文化史和文学史的重要而翔实可靠的资料。戏剧家夏衍的《懒寻旧梦录》，回忆了他的前半生，重点写了左翼阵营内部的斗争，这些都有较高的文学价值和史料价值。这两部传记都写得客观、冷静、简洁、明晰，显示出作者深厚的文学功力和大家手笔。

巴金的《随想录》是新时期影响最大、成就最高的一部以散文形式写成的回忆录。作者以沉重的心情，回顾了十年"文化大革命"，乃至新中国成立以来，自己在历史沧桑中的人生经历、心路历程和情感世界，回忆了自己的爱情和友谊，抒写了他的迷惘和觉醒、蒙昧和探索、悔恨和悲哀、痛苦和欢乐，表达了他的忏悔和希冀。这部作品代表了当代回忆录的高峰。

喜剧家陈白尘的《云梦断忆》写了他在"文化大革命"中所受的深重屈辱

和痛楚，辛辣地揭露了"文化大革命"的罪恶和少数人的丑恶；其《寂寞的童年》、《少年行》，写他少年时代的经历和他到上海学习戏剧的经过。著名女作家丁玲写了《狱中回忆》、《我所认识的瞿秋白——回忆与随想》等回忆录。

当代作家、艺术家的传记和评传更多。写鲁迅先生的传记就出现了好多种，较早的有王士菁的《鲁迅传》，20世纪80年代后有曾庆瑞的《鲁迅评传》，吴中杰的《鲁迅传略》，林非、刘再复的《鲁迅传》，林贤治的《人间鲁迅》，林志浩的《鲁迅传》，彭定安的《鲁迅评传》，陈漱渝的《民族魂》，王晓明的《无法直面的人生——鲁迅传》等，各位作者从自己的角度来表现鲁迅的生平和创作，评价鲁迅的思想和艺术，各有风格，各具特色，反映了新时期传记文学百花齐放的盛况。其他如韩石山的《徐志摩传》、《徐志摩与陆小曼》，李辉的《萧乾传》，戴光中的《胡风传》，凌宇的《沈从文传》，肖凤的《肖红传》，田本相的《曹禺传》，桑逢康的《感伤的行旅——郁达夫传》，孙见喜的《贾平凹之谜》，郑恩波的《刘绍棠传》、《周作人传》以及其他作家的《闻一多传》、《胡风传》、《丁玲传》、《田汉传》、《苏曼殊评传》等，也都有自己的特色。刘白羽继写出《大海——记朱德同志》之后，又写出了90多万字的自传性回忆录《心灵的历程》，有着广博的思想容量、高度的历史价值和深厚的文学魅力。

新时期的学人传记，包括近现代的著名学者康有为、梁启超、严复、梁漱溟、熊十力、冯友兰、辜鸿铭、蔡元培、赵元任、胡适、鲁迅、郭沫若、闻一多、朱自清、周扬、吴宓等人的传记。其中影响特别大，写得也较成功的，当推张紫葛的《心香泪酒祭吴宓》，陆键东的《陈寅恪的最后二十年》，王晓明的《无法直面的人生——鲁迅传》，程伟礼的《信念旅程——冯友兰传》，高建国的《顾准全传》，张冠生的《费孝通传》等。另外，季羡林的《牛棚杂忆》，韦君宜的《思痛录》等学者的回忆录，在不同程度上塑造了传主的文化人格，肯定了传主的文化贡献，表现了对于知识分子生存意义的探究和追寻，凝聚了高度的文化智慧和人文精神，具有深刻的反思性，闪耀着高尚的精神光辉。

艺术家、明星的自传、回忆录和他传也大量涌现。刘晓庆的《我的路》，表现了作者顽强的奋斗精神和强烈的敬业精神，鲜明地展示了自己的独特个性。赵忠祥的《岁月随想》显得冲淡、平和、幽默、风趣。倪萍的《日子》以散文笔法写作，表现出较强的抒情色彩和较高的文学修养。还有著名艺术家新凤霞的《我叫新凤霞》，著名舞蹈家吴晓娜的《我的舞蹈艺术生涯》，杨澜的《凭海临风》，姜昆的《笑面人生》，姜丰的《温柔尘缘》，黄宏的《从头说起》，邓在军的《屏前幕后》等，都有自己的特色。此外，还有体育明星的自传、回忆录，如陈祖德的《超越自我》，聂卫平的《围棋人生》，也很受欢迎。他传中，徐悲鸿夫人廖静文的《徐悲鸿一生》，以生死不渝的爱情和丰富感人的材料，写出了徐悲鸿奋斗的一生及其独特的性格。翟墨的《圆了彩虹——吴冠中传》，纪宇的《雕塑大师刘开渠传》，李辉的《人在漩涡——黄苗子与郁风》，石楠的《张玉良传》，柯兴的《风流才女——石评梅传》，郑理、佳周的《李苦禅传》，倪振良的《赵丹传》，史中兴的《贺绿汀传》，也被传诵一时。

新时期还出现了大量科学家、企业家的传记及普通百姓的传记。

科学家的传记在"科教兴国"的战略部署中蓬勃发展起来。20 世纪 90 年代出版的《中国国防科技科学家文学传记丛书》，21 世纪初的《两弹一星功勋科学家丛书》与《国家最高科学技术奖获奖人丛书》以浓墨重彩展示了中国当代科学家和科学技术专家的伟大功勋和卓越风采。魏根发、祁淑英夫妇的《钱学森》，张维的《熊庆来传》，余德庄的《世纪情结》是其中的佼佼者。郭兆甄、苏方学的《日魄》，聂冷、庄志霞的《杂交水稻之父袁隆平传》，王元的《华罗庚》也很有影响。

企业家（包括商业家）在国家的经济生活中占有很重要的地位，《史记》就专门写了《货殖列传》。新时期以来，一些成功的企业家受到传记作家的重视，《中国红色资本家》、《中国大资本家传》、《十大富豪传奇》、《世界华人精英传略》等丛书联袂出现。一大批企业家的单本传记也出版了。如写香港富翁陈嘉庚、包玉刚、李嘉诚的传记，写大陆企业家荣毅仁、步鑫生、胡子昂的传记等。其中较有影响的有桑逢康的《荣氏家族》，汪卫兴、倪冽然的《船王包玉刚》，傅子玖的《陈嘉庚》及杨国桢的《陈嘉庚》，王慧章的《王光英传》，夏萍的《李嘉诚传》、《曾宪梓传》等。董明珠的《棋行天下》写出了自己是如何在格力空调的销售工作中把自己锻炼成优秀的企业管理人才的，具有很强的现实感和时代性。

表现历史人物的传记和评传也得到了发展。朱东润连续写出了《陆游传》、《梅尧臣传》、《杜甫叙论》、《陈子龙及其时代》等学术传记。匡亚明的《孔子评传》深入系统地探讨了孔子的思想及其哲学、伦理学和政治学价值。北京大学教授邓广铭的《岳飞传》经多次修改补充，具有很高的学术性。陈贻焮的《杜甫评传》，3卷108万字，是有史以来最长的学术传记，对杜甫的一生及其思想性格的发展作了生动的描述。还有冯尔康的《雍正传》，董蔡时的《左宗棠评传》，章开源的《开拓者的遗迹》，杨国桢的《林则徐传》，苑书义的《李鸿章传》，其他如《王国维评传》、《司马迁评传》等也较好。此外，这一时期为历史人物编写年谱也成为一个热点。其中较有价值的有梁家勉的《徐光启年谱》，章培恒的《洪昇年谱》，张菊香、张铁荣的《周作人年谱》，周邦立的《达尔文年谱》，杨明轩等的《宋庆龄年谱》等。

新时期还有一些作家为外国名人编写了篇幅较长、材料翔实、学术水平较高的传记作品，如李显荣的《托洛茨基评传》，陈子骅的《克鲁泡特金传》，解力夫的《纵横捭阖斯大林》、《身残志坚罗斯福》、《临危受命丘吉尔》、《坚韧不拔戴高乐》、《盗世奸雄希特勒》、《专制魔王墨索里尼》、《战争狂人东条英机》等。

为普通人立传的，首先有朱东润先生，他为"文化大革命"中去世的妻子写了《李方舟传》。残疾作者赵定军写自己个人奋斗及培养子女经历的《妈妈的心有多高》，冯骥才的《一百个人的十年》，都是其中的优秀者。冯骥才在《一百个人的十年》中说："我有意记录普通人的经历，因为只有底层小百姓的真实才是生活本质的真实。""我关心的只是普通百姓的心灵历程。因为只有人民的经历才是时代的真正经历。"这正是对普通人物传记的最高评价。

二、新时期传记文学的理论建构

新时期以来，随着传记文学创作的繁荣和思想解放的深入，传记理论研究、传记文学史、传记作品评论的撰写及对西方传记文学创作的研究都得到了全方位的重大发展。

中国古代是很少有传记理论研究的。五四前后，梁启超、胡适、郁达夫、朱东润、孙毓棠等结合自己的传记文学创作，提出了关于传记文学的见解，但还限于零星的论述。传记文学研究的真正开始，是在新时期以来，特别是20世纪90年代以来。（以下试从传记理论研究、传记史及传记作品评论的撰写及对西方传记作品和研究理论的翻译和研究方面加以论述）

第一，传记理论研究

对传记文学系统的理论研究，是从20世纪90年代初期出版的李祥年的《传记文学概论》和朱文华的《传记通论》开始的，紧接着出版了郭久麟的《传记文学写作论》。李祥年作为朱东润的首位博士生，把传记文学作为独立的文学体裁来研究，提出了传记文学的美学原则和价值，论述了传记文学同小说、报告文学等文学形式的联系和区别，以及同历史学、心理学、伦理学、新闻学等社会科学的关系。朱文华则把他的专著分为理论篇、历史篇和实践篇，他在代序中提出了建立"传记学"的主张，并把理论、历史和实践确定为"传记学"的三大枝干。郭久麟总结自己多年传记文学创作的实践经验，融合自己理论研究的心得，写出了《传记文学写作论》。该书对传记文学的性质、作用和功能提出了自己的看法，详细论述了传记作家的修养以及传记文学写作的规律和方法，包括传主的选择、材料的搜集和整理、主题的提炼、谋篇布局、人物塑造、技法语言。这是构建传记文学写作理论的第一部专著。进入21世纪以后，传记文学理论研究出现了几部新著，它们是北京大学学者赵白生的《传记文学理论》，南京大学学者王成军的《纪实与纪虚》，李战子的《语言的人际功能新探——自传话语的人际意义研究》等。俞樟华的《中国传记文学理论研究》从散珠碎玉般分散在各种古代典籍中的古代传记中搜集、整理、总结、分类，较为完整地勾勒出中国古代传记文学理论体系。

第二，中国传记文学史的研究

传记文学是一种源远流长的文体，对其千姿百态的作家作品进行深入考察，探索其观念的演变及艺术的得失，寻觅其中的规律，为今天的写作提供借鉴，成为传记理论家研究的一个重要方面。

韩兆琦主编的《中国传记文学史》是第一部中国古典传记文学通史，编者以当代人的观点，全面系统地论述了中国传记文学的起源、发展、繁荣，总结了经验教训。陈兰村主编的《中国传记文学发展史》则在对古代传记史的研究中加入了对晚清传记文学中忆语体自传文学的论述。陈兰村与叶志良主编的《20世纪中国传记文学论》对中国20世纪重要的作家作品进行了分析研究。全展的《中国当代传记文学概观》对中国当代传记文学进行了全面的、多侧面的研究。香港寒山碧写了一部《香港传记文学发展史》，让人得以了解香港传记文学在20世纪后半叶的主要作家作品，具有地域特色。郭久麟编撰的这部《中国二十世纪传记文学史》则是第一部系统研究、分析、评论中国20世纪传记文学史的专著，具有开拓性的意义。

第三，传记作品评论

对古代传记文学的研究，以《史记》和韩愈、柳宗元为多。韩兆琦的《中国传记艺术》、《史记选注集说》、《史记评论赏析》、《史记人物传记论稿》分析了《史记》在传记写作方面的重大成就。陈兰村的《中国古代名人自传选》选取了《史记》、《汉书》以及韩愈、柳宗元的自传进行注释、分析，有很高的学术品位。陈兰村和张新科的《中国古典传记论稿》是较早出版的中国古典传记文学的研究专著。

对近现代传记文学作家的研究评析，集中在梁启超、胡适、郭沫若、郁达夫、林语堂、朱东润几位身上。戴光中、耿云志、孙毓茂、傅正乾、万平近、李祥年、朱文华、吴晓明、余昌谷、王维玲、王炳根等为主要的评论家。郭久麟的《传记文学写作与鉴赏》，把传记文学的理论研究与作品分析结合起来，在鉴赏部分选择了从古至今的80多部（篇）优秀传记文学作品进行了评析。韩梅村的《多棱镜下的人生——张俊彪论》，在评价张俊彪的小说、诗歌、报告文学等创作的同时，以6万字的篇幅，分析了张俊彪的传记文学创作。

第四，对西方传记创作及理论研究的翻译、介绍和研究

对西方传记的介绍和研究，也有相当进展。首先应该提出的是南京大学学者杨正润的《传记文学史纲》，该书以宏阔开放的学术视野，打破了国别界限，第一次把世界各国、各主要民族的传记文学当做一个整体来研究，写成了一部世界传记文学通史，世界传记文学比较史，对传记理论研究的深入和传记写作的发展,都有很好的借鉴作用。该书是一个了不起的创举,也是杨正润对中国传记文学理论研究的重大贡献。何元智和朱兴榜的《中西传记文学研究》,北京大学杨国政、赵白生主编的《传记文学研究》,对西方传记文学理论做了研究和介绍。漓江出版社的《莫洛亚研究》,浙江人民出版社的《希伯来文化》,外国文学出版社的《英国文学论集》、《德国文学随笔》,北京大学出版社的《十七世纪英国文学》,以及商务印书馆出版的雅各布·布克哈特所著《意大利文艺复兴时期的文化》等著作中,对西方传记写作及理论均有介绍。在我国《传记文学》等报刊上,也陆续刊登和介绍了西方的一些传记理论。西方的传记理论著作,如莫洛亚的《传记面面观》、《论自传》、《传记作品的艺术性》,弗·伍尔夫的《传记文学的艺术》,理查德·坎尔曼的《弗洛伊德与文学传记》,艾伦·谢尔斯顿的《传记》,川合康三的《中国的自传文学》,菲利浦·勒热讷的《自传契约》等,相继在中国出版,对中国当代传记文学创作和理论研究,具有一定的借鉴和启迪作用。

当然,对传记理论的探讨,面还不够广,深度谈不上,对当代传记的研究更嫌不够,不及时;对外国著名传记作品和理论著作翻译得不多;对中外传记及其理论的比较研究就更少。这些,有待于我们学术界同行的共同努力。

第十一章　新时期政治人物传记

一、新时期政治人物传记概论

新时期传记文学的一个热点是领袖、将帅、烈士以及其他政治人物的传记文学。

粉碎"四人帮"后，领袖、将帅的传记文学作品大量涌现。较早出现的是郭久麟1978年出版的《随卫敬爱的周副主席》和1979年出版的《陈毅青少年时期的故事》，景希珍的《在彭总身边》，苏叔阳的《大地的儿子——周恩来的故事》，白仲元的《跟着志丹闹革命》等。刘白羽的《大海——记朱德同志》以饱满的激情描写了朱德由一个农民的儿子成长为共产主义战士的历程；权延赤的《走下神坛的毛泽东》、《走下圣坛的周恩来》则把领袖由神和圣人还原成人，着重表现他们在日常生活中的精神世界。新时期政治人物的传记佳作是铁竹伟的《霜重色愈浓》，作者经过深入采访，运用丰富的资料和精彩的细节，再现了陈毅元帅在"文化大革命"中，在严酷考验面前所表现出来的光明磊落、刚正不阿的崇高品质。还有萧三的《毛泽东的青少年时代》，柯岩的《永恒的魅力》，张俊彪的《刘志丹》、《黑河碧血》、《红河丹心》，郭晨的《巾帼列传》，王观泉的《一个人和一个时代——瞿秋白传》，王朝柱的《李大钊》、《开国领袖毛泽东》，张步真的《渴望真话——刘少奇在1961》，王行娟的《李敏、贺子珍与毛泽东》，纪学的《朱德和康克清》，陶斯亮的《一封终于发出的信》，罗瑞卿女儿点点的《非凡的年代》和王稼祥夫人朱仲丽的《黎明和晚霞——王稼祥文学传记》、《江青外传》，戴煌的《胡耀邦与平反冤假错案》等，都有较高的思想艺术水平。

应特别提出的是叶永烈、陈廷一、毛毛、曾志和陈晋。叶永烈的《国共风云——毛泽东与蒋介石》运用了"比较政治法",把毛泽东与蒋介石进行比较,使他们的经历、言行、思想和功过,在尖锐的对比之中更加鲜明地凸现出来。陈廷一写了《孙中山大传》、《宋氏三姐妹》、《贺氏三姐妹》等政治人物系列传记,在海内外产生了很大的影响。毛毛的《我的父亲邓小平》是子女所写的领袖传记的代表作,是毛毛献给父亲的礼物,是既充满深情又饱含哲理,既高屋建瓴又蕴涵儿女真情的优秀传记文学作品,具有史诗的品格。曾志的《一个革命的幸存者》,写出了她在党内70年的奋斗历程和独特个性,把自己的优点和缺点,成绩和错误,都坦率地展现出来;在写我们党组织的功勋时,也揭示了其缺点和失误,时代感很强。陈晋创作的领袖影视传记片,以真实的、珍贵的影像资料为我们再现了毛泽东、周恩来、邓小平等领袖人物的丰功伟绩和音容笑貌,为传记文学的发展开拓了一条新路。

这些年来,总结自己的革命经历和经验教训的回忆录也兴盛起来。如聂荣臻的《聂荣臻回忆录》,成仿吾的《长征回忆录》,杨成武的《敌后抗战》,都是较好的作品。

还要提到的是,传记作家叶永烈还写了江青、张春桥、姚文元、王洪文及陈伯达的反面政治人物的长篇传记,在题材的开拓上有所建树。在新时期写反面人物传记较成功的还有:王泰栋、罗岩的《魂断武岭——蒋介石在大陆的最后日子》,宋平的《蒋介石生平》,刘红的《蒋介石大传》,王泰栋的《陈布雷传》,闻少华的《汪精卫传》、《陈公博传》、《周佛海传》,王光远、姜中秋的《陈碧君与汪精卫》,钱理群的《周作人传》,徐铸成的《杜月笙正传》、《哈同外传》,姚金果、苏杭的《张国焘传》,沈美娟的《孽海枭雄——戴笠新传》等。

二、曾志的《一个革命的幸存者》

曾志(1911—1998),女,湖南省宜章县人。出生于一个官僚地主家庭。1924年进入衡阳第三女子师范学校读书,1926年参加农民运动讲习所,加入中国共产党，1927年随毛泽东上井冈山。从此，她作为一个职业革命家，几乎经历了中国革命和建设各个历史时期的风风雨雨，在苏区、游击区、白区、延安、国统区、解放区等各种环境工作过，从事过武装游击战争、地下斗争、统战工作、抗日工作等，新中国成立后历任中南军政委员会重工业部副部长，广州电业局党委书记、局长等职，"文化大革命"后任中组部副部长。《一个革命的幸存者》是曾志晚年对自己一生历程的回顾，前后写了将近30年。

这部回忆录是曾志，以她一生的奋斗和追求，一生的艰辛和荣耀，一生的经验和教训，为我们留下的极其珍贵、极其优秀、极其难得的回忆录；是她在为党和人民立功、立德之后，再为党和人民的"立言"。她用她一生的心血，为我们留下了新时期一部非常优秀的传记文学精品。读着它，能让人感到心灵的震撼和激动，感到格外的兴奋和欣喜。

这部回忆录的高度成就，首先是体现在真实地描写了她自己在革命斗争中曲折复杂的历程及她在人生历程中结识的众多历史人物，显得气势磅礴、弥足珍贵。

曾志是一位参加革命、参加共产党70多年的老前辈、老革命家，是一位历尽艰辛和挫折而坚贞不屈的共产主义战士，是中国现代历史的参与者、幸存者和见证人。她的一生，几乎经历了中国革命和建设各个时期的曲折而悲壮的战斗。她1911年出生，1926年参加革命，加入中国共产党，参加了湖南农民运动，跟着毛主席上了井冈山，以后在中央苏区、白区、国统区、延安、解放区等地工作过，进行过武装游击战争、地下斗争、统战工作；新中国成立后又投入新中国的革命和建设工作中，经历了各种运动，尤其是在"文化大革命"中，她随陶铸到北京，经历了史无前例的痛苦和灾难。"文化大革命"后，她又在胡耀邦直接领导下工作，担任了中组部副部长的要职……作者以真实质朴的笔触，记下了她与毛泽东、朱德、陈毅、彭德怀、贺子珍、伍若兰、陈云、邓子恢、胡耀邦等革命家的交往,写下了这些人物的言谈举止、性格风范、历史功勋、成绩缺点。尤其是作者以细腻的观察,写出了这些人物的生活逸事、感人细节,使人物显得特别真实可信、真切感人,为我们留下了极为珍贵的人物形象。比如写毛泽东,作者完全以"平视"的角度,以她亲眼所见、亲耳所闻、亲身感受来写。写第一次见毛泽东,是她与蔡协民新婚怀孕后,正与蔡协民慵懒地半躺着,一位"身材高挑、气度不凡"的陌生客人来了。"他一见床沿上相依而坐,还来不及站起的我们,笑道:'嗬!金屋藏娇嘛。老蔡好福气哟!'他边开着玩笑,边自个儿拉了条长凳坐在我们对面,满含笑意地看着我们。"这就是毛泽东!热情风趣、平易近人的毛泽东!这以后,她写了毛泽东在井冈山的革命斗争,写了他的雄才大略,他的历史功绩,也写了他与贺子珍争吵,写了毛主席同她本人开过头的玩笑说:"贺子珍正在说我喜欢你,爱你!"写毛泽东同贺子珍吵架,写毛泽东要她照顾贺子珍生孩子等等。还写了毛泽东在延安时同江青的亲密关系,写了毛泽东在庐山会议上躲过江青秘密会见贺子珍,写了贺子珍不同意毛泽东在庐山会议上批判彭德怀的做法等等。在她的笔下,我们看见了处于革命战火之中、生活之中的原汁原味的毛泽东。毛泽东没有被神化、美化,也没有被丑化或歪曲。作者完全以过来人的眼睛,为我们描写了富有生气和活力,富有幽默感和生机的真实的毛泽东。作者还写了朱德在井冈山的斗争,他的妻子伍若兰的头被挂在赣州城头示众,从此朱老总独爱兰。还写了胡耀邦高瞻远瞩、有勇有谋、实事求是,是个典型的工作狂。这些都是很珍贵的!

《一个革命的幸存者》的第二个突出成就是写出了她作为女共产主义者的成长历程。作者既写出了她对党和人民无限热爱和忠诚的伟大情操,写了她把革命事业看得比生命还贵重的神圣信念,也写了她在革命中的幼稚、失误以至受到的委屈和磨难。通过这部回忆录,我们看到了一个为革命事业献出了丈夫、儿女,献出了全部青春和生命而无悔的老一辈革命家的活生生的形象。一个丹柯式的英雄,一个屠格涅夫在《门槛》里所描写的女"圣人"的形象。

而更可贵的是,作者在这部回忆录中,大胆地、真切地写出了自己的几次婚姻和爱情。她写了生孩子时的极度痛苦和一个又一个孩子被人领走的撕心裂肺般的悲伤。写出了她的几段生离死别的、悲惨凄凉的爱情。她写了她第一个丈夫夏明震（著名烈士夏明翰的弟弟）如何在她尚不懂得爱情的时候突然向她求婚，又如何在政策失误时被人惨杀："面朝苍天，躺在那里，脸是青紫的，眼睛闭着，两只手还紧握着，衣服被撕开，胸前被刺了三四刀，肩上、肚子上、脚上都有伤，大概被砍了几十刀，两腿伸直，一只脚光着……我眼睛都看绿了，心直往下沉，也说不出当时是什么心情。"写了她与第二个丈夫蔡协民的爱情，以及蔡协民被党组织误认为叛徒的辛酸屈辱的过程。更写了她与陶铸的爱情生活。她既写出了陶铸的卓越才华、光辉人格，尤其是写出了陶铸同"四人帮"所进行的斗争；同时也写了她生孩子后陶铸对她关心不够以及她与陶铸在生活中的争吵打架等细节。写出了一个虎虎有生气而又有些缺点的、真实的、可敬可亲的著名政治家的形象。

曾志文化修养很高，传记的文笔显得朴实、凝练、生动，笔端充满了感情。如写陶铸的晚年就极为感人："陶铸以惊人的毅力向病魔挑战，任凭痛得死去活来，也咬紧牙关绝不哼一声。我劝他：'忍不住你就哼几声吧，也许会好一些。'他说：'你已经够苦了，听到我哼，会更难受……'此时的他，与其说凭肉体活着，不如说凭信念、凭意志活着。"再如写她与陶铸诀别更是情深意挚："我知道陶铸将不久于人世，他将凄凉而孤单地走完这人生的最后一程，但他情愿牺牲自己，来换得我一个人的自由。我现在反而无法想象，当时我们的诀别会是那样的冷静，那样的从容，那样的坚强！我们微笑着做了这一生一世的最后告别，彼此都没有流泪，因为泪水已无法表达我们那种渗透骨髓的痛苦和依恋。"

《一个革命的幸存者》的成功，说明了传记文学坚持辩证唯物主义、历史唯物主义，坚持实事求是和一分为二精神的重要。

三、戴煌的《胡耀邦与平反冤假错案》

戴煌（1928—），原名戴澍霖，江苏阜宁沟墩镇人，新华社高级记者。少年时担任抗日儿童团团长，1944年参加新四军，同年加入中国共产党，参加过抗美援朝和越南抗法战争的报道，1957年被打成右派，经受了种种磨难。党的十一届三中全会前夕彻底平反，重新从事记者工作，发表了大量新闻作品，并出版了《九死一生——我的"右派"历程》、《直面人生》、《新格斗》等著作。《胡耀邦与平反冤假错案》是戴煌先生以非凡勇气、真挚感情和雄伟魄力,为我们献出的惊心动魄、感人肺腑、大气磅礴的力作,受到了热烈的欢迎,得到了很高的评价。1998年出版,即印了15万册,很快就销售一空,2004年又修订再版,产生了广泛的影响。

这部传记的成功,首先是因为传主的历史功勋和人格魅力。

1989年4月22日,在胡耀邦同志追悼大会上的悼词中这样写道:

> 他按照实事求是、解放思想的精神,组织和推动了关于真理标准的讨论,为冲破"两个凡是"的严重束缚,重新确立党的马克思主义的思想路线,作了理论准备。

> 他以非凡的胆略和勇气,组织和领导了平反冤假错案,使大批受到迫害的老干部重新走上领导岗位,使其他大批蒙受冤屈和迫害的干部、知识分子和人民群众得到平反昭雪、恢复名誉。

确实,在粉碎"四人帮"以后,中国历史要走向新的道路,面临着两大难题,那就是"两个凡是"的禁区和如山的冤案。而胡耀邦正是在这样艰难的情况下,临危受命,以非凡胆略和勇气,冲破"两个凡是",从一口口"油锅"之中,抢救出成千上万的苦难者,完成了历史赋予他的神圣使命,因而受到了人民的尊敬和怀念。这是这部著作大受欢迎的首要原因。

这部著作大受欢迎的第二个原因,则是因为戴煌以极为深挚的感情,高度的责任心和使命感,以认真负责的精神,以经过大量采访和调查得到的丰富材料,以精选的确凿而典型的事例,以流畅而朴实的语言,较早地为我们描写出胡耀邦的形象和风采、功勋和成就,为我们写出了胡耀邦

的道德风范和高尚品格，展示了那场惊心动魄的搏斗，记下了令人难以忘怀的人物及其鲜为人知的曲折历史，具有高度的思想意义、艺术魅力和文献价值；让过来人读了它，温故而知新；让年轻人读了它，更加了解历史；让各级干部读了它，更知民心之向背，从政之取舍。

从构思上讲，戴煌没有去写胡耀邦的全传，而是把握住胡耀邦人生历程上最光辉、最动人、最伟大的这一页，把握住中国当代史上旋乾扭坤的重大搏战，来描写胡耀邦同志为党的事业"我不下油锅谁下油锅"的大无畏精神和无私奉献精神；以大量生动感人的事迹，来展示胡耀邦同志率真直爽、平易近人、雷厉风行、廉明公正、光明磊落的美好品质和人格魅力，展现了时代的历史风云和伟大进程。

作者在尖锐的矛盾冲突中，精选胡耀邦的言语行动来刻画胡耀邦的性格。

粉碎"四人帮"后的第六天，胡耀邦就对叶剑英的儿子叶选平说："中兴伟业，人心为上。什么是人心？第一是停止批邓，人心大顺；第二是冤案一理，人心大喜；第三是生产狠狠抓，人心乐开花。"他请叶选平把这话带给叶剑英，把"中兴伟业，人心为上"的话带给华国锋。

担任中央党校副校长的胡耀邦组织和指导人写了《把"四人帮"颠倒了的干部路线是非纠正过来》，并在《人民日报》发表。中组部部长骂这篇文章是"大毒草"；胡耀邦坚持真理，坚持斗争，原中组部部长下台，胡耀邦调任中组部部长。胡耀邦又指导和支持发表《实践是检验真理的唯一标准》的文章，推动思想大解放运动。

胡耀邦到中组部任部长后，立即进行平反右派冤案的工作。他计算了一下，光"地富反坏右"就有大约 3000 万人，"文化大革命"中国家干部被审查的就占干部总数的 17.5%……他认为："如要最迅速、最彻底地解决这个人人自危的危机，只有迅速全面而彻底地平反一切冤假错案，重新赢得人心。"他旗帜鲜明地反对个人崇拜，鼓励身边同志牢记苏东坡的名言："古之立大事者，不惟有超世之才，亦必有坚忍不拔之志。"

胡耀邦在要求复查中央专案和召开全国组织部长会议问题上一连碰了几个大"红灯"的情况下，没有灰心，而是大胆组织中组部干部讨论并自己主持会议。

他对有关干部讲:"李大钊有一句名言:'铁肩担道义,妙手著文章。'你这也是临危受命,去担起我们党的道义。在目前形势下,我们不下油锅,谁下油锅?!"

胡耀邦为"六十一人案"平反,为右派平反,为大批"地富反坏"分子摘帽,为刘少奇、彭德怀、陶铸平反……作者指出:"从1978年以后的短短三年中,全国对'集团'和个人的冤假错案,已平反了300多万件,颠倒了的历史被重新颠倒了过来,解救了我们民族的许多精英,使亿万人摆脱了沉重的精神枷锁……"在平反冤假错案的过程中,胡耀邦经常语重心长地对干部讲:"我们辛苦些、紧张些,哪怕政策落实得快一天,就等于受冤枉的同志和他们的亲友少'过一年'苦日子。因为受冤苦的人都是度日如年啊!"胡耀邦是以怎样的爱心来从事平反冤假错案的工作啊!

作者通过这些真实生动的言语行动,写出了胡耀邦临危受命、无私无畏的非凡胆略和勇气,以及他对党和人民的无比挚爱。

这部作品成功的第三个原因是作者自身的主观条件和艰辛努力。作者少年时代即参加革命,长期从事新闻和宣传工作,有很高的思想文化修养和写作能力;不幸于1957年被打成右派,饱受磨难,这使他对胡耀邦平反冤假错案的历史功勋有深切体会,加之在写作时又以深厚的感情和高度的责任感进行了8个多月的采访,查阅、研究了数百万字的文献资料,才写出了这部有血有肉震撼人心的传记作品。

四、逢先知的《毛泽东和他的秘书田家英》

逢先知(1929—),早年参加革命,1950年3月调中共中央书记处政治秘书室工作,1950年11月调毛泽东身边工作,负责管理毛泽东的图书,1966年5月调离毛泽东办公室。曾任中共中央文献研究室主任。著述甚丰。

田家英是一位才华横溢的优秀人才,是毛泽东的一位极其卓越的好秘书。他原名曾正昌,从小爱好读书写作,参加抗日救亡运动,来到延安,在陕北公学学习、任教。1948年10月,26岁的他担任了毛泽东的秘书,一直到1966年5月,长达18年之久。这期间,他还担任了中央办公厅秘书室主任、中央政治局主席秘书、中华人民共和国主席办公厅副主任、中央政策研究室副主任和中共中央办公厅副主任等职。在这18年中，他满腔热情地编辑毛泽东著作，宣传毛泽东思想；经常参与党和国家的重要文件和文章的起草工作；积极沟通党中央、毛泽东同人民群众的联系；为党和人民做了大量工作。他在毛泽东身边还经常被委以调查研究的重任。在调研工作中，他坚持实事求是、密切联系群众的原则，思想敏锐，见微知著，方法灵活。在20世纪50年代后期，毛泽东的思想和工作出现"左"的失误以后，他坚持实事求是地向毛泽东和其他领导同志反映工作中的缺点和失误，热心提出改进意见，为纠正"左"的错误作出了极大的努力。正因为如此，他在庐山会议上受到了批评；以后，他因向毛泽东提出包产到户的建议，又受到批评，他与毛泽东在政治上出现裂痕。他以强烈的正义感和敏锐的洞察力觉察到了陈伯达、江青、康生等人的丑恶本质，并对他们进行了抵制。"文化大革命"初，他受到陈伯达、江青一伙诬陷迫害，怀着满腔悲愤，离开了人间。1976年"文化大革命"终于过去，在党中央亲切关怀下，田家英的冤案得到了平反昭雪，党对他的杰出工作和崇高政治品格给予了高度评价。

逢先知在毛泽东身边，在田家英领导下工作了16年，对毛泽东晚年的错误和毛泽东同田家英关系的变化，对田家英的经历、工作、思想、品质，都有深入的了解，对田家英也很有感情。他的这篇《毛泽东和他的秘书田家英》抓住了极为敏感的话题，写出了极为丰富而深刻的内容，是写田家英的文章中最为丰富真切的一篇。

作者首先写出了毛泽东与田家英共同的情趣和深厚的友谊，写出了田家英在毛泽东领导、指导、关怀、帮助下，在党的信访工作、秘书工作、编辑毛泽东著作、宣传毛泽东思想，起草中央文件、报告、讲话等方面所取得的突出成绩；然后写出了田家英在"大跃进"运动以后与毛泽东在政策方面的一些分歧，以及这些分歧给田家英个人命运及我们国家人民生活带来的重大变化和影响。由此，我们可以看出毛泽东的思想变化并进而了解从1949年到1966年中国共产党和新中国的历史。这就为我们留下了极为重要、极为珍贵的史料。

这篇回忆录在人物描写上取得了突出的成绩，为我们刻画了田家英这个杰出的党内高级知识分子的形象。作者不但写出了毛泽东对田家英的赏识、关心和教育、帮助，更写出了田家英的刻苦好学、勤恳工作、多才多艺、坚持原则、关心群众、顾全大局、追求真理、献身理想的品质。作者不但以人物自己的语言和行动来描写人物，而且还用了旁证法、烘托法。比如写田家英对群众的关心和爱护，在做信访工作中，"田家英耐心地教育大家，要以人民的利益为重，关心人民的疾苦，把各地反映严重困难情况的来信，批评党的工作中的缺点和错误的来信，向党中央和毛泽东及时送阅。他还再三嘱咐办信同志一定要保护来信人，严格区分两类矛盾，不要动不动就把一些对现实不满的人民来信当做反动信件处理"。再如写田家英的魄力和胆识，1959年毛泽东关于合理密植和要讲真话的党内通信下达时，当时四川有的领导人竟然拒不向群众传达。"田家英认定，毛泽东的信符合实际情况，表达了农民群众的意愿，他毅然突破封锁，立即组织向全公社广播这封信。"再如写田家英保护同志，在庐山会议上，田家英差点儿被划入"军事俱乐部"，而在这样紧张的时候，"田家英为了保护一起谈过话的胡乔木，冒着危险，去向李锐打招呼，叫他不要说出胡乔木谈论过的一些话。……田家英后来对我说，他当时的考虑是：胡乔木对党的贡献和作用比他大，宁可牺牲自己，也要把他保护下来"。作者还写了田家英在庐山会议以后对毛泽东的错误有一定认识和分析。如写1959年，田家英在近4个月的四川调查中，掌握了大量第一手材料，认识到"搞'大跃进'，搞人民公社，是毛主席脱离实际，急躁冒进，犯了'左'的错误"。而他对"文化大革命"，就更有清醒的认识，"文化大革命"刚刚开始，他就发现"这是一场文字狱，是整知识分子的运动"。这些，鲜明地显示了田家英的敏锐眼光和远见卓识。

而对田家英的评价，作者则往往用侧面烘托法。如写毛泽东对田家英的赞赏，先写"有一次，田家英给机关干部讲古文，毛泽东正好散步走到教室附近，为田家英的讲课所吸引，就停下步在窗外听起来"，以后就把他调到了自己身边。后来又写毛泽东写文章不要秘书代劳，偶尔代劳一次，也要说明，从不埋没别人的劳动。毛泽东在八大致开幕词后，许多人称赞开幕词写得好，毛泽东对大家说："开幕词是谁写的？是个年轻秀才写的，此人是田家英。""虚心使人进步，骄傲使人落后。"今天，它早已成为脍炙人口的格言。这是田家英的得意之笔，也是毛泽东很满意的一句话。作者还写到1958年党中央号召干部下放，有几位省、市委书记向毛泽东提出，希望把田家英下放到他们那里工作，这些要求都被毛泽东拒绝了。毛泽东说："田家英我不能放，在这个问题上我是理论与实际不一致的。"用毛泽东对田家英的重视反衬出田家英的才华和能力。

作者在写作态度上极为严肃认真，做到了真实性、历史性和科学性的统一。作者对历史人物、历史事实、历史事件，都严格做到有书面根据，所引用的资料都完全可靠。这就给我们留下了极为珍贵的真实的历史资料。作者在对历史人物和事件进行评价时，也力求做到符合实际，具有科学性、公平性和公正性。毛泽东是历史的伟人，田家英是他的亲密战友，作者在写他们的关系时，力求以历史唯物主义和辩证唯物主义的观点，以严格的史实依据，进行准确的、恰如其分的评说。作者写毛泽东对田家英的器重和关怀（如写毛泽东不但关心田家英，还关心他的家庭和爱人，让他星期六回家，甚至让他出差时把爱人也带上）；写田家英同毛岸英的情同手足；写毛泽东是当代一流书法家；写田家英历史知识的广博且把毛泽东的手迹视为珍品等，都极为客观。作者也如实地写出了毛泽东与田家英的分歧。作者写到，田家英"长期在毛泽东身边工作，对毛泽东怀有深厚的感情。但他后来对毛的'左'的思想和政策越来越感到格格不入，而毛对他也越来越疏远，因而形成他十分矛盾的心理状态。这从 1963 年以后常常对我说的一句话中可以表达出来。他说：'主席对我有知遇之恩，但是照这样搞下去，总有一天要分手。'"同时，作者也没有为贤者讳，为亲者讳。他如实地写出了毛泽东在"大跃进"、人民公社问题上的"左"倾错误，并指出，"毛泽东晚年的错误，也反映在他同田家英的关系上。田勤勤恳恳地为他工作了十几年，因为提了不同意见而引起他的猜忌，并被牵连到当时整个的党内斗争问题，从而对田表示冷落以至完全不信任。我认为这是完全不公正的"。作者在指出毛泽东错误的同时，仍然肯定了他"是一位伟大的马克思主义者，伟大的革命家、政治家"。同时，作者在高度评价田家英"是一位难得的优秀的共产主义战士"的时候，也诚恳地、实事求是地指出了田家英的缺点："田家英同任何人一样，也有他的弱点和缺点。在顺利的时候，容易骄傲；在逆境之中，又往往表现消沉颓丧。性格比较脆弱，经不起挫折，缺乏应有的韧性。"这些地方，充分显示了作者对人物的深刻认识和实事求是的科学态度。

此外，作者选材严格、典型、精当。作者在文章中融注了自己的情感，文字也很流畅生动，富于吸引力。

五、柯岩的《永恒的魅力》

柯岩（1929—），原名冯恺，女，满族，广东南海人，中共党员。1949年后历任中国青年艺术剧院、中国儿童艺术剧院创作员，中国作家协会专业作家，《诗刊》副主编，全国文联委员，中国作家协会理事、书记处书记、主席团成员，中共十二大代表，全国第八、九届人大代表。1948年开始发表作品，著有诗歌《柯岩儿童诗选》，抒情诗《周总理，你在哪里》、《雷锋》、《中国式的回答》，报告文学《奇异的书简》、《船长》、《癌症不等于死亡》、《CA俱乐部》，戏剧剧本《相亲记》、《记着啊，请记着》，中短篇小说《高压氧舱》、《道是无情》，长篇小说及电视连续剧剧本《寻找回来的世界》、《他乡明月》，电视系列剧本《仅次于上帝的人》以及《柯岩文集》（6卷）等。其作品多次获全国大奖。

《永恒的魅力》是一部很有特色的人物传记。首先，它的副标题"一个诗人眼中的宋庆龄"，就显示了该传的独特性——作家是从一个女诗人的角度来写宋庆龄的传记的，因而特别富于激情。其次，这部传记没有用一般传记常用的时间结构，而运用了感情和逻辑结构——即根据感情表达的需要和材料性质来组织材料和安排结构。这就决定了这部传记突出的感情色彩和论辩色彩。第三，是作者巧妙而准确地运用自己的采访和历史文献资料构筑华章。

先谈它的第一个特点：突出的感情色彩。读着这部传记，你好像在读一首抒情诗，一篇抒情散文。柯岩充分发挥了她作为诗人的特点，把自己的感情融注于作品之中，纵横驰骋着她的激情和想象。请看下面一个例子：

> 世界上原有多种多样的美。庄重的美令你敬慕；悲壮的美令你倾心；威严的美令你震慑；幽静的美引你退思；豪华的美也许会令你艳羡；但只有朴素的美才会让你感到毫无间隔，一下子消失了距离，是那样地令人亲近，那

样地动人衷肠。大概所有来谒她的墓地的都会感到震动的吧,一个泱泱大国名誉主席的陵墓,朴素得就像寻常百姓一样。一样到什么程度呢?一样到和她生前亲自为她的保姆李燕娥所设计的墓地完全一样。没有仪仗,没有装饰,一米宽、二米长。……只有真正具有民主意识的伟人才能这样,只有真正尊重人民的自觉的公仆才会这样。

再看下面一个例子:

> 也许,一个人和死神打交道的次数越多,对个人的生死就越能置之度外。耐人寻味的是,越是对个人的生死置之度外的人,对同志和朋友的生命就越发珍惜。宋庆龄正是这样的人。……只有这样的人,在得知鲁迅病重的时候,才会写出她给鲁迅的那封感人至深的著名的信:"我恳求你立即入医院医治!因为你延迟一天,便是说你的生命增加一天的危险!!你的生命并不是你个人的,而是属于中国和中国革命的!!!我万分盼望你能接受为你担忧着、感受着极度不安的朋友们的恳求,马上入院医治!"

正是诗人的激情,使柯岩不愿也不能冷静、客观地按历史发展的顺序来讲述宋庆龄的生平,而是以感情为经、逻辑为纬,从宋庆龄的几个方面,来描写宋庆龄的人生、性格和功勋,来抒发她对宋庆龄的热爱和崇敬之情。这就构成了该传记的第二个特点。

柯岩是从以下 5 个方面来描写宋庆龄的:

一、彼美人兮:写宋庆龄的美——突出的美,惊人的美,外在的美和内在的美。

二、情之所钟:写宋庆龄与孙中山的恋爱和婚姻。写出了宋庆龄与孙中山志同道合的独特的、惊世骇俗的婚姻;写宋庆龄作为孙中山的妻子陪孙中山先生奋斗一生;写宋庆龄在孙中山先生逝世后坚持孙中山的革命精神和革命遗志,毅然与宋家决裂,坚决揭露蒋介石的反革命面目,坚持革命的崇高气节和伟大功勋。

三、至亲骨肉:写宋庆龄与其姊妹之间的骨肉亲情和原则分歧。写三姊妹一人爱财，一人爱权，一人爱国，"亡命追求显赫的终于沉沦，而远避奢华、默默奉献者却光照环宇，流芳百世"；写宋庆龄对母亲的深情以及对异姓同胞李燕娥等的关爱。

四、肝胆相照：写宋庆龄对战友、同志的深情：为救邓演达而奔走，甚至亲自去找蒋介石求情；写宋庆龄为救"七君子"而"自请入狱"；写宋庆龄帮助斯诺访问延安，在最困难的时候帮助马海德；写宋庆龄对艾黎、耿丽淑、爱泼斯坦等人的帮助和友谊；以及她对周恩来的尊重和友谊。

五、掌上明珠：写宋庆龄捐助的中国福利会及其下属的保健院、托儿所、幼儿园、儿童艺术剧院、少年宫等，从而写出宋庆龄为中国妇女儿童的福利事业所作出的巨大贡献及其温暖而博大的胸怀。

尾声，叫我庆龄同志：写宋庆龄与中国共产党和新中国的深厚感情。作者热情歌颂道："宋庆龄是世界上最伟大的女性之一，她一生地位崇高，但她一生中从来没有过任何'特殊'的想法。因此，也从来没有过任何特殊的要求。在她心里，副委员长也好，国家名誉主席也好，都是向人民奉献自己的岗位。"

通过这几个方面，作者写出了自己心目中的宋庆龄——一个诗人眼中的宋庆龄：她外在仪表的非凡美丽与内心世界的崇高、丰富、优美及其独特性格。

第三个特点是巧妙而准确地以作者的感情为线索，把自己的采访、感受与宋庆龄的语言行动，以及历史文献资料结合起来构筑华章，展示宋庆龄的卓越风采和动人魅力，显得摇曳生姿，感人肺腑：

"没有一个人第一次见到宋庆龄不震惊的，因为她实在是太美了。"

"为了写这本书，我访问了多少曾在她领导下和在她身边工作过的人啊！"

"第一印象……哦，她太美了。"

"真没想到，她那样美，简直是漂亮极了。"

人们说她是纯净的美，圣洁的美，端庄的美，典雅的美，"是那样一种深沉的、内在的、十分丰富，却又无比强烈，令人不可抗拒……让你几乎不敢形容。……这是一种气质、一种风度……"

最后，作者说："我怀着那样迫切、那样热烈的激情，重新扑向我收集的所有的素材、史料，那样细致地比较她每一时期的每一张照片，越来越发现，在这点上她也和周恩来一样：年轻时很难说是特别美，而越上年纪越美。是那样一种成熟的、完善的又独具性格魅力的美。"

作者还大量引用宋庆龄自己的语言、声明以及国内外知名人士的评论来展示宋庆龄的坚定立场和丰功伟绩。

如写孙中山访问宋耀如时说："我孙文愿为革命而生，为革命而死。"突然，屋角传出一个轻柔的，但却是坚定的声音："我也决定要同你一样。"——这是才13岁的宋庆龄发出的诺言。作者以宋庆龄年轻时的语言表现了她献身革命的激情。

再如写宋庆龄1914年秋要回祖国探望双亲，在离开孙中山时，她忍不住对孙中山倾吐出内心的隐秘："我多么想永远和先生一起工作，永不分离啊……"可是，孙中山不能不为宋庆龄考虑："谢谢你，庆龄。可是你太年轻，我……再说我现在还在流亡之中……"但是，宋庆龄轻轻地说："我知道，我小时候就听你讲过，要不是为一个伟大的事业而生存，生命是没有意义的。"孙中山要她征得父母同意后再做决定，庆龄坚定地说："我的婚姻我自己做主，我决心要同你一起生活和工作。"

而在蒋介石1927年背叛革命以后——"'黑四月'大屠杀把人都吓呆了，全国陷于一片沉默。庆龄及其在中执委的几个同志发表了极为坚决的声讨蒋介石的声明：'鉴于蒋介石犯下屠杀民众、镇压党的罪行……自应将他开除出党……我军将士务必遵照镇压反革命法将他逮捕归案，并送交中央政府严加惩处。'"

1927年南昌起义时，中国共产党把她推选为革命委员会委员时，她欣然同意，还公开表明了她对武力推翻蒋介石的支持。

鲍罗廷称赞她是"整个国民党左派中的唯一的男子汉"。而海伦·斯诺多年后回忆宋庆龄还情不自禁地说："我认为当时在上海只有一个光辉灿烂、无与伦比的人物，她就是勇敢、美丽而又孤独的孙中山博士的夫人。"1931年，宋庆龄在一片白色恐怖中，大胆地发表了《宋庆龄宣言》，无情地揭露蒋介石个人独裁、争权夺利、剥削群众、残害革命的种种反动行径："国民党以反共为名来掩盖它对革命的背叛，并继续进行反动活动。"她痛心疾首地说："我不忍见孙中山四十年的工作被一小撮自私自利的国民党军阀、政客所毁坏，我更不忍见四万万七千五百万人的中国,因国民党背弃自己的主义而亡于帝国主义。"

宋庆龄帮助斯诺到延安访问,使其写出了《红星照耀中国》。斯诺曾把他翻译的短篇小说集《活的中国》献给庆龄,并在卷首题词:"献给宋庆龄,她的正直、勇气、忠实和精神之美是活的中国之最佳象征。"

作者引用耿丽淑女士的话说:"宋庆龄的名字是不朽的。她与中国革命的先驱孙中山先生的名字连在一起,更加显得光彩夺目。她是白玉无瑕的女性,她是英勇无畏的战士,她把自己的一生献给了她的理想,她的祖国。"

当中共中央政治局委员邓颖超去看望她,俯身在她的病榻,轻轻唤她:"宋副委员长,宋副委员长!"宋庆龄摇了摇头说:"不要叫我副委员长,要叫我庆龄同志!"

最后,作者引用了著名作家丁玲对宋庆龄的赞颂:"您的高风亮节,永远给诗人留下浓郁的芬芳。诗人全都歌颂您,您会使诗情更加浓郁,诗意更加隽美,诗文永放异彩,您本身就是一首美丽、动人的诗篇。"对宋庆龄作了最美丽的、诗意的赞颂,表达了全文的主旨——一个诗人眼中的宋庆龄。

六、叶永烈的传记文学

叶永烈(1940—),浙江温州人。1963年北京大学化学系毕业。上海作家协会一级作家、教授。11岁开始发表作品,20岁出版第一部著作。早期写了《十万个为什么》、《小灵通漫游未来》等几十部科普作品,是中国著名的科普作家;以后,他转向纪实文学与传记文学写作。他的传记文学写作数量更多,质量更高,成就也更大。其主要传记文学作品有:"红色三部曲"(《红色的起点》、《历史选择了毛泽东》、《国共风云——毛泽东与蒋介石》)、《陈云之路》、《中共中央一枝笔——胡乔木》、《毛泽东的秘书们》、《爱国的"叛国者"——

马思聪传》、《倾城之恋——梁实秋与韩菁清》、《雾中奇案——戴厚英的心路历程》、《是是非非何智丽》、《名人沉浮录》、《名人风云录》等。还有黑色系列长篇："四人帮"全传（《江青传》、《张春桥传》、《姚文元传》、《王洪文传》）以及《陈伯达传》。此外，作者还写了长篇纪实文学作品《历史悲歌——反右派始末》、《1978：中国命运大转折》、《商品房大战》、《黑红内幕——叶永烈采访手记》、《追寻历史真相——我的写作生涯》等。

叶永烈还在写作，还会有新的作品问世。但是，仅就目前已经写出的作品看，其传记文学创作的规模之大，数量之巨，影响之广，发行量之高，可以说是中国当代传记文学第一人。2000年作者编辑《叶永烈文集》，其中，纪实文学达27卷，而这中间传记文学又占了大半。从出版数量看，叶永烈的传记文学创作是最多的。其次，从传记文学在读者中的影响看，也是最大的，他的传记文学作品，印数往往是十万、二十万册，成为畅销书。第三，叶永烈还把中国内地传记文学的影响带到了其他国家和地区。台湾《传记文学》杂志在发表叶永烈的传记文学作品时称叶永烈"是历史学家，也是传记家，也是最有成绩的作家"。香港在1998年把"中华文学艺术家金龙奖"的"最佳传记文学奖"授予了叶永烈。美国传记文学研究所聘请叶永烈为顾问。叶永烈为中国传记文学赢得了声誉，为中国传记文学的发展作出了重要的贡献。

叶永烈的传记文学的特点是：

第一，有气魄、有胆识、有胆量，敢于写一般作家不敢涉及的人物和事件。

叶永烈在粉碎"四人帮"以后开始从事传记文学写作，他首先就"用带泪的笔"写出了在反右斗争和"文化大革命"中备受侮辱、打击、迫害的一批著名的才华横溢、成就卓著的高级知识分子的传记。他写了傅雷、马思聪、贺绿汀、章伯钧、罗隆基、葛佩琦、王造时等等。这些著名高级知识分子的命运，是中国知识分子悲剧命运的缩影。作者用他锋芒犀利的笔，批判了极"左"路线对他们的残酷迫害，让我们永远记住极"左"路线的危害；同时，作者也写出了这些知识分子热爱祖国、忠于事业、刚正不阿、献身真理的高尚人格，颂扬了这些备受苦难的民族的精英。如果说，中国的知识分子是我们这个灾难深重的民族中灾难特别深重的部分，那么，叶永烈的这些作品就是对极"左"路线的最有力的批判；如果说，中国的知识分子是我们这个聪明勇敢的民族中最为聪明勇敢的部分，那么，叶永烈的这些作品就是对这些民族精英的最悲壮的歌颂；同时，他也就记录了这个时代的悲剧，唱出了中国知识分子的深沉的赞歌。

在写出了这些表现知识分子悲剧命运的传记文学作品之后，作者不再满足于对"文化大革命"的零散的揭露，而转向了整体、系统的反思。他开始写作"文化大革命"长卷，写作"四人帮"系列传记。他记住了巴金老人在《随想录》中的谆谆告诫："只有牢牢记住'文革'的人才能制止'文革'的重演，阻止'文革'的再来。"这是一项极其浩大的工程，也是一项异常严肃而又高度敏感的工作。作者迎难而上，查阅了大量文献资料，采访了大量知情人员，终于写出了关于"四人帮"的长篇传记。作者还在陈伯达刚刚出狱的时候就冒着巨大的风险采访了他，取得了大量的第一手资料，写出了《陈伯达传》。

如果我们回忆一下，在刚刚粉碎"四人帮"不久，极"左"势力还是那样嚣张，作者却敢于排除阻力，冲破障碍，顶风而上，写出上述优秀的传记，其胆识和魄力，的确是令人钦佩的。

第二，大气魄、大手笔、大制作，大气磅礴、酣畅淋漓。

叶永烈曾经用下述 9 个字来概括自己的作品："大题材，高层次，一把手"。的确是这样。叶永烈不但具有敢于开拓高度敏感性的、富于风险的题材的魄力，而且还有驾驭磅礴浩大的传记文学系统工程的能力。从事过传记文学写作的同志都知道，写作传记文学作品，尤其是大型传记文学作品，其难度之大，风险之大，工作量之大，都是非常惊人的。而叶永烈则以超乎常人的魄力、毅力和能力，一鼓作气，以 20 年的时间，写出了知识分子系列、黑字系列（"四人帮"系列传记及《陈伯达传》）、红字系列（"红色三部曲"：《红色的起点》、《历史选择了毛泽东》、《国共风云——毛泽东与蒋介石》及《陈云传》、《胡乔木传》）等洋洋数百余万字的巨著。要写出上述作品，作者要进行怎样全面、周到而又宏大的规划，更需要采访多少形形色色的人物，查阅多少历史档案，然后进行怎样艰难的构思，长期的写作，反反复复的修改，才能完成这些作品。作者不愧是大手笔，面对自己为自己规定的这样巨大的工程，气势磅礴，信心百倍，夙兴夜寐，焚膏继晷，终于完成了这项巨大的工程。而且每部作品都写得史实清楚，形象鲜明,笔酣墨饱,元气淋漓。

第三,关注热点,追踪热点,采写现代重大题材和当代风云人物,善于从旧闻中发掘出新闻,擅长从独家采访中发掘出第一手资料,披露人所未知而又欲知的秘史要闻。

这是叶永烈有别于当代众多传记文学作家的又一突出特点。作者对自己的传记文学写作有一个规划,这就是:"写当代的重要人物,通过人物反映历史。"他还特别写从来没有人写过的大人物或热点人物。他说:"我的本意并不在于写某人的一生,而是在于通过这些政治人物的生涯,折射时代,写出时代的命运。"正因为如此,他选择了毛泽东、陈云、胡乔木这些红色政治人物,江青、张春桥、王洪文、姚文元、陈伯达等黑色政治人物以及著名知识分子作为他的传主。这就使他的作品具有鲜明的时代特征和热点特质,特别能抓住读者,特别具有可读性。同时,由于作者特别大胆,特别擅长发掘旧闻中的新闻,并善于采访重大历史的知情人或边缘人物或有争议的人物,而且作者又把这些材料立即披露出来,因而,他的作品往往有强烈的秘闻性、史料性,能满足读者好奇心,具有很强的可读性。

第四,历史的真实性和文学的艺术性相结合。

作者在踏上传记文学(纪实文学)的创作道路时,就决定走"中间道路",即介于党史专著和历史小说之间,既求历史的准确,又讲究作品的可读性。作者很重视史实的准确性,讲究史实准确、观点正确。作者首先追求总体的、本质的、历史的真实。作者一方面通过对中国现代史的研究和学习,掌握历史的发展规律,认识事物的本质;另一方面,更通过大量、全面、深入、艰苦的采访和调查,掌握第一手准确的材料,然后进行深入而细致的辨析和考证,以保证史料的准确性。为确保史实的准确性,作者往往通过采访和调查,拨开历史的迷雾,发掘出新的史实。作者凡引用毛泽东的话,都注明出处,绝不杜撰。一些重要史实,作者也注明出处,如引自某书的第几页,或引自某档案馆的某个文件,或某年某月某日在某地采访某人。由于作者采取了严谨、求实的立场和态度,所以,他的传记文学作品具有较高的历史真实性,得到了中共党史专家的认可。

同时,作者又十分重视作品的文学性,重视作品的历史和文学的双重价值。

第一，作者在采访时非常重视对被采访对象的形象性材料的观察和资料的搜集，比如作者对陈伯达形象的观察就十分精细，从而写出了陈伯达的特点："陈伯达已经八十四岁。他即使在家中，也一年到头戴着帽子，尽管他并非秃子。他的衣服也总是比我多穿一倍。他眉角的眉毛很长，视力、听力都还不错。他坐在沙发上，跟我打招呼。"他在采访郑超麟时，就详细地了解了陈独秀的形象性资料。在写作时，作者往往能写出人物的风采和个性。

第二，作者十分重视对作品的立意构思和布局。比如，《国共风云——毛泽东与蒋介石》就运用了"比较法"、"比较政治法"，把毛泽东与蒋介石进行比较，使他们的经历、言行、思想和功过，在尖锐的对比之中更加鲜明地凸现出来。在写作角度上，挑选了一个特殊的视角，即透过国共两党的领袖蒋介石与毛泽东几十年的分分合合、谈谈打打，表现了中国半个多世纪的历史风云。这种文学的构思和写法，大大地提高了作品的思想性和艺术魅力，也增强了作品的吸引力。这正如美国《世界日报》的广告所说的："毛泽东与蒋介石的个人传记多如牛毛，但将这两位影响中国半个世纪历史风云的国共两党领袖，以比较政治学的手法合在一起来写的，本书应是第一本。正因为作者选择了特殊的视角和人所未有的手法，使本书令读者耳目一新。"

在结构上，作者也精心布局。如《国共风云——毛泽东与蒋介石》一开始，作者就别开生面地以"世纪之棋"为引子，写蒋介石和毛泽东，各执黑棋和红棋，以"一场波澜壮阔、跌宕曲折的棋赛，决定了中国的命运"。然后，作者就展开了对这场延续了近50年的"错综复杂的大搏斗"的描写。作者既写出了其中的刀光剑影，枪炮轰鸣，硝烟弥漫，杀声震天，更揭示出其中的互派密使，幕后斡旋，打打谈谈，谈谈打打。最后写毛与蒋死后，邓小平与蒋经国继续着国共那盘没完的棋。而且，作者的对比还包括蒋与毛的夫人（宋美龄与江青），甚至他们的接班人和继承人（蒋经国与邓小平）。作品的立意构思和结构布局不能不说是极其宏伟严谨而又精当高明的。

作者还重视立意、构思的新巧、宏伟，起伏跌宕，大开大阖。他的长篇传记大多不用平铺直叙的时间结构，而喜用开阖跳荡之法，摇曳生姿，吸人眼球。试以《爱国的"叛国者"——马思聪传》为例：作者首先在卷首语和小引中引用中国当代一位伟人——周恩来在回顾往事时曾深沉地说过的话："我平生有两件事深感遗憾，其中之一就是马思聪五十多岁离乡别井到国外去，我很难过。"第一章是"客死异国"，写海峡两岸同悼马思聪。第二章是"风狂雨骤"，写马思聪在"文化大革命"中逃亡到美国，引发美国、日本、苏联的报道。第三章是"祖国之子"，写马思聪拒绝司徒雷登请他赴美的邀请，坚持留在中国。第四章是"山城风云"，写周恩来让地下党的同志关心马思聪。第五章是"迎春之歌"，写马思聪为迎接解新中国成立谱写《自由的号声》。从第六章以后才逐渐进入马思聪的人生经历的描述：他的求学，他的爱情，他的音乐教学和创作，他的"思乡曲"。这中间，作者围绕主题，突出表现了他的爱国热情和心向"周公馆"。而在新中国成立后，则突出了他作为中国音乐大使在世界各国演出为祖国争得荣誉和作为中央音乐学院院长为培养祖国的音乐人才所作的贡献：如选拔和培养了傅聪、盛中国、林耀基、刘思昆等中国第一流的音乐人才。最后才写到他是在刚好达到音乐事业的顶峰之时，才在"文化大革命"的惨剧中不得不铤而走险的。他到美国后，作者写了他的亲友在大陆的悲惨遭遇，写了他万里思乡——在美国为唐诗《相见时难别亦难》、《关山月》、《长相思》、《行路难》等谱曲。作者写："这些古诗古词，仿佛专为他而写。他借古人之诗，道今人之声……"他以50个月的时间，把蒲松龄的"《晚霞》，写成四幕十一景四十一场的大型芭蕾舞剧"，"他把西洋音乐技巧与古朴的中国神话结合在一起，他写出了中国式的《罗密欧与朱丽叶》"，并把它"献给远方的祖国。天底下哪有这样的'叛国者'？！倘若没有一颗赤诚的爱国之心，怎能写出这般富有东方色彩的大型音乐作品？！"最后，作者才写出他的平反。请看，作品的结构何等波澜壮阔、跌宕起伏，紧紧地扣着主题！又紧紧地吸引着读者。再如，作者在《国共风云——毛泽东与蒋介石》中，以毛泽东和蒋介石的关系构筑华章，而且还精心地，也是大胆地设计了毛泽东与蒋介石的三场"书面对话"，即如何看待西安事变，如何看待皖南事变，以及1949年的"新年对话"。这三场"书面对话"是绝对不存在的，是作者虚拟的。作者把蒋介石和毛泽东的文章抽出来，按照作者表达的需要，重新组合，形成他们之间的对立、辩论乃至批驳的关系，从而表现两人立场、观点、性格乃至文风和作风上的差异，十分深刻有趣。

第三，叶永烈的传记作品材料丰富，充分表现了人物的性格和时代的命运。作者坚持唯物主义观点，一分为二地看待和描写历史人物。在《国共风云——毛泽东与蒋介石》一书中，时间和空间的跨度都很大，时间是半个多世纪，范围涉及国共两党，人物涉及近现代史上许多著名人物，而材料几乎囊括了中国现代史上的大多数重大事件。再加上这是人物的比较，因而不能不对国共两党领袖人物及其历史功过进行分析和评述，涉及材料之广，写作难度之大，是可想而知的。好在作者经过了长期的调查采访，对中国现代史及毛泽东、蒋介石和国共双方的人物和历史事件已经十分熟悉和了解，故能站在时代的高度，对蒋介石和毛泽东的生平事业、相互关系和历史功过，作全面的审视和描写。如写毛泽东，就既写他打败蒋介石、建立新中国的赫赫功勋，也写他晚年"左"的严重错误和他在经济领导上的失误；写蒋介石，则既写他一生反共，也写他领导北伐，领导抗日战争，退往台湾之后，坚持"一个中国"原则，并着力于发展台湾经济。在写《陈伯达传》时，作者既写了他的罪行、他的错误、他的忏悔，也肯定了他的成绩和功绩。在写知识分子时，作者既显示出他们的共性，更突出了他们的个性。作者写出了傅雷"直如竹简，洁似水晶，急如燃眉，热情似火"的性格，在突出他刚直暴烈的性格的同时，又通过他那柔情似水的家书，展现了他温情的一面。

第四，作者语言流畅生动，富于感情，富有文学色彩。作者很会讲故事，善于把平凡的史料娓娓道来；把历史上纠缠不休的问题，一条一条查证出来；把错综复杂的故事，富于戏剧性地铺展开来。

总之，由于叶永烈把史学家的严谨与文学家的功力结合起来，把历史的真实性、科学性与文学的生动性和艺术性结合起来，因此，他的传记文学作品既真实可信，又生动活泼，可读性强，读者面广。

叶永烈在传记写作上的不足，表现在有时似乎太注重材料的新鲜和考证而忽略了人物性格的刻画，有时又似乎因为写得太多太快而感觉推敲和精雕细刻不够。

七、王朝柱的《开国领袖毛泽东》

王朝柱（1941—），笔名柱子，河北吴桥人。1966 年毕业于中央音乐学院作曲系。1972 年调总政文工团工作，历任总政歌舞团、总政歌剧团作曲，总政话剧团编剧。他虽然学的是音乐，并长期在文工团工作，也参与创作过话剧《决战淮海》，但是他真正的成功却是在文学创作上，尤其是在传记文学的写作上。20 世纪从 80 年代初起，他陆续创作出版了《李大钊》、《毛泽东、周恩来与长征》、《周恩来在上海》、《爱的旋律》、《女囚徒》、《蒋介石与他的密友与政敌》（3 卷 6 部）、《功臣与罪人》、《谍海奸雄》、《政坛败将》、《王昆仑》、《说不尽的张学良》、《开国领袖毛泽东》等大型传记文学作品以及大型纪实文学作品《长征》。同时，他还参与创作了电视连续剧《巨人的握手》、《张学良将军》、《周恩来在上海》、《开国领袖毛泽东》、《长征》以及电影《龙云与蒋介石》等。他的传记作品大都选取中国现代革命史上的重要而伟大的历史人物，显得大气磅礴，高屋建瓴，史料丰富，气象宏伟，评论精当，影响极大。他的不少作品还获得了大奖。如《李大钊》获得了全国优秀图书奖及中国传记文学东方杯奖，《开国领袖毛泽东》获中国传记文学学会第二届全国优秀传记文学奖，《巨人的握手》获全国飞天奖二等奖等。

毛泽东，是中国共产党、中国人民解放军和中华人民共和国的缔造者和领导者，是中国人民的伟大领袖，也是全世界公认的有巨大影响的伟人。要写好毛泽东的传记，没有巨大的魄力，没有精当的构思，没有丰富的材料，没有如椽的巨笔，是写不好的。而王朝柱却敢于迎难而上，在《开国领袖毛泽东》中，以雄伟的气魄，精当的选材，如椽的巨笔，以 60 多万字的篇幅，为我们再现了开国领袖毛泽东的光辉形象，展示了毛泽东同他的战友们在新中国成立初期的雄才大略、博大襟怀和崇高人格。

如果把毛泽东的人生比作奔腾浩荡的河流，那么，开国这段河流，就是波涛最为壮阔、气象最为壮观的一段；如果把毛泽东的人生比作连绵不断的山脉，那么，开国这座山峰，就是树木最为葳蕤、山势最为俏丽的高峰。作者在创作这部鸿篇巨作时，极为聪明地选取了毛泽东的人生高峰，从而突出地表现了毛泽东创建新中国时期，也是他人生最辉煌的时期的光彩形象及其生命的最强音。

在写作中，首先，作者严格地遵循着忠于史实的原则，即所有的人物、事实都是真实的，绝无随意杜撰或任意戏说。这就使传记获得了强大的生命力，富于真实性、历史性和科学性。其次，作者在追求历史真实性的同时，又不像历史教科书那样冷静客观地叙述或评价，而是把自己的爱和恨，把自己的政治追求和对理想的憧憬，把自己对历史和历史人物的认识和评价，感受和体验，都强烈地倾注在作品之中，并以此来组织和调动材料，来安排和处置结构，来驾驭和驱遣语言，从而不仅告诉了读者一个历史上真实的毛泽东，还塑造了一个作者心目中有血有肉的毛泽东。作者既没有把毛泽东写成"神"，也没有把他写成普通的"人"，而是把他作为领袖和作为普通的人很好地结合在一起。第三，作者在时代的背景中，以文学的构思，文学的手法和技法，文学的裁剪和加工，文学的语言乃至文学的大手笔，来塑造毛泽东的艺术形象，从而赋予传记以史诗的规模和境界。

正是在史实、史识、史诗的正确而高明的驾驭上，《开国领袖毛泽东》在当代传记文学的写作上达到了较高的水平。这主要表现在以下几个方面：

第一，作者以宏大的气魄和雄健的笔力，在尖锐的时代冲突中，描绘出人民领袖决胜千里的雄才大略。如三大战役、国共北平和谈、人民解放军横渡长江、召集新政协会议、抗美援朝、"三反""五反"运动等。在面临这些重大的事件时，毛泽东胸有成竹、运筹帷幄，表现出作为开国领袖的英明睿智。如写毛泽东派志愿军赴朝作战的决策，就非常生动、精彩。作者先介绍朝鲜战争的背景，然后写朝鲜人民军的速胜态势引起毛泽东的疑问，朱德也为之捏一把汗：担心美韩可能在仁川登陆，朝鲜人民军就可能面临被吃掉的危险。因此，决定采取必要的防范措施。于是，毛泽东主持召开了中央政治局会议并指出：如美军在仁川登陆，就会威胁我们，因此，我们必须"要有充分准备，一出手就胜"。毛泽东又同陈云研究："一旦我们被迫要打这场大仗，我们在经济战线上，能不能像淮海战役那样再组织第二阶段的战役。"得到了陈云肯定的答复后，毛泽东放心了。就在毛泽东命令解放军进抵昌都之时，毛泽东与周恩来等所担心的事终于出现了：美军于9月15日乘朝鲜人民军后方空虚之际，以7万多陆军，在200余艘舰艇、近 500 架飞机配合下，在朝鲜西海岸仁川登陆，韩军也发起反攻，朝鲜遭到重大损失在所难免！毛泽东一面关注朝鲜战局，一边做好国内军队调动及重新布防的大事。周恩来在 9 月 30 日向中外友人及各国驻华使节发表讲演，庄严宣布："中国人民不能容忍外国的侵略，也不能听任帝国主义对自己邻人肆行侵略而置之不理。"这是正告美国：不要扩大朝鲜战争，不允许把战火烧到中国！但美国人对此却不屑一顾，认为是"虚声恫吓"。就在毛泽东坚持进行国庆检阅的时候，金日成发来了请求我国出兵援助的急电。毛泽东依然充满信心地欢度了第一个国庆之夜，还写下了"万方乐奏有于阗"的欢乐诗篇。10 月 1 日深夜，中央书记处即讨论出兵朝鲜的问题。大家分析了可能遇到的严重困难和巨大损失，但还是决定出兵援助朝鲜。于是，一面向苏联请求出动海空军帮助，一面选派统帅。林彪拒绝担任统帅，且反对出兵朝鲜。于是又请彭德怀出任统帅。作者强调了周恩来说的"我们怎么能见死不救呢"和毛泽东说的"你们说的都有道理，但是别人处于国家危急时刻，我们站在旁边，不论怎么说，心里也难过"。正因此，当斯大林拒绝派出空军支援志愿军时，毛泽东延缓了几天出征时间，经过再三考虑，还是下决心派出了中国人民志愿军赴朝作战。

作者对毛泽东这一长期的、艰难的、慎重而英明的决策过程的描述，充分展现了毛泽东、周恩来高瞻远瞩、洞幽察微的过人胆识和魄力以及伟大的爱国主义和国际主义情怀。

第二，作者在毛泽东与我党领袖、高级将领及民主党派等各类人的交往中刻画出了他指挥若定、求贤若渴、诙谐风趣的性格。比如，写刘伯承、陈毅到西柏坡拜会毛泽东，陈毅见毛泽东的指挥部竟然是三间普通民房，连和毛泽东握手、寒暄都顾不上，就问道：

"主席，你就是在这里指挥我们打胜三大战役的？"

陈毅……竖起大拇指连声赞曰："了不起！了不起！……"

"我看没什么了不起！"……

"当年，我们在井冈山的指挥所还比不上这个地方嘛，可我们也打了不少的胜仗；后来，我们到了瑞金，地盘大了，住房条件也好了，还是把中央苏区全部输掉了嘛！"……

毛泽东……又带着几分自豪地说："你的意思是说后人谁会想到呢，我们共产党人就是在这三间小土房里，指挥了中国战争史上最为了不起的三大战役。"

陈毅笑着说道："对！是这个意思。"

"我看还不完全。"毛泽东笑着说，"我猜想你陈毅还有这样的一句潜台词"，接着，他又学着陈毅说话的口吻说道，"这说明我们的毛泽东同志指挥得高明嘛！"

"知我者，主席也！"

"我毛泽东哪有什么高明嘛！"毛泽东突然变得严肃起来，"从现在起，我们这些共产党人要立个规矩：从你陈毅开始，谁也不允许给我毛泽东戴高帽，唱赞歌！"

陈毅听后也有意板起了面孔……故作为难的样子说道："伯承同志……我们远道给主席带来的这些战利品怎么办？会不会被主席说成是送礼呢？"

刘伯承……笑着对毛泽东说："主席，这不是一般的战利品，你就收下吧！"……

"那是自然了！"毛泽东边说边从陈毅手中抢过那只鼓鼓的皮包，打开一看，全是美国产的香烟，他急忙取出一支，叼在嘴上……说道："前线的指战员，最喜欢用美国这个运输大队长送来的美式武器；我毛泽东嘛，也喜欢抽陈毅同志缴获的战利品——美国香烟！"……

这一段，把毛泽东、陈毅、刘伯承三人的性格风采和亲密关系，写得非常生动传神。作者还详细描写了毛泽东会见张治中、程潜、陈明仁、柳亚子、邵力子、傅作义等人的情景，展示了毛泽东新中国成立初期那种海纳百川的气度，求贤若渴的胸怀，爱才惜才的品格和知人善任的才华。

第三，在着力表现毛泽东领袖风采的同时，也展示了毛泽东普通人的情怀。每个人在社会中都扮演着不同的身份和角色。毛泽东首先是人民领袖，所以作者主要把他置于时代的大风大浪中来展现他的领袖风采；但同时，毛泽东又是一个人，他也有人的七情六欲，有自己的个性禀赋、长处弱点。作者比较重视如何处理好领袖风采与平民意识的统一。当毛泽东决定让彭德怀带兵去朝鲜时，毛泽东请彭德怀把毛岸英带到朝鲜战场上去。然后，毛泽东叫来了毛岸英：

"过去，你在陕北当过农民，而今又当了一段工人，就是没有当过兵，打过仗啊！"

"我也感到很可惜啊！"……

"今天，我让你回来，就是要和你谈当兵的事。"

"什么？和我谈当兵的事？"毛岸英说罢看着毛泽东微微地点了点头，十分敏感地问道："父亲，是不是决定出兵援助朝鲜了？"

"被你猜对了。"

"好！我去朝鲜，和美国大兵较量一番。"

"像我的儿子！"毛泽东边说边笑了。

"放心，我会像斯大林的儿子那样，绝不给您、给我们的祖国丢脸。"

"有你这句话，我就不需要再说什么了。"……毛泽东又以父亲的身份和口吻说："记住，共产党人平时吃苦在先，战时牺牲在前。你是共产党员，你又是中国共产党主席毛泽东的儿子，到朝鲜战场上，就更要吃苦在先，牺牲在前！"

在毛岸英的心目中，毛泽东既是自己的父亲，又是共产党的领袖，因此，他在日常生活中也经常变换自己的身份，作为儿子或同志或部属与毛泽东对话。……（他）向着毛泽东行了个军礼："父亲，您的话我记下了！我绝不会丢共产党人的脸，也不会给您的脸上抹黑！"

你看，在毛泽东的亲情中有着政治家的思考，而在政治家的思考中又融注着亲情。

八、权延赤的领袖传记文学

权延赤（1945—），河北完县人。1970年毕业于北京工业学院。历任空军某部无线电技师、宣传干事、大队副政委、北京空军政治部文学创作室专业作家。著有长篇小说《多欲之年》，长篇纪实文学《走下神坛的毛泽东》、《走下圣坛的周恩来》等。

权延赤的《走下神坛的毛泽东》和《走下圣坛的周恩来》是领袖传记中比较优秀的作品。刚刚粉碎"四人帮"以后，出版了一批写毛泽东、周恩来的回忆录、传记，由于受时代环境的影响，那时写领袖的传记往往有些神化、理想化。近年来，在思想解放运动逐步深入的背景下，权延赤努力把领袖从神性还原性，写了毛泽东和周恩来的许多逸事，写出了毛泽东和周恩来高尚的精神风貌、独特的人格魅力和动人的生活情趣，从而既满足了广大读者对领袖人物的好奇心，又缩短了领袖与读者之间的心理距离，受到广大读者的欢迎。

权延赤在《走下神坛的毛泽东》中，以作者向毛泽东警卫员提问的方式，把人们很感兴趣的一些问题，用很生动的事例来回答，以表现毛泽东在生活上、性格上、感情上鲜为人知的特点，从而实现了领袖从"神"到"人"的还原。

作者写了"毛泽东最大的性格特点是什么""毛泽东最喜欢什么，最讨厌什么"，"毛泽东喜欢听大家喊'万岁'吗"，"毛泽东很'土'吗"，"毛泽东讲究吃吗"，"常使毛泽东发愁的事情是什么"，"毛泽东与江青的感情生活怎样"，"毛泽东是如何解决你们同江青的矛盾的"，"毛泽东接人待物有什么特点"，等等。通过这些，既写出了毛泽东的精神风采，又写出了毛泽东的个性特点。

如写"毛泽东最大的性格特点是什么"，作者答曰："挑战。迎接挑战。……他一生都是强者。就我所见，他从不认输，从不曾在任何屈辱的环境下低头。干任何事情，不获全胜他是不会善罢甘休的。"接着，写了毛泽东在保卫延安时期曾说："我是要最后撤离延安的。"果然，一天"毛泽东正同周恩来、彭德怀谈战争。……敌机投下的两颗重磅炸弹在门前不远处同时爆炸，门窗玻璃全部震碎，气流像强台风一样冲进来……毛泽东用手将身上的尘土轻轻一拂，笑道:'他们的风不行,连我一个人也吹不动。我们的风起来就不得了,要将他们连根拔哩!'"……干部们都劝毛泽东撤离延安,毛泽东将手轻轻一拂,接着又在桌上轻轻一击:"不要说了。我有言在先,我是要最后撤离延安的。"最后,是周恩来把彭德怀请来了。彭总一进门就吼起来:"主席怎么还不走!龟儿子的兵有什么好看的?走走走,部队代你看了,你一分钟也不要待了,马上给我走!"毛泽东这才不得不撤离延安。

"毛泽东喜欢听大家喊'万岁'吗?"作者说:"曾经喜欢,也曾经不喜欢;曾经听惯了,也曾经听烦了,但又陶醉于'万岁'。"警卫员第一次听群众喊"毛主席万岁",是1947年夏天,在转战延安的路上,老百姓的欢呼是"真诚朴实,亲切热烈的情感流动",使人激昂振奋。再就是进北京,在颐和园,群众看见毛泽东,高呼"万岁"。以后发生多少次毛泽东被群众堵塞的情况,就只好不让毛泽东自由地到群众中去了。毛泽东过着不能逛街、不能游园的单调生活。后来,他发展到喜欢听"万岁"。作者总结道:"一个人只能一步一个脚印去登山,不可能自己把自己抬上山。抬上山的只能是别人。'家长制'和'一言堂'情况的发生,责任不能推到毛泽东一个人身上,也不能全推到林彪、'四人帮'一伙头上。毕竟,山呼万岁的绝大多数并不是野心家、阴谋家。""再伟大的人物,生活在这个山呼万岁有几千年历史的中国,天天面对万岁的呼声,不习惯也会习惯。……'万岁'喊多了,必然神化,神化了就脱离群众了……循环发展,悲剧就会发生。""全党全民都应当从中自我反省才对。"

"毛泽东与江青的感情生活怎样?""毛泽东是如何解决你们同江青的矛盾的?"则更进一步挖掘出毛泽东与江青的感情生活。作者以尊重事实的科学态度,首先否定了野史、外传和民间传闻中的一些荒诞不实之词,如说江青一开始就很坏,等等,显示了作者实事求是的精神和对传记真实性的追求。作者首先指出,江青能到生活环境艰苦的延安而且能坚持下来,就应该肯定;接着进一步指出,当时到延安的德才貌俱佳的女青年不少,而毛泽东不可能选一个某些人说的"一无是处"的女人做妻子。当时,江青长得还是比较出众:"头发乌黑浓密,系一根发带,发带前蓬松着一抹刘海,发带后面,曾留过辫子,曾经让头发像瀑布一样披挂到肩际。眉毛弯弯的,眼睛大而有神;鼻子挺秀;嘴巴稍稍有些大,但是抿紧嘴唇的时候还是别有一番动人之处。"她还会唱戏,字写得好,喜欢骑烈马。在延安时期主要是照顾毛泽东的衣食住行,对毛泽东很关心很负责。江青喜欢打扮,也会打扮。她在表现她的种种优秀之处时,也不断暴露出她品质和性格上的缺点和弱点。这些"终于造成与毛泽东感情生活上的裂痕"。作者写了她同阿姨的矛盾,她与毛泽东在吃饭方面的矛盾,她在日常生活中到处树敌,她在舞会上的好出风头和让毛泽东扫兴之举以及在生活上的一些怪癖,终于使得毛泽东对她躲避不及。但江青不但不思改过,反而把气出到警卫人员身上。毛泽东又只有劝警卫员:"江青对你发脾气,你受委屈了。……给我一个面子,不要跟她计较了。"这些,应该说实事求是地写出了毛泽东与江青的感情生活。

《走下圣坛的周恩来》一书,没有像一般传记那样着重写周恩来如何英明伟大,如何力挽狂澜,或者写周恩来如何忙忙碌碌、委曲求全。作者也没有像一般传记那样按时间顺序写周恩来的革命功绩,而是别出心裁,别开生面,以周恩来警卫官的身份,通过周恩来的三次预言,周恩来与酒,周恩来遇险,周恩来四次痛哭、五次发脾气,以及周恩来与毛泽东,周恩来与邓颖超,周恩来的办公室,周恩来的衣食住行、休息娱乐,周恩来的最后岁月,写出了周恩来浑圆的、立体的性格和丰富博大的精神世界。从而多侧面、多角度、全方位地为我们写出了一个伟大的、非凡的却又是亲切的、平凡的周恩来。

作者一开始就写出:在毛泽东气贯长虹地吟咏秦皇汉武、唐宗宋祖和成吉思汗之时,周恩来却一往情深地去朝拜张良庙和萧何月下追韩信的遗址。通过这些,作者表现了周恩来不是帅才,而是最称职、最优秀的"宰相",是党中央、毛泽东的助手和顾问,是中国人民的大管家。与之相呼应,结尾写周恩来逝世的全过程,突出描写了周恩来在身患重病之时仍废寝忘食、夜以继日,甚至连续几昼夜工作的情景。比如,1973年6月上旬的一天,总理已连续工作30多个小时没合眼,到凌晨,他还要会见黎笋和范文同,他不停地要热毛巾擦汗,连两位女服务员都难过得忍不住失声痛哭。到了1974年3月6日,他在工作12小时以后,发生缺氧,体力实在不支,却还躺在床上边吸氧边批文件达9小时。

作者写周恩来的履险如夷,关心儿童胜过自己,当飞机遇上严重危险时,小杨眉没有伞包,周恩来立即站起身,解下自己身上的伞包,给杨眉背好,一面安慰着:"勇敢点,杨眉,学习你爸爸,什么都不要怕!"

作者写周恩来几次醉酒,也十分生动。如写他在苏联被苏联领导人灌醉了酒,主动向毛泽东作检讨。在欢迎志愿军总部杨勇和王平时,他兴奋地吩咐:"今天我很高兴,要动真格的。……你们那个自产的我不喝了,我喝贵州茅台!"他喝醉了,但大家"觉得总理更可亲,更可敬,更可爱。他是真正有情有义有最充沛的感情的人"。

作者写周恩来发脾气:在抗美援朝打得最残酷的阶段,周恩来三天三夜没合眼,那天夜里又连续两次流鼻血,工作人员又心痛又着急,再三劝他休息,他坚持要等前线的一个特急电报。工作人员以"我得为你负责"的理由,要扶总理休息,他忽然发火了:"胡闹!你怎么就想不到要为我们的志愿军战士负责?"工作人员连忙道歉,总理擦着鼻血,缓和地对工作人员讲:"我可能严厉了一些,可你想过没有,我们有四万志愿军战士在朝鲜前线流血牺牲,我流这点鼻血又算得了什么?我现在去休息,耽误了电报,对得起志愿军战士吗?"

作者还写了周恩来与毛泽东的亲密关系,写出延安时代江青就喜欢找周恩来"诉苦",靠周恩来调和她的家庭矛盾。"因为周恩来的温和、善良、正直、耐心以及稳健和机敏是全党公认的"。作者还写了周恩来与邓颖超的夫妻关系,写他们终生深深相爱而又相互理解、尊重,写他们以革命事业为重,以奉献为乐的品德。作者还写了周恩来的衣食住行,他与陈毅等革命家以及与民主人士、国际人士的深挚情谊和友好交往等等。

以上两部传记,由于作者以警卫人士的独特视角从毛泽东、周恩来的日常生活的角度来写毛泽东和周恩来,写出了大量有关他们的鲜为人知的生活逸事和生活细节,写出了毛泽东和周恩来平凡而又崇高的精神品质和独特的性格风采,为我们描绘出了活生生的、有血有肉的、富于立体感和人情味的毛泽东和周恩来。这是这两部传记的最大成功,也是这两部传记最突出的特色。

在高度评价这两部传记的成功的同时,笔者也不能不指出作者以"我"指代从1940年起历任警官、副官、行政秘书、机要秘书、卫士长乃至作者自己的这种表达方式的缺陷。首先,这种方式在很大程度上影响了这部传记的真实性和可信性。作为一部严肃的传记文学和纪实文学作品,最主要的是真实性。材料从何而来,谁人提供,可信性如何?可靠性如何?写毛泽东、周恩来这样的革命领袖,在材料的真实性上,人们的要求就更高了。而权延赤把毛泽东、周恩来身边的工作人员虚构,成为一个无所不知、无所不在的人物,就使人感到别扭,感到隔膜,感到不亲切、不真实、不可信。因为毛、周都是人民热爱而熟悉的领袖,人们都知道没有这样一个所谓的"卫士长"和"何树英"。其次,由于这样的虚构,就把毛泽东和周恩来的工作、生活环境虚化了,把这些身边的同志虚化了,显得不真实、不可信、不真切了,从而使这本书的可信度和真切感受到一定影响。

九、郭保林的《高原雪魂——孔繁森》

郭保林(1946—),山东冠县人,中共党员。1969年毕业于山东师范大学中文系。历任聊城地区文化局创作组专业作家,《柳泉》杂志编辑,山东文艺出版社编审,中国散文学会第二、三届理事,中国散文与旅游文学研究会第二届副秘书长。1969年开始发表作品,1993年加入中国作家协会。著有散文集《青春的橄榄树》、《有一抹蓝色属于我》、《五彩树》、《绿色的童话》、《郭保林抒情散文选》、《春天的蓝方程》、《黎明,太阳的风景线》、《郭保林游记选》、《阅读大西北》,长篇报告文学《大河息壤》,小说集《远山的雾》,论文《中国当代散文创作的繁荣与危机》等。长篇报告文学《高原雪魂——孔繁森》获全国"五个一工程"一等奖、山东省文学创作精品工程奖,散文集《一半是蓝,一半是绿》获中国散文旅游文学研究会一等奖,长篇报告文学《塔克拉玛干:红黄黑》获1997年华东地区优秀图书一等奖、1998年全国长篇联播一等奖。

孔繁森是伟大的人民公仆,新时期共产党员干部的楷模。郭保林在得到孔繁森逝世的噩

耗后，即满怀深情地参加了山东省委组织的"新闻记者、作家采访团"，前往西藏采访孔繁森的英雄事迹。以后，作者又多次到聊城、北京等地，采访孔繁森的亲属、友人、同事、部下，获取了大量的生动素材。孔繁森的英雄事迹，也使作者深受感动和教育。作者在心灵的震撼和激情的奔腾中，写出了这部气势磅礴、诗情洋溢的传记文学作品。《高原雪魂——孔繁森》在1995年5月一出版，即在社会各界引起了强烈反响。新华社、《人民日报》、中央人民广播电台、中央电视台等全国近百家电台、电视台、报纸、杂志选载、连载或播发消息，发表书评。后又修改再版，印数达10多万册，创近年来报告文学、传记文学发行量的高峰。这首先是因为孔繁森的事迹特别感人；同时，也因为此一书真实、热情地讴歌了孔繁森可歌可泣的英雄事迹和崇高博大的精神世界，表现了孔繁森高尚的理想信念、光辉的道德情操、罕见的牺牲精神和强烈的公仆意识，生动地再现了孔繁森光辉的、战斗的、无私奉献的一生。

作者以孔繁森两次援藏，特别是第二次援藏时克服家庭的严重困难（90岁老母瘫痪，妻子病弱，三个孩子亟须照顾），到西藏后带领群众抗震救灾，多次卖血以养活两个藏族孤儿以及为无私地帮助藏民改变阿里面貌而历尽艰险、呕心沥血直至奉献生命的一系列行动，生动地描绘出孔繁森光彩夺目的动人形象。

在描写人物时，作者以深厚的艺术功力，运用小说、散文等多种艺术表现手法，从人物的外貌、衣着、言语、行动、心理活动以至社会和自然环境的描写，着力刻画孔繁森的独特个性和壮丽的精神世界。

比如写孔繁森到西藏条件最艰苦的阿里地区任书记，他经过一个多月的辛勤奔波、调查研究后召开了一场解放思想的讨论会。地区和各县的党政负责人都来了。作者对孔繁森进行了细腻的描写：

> 孔繁森这个一米七八的山东汉子坐在卡垫上，身子微微前倾，上身穿一件灰色的半新不旧的西服褂子，下身是一件质料低廉的灰色长裤，脚蹬一双极不合时宜的胶底解放鞋，一顶藏式宽边蓝呢子礼帽放在茶桌上。连续一个多月的日夜奔波，他明显消瘦了，原来体重160斤，现在不足140斤了。脸膛黑青发紫，嘴角、嘴唇干裂，皮肤也起了脱落的白皮。但他的情绪很

好,下乡前那沉重的忧郁的神色不见了,目光里时而爆出信心和喜悦的火花。他花白而稀疏的头发很有秩序地向后梳着,他眼前摊开的笔记本上密密麻麻记录着几十页在下面了解的情况。他听着大家的发言,不时翻翻笔记,又不时在上面补充着记点什么。他时而双臂交叉,时而又耸起双肩,那双肩虽然瘦削了,却更加坚实。

这是一段多么精彩动人的人物肖像描写啊!这是小说的刻画,但又不是小说的虚构,而是源于真实生活的纪实性描写。一个为改变阿里落后面貌而艰辛工作、废寝忘食、绞尽脑汁且又艰苦朴素的党的中层干部的平凡而朴实的形象跃然纸上,令人肃然起敬。紧接着,作者又运用了比兴、联想、跳跃、升华,在这幅精妙的速写的基础上展开了诗意的议论、抒情和赞扬:

这副肩膀挑着 30 万平方公里雪域高原的未来,挑着 6 万藏族同胞殷切的期望。
他是希望所在。
他是力量所在。

由于有前面真实具体的人物描写,后面的抒情和歌颂就显得深刻感人,而不觉空泛和虚夸。

作者还运用小说的手法,具体、细腻地描写传主的行动、语言、心理及环境,并把传主的所见所闻所思所感生动地,富于深情、深意,富于诗意地展示出来,为我们描写出一个鲜活的、立体的、多情多义的党的干部光彩照人的形象。比如《面对神山圣湖的沉思》一节,作者写孔繁森驱车来到冈底斯主峰——神山冈仁波钦峰脚下——

且看那冈仁波钦峰,巍峨耸立,如刀劈斧砍,那悬崖峭壁,直直地挺拔而上,四周无有任何依附,突兀峻峭。山顶是蘑菇状,积雪皑皑,浩气渺渺,雄浑壮丽,展示出喜马拉雅山造山运动中最辉煌最神奇的一笔,是宇宙之神最精彩最得意的杰作……

怪不得藏族同胞、印度人、尼泊尔人一切世界佛教信徒们都称它神山，它是这如涛如浪的万山丛中的神山之王……

而圣湖玛旁雍措，更是神奇迷人，浩浩渺渺的湖水，弥漫着蓝色的氤氲，无风无浪时，像一面微微凸起的镜面，据说那湖水中心高于四周水面。5月的阳光妩媚，照耀着万山丛中一泓碧波，颇让人如入仙乡幻境……

在这磅礴圣洁的神山圣湖之间，作者游刃有余地写了孔繁森面对这凝重、庄严的空间所产生的激荡的情思，写出了孔繁森心灵受到的洗礼和灵魂受到的净化。你看，作者写孔繁森"举目远眺……这里没有历史，没有时间，是宇宙之神赐给人间的一块瑰宝，一泓静谧，满目湛蓝。悠然、坦然、安然。它远离人寰，不慕尘嚣，逸世而处，冲淡简远。既无悲欢离合之苦，又无孤独寂寞之忧；既不为汪洋淡泊而惆怅，更无世俗高举远蹈而自喜，千百年来，汇细流，纳千溪，吞吐天地之英华，吮吸宇宙之精气，构成浩浩然、沛沛然博大之胸襟，这是天地之造化！"孔繁森的思想和灵魂，不就像这神山圣湖一样伟岸而圣洁吗？作者是在写景，又何尝不是在写孔繁森的心灵和情感，何尝不是在写孔繁森颂呢？！而最后，作者又把孔繁森面对这神山圣湖的感受与他的工作、与他的职责联系起来了——"这片梵天净土，辉煌的宗教文化，与经济的落后，生活的贫困，形成鲜明强烈的反差。守着神山圣水，金山银水，人民的生活却得不到温饱，这简直是我们当干部的耻辱啊！"

作者正是在对西藏，尤其是在对阿里的壮阔迷人的自然景观和人文景观的气势磅礴而又细腻入微的描摹之中，形象生动地，真切具体地以孔繁森自己的行动、语言、心理，再现了孔繁森为改变西藏人民贫困的生活状况而抛妻别子、先人后己、呕心沥血地辛勤工作的动人事迹和光辉形象。因而，孔繁森的形象特别生动感人、真切动人。作品一出版，就受到各界人民的热烈欢迎。

作者是一位小说高手，又是一位散文名师，富于激情和文采。作者与孔繁森是同乡，又曾是同事，熟悉鲁西的风土人情及孔繁森的为人，又到西藏进行了较长时间的采访，对西藏山水和孔繁森的事迹更加了解，更进一步激发了作者的感情。因而作者在写作传记时，融入了饱满的政治激情和深刻的人生思索，在热情讴歌孔繁森的崇高精神和伟大人品时，还不时对官场和社会的不正之风给予对比性的批判和鞭挞。比如，在写孔繁森领养了两个孤儿以后，小徐告诉他，有人竟说他这是出风头、沽名钓誉，捞取政治资本。虽然在劝小徐的时候他笑着说："我不管背后有人说什么，做人要有一颗善良的心，一颗博大的爱心，只要我们做的事对社会、对他人有益，心里就踏实……"本来，写到这里也可以了，但是，作者为了增强思想的冲击力，加上了一段孔繁森的心理描写，写孔繁森当天晚上躺在床上睡不着了：

  我孔繁森抛下 90 多岁的老母亲，抛下病妻、幼子，来到这风雪高原，难道是为了沽名钓誉？我为藏族孤寡老人尽点人伦孝心是为了捞取政治资本？我辛辛苦苦照料抚养两个无依无靠的孤儿，是为了升官发财？当今社会，为啥做一点好事、真事，为老百姓办点实事这么难？难道对群众百姓疾苦、忧愁，不管不问，不理不睬，见弱不帮，见义不为，见苦不济，见难不救而能心安理得？且不说一个党的干部，一个人民公仆，做一个有点道德的人，也应该具备起码的同情心、怜悯心啊！

作者还进而学习韩愈《张中丞传后叙》的笔法，加写了一段内心活动，融入作者的强烈感情和人生感慨，写出了对比鲜明的对不良世风之批判：

  在扑面而来的商品经济的狂涛巨澜中，一切都发生变位、变形、变值、变味，传统美德的沦丧，人格道德的堕落，生命价值的倾斜，信仰危机、人性危机、人际关系的危机，精神的荒芜和苍白，理想和热情的黯淡，真诚、善良、博爱、正直、肃穆、神圣、纯洁、崇高，这些美好的东西受到了亵渎、践踏，甚至遭到毁灭；而虚伪、狡诈、欺骗、贪婪、自私、卑鄙、拜金主义、享乐主义、利己主义、为富不仁、贪污腐化，这些丑恶现象却肆意泛滥，这怎能不让他（似应改"人"）痛心疾首，而常常大动肝火？这是国耻、党耻，民族之耻，我孔繁森要身体力行，为改变党风民风而奋斗！

这一段深入细腻的心理描写，这一段慷慨激昂的议论，把孔繁森的心灵烘托得更加悲壮和高洁，也对当前不正之风进行了辛辣的批判和谴责，拓展了作品的思想容量，增加了文章的战斗锋芒。

《高原雪魂——孔繁森》在艺术结构上也很有特色。作者没有用一般的时间顺序来安排结构，而是用时空交叉和逻辑安排相结合的形式，对孔繁森的成长几笔带过，而把重点放在对他第二次援藏到拉萨和阿里的描写上。全传 30 多万字，显得构思宏伟，气势磅礴，时空跨度大，题材容量大，剪裁适当，取舍得宜。不管是叙述描写，还是议论抒情；不论是大笔濡染，或者是细笔白描，都显得成竹在胸，挥洒自如，一气呵成，一气贯注，行于当所行，止于当所止。

在表现手法的运用上，作者亦很讲究。全书的对比手法运用得特别充分、特别有力。对比的方式和种类很多，首先是孔繁森的高尚品质与时下一些官员的卑劣行为的对比；其次是孔繁森援藏时家庭的巨大困难与他的坚强决心的对比；还有他慷慨帮助西藏父老乡亲与他个人生活的艰苦朴素的对比；他对工作、对事业、对藏族同胞的执著关怀和对自己家人和自己身体的不能关照的尖锐对比；此外，还有西藏自然资源的丰富与宗教文化的辉煌同经济落后与人民贫困的对比……在这些对比中，孔繁森的纯洁、高尚、伟大和悲壮就更加感人地凸现出来了。

在语言上，显得优美、典雅、生动、洗练，既明白畅达，又热情洋溢；既色彩鲜明，又诗意盎然。应该说，在当代大量传记作品中，《高原雪魂——孔繁森》堪称气势磅礴而又优美精纯的上乘佳作。

十、陈廷一的政治人物系列传记

陈廷一（1947—），笔名晨光，河南鹿邑人，中共党员。1976 年毕业于吉林大学中文系。历任装甲兵学院文化处创作员，河北美术出版社青少年读物编辑室主任、总编助理，中国大地出版社副总编辑，中国作家协会会员。主要传记文学作品有：《许世友传奇》、《孙中山大传》、《宋查理大传》、《宋美龄全传》、《宋庆龄全传》、《宋霭龄全传》、《宋氏三姐妹》、《宋氏三兄弟》、《毛氏三兄弟》、

《贺氏三姐妹》、《山西首富——孔子第七十五代孙孔庸之传奇》等。其作品多次获奖，《孙中山大传》还节选入中学语文课本。

传记文学界有"南叶北陈"之说，意思是上海的叶永烈、北京的陈廷一都是传记文学写作的高手，写得又多又好，而且大多是畅销书，很受读者欢迎，反响极大。

陈廷一传记文学创作的特点主要体现在以下几个方面：

第一，是选择中国20世纪现代历史上有突出贡献或有名的家族或系列人物作传。作者除写了《许世友传奇》、《孙中山大传》、《宋子文传》、《宋查理大传》、《山西首富——孔子第七十五代孙孔庸之传奇》外，主要是《宋氏三姐妹》、《宋氏三兄弟》、《毛氏三兄弟》、《贺氏三姐妹》、《陈氏父子》、《张氏父子》，而且就是《孙中山大传》和《山西首富——孔子第七十五代孙孔庸之传奇》、《宋查理大传》，从某种意义上，也可以看做是宋氏家族传的补充和延伸——孙中山和孔庸之都是宋家女婿，而宋查理则是宋氏三姐妹的父亲。这宋氏、毛氏、贺氏，都是在中国历史上颇有地位和影响的家族。宋氏三姊妹、宋氏三兄弟以及一位女婿，是民国政坛上显赫一时的人物。毛氏三兄弟和贺氏三姐妹，更是关系着新中国的缔造者毛泽东的事业、家庭、家族和婚姻、爱情。

作者对传主的选择，体现了他的眼光和魄力。写家族传，较之写单个人物传，有更大的难度。在材料的搜求、结构的安排、主题的提炼、人物的刻画方面，要求都更高。但是，写好了，又较单个人物的传记，有更高更深更广的社会意义和认识价值，给人更多的阅读兴味。而作者，就敢于啃"硬骨头"！硬是大多写家族传，而且写得很成功。以代表作《宋氏三姐妹》为例，作者通过这三姐妹，写出了一个家族的历史和一段民族的历史。作者以宋霭龄、宋庆龄、宋美龄三姐妹的经历为主线，以她们的爱情为重点，在一个个精彩的故事中，在她们三姐妹的分歧和合作之中，在人物命运和对爱情、对中国革命的不同态度的强烈对比之中，着重描写了三姐妹的各不相同的鲜明个性；作者还在描写她们姐妹间的亲情之时，表现了政治分歧带给她们的痛苦的情感分离，写出她们在抗日战争中又因共同的爱国热情走到了一起，显示出血浓于水的人间真情；同时，作者通过她们三姐妹的经历、爱情、事业，她们的聚散离合、矛盾斗争、亲情友情，表现了众多人物的升沉起伏和独特性格，揭示了那个时代丰富复杂的历史内涵和社会生活，具有极其珍贵的意义和价值。

第二，作者善于把史笔与文笔结合，把精心搜集的大量真实准确的材料放于流畅生动的文笔之下，栩栩如生地写出人物的人生历程，人物的命运，写出人物的丰富性格。比如对宋美龄这个在中国政坛上举足轻重而又褒贬不一的历史人物，作者就以大量的生动材料，写出了她走上独特的人生道路和形成独特性格的历史的、环境的、家庭的、人事的因素；写出了她如何在宋霭龄撮合下，为了当"未来的第一夫人"，埋葬了同刘纪文的爱情，嫁给了蒋介石；写出了她在西安事变中的积极作用，也写出了她在抗日战争中与两位姐姐一起，为神圣的抗战事业并肩合作，做了大量有益的工作。作者写出了她活泼干练而又妩媚动人，傲气逼人而又孤芳自赏，易于冲动而又要支配一切，富于正义感而又有权力欲的个人形象。总之，作者写活了这个复杂而丰富的女性形象，受到了读者的欢迎和好评。

作者在写宋氏三姐妹时，还写出了人物的爱情婚姻和感情世界。在《宋氏三姐妹》第五章"女大当婚"中，写了宋霭龄同孔祥熙大谈金钱的重要——"我现在最渴望的，是掌握巨大的财富"——从而与孔祥熙一拍即合。"不久，横滨市一所小教堂里就传出悠扬的《婚礼进行曲》。……但是简朴的婚礼却产生了强大动力，孔、宋的结合创造了中国首屈一指的家庭财富的奇迹。"

第六章"庆龄婚波"写宋霭龄因追求孙中山未果而离开孙中山后，"庆龄接任了秘书，她不仅在孙中山最困难的时候帮助了孙中山，更在精神上支持了孙中山。她对革命的赤诚炽热之心，如同一支火炬照亮了孙中山一度灰暗的心情，使他精神焕发，信心倍增，浑身都流淌着青春般的血液，改造国民党的工作进行得卓有成效"。"爱情伴着工作悄悄开始了"。这爱情，冲破了姐姐宋霭龄出于面子的封锁和阻碍，终于修成正果。作者写出了宋庆龄和孙中山为冲破宋家的障碍和世俗的偏见而取得胜利的曲折过程，也展示了宋庆龄的爱情观："爱情是不以年龄、贵贱、贫富、种族、肤色而被隔绝的，真正的爱情是心灵的沟通，是摒弃一切利害关系的超凡脱俗的两性间的相互吸引……"

第七章"政治姻缘"则进一步写出了宋美龄同蒋介石的政治婚姻：在张静

江、宋霭龄的策划下,"非英雄不嫁"的宋美龄放弃了留美博士刘纪文,同蒋介石结婚了。作者描写宋美龄在西安事变中对蒋介石的帮助,抗日战争中对蒋介石的帮助……作者也写了她同宋庆龄的亲情及矛盾斗争,她们三姐妹在抗战中的团结和合作;也写出了宋氏家族的第三次分裂。

第三,作者善于运用小说笔法,以尖锐的矛盾斗争和讲故事的方式来揭示人物性格,展现历史风云。如《山西首富——孔子第七十五代孙孔庸之传奇》写林世良案,从孔祥熙大公子孔令侃为大捞钱财,竟在国难当头时在他孔家一手控制的中央信托局下面成立运输科,任命其亲信林世良为主任,购买了大卡车,打着为中央银行运钞票、为行政院运特种物资的旗号,为自己赚大钱。可是,孔令侃的张扬引起了孔祥熙二女儿孔二小姐的妒忌,她也想把这肥缺抓在手里,就通过父亲孔祥熙,把自己的亲信汪建方塞进运输科,当了副主任。由于汪建方受林世良的排挤,就把林世良私自动用运输科车辆押运私商货物的事报告了军统局。林世良被关押起来,蒋介石当即批示严加查办。孔令侃忙以孔祥熙的权势和钱财,四处活动,眼看就要把林世良弄出监狱,谁知,《大公报》女记者子冈探听到林世良的后台是孔家,就一篇篇跟踪报道此案,她眼见林世良要被无罪开释,就把材料准备好,请《大公报》主编王芸生想办法。王芸生深感此案与《大公报》关系重大,立即起草了一篇社论,笔锋直指孔祥熙和军法总监何成浚,并请国民党元勋、当时的监察总监于右任出面帮助。于右任立即让秘书准备好此案的材料,并到蒋介石黄山官邸,当着何成浚之面,揭穿了问题的真相,促使蒋介石下令枪决林世良。

作者还善于选择细节刻画人物。如中国同盟会新加坡分会成立时,会场上人太多以致把木板压塌。众人大惊,孙中山却笑着说:"这乃是颠覆满清革命成功的预兆。"众人报之以热烈的掌声。再如有人造谣诬蔑孙中山私吞革命捐款,为胞兄在香港修建了洋楼。孙中山睡不着,连夜同黄兴商量,由黄兴派怀疑之人去调查,终于查清根本没有洋楼,只有3间简陋的茅屋。作者以此作契机,引用了宫崎寅藏见到调查材料说的话,写出了孙中山的节俭。最后,作者写道:"'风波'不但没有给孙中山抹黑,相反却给他增添了光彩。"

十一、东方鹤的《张爱萍传》

东方鹤（1947—），本名贺茂之，山东省枣庄市台儿庄区人，中共党员。枣庄三中肄业，1968年应征入伍，先后在解放军班、排、营、团、师、军及军区、总部等基层和机关工作，由于工作、学习成绩突出，多次立功受奖，已获大专文凭。现任装备技术指挥学院副院长，中共中央军委办公厅张爱萍办公室秘书。作者在完成军旅公文写作的同时，多年来坚持业余写作，发表过不少政论、诗歌、散文、曲艺、戏剧、小说，并获得了各种奖励；主编或参与编辑了《为了和平》、《张爱萍墨迹》、《张爱萍军事文选》、《杨得志回忆录》、《中国人民解放军组织史》、《中国人民解放军炮兵回忆录》、《金戈生涯》等。作者热爱报告文学和传记文学写作，出版了报告文学集《武将文官》、《纯金的金婚》，人物传记《华夏一枝梅》。长篇传记文学作品《张爱萍传》是他的代表作。

张爱萍上将是一位百战疆场、名震天下的儒将。他15岁参加革命，从大巴山走向大上海，走向全中国。他参加过地下斗争、万里长征、抗日战争、解放战争，为中国人民的解放事业南征北战，立下了不朽的功勋；新中国成立后，为中国人民解放军的核武器和导弹的发展呕心沥血，作出了巨大的贡献。张爱萍的崇高人格和卓越品德，更是早已在全军和全国人民中广泛传播，为我们树立了学习的楷模。东方鹤长期在张爱萍将军身边工作、学习，熟悉并了解了张爱萍将军本人及其亲友部属，以后又参与搜集整理《张爱萍墨迹》、《张爱萍军事文选》等著作。在此基础上，东方鹤怀着对老将军的崇敬心情，写出了这部90万字的长篇传记文学，引起了强烈的反响，获得了广泛的好评。

《张爱萍传》的突出成就是以真实、丰富、生动的材料，为我们描写了张爱萍将军曲折传奇而又波澜起伏的壮丽人生，塑造了张爱萍将军豪侠清俊而又光彩照人的儒将形象。传记从张爱萍少年时代参加学生运动写起，写他几十年戎马生涯，写他为人民立下的赫赫战功——"挥剑抉浮云"；然后写他新中国成立后作为我党我军的高层领导，为火箭、卫星、导弹的研制和发射所建立的丰功伟绩——"铸剑安天下"；作者还写出了他"六次死里逃生"、"十次让职三次辞职"、"二次关进敌牢"、"文革五年囚室"的跌宕起伏的人生经历和政治舞台上的三起三落。作者还描写了张爱萍将军的爱情、亲情、友情，展现了张爱萍将军的诗歌、书法和摄影等艺术特长。通过对张爱萍将军如此波澜壮阔而又丰满富足的一生的细腻描写，作者塑造了张爱萍将军神剑般青锋闪亮的个性和品格。

其次，作者以神剑为象征和比喻，以张爱萍将军自己的诗歌，表现了将军"剑与身合"、"剑与神合"、"人剑合一"的精神风韵。当将军立志投身革命那天，即改名为"爱萍"（萍者，青萍，宝剑也），并赋诗曰："千难万险出夔门，壮怀青萍走天涯"；当将军在征途上遇到重重碉堡、处处顽敌时，他英勇果敢，"手执龙泉剑，除孽斩群妖"；当他第一次进行水上战斗时，他英迈豪爽，"洪泽水怪乱水天，奋起龙泉捣龙潭"；当将军与官兵们冲破"四人帮"的重重干扰，把火箭、卫星送上天时，他热烈地欢呼："神剑飞来，闪电破云霄"，"天工新艺匠，神剑耀光芒"。作者通过丰富多彩的情节和生动感人的细节，表现了张爱萍将军像神剑一样的光辉人生：他像剑一样磊落精纯，像剑一样锋芒毕露，像剑一样勇往直前，像剑一样刚正不阿，像剑一样雷霆万钧，像剑一样绚丽多彩，像剑一样超凡脱俗，像剑一样清高孤傲。还有人把他的一生概括为："挥剑抉浮云，铸剑安天下。"应该说，像这样鲜明而突出地塑造出将军独特个性和人格的传记，在众多的解放军将帅传记中，的确是不多的。

《张爱萍传》的第三个特点是善于从尖锐复杂的矛盾斗争中刻画人物。

比如，作者描写1974年底，叶剑英动员张爱萍出来抓科委的工作。尽管他刚经过几年铁窗风雨，而且当时有"四人帮"的干扰，有严重的派性，矛盾错综复杂，但张爱萍接受组织任命之后，立即慨然从命，夜访良将（甚至于是贴过自己大字报的干部），广借东风，并亲自抓"文化大革命"中的"灾难部"、"老大难部"——七机部。他经过调查研究，决定向派性宣战，旗帜鲜明地提出要在七机部和整个军工系统进行思想上、生产秩序上的整顿，更要进行对领导、干部的整顿。在这个过程中，他顶住了王洪文和马天水的拉拢和说情，坚持原则，秉公办事。终于在1975年7月26日发射了一颗卫星，10月27日又成功地进行了第二次核地下试验。然而，当他继续批判派性，要求抢时间，抢速度，尽快拿下洲际导弹时，中央却调他回京接受批判。他一面顶着"帮促会"的压力，一面指挥着发射基地的工作，终于在 11 月 29 日成功地发射并收回了返回式卫星，12 月 17 日，又成功发射了一颗卫星。一年之内连续发射三颗卫星，并进行核试验，这都是他坚持浩然正气，同"四人帮"及其爪牙的邪恶势力进行斗争的结果。

第四，作者善于以人物的言语行动刻画人物。比如，作者写张爱萍同李又兰的爱情，就是通过他们的言语行动，一步步展示出来的。两人的浓情蜜意，也是通过他们的言语行动，深深地扣动读者的心弦。张爱萍在 1942 年 1 月华中局召开的党委扩大会议上受刘少奇之"突然袭击"，作了"关于第九旅的工作"的汇报。第二天，一位女同志找到他，递给他一份文稿，说："这是你昨天讲话的记录，请你审订。"这是张爱萍没想到的。他更没想到的是字体清秀、书写工整，通篇整洁、正规，连标点符号都清清楚楚……顿时，张爱萍格外欣喜，并萌发了"恨不一识韩荆州"的激动。经打听，为他的报告作记录整理的就是亲自给他送记录稿的女同志，名叫李又兰。他这才想到，自开会以来，每次开会记录的三四个同志中，就有她。典雅、俊逸，文文静静，从不显山露水，一派大家闺秀的仪态……

自此，张爱萍对李又兰就有了非同一般的好感。当刘少奇又让张爱萍到华中党校作报告时，张爱萍故意要求请李又兰去记录。……交谈中，张爱萍感到她读书很多，知识面较广。这就更增加了对她的好感……

当时，张爱萍已经 32 岁了。自从与杨纯的婚姻失败之后，就无心再找……但是，对李又兰，虽然认识时间很短，仅几次接触，就给他留下了很深很好的印象。于是，他就悄悄地确定了目标，多找机会与她接触，以相互增加了解。

这是多么细腻、生动的描写！接下去，写张爱萍送还又兰手套，并拜又兰为师学速记，还叫她老师，又兰说：

"您别叫老师，还是叫又兰吧。"

张爱萍若有所思地自语道："又兰，又——兰，看样子你很爱兰花，幽兰长辟谷，阵阵芳香溢，一兰不足，还又兰，可见你爱兰之深。我也爱兰，梅兰竹菊四君子，我都爱，尤其爱兰。"

生性从不甘输的李又兰此时也寸步不让:"你的名字也很有讲究的嘛!"

"怎么?像个女孩子的名?"

"不,我倒觉得你很爱武。青萍、莫邪乃干将之宝剑。爱萍即爱剑。'不惜千金买宝刀,貂裘换酒也堪豪',兴趣见志气,可见你的雄心不小。"

"哟,这倒是不同一般的宏论。"张爱萍心里对她又增添了非同一般的好感。

在二人有所了解的基础上,作者介绍了李又兰的身世和她参加革命的曲折经历和对革命的执著。

……而今,李又兰被收入了张爱萍心灵的画卷……

哲学家说:"理解是爱的别名。"那么,了解应当是爱的基础。爱的琼楼玉宇是建立在了解的基石上的。

随着对李又兰了解的加深,张爱萍的脑际不时跳出辛弃疾的一句词来:"众里寻他千百度,蓦然回首,那人却在,灯火阑珊处。"心里常常默念:"这是位有才华又很贤淑的女性,可以成为知音,可以结为终身伴侣。"于是,就不由自主地把丘比特的那支箭抓得更紧了。

最后,作者写他俩结婚了,李又兰伏在张爱萍的肩头,看着他续写完昨天的吟诗《佳期》:

身披彩霞跨轻鞍,快马再加鞭。
人约黄昏时候,绿水小河湾。

天轮镜,柳梢巅,照寸舟。
战场结伴,相见恨晚,同难同甘。

一场美满的爱情,写得酣畅淋漓,细腻委婉,生动感人。

最后，还应归功于作者善于以典型细节刻画人物。比如，1976年1月，在批判张爱萍的8000人大会上，要他先作检讨。当主持人宣布"张爱萍检讨"以后，只见"张爱萍依然着装整严，神态平静，拄着手杖，若无其事地走至讲台中央。他平静地环视了一下会场，缓缓地从军装口袋里掏出一张纸，又缓缓地打开。此时，七八千人的会场鸦雀无声。从不习惯拿讲稿讲话的他，这次是照本宣科。他平静地念道：'去年3月我重新工作以来，到了一些单位，接触了一部分干部群众，讲了一些话，也做了一些决定。假如我犯了路线上的错误，将由我个人承担全部责任。与其他同志没有任何关系！'念完讲稿，他又缓缓地横平竖直地叠好，缓缓地装进衣兜，然后便拄着拐杖，又是若无其事地走出了讲台，走进了后台。"请看，面对造反派的批判，面对剑拔弩张的形势，张将军是何等冷静，何等从容，何等无畏，何等气概，何等胸怀！真正是无私无畏，将军风度。而作者的描写又是何等生动，何等感人，何等精彩！也可称得上是大家手笔，遒劲有力。

十二、铁竹伟的《霜重色愈浓》

铁竹伟（1948—），女，河南南乐人，中共党员，中国作家协会会员。1986年毕业于南京大学中文系。1968年应征入伍，历任八六医院卫生员、护士、干事，北京《解放军报》记者，南京军区政治部创作室专业作家，中国传记文学学会理事。1971年开始发表作品，著有传记文学《一个人和一个城市》（合作）、《从沙场到十里洋场》（合作）、《陈毅传》（合作）、《廖承志传》、《穿过硝烟的握手》（合作）、《农民企业家》（合作），大型纪录片《周恩来》的撰稿，艺术专题片《百年恩来》（20集）的撰稿，纪录片《雨花魂》的撰稿等。《霜重色愈浓》获《昆仑》优秀作品奖并被评为全国第四届中学生最喜欢的作品，长篇纪实文学作品《红军浪漫曲》获华东地区优秀文艺图书一等奖和建军60周年优秀作品奖，艺术专题片《百年恩来》获1998年优秀纪实电视片金鹰奖，《廖承志传》获1999年美国纽约国际文化艺术中心传记文学奖。

《霜重色愈浓》是铁竹伟的代表作。作者从1981年底开始，经过3年多时间的采访写作，才写出了这部优秀作品。作者在争取写作陈毅在"文化大革命"中的传记的任务时，以为凭着她亲身经历过"文化大革命"并在"文化大革命"中见过陈毅元帅一次，而且参加过《青年陈毅》和《陈毅市长》等书的写作，了解过一些陈毅在"文化大革命"中的动人事迹，就已经把握了陈毅的脉搏，可以在短期内写好这部书。但是随着采访的深入，她才意识到自己还不了解陈毅，于是，她查阅了中央档案馆、军委档案馆提供的材料及新华社图书馆馆藏的4000多本"参考资料"，并采访了陈毅的亲属子女，以及先后在陈毅和周恩来身边工作过的同志，以后，她又投入大量的精力和时间，采访了党和国家以及军队的重要领导人叶剑英、徐向前、聂荣臻、王震、谭震林、廖承志、阿沛·阿旺晋美、李德生、张爱萍、杨得志、谷牧、方毅、宋任穷、陈丕显、江渭清、张劲夫、萧华、杨成武、刘志坚、傅崇碧、秦基伟、李一氓、罗青长、宋时轮、张震、陈楚等老一辈革命家和领导同志，她把先后采访的这 224 位同志都看成是自己的前辈和老师，她不仅从他们那儿了解了陈毅同志的许多丰富、生动的材料，而且通过他们讲述的他们个人在"文化大革命"中的经历和思想认识过程，逐渐触摸到了"堪称老一辈革命家优秀代表的陈毅元帅的博大胸怀和思想感情的脉搏"，看准了自己与陈毅的差距，于是有意识地克服用自我的思想感情来代替陈毅的思想，而"竭尽全力追求真实展现陈毅元帅的神采风韵"。于是，她的材料丰富了，感受深刻了。此刻，她再细阅采访记录，"犹如登上太阳山，处处是黄金；提笔疾书时成竹在胸，犹如喜获马良之神笔，能画龙点睛"。

陈毅元帅是共和国的开国元勋，在长期革命战争中南征北战，战绩辉煌，战功赫赫；新中国成立后他领导建设新上海，以后在外交战线上叱咤风云，功勋卓著，成为 20 世纪杰出的军事家、政治家、外交家。在陈毅的一生中，这些无疑是他光辉的业绩。但是，他还有更加生动感人的一页，那就是他在"文化大革命"中的辉煌业绩和光彩照人的言行。而本书作者以大量真切感人的情节和细节，写出了陈毅栩栩如生、刚直坚贞的形象。

作为楔子，作为序曲，作者首先写了陈毅在"文化大革命"前的 1961 年和 1962 年两次讲话。陈毅针对当时越来越严重的极"左"的风气，大胆地、勇敢地为知识分子脱帽加冕："你们是人民的科学家、社会主义的科学家、无产阶级的科学家，是革命的知识分子，应该取消资产阶级的帽子。今天，我给你们行'脱帽礼'！"他还针对林彪煽起的个人迷信的歪风，尖锐地指出："我们今天不要把毛主席神化，凡是把毛主席神化的人是别有用意的。"显示了陈毅敏锐的预见性和远见卓识以及他刚直坚贞、直言不讳的性格。同时，也为陈毅在"文化大革命"中的刚强表现和戏剧性情节作了铺垫。

作者在写"文化大革命"初期的陈毅时，突出他对这场破坏生产、迫害干部的运动的自觉的抵制："只要中央一天不撤掉我外交部长的职务，我就要顽强地表现自己，并企图影响这个运动！"而在外交部第二外国语学院工作组作检查、受批判的时候，他又勇敢地把一切责任揽到自己身上："我是支持工作组的"，"我说过工作组不撤退，我要工作组顶住。"当台下有人骂他包庇工作组、调稀泥的时候，他自信而镇定地回答："我硬是要调稀泥嘞！人民内部不调稀泥怎么行嘛！"面对着"四人帮"的爪牙，他脸上露出轻蔑的微笑，坚决地说："情愿犯错误，不怕犯错误，非把问题讲透！你让我吞吞吐吐，模棱两可，钝刀子割肉，讲那种长不像瓠瓜，短不像葫芦的谈话，只求明哲保身，恐怕这辈子也学不会了！"这就是陈毅，旗帜鲜明，勇于负责，敢讲真话，敢于斗争。他对林彪早有预见而且敢于说出他的预见："他不当叛徒我不姓陈！"他对江青也早有反感，认为"她应该老老实实去编剧"，他对陈伯达也有看法。他对"文化大革命"很反感，指出其实质"就是要打倒老干部！"而江青一伙企图拉拢他：只要你闭上嘴，不说话，你还是稳坐主席台。但是，他怀着"苟利国家生死以，岂因祸福避趋之"的精神，在明哲保身全身而退还是坚决斗争的问题上，他选择了斗争；在讲与不讲的问题上，他选择了讲话。他以大无畏的精神，在极其艰难的环境中，同林彪、"四人帮"坚决斗争，为捍卫党的正确路线，为保护军队的安定，为维护国家的长治久安，作出了巨大贡献。

作者写出了陈毅对战友、同志、亲人的真挚强烈的感情：他对刘少奇、邓小平等领导被打倒十分愤慨，对自己的战友被批斗十分痛心。在1966年10月工作会议以后，他请了华东地区的几位省委第一书记陈丕显、叶飞、江华、曹荻秋、李葆华、魏文伯、谭启龙等到家中家宴，在这次家宴上，他畅谈了对"文化大革命"、对林彪、对时局的真实看法，勉励老战友"无论多么困难都要坚持原则,坚持斗争,不能当墙头蒿草,哪边风大,就跟哪边跑!"

作者也写了周恩来总理和叶剑英等老帅在"文化大革命"中的艰难奋斗,以及他们同陈毅的战友情谊。写了陈毅与夫人之间的深情厚爱,写了他和孩子们的父子之情。通过这些,作者为我们塑造了一个叱咤风云而又多情善感的老帅形象。

在表现手法上,作者首先是注重在尖锐的矛盾斗争中,在同林彪、"四人帮"一伙的生死搏斗中,在关系国家、军队、人民的前途命运的激烈冲突中来刻画陈毅,来展示他的刚直不阿、坚毅不屈,宁为玉碎、不为瓦全的性格。

其次,作者运用了反衬手法。"沧海横流,方显出英雄本色。""四人帮"的狂妄暴戾、阴险毒辣,造反派的飞扬跋扈、蛮横嚣张,更反衬出陈毅的大无畏精神和英雄气概。

作者还运用了大量的细节描写和心理描写,充分展示人物的内心世界,并表现丰富的内容。如写陈毅听到林彪在天安门上讲话,心里很不是滋味,于是回忆起林彪在井冈山上临阵脱逃的旧事,既让我们了解了林彪的为人,更为陈毅的远见卓识和抵制"文化大革命"提供了历史的依据。再如,在中央政治局扩大会议上,当江青张狂地要刘少奇到清华去作检讨,"听取革命小将的控诉和批判"之时,作者写道:"会场里寂静无声。大家被这突如其来的喊声震惊了……坐在刘少奇旁边不远处的陈毅气得脸发白,手直颤。他为了稳定情绪,伸手向身边的同志要了支烟,打火机'咔嚓、咔嚓'响了好几下,烟才燃着。他深深地吸了一口,连同心中的愤怒一同吐了出来。"这时,"陈毅终于忍不住了,他用劲摁灭手中大半支烟,猛然站起身,逼视着江青,反驳道:'你们让少奇同志到清华去作检讨,要是下不了台怎么办?回不来怎么办?后果你们想了没有?……为什么非要他去清华作检查?!'"作者又引用了一位当时已经"靠边站"的会议参加者的回忆,说明陈毅发言的背景和险恶形势,连他都知道:陈毅敢当面顶撞江青,为刘少奇说话,"他恐怕自己也差不多了。后来,果真如此"。而作者运用了丰富的想象,小说的笔法,详细、生动地描写陈毅发言前的表情、抽烟的动作、发言的气势,也写出了陈毅心中的波澜、复杂的情绪,应该说这是极为精彩的笔墨,深得《史记》精髓!

十三、刘平平、刘源、刘亭亭的
《胜利的鲜花献给您——怀念我们的爸爸刘少奇》

刘平平、刘源、刘亭亭，都是刘少奇的儿女。

这不是一篇普通的文章。这是惨遭迫害的国家主席刘少奇同志的儿女用血泪写成的沉痛的祭文，是少奇同志的儿女用骨肉之情谱写的正义的颂歌，是少奇同志的儿女以10多年的悲惨遭遇凝成的愤怒的控诉，是少奇同志的儿女以惨痛的代价和痛苦思索铸就的沉重的哲思。

这篇文章以极为真实而深情的笔触，描写了国家主席刘少奇在"文化大革命"中所受到的残酷迫害和他在诬陷打击下所表现出的高风亮节。刘少奇最初还天真地设想，通过"文化大革命"提高全民族的社会主义觉悟，以纠正、杜绝各级干部正在滋长起来的官僚主义作风和脱离群众的现象。可是，斗争的锋芒却越来越指向他，终至于对他进行了无情的摧残。他在受到那么多冤屈和打击后，还对毛主席承认这次路线错误的责任在自己，希望自己承担责任，把广大干部尽快解放出来，并愿辞去国家主席等职，和妻子儿女回老家种地，以便尽早结束"文化大革命"，使国家少受损失。然而，戚本禹一篇谤文，却把一个国家主席定为"中国的赫鲁晓夫"。紧接着，对他进行了更加残酷的迫害。在这个生死关头，他依然大义凛然，以《宪法》为武器，以自己的生命和鲜血，来维护国家的尊严，维护人民的神圣权利。他严正抗议所谓"61人叛徒集团"问题，他对康克清等革命老大姐被批判无比愤怒。他对"四人帮"一伙对他的残酷迫害和栽赃诬陷，剥夺他的人身权利，万分愤慨。他拿出《宪法》义正词严地抗议："我是中华人民共和国主席……我要捍卫国家主席的尊严。谁罢免了我的国家主席？要审判，也要通过人民代表大会。你们这样做，是在侮辱我们的国家。我个人也是一个公民，为什么不让我讲话？《宪法》保障每一个公民的人身权利不受侵犯。破坏法律的人是要受到法律的严厉制裁的。"在"四人帮"一伙眼里，哪里有什么《宪法》、法律、公正、公理可言！刘少奇面临着灭顶之灾。在生命的最后关头，他想着的是怎样保护更多的干部，想到的是"只要马克思再给我十年时间，我们是能够把中国建设得真正富强起来的"。他的遗嘱是，把骨灰撒在大海里，大海连着五大洋，"我要看着全世界实现共产主义"。他对孩子们最后的希望是："爸爸是人民的儿子，你们也一定要做人民的好儿女。永远跟着党，永远为人民。"这是多么崇高的品德，多么纯洁的人格，多么博大的胸怀，多么伟大的人生！

作者还写出了少奇同志对儿女的深沉挚爱和对他们的严格要求与教育；也表现了儿女们对父亲的无限深情以及他们在父亲的教育和残酷现实磨炼下的成长。作者写道，当平平和源源要去抄家时，少奇立即劝止，并拿出《宪法》，严肃而又语重心长地告诉他们，不能去抄家、打人："我是国家主席，必须对《宪法》负责。许多民主人士，跟我们党合作了几十年，是我们多年统战工作的重要成果，来之不易呀！不能让它毁于一旦。"当少奇突然成了反动路线的头子，孩子们也受到伤害，朋友疏远，人们怒目相视，孩子们无法忍受时，少奇同志又意味深长地教育孩子，要他们理解群众，绝不能有对立情绪。在江青一伙要在中南海召开揪斗大会之时，少奇同志意识到生死搏斗迫在眉睫，他把毛主席肯定他的检查的批语和毛主席赞扬和推广"桃园经验"的批示给儿女们看，他不能在孩子心头留下阴影，他要让孩子们知道他是好干部，他从来没有欺骗过他们。就这样，当孩子们被造反派赶出中南海，他们心头响起了父亲的嘱咐："年轻人要勇敢地走自己的路，许许多多的革命前辈就是从无数的坎坷中锻炼出来的。"就这样，孩子们离开了爸爸。10多年来，他们迎着暴风骤雨，危浪险涛，颠沛流离；他们走过批斗和辱骂的夹道，他们在监狱中埋葬过宝贵的青春。但是，闪亮的镣铐无法叫他们屈服，滚烫的鲜血汇成了不屈的血书。"活下去，为了将来把这一切告诉人民，我们肩负着爸爸、妈妈的希望和重托，也带着有朝一日能看到真理战胜邪恶的渴望……"

可是，就是这样伟大的领袖，却被残酷地迫害致死，被作为叛徒、特务，永远开除出党。少奇同志的儿女以血淋淋的事实，对倒行逆施的"四人帮"及"文化大革命"给予了无情的批判。"四人帮"一伙仅"凭一个跳梁小丑的一篇谤文，就把一个国家主席定为'中国的赫鲁晓夫'……成为中央下达文件的依据，成为定人罪名的一纸状文，真是荒谬绝伦！"少奇同志的儿女还控诉：在少奇同志 70 岁生日时，他才听到把他"永远开除出党"的决议，可是，从什么时候开始立案审查不知道，从没有人找他谈过一次话，从没让他看过材料，也没让他申诉，不让他知道开他的会，也没让他在开除党籍的决议上签字，从没有把这决议正式通知他。践踏《宪法》和法律的罪恶和丑恶，残暴和无情。

终于，党胜利了，人民胜利了，希望的鲜花盛开了！人民把鲜花献给了自己敬爱的领袖。孩子们把他的骨灰撒到祖国的大海里，撒到世界的大洋上，融化在解冻的春水之中。

胜利的时刻，作者总结了深刻的历史教训："党是公正的，人民是公正的"，"历史是无情的，民心是不可违背的，真理之光是永远不会泯灭的"。"那些莫须有的罪名，终于落到那些炮制者自己的身上"；而被惨遭迫害的少奇同志，"将永远受到人民的怀念和尊敬"。

"党的十一届五中全会为爸爸平反，不仅是为爸爸个人，而且是为了使党和人民永远记取这个沉痛的教训：用一切努力来维护、巩固、完善社会主义民主和社会主义法制，使类似爸爸和许多党内外同志的冤案永远不再重演，使我们党和国家永不变色。我们的祖国受够了难，人民吃够了苦，再也不要人为地制造动乱，只需要安定团结，一心一意搞好祖国的社会主义现代化啊！"

十四、毛毛的邓小平传记

毛毛（1950—），女，曾用名邓榕，现名萧榕。邓小平之女。1950 年生于重庆，后在北京读书。"文化大革命"中在陕北插队三年，毕业于北京医学院。曾任中国驻美国大使馆秘书，全国人大常委会办公室副主任，中国国际友好联络会副会长，第八届全国人大代表等职。曾组织撰写《中国社会主义四十年》、《向新科技革命进军》等文。作为邓小平的女儿，毛毛于 1984 年撰写了回忆录《在江西的日子里》，从 1990 年开始，她花了数年时间，又撰写了长篇传记《我的父亲邓小平》及《我的父亲邓小平——"文革"岁月》。

《在江西的日子里》是毛毛在 1984 年撰写的回忆父亲邓小平在江西的生活的回忆录。作者以深情而质朴的文字，记述了邓小平被加罪为"全国第二号最大的走资派"以后,被疏散转移到江西的3年多的生活。作者写出了邓小平同妻子和继母之间互相体贴、照料,争着做家务活等等普通的、充满人情味的生活。写小平争做重活,为生病的妻子端饭送水,细心照看;写他在寒冬还每日用冷水擦身;他还在小院里拓出菜地,种上各色菜蔬,每天挖土、施肥、浇水、锄草,常常干得大汗淋漓;也写他晚上听新闻广播,读书看报,勤奋攻读,直至深夜;写他在工厂做钳工,认真、熟练,受到工人们的关心和爱护。通过这些亲切、细腻而生活化的描写,展示了小平同志作为普通人的一面,写出了他作为普通人的性格:"我父亲为人性格内向,沉稳寡言,五十多年的革命生涯,使他养成了临危不惧、遇喜不亢的作风,特别是在对待个人命运上,相当达观。在逆境中,他善于用乐观主义精神对待一切,并用一些实际的工作来调节生活,从不感到空虚与彷徨。在江西那段时间,他就主要用劳动和读书来充实生活,陶冶精神。"

作者写小平在"文化大革命"岁月中,尽管是那样艰难,那样困苦,饱受屈辱,备受折磨,由党和国家领导人一变而为"反革命走资派",丧失了人身自由,但却毫无悲惨肃杀之气,毫无悲观厌世之情,而是充满了乐观旷达之意,凛然不屈之志。作者运用了比喻、象征和寓意的手法,创造了诗情画意的境界和哲理的氛围,描写邓小平的无产阶级革命家的人格和意志。作者描写邓小平在小院中开荒种菜,享受累累硕果;写他们养几只鸡,平添生活的乐趣;写他们在小院里开拓出硕果累累的花园来。作者还以优美的笔触,写出了小院周围的美丽景色:南方的春天一下子来了,那满山的山桃花也都蕾绽花开;不久,栀子花又馨香四溢,"春光不可负,春时不能误",这真是诗情画意,美不胜收。作者写这样美丽的春景,是为了写出小平心灵的春天。政治的风暴可以扫荡人们的生活,可以冲击人们的心灵,但挡不住自然界这一片盎然的春意,更挡不住他心灵中灿烂的春晖。作者还为我们提供了一些哲理性的思考,大大提高了文章的思想内涵和艺术魅力。作者还写小平为了对付严寒,每日用冷水擦身。作者想:"只有精神上不畏严寒的人,才能战胜严寒。"这是对小平大无畏精神的理性概括和提炼。作者还描写了父亲每天傍晚十分规律地围着小院散步的情景,作者写道:"我时常看着父亲,看着他永远那样认真、永远那样沉静的神情,看着他向前迈出的快速而稳健的步伐。我想，就在这一步一步之中，他的思想，他的信念，他的意志，随着前进的每一步而更加明确，更加坚定起来。这些思想的孕育成熟，是否已为日后更加激烈的斗争做好了最充分的准备呢?"作者由具象进入抽象，由形象的描写进入哲理的思考，由邓小平的散步、前进、思考，联想到他对中国未来的设计，表现了一个伟大政治家的博大情怀。不久，1973年2月，中央通知小平回北京，"车速飞快，汽笛长鸣，北来的寒风已然拂面。中国历史即将翻开新的一页，那更加激烈的、震撼每一个中国人心灵的政治动荡，就要揭幕了"!

  作者还描写了邓小平继母的品质和性格。她是船工的女儿，兵荒马乱的生活，磨炼了她坚强的性格。"文化大革命"中，她毅然担起全家在逆境中求生存的重担。她受尽屈辱、歧视，却坚强镇定，不畏艰难，成为几个孩子生活的中心。到江西后，她又做饭又洗衣，替小平夫妇分担忧愁。她是那样地深明大义、明理豁达、平和乐观。她为小平家增添了镇定与生气。作者还描写了邓朴方的好朋友、北京外文印刷厂的王凤梧师傅，他在邓小平受冲击、邓朴方致残时，凭着质朴的正义感，要求为邓朴方提供起码的革命人道主义的治疗，还不断地向上写信、申诉，呼吁为邓朴方治病，并坚持看望邓朴方，问寒问暖。在那个恐怖的年代，他这样做，要冒多大的风险啊！而在小平恢复工作以后，他没有向他们提出任何一个要求。在他身上，体现了工人阶级正直、热情、勇敢、纯朴的高尚品质。作者还写了王震同志对自己的关怀和为小平同志说话、上书主席和中央让小平出来工作的事迹，表现了王震的侠肝义胆及正义果敢。

  在写出这篇回忆录之后，毛毛又于1993年出版了《我的父亲邓小平》，并于2000年出版了《我的父亲邓小平——"文革"岁月》。这两本书是毛毛献给父亲的礼物，也是既充满深情又饱含哲理，既高屋建瓴又蕴涵儿女真情的佳作。

  邓小平是中国现代史上一位伟大的人物，是新中国第二代领导的核心，其经历波澜壮阔，极富传奇色彩，要写好他的传记是极不容易的。而小平的女儿毛毛，却以巨大的魄力和强烈的爱心，以90多万字的篇幅，写出了父亲邓小平的半生经历及"文化大革命"岁月；写出了半个多世纪广阔的时代内容和丰富复杂的历史人物。其笔力何等雄健，其气魄何等宏伟，其爱心何等深挚，其成功也何其自然!

毛毛在《序篇》中说:"我生于一个特殊的环境,长于一个特殊的环境,我耳闻、目睹,甚至亲身经历了许多令人不能忘怀的历史时刻。那么多的历史人物在我身边走过,那么多的历史事件在我周围发生,在我这并不算长的生活旅程中,所见所闻所记所知已经太多。知忆既多,思绪既深,久而久之,便萌发了将其记录下来的愿望。"而她特别想写的,就是"我的父亲邓小平"。"我要写我的父亲,因为我常在我父亲身边,我认为我了解他。我要写我的父亲,因为我崇敬他。"尽管作者认为她在父亲身边长大,了解父亲,但她还是"用了整整三年的时间,找资料、采访人、熟悉历史"。并且,"用了大量精力,倾注了全副心血,花了整整三年的时间,才写了我父亲的前半生"。

《我的父亲邓小平——"文革"岁月》则是在纪念父亲95岁诞辰时,一气呵成的。作者说:"在这本书中,我要记述的只是一个人,但他代表着他们那整整一代可歌可泣的风云人物。我所记述的只是一段历史,但它却与中华民族几千年的光辉历史一脉相承。我要记述的只是过去,但我深信,人们会从对过去的思索中获取教益,而像他们的前辈一样,勇敢地去开拓未来。"这段话或许也可以作为该书的主旨吧!这宏大的内容和深刻的主题,赋予了作品以史诗的品格。

这两部传记的第一个特点,也可以说是最大的特点,是既写出了邓小平的革命经历和革命功勋,又写出了邓小平的亲情人情,写出了既伟大崇高又亲切和蔼,既充满了党性又充满了人性的邓小平的立体的、浑圆的、可敬可亲的形象。

作者在这两部传记中,以自己对父亲的观察了解,以自己采访调查的大量材料,详细而生动地记述和描写了邓小平的家世和童年,从留法勤工俭学到领导百色起义,从长征到抗日战争,从千里跃进大别山到向大西南进军、主政西南,还写了他"文化大革命"中的复杂经历。同时,作者也描写了邓小平同周恩来等革命家的深厚情谊,写出了邓小平同张锡瑗的爱情和婚姻,邓小平同金维映的爱情,更写了邓小平同卓琳的爱情。作者还写了邓小平的亲情,对家庭和子女的爱。这正如作者所说:"父亲这个人,首先是个政治家,因此,政治问题和大的问题,在他心中,永远排在第一的位置。除此之外,他又是一家之长,是丈夫,是父亲。家庭和亲情,也永远在他心中占有重要地位。"

比如,"文化大革命"中,邓小平在听了关于林彪问题的传达后给毛主席写信,作者分析了邓小平写信时的战略思考:林彪虽倒,中国的政坛仍然不会平静。老干部要想复出,阻力依然很大,如果不去争取,机会就会瞬间即逝。"九一三事件"后,毛泽东必然要重新考虑政治安排和人事问题,这是一个相当重要的时机,是一个不容错过的时机。因此,他决定直接给毛主席写信,希望能为党工作;而同时,他也提出请毛主席帮助安排好他的孩子的读书和分配问题。作者还写道:"父亲这个人,向来行事简约。"但在"文化大革命"中,"在他的家人子女需要得到关怀和帮助时,作为一家之长,为了让孩子治病,为了让孩子上学,为了孩子的工作,他会一反一贯的作风,一次又一次地拿起笔,一封又一封地写信。……他付出了对家人子女的全副的爱,却不要求任何回报。这是人世间最朴素的爱"。

再如,作者在序幕"退休的这一天"中写1989年11月9日,中央办公厅主任王瑞林向小平讲述了中央全会的同志理解他请求退休的决心和意义,下午将进行表决,他在吃饭时对家人说:"退休以后,我最终的愿望是过一个真正的平民生活,生活得更加简单一些,可以上街走走,到处去参观一下。"孙女眠眠笑着说:"爷爷真是理想主义!"接着写邓小平到人民大会堂同参加本次中央全会的全体与会者一起照相。晚上,家里四个孙子孙女一齐跑去请爷爷吃饭,给爷爷送上亲手制作的贺卡,贺卡上写着:"愿爷爷永远和我们一样年轻!"他们四人轮流上前亲爷爷,才3岁的小孙子小弟亲了爷爷一脸的口水,逗得全家人哈哈大笑。再接着写客厅里摆满丰盛的宴席,墙壁上贴着红色的字:"1922——1989——永远"。"爸望着这一排字,脸上浮现出了深沉的笑容。看着爸的笑容,看着我们这欢乐的十数口人之家,看着大家高高举起的红光闪烁的酒杯,我的心中激情难抑。"这时,作者才抒发感情并进行简练的议论:"该休息一下了,该轻松一下了。……我们支持他退休,为的是他能更加健康长寿。而他坚持退休,为的则是国家的前途,党的利益。"这以后,作者引述了小平同志要求退休的请求,和中央全会对他的崇高评价。

上述这一段文字,既写出了小平退休的重要历史意义,更写出了小平一家对他退休的态度,写出了原汁原味的、极富生活情趣和人情味的小平的生活,把庄严的政治内容同鲜活的家庭生活,把政治家的高风亮节同中国人的日常亲情水乳交融地再现于我们眼前,可以说,这在中国的传记文学创作中,是十分少见的,也是十分稀缺的。尤其是在革命领袖的传记创作中,更是十分难得,弥足珍贵的。

这两部传记的第二个特点,是女儿写父亲,是它的亲切、自然和真实。毛毛是邓小平的爱女,自幼在父亲身边长大,而父亲又有着特别的亲情,特别热爱自己的儿女,毛毛也特别热爱自己的父亲,对父亲有着直接的、长期的、细致入微而又真切深入的观察了解,"文化大革命"中,更同父亲一起度过了苦难的岁月。即便如此,作者在正式写作传记时,又到父亲的出生地及战斗过、工作过的地方做过调查采访,向有关同志做过采访,并凭着有利的条件查阅了大量文献资料,因此,这两部传记写得特别亲切、自然、深情、丰富、厚重。作者一开始就写她回小平故乡广安调查采访,然后写父亲从广安到重庆读留法勤工俭学预备学校,走向法国,走向革命,显得亲切自然。而在写作中,也不断地以第一人称,以她向父亲问询,她向父亲的战友及部属打听,她查阅的大量材料,来进行叙述和描写,并不时地抒发感情,发表议论,面对读者进行叙述,显得非常亲切自然。

此外,这两部传记都写得很真实。作者是小平的女儿,十分热爱和崇敬自己的父亲,但是,她在为父亲写传记时,却严格尊重历史,尊重事实,不掠美,不虚夸。这也是十分难能可贵的。比如作者写她回广安考察家史,找到了邓家族谱,还不放心,还验之以县志。在查族谱时,作者也说明:"我们家,不是邓氏嫡传,乃系旁支,所以我们家的人都不知道邓家还有家谱。"作者在引述了家谱中关于邓翰林的事迹后写道:"如果真如县志所言,那么这个邓翰林、邓大理寺卿,还真是……邓氏家族明清两朝五百年中最辉煌的一页篇章了。"然后写道:"一个人、一个家庭、一份事业,要想上进,取得成就真是谈何容易……而成功之后要想衰落,则可能势如破竹,弹指可见。……邓家的……一步步竟往下坡路走去,地卖了,人也穷了。……家道不济,时运也不济。"作者一点也没有为自己的祖先,曾祖父、祖父饰讳。作者也并不为自己的传主、自己的父亲饰讳。如写邓小平赴法勤工俭学时,一位先期赴法的名叫李璜的老先生回忆他曾到马赛去接一次船，遇着邓小平，而且似乎是他们那一批学生中的负责人。毛毛就此事问过父亲，父亲笑道："我是那一批八十几个人里面最小的，连发言权都没有。"再如写长征时，作者问父亲在长征时做了些什么工作，父亲回答："跟到走。"邓小平对自己的功劳、成绩、工作，毫不夸张，毫不炫耀，表现了实事求是的高尚品德；毛毛也传承了这一高尚品质，如实写出，绝不虚夸。对邓小平给毛泽东的检讨及要求工作的信，都如实写出，甚至写出了"父亲多次向中央提出要求，争取让我和飞飞上大学，让孩子受到高等教育。……我们自己开玩笑，我们上学也是'走后门'，而且走的是毛主席这个最大的'大后门'"。

作者还写出了小平平凡而富于情趣的生活。作者采访刘英妈妈："我去看望刘英妈妈时，她身穿一套熨得平平的深色西服。"刘英告诉她："……长征刚刚开始时，没事干，就吹牛。大家开玩笑，成立了一个牛皮公司，陈云是总经理，你爸爸是副总经理，没有吃的，就吹吃的，精神会餐。你爸爸老讲四川菜好吃。"李聚奎将军则告诉作者：长征中，"邓小平对我说：'你给我烟，我就告诉你一个好消息。'我问他：'什么好消息？'他说：'你不给我烟，我就不告诉你。'我说：'那个简单！'就从衣袋里摸出个洋铁盒递给他说：'抽吧！'小平同志笑笑：'告诉你个好消息，你升官了！'"作者毫无顾忌和修饰地记下了战友的笑谈，写出了小平的鲜活个性和幽默品格。

第三个特点是朴实的叙述、生动的描写、精湛的议论与深挚的抒情相结合。作者的叙述严格按照史实进行，描写则贴切的，议论抒情则缘事而发。比如，作者写邓小平遭王明打击，受党内警告处分：

> 其实，在那个时候，父亲不仅仅在政治上受到打击，生活上也有波折。
> 在他遭受批判以后，1933年，阿金离开了他。
> 月有阴晴圆缺，人有悲欢离合，此事古难全。
> 人这一辈子，真不知要经历多少悲欢离合，要经受多少事业上和生活上的磨难，才算得"修成正果"，才能达到涅槃超俗的境地。

这几段中，既有叙述，又有抒情，还有议论，三者紧紧融合在一起。

作者对邓小平、对毛泽东、对周恩来，都有深刻独到的心理剖析和深刻议论。比如写周恩来向毛泽东汇报四届人大的人事安排的同时，邓小平在北京忙碌地工作着，但同时，他也密切地关注着长沙的动向。作者分析了邓小平的心理活动："周恩来在长沙与毛泽东谈得怎么样，直接关系到党和国家的生死存亡。要知道，在这个非常时期，整个党和国家的前途命运，皆系于毛泽东一人之身，皆系于毛泽东的一念之间。凭着自己亲身的政治经历，经过多年的反复思考，父亲深深地感到，这种把党和国家的命运系于一人之身的状况，实在有太多的问题和弊病，甚至是危险的。但同时，他也深知……这种体制的形成，有着极其深刻的历史根源和错综复杂的原因。……这一改变需要一个过程……是需要假以时日的，是需要付出代价的，甚至需要付出极其痛苦的代价。"

作者对毛泽东晚年同时任用邓小平和王洪文的心理状态进行了分析："毛泽东大病一场……他要对'后事'有所安排……他把权力进行了划分：让能够继承他的路线的王洪文主持党的工作，让能做实际工作的邓小平主持行政及军队方面的工作。但是，为了制衡和'稳定'，他又不会让任何人独掌一个方面的大权。在党的最高机构中，他加进了邓小平等老干部去制衡'文革'势力；在政府和军队中，他又掺进了王洪文和张春桥以平衡老干部势力。经过这样一个安排，毛泽东可能认为，政治天平上已经势均力敌，可以达到应有的平衡了。毛泽东这样的安排，是一番苦心的安排，也是一个根本不可能稳固的安排。毛泽东太自信了，他本以为，这样一个安排完全可以安安稳稳地福及'身后'了。他绝没有想到，这个精心设计的政治的天平，没有等到他'身后'，在他的'生前'，由他亲眼看着，就倾斜失衡了。"

作者还对周恩来的心理活动进行了分析：当周恩来提出邓小平出席联大特别会议的决定冲破江青阻挠获得毛主席批准后，周恩来决定举行盛大仪式，"以壮行色"，作者对周恩来的心理活动进行了深入的分析："对于周恩来来说，这次斗争胜利的意义非同一般。在整整七年的'文革'岁月中，周恩来独撑危难。……现在，在中央、在国务院、在军委，他已不是孤军奋战，有叶剑英、邓小平、李先念等人和他并肩战斗。……在今天，他则是拼其全力，与罪恶势力进行不妥协的坚决斗争。他要以他最后的全部气力和生命，为他的战友们创造继续进行斗争的有利条件。……'我不入苦海谁入苦海','我不入地狱谁入地狱'。决战的时刻到了,为了祖国和人民,即使粉身碎骨也在所不惜。……周恩来要举行一个盛大的仪式。周恩来不只是为邓小平出国送行,他是为邓小平能够在今后的险境中战胜谬误与罪恶,送行出征,'以壮行色'。"这些心理剖析都是作者根据人物的身份、性格、具体环境,设身处地地设想出来的。由于作者对这几位领袖人物都有亲身的观察、感受和体验,因而这些剖析和议论就非常准确、贴切和深入。

十五、张俊彪的军事英雄传记

张俊彪(1952—),笔名文昌星,甘肃正宁人,中共党员。1988年毕业于鲁迅文学院(北京大学作家班)。1970年应征入伍,历任战士、新闻报道员,甘肃省委干部,甘肃省文联副主席,深圳市文联党组书记、主席,深圳市文艺评论家协会,广东省文联副主席,专业作家。著有长篇小说《幻化》(三部曲:《尘世间》、《日环食》、《生与死》)、《省委第一书记》、《没有陨落的太阳》、《山鬼》、《鏖兵西北》、《风流乾隆》等;另有作品集《神泉》、《我走过的路》、《苦涩集》、《牛圈娃》、《情感与灵魂》、《孩子和牛》等,文艺理论专著《精神与精神性——阅读杂记》等。其传记文学作品主要有《刘志丹的故事》、《刘志丹》、《董振堂的故事》、《董振堂》、《黑河碧血》、《最后一枪》、《红河丹心》和《血与火》等。其作品多次获省部级奖,《鏖兵西北》获解放军第三届优秀图书一等奖和中共中央宣传部"五个一工程"奖。

张俊彪是一位高产作家和文学创作的多面手。传记文学创作是他创作中的重点。张俊彪在新时期中国文学发展过程中,很早就提倡传记文学创作,并在"文化大革命"中就开始从事传记文学创作。

张俊彪的传记文学有一个突出的特点,就是写的都是军人,而且写的都是受到冤屈的革命家、军事家或革命英雄——他们是刘志丹、彭德怀、董振堂、赵博生和赵铁娃。作者为他们的遭遇愤懑不平,还在"文化大革命"期间即开始搜集他们的材料,采访了大量知情人物;粉碎"四人帮"后,作者怀着一腔正气、一腔热血,把他们的英雄业绩同他们所遭受的冤屈写出来,把他们的崇高人格和独特性格表现出来,把被颠倒了的历史如实地颠倒过来,顺应了历史的潮流,发挥了重要的历史作用,有很强的教育、认识和审美作用。

《刘志丹的故事》以40个精选的典型故事,刻画了刘志丹真实而动人的形象。如"上山放羊",通过少年志丹组织放羊的小伙伴分为三组,分别放羊、砍柴和休息,以及组织伙伴赶走狼群的故事,写出了少年刘志丹遇险不惊、机智勇敢的性格;"烟熏崖窑"写刘志丹率领红军战士用辣椒面和马粪烧熏躲入"崖窑"的恶霸豪绅迫使其投降的故事,表现了刘志丹的超人智慧。这些本来零碎的故事,经过作者的精心梳理和巧妙整合,融成了一个完整的艺术整体。

几年后出版的长篇传记文学作品《血与火》则不仅是对《刘志丹的故事》的充实和扩展,而且还是一次全新的艺术创造。作者通过对刘志丹的家庭背景、学校环境、社会环境及自然环境的深入刻画,以宏大的气势和深厚的内涵,描绘了刘志丹和谢子长等人丰富的人生历程和独特个性,如刘志丹的文雅冷静、浑朴厚重,谢子长的开朗乐观、心直口快。同时,作品生动地描绘了刘志丹所领导的陕甘红军从产生到发展壮大的历史画卷,也就在一定范围内概括地勾勒了中国革命斗争艰难曲折、波澜壮阔的历史进程。

《董振堂》、《黑河碧血》、《最后一枪》主要描写对象是董振堂,同时也浓墨重彩地表现了赵博生等英烈形象。三部作品中,以《最后一枪》最为成功。董振堂是一位从旧式军人转变为无产阶级革命战士的人物。《黑河碧血》是以横断面的方式结构文章,作者主要通过宁都起义、水口战役、突围长征、三过草地和高台血战等几个重大事件,以典型细节的描写,表现了他胸怀大志、热爱祖国、忠诚坦荡、爱兵爱民、坚持原则、顾全大局的性格,并刻画了赵博生的高贵品格以及张国焘的复杂个性。

《最后一枪》是在《黑河碧血》基础上的进一步深化和发展。《最后一枪》

较之《黑河碧血》，已不只是写几个横断面，而是运用全面展开的方式，纵向描写人物的全部历程，深入表达董振堂的生命意识和卓越品格的形成、成长、发展和成熟的漫长过程，进而展示出他周围人物的性格及时代社会的发展进程。作者以大量生动的事实，充分表现了形成董振堂个性心理的重要成分：读书情结、救国救民情结；祖父、父亲的培养；时代风潮的熏陶；冯玉祥、刘伯坚等的激励，从而令人信服地揭示了董振堂走向革命的历史必然性——他与一般旧式军官不同，他身处污秽，却胸怀大志，心忧天下，同情百姓，爱惜士兵；他在共产党员赵博生帮助下起义以后，以对革命的忠诚，坦荡无私地坚持原则；他在高台血战中，虽然对张国焘分裂党和红军的意图及其报复心理有所察觉，但始终以大局为重，不愿产生红军与红军的内部冲突，所以，宁肯自己乃至所部牺牲，也要维护全局，最终壮烈捐躯，显示了红军将领的高尚人格。

其次，《最后一枪》不仅保持了《红河丹心》对赵博生、张国焘等人的刻画，而且还突出刻画了优秀的革命家刘伯坚的典型形象，揭示了董振堂、赵博生走向革命，发动宁都起义的深层原因。此外，《最后一枪》还刻画了杨克明、何长丰、王岳、苏钢等人的形象，不仅丰富了董振堂的形象，而且还大大延伸了作品的人物画廊。

如果说《刘志丹的故事》、《刘志丹》、《董振堂的故事》、《黑河碧血》、《最后一枪》等作品着意描写受到冤屈的老一辈革命家的形象的话，那么，《红河丹心》则塑造了一位还没有脱离农民生活的普通游击战士的形象。促使作家关注并倾注心血写出这么一位普通战士，也是因为这位战斗英雄在"文化大革命"中惨遭诬陷和批判，含恨离世。这激起了作家强烈的感情义愤。作家写出了赵铁娃成长的具体环境和影响教育他的老羊倌、刘志丹、谢子长，更写出了赵铁娃在历次偷袭、奇袭、突袭中的超越常人的胆识、勇敢、机敏和智慧。特别值得提出的是，作者在描写这样一位经常是一个人"钻入敌人窝子里头去冲冲闯闯"的孤胆英雄的时候，没有过多地采用群众中流传的传奇故事，把他写成不食人间烟火的传奇人物，而是按照历史唯物主义的原则，把他置身于群众斗争的熔炉之中，写出了广大群众对他的帮助、教育和鼓舞，写出了他在群众帮助下逐步改正缺点走向成熟的过程，写出他是群众的一员，是群众的代表，从而体现了群众观点和集体主义精神。

　　张俊彪的《鏖兵西北》是一部产生了重大影响且发行了20多万册的传记文学作品。这部作品真实地再现了西北大片疆土在光明与黑暗、新生与腐朽的殊死搏斗中所经历的烈火与血雨的洗礼。在这波澜壮阔、威武雄壮的历史画卷之上，作者饱蘸感情的笔墨，艺术地再现了彭德怀卓越的军事指挥才能，坚毅、果敢、英明、善断的将领气质，亲民、爱兵、和善的人格魅力，塑造了彭德怀丰富饱满、栩栩如生的立体化的鲜明形象；同时，作者也刻画了毛泽东、贺龙、王震等我党我军高层领导的人格风采以及蒋介石、胡宗南、阎锡山、马鸿逵、马步芳等国民党高层人物的复杂人生和命运遭际。在这部作品中，"横刀立马"的彭大将军的形象，犹如刀削斧砍的巍巍塑像屹立在我们面前。作者着意刻画了彭德怀坚持真理、倔强刚直、威武不屈、疾恶如仇的性格，为彭德怀新中国成立后的蒙冤受难埋下了伏笔。作者告诉我，他之所以要浓墨重彩、满腔热忱地为彭德怀立传，也正是因为这位开国元帅的不平命运激起了他内心的强烈义愤。所以，在《鏖兵西北》这部描写战争的作品中，激荡着一股浩然之气。《鏖兵西北》在文体归类上，多把它作为报告文学，但张俊彪告诉我，他是把它当做传记文学来写的。他是想把历史价值与文学价值和谐完美地融为一体的。所以，我在这里也就把它作为传记文学来评价了。

　　张俊彪还写过自传体小说《没有陨落的太阳》及记叙自己人生经历的散文。这些，从更广泛的意义上讲，也可以看做传记作品。

　　张俊彪传记文学的主要艺术特色是在历史真实性的基础上，运用小说技法写传记，因而其文学性特别强，人物性格也塑造得鲜明突出。这正如作者《提炼素材开掘主题》一文中所说的："我想，传记文学大概是介于历史小说和传统正传之间的一种文体，它既保留了正传的真实性和可靠性，又吸取了小说的生动性和曲折性，因为它是用小说的笔法来写传记的。我在这本书（指《黑河碧血》——作者按）的写作过程中，不论在结构、情节和人物的安排上，还是在描写、插叙以及人物对话的语言文字方面，都力求生动、朴实、通俗，易于传诵或讲说。"

　　应该说，张俊彪对传记文学创作是十分重视、十分用力，并花了巨大心血的，成就也是十分丰硕的，应该算是新时期前期颇有成就的一位传记文学作家。

十六、陈晋的领袖影视纪录片

陈晋（1958—），四川简阳人，中共党员。1977年考入武汉大学中文系，1983年考入中国社会科学院研究生院文学系，1986年毕业后分配到中共中央书记处研究室工作，该室建制撤销后转入中共中央文献研究室工作至今。20世纪80年代主要从事文艺理论和当代文艺评论的写作，近年来主要从事领袖传记及文献专题片和领袖电视电影纪录片的撰写工作，取得了骄人的成果和突出的成就：20世纪80年代著有文艺理论《当代中国的现代主义》、《悲患与风流》、《文艺批评的世界》，20世纪90年代后的领袖传记著作有《毛泽东的文化性格》、《毛泽东传》（合著）、《毛泽东之魂》、《文人毛泽东》、《独领风骚——毛泽东的心路解读》、《世纪小平——解读一个领袖的性格世界》等。其担任总撰稿的领袖影视传记专题片有《毛泽东》（12集电视纪录片）、《毛泽东从历史走来》（两集电视纪录片）、《怀念》（电视纪录片）、《毛泽东在浙江》（6集电视纪录片）、《邓小平》（12集电视纪录片）、《周恩来》（12集电视纪录片）、《走近毛泽东》（电影纪录片）、《独领风骚——诗人毛泽东》（20集电视纪录片）、《我眼中的毛泽东》（电视访谈节目，文学统筹）、《亲人毛泽东》（5集电视纪录片）、《小平，您好》（电影纪录片，总撰稿）、《小平十章》（10集电视纪录片，总导演）、《世纪小平》（10集电视纪录片）、《走近邓小平》（7集电视纪录片）、《小平您好——风采篇·亲情篇·史诗篇》（电影三部）等。此外，还有电视理论和文献专题片《新中国》（16集电视纪录片）、《使命》、《世纪宣言》、《共产党宣言》等。

陈晋是中文系毕业的本科生和研究生，在文化部艺术研究院专门搞过艺术研究，转到中共中央文献研究室后，又致力于中共党史和党的领袖人物的研究，因此，他从事历史伟人的传记写作及历史伟人的传记性电视片的写作，可以说是具备了极其优越的条件。自1993年参与为纪念毛泽东百年诞辰而拍摄的12集电视纪录片《毛泽东》的创作并担任总撰稿之后，连续进行了多部领袖人物的电视纪录片和电影纪录片的创作。从对领袖人物的研究到写领袖人物的传记，再到写领袖人物的传记文献纪录片，这是很大的转换，陈晋把这看成是对自己的挑战，也是对自己的提升。他把领袖传记电视片的创作与领袖思想研究以及传记创作结合起来，沟通起来，联系起来，通过影视艺术的感染作用和传播效果，更广泛地、更有效地把他的研究成果转化为社会产品，更生动有力地传播了伟人的精神业绩和性格风采。

陈晋的电视（电影）文献片的创作，写的是真实的历史人物，而且用文学的构思、立意、技法、手法和语言来再现历史人物的经历、事业、性格和风采，因而其文字（脚本）也可视为传记文学；但是，这种传记文学又是同画面与声音结合的，故应该看成是传记文学的一个新形式。由此可以说，陈晋的电视（电影）文献片为传记文学的创作开创了一个新形式，开辟了一条新路子。笔者作为传记文学创作者和研究者，主要从传记文学创作的角度来研究陈晋描写历史伟人的领袖影视传记片、文献片，并统称为领袖影视传记片。作为世纪伟人风采的记录者、传播者、讴歌者，陈晋在自己的领袖人物影视传记片的创作中，无论是在人物形象的塑造和思想境界的开拓上，或者在艺术形式及艺术构思、电视艺术手法以及电视艺术语言的运用方面，都进行了卓有成效的开拓创新，取得了十分突出的成就。

第一，史实的准确性与表达的艺术性

陈晋写的是领袖影视传记专题片，他把握的最基本的原则是绝对的真实。这个绝对的真实，不单指文艺理论常讲的艺术真实或历史本质的真实，要求人物、事件的绝对真实；还要求情节和细节的真实，要求画面载体（即图片、影视资料、录音、遗址文物、文字档案、当事人的回忆等等）以及相关文字解说的真实。陈晋认为：只有真实，才能真正感人；只有真实，才经得起人民和历史的检验。为了凸现这种绝对的真实，他宁肯用文字档案，也绝不用电影故事片的镜头和虚构性的场面资料，而且在每一个细节的运用上，都非常慎重，严格推敲，仔细挑选。

为了达到真实性的要求，陈晋和创作组的同志在资料搜集上下了极大的工夫。拍摄《邓小平》这部片子，他们从1994年初开始搜集资料和采访，用了3

年的时间，直到小平逝世前才播出；准备的十分资料只用了三分。为了拍摄《世纪小平》、《小平您好》，他和创作人员在新闻电影纪录片厂的资料室待了整整3个月，把几十年前的电影胶片都找出来，对着这几十万米的素材带，他们每时每刻都一个劲地盯着，生怕看漏了一个镜头。他们从延安时期的小平到晚年小平的大量材料中，找到了大量未被披露过的资料，为创作打下了坚实的基础。作者在掌握了大量材料后，又根据立意和构思的需要，进行了严格的挑选，把真实的、最能体现人物特点和最能表现主题的资料用在最贴切的地方，既保证了事实的真实性，又体现了历史的科学性。

陈晋写的这些历史伟人的电视专题片脚本，不是一般的材料的堆砌或单纯的解说，而是在反复钻研素材的基础上，根据电视电影艺术的特点，精心进行整体的立意和构思，确定创作的角度和线索，选择恰当的技法和手法，并进而运用文学的语言表现出来。因此，其脚本具有很高的文学性，拍摄出的电视电影具有很高的艺术性和可视性。

第二，切近人物内心世界，塑造个性化的人物形象

毛泽东、周恩来、邓小平这三位历史伟人，通过陈晋和摄制组的艺术创造，通过众多的大众传媒，鲜活地屹立在电影电视荧屏银幕之上，走进了亿万人民心中。陈晋为中国影视文献片和传记文学作出了独特的贡献。

陈晋写的是历史伟人，是人们十分熟悉、了解的历史伟人。因此，怎样塑造领袖形象，就成了十分重要而艰巨的任务。

陈晋在创作中深刻地认识到：创作领袖电视传记片不能为历史而历史，而必须注重对领袖人物的塑造，使历史伟人与历史一道鲜活起来，生动起来。作者决不应满足于把领袖人物放在历史的大背景下叙述他说了些什么，做了些什么；而应力求通过广泛的调查和深入的研究，尽量地切近人物的内心世界，走进他的历史活动，走进他的思想体系之中，并注入历史的认识和思考，注入对历史的理解和深情，从而在历史的大背景下写出领袖的个性化的内容，写出领袖的博大襟怀和独特风采，尽量地去还原领袖，而不是去拔高领袖。因此，不能不强调历史的科学性。只有这样，才能让片子立得住，经得起推敲。只有这样，历史的真谛才能放射出熠熠光彩。

为此，陈晋把拍摄领袖影视传记片的过程，作为学习和探寻领袖波澜壮阔的不平凡人生的历程，作为走近领袖，理解领袖的业绩和理论，体会和把握领袖的人格魅力的过程。

比如拍摄《周恩来》时，陈晋就注意更多地反映周恩来的总理身份，而不是刻意写周恩来是"好人"，以此突出周恩来的历史含量：突出周恩来开国之初怎样组阁，怎样制定第一个五年计划，怎样重视和理解知识分子，怎样领导中国人民扬眉吐气搞出"两弹一星"，怎样在西方国家敌视和封锁下一步步打开外交局面等。同时，作者也运用周恩来和邓颖超的来往信件，通过周恩来称邓颖超为"凤"或"小超"、"超"，而邓颖超则称周恩来为"鸾"或"来"，让人们真切地感受到他们之间的甜蜜爱情。又写了1949年政务院组阁时，有人提出，根据邓颖超在历史上的贡献，完全应该给她安排一个部长席位，周恩来明确答复：只要我当一天总理，邓颖超就不能在国务院任职。作者还写了"大跃进"运动开始时周恩来怎样受到毛泽东批评，如何写检讨，如何心情烦躁，如何提出辞去总理一职等等。这些描写，既有力地突出了周恩来的历史功勋和卓越才华，又反映了周恩来的内心世界，鲜明地塑造了周恩来丰满而完整的形象，并保证了这部人物传记片的科学性、思想性和生动性。特别是作者还大胆地接触和反映了从"大跃进"到"文化大革命"这段敏感的历史时期。在表现周恩来晚年内心世界时，作者抓住了大夫吴阶平回忆周恩来讲的最后一句话："1976年1月7日那天晚上11点多钟，我们好些人就围在他床边……他看见我，有句话说得很清楚，很简单：'吴大夫，需要你的地方很多，我这儿没什么事，你去吧，他们需要你。'这句话说完，他就没再说话。那个时候，他是在弥留之际，实际上他那时大脑已经是活动能力很小了，就好像咱们老的说法，叫'回光返照'吧，好像是条件反射地说了那句话。这就充分说明，他在那种情况下，他想的还是别人，并没有想自己。那句话以后他就没有再说话，所以那是最后一句话。"一个伟大的政治家，逝世前的最后一句话竟然是告诉医生"需要你的地方很多，我这儿没什么事，你去吧，他们需要你"。感谢陈晋采访并录制到这么一个非常珍贵、非常难得的细节，那样深刻感人而又意味深长地表现了周恩来最本色、最光辉的人格。

而且，陈晋还力图找准领袖的不同气质和个性，并运用艺术化的方式表现出来。陈晋对毛泽东和邓小平的文化性格进行了深入的研究,他认为:毛泽东身上集中、典型地体现了中国传统文化,比如浪漫情怀、诗人气质等等;而邓小平则更加平实、实际,更加平民化。作者就根据他们的不同特点,深入挖掘。作者在《独领风骚——诗人毛泽东》中,独树一帜地以毛泽东的诗词为序列和窗口,由毛泽东心灵深处的声音来展现毛泽东的内心世界,展现他的心路风景、人格魅力和绝代风华,将毛泽东激扬文字的青春,婉丽悲欢的爱情,运筹帷幄的决断,决胜千里的气魄,坐地巡天的浪漫,风流人物的慷慨,倚天抽剑的豪气,环球同此凉热的追求等,全都淋漓尽致地展现出来,充分地显示了毛泽东的诗人气质和浪漫情怀,在领袖影视传记片的创作中树立了一座高峰。

而在《邓小平》、《小平,您好》、《小平十章》和《世纪小平》、《走近邓小平》等人物电视传记片中,作者为我们塑造了一个平民化的、朴实而又伟大的邓小平形象。作者不但描述了邓小平的丰功伟绩,还进一步揭示了邓小平的个性魅力和情感世界:他如何面对三起三落的坎坷人生,他为什么总有乐观通达的心境,他为什么直到晚年都能保持面向未来的年轻胸怀,他的家庭生活为什么那么丰富而美好。其中,作者描写了千里跃进大别山的壮举,突出了邓小平顾全大局、勇挑重担的风范:为了把进攻陕北和山东的敌军拖出来,以保障中央的安全,刘邓大军毫无二话地千里跃进大别山,"杀开一条血路";作者引用国民党起义将领的话来从反面说明邓小平的功绩和品质:他"那是跳到枯井里去救人,自己就是很危险的事情,所以那时刘邓是最危险的了。他敢干,他一进大别山,就把整个状况改变了"。作者还描写了邓小平在"文化大革命"结束后,面对中国向何处去的关键选择,旗帜鲜明地提出恢复和坚持毛泽东提出的实事求是的思想,反对"两个凡是"的错误主张,支持"实践是检验真理的唯一标准"的观点,领导了真理标准的大讨论,并适时地把全党工作的重心转移到四个现代化上来,突出地表现了邓小平善于和敢于独当一面、锐意创新、大胆开拓的伟大气魄。作者还描写了他热爱足球、爱打桥牌、爱游泳等,作者引用了邓小平对聂卫平说的话:"我能游泳,说明我身体还行;我能打桥牌,说明我的脑子还行。"这些,都生动地表现了小平的朴实和平民化的特色。作者通过这几部影视传记专题片,通过一个又一个的侧面展示和细节化的描写,为我们塑造了一个立体的、个性化的邓小平，一个实在、本色的邓小平，一个以平凡方式自然流露出伟大品格和非凡气质的邓小平。作者通过他塑造的邓小平的形象，让我们了解，在毛泽东之后，历史为什么选择了邓小平；他又为什么能在 73 岁的高龄，带领中国走出困境，开辟一个新的历史时期。

陈晋善于选择最精彩、最有特色的语言来表现人物性格。在写邓小平时，作者选用了邓小平最精彩的语言。小平参加了二万五千里长征，有人问他在长征中做了什么，他说："跟到走。"八年抗日战争，坚守太行山区，他仅仅说了两个字："吃苦。"三年解放战争，他立下那么大的功勋，却平淡地说："合格。""文化大革命"中被打倒，历经磨难，他只说"忍耐"。重新复出时，毛泽东问他这些年怎么走过来的，他说："等待。"……这些简明扼要而又质朴谦逊的语言，充分显示了邓小平干脆利落、淡泊名利、虚怀若谷、幽默风趣的品质。同时，作者还多次引用他说的"杀出一条血路来"，显示他坚毅果敢、勇往直前的性格。作者还有一段对杨国宇同志的采访，他的话突出地表明了邓小平的个性："你别看他严肃起来不说话，可一说话，就像打出一颗子弹，那你就非执行不可，虽然话不多讲，但不讲空话，讲一句算一句，讲了就要办到，办不到的话他不会讲。"

选择典型细节，是刻画人物的重要方法。凡有创作经验的人都知道，给每集找故事并不难，难的是故事要巧，要有穿透力，还要有细节。在细节的发掘上，陈晋很有独到之处。

比如《毛泽东》的第七集"胸中百万兵"的结尾，引述李银桥的回忆：在三大战役结束后，有一天他给毛泽东梳头，发现了一根白发，扯下来给毛泽东看，毛泽东说了一句：打了三大战役，白了一根头发，值得。这句话，是那样生动地表现了毛泽东刚刚打了大胜仗时的欢欣鼓舞的心情，又表现了毛泽东自信、乐观、豪迈、风趣的性格，而且，作为"胸中百万兵"这一集的结尾，这个细节，既很好地照应了开头，又对毛泽东这位天才军事家的形象，做了一个生动风趣的概括，还为全集内容做了一个漂亮的升华和总结，文字亦含蓄幽默，意蕴深远，令人回味无穷。

在《周恩来》中，写了 1964 年总理在昆明郊区种下了一棵油橄榄，种树的时候，他还特别交代这样一件事情，"从中央到地方的负责同志，除年老体弱的以外，每年都要带头植树，要养成一种风气。"另一个细节是，邢台大地震后，周恩来赶赴邢台，他在考察灾情，问寒问暖，鼓舞群众重建家园的同时，还关注着地震灾害的预测预报。他在邢台隆尧县，专门查阅了当地的县志，发现1200多年前，这里就发生过大地震。他遗憾地说："祖先给我们留下了记录，但是没有留下经验。这次地震付出了很大的代价，我们必须从中取得经验。"随后让人把这个资料带回北京进一步研究。这两个细节都突出地表现了周恩来对环境问题的长远眼光和深刻思索。

《世纪小平》写邓小平1992年到珠海亚洲仿真控制系统工程公司参观，走到一位正在操作计算机的年轻人身边，握着年轻人的手说："我要握握年轻人的手，科学的希望在年轻人。"在同公司科技人员合影后，让大家没想到的是，邓小平主动提出，"要和大家拉拉手"，大家激动地伸出手同邓小平握手，邓小平同大家一一握手，连最后一排的也没有漏过。这些细节，表现了邓小平对青年科技工作者的关怀，对科技工作的重视。

在《毛泽东》中，作者引用了美国作家斯特朗关于周恩来、毛泽东等人跳舞的谈话："周恩来的华尔兹是第一流的，刘少奇的舞步像数字一样准确，朱德的步伐却像是在长征，而毛泽东，则常常按自己的节奏跳舞。"通过跳舞的步伐这个细节，显示了几位领袖的不同性格。

第三，艺术形式的开拓和艺术构思的创新

陈晋在领袖影视传记片创作中主要是担任撰稿工作。他在与编导的合作中，非常重视拍摄前的立意和框架，在艺术形式和艺术构思上进行大胆的开拓创新，取得了可喜的成果。

从立意上看，陈晋在创作每一部领袖影视传记片时，总是赋予它以思想的内涵，以新鲜的主题，从某一个角度、某一个侧面来反映历史人物的某些方面的人格魅力和思想风采，即为全片立"魂"。比如，12集电视纪录片《邓小平》比较全面地反映邓小平的光辉业绩和伟大理论，再现了邓小平的革命生涯和伟人风采；而10集电视纪录片《世纪小平》，就越过邓小平生平功绩的展现，着重揭示邓小平的个性魅力和情感世界；《小平十章》则讲述了邓小平的人生经历的一些片断和故事，反映邓小平的平民化的性格风采。《毛泽东》重在展现毛泽东的伟大功勋；《我眼中的毛泽东》意在揭示毛泽东的个性风采；《独领风骚——诗人毛泽东》则侧重张扬毛泽东的诗心文胆和绝代风华；《毛泽东与湖南》、《亲人毛泽东》则着重反映毛泽东像普通人那样的乡情和亲情。

从艺术形式上看，陈晋写过政论性的文献纪录片《新中国》、《使命》、《共产党宣言》、《世纪宣言》、《创举》、《改革开放二十年》等；又写过电影纪录片《小平，您好》，电影片《小平您好——风采篇·亲情篇·史诗篇》（电影三部）；更写了那么多部历史伟人的影视纪录片。而在领袖人物的传记片中，作者也进行了各种样式的探索，如传记式、理论式、片断式、访谈式、感兴式、故事式等等。更可喜的是，他在各种类型、各种形式上都作出了自己的开拓和创造，都取得了突出的成绩。

在艺术构思上，陈晋总是根据不同的题材、内容、规模、要求，在不同的电视传记片中用不同的艺术构思和表现形式，既不模仿自己，更不模仿别人。

陈晋写《毛泽东》，没有用生平传记式的方法，而是采用了分专题横向展开的方式，来展示毛泽东的功勋和个性风采。

《我眼中的毛泽东》运用了文学访谈形式，十分别致地展示了毛泽东的风采。

《独领风骚——诗人毛泽东》从毛泽东诗词释读的角度来解读历史巨人的绝代风华，并以无所顾忌的心情，把自己对诗人毛泽东的感受尽兴地抒发出来；而在抒情、议论和语言上，也放开手脚，天马行空；在电视画面上，又注意选择一些生动的故事贯穿其中，给观众以很深的穿透力和感染力。

陈晋写邓小平，也用了不同的构思和形式。

1979年拍摄的12集电视文献片《邓小平》，采取了编年体的形式，完整地再现了邓小平波澜壮阔的人生经历。

在电视纪录片《小平，你好》中，作者突出了邓小平的信念、品格、胆识、才干、智慧，指出历史为什么选择了邓小平，人民为什么选择了邓小平；而邓小平又为什么符合这种选择，从而成为中国发展和改革开放进程的划时代的历史伟人。

电视专题片《小平十章》则以讲故事的形式展开，围绕一个个故事，设置一个个悬念，以平民的视觉，用散文化、叙述化的风格，从小事入手，以事喻人、以事传情、以事寓意。这种形式更能让观众津津有味地看下去，入眼、入耳、入脑、入心。

《世纪小平》重在写人。作者以历史的视野，表现邓小平的丰富情怀和独特个性，具有相当的理论深度和较强的文化性。

《走近邓小平》则是以访谈形式拍摄的电视片。通过主持人同曾经与邓小平关系密切的当事人、研究邓小平的专家学者、小平的家人等的对话，既讲述了邓小平经历中伟大而又平凡、鲜为人知而又富于传奇性的一面，同时又有议论，这样，既有理性的深度，又兼顾了广大观众，在历史伟人的电视片创作中，作出了新的尝试。

第四，艺术手法上的大胆创新

陈晋热爱领袖影视传记片的创作且具有很高的艺术才华，又富于开拓和创新精神，因而在艺术方面也取得了突出成果。

首先是在艺术形式的拓展方面，如前所述，陈晋总是根据不同的题材、内容、规模、要求，在不同的电视传记片中运用不同的形式，不同的构思，不同的手法、技法，不同的艺术风格和语言，来贴切地表现领袖的形象和风采、功勋和魅力。

其次，作者在把全片的魂立起来以后，又善于用一条精彩的线索，把各集内容串起来。

陈晋在写《毛泽东》第七集"胸中百万兵"时，想表现毛泽东的军事生涯。毛泽东与其他军事家有什么不同呢？如果把他指挥的战役一个一个地说一下，那实在太平淡了。究竟该怎么表现呢？作者反反复复地思索着，有一天，偶然在一篇文章里读到：1955年，一家总后被服厂为毛泽东做了一套大元帅军服，但毛泽东坚决拒绝了全国人大给予他的大元帅称号，这套元帅服就一直躺在了陈列室里。陈晋从这套元帅服上发现了玄机，找到了切入点：原来毛泽东这位军事统帅从来是不拘形式，不拘常规，他甚至不喜欢玩枪，他是在用笔杆子来指挥军队，用思想来指挥战争。于是这一集就有了别致的构思和很好的线索了。陈晋写道：

"1916年,年轻的师范生毛泽东就天才预言:20年后中日必有一场生死大战;而当他的预言不幸变成现实的时候,已经成为军事统帅的毛泽东把他的军队像棋子一样开向战场,而自己却坐镇延安,拿起笔,写下了预言和指导整个战局的著作——《论持久战》。"请看,作者是多么高明、多么机灵、多么生动、多么巧妙地表现了毛泽东不同凡响、卓然特立的军事家形象和气质。

找到了线索,还要找载体。《毛泽东》第十集写毛泽东敢于斗争、敢于胜利的坚强性格,作者就找到了"游泳"这一载体,通过毛泽东从少年、青年直到晚年都喜欢"到中流击水"的习惯,写出了他独特的个性。

作者还十分重视内容和形式的包装。同样一件事,同样一个主题,叙述方式不一样,结构不一样,表达效果和观赏效果就不一样。

陈晋非常重视领袖电视传记片的开头和结尾。领袖人物传记片,特别要善于以精彩新奇的开头,把观众的注意力吸引到你的节目上来,使观众在最初的一两分钟就对你的节目感兴趣。在这方面,陈晋下了不少工夫。比如《世纪小平》第一章"沉浮人生",一开头就引用了邓小平的一句话:如果给政治上东山再起的人设立奥林匹克奖的话,我有希望获得该奖的金牌。然后播出他在1997年1月,在生命的最后一段时光,看到了中央电视台播出的关于他生平的文献纪录片时,老人脸上露出了受到表扬而不好意思的神情。作者接着写道:"从1920年走出闭塞的四川盆地……到为中国寻找到希望的钥匙,已经70多年了。在邓小平波澜壮阔的一生中,既充满了胜利的喜悦,也品尝过艰难、困顿和痛苦的滋味。回首一生的风雨行程,我们不知道邓小平会有什么样的感慨……"这个开头,抓住了邓小平的曲折经历,很有吸引力。这一集的结尾,在叙述了邓小平传奇式的三起三落的经历后,作者写道:第三次复出的邓小平袒露了自己的心声:"出来工作,可以有两种态度,一个是做官,一个是做点工作。我想,谁叫你当共产党员呢,既然当了,就不能够做官,不能够有私心杂念,不能够有别的选择,应该老老实实地履行党员的责任,听从党的安排。"然后作者写道:"正是在他生命的最后二十年里,他开辟了一个时代,他创造了历史,他为一个国家、一个民族赢得了从未有过的青春。"这个结尾很有力度,既概述了邓小平晚年的伟大功勋和不朽青春,又富于哲理性和感召力。

电视传记片要把那么多的资料组织在一起，不但要有好的线索脉络，而且还得有细密的针线。陈晋在电视传记片的创作中就十分重视起承转合与衔接呼应。还以《世纪小平》第一章"沉浮人生"为例，作者写邓小平第一次被打倒，就先写邓小平年轻时的业绩：1927年，邓小平回国不久，就担任了中共中央秘书长；两年以后，25岁的邓小平……创建了红七军和红八军，成为中国人民解放军的创建者之一。在中国共产党内，这是并不多见的辉煌履历。写到此，作者笔锋一转，沉重地写道："辉煌的历程总是伴随着艰辛和磨难。从战火和险难中走来的邓小平，屡次与死神擦肩而过。"然后接着写"被世人广泛关注的，却是他在政治上三起三落的特殊生涯"。"辉煌的历程总是伴随着艰辛和磨难"，就是一句极好的过渡，既巧妙地连接了上下两层意思，又富于哲理和情思。在《世纪小平》第五章"战略牌局"中，作者写邓小平的日本和美国之行，用了极精彩而又极简洁的过渡："在日本掀起的旋风还在令人回味，邓小平又踏上了美国的土地。"

第五，影视语言的多样化追求

陈晋语言大气磅礴而又缜密细腻，文采焕发而又富于激情，且注重形象化和多样性，能与画面紧密配合，展示出深刻的意蕴和浓郁的诗意。

比如《独领风骚——诗人毛泽东》，陈晋以充满激情的诗的语言，描绘了毛泽东作为政治家、思想家、诗人的文化人格和艺术魅力；通过毛泽东的诗来表现他这个人，他的现实主义，他的浪漫主义，他的戎马生涯，他的情感历程和意志力量，显得那样纵横捭阖，意象葱茏，文采飞扬，情真意切。试看下面一段：

当我们仰望一棵参天树，可曾注视过它的土壤？
当我们掬起一捧长江水，可曾想到过它的源头？
没有肥沃的诗歌土壤，产生不了伟大的诗人和史诗般的华章。
卓越诗人的横空出世，脚下必定有奔流不息、万世不竭的文化滋养。
毛泽东，一生都在梳理中国古代诗词这条精神长河，在那里披沙拣金。
你看他：借一湾斜照汉家宫阙的冷月，折一缕渭城朝雨的柳枝，唱一曲大江东去的浩歌，点一盏醉里看剑的灯火，沿着悠长的风骚故道溯江而上——

这样的语言，是何等的奔放豪迈、气势磅礴、激情奔涌、诗意葱茏。它同毛泽东的文采风华、浪漫气质息息相通。

在写邓小平时，陈晋则着重运用了朴实明快的语言。《世纪小平》第4章"风云胆识"写小平的作风："不要拖延、不宜拖延、不能拖延，这样的话一而再、再而三地出现在邓小平的笔下，我们看到的是一个期待着自己的国家和民族尽快走向富强的老人那颗急迫跳动的心律。邓小平决策果断，说话也从不拖泥带水。""'文革'中复出主持军队工作，开宗明义：'军队要整顿。'""他概括新时期党和国家的任务：'一心一意搞建设。'""当改革开放的进程遇到了困难时，他说：'思想更解放一点，胆子更大一点，步子更快一点。'""这是简洁到朴素的语言，这是耐人深思的语言，这是充满力量的语言。"这也是邓小平电视传记片的语言风格——朴素平实。

在拍电影《小平您好》时，陈晋发现了一个史料：1993年9月，邓小平同弟弟邓垦谈了很久的话，谈了家事、国事，最后小平说："国家发展了，我当一个富裕国家的公民就行了。"当时电影已经有了一个结尾，但陈晋坚持要把这段镜头作为结尾。他认为，邓小平这句话饱含了小平的希望，希望国家发展，人民富裕，然后，自己做一个公民就行了。作者认为，这句话同他的另一句名言"我是中国人民的儿子，我深情地爱着我的祖国和人民"一样，显示了小平同样的感情，同样的胸怀，显得更加质朴和深沉。它与《独领风骚——诗人毛泽东》的浪漫潇洒恰成对照。

运用不同风格的语言来描述不同性格的历史伟人，正表现了陈晋语言的丰富性和多样性，显示了他在语言上的高超水平。

陈晋还很重视电视语言与电视画面的配合与交融。他在从党史研究转向影视创作的过程中体会到，影视语言与平面书报的语言不同，前者是一种综合艺术的体现，讲究与影视视听语言的匹配，文字要求高度凝练，起伏跳跃，富于动作性，明快晓畅。

比如在《毛泽东》第三集中，写到毛泽东被抬着离开苏区，参加长征，这时，荧屏上播出了杭天琪演唱的《十送红军》；荧屏上是空镜头的山水色调，这时候，陈晋加上了这样的解说词："这一年寒冷的11月，中央红军在湘江两岸遭受惨重失败，8万人损失过半。""这一年寒冷的12月，担架上的毛泽东，渐渐接近贵州遵义城。"这感伤的、凄婉的文字，与悲凄的画面、音乐，相互配合，相互融合，渲染了浓郁的氛围，具有强烈的艺术感染力。在《毛泽东》第三集的结尾，身患重病的毛泽东，为打开中美大门，会见了尼克松。镜头播出了毛泽东同尼克松握手的镜头。陈晋加上了一句解说词："毛泽东预感到自己的生命将走到尽头，他对身边的工作人员说，我是看不到中美建交的那一天了。"此时，音乐渐慢，渐滞，渐弱，画面色调很暗，映出游泳池的蓝色波光。然后是字幕："1979年1月1日，中华人民共和国和美利坚合众国正式建立外交关系。"这些文字，多么利索，多么简洁，多么含蓄，多么深沉，而且与画面配合得那样协调，给人以言外之意、弦外之音、余味不尽之感。

第十二章　新时期作家、学人传记

一、新时期作家、学人传记概论

在传记写作方面，新时期较早出现的比较有价值的传记作品是作家、学人的自传、回忆录和他传。

著名作家茅盾（1896—1981）在粉碎"四人帮"后写了《我走过的道路》，除记述他前半生的经历和创作活动外，还记叙了现代史上不少重要的事件，提供了中国现代文化史和文学史的重要而翔实可靠的资料。戏剧家夏衍的《懒寻旧梦录》，回忆了他的前半生，重点写了左翼阵营内部的斗争。两部传记都有较高的文学价值和史料价值，都写得客观、冷静、简洁、明晰，显示出作者高度的文学功力和大家手笔。

巴金的《随想录》是新时期影响最大、成就最高的一部回忆录。作者以沉痛的心情，回顾了十年"文化大革命"乃至新中国成立以来，自己在历史沧桑中的人生经历、心路历程和感情世界，回忆了他的爱情和友谊，抒写了他的迷惘和觉醒，蒙昧和探索，悔恨和悲哀，痛苦和欢乐，表达了他的忏悔和希冀，这部作品是当代回忆录的高峰，也是新时期传记文学的高峰。

喜剧家陈白尘的《牛棚日记》、《云梦断忆》写出他在"文化大革命"中深重的屈辱和痛楚，辛辣地揭露了"文化大革命"中一些人的丑恶行径。其《寂寞的童年》、《少年行》，写他少年时代的经历和到上海学习戏剧的经过。著名女作家丁玲写了《狱中回忆》、《我所认识的瞿秋白——回忆与随想》等回忆录。

当代作家、艺术家的传记和评传更多。表现鲁迅先生的传记就出现了好多种，较早的有王士菁的《鲁迅传》，20世纪80年代后有曾庆瑞的《鲁迅评传》，吴中杰的《鲁迅传略》，林非、刘再复的《鲁迅传》，林志浩的《鲁迅传》，彭定安的《鲁迅评传》，陈漱渝的《民族魂》，王晓明的《无法直面的人生——鲁迅传》等，各位作者都从自己的角度来表现鲁迅的生平和创作，评价鲁迅的思想和艺术，各有风格，各具特色。这反映了新时期传记文学百花齐放的盛况。其他如《闻一多传》、《胡风传》、《巴金评传》、《冰心评传》、《徐志摩评传》、《李苦禅传》、《赵丹传》、《张玉良传》、《弘一法师传》、《苏曼殊评传》等，也都有自己的特色。

刘白羽经过40多年的酝酿，于1984年出版了《大海——记朱德同志》，以恢弘的笔力写出了朱德的崇高人格和博大胸怀。20世纪末，他写出了90多万字的自传性回忆录《心灵的历程》。作者融一个老共产党人的追求、知识分子的奋斗、作家的才华、记者的敏锐为一体，描写了自己由一个破落家庭子弟冲破重重障碍走向革命的艰难曲折的成长过程，写出了他的追求和奋斗，欢乐和痛苦，人格和个性，理想与情操；同时，作者又把他个人的命运与党、国家和民族的命运紧紧相连，写出了他接触过的领袖、党政军高级领导、文化名人、国际友人等等，既写出了作者的心灵，又展示了时代的风云。其广博的思想容量、高度的历史价值和深厚的文学魅力，使这部作品达到了很高的艺术境界。

在新时期，学人传记逐渐繁荣，对"文化热"和"人文精神"的发展，起了很好的推动作用。20世纪80年代出现的学人传记同20世纪50年代出版的知识分子传记不同的是：后者主要是以政治思想评价为主导，而忽视传主在学术文化上的贡献及其学人风骨的表现；而前者则将重点放在对历史上的文化精英的学术生命和文化品格的发掘和再现上。新时期的这些学人传记，包括近现代的著名学者康有为、梁启超、严复、梁漱溟、熊十力、冯友兰、辜鸿铭、蔡元培、赵元任、胡适、鲁迅、郭沫若、闻一多、朱自清、周扬等人的传记，其中影响特别大，写得也较成功的，当推张紫葛的《心香泪酒祭吴宓》，陆键东的《陈寅恪的最后二十年》，程伟礼的《信念旅程——冯友兰传》，高建国的《顾准全传》，张冠生的《费孝通传》，李辉的《萧乾传》，戴光中的《胡风传》，凌宇的《沈从文传》，还有季羡林的《牛棚杂忆》、韦君宜的《思痛录》等学者的回忆录，这些作品都在不同程度上塑造了传主的文化人格，肯定了传主的文化贡献，表现了对于知识分子乃至全人类的生存意义的探究和追寻，凝聚了高度的文化智慧和人文精神，具有深刻的反思性，闪耀着高尚的精神光辉。

二、茅盾的《我走过的道路》

茅盾（1896—1981），原名沈德鸿、沈雁冰，浙江桐乡人，中共早期党员。1915年毕业于北京大学预科班，1916年任上海商务印书馆编辑，1921年与郑振铎、叶圣陶等组织文学研究会，提倡现实主义文学，任《小说月报》编辑、主编。1928年东渡日本，1930年回国加入左联，抗日战争爆发后与巴金等在上海合编《呐喊》、《烽火》等，后任香港《文艺阵地》主编、新疆学院文学系主任。1940年赴延安鲁迅艺术学院讲学，又到重庆、香港等地从事文化活动。1949年后历任文化部部长、中国作家协会主席、全国文联副主席等职。

茅盾的创作，以小说成就最高。著有长篇小说《蚀》、《虹》、《子夜》、《腐蚀》等及中短篇小说集《路》、《三人行》、《春蚕》、《秋收》、《残冬》、《林家铺子》等。同时，他也创作了大量散文（包括杂感、随感录等），先后结集出版了《白杨礼赞》、《话匣子》、《速写与随笔》、《印象·思想·回忆》、《炮火的洗礼》、《见闻杂论》、《茅盾随笔》、《时间的记录》、《生活之一页》、《苏联见闻录》、《杂谈苏联》、《跃进中的车轮》、《脱险杂记》、《茅盾散文速写集》。他还写了评论集《谈最近的短篇小说》、《夜读偶记》、《鼓吹集》、《鼓吹续集》、《给青年作者的信》及话剧剧本《清明前后》等。回忆录《我走过的道路》是茅盾晚年的重要著作。

《我走过的道路》是我国文坛巨擘茅盾先生晚年精心写下的一部大型回忆录，全书长达70多万字，分上、中、下三册出版。作者从他的家庭和童年时代写起，一直写到1948年他到大连结束。作者详尽真实地记述了他自己前半生的经历和创作活动及创作中的经验体会和得失甘苦，对自己的人生追求和功过是非都作了恳切真实的叙述，还表现了他在各个时期的思想活动和对各种活动、不同人物的观点和认识，从而使我们看到了一个走在时代前列的，不管在何等艰险危难和纷纭复杂的环境下，都始终自觉地为党的革命文艺事业顽强奋斗的革命文艺家的形象。他是那样自觉、严谨、坚定、忠诚，又是那样热情、忠厚、宽容、仁义；他既有共产党人的坚定立场，又有中国知识分子传统的处世原则。作者为我们塑造了一位温文尔雅的、卓然有成的文学家的自我形象。这是这部回忆录的第一个成就。

第二，这部回忆录还记述了作者所参与及经历过的中国现代史（特别是中国现代文学史）上的许多重要事件，如早期共产党的活动、北伐战争、文学研究会、20世纪30年代左翼文艺阵营的丰富活动及多次论战，还有抗日战争时期大后方和延安的抗战文艺活动等。由于作者是建党初期的共产党员，又亲身参与并经历了上述活动，故对其中的事实特别清楚，作者以实事求是的精神对这些历史事件进行了深入叙述，并阐述了自己的观点和看法，为我们了解中国现代革命史和现代文学史，提供了极为珍贵、准确的第一手资料，因而有很高的史料价值和文献价值。

当然，作为作家，这部回忆录主要还是回忆自己的著作是如何写出来的，以及当时的评价。如中册第一章"创作生涯的开始"，写他第一部小说《幻灭》的创作："《幻灭》从九月初动手，用了四个星期写完。当初并无很大的计划，只觉得从'五卅'到大革命这个动荡的时代，有很多材料可以写，就想选择自己熟悉的一些人物——小资产阶级的知识分子，写他们在大革命中的沉浮，从一个侧面来反映这个大时代。"而对作品的风格，作者也作了说明："我提倡过自然主义，但当我写第一部小说时，用的却是现实主义。我严格地按照生活的真实来写，我相信，只要真实地反映了现实，就能打动读者的心，使读者认清真与伪，善与恶，美与丑。"中册第四章用了整整一章的篇幅回顾"《子夜》写作的前前后后"，第五章则专谈"《春蚕》、《林家铺子》及农村题材的作品"，第六章写"文艺大众化的讨论及其他"，第十章谈"'左联'的解散和两个口号的论争"，作者以当事人的身份，为我们留下了极其珍贵的史料。

第三，这部回忆录还为我们描写了他同一些著名人物的交往和友谊。作者描写了陈独秀、毛泽东、鲁迅、瞿秋白、郭沫若、郑振铎、冯雪峰、胡风的外貌、经历、言语、行动、思想感情以及他们对各种事件的立场观点，具有很高的历史价值和认识价值。如他写大革命失败后的 1928 年 6 月，陈独秀突然来访，而半年前，"陈之联络人郑超麟曾来看过我，知道我现在蛰居家中，卖文为生，所以陈独秀知道我的地址"。"我请他坐下，德沚上茶，正想探问他此来何意，他却自己说：'我近来在研究现存于各省方言中之中国古音，为作一部《文字学注释》准备材料。……现在我正收罗上海话之古音，特来向你探讨。'""我又问他对时局有何看法。他说他现在不问政治，所以治声韵学。我又问：'你看蒋政权能维持多久？'他沉吟后说：'从前北洋军阀直、皖、奉三系，火并八年，互相削弱，然后国民革命军北伐能成功。现在蒋内部派系及收编之地方军，恐不止三个系统，他们自相火并而削弱，也算他八年，那时共产党方可卷土重来，现在的到处暴动不能成大事。'"当晚，他就宿在茅盾女佣睡的小榻。第二天一早，没等茅盾起床，他就走了。后来，陈独秀写完《文字学注释》，商务印书馆同意出版而"竟未能出版"。为我们提供了陈独秀晚年的一个凄凉的写照。

由于这部回忆录是作者晚年在极"左"的禁锢开始解除的情况下写的，而且做了认真准备，收集了大量资料，因而全书气势恢弘，结构完整，剪裁得当，材料真实、生动、典型，语言朴实无华。作者无意使用文学技巧，但叙事简明扼要，明白晓畅，庞杂的内容安排在匀称的构架之中，繁复的事情叙述得井然有序，显示出极深的文学功力，展现出卓尔不凡的大家手笔。

应该说，茅盾的这部回忆录同郭沫若的自传一样，都是中国现代文学大师的珍贵遗产，它们不但描写了个人的经历和性格，还记述了现代文学史上许多人物的重要活动和观点，这就为我们提供了中国现代革命史和文学史上的极其重要的资料。比较而言，茅盾的回忆录比郭沫若的自传更重视客观冷静的观察，材料上更真实准确，结构上更严谨整饬；而郭沫若的自传则更加灵动自如，更注重主观情感的倾诉，更善于大胆暴露自己的情感世界和内心隐秘。即是说茅盾的回忆录更倾向于现实主义，而郭沫若的自传更倾向于浪漫主义。

三、巴金的《随想录》

巴金（1904—2005），原名李尧棠，字芾甘，四川成都人。1927 年赴法国留学，1928年曾任《文学季刊》编委，文化生活出版社、平明出版社总编辑，《文季月刊》主编；是《烽火》杂志创始人，中华全国文学艺术界抗敌协会理事；1949年后历任中国文联第三、四届副主席，中国作家协会第二、三届副主席及第四、五、六届主席，上海作家协会主席，上海文联主席，《文艺月报》、《上海文学》、《收获》杂志主编。全国第五届人大常委，全国第六、七、八届政协副主席。1928年开始发表作品，著有长篇小说《灭亡》，"激流三部曲"《家》、《春》、《秋》，"爱情三部曲"《雾》、《雨》、《电》，短篇小说集《英雄的故事》、《明珠和玉姬》、《李大海》、《寒夜》、《火》、《憩园》、《第四病室》，中篇小说《春天里的秋天》，回忆录《随想录》，翻译长篇小说《父与子》、《处女地》，回忆录《往事与随想》，出版了《巴金文集》（14卷）、《巴金全集》（26卷）、《巴金译文全集》（10卷）。

粉碎"四人帮"后，巴金于1977年至1986年，为我们献出了40多万字的《随想录》（包括《随想录》、《探索集》、《真话集》、《病中集》、《无题集》）。这是作家对中国和世界文坛的新贡献，也是中国新时期自传文学（回忆录）创作的高峰。

这部《随想录》的最高价值，就是以最沉痛的心情和最坦诚的精神，以高度的自审意识，回顾了自己在史无前例的灾难中的惨痛经历及深刻的反思和总结。作者和众多知识分子一样，都在"文化大革命"中经受了残酷的迫害，也经过了畸形发展的心理变化。巴金对此进行了深刻的剖析，并且"从彻底解剖自己开始弄清楚当时发生的事情"。他因为在1956年鼓励别人"独立思考"，在1962年发表过《作家的勇气和责任心》的讲话，"文化大革命"一开始，他就被贴了"大字报"，他的"公民权利就给剥夺干净了"。他仿佛中了催眠术，"脑子里没有是非、真假的观念，只知道自己有罪，而且罪名越来越大。……我抓住的唯一的'稻草'就是'改造'。……我还记得我小的时候每逢家中有人死亡，为了'超度亡魂'，请了和尚来诵经，在大厅上或者别的地方就挂出了十殿阎罗的图像。在图像上有罪的亡魂通过十个殿，受尽了种种酷刑，最后转世为人。这是我儿时受到的教育，几十年后它在我身上又起了作用。1966年下半年以后的三年中间，我就是这样理解'改造'的，我准备给'剖腹挖心'、'上刀山，下油锅',受尽惩罚,最后喝'迷魂汤'、到阳世重新做人"。……"那些年我就是在谎言中过日子,听假话,说假话。起初把假话当真理,后来逐渐认识了虚假……十年中间我逐渐看清楚了十座阎王殿的图像,一切都是虚假!"他在刀光血火之中,在牛头马面的精彩表演中,觉醒过来了!他"咬紧牙关忍受一切折磨,不再是为了赎罪,却是想弄清是非"。巴金终于看清了"张春桥、姚文元青云直上的道路","他们是踏着奴仆们的身体上去的。我就是奴仆中的一个,我今天还责备自己"。作者由此总结出深刻的教训:"要澄清混乱的思想,首先就要肃清我们自己身上的奴性。大家都肯独立思考,就不会让人踏在自己身上走过去。"

巴金说:"十年浩劫究竟是怎样开始的?人又是怎样变成兽的?我总会弄出点眉目来吧。我挖别人的疮,也挖自己的疮。……""在总结十年经验的时候,我冷静地想:不能把一切都推在'四人帮'身上。我自己承认过'四人帮'权威,低头屈膝,甘心任他们宰割,难道我就没有责任!难道别的许多人就没有责任!不管怎样,我要写出我的总结。"

巴金的《随想录》就是自己煎熬中的忏悔,是他对自己"文化大革命"初期的奴隶意识的批判,是他对知识分子的民族人格、理性意识和怀疑精神的呼唤。

巴金在沉痛忏悔自己的同时,也写出了许多知识分子所遭受的灾难和屈辱、打击和迫害,还写出了对他们的深情怀念。如《赵丹同志》和《没有什么可怕的了》,用了两件事写赵丹在"文化大革命"中的遭遇。一是听一个学生讲赵丹在批斗会上"毫不在乎,只是香烟抽得不少,而且抽坏烟,赵丹说没有钱,只能抽劳动牌"。二是巴金同赵丹被批判时,"坐在冷冰冰的水泥地上。赵丹来了,坐在白杨旁边,我听见他问白杨住在什么地方。在旁边监视的电影系统的造反派马上厉声训斥:'你不老实,回去好好揍你一顿。'这句话今天还刺痛我的耳朵。十一年后赵丹在病床上说:'对我,已经没有可怕的了。'这是多么强烈的控诉!他能忘记那些拳打脚踢吗?他能忘记各式各样的侮辱吗?"粉碎"四人帮"后,巴金听见赵丹表露心情:"为了报答,我应当多拍几部好片子。"巴金说:"我很欣赏他这种精神状态。他乐观,充满了信心。我看见他身上有一团火,有一股劲。"但是，直到赵丹去世，也没有让他演一部电影。然而，在医院中，在临终前，"赵丹说出了我们一些人心里的话（指赵丹在文章中说的'大可不必领导作家怎么写文章、演员怎么演戏'），想说而说不出来的话。可能他讲得晚了些，但他仍然是第一个讲话的人。我提倡讲真话，倒是他在病榻上树立了一个榜样"。

再如《怀念胡风》，作者写了他与胡风 50 多年的交往和友谊，他们在鲁迅家里的谈话，写了胡风的许多优点："我得承认我做工作不像胡风那样严肃、认真。我也没有能力把许多有才华的作家、诗人团结在自己的周围。"这样一位优秀的文学家，却在批判胡风运动中被关押几十年，当粉碎"四人帮"之后，"梅志同志同胡风来到我面前，她指着胡风问我：'你还认识他吗？'我愣了一下。我应当知道他是胡风，这是我在 1955 年以后第一次看见他。他完全变了，一看就清楚他是个病人，没有什么表情，也不讲话。""一个有说有笑、精力充沛的诗人变成了神情木然、生气毫无的病夫，他受了多大的迫害和折磨！"……"我差一点流出眼泪，这是为了我自己。……因为我认为自己不曾偿还欠下的债，感到惭愧。""但赖账总是不行的。……希望能补偿过去对亡友的损害。"巴金深刻地忏悔了自己在反"胡风集团"的运动中，所做了的对不起胡风的事——发表过三篇文章，主持过几次批评会。尽管那是在当时那种政治气候下，是在上边一次又一次的催促之下，但是，他仍然感到不能原谅自己："50 年代我常说做一个中国作家是我的骄傲。可是，想到那些'斗争'，那些'运动'，我对自己的表演（即使是不得已而为之吧），也感到恶心，感到羞耻。"最后，作者深刻地总结道："往事不会消散，那些回忆聚在一起，将成为一口铜铸的警钟，我们必须牢牢记住这个惨痛的教训。"

《随想录》还写了巴金的友情、亲情与爱情。如《我的哥哥李尧林》、《怀念一位教育家》、《怀念均正兄》、《怀念老舍》、《怀念烈文》等，是写亲情与友情的，都写得情深意挚；而写爱情的《忆萧珊》、《再忆萧珊》，写得更是撼人心魄。《再忆萧珊》几乎全用意识流的手法，写出萧珊去世多年后他的无尽的思念和痛苦。作者一开始就从梦境入手：

昨夜梦见萧珊，她拉住我的手，说："你怎么成了这个样子？"我安慰她："我不要紧。"她哭起来。我心里难过，就醒了。……

我醒着，我在追寻萧珊的哭声。耳朵倒叫得更响了。……我终于轻轻地叫出了萧珊的名字："蕴珍。"我闭上眼睛。房间马上变换了。

在我们家中，楼下寝室里，她睡在我旁边另一张床上，小声嘱咐我："你有什么委屈，不要瞒住我，千万不能吞在肚里啊！"……

在中山医院的病房里，我站在床前，她含泪地看着我说："我不能离开你。没有我，谁来照顾你啊！"……

在中山医院的太平间，担架上一个带人形的白布包，我弯下身子接连拍着，无声地哭唤："蕴珍，我在这里，我在这里……"

我用被子蒙住脸。我真想大叫两声。我快要给憋死了。"我到哪里去找她？！"我连声追问自己。我又回到了华东医院的病房。耳边仍是早已习惯的耳鸣。

她离开我十二年了。十二年，多么长的日日夜夜！……

我仿佛还站在站台上等待着车子的驰近等待着一个人回来。这样长的等待！十二年了！甚至在梦里我也听不见她那清脆的笑声。我记得的只是孩子们捧着她的骨灰盒回家的情景。……每夜每夜，我都听见床前骨灰盒里她的小声呼唤，她的低声哭泣。

怎么我今天还做这样的梦？！怎么我现在还甩不掉那种精神的枷锁？！……悲伤没有用。我必须结束那一切梦境。我应当振作起来，哪怕是最后的一次。……

这是何等凄怆而深挚的感情，又是何等悲壮而坚毅的情怀！

这部《随想录》有着丰富而深刻的思想内涵，显示了巴金对祖国、对人民深沉而博大的爱，对文学艺术矢志不移的挚爱和忠贞，对真理正义奋不顾身的捍卫和追求。

巴金在对自己二十几年人生的思考中，认识到说假话的危害，提出了说真话的问题。他说："我的'随想'并不'高明'，而且绝非传世之作。不过我自己很喜欢它们，因为我说了真话，我怎么想，就怎么说出来，说错了，也不赖账。……无情的时间对欺世盗名的假话是不会宽容的。"

他进而提出了："人活着不是为了'捞一把进去'，而是为了'掏一把出来'。"

他还提出了"应当把文艺交给人民"。应该给作家"创作自由"——"作家们用自己的脑子思考问题，根据自己的生活感受，写出自己想说的话，这就是争取创作自由。"作家应该"独立思考"，应该"把心掏给群众"。

巴金还提出了建立现代文学馆和建立"文化大革命"博物馆的倡议。现代文学馆已经建立，但"文化大革命"博物馆却没有建立。巴金从十年的惨痛经历中认识到：

> ……绝不让我们国家再发生一次"文化大革命"，因为第二次的灾难，就会使我们民族彻底毁灭。
>
> 我绝不是在这儿危言耸听，二十年前的往事仍然清清楚楚地出现在我的眼前。那无数难熬难忘的日子，各种各样对同胞的伤天害理的侮辱和折磨，是非颠倒、黑白混淆、忠奸不分、真伪难辨的大混乱，还有那些搞不完的冤家，算不清的恩仇！难道我们应该把它们完全忘记，不让人再提它们，以便二十年后又发动一次"文化大革命"，拿它当做新生事物来大闹中华?!……
>
> 建立"文化大革命"博物馆，这不是某一个人的事情，我们谁都有责任让子子孙孙、世世代代牢记十年惨痛的教训。"不让历史重演"，不应当只是一句空话。要使大家看得明明白白，记得清清楚楚，最好是建立一座"文化大革命"博物馆，用具体的、实在的东西，用惊心动魄的真实情景，说明二十年前在中国这块土地上，究竟发生了什么事情。让大家看看它的全部过程，想想个人在十年间的所作所为，脱下面具，掏出良心，弄清自己的本来面目，偿还过去的大小欠债。……只有牢牢记住"文化大革命"的人才能制止历史的重演，阻止"文化大革命"的再来。
>
> 建立"文化大革命"博物馆是一件非常必要的事，唯有不忘"过去"，

才能做未来的"主人"。

《随想录》的写作只有一个总的主题和整体的构架，那就是"把这十年苦难的生活作一个总结，从解剖自己开始，弄清楚当时发生的事情"。而在具体写法上则是以即兴式的文章、散文式的笔法来写，想到哪里写到哪里，抓住什么写什么，如他自己所说："我一篇一篇地写，一篇一篇地发表。这些文字只是记录我随时随地的感想，既无系统，又不高明。"他把现实和回忆，叙述和描写，议论和抒情，哭诉和呐喊，怀念和自责，歌颂和忏悔，全部有机地交织在一起，形成了整部回忆录叙事和哲理的交融，坦荡而深沉的风格。由于作家写的是真话，他也没有什么可怕的了，而且他有那么多惨痛的经历、悲剧的遭遇、深刻的教训、心灵的忏悔要向人们倾诉，要让世界知道；而且，他又有几十年创作的丰富经验和深厚的积淀，又经过了十年的反复思索和血泪的孕育，所以，一旦发而为文，就沛然而不可遏止，真如鲁迅所说：从水管里流出来的都是水，从血管里流出来的都是血。也如苏东坡所说：不择地而出，流于当所流，止于当所止。其艺术成就真正达到了随兴所至、随势成文、随意成篇、涉笔成趣、自成高格、自入化境的最高境界。作者也不追求所谓的艺术技巧，但是，由于巴金这时的写作已抛弃了一切功利的羁绊，纯然只是真情的倾诉和心血的奔泻，加之作家几十年里早已把一切的技巧技法运用自如，烂熟于心，故写作时能完全自如地、自然地、自觉地、无意识地将各种技巧、技法、手法融合在一起，服从和服务于主题和感情表达的需要，因此，你看不出什么技巧而作品实际上已经达到了最高的技巧。作者是那样巧妙地、高明地进行着艺术的构思（或抓住一物、一事、一人、一句话，或抓住一篇文稿、一句真话、一段真情、一个梦境来立意，或破空而至，突兀而起，或深情款款，缓缓道来，展开文章），让你觉得他只是随意命笔，自然成文，而实则却是反复思索、精心安排的结果；作者是那样自然而然地运用着蒙太奇、意识流、象征、比喻、夸张、荒诞、幽默等技法，随心所欲地运用着白描、细描、详述、概述、议论、抒情、起承转合、首尾照应、重复排比，等等，可以说到了纯熟自如、出神入化的地步，真正是百炼钢化为了绕指柔。

四、杨绛的《干校六记》和《我们仨》

杨绛（1911—），女，原名杨季康，江苏无锡人。1932年毕业于苏州东吴大学政治系。1935年同钱钟书结婚后同到英国牛津大学及法国学习。1939年后历任苏州振华女中（沪校）校长，上海震旦女子文理学院外文系教授，国立清华大学外语系教授，中国社会科学院外国文学研究所高级研究员。1953年加入中国作家协会。著有剧本《称心如意》、《弄假成真》，散文集《将饮茶》、《杂忆与杂写》、《杨绛散文》、《杨绛作品集》（3卷），回忆录《我们仨》，短篇小说集《倒影集》，文论集《关于小说》，翻译小说《吉尔·布拉斯》及《杨绛译文集》（4卷）。《干校六记》获1989年全国优秀散文奖，译著《堂·吉诃德》获中国社会科学院优秀科研成果奖。

杨绛的《干校六记》是对干校生活的回忆，应属散文体的回忆录。《我们仨》第一、二部是写她对她与钱钟书及女儿阿瑗三人生活的梦忆；第三部则是她对"我们仨"的思念及回忆。这两部作品均是传记文学之精品。

《干校六记》以散文的笔法，记述了作者同丈夫钱钟书在"文化大革命"中被下放到干校去"劳动改造"的经历及其内心感受，有很高的史料价值，也有很高的文学水平。

作者写出了知识分子在"改造"中的艰辛和无奈。钱钟书，这位60多岁的国家级专家，却被弄去烧锅炉，才下放半年多，已经变得又黑又瘦，简直换了个样儿，连朋友都认不出他了。而且右下颔生了大疮，也得不到基本的治疗。干校条件艰苦，这些高级知识分子连最起码的生存权都没有，更遑论言论、行动等权利。每天工作十几个小时，晚上还要值夜班。听广播、看电影，都要统一行动，夫妻相距不过一小时路程却不许随便走动探望……作者把这一切都如实地写了出来，深刻地控诉了"四人帮"对知识分子的迫害。

同时，作者也写出了知识分子的善良、宽容、聪明、团结、合作。如写她在艰苦条件下还爱护一条小狗；对经常偷窃他们东西的贫穷农民依然充满善意；打井、种菜等劳动中的小小的发明、创造；他们之间的互相关照、互相支持、互相同情以及他们的苦中作乐。

作者更写出了她和钱钟书心心相连、相濡以沫的无限深情。作者在"冒险记幸"中写她有一次去探望钟书，差点迷路的狼狈情景："一路坑坑坡坡，一脚泥、一脚水，历尽千难万阻，居然到了默存宿舍的门口。我推门进去，默存吃了一惊。'你怎么来了？'我笑说：'来看看你。'默存急得直骂我，催促我回去。我也不敢逗留……"她又经历一段艰险，"做贼似的悄悄掠过厨房，泥泞中用最快的步子回屋"。

《干校六记》的构思很新颖。作者不是按一般的时序来写干校生活，而是借用《浮生六记》的方式，以"下放记别"、"凿井记劳"、"学圃记闲"、"'小趋'记情"、"冒险记幸"、"误传记妄"六章，主旨鲜明、生动活泼地展示了丰富的思想情怀和生活内容，表现出丰富的、天真自然的世态人情。

作者的语言含蓄、幽默而又精练生动。作者写农民邀狗舔粪：我女儿初下乡，同炕的小娃子拉了一大泡屎在炕席上，她急得忙用大量手纸去擦。大娘跑来嗔她糟蹋了手纸，也糟蹋了粪。大娘"呜——噜噜噜噜噜"一声喊，就跑来一只狗，上炕一阵子舔吃，把炕席连娃娃的屁股都舔得干干净净，不用洗也不用擦。她每天早上听到东邻西舍"呜——噜噜噜噜噜"呼狗的声音，就知道各家娃娃在喂狗呢。

作者写小狗小趋因默存经常给它带吃的来，每次总和杨绛"一同等候默存。它远远看见默存从砖窑北面跑来，就迎上前去，跳呀、蹦呀、叫呀、拼命摇尾巴呀，还不足以表达它的欢欣，特又饶上个打滚儿；打完一滚，又起来摇尾蹦跳，然后又就地打个滚儿。默存大概一辈子也没受到这么热烈的欢迎"。

作者写雨的不同，运用对比手法，也十分精彩：

  我在苏州故居的时候最爱下雨天。后园的树木，雨里绿叶青翠欲滴，铺地的石子冲洗得光洁无尘；自己觉得身上清润，心上洁净。可是息县的雨，使人觉得自己是黄土捏成的，好像连骨头都要化成一堆烂泥了。

作者写人的血肉之躯能经受折磨，则颇带幽默乃至反讽了：写她帮默存准备下放而用粗绳子缠捆木箱铁箱之时，突发奇想："可惜能用粗绳子缠捆保护的，只不过是木箱铁箱等粗重行李（而像默存这样的高级知识分子，谁来保护呢？）；这些木箱、铁箱，确也不如血肉之躯经得起折磨。"作者接着写道："经受折磨，就叫锻炼；除了准备锻炼，还有什么可准备的呢？"作者见到知识分子搬书架时"狠命用肩膀扛，贴身的衣衫磨破，露出肉来。这又使我惊叹，最经磨的还是人的血肉之躯"！这是怎样令人心酸而又愤懑的幽默反语呀！

《我们仨》是作者在90多岁的高龄，在丧失了爱女和丈夫的极度痛苦中写出的一部形式新颖奇特的作品，分两大部分。第一部、第二部为第一部分，写的是做梦。第三部"我一个人思念我们仨"是真实的回忆。

第一部"我们俩老了"，可算引子，写她做了一个梦。她和钟书一同散步，说说笑笑，忽然钟书不见了。她四顾寻找，高声叫喊，皆无踪影。最后在惶急中醒了。钟书在她旁边的床上睡得正酣呢。以后，这类的梦她又做过多次，梦中恓恓惶惶。钟书叫她做了一个长达万里的梦。

第二部"我们仨失散了"是一个"万里长梦"。梦境历历如真，醒来还如在梦中。该梦又分了三部分：（一）走上古驿道；（二）古驿道上相聚；（三）古驿道上相失。

作者写钟书和阿瑗正在笑闹，突然电话通知钟书开会，第二天，一辆车把钟书接走，直到第二天，钟书才来电话，阿瑗去找到了爸爸，说在古驿道。第三天，她俩就上了古驿道，找到了客栈，发了牌子，看了警告：不能乱走、乱问。她俩在古驿道上，在岸边的船上，找到了睡在船上的钟书，然后她俩回到客栈，以后，她又在梦中去船上找钟书……可是，有一天天气冷，阿瑗来看她，阿瑗走后，她又去看钟书。半年后，阿瑗病了，她又到医院看望。"我在古驿道上，一脚一脚的，走了一年多。"

这天很冷，阿瑗病了，来同她告别。她又去看钟书，钟书希望女儿休息。回到客栈，她又变成了很沉重的梦，走进墓院，找到了阿瑗。但她一睁眼，见自己身在客栈床上，刚才是她创造了一个梦境。于是她又照常到了钟书船上。她"每天和他同谈梦里所见的阿瑗。"

作者说："我的梦很疲劳。……我天天带着自己的影子，踏着落叶，一步一步小心地走，没完的走。后来，阿瑗在光天化日之下，一晃眼就没有了。"她又去到驿道上，同钟书谈阿瑗。"他已骨瘦如柴，我也老态龙钟。""他故意慢慢儿走，让我一程一程送。"小船不见了，变成一个小点，也不见了。"山上的石头，是不是一个女人变的'望夫石'？我实在不想动了，但愿变成一块石头，守望着我已经看不见的小船。"

这个梦境，真真假假，虚虚实实，恍恍惚惚，朦朦胧胧，既象征性地表现了她们三人相依为命的深沉感情，也象征性地显示了他们在人间的相互担忧、相互体贴、相互爱惜和眷顾。而所谓客栈的阴暗、严酷和铁的规定，更使人想到"文化大革命"中他们凄苦的命运。读着真令人不寒而栗、浮想联翩。

作者通过噩梦，写出了接连丧失两个相依为命的亲人的撕心裂肺的痛苦。这种痛楚似乎已难以用冷静的、现实的笔触来描写，只得借助梦幻的形式来展现痛失亲人的极度凄楚和对生死无常的惶惑茫然。作者选用"古驿道"的意象，运用以虚写实、虚实相生、亦真亦幻的手法，写出亲人的失散、追寻、相聚、留恋、相失的悲欢离合、痛苦缠绵，创造出格外令人伤感的梦幻境界。

与第一部和第二部的浪漫、象征乃至荒诞相反，第三部则显得现实、真实而又朴实。

第三部名"我们仨"，作者以深厚的感情回忆他们三人的生活经历、深厚情感和独特性格。序言含蓄、深沉，极有文采：

"我们仨"是最平凡不过的。……我们这个家，很朴素；我们三个人，很单纯。我们与世无求，与人无争，只求相聚在一起，相守在一起，各自做力所能及的事。碰到困难，钟书总和我一同承当，困难就不复困难；还有个阿瑗相伴相助，不论什么苦涩艰辛的事，都能变得甜润。我们稍有一点快乐，也会变得非常快乐。所以我们仨是不寻常的遇合。现在我们仨失散了。往者不可留，逝者不可追；剩下的这个我，再也找不到他们了。我只能把我们一同生活的岁月，重温一遍，和他们再聚聚。

作者在结构安排上很见匠心。因为是写"我们仨"，故从她与钟书结婚后到英国牛津大学及法国巴黎大学读书学习写起,有了他们俩,很快便在巴黎生下了圆圆,于是成了"我们仨"。至于她与钱钟书婚前的经历,几乎没有多加介绍,目的是为了突出"我们仨"。然后接着写回国后在几所学校任教,在图书馆任职。新中国成立前夕,他们没有"逃走","只是不愿去父母之邦,撇不开自家人。我国是国耻重重的弱国,跑出去仰人鼻息,做二等公民,我们不愿意。我们是文化人,爱祖国的文字,爱祖国的语言。一句话,我们是倔强的中国老百姓,不愿做外国人"。就这样,他们留在了北京,等来了新中国的成立。新中国成立后,他们夫妇被聘为清华大学教授。以后又分别转为中国社会科学院文学研究所和外国文学研究所研究员。在此期间,圆圆从小学、中学到大学毕业,一家人和和美美、幸幸福福。可是,"文化大革命"来了!他们夫妇被先后"揪出来",成了"牛鬼蛇神";阿瑗属革命群众,她先写了和父母亲划清界限的大字报,再回家精心照料父母,并把父母接去北师大。下放干校因在《干校六记》中写过,本书就没写。"文化大革命"前后,钱钟书参与翻译《毛泽东选集》和毛泽东诗词的工作,她搞翻译。"文化大革命"后,他们分别出版了《管锥篇》和《堂·吉诃德》,《围城》也被改编为电视剧。直到1997年钱瑗去世,1998年钱钟书去世。现在,只剩她一个人了。

作者深切描述了他们三位高级知识分子的处世哲学和超功利的人生境界。他们热爱生活、热爱人生、珍惜生命,他们与世无求、与人无争,他们不求荣华富贵,不求功名利禄,而只求知、求学、求真、求善,杨绛说:"我们不论在多么艰苦的境地,从不停顿的是读书和工作,因为这是我们的乐趣。"当他们从"牛棚"回到北京,无家可归,后又几经搬迁,最后搬入了一间办公室之时,作者竟感到"这间房屋也有意想不到的好处。文学所的图书资料室在我们前面的六号楼里"!而钱钟书的学术名著《管锥篇》和杨绛的重要译著《堂·吉诃德》竟然都是在"文化大革命"中完成的。作者也写了他们三人的温情:"我们夫妇常把日常感受,当做美酒般浅斟低酌,细细品尝。"杨绛认为:"阿瑗长大了,会照顾我,像姐姐;会陪我,像妹妹;会管我,像妈妈。"作者写钱钟书的随和、可亲、可爱:"钟书在工作中总是很驯良地听从领导;同事间他能合作,不冒尖,不争先,肯帮忙,也很有用。"阿瑗则说:"我和爸爸最'哥们',我们是妈妈的两个顽童";但在学问上,"他可高大了","是我们的老师"。

作者在刻画人物的性格时,运用了很多生动的事例和细节。如描写钱钟书的"拙手笨脚":"我只知道他不会打蝴蝶结,分不清左脚右脚,拿筷子只会像小孩儿那样一把抓。""他初到牛津,就吻了牛津的地,磕掉大半个门牙。"作者还描写她分娩期间,钱钟书"每天到产院探望,常苦着脸说:'我做坏事了。'他打翻了墨水瓶,把房东家的桌布染了,我说:'不要紧,我会洗。''墨水呀!''墨水也能洗。'他就放心回去。"写出了钱钟书的迂。作者还描写钟书不愿做官:

> 1982年6月……钟书被聘为文学所顾问,他力辞得免。那天晚上,他特别高兴说:"无官一身轻,顾问虽小,也是个官。"谁知第二天胡乔木却要他做社科院副院长。钟书着急地说,他没有时间。乔木说:"一不要你坐班,二不要你画圈,三不要你开会。"钟书说:"我昨天刚辞了文学所的顾问,人家会笑我'辞小就大'。"乔木同志说:"我担保给你辟谣。"钟书没什么说的,只好看在老朋友面上不再推辞。回家苦着脸给我诉说,我也只好笑他"这番捉将官里去也"。

作者接着写一年后"钟书向乔木提出辞职,说是'尸位素餐,于心不安'。乔木对我点着钟书说:'不著一字,尽得风流。'辞职未获批准。"写出了胡乔木对钱钟书的看重和信任。作者还专门写了胡乔木同钱钟书的交谊:乔木同志常来找钟书谈谈说说,很开心。他开始还带个警卫,后来把警卫留在楼下,一个人随随便便地来了。他谈学术问题,谈书,谈掌故,什么都谈。钟书是个有趣的人,乔木同志也有他的趣。他时常带了夫人谷羽同志同来。到我们家的乔木同志,不是什么领导,不带任何官职,他只是清华的老同学。有人说:"胡乔木只是把他最好的一面给你们看。"作者却认为:"我们读书,总是从一本书的最高境界来欣赏和品评。……钟书对待乔木同志是把他当书读。"这就是作者的精彩的评价。

本书融注着深沉的感情,闪耀着深刻的哲理,显示了作家高超的语言水平。如第三部"序言":

三里河寓所，曾是我的家，因为有我们仨。我们仨失散了，家就没有了。剩下我一个，又是老人，就好比日暮途穷的羁旅倦客；顾望徘徊，能不感叹"人生如梦""如梦幻泡影"？

但是，尽管这么说，我却觉得我这一生并不空虚；我活得很充实，也很有意思，因为有我们仨。也可说：我们仨都没有虚度此生，因为是我们仨。

短短两段，饱含了多么深沉的感情，多么丰厚的内容，多么深刻的人生感慨！而"我们仨"的反复重叠，又表现着怎样复杂的内蕴与不同的色彩，真是余音绕梁，三日不绝，令人咀嚼不完，体味不尽……

五、刘白羽的《大海——记朱德同志》和《心灵的历程》

刘白羽（1916—2004），北京人。1936年毕业于北平民国大学中文系，1938年奔赴延安，随文工团到华北各抗日根据地演出，1941年后历任延安文抗支部书记，重庆《新华日报》副刊编辑部主任，新华社总社军事记者，总政文化部副部长，中国作家协会党组副书记及书记、副主席、书记处书记，国务院文化部副部长，总政文化部部长，人民文学杂志社主编等职。全国第一届政协代表，全国第一、二、三、五、六届人大代表，全国第七届政协委员，中共八大代表，曾任国际笔会中国中心副主席，中国作家协会第五届名誉副主席，中国传记文学学会会长。1936年开始创作，著有长篇小说《风风雨雨太平洋》，散文集《红玛瑙集》、《海天集》、《秋阳集》、《腊叶集》，短篇小说集《草原上》、《兰河上》、《五台山下》、《太阳》、《幸福》、《扬着灰尘的道路上》、《晨光集》，报告文学集《刘白羽东北通讯集》、《环行东北》。电影文学剧本《中国人民的胜利》获1950年斯大林文艺奖一等奖，散文集《芳草集》

获1989年中国作家协会优秀散文奖,长篇小说《第二个太阳》获1991年茅盾文学奖,长篇回忆录《心灵的历程》获1995年传记文学奖。

> 他像大海一样广阔,
> 他像大海一样深厚,
> 他像大海一样庄严,
> 他像大海一样雄伟。

这是刘白羽在传记文学《大海——记朱德同志》一书的扉页上的题词。它高度概括了朱德元帅波澜壮阔、壮丽辉煌的一生,也显示了这部传记文学磅礴雄健的风格。

《大海——记朱德同志》的写作,经历了40多年的漫长岁月。

1939年春天,刚到革命根据地不久的刘白羽接受党组织委派,为朱德准备传记资料。朱德在战火纷飞的岁月中,同刘白羽进行了亲切的交谈,刘白羽则对朱德进行了直接的、深入而细致的观察了解和真切体验。以后,刘白羽回到延安,于1941年写出了传记的初稿。经过40多年的风风雨雨,孕育提炼,又经过将近一年的修改润色,终于写出了这部《大海——记朱德同志》。

这部传记的第一个特点是以切身的观察体验,以传主的亲自讲述和作者的调查采访,展示了朱德曲折惊险、起伏跌宕的伟大人生,塑造了真实的卓尔不凡的朱德形象,并进而表现了我们这个伟大的改天换地的时代。作者描写了朱德的家乡、家庭和母亲;描写了朱德在辛亥革命后追求真理的求索精神;描写他到海外加入中国共产党的曲折经过;描写了朱德率部队上井冈山同毛泽东会合,坚持发展红军和革命根据地的艰苦卓绝的斗争;作者还特别细致地表现了朱德在长征途中同张国焘的分裂主义进行的有理、有利、有节的斗争,终于率领红军到达陕北;最后,作者还描写了朱德亲自指挥八路军参加抗日战争,英勇地抗击了日本侵略者。

由于作者对传主极为热爱和敬佩,又亲自采访了传主,对传主有深厚的感情,有直接的观察和了解,故能生动形象地写出朱德的性格和形象。如写朱德的外貌:"经受了几千年苦难的中华民族,中国广大劳动人民从他们中间孕育了,培养了,选出了为自身解放而战斗的这样一个先锋战士,朱德同志的相貌便充分说明了这一点。他穿着一身士兵的灰布军衣,腰间紧紧束着一条旧的黑皮带,这也许是他数十年坎坷曲折的经历的见证吧!朱德同志身材高大,体格宽厚,如同具有伟大神魄的花岗石塑像一样,他的面孔有些黧黑,在长锋似的浓眉下闪射出既沉着又温和的目光,宽大的嘴,深刻的皱纹,展示出坚毅与浑厚的神情。他是农民的儿子,是一个有农民风度的人。"这段肖像描写,把他的外貌、衣着与他的出身、身份和性格巧妙地融合在一起。

作者还以大量生动感人的事迹和细节,表现朱德大海一般的胸怀和性格。比如,作者描写长征途中飞夺泸定桥,当部队经过一夜急行军抵达泸定桥,"天亮一看,这儿的大渡河水,真是吓人!……其水势之猛,有如天崩地裂……而在两岸陡壁之间,凌空悬挂着一条铁索桥,桥上的木板早已给敌人搬走了"。"怎么办?""朱德同志像一座石雕巍然站立在岸上,他的嘴唇闭得紧紧的,他的两眼闪射出无坚不摧的光芒。""冲过去!就是生命之路!冲过去!就是胜利之途!一时,军号声、枪炮声、呐喊声使雪山为之肃然,河流为之无语,二十二位突击英雄,就攀着桥栏,踏着铁索,冒着弹火,攀缘前进。"如果说,飞夺泸定桥显示了朱德的刚毅、英勇和无坚不摧的气魄和胆略;那么,同张国焘的斗争就突出显示了他的忠诚、坚定和团结同志的博大胸怀。当红一方面军与红四方面军会合之后,张国焘企图篡党夺权,分裂红军,他对派到左路军中的朱德和刘伯承进行威逼利诱,企图胁迫他们追随他的错误路线。在这扑朔迷离、严峻险恶的形势面前,"朱德同志独陷逆流,显示了他化险为夷的斗争艺术和伟大英雄气魄"。在张国焘纠集同伙围攻朱德,逼他反对中央北上的方针时,朱德斩钉截铁地回答:"中央北上抗日的决定,我是举了手赞成的,我不反对北上,我拥护北上,我是一个共产党员,我的义务是执行党的决定。"张国焘进一步把毒剑指向朱德,撤了朱德的卫兵,杀死朱德的乘马,妄图置朱德于死地。即使在这样的情况下,朱德仍然坚持同张国焘进行说理斗争,并努力团结红一方面军的广大指战员——到了红五军团后,红五军团的一些同志对张国焘擅立伪中央,愤怒万分,有的同志还把张国焘擅立伪中央、自封总书记的文件撕得粉碎,握紧枪杆,准备为保卫党中央而同张国焘决战。朱德为了不让红军严重分裂,自相残杀,谆谆叮嘱:"同志们一定要顾全大局,讲革命,讲团结,无论如何不能扩大矛盾,红军和红军冲突起来,那意味着对革命犯罪!一、四方面军都是党领导的工农红军。……要大家团结起来,共同奋斗,革命才能胜利!"撕文件的同志站起来高声喊:"总司令!您放心,我们一定听您的话……"经过了艰苦卓绝而又细致复杂的斗争,朱德终于把部队带到党中央。他"又一次力挽狂澜,为挽救民族危亡作出卓越贡献"。

《大海——记朱德同志》是一部优秀的传记文学作品。作者以一个文学家的豪情、才气和笔力,以文学的构思、技法和语言,满怀激情地记述了朱德壮丽辉煌的革命生涯,塑造了朱德的崇高形象。作家以形象的环境描写和抒情议论的笔墨,渲染了浓重的文学氛围,结构也很讲究,以第一人称的手法,从1939年春天到太行山上为朱德整理传记资料为序,然后按时间顺序写朱德的经历,最后以1941年1月在太行山上告别朱德结束全文。整部传记,激扬着散文家的文采,跳荡着诗人的豪情,也奔腾着革命家的雄辩的议论,闪射着诗意的光辉、思想的光芒,给人以思想的启迪、诗情的感染和审美的陶冶。让我们再看最后这一段吧:

> 骤然,我的思想一下又回到夏天我在太行绝顶那一次,站在高山之巅,悬崖之上,望着那给阳光照得通红的群峰丛岭,宛如大海波涛在奔腾汹涌。我忽然一下概括了我对朱德同志的总的印象,就是大海。他的胸襟像海一样宽广,他的眼神像海一样雄伟,而且他的一生的经历就像海一样,暴风骤雨,惊涛骇浪。海,宁静时,雪白的浪花发出温柔的絮语;海,狂暴时,乌黑的波涛迸出雷霆的怒吼,它如霹雳,如闪电。但大海是永远不停的歌唱,大海是永远不息的生命,它回旋激荡,永远奔向前方,永远奔向前方……

1994年,刘白羽经过多年的孕育和写作,又为我们献上了《心灵的历程》。这是刘白羽在人生的晚年,以自己的血泪与生命浇灌出的一部优秀的长篇回忆录。作者十分看重这部作品,他在后记中说:"我把我的血液、生命和灵魂,随着我的笔倾注在纸面上。……这不是自传,不是回忆录,而是我心灵的自白,是我一生的命运之书。"作者还说:"到1996年,我从事创作就整整60年了。我写了各种各样的生活,各种各样的命运,但把自己的血与泪、生命与命运尽情倾泻的,还是《心灵的历程》的创作。"

的确,作为一部长篇回忆录,《心灵的历程》的思想政治容量是很大的。

在《心灵的历程》中,作者融一个老共产党人的追求、知识分子的奋斗、作家的才华、记者的敏锐为一体,描写了自己由一个破落家庭子弟冲破重重障碍走向革命,成长为共产主义战士的艰难曲折的历程,写出了他的追求和奋斗,欢乐和痛苦,人格和个性,理想与情操。同时,作者又把他个人的命运与党、国家和民族的命运紧紧相连,写出了他接触过的领袖、党政军高级领导、文化名人、国际友人等等,既写出了作者的心灵,又展示了时代的风云。其广博的思想容量、高度的历史价值和深厚的文学魅力,使这部作品达到了很高的艺术境界。

首先,作者以真诚的笔触,写出了他个人从封建旧家庭叛逆者成长为共产主义战士的艰难而又光荣曲折的战斗经历和丰富而又多姿多彩的心灵的历程。作者不但以细腻而又生动的笔触,描写了他冲破封建家庭和封建时代的重重障碍而走进革命队伍的曲折过程,而且还以深刻而又真切的笔墨,展示出他从旧势力的陷阱里拔出自己的心灵并在革命的熔炉里净化自己从而升上天堂的心路历程。正如作者所说:"我生活在一个庄严而伟大的大时代里——这是毁灭一个旧世界、创造一个新世界的历史转折期。不论是早年的哀愁,青年的迷惘,还是壮年的磨难与觉醒,这部书中所写的我几十年来的经历和命运,都是由民族的仇恨与信仰焊接而成的。我终于参与了火热的战争,投身到狂风暴雨、战火硝烟、流血与死亡汇成的激流。"

作者在描写自身成长发展的过程中,既写出了自己艰苦的奋斗,艰难的求索,良心的自白,心灵的剖析;也倾诉了自己对真理的追求,对光明的憧憬,对人民的挚爱,对爱情的渴慕,对友谊的眷恋,对信仰的忠贞。作者既写出了自己正确的一面,也写出了自己的失误。比如,作者就写出了他对自己参与把丁玲打成反党集团分子的悔恨。

其次,由于作者很早就参加革命,亲身参与了中国现代史上许多重大的历史事件，曾经在毛泽东、周恩来、朱德等领导人身边工作，认识并了解不少党的高级领导，结识了许许多多的中国乃至外国的作家，作者在这部巨著中，以亲身的见闻和体验，写出了从毛泽东、周恩来、朱德到胡乔木、郭沫若、巴金、老舍、张天翼到法捷耶夫、西蒙诺夫、波列沃依、尼赫鲁、赫尔曼·沃克、西园寺公一、中岛健藏、井上靖等著名政治家、作家，对这些人物都作了精彩的描写、精当的评述，并写出了自己的独到见解。因此，这部回忆录具有很高的历史价值和史料价值。

同时，这也是一部建构恢弘、气象峥嵘、激情喷薄、色彩华丽的艺术精品。作者是一位坚定的革命战士，又是一位优秀的诗人和散文家，在这部回忆录中，作者将思想家的睿智、记者的敏锐、散文家的文采、诗人的激情融为一体，创造了一种散文体回忆录的新文体；作者将个人的命运与历史的发展，时代的变迁与心灵的撞击，人物的刻画与风景的描绘，叙述描写与抒情议论综合起来，使全文带有强烈的文学色彩。作者在描写人物时，自觉地抓住了人物最突出的特点或最突出的行动，并选择最鲜明的形象，构成一种意境，形成作品优美深邃的境界；再加上作者那气势磅礴、汪洋恣肆的抒情和鞭辟入里、深邃贴切的议论，更使全书闪烁着高度的哲理的光辉和诗意的华彩。

六、韦君宜的《思痛录》

韦君宜（1917—2002），女，原名魏蓁一，北京人。1934年考入清华大学哲学系，1935年参加"一二·九"革命运动，1936年加入中国共产党。1939年到延安，先后担任《中国青年》编辑、新华社电台编辑、北平解放后任共青团中央宣传部副部长兼《中国青年》杂志总编辑、北京市委文委副书记，1954年调入中国作家协会，担任《文艺学习》主编，1959年初任《人民文学》副主编，1960年调入作家出版社（后并入人民文学出版社），先后担任副总编、总编辑、党委副书记、副社长、社长，直至1986年退休。

韦君宜在学生运动中就是出色的笔杆子，在延安时期写过短篇小说和散文。新中国成立后出版了长篇小说《母与子》，中篇小说《洗礼》（获中国第一届全国优秀中篇小说奖），中短篇小说集《女人集》、《老干部别传》、《旧梦难温》，散文集《似水流年》、《故国情》、《海上繁华梦》等。1986 年以后，她不幸因患脑溢血导致右半身偏瘫，以后又多次受伤，但她顽强地战胜了生理上的种种疾病和创伤，写出了几十篇散文和杂文，并创作出一部反映抗日战争时期青年知识分子心路历程的自传体长篇小说《露沙的路》和她最看重的回忆录——《思痛录》。

《思痛录》的创作过程长达 10 年（1976—1986），编辑和修改又用了 3 年时间（1987—1989），1998 年在北京十月文艺出版社出版时其中一部分内容未能发表，2000 年在香港天地图书有限公司出版时增加了部分内容，直至 2002 年文化艺术出版社出版修订版时，才补进了全部内容，恢复了作品的比较完整的面貌。本书评论即以 2002 年文化艺术出版社出版的《思痛录》为标准版本，因为它反映了作者的全部意愿，代表了这部著作的真正的最高水准。

韦君宜和丈夫杨述都是抗日战争前参加革命的老革命、高级知识分子，都是怀着最虔诚的信念和最纯洁的理想献身革命事业的忠诚的共产党员。但是，他们在延安整风运动、反右斗争、"大跃进"运动直至"文化大革命"中，却惨遭数不尽的打击、迫害、诬蔑、陷害，同时又不得不参与一些整人、害人的活动，而这些，他们甚至都没跟自己的孩子讲。在"文化大革命"中，他们更加"痛切地感受到了对年青一代'愚民教育'的危害"，"为了不让子孙后代因无知、盲从，重蹈他们那一代的苦难，为了让普通百姓了解和记住那一段痛彻心脾的历史，为了让后人在痛定思痛时，从史实中追溯产生这种历史悲剧的真正根源，她在周总理逝世前政治空气极端恶劣的时候开始悄悄地动笔了，甚至连最亲近的女儿也不告诉。直到粉碎"四人帮"以后，她才向女儿公开了她的秘密："要写一部长篇回忆录，从抢救运动开始，一直写到'文革'结束。"她告诉女儿："历史是不能被忘却的，我十八岁参加共产党，现在已经六十多岁了，再不把这些亲身经历的事情记录下来，就得带进棺材里去了。"韦君宜在本书的"缘起"中说，她的"目的也只有一个，就是让我们党永远记住历史的教训，不再重复走过去的弯路。让我们的国家永远在正确的轨道上，兴旺发达"。

这些就是本书的宗旨，本书的主题。

本书的突出特色是真诚真实、自然朴实。作者说："我还是只说事实，只把事情一件件摆出来。"真实就是力量。真实就有感染力，真实也就最感人。作者是"抱着满腔幸福的感觉，抱着游子还家的感觉投奔延安的"。但是，她到边区后却受到了意想不到的第一次打击，这就是"审查干部"（后来改名"抢救运动"）。作者写出了她亲眼看见的审查"四川伪党"的荒谬绝伦的场面，写出了纯洁的革命青年被迫承认自己是女特务的可怕情景。不久，她的丈夫——那样一位最老实、最本色，把一家人都带到革命队伍中来的革命家，也被打成了特务，组织上还逼着她去动员他"坦白"，他胡乱坦白后，竟然立即过关，但却又被赶到与老鼠为邻的破屋里——尽管此时她得了那么严重的美尼尔氏症，那么需要他的照顾。她看见好多对夫妻被迫离异，她看到了好多荒唐可笑却又令人不寒而栗的假坦白、假检举、假自首。……作者以大量事实，揭示了"抢救运动"给党和革命事业带来的巨大危害。写反右斗争，"作家协会总共不过二百人，右派划了五十多个，'踩线'的还不算。但是，这也不足为奇，当时全国哪个单位不是如此？刘宾雁、王蒙、邓友梅……与我们编辑部有点关系的作家都成了右派"。连她也差点划成右派，全靠蒋南翔和胡乔木为她说了话，才得以幸免。"不过批斗会还是要开，要我一面挨批斗，一面在编辑部主持工作，继续发批判稿批判别人。""难道我能够不批判别人吗？不能。也得批。"作者还写出了反右倾斗争、"文化大革命"等等运动的错误和荒谬带给国家、人民和知识分子的深重灾难。作者还写了大寨的一些荒唐事，尤其是出版所谓《大寨新歌谣》、《大寨丛书》的荒唐可笑，写了大连红旗造船厂造出没有发动机的万吨巨轮，写了动员一万人参加《鲁迅全集》的注释的大笑话，等等。由于作者写的都是自己亲历、亲见、亲闻的事，所以真实性特别强，历史价值特别高。

本书的第二个特色是写出了自己对极"左"路线的认识过程，塑造了作者自己和丈夫等人的动人形象。作者写出了自己单纯、忠实、热情向上、追求真理的人格和性格；也写出了她自己的对极"左"路线的反省和彻悟。作者怀着深沉的痛苦，忏悔自己"在反右运动中也干了些违背良心，亦即违背党性的事。我甚至写过违心之论的文章。黄秋耘同志的《不要在人民的疾苦面前闭上眼睛》、《锈蚀灵魂的悲剧》，都被中宣部点名批判。他是《文艺学习》的人，《文艺学习》必须表态。我竟然执笔去写批判他的文章！在这一段，我和他是患难与共的。两人一起受批判，又每天相对秘密诉说无法告人的苦闷和愤懑。这种文章我怎么能写！但是我居然写了，我胡说八道了一通，署名'朱慕光'，写完就交给秋耘自己看。他看了只笑一笑说：叫'余向光更好，表示你向往光明，不曾看见人民疾苦啊'！"作者由此痛苦地忏悔道："我从少年起立志参加革命，立志变革旧世界，难道是为了这个？为了出卖人格以求取自己'过关'？如果这样，我……何必去当美籍华人学者？参加革命之后，竟使我时时面临是否还要做一个正直的人的选择。这使我对于'革命'的伤心远过于为个人命运的伤心。我悲痛失望，同时下决心不这样干，情愿同罪，断不卖友。"

同时，作者也写出了丈夫杨述的曲折经历和独特性格：杨述早年参加革命，并把自己的一家人都统统带进了革命队伍；他以信仰来代替自己的思想，"一方面在政治上忠实得让人吃惊，同时在生活中又傻到很值得同情的程度，让人可怜"。他"真正做到了党怎么说，他就怎么想，所谓'党指向哪里就打到哪里'，老老实实，不愧为'驯服工具'。生活又很朴实……忠实到和古代的忠臣相仿佛"。就是这样一位忠贞之士，"文化大革命"中却被打成"反革命修正主义分子"："当他已经被造反派挂了黑牌，剃了'阴阳头'，弄得满头刀痕，被打得遍体鳞伤之后，他回到家来，见到了造了他的反的十七岁女儿，还嘱咐道：'我这次可能被乱棍打死，但是我实在不是反革命，搞革命总要有牺牲。我就是死了，翻不过案来，你也一定要永远跟党走。'"他直到"文化大革命"结束两年多才平反，在悲愤和病痛中结束了他真正的悲剧意义上的人生。作者通过他们夫妇俩的遭遇及反思，深刻地揭示了党内极"左"路线，"搞运动整人的做法"，给我们党和革命事业带来的惨重灾难，呼吁必须彻底改变这种情况。作者甚至是哭着说："这些老人，而且是老党员，实际是以他们的生命作为代价，换来今天思想解放的局面的。实际上我们是在踩着他们的血迹向前走啊！"

本书的第三个特色是它的深刻和深沉。作者在如实地写出了她亲身经历的那些可笑亦复可悲甚至可怕的事实的时候，也总结并表达了自己几十年的深刻思索和认识。比如对反右派运动，作者深刻地指出："这次反右运动……很像'文化大革命'的预演。""从这时候起，唯唯诺诺、明哲保身、落井下石、损人利己等等极坏的作风开始风行。有这些坏作风的人，不但不受批斗，甚至还受表扬、受重用。骨鲠敢言之士全成了右派，这怎么能不发生后来的'文化大革命'！"又如，作者写"大跃进"，先以城市反右陪衬："我们以为，一切荒谬、黑暗、冤屈，都发生在这文艺圈子至多是文化圈子里。工农业生产，这是块淳朴无邪的天地，是桃花源，逃到那里就可以一切天下太平了。"谁知，到了那儿，却又见到了那么多荒唐可笑、愚蠢至极的事（如挖一米五深的坑种庄稼，结果长一窝乱草；把几亩田的谷子插在一起搞高产；砸了锅来炼钢等等），于是作者"这才明白，荒谬和冤枉并不是只发生在文艺界里。文艺界挨的骂是多一些，但真正残酷的事情并不在文艺界。工农业生产一点也不是淳朴无邪的桃花源"。在"结语"中，作者指出："经济改革是重要的，但是，要把那种把打倒一切当方针、动辄取消人的人格、动不动戴帽子的路线永远推翻，使中国人也有发挥聪明才智的平等机缘，是更重要的。"

七、张紫葛的《心香泪酒祭吴宓》

张紫葛（1920—），出生于湖北省松滋县。1938年毕业于武汉大学中文系。1939年初到重庆，进入《大公报》工作。后任教于重庆国立教育学院、新疆大学、南开大学、重庆国立女子师范学院，曾兼任过《大公报》记者及专栏作家，并主持过《新疆日报》的工作。1950年后先后担任重庆西南大学（原西南师范大学）及西南政法学院教授。作者近年致力于回忆录的写作，先后出版了《在历史的夹缝中——忆张治中先生》、《心香泪酒祭吴宓》、《在宋美龄身边的日子》等回忆录。

这三本回忆录，都引起了强烈、巨大的反响，也引起了尖锐、激烈的争论。鉴于争论异常激烈，而且涉及传记作品的最核心的问题——真实性问题，故笔者在2003年6月出版的《传记

文学写作与鉴赏》一书中，就没有收入《心香泪酒祭吴宓》一书。

但是，在《中国二十世纪传记文学史》中，对这样一位在海内外产生了重大影响的传记文学作家及其传记作品，却必须给予关注。因此，笔者再次认真阅读了张紫葛的作品，也认真阅读和分析了争论双方的主要文章，并于 2003 年 7 月拜访了张紫葛先生，我感到他确实是一位记忆惊人、学识渊博、才华横溢的作家，是一位历尽沧桑、惨遭极"左"路线迫害却敢于忠于史实、坚持真理、秉笔直书的正直学者，其作品内容具有很深刻的历史价值和高度的艺术魅力，根本不可能虚构。它们是改革开放和思想解放的成果，也是中国 20 世纪末传记文学史上的重大收获。因此，笔者决定将张紫葛及其《心香泪酒祭吴宓》等传记文学作品写入《中国二十世纪传记文学史》中，给予实事求是的评价。

《在宋美龄身边的日子》于 1994 年完稿，原名《抗日时期的宋美龄》。1995 年 7 月至 8 月，台北《联合报》和纽约《世界日报》分别连载此书。1995 年 10 月，改名为《在宋美龄身边的日子》，分别在台北、香港以繁体字直排本出版。2003 年，中国团结出版社以简体字横排本出版此书。《在宋美龄身边的日子》记述了作者跟随宋美龄工作的一段时期的亲历、亲见、亲闻。作者记述了宋美龄在日本飞机的大轰炸中，冒着生命危险视察轰炸现场的种种险遇；描写了宋美龄主持全国妇女委员会和战时儿童保育会的工作和活动；展示了宋美龄与卢作孚、史良、邓颖超、郭沫若等人的交往；再现了宋美龄为慰问伤兵、抢运难童而整日辛劳、深夜奔波的情景；还描绘了宋美龄同蒋介石家宴、待客、郊游、野餐的场面；记录了宋美龄对自己婚姻、恋爱及社会上的各种流言飞语的坦率陈述……由于记述的是作者的亲闻亲见，故该书具有较高的历史价值；又由于作者叙述真切，描写生动，文笔优美，故该书又有很高的文学水平。当然，也有少数不准确之处，如说"二十四史，除司马迁的《史记》涉及本朝外，都是后代修纂前朝正史"就不准确，因为《汉书》也是当代人（汉代）班固修当代（汉代）史。

张紫葛影响最大的作品是《心香泪酒祭吴宓》。

吴宓是中国著名国学大师，曾主持清华大学国学研究院，礼聘王国维、梁启超、赵元任、陈寅恪等大师任教。抗日战争时期来重庆任教。在国民党想把他挟持到台湾去时，他毅然逃脱羁绊，留在了大陆。他拥护新政府，渴望在新时代作出贡献。但是，新中国成立后的一个个政治运动，却使他胆战心惊，如履薄冰；在"文化大革命"中，他更饱受摧残，于"文化大革命"后不幸病逝。这样一位博学、正派，集新道德、旧道德于一身的大学者，这样一位满腔热情地投入新中国的怀抱，并渴望在新社会在学术上作出贡献的知识分子，完全没有得到正确的评价和如实的表现，这是非常令人遗憾的。正是在这种情况下，张紫葛的《心香泪酒祭吴宓》以自己同吴宓几十年的交往和友谊，以自己的亲见亲闻和亲身感受，以真切生动的笔墨，为我们描绘和刻画了国学大师吴宓的动人形象，这就为中国的学人传记填补了一个空白，增加了一道亮丽的光彩。

张紫葛是在抗日战争时期认识吴宓的。在30多年的岁月中，作者同吴宓过从甚密，建立了深厚的友谊。作者以第一观察家和学生、朋友的身份，从吴宓的言谈举止中，提炼出极其精彩的细节，写出了栩栩如生的吴宓的风采和性格。

作者通过吴宓讲述李清照的"雁过也，最伤心，却是旧时相识"，写出了吴宓对祖国的深情："我每见北雁南飞，就不禁望雁寄语：雁呵，你可见到我那北平、天津，我那清华大学，现在成了什么模样！……痛哉，伤哉！"

作者通过吴宓给他、给学生讲《红楼梦》，讲古典文学、外国文学，展示了吴宓作为国学大师的风采。通过写吴宓批评自己没有把身上的钱全部送给落难的人，吴宓在1959年经济最困难之时把生活用品和营养品送给一位母亲，以及他因对帮助过他的朱家兄妹未能报答而痛苦自责等事例的描述，表现了吴宓"我愿天下人负我，不使我负天下人"的崇高人格。作者还通过吴宓对《天仙配》的评价，表现了吴宓主张"缔造一个两性完全平等、拥有同样人权的新社会"的观点。

作者通过吴宓坚决不去台湾而留在大陆，通过他和朋友在新中国成立前悄悄收听新华社广播，表现了他对新社会的向往。吴宓热情地欢迎新中国："我绝对始终如一，拥护它，欢迎它！"他"希望尽快河清海晏，得享太平盛世，我们也好做点学问"。新中国成立后，他拥护党和政府，关心学生，认真执教，培养了很多人才。

作者以大量事例和生动细节，展示了吴宓坚守知识分子的人格和道义，在政治运动形势极其严峻的情况下，仍然关心和帮助着自己的朋友和同事。作者通过吴宓与众多朋友的交往，特别是他与黄稚荃的交往，写出了他对朋友，尤其是对女性朋友的尊重、热诚、肝胆相照、真诚相助。作者细致地描写了黄稚荃因境遇不好，性格急躁，吃醉酒后突然发怒出走。在朋友们纷纷批评她的时候，"吴宓说话了：'稚荃今天简直发神经，可恼！不过，另一方面，也有其可取：一者，足见她童心犹存；二者……可贵可交之义士也；三者……确有斯文骨肉之真忱。……何况她是妇女。我一向主张特别尊重妇女，爱护妇女。……我请大家原谅她，理解她'"。而在黄稚荃因受到猛烈批评和诬陷猝然休克时，吴宓立即赶到医院看望，并请张紫葛多多陪她聊天，而且每星期都约刘尊一到医院看望她。待黄稚荃病好后，吴宓又亲自向西南局领导推荐黄稚荃当政协委员，以后，黄稚荃果然当上了政协委员和大学教师。

吴宓对朋友的关怀和爱护还体现在冒着政治风险、克服重重困难，到广州看望陈寅恪，以及与张紫葛先生几十年的友谊和交往上。还在抗日战争时期，吴宓就劝张紫葛不要从政："宦海浮沉终非学人所宜。"张紫葛被打成右派以后，吴宓又安慰他："汝罹此难，绝非汝之德行有亏，举措失当。既无愧于心，就不用戚戚于怀。""处今之时，惟有达人知命，听之任之。养浩然之气，存万全之躯。切切不可忧伤愤激，自暴自弃……"并冒着危险，为张紫葛郑重送行并恳切叮咛："务学司马迁，勿学屈原。以钢铁意志，战胜水深火热，活着回来。"在粉碎"四人帮"以后，吴宓要回家乡，临行前，他又叮嘱张紫葛："……风雨如晦，鸡鸣不已，我判定中央必会改弦易辙。移星转斗，为时不远矣。望你务必振作，咬紧牙关，度过这最后的困难时刻。务必坚强，坚强……"

吴宓还为因出身地主而被欺凌的女大学生鸣冤上诉，对柴有恒、杜钢百等蒙冤同志开导帮助。吴宓常说："我来到人世，是来尽义务，不是来接受他人报答的。"吴宓以最伟大而又最美丽的同情心，真切地同情、热诚地关怀和无私地帮助受苦受难受迫害的知识分子，显示了崇高的道义和伟大的人道主义精神。

作者以深情而沉重的笔墨，写出了吴宓作为中国一代知识分子的杰出代表，对禁锢思想、侮辱斯文、摧残人性、制造冤假错案的倒行逆施越来越认识清楚，越来越看清其实质，也越来越进行抵制和批评，显示出高度的洞察力和预见性，显示了高尚的人格和崇高的气节。

新中国成立后，吴宓本想安心做学问。然而，一个又一个的政治运动，却使他不但不能安心做学问，反而连"夹着尾巴做人"也不可能。他不得不韬光养晦，想方设法来保护自己，巧妙地应对和抵制一个个政治运动。他悄悄地修改自己的日记，还告诫朋友要善于保护自己。他以政治上的敏锐和远见，观察着政治风云。他衷心地欢庆新中国成立，但看到"特大的领袖画像，山呼万岁万岁万万岁"的景象，不禁产生忧虑。吴宓20世纪50年代中期就给张紫葛讲："我不知道毛公是怎么想的。取得了政权，大一统了，给百姓一点休养生息之机嘛！着手建设嘛！赶快发展科学文化嘛！却不，偏偏不，他翻来覆去折腾；就这么翻来覆去运动……能够跻国家于富强，能够与西方列强争雄于世界吗？"他对新中国成立后一个又一个的政治运动竟然没有定规地划分敌我，十分反感，并指出："这左派幼稚病，中国国粹也！"

在1956年匈牙利发生政治骚乱后，他提醒朋友注意。在"大鸣大放"之时，他又准确预言："毛公将有事于天下书生矣！"吴宓的知识分子的独立性格和捍卫民族文化的坚强决心在"文化大革命"中表现得最突出。在"文化大革命"中，吴宓在饱经屈辱、备受摧残的境况下，仍忧心于中华文化的命运，认为"文化亡则中华必亡"；他大胆控诉"这20年真是把中国整得民穷财尽，斯文零落殆尽"；他愤怒谴责"文化大革命"之害："使神州大地一无道德，二无信仰，三无文化。这种无道德、无信仰、无文化之状，实乃中华民族膏肓之疾，必毒及后世，使这个民族蹶顿难振。"面对批孔的浪潮，吴宓愤然指出：批孔的恶浪"实乃对于中华五千年文化之彻底自我否定。是对自己祖先之野蛮侮辱与嘲弄。""人间之蒙昧荒谬有甚于此乎？"当张紫葛为他大胆反对批孔运动，声讨当时已权倾华夏的江青而担心时，他坦然回答："'孔曰成仁，孟曰取义。'……我已下定决心：为中华文化殉难，为中华传统道德殉难。虽死犹生，含笑九泉。此绝非一时意气用事。实乃深思熟虑，理智之决定。"

作者以吴宓的个性化语言，如此大胆而鲜明地写出了吴宓宁为玉碎、不为瓦全的崇高的人格精神。

这就是张紫葛为我们塑造的赤诚的爱国主义者的形象，清醒的理想主义者的形象，中华文化与人类文明的卫道者和殉道者的形象。这是张紫葛为我们塑造的非人工的纪念碑!

　　作者在再现吴宓的形象时,是站在学生、朋友的立场,作者对吴宓既非常熟悉,又非常理解,既十分敬重,又十分怀念。作者在突出表现吴宓的优秀品质时,也如实地写出了他的弱点、他的缺点,他作为老知识分子的迂阔、固执、轻信,缺乏生活经验,容易上当受骗,好心不得好报等。作者没有把吴宓理想化、神圣化,而是尽可能按照生活的原貌,加以适度的取舍和提炼,以极为丰富的生活内容,以极为感人的典型细节,以极富个性化的语言,以极为深厚的感情,为我们描绘出个性鲜明的,原汁原味的,生活化的,让我们感到可亲、可爱、可敬、可佩的文学大师的形象。笔者以为,由于作者是在记忆中写出的,加之由于身体和精力的原因,写作前后无法作调查采访,也许有些史实或细节与事实有出入,但瑕不掩瑜。张紫葛笔下的吴宓,是当代中国传记文学中最真实、生动、丰满,最富于个性色彩和人文精神的,圆形的、立体的知识分子形象。

　　《心香泪酒祭吴宓》还围绕着吴宓及其身边的学者、专家、教授的升沉起伏和遭际命运,写出了新中国成立后历次政治运动的情况及其给知识分子事业、家庭、肉体乃至心灵上的打击和摧残,给国家和人民带来的严重破坏和伤害。这就进一步强化了传记的思想内涵。

八、许渊冲的回忆录

　　许渊冲(1921—),江西南昌人。1932年入南昌二中,1938年考入昆明西南联大(由清华、北大、南开在抗日战争初期组成的大学),后到巴黎大学留学,回国后先后在北京西苑、香山、新北京等外国语学院教授英文、法文,现为北京大学教授,著名英法文学翻译家。60年来,翻译了罗曼·罗兰的《约翰·克里斯托夫》、《哥拉·布勒尼翁》,巴尔扎克的《人生的开始》,司汤达的《红与黑》,福楼拜的《包法利夫人》,莫泊桑的《水上》,雨果戏剧集(包括《玛丽蓉·黛诺美》、《国王寻欢作乐》等6部),德莱顿的诗剧《一切为了爱情》,亨利·泰勒的诗集《飞马腾空》等;但许渊冲更大的成就是把中国的古典名著《诗经》、《楚辞》、《西厢记》和唐诗、宋词、元曲等以及毛泽东等中国革命家的诗词翻译成有韵的英文和法文。同时还写了数十篇文学翻译方面的理论文章及理论专著《文学翻译谈》、《翻译的艺术》、《中诗英韵探胜——从〈诗经〉到〈西厢记〉》等。回忆录有《追忆逝水年华》和《诗书人生》。

《追忆逝水年华》和《诗书人生》是许渊冲的回忆录。李商隐《锦瑟》诗曰："锦瑟无端五十弦，一弦一柱思华年。"许渊冲在"序曲"中说：我的"这本小书就像锦瑟一样，一弦一柱，都在追忆我所见过的'美的身体'，我所听到或读到的'美的思想'"。实际上是以他的经历为中心线索，以他特好的记忆及详尽的日记为基础，记叙了他的同学、老师、朋友，特别是杨振宁、钱钟书、叶公超、闻一多、朱自清、吴宓等杰出人物的经历、成就、言行、性格、梦想和心思，回忆与他们的悲欢离合。

作者在《杨振宁和我》、《与杨振宁久别重逢》、《叶公超、钱钟书、杨振宁》等文中描写了杨振宁："我坐在第一排靠窗的扶手椅上，右边坐的一个同学眉清目秀，脸颊白里透红，眉宇之间流露出一股英气，眼睛里时时闪烁出锋芒……一问姓名才知道他叫杨振宁，刚十六岁，比我还小一岁呢……十八年后他得了诺贝尔物理奖，是我国得奖的第一人。"他又引用冯友兰关于成功的三种因素：天才、努力、命，再分析杨振宁的成功，是因为这三种因素都具备了。"第一先谈天才，他四岁就认字，他的母亲教了他三千多个……他五岁读《龙文鞭影》，虽然不懂意思却能背得滚瓜烂熟……""成功的第二个因素是努力。每个人应该做的事如果做得尽善尽美，那就是成功。杨振宁在初中的两个暑假里，跟清华大学历史系的高材生丁则良学上古的历史知识和《孟子》，结果他全部《孟子》都背得出来。这不是尽善尽美吗？""那么，第三个因素人生的机遇如何呢？……杨振宁自己说：'从1929年到抗战开始那一年（1937年），清华园的8年在我回忆中是非常美丽、非常幸福的。那时中国社会十分动荡，内忧外患，困难很多。但我们生活在清华园的围墙里头，不大与外界接触。'这就是他得天独厚的童年。……1938年他在昆华中学高中二年级却以同等学力考取了西南联大……是两万考生中的第二名。……1944年杨振宁考取清华公费留学美国，这是他一生成功的重要机遇；同时考取的有联大工学院的助教张燮。……杨振宁是理学院状元，张燮是工学院的状元……工学院的同学都说他（张燮）是天才。

但 1957 年杨振宁得诺贝尔奖时，张燮却在云南大学被打成了右派，从此一蹶不振，两个天才的命运如此不同，真有天渊之别！"

作者写："杨振宁送了我一本《杨振宁传》，他在封面上说：'我一生最重要的贡献是帮助改变了中国人觉得不如人的心理。'"这鲜明地表现了杨振宁的民族自豪感和自立、自信、自强的性格。

作者对叶公超老师的描写充满了机趣："他讲课前先要学生朗读课文。读慢了他讥讽学生结结巴巴；读快了，他又说快不等于好，结果学生得到的只是批评，没有表扬。"但他也引用了赞扬叶公超的话："清华大学 1935 级校友王辛笛说：'我是外国语文系学生，曾上过他（叶先生）教的英美现代诗课程，听他侃侃而谈，酣畅淋漓，恰是一种享受，同学们听得入神，都忘记下课铃响了。他天分聪颖过人，兼以学贯中西，因此平时对学生也要求很严。'"

再看作者对汪曾祺的描写："我第一次见到汪曾祺是 1939 年在联大新校舍 25 号门外。他给我的印象是一个典型的白面书生：清清秀秀，斯斯文文，穿一件干干净净的蓝布长衫，给新校舍的黑色土墙反衬得更加雅致，一看就知道是中国文学系才华横溢的未来作家。他在联大生活自由散漫，甚至吊儿郎当，高兴时就上课，不高兴就睡觉，晚上泡茶馆或上图书馆，把黑夜当白天。……朱自清先生教《宋诗》很认真……这不合乎汪曾祺的口味，他就时常缺课。后来学习期满，中文系想让朱先生收汪曾祺做助教，朱先生却一口拒绝说：'汪曾祺连我的课都不上，我怎么能要他当助教呢？'"可是，汪曾祺却上闻一多的《楚辞》和《唐诗》，因为闻一多讲"痛饮酒，熟读《离骚》，乃可为名士"。正合他的口味。"他认为闻先生讲《唐诗》，'并世无第二人。因为闻先生既是诗人，又是画家，而且对西方艺术十分了解，因此能够将诗与画联系起来讲解，给学生开辟一个新境界。'汪曾祺当时对政治基本上不闻不问，甚至对闻先生参与政治的做法有些不以为然，觉得文人就应该专心从文。闻先生对他的精神状态十分不满，痛斥了他一顿。"作者还讲了一件逸事：汪曾祺上皮名举教授的西洋通史课时，交过一份作业，是他精心绘制的亚历山大时期马其顿帝国的版图，"皮先生在发还作业时加了两句评语：'阁下之地图，美术价值甚高，学术价值全无。'可见他把美术当学术的态度"。几段剪影似的描写，生动地表现了汪曾祺的性格。

作者也表现了他对联大的热爱和深情。在作者眼中，西南联大是那样的美好，简直就是世界第一流的大学。作者首先引用了杨振宁对联大的评价："我那时在西南联大本科生所学到的东西及后来两年硕士生所学到的东西，比起同时美国最好的大学，可以说是有过之而无不及。"作者由此引申出结论："这就是说，当时西南联大已经可以算是世界一流的大学了。"

接着，作者引用联大梅贻琦校长的名言："所谓大学者，非谓有有大楼之谓也，有大师之谓也。"西南联大之所以可以算世界一流的大学，首先是有一批学贯中西的大师：理工科有赵忠尧、吴有训、周培源、吴大猷（杨振宁说，他从周吴二位老师学到的物理已达到当时世界水平）、王竹溪、陈省身等教授；而文学院则有胡适、冯友兰、陈寅恪、朱自清、沈从文、闻一多、吴宓、钱钟书等教授。其次，正是在这样一些大学者、大师的指导、教育下，西南联大培养了那么多的人才：有诺贝尔物理奖得主杨振宁、李政道，有两弹元勋邓稼先，核武器专家朱光亚，还有黄昆、王浩、曹乐安、何广慈、吴仲华、王希季、陈同章、屠守锷、端木正、汪曾祺、穆旦等。第三是"学术自由，领导民主，员工精干"。作者还联系现实，明确地指出："今天我国不少大学都在争创一流，我们可以在出人才，出大师，学术民主三方面下工夫。"

作者在"西南联大的师生"及"西南联大的师生（续）"中，还写了西南联大朱自清与其他一些年轻助教的新旧文学之争，吴宓与陈福田的雅俗之争，吴宓与钱钟书的新旧文学之争。还写了联大当时的右派学生和左派学生，而且指出："联大正是因为兼容并包，既有向左转的殷福生，又有向右转的徐高阮，所以才'世所罕有'了。"

这两本书都是作者的回忆录，因此主要还是写自己。作者写了"童年时代的雪泥鸿爪"，"中学时代的浮光掠影"，也写了"中学毕业之前"和"中学毕业之后"，但写得最多、最好、最生动也最有价值的，则是他在联大的生活、学习、友谊、爱情，而在这一切之上的，则是他的翻译。作者不仅写了他在联大的学习、生活、友谊，还坦率地写了他对几位女友的感情和追求，并引述了他写的深情的诗。作者在《香山忆旧》中写了他同小蝶和白燕的爱情，以及他为她们写的诗，最后说："后来燕和蝶都飞去了美国，只剩下这些有情无性的诗词，与白云共悠悠了。"一片怅惘之情，跃然纸上，也刻进读者的心中。作者还写了他同照君的爱情和婚姻。但是两部回忆录写得最多的，则是他的翻译工作、他的翻译事业、他的翻译理论，以及他对自己翻译工作的认识和评价。作者在两部回忆录中，在回忆和描写朋友时，都运用了比较法，总是把自己和他的老师、同学、朋友相比，然后牵连到自己的翻译上来，而且他还在《追忆逝水年华》的"回国之后"和"尾声"及《诗书人生》的"文学翻译六十年"中对自己的文学翻译工作作了总结。应该说，许先生在文学翻译的实践和理论研究上都取得了巨大的成就。他翻译了罗曼·罗兰的两部名著以及雨果戏剧集等大量外国名著，但是，他更大的成就是把中国的古典诗词精华以韵文的方式翻译成了英文和法文，而且其翻译的质量之好，文笔之美，得到了中国第一流学者大师及外国专家的高度评价。比如，他译的罗曼·罗兰的《哥拉·布勒尼翁》受到罗曼·罗兰夫人的好评；他译的莫泊桑的《水上》受到法国文学学会会长罗大冈的称赞："传神与传真两全其美，可谓上品。"他把唐诗、宋词、元曲，以及《诗经》、《楚辞》，汉魏六朝诗，元明清诗，《西厢记》都翻译成有韵的英语和法语，也受到了中外专家的好评。钱钟书评他的译诗说："译者戴着音韵和节奏的镣铐跳舞，灵活自如，令人惊奇。"美国一教授说（许译）《诗经》"译文读来是一种乐趣"。湖南师大一教授说："《西厢记》英译读起来如吃冰淇淋一样畅快。"英国智慧女神出版社评价："（许译《西厢记》）可和莎士比亚媲美。"墨尔本大学美国教师说："读了您的《楚辞》英译，觉得非常了不起，当算英美文学里的一座高峰。"他的《中国革命家诗词选》出版后，北京大学研究生学刊评论说："译笔之美，使同类译家汗颜"；"在意美、音美的传达上，已入化境，译文堪与原作媲美"，称赞许先生为中外文化交流作出了重要贡献。

许渊冲先生在翻译理论上也有很高的见解和卓越的建树。1978年在他出版的《毛泽东诗词四十二首》英法文格律体译本（这是有史以来第一次由一位译者把中国古体诗词译成英法韵文）的序言中，首次提出了译诗要尽可能传达原诗的意美、音美、形美的观点；还提出了发挥译语优势论，文学翻译是再创美的艺术等观点；还提出了"'不失真'是翻译的低标准，'求美'是高标准"。"文学翻译的最高目标是成为翻译文学，也就是说，翻译作品本身要是文学作品。"

总之，许渊冲文学翻译的理论是"美化之艺术"。由于他的翻译理论是从多年文学翻译的实践中提炼出来的，而他的翻译理论又指导、提高、升华了他的文学翻译，因此钱钟书在接到他赠送的英译《唐诗一百五十首》和《翻译的艺术》时回信称赞说："二书如羽翼之相辅，星月之交辉，足征非知者不能行，非行者不能知；空谈理论与盲目实践，皆当废然自失矣。"

作者引述日本学者的话说："当中国在 21 世纪具备了与其人口和面积相称的影响力时，中国文明将在世界文化中占有重大的比重。"作者接着说："因此，在本世纪末，把中国文化的精粹《诗经》、《楚辞》、唐诗、宋词、元曲等译成外文，就是为中国文化登上世界文坛的宝座开辟道路。"

作者也写出了他为什么能取得如此成就，是因为他在联大读书时就爱上了翻译，60 多年，矢志不移。其次是他对翻译工作的意义的高度认识：他认为"文学翻译是把一个国家创造的美转化为全球美的艺术"。第三是他特别善于学习。第四是他高度的自信和敢于坚持自己认准的道路。

这就联系到作者在回忆录中刻画和塑造的自己的个性了。他对国家、民族、自己，都充满了自信。他多次强调自己是汉译英法第一人；他毫不犹豫地把美国费城大学顾毓琇教授评价他的话公布出来："历代诗词曲译成英文，且能押韵自然，功力过人，先生实为有史以来第一人。"然后他说："我认为这是对我的最高奖励。"他在写杨振宁时，处处把自己同杨振宁对比，他认为，他的汉译英法诗歌，"也就等于外文界的诺贝尔奖了"。他这种宣扬自己的倔劲从何而来呢？他说："我自 50 年代回国，一直挨批挨斗；好不容易等到小平复出，我也才有出头之日，不料还是继续受压；心中积郁了不平之气不吐不快，唯恐别人不知，老说自己'诗译英法唯一人'。别人也许会说这是名利思想作祟，我却觉得名利思想是指名高于实；如果名实相符，扬名天下有什么不好？"正因为如此，他大胆地改写毛泽东在八大讲话中的"虚心使人进步，骄傲使人落后"为"自信使人进步，自卑使人落后"。而且他骄傲地形容自己的翻译工作：50 年代翻英法，80 年代译唐宋，90 年代领风骚（意指作者翻译了《诗经》和《楚辞》），20 世纪登顶峰。

这就是作者在两部回忆录中给我们奉献出的当今高级知识分子的自强、自信、自豪的动人形象。

九、王火的《在"忠字旗"下跳舞》

王火（1924—），原名王洪博，江苏如东人，中共党员。1948年毕业于复旦大学新闻系。1949年后历任中华全国文协上海分会会员，上海总工会文教干部，劳动出版社《工人》半月刊副总编辑，《中国工人》杂志编委、主编助理，四川文艺出版社书记、总编辑，四川人民出版社副总编辑、编审，四川省作家协会名誉副主席，山东省第四、五届政协委员，山东省作家协会常务理事，四川省第五、六届政协委员。20世纪40年代开始发表作品。1979年加入中国作家协会。著有长篇小说《浓雾中的火光》、《雪祭》、《王冠之谜》、《流萤传奇》、《蝉悟》、《女人夜沙龙》、《霹雳三年》，长篇传记《血染春秋——节振国传奇》，回忆录《在"忠字旗"下跳舞》、《失去了的黄金时代——金陵童话》、《长相忆》，中篇小说集《心上的海潮》，散文集《西窗烛》、《王火散文随笔》，中短篇小说集《梦中人生》、《流星》、《东方维纳斯——一个评剧女演员的传奇》、《二七大罢工》等20余部，电影文学剧本《平鹰坟》、《明月天涯》、《绿云寨》，还有《王火自选集》等。长篇小说《战争与人》（三部曲）获人民文学奖、国家第二届图书奖、第四届茅盾文学奖、全国"八五"期间优秀长篇小说奖等，短篇小说《新"三岔口"》获1982年山东省文艺奖，散文集《西窗烛》获1992年四川省优秀图书奖。

《血染春秋——节振国传奇》的写作，经过了长期的酝酿和准备。作者早在1960年就出版了中篇小说《赤胆忠心——红色游击队长节振国的故事》；20年后，又花了6年的时间进行补充采访和重新创作，于1982年出版了《血染春秋——节振国传奇》。该传记以真人真事为基础，写出了抗日英雄节振国的英雄事迹和刚烈形象。作者在创作方法上进行了有益的尝试和探索：首先，作者没有按一般传记的常规写法，从童年、少年、青年、中年叙述到去世，而是重点描绘了节振国一生中最光辉灿烂、最可歌可泣的一段——即从1938年春到1938年秋，这既是历史的春秋，更是一段被抗日志士鲜血染红的、艰难岁月里的光华灿烂的春秋。其次，作者笔墨的重点在写人，而不是写战争；而在写人的时候，又采纳了一些比较动人而又较为可信的民间传说，这不但增强了作品的文学性，而且使作品带上了浪漫主义的传奇色彩，对读者更加富于吸引力。

《外国八路》的写作，则既有必然性，也有偶然性。说它有偶然性，是因为作者于1961年调到山东临沂第一中学当校长，学校离埋葬着为中国人民的抗日战争事业而英勇捐躯的国际友人汉斯·希伯的华东烈士墓很近。作为一个作家，一个参加过抗日战争的老同志，当他徘徊在烈士墓前，"想到一个外国人为中国人民的解放事业献出生命安葬在异国他乡，总是热血沸腾，想探究墓中人的经历，把他写出来"。从那时起，他开始采访。从沂蒙山区寻找线索，省内省外到处奔波，无论是中国人还是外国人，只要了解希伯的情况，他一个也不放过。就这样，他搜集了尽可能多的材料，在1978年写出了传记作品《外国八路》。

外国八路希伯是一位伟大的国际主义战士，是一位优秀的无产阶级新闻记者兼作家。他胸怀高尚的国际主义精神，为反对法西斯，为支持中国人民的解放事业，远离祖国，抛开家庭，不顾自身安危，历经千难万险，深入敌后，在残酷的战争第一线采访第一手资料，写出了大量极为优秀的新闻作品和文章，揭露日本侵略者的凶残，歌颂中国人民的伟大斗争，让全世界人民看到了中国人民的伟大业绩，听到了中国人民的伟大声音。当他目睹日本侵略者的罪行之后，义愤填膺，终于不但用笔发射"纸弹"，而且拿枪参战，向敌人发射出愤怒的子弹，并且在战斗中壮烈献身。他是真正穿上八路军军装而且在战斗中英勇牺牲的第一个欧洲人。王火在这部传记中，也没有写希伯的一生，而是截取希伯一生最重要的一段，即他来沂蒙山区与中国抗日军民深情相处和并肩战斗的光辉灿烂、慷慨悲壮的岁月。王火以真挚的感情，文学的手法，细腻的笔触，以大量生动感人的细节，再现了这位有文化素养、聪明能干的外国朋友的坚韧不拔而又热情幽默，耿直、固执乃至脾气火烈的独特性格。作者还以八路军高级将领罗荣桓将军对他的思念来歌颂他:"罗政委突然觉得,他常听到战士和老百姓在唱的那支沂蒙民歌《青山咏》里所歌颂的青山,简直就是希伯的化身。歌词响在他的耳边:'巍巍青山高又长,顶天立地走四方。风雨雷电撼不动,要在人间树榜样。'"

如果说,上述两部传记写的都是战斗的英雄,是他传;那么,《在"忠字旗"下跳舞》则是他个人的回忆录了。

"文化大革命"虽然已经过去了20多年,可是,那场红色的大疯狂给国家、民族和人民带来的惨重损失和深重灾难,却是让人永难忘怀的;它留下的沉痛教训和深刻反思,更是应该永远记取的。正是在这个意义上,王火的《在"忠字旗"下跳舞》,具有深刻的时代意义、思想价值和文献作用。

这不是一部普通的回忆录,这是一位著名作家以他"文化大革命"十年的血和泪,以他亲身经历和切身体验,以他的深邃的思考和深沉的情感,为我们和我们后代留下的血泪史,是一部值得珍视的回忆录。

作者也写出了他在"文化大革命"中的追求和反思。作者写他和妻子把一只小麻雀喂家了,并从中获得了人世中得不到的情和味,表现了作者和妻子善良而美好的品质和心性。作者还写了自己对蝉的仔细观察和联想,表现了丰富的思想内容。作者也严格地解剖了他自己在"文化大革命"中的一些缺点、错误乃至仅仅是心中出现过的错误想法,比如对远超被批判提供材料,作者为此感到深深的不安和内疚。作者也反省了自己的愚忠和明哲保身的缺点。作者在那样严酷的环境下,还能如此严格地要求自己,尽量保持着正直、善良、宽容和追求真理的美好人格,显示了中国正直的知识分子的美好情怀和高尚情操。

十、马仲扬、苏克尘的《邹韬奋传记》

马仲扬、苏克尘,长期从事理论研究与理论教学工作。马仲扬,曾在中共中央政策研究室和马列主义研究院工作。曾任《红旗》副总编。著有《学习与求是》、《学习与思考》、《学习与研究》、《马克思主义与调查研究》(合著)、《康生评传》、《出版家黄洛》,主编大型系列丛书《中国城市改革丛书》、《全国百家大中型企业调查》等。

苏克尘，长期在首都师范大学（原北京师范学院）任中共党史系主任，曾任全国中共党史学会理事。主编《中国革命史》，合编《中国共产党历史讲义》、《毛泽东思想概述》，在报刊上发表过10多篇论文。

《邹韬奋传记》的作者是参加过20世纪三四十年代白区文化战线斗争的党的理论和党史研究的专家，从1991年起，他们开始了5年多的艰苦努力：阅读了邹韬奋的主要著作和他主编的刊物，阅读了邹韬奋生前好友的回忆文章及与他有关的《周恩来传》、《宋庆龄传》、《七君子传》、《南方局党史资料》，还查阅了上千万字的近代史、抗日战争史的有关报刊书籍。为了更多地占有第一手资料，年逾古稀的两位作者还沿着邹韬奋生活、工作的足迹，到上海、南京、福建、江西、武汉、重庆、昆明、广西等地进行调查研究，同有关同志座谈，搜集了大量材料。苏克尘教授在广西调查时不幸股骨摔折，继而发展为股骨坏死，但她即使在病床上也仍然坚持同丈夫一起写作和修改。他们以5年多的辛勤劳动和智慧心血凝聚成这部《邹韬奋传记》。

邹韬奋（1895—1944），是中国20世纪初叶那悲壮激荡的历史风云中产生的一位杰出的知识分子。他虽然在49岁就英年早逝，但是，他那学富五车的风华，光明磊落的襟怀；他那宁为玉碎、不为瓦全的操守；他那兢兢业业、一丝不苟的作风；他那追求光明和进步的执著，他那捍卫真理和信念的勇气，却永远地写在亿万人民心中，永远镌刻在中国现代史上。

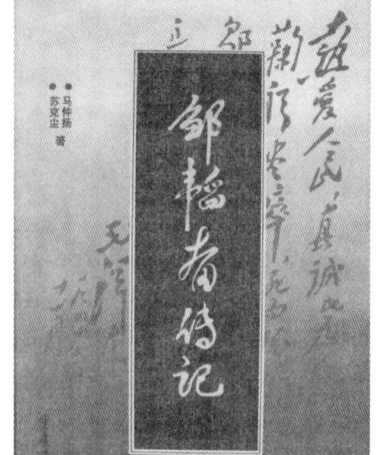

《邹韬奋传记》以40多万字的篇幅，详尽、具体地展示了这位知识分子所走过的人生道路，写出了他从一个民主主义学者到共产主义战士的思想历程，还表现了邹韬奋留给时代和人民的最宝贵的思想财富——韬奋精神。作者对邹韬奋的描写，既有大江东去、黄钟大吕般的大写意、大场面（如写"七君子案"，写邹韬奋赴意大利、瑞士、法国、德国、英国、苏联和美国的考察访问）；也有杨柳春风、柔情似水的骨肉情、爱情（如写韬奋少年时父母亲对他的教

育，写他的两次婚姻特别是他与沈粹缜的幸福爱情）。同时，作者也描绘了一些典型细节，展示人物性格，如写邹韬奋抗日战争中在重庆办报时，在日本飞机的轰炸中，人们都是牵着孩子，提着珍贵的东西躲进防空洞，而邹韬奋进洞，却总提着大包稿件和大批读者来信。而且他不到敌机临头不进洞，进了洞也只在洞门口光线明亮的地方读来信、写稿子。作者还具体写了记者陆诒同他一起躲空袭的经历：他亲眼看见邹韬奋把作者来稿和读者来信作为最珍贵的财产带进洞中，亲眼看见他在防空洞内也抓紧时间看稿。陆诒十分激动地说："这种对待来稿来信认真负责的工作作风，全力以赴干新闻出版工作的事业精神，给了我毕生难忘的教育！"这个典型细节，把韬奋精神具象化、形象化了。作者描写人物，主要是以邹韬奋自己的语言行动，如写他在法庭上对敌人的揭露和批驳：当检察官诬称救国会给张学良的电报引起西安事变时，邹韬奋驳斥道："我们七人是11月22日在上海被捕的，西安事变发生在12月12日，请问法官，我们在牢狱中如何能与张学良联络？"法官无言以对。作者写韬奋在临终前写遗嘱："……二十余年来追随诸先进，努力民族解放、民主政治和进步文化事业，竭尽愚钝，全力以赴，虽艰苦危难，甘之如饴。……我心怀祖国，眷念同胞，愿以最沉痛的迫切的心情，最后一次呼吁全国坚持团结抗战，早日实行真正的民主政治，建设独立自由幸福的新中国。"极鲜明地展示了人物的铮铮硬骨和精英本色。

十一、胡辛的女性传记文学

胡辛（1945—），原名胡清，江西南昌人。1967年毕业于江西师范大学中文系。历任景德镇第四中学、第一中学教师，南昌大学影视艺术研究中心主任、中文系教授、硕士生导师。江西省第八届政协委员，江西省妇联执委，江西省文联委员。1988年加入中国作家协会。著有中篇小说集《四个四十岁的女人》、《这里有泉水》、《地上有个黑太阳》，长篇传记文学《蒋经国与章亚若之恋》、《最后的贵族张爱玲传》、《陈香梅传奇》、《彭友善传》、《网络妈妈》，长篇小说《惊艳陶瓷》，长篇报告文学《姹紫嫣红总是春》、《天排山放歌》，散文集《女人的眼睛》，电视连续剧剧本《蔷薇雨》（28集），论著《论女性》、《胡辛自选集》（4卷）、《胡辛自选集》（6卷）等。长篇小说《蔷薇雨》获1991年华东地区优秀图书一等奖、江西省政府首届文学艺术大奖一等奖，电视系列片《瓷都景德镇》获中国电视专题片二等奖、江西省政府一等奖、江西省优秀专题片一等奖。2006年获"中国十位优秀传记文学作家"荣誉称号。

　　胡辛的三部长篇传记文学作品《蒋经国与章亚若之恋》、《最后的贵族张爱玲传》、《陈香梅传奇》都是以中国现代极富传奇色彩的女性的跌宕坎坷的人生际遇和丰富复杂的感情经历为对象，生动而深刻地展现她们高度的人格魅力和丰富的精神世界。作者写出了章亚若与蒋经国在抗战烽火中的生死恋，写出了章亚若的温柔与倔强，美丽与悲怆，幸福与哀伤。她写出了上海的最后一个贵族、著名女作家张爱玲的坎坷遭遇和才华，也写出了她生命的繁华和灵魂的寂寞。而《最后的贵族——张爱玲传》出版之时，恰是张爱玲辞世之日，由此，作者深深感叹："想当年张爱玲肉身处于繁华之中，灵魂却寂寞荒凉；张爱玲辞世之时，肉身极致荒凉，灵魂却无法拒绝热闹。也许，荒凉与热闹的种种碰撞才生出形形色色的传奇？"她写出了陈香梅同陈纳德轰动一时的跨国婚姻，突出了陈香梅对陈纳德生死不渝的爱，更写出了在失去丈夫之后，以独立不羁的人格和公正、热情的品质，进入美国政界，为美国和中国之间的交流及了解，作出了重大贡献。以传奇女性为传主，表现其人生际遇与精神世界，这可以看做是胡辛传记文学创作的第一个特点。

　　其次，作者最能也最善于和敢于深入人物的内心世界、感情世界，揭示和展示人物的婚姻、爱情。《蒋经国与章亚若之恋》本身就是专写蒋经国与章亚若的婚外之恋、婚外之情。即便写陈香梅，作者也写了陈香梅与毕尔的初恋，甚至还写了陈纳德去世后，陈香梅与几位美国朋友的感情经历。作者大胆地写出这些，不仅没有贬低和丑化陈香梅的人格和形象，反而写出了陈香梅丰富的性格，写活了有情有义、有血有肉的奇女子形象。

　　第三，作为一个充满生命活力和思想智慧的学者型作家，胡辛在创作这三位女性的长篇传记文学作品时，始终以她独立的女性意识、深厚的文化底蕴、丰富的人生经验和富于激情的艺术顿悟，从大量材料中提炼出最精粹的成分，经过自己思想感情的熔炼，经过想象、联想和生发、升华，再用优美的语言，刻画出传主的形象、心灵和情感。

作者写《蒋经国与章亚若之恋》，着力描绘了章亚若的性格：作为一个南昌女子，她有着南昌女子的性格和气质的共性："这方地理封闭严实，却也受兵家必争的撞击和南北东西的交融，这方女子的身与心似乎也融汇着北国的豪放与南方的婉丽，矛盾着温柔妩媚与倔强耿直。"作者在时代的风云雷电中，生动细腻地描写了这位南昌女子同蒋经国短暂的、刻骨铭心的爱恋，写出了她为蒋经国生了一双儿子却因得不到蒋介石认可而突然暴病死亡的人生悲剧。作者也写出了蒋经国对章亚若的深情和无奈：蒋介石得知他与章亚若的婚外恋后，坚决地说："感情，你的身份不容许存在这两个字。婚姻得服从政治，况且这婚外的拈花惹草之事，更得服从政治，要抛却，要埋葬什么虚无缥缈的感情！"虽说在宋美龄干预下，蒋介石也认可了章亚若生的孩子，可是却坚决不承认章亚若的身份，这就直接导致了章亚若的暴死。在蒋经国得知章亚若的死讯时："他的双手颤抖不已，他的脸膛充血，他的目光空空洞洞，他的声音像是呻吟：'快……快备车……我要去桂林……'他抓起公文包，冲动地就要出门。门却已关紧，黄中美冷冷地守候在门前，冷冷地拦住他：'你不能去。'"他骂黄中美，他打黄中美，他甚至想掐死黄中美，但是，这一切都没有用。他最终只能选择沉默，把一腔的悲愤藏在了心底。他咀嚼出了《长恨歌》的苦涩断肠味："他还能小瞧唐玄宗吗？他同样不能主宰自己的爱情，不能护卫心爱的情人！""她却不是杨玉环！……她没有过杨贵妃的骄奢淫逸，却有着杨玉环的悲惨结局。这是怎么样的千古不变的残酷？！"

在创作《陈香梅传奇》时，作者在广袤深邃的历史背景中，在丰富的再造想象之中，以深情的笔触，勾勒出陈香梅寻寻觅觅的人生轨迹和起伏不已的情感波澜：她在香港战乱中的初恋；她边读书边照料重病的母亲；她与陈纳德的爱情；陈纳德去世后，她在美国政界的奋斗；她为中国与美国、为大陆与台湾的交流而往来奔走；她对文学事业的热爱；她对祖国教育事业的支持和奉献……在这些描写中，作者突出了陈香梅的性格：独立、坚强、智慧、博爱；一个由中国传统文化智慧和西方当代文化观念共同哺育出的美籍华人，一个有着永恒魅力的，爱美国更爱中国的政治活动家、学者和作家。

胡辛传记文学创作的第四个特点是运用小说的笔法，运用传奇般的情节，运用再造想象和细节的适度虚构，塑造鲜活的形象。比如《陈香梅传奇》，作者以史诗般的笔法，在波澜壮阔的时代风云中，把陈香梅、陈纳德的出生、身世和经历乃至于与史迪威、宋美龄的经历绾结在一起来写，大大增强了作品的吸引力和历史的纵深感。

写陈纳德向陈香梅求婚，陈纳德要把婚恋当一场战争来打，而陈香梅则心甘情愿帮助陈纳德打赢这场婚恋之战。她对陈纳德说："将军，你在打一场奇妙的战争。你已冲进了城堡，俘虏了城堡的女儿。眼下，你得带着她出城堡。是一路冲杀出去？还是让城堡的人欢送你呢？我希望是后者，因为女儿舍不得割断与娘家的脐带。"陈纳德侧耳诉说："香梅，在这场战争中，你是将军，我只是委命于你的士兵，你怎么说，我就怎么做。"于是，陈香梅教他："这一仗你得独个儿亲自去打，你得丢掉将军、英雄这些耀眼的光环，真正像个晚辈那样，去爱他们，让他们接受你。"于是，陈纳德按照陈香梅的战略战术，打赢了这场"战争"。这里显然有适度的虚构，但它却突出了陈香梅的性格。

在《蒋经国与章亚若之恋》一书中，作者凭借传说中的蒋经国与章亚若的爱情，在两位当事人均已作古，无法采访的情况下，却发挥造想象，写出了那么波澜壮阔、坎坷曲折、缠绵悱恻、美丽悲怆的爱情故事，足见作者的智慧和才华。

如写由章亚若引起的蒋介石与蒋经国的矛盾：

重庆林园官邸。老头子阴沉着脸，当着宋美龄的面将这摞材料抛掷在他的足前："你干的好事——你自己看去——"……

"哦，父亲，她的经历并不是她的过错，她的不幸并不等于她的不洁啊！我也早已说过，责任在我！"……热血燃烧着这个不忘责任感的男子，他奋不顾身护卫着无辜的心爱的女子。

老头子被这顿抢白噎住了，好一会才拍案而起："强辩！强辩！你明明知道一切还往泥坑里钻，你不是糊涂，而是愚蠢！国事危艰，你还给我添乱！你自己会把自己毁掉的！哦，还留下蒋家的血脉，简直是荒谬！你的作为,超过了我最大的容忍范围,告诉你,我们蒋家绝对不能接纳这样一个女子——"

蒋经国不寒而栗,父亲的性格脾气为人手段他不是没有领教过。他的眼前闪烁着亚若执著又哀切的眼光,一对儿子天真无邪的目光,他决不能没有他们!为了他们,他"扑通"跪倒在父亲的膝前:"父亲,一切过错全在我!父亲,我理当承担一切责任,我愿接受任何惩罚——"

经过宋美龄的劝解,蒋介石的愤懑便转化为无可奈何的叹息:

"我早说过,又不是东西,可以东掖西藏;又不是小狗小猫,到时好打发。怎么能严守秘密而不透风声?听说章女子在桂林似不太安分,非分之想是绝对不能有的,要不,看你今后怎么办?"

站立起来却仍垂手的蒋经国便化着了一支点着的蜡烛,徒然地燃烧着自己,淌着蜡泪,却无法照亮哪怕稍远点的前路。他能怎么办呢?……

蒋介石、蒋经国及宋美龄的这些谈话,不管有无,均是作者无法采访到的。这是作者根据她心目中的蒋介石与蒋经国的经历、性格和为人而揣度的。但是,应该说是可信的,这段再造想象,较准确地反映了蒋氏父子和宋美龄的性格,而且也预示了章亚若的悲剧结局。

最后,从写作技法看,作者还善于运用意识流和蒙太奇的手法,很自然很巧妙地把现实的叙述与历史的追忆同未来的向往糅合在一起,把同一时刻不同人物的事情绾结到一块儿,增加了传记的内涵空间,增强了作品的叙事密度。

作者还善于穿插运用古典诗词,以深入揭示人物心情,渲染浓郁气氛。

十二、王晓明的《无法直面的人生——鲁迅传》

王晓明(1955—),浙江义乌人。1982年毕业于华东师范大学中文系,中国现代文学专业硕士,华东师范大学中文系博士生导师、教授。中国作家协会会员,上海市作家协会理事。主要著作有:《王晓明自选集》、《太阳消失以后》、《刺丛里的求索》、《所罗门的瓶子》、《追向导》、《沙汀艾芜的小说世界》、《潜

流与激流——论二十世纪中国作家的心理障碍》以及传记文学作品《无法直面的人生——鲁迅传》。

这是一部别具一格、别开生面、新颖独特的传记。与其他描写鲁迅的传记文学作品相比,这部鲁迅传并不是表现鲁迅先生的伟大人生和卓越品质,而是从相反的方面,从人道主义角度写出的一部凸现鲁迅精神危机和内心痛苦的传记,一部鲁迅先生的思想评传。

这部作品的新颖、深刻和独特之处,就在于突破了多年来鲁迅传中正面描写、正面评价的模式,而完全以新的思维、新的思路、新的角度,来重新评价鲁迅。作者有意识地"要打破那一味将他往云端里抬的风气,想要表达对鲁迅的多种的感情,不仅仅是敬佩,是热爱,还有理解,有共鸣,甚至有同情,有悲哀";作者"更要向读者显示生活的复杂和艰难,不仅仅是鲁迅,也是我们自己,不仅仅是过去,也是现在和将来"。作者从心灵和思想的层面,来展示鲁迅作为一个人,一位活生生的有血有肉的知识分子、作家、思想家的思想史、心灵史,来挖掘鲁迅先生内心的痛苦、挣扎、搏斗乃至精神的危机。

王晓明运用心理分析方法,从鲁迅的作品、书信及谈话中,进行深入、独到的分析研究,以此探索鲁迅的心灵轨迹。作者指出,鲁迅在家道败落以后所尝到的人情冷漠和歧视,给他种下了"偏重于感受人生阴暗面的习惯的种子"。作者循着这条线索,分析了鲁迅在辛亥革命后的绝望,他指出虽然鲁迅戴着面具呐喊,但"对启蒙的信心,他其实比别人小,对中国的前途,他看得比别人糟"。而鲁迅在经受了社会上的各种攻击、诬蔑及家庭中与周作人闹翻的痛苦之后,陷入了最深刻的悲观之中,而且渐渐由悲观陷入了虚无,变成了绝望。作者也分析了他和许广平的爱情"充分表现了生命意志的执拗的力量,表现了背叛传统礼教的坚决的勇气,表现了一个现代人追求个人自由的个性风采",然而,"也恰恰在这件事情上,他内心深处的软弱和自卑,他对传统道德的下意识的认同,他对社会和人性的根深蒂固的不信任,都表现得格外触目"。到人生的尽头,鲁迅反而在《死》一文中"表现出一种对死亡的无所谓",表现出"一种彻骨的冷意",甚至"一种激愤和决绝"。

作者在多年的研究和写作过程中,怀着深沉的感情,把自己融化在作品之中,在对第一、第二、第三人称的灵活运用之中,把自己对社会、人生的认识和体验,把自己的人生哲理,都注入作品之中,对鲁迅的人生、思想和心灵都进行了深入的剖析和探索,这无疑大大加深了这部传记的思想容量和审美内涵,同时也大大加强了这部传记的抒情气氛、理论色彩和哲学意蕴。如下面这段:

> 几千年来,从悲观向虚无主义转移,已经成为中国文人摆脱精神痛苦的一种自然本能,在许多时候,他们甚至用不着理智的牵引,便能下意识地完成这种转变转移。不用说,这样的精神本能地深植于20世纪中国知识分子的心中,无论他们摆出怎样反传统的姿态,一到陷入悲观情绪,仍然不自觉地就会向虚无感求援,鲁迅最终走向虚无感,正是他和他那一代人精神上根深蒂固的传统性的一个触目的标志。

作者在写作中,在对鲁迅的心理活动进行描写时,常常运用想象,设身处地地设想鲁迅的心理活动。比如写鲁迅同许广平恋爱后:"当然,他最担心的,还是和许广平的爱情本身。这里既有对许广平的疑虑,也有对自己的反省。""我已经是这个年纪,又有这么多内心的伤痛,还能够有这样的爱情,还配得上争取这样的爱情吗?""即便她现在甘心情愿,以后会不会后悔?""让她这样与我结合,她的牺牲是不是太大了?"最后,作者出面了:"我相信,每天晚上,他躺在床上抽烟默想的时候,类似上面这样的疑虑,一定会在他心中久久盘旋,去而复返的。"应该说,作者的见地是高明而深刻的。

我们在高度评价《无法直面的人生——鲁迅传》的同时,也应当如实地指出其不足之处。

首先,也许是因为本书侧重于揭示鲁迅先生的精神痛苦和思想悲剧,因而在描述、分析和评价鲁迅先生及其思想和作品时,总是深入地、较多地、着重地阐释和分析其负面的、沉重的一面,而对其正面的、战斗的、奋进的、坚定的、乐观的一面,则分析得很少、很不足、很不充分。这就造成了对鲁迅描述和评价的片面性、主观性;未能全面、完整、公正、客观地再现鲁迅的战斗的风采和伟大的人格;而对鲁迅在文学上的巨大成就和历史功勋,当然更是表现不足,评价不够。这就造成了这部传记在总体上的缺点:对鲁迅的描述和评论的片面性。这种片面性,为这部作品带来了一些负面的影响,作者在再版自序中已经提到了这一点。

其次,这部评传在写作时融入了作者真挚强烈的感情,这本来是十分可贵的,但是,有时候,作者的主观倾向似乎又太强烈,甚至流于主观偏激。试以"待死堂"一章为例,作者写"鲁迅刻了一方石章,曰竢堂;又给自己选了一个号,叫做'俟堂'",作者由此推出:"笔画虽不同,意思是一个,就是'待死堂'。"然后更进一步推论出"一种对于社会和个人的深刻的悲观,一种对于历史和未来的凄苦的绝望,正交织成他这时候的基本心态"。这里,作者非常武断地就把"俟堂"变成了"待死堂",我以为这未免太主观、太绝对了。一查字典,竢、俟,均有等待之意,俟命,则有听天待命之意,有等待时机之意,"等待"和"待死",这是多么大的差别呀!可王晓明却直接把"俟命"说成是"待死",这是否是因为王晓明先生的主观感情太强烈的缘故呢?再如,鲁迅在杨杏佛被杀害后,冒着极大的风险,"坚持要去送殓",出门时"还有意不带大门的钥匙,以示赴难的决心",这明明是一位志士的高尚而英雄的壮举,可王晓明却评价说,鲁迅"就好像一头无处逃遁的野狼,掉过头来拼死相扑:这是怎样的丧失理智的狂暴,又是怎样的忿不欲生的绝望呢?"作者是以一种怎样的心情来分析鲁迅先生壮烈的革命行动呢?这是不是太主观、太片面了呢?我以为这是值得王晓明先生慎重思考的。

十三、陆键东的《陈寅恪的最后二十年》

陆键东(1960—),广东省南海市人。1986年毕业于中山大学中文系,1987年任广州粤剧总团艺术室编剧,1994年任广州文艺创作研究所专业创作员至今。

陈寅恪（1890—1969），是一位智力超人、学贯中西、见解深邃、成就卓越而又坚持学术独立和思想自由的伟大学者，是 20 世纪中国学术界一座巍然屹立难以逾越的高峰。他出身名门，幼承家学，并受曾国藩、张之洞、黄遵宪等硕儒名士的熏陶和教益，13 岁时，就走出国门，留学日本、欧洲，还到美国哈佛大学深造。回国后，成为清华大学国学研究院的四大导师之一（其他三位为梁启超、王国维、赵元任）。这 10 余年间，他写了大量学术论文，取得了重大的学术成果，奠定了他在学术界一代宗师的地位。抗日战争时期，他辗转云南、香港、桂林、重庆、成都、昆明以至伦敦等地，抗日战争胜利后又回到清华大学任教。北平和平解放前夕，他没有为国民党的"抢运学人"的活动所动，而是到岭南大学任教。他以学术自由之理由，拒绝了中国科学院让他担任历史研究所所长之邀请，潜心研究学问。写出了《论再生缘》、《柳如是别传》等著作。不幸于"文化大革命"初去世。"文化大革命"后，陈寅恪引起学界的重新注目和高度评价，出版的传记和发表的论文也不少，陆键东的《陈寅恪的最后二十年》是其中的佼佼者。

《陈寅恪的最后二十年》以深刻而细腻的笔触，深情地记述了陈寅恪生命的最后 20 个春秋的悲壮历程，热情地讴歌了陈寅恪在传承传统文化方面的伟大贡献，真切地展示了陈寅恪身上体现的高贵的人文精神，深刻地表现了陈寅恪令人钦佩的学人风骨。作者写陈寅恪到岭南大学以后，短短两三年时间，即在该校刊物上发表了 13 篇论文。他更在 1953 年的时候，积数十年的人生感慨，写出了气如长虹、势如飞瀑的《论再生缘》，这是他生命情感的喷发，也是他自由灵魂的飞翔。作者还深入揭示了陈寅恪承续着倾诉在陈端生身上的那份历史情感，在双目失明的情况下，从 1954 年到 1964 年，花了整整 10 年时间，在历史的废墟中艰难地发掘，在残垣断壁间辛勤地寻觅，写出了 80 万字的《柳如是别传》。作者深层次地论述了这两部作品（《论再生缘》、《柳如是别传》）的深刻意蕴："它们都是陈寅恪倾诉他'感泣不能自已'的痛感。"作者引述了陈寅恪的著作："夫三户亡秦之志，九章哀郢之辞，即发自当日之士大夫，犹应珍惜引申，以表彰我民族独立之精神，自由之思想。而况出于婉娈倚门之少女，绸缪鼓瑟之小妇，而又为当时迂腐者所深诋，后世轻薄者所厚诬之人哉！"它们都抒发着"孤怀遗恨"的历史痛感。

作者写了陈寅恪在1953年接到郭沫若请他担任中古史研究所所长的邀请时，阐明了他的观点："我认为研究学术，最主要的是要具有自由的意志和独立的精神。"他还重复了他在纪念王国维的诗文中说过的观点："唯此独立之精神，自由之思想，历千万祀与天壤而日久，共三光而永光。"为此，他最终没有去北京，显示了他争取学术自由和独立精神的坚定意志。作者还大量引述了陈寅恪的书信和诗歌，以深入地剖析和展示陈寅恪的性格和内心世界。

作者还写了陈寅恪的婚姻和爱情。写了他同唐晓莹一见倾心的爱情和门当户对的婚姻，写了他们夫妻患难与共、相濡以沫的生死情爱，十分感人。作者还写出了唐晓莹爷爷的身世和人格，写出了陈寅恪的祖父、父亲的身世和人格。

不但如此，作者还围绕着陈寅恪最后20年的人生轨迹和交往，写出了一系列高级知识分子的经历、人格及其与陈寅恪的友谊。如吴宓、陈序经、朱师辙、冼玉清、刘节、梁方仲、黄萱等，作者对他们的经历、性格及学术成就作了叙述和描写，尤其是突出了这些人物卓然独立的意志和忠于信仰、忠于友谊的人格节操。作者几乎是画出了一代老知识分子的群像，展示了一批有坚贞气节和崇高品格的高级知识分子的群像，从而既丰富了陈寅恪的人格影响和性格魅力，也增添了作品的思想内涵和时代内容，增添了作品的人文内涵和美学意蕴。

作者对陈寅恪的生平、著述、诗歌、思想、心理、人际交往等，都作了深入的探索和研究，披露了一些鲜为人知的史实，进而深入地揭示了陈寅恪的人格和心理，为我们描写了一位学贯中西、文史兼通而又有很高学术水平和人格境界的著名学者的丰富性格和内心世界。作者还对陈寅恪的晚年进行了深入的剖析和诠释，提出了很有说服力的见解。应该说，这是一部很有分量的学人传记。

作者对陈寅恪十分尊重和敬爱，并把这种情感凝聚笔端，融入叙述之中，使其语言显得深情、典雅而优美。比如，在"南土的温情与生命的积淀"一节，一开始就运用了饱含情感的、具有象征意味的叙述：

这是一块给了陈寅恪另一种生命感受的土地。

比起干燥、枯寒的北地，岭南偏于温湿与润泽，风雨与阳光，更多地带有一种温馨。与之相适应,岭南人也带有更多的温情与细腻的关怀。

　　一踏入岭南,陈寅恪便被南粤所特有的浓浓的人情味包围。一些在陈寅恪晚年生涯中起着相当重要作用的人开始走入陈寅恪的生命历程。

然后,作者才引出陈序经等人同陈寅恪的交往。这样的叙述是很有思想内涵而又富于文采的。全文这样的语言很多,显示了作者驾驭语言的高超能力。

十四、黄昌勇的《王实味传》

　　黄昌勇(1966—),河南省潢川县人,复旦大学文学博士,现执教于同济大学文艺系。主要从事中国新文学及中国现代知识分子问题的研究。出版《左联五烈士评传》、《延安四怪》等著作。

　　王实味在20世纪40年代的"暗暗的死",其"悲剧意义早已逾越了作为个体生命本身的遭遇沉浮,他的悲剧其实已经预示了一大批中国现代知识分子未来的人生轨迹。从某种程度上说,王实味的遭遇可视为中国现代知识分子中某种重要类型的起始点,回首既往的历史,我们会看到无数后来者在类似的境遇、不同的时期演出的一幕幕沉重的历史剧"。

　　作为王实味的同乡,青年学者黄昌勇以历史的责任感,勇敢地肩负起弄清王实味的生平事迹及其留给人们的深重教训的艰难任务,经过多年的艰难采访、调查和写作,终于写出了《王实味传》。

　　作为传记,作者追本溯源,从王实味的家乡、家庭一直写到他被秘密处死乃至平反昭雪。作为政治性评传,作者更写出了深刻的历史教训,抒发了深沉的历史感慨。

　　作者从王实味的出生环境和家庭遗传中寻找着王实味的性格产生和形成的根源:"楚文化的骚狂和中原文化的雄傲集于一身,构成黄国(豫南古国名,以潢川为都城)百姓特有的性格特征。王实味正因承续了家园楚汉文化的骨血,在其漫漫人生中以其独异的禀赋被人视为狂人、怪人,由此在风云际会的时代潮流中铸就了其生命之花的悲剧。"而他幼年"失母的创痛在他幼小的心灵里留下了、阴影"，"他此后性格中的孤僻、过度的自尊乃至多疑等性格中的负面因素与这次童年的记忆无不有着关联"。

作者也写了王实味与刘莹及薄平的婚姻和爱情，作者通过爱情，不但写出王实味的人生经历和性格，而且还把爱情与王实味的人生际遇联系起来了。比如王实味与薄平的爱情破裂后，作者写道："爱情和事业往往都是对人生的挑战。爱情的复杂性还在于，爱情的失败都会加重王实味内心的阴郁、性格的偏执和那暴躁耿直的脾性。"

当然，作者分析得最详细的，还是置王实味于死地的政治风波。

作者在第十一章《"异端"初现》中就点出："王实味在延安的命运波折，与两个人有很大关系，一是陈伯达，二是康生。"作者指出：王实味早于《野百合花》发表前的一篇论文《文艺民族形式问题上的旧错误与新偏向》就因为同陈伯达观点相异而被陈伯达诬为"托派"，吓得王实味赶快到组织部去交代了与托派交往的事实。这"已经预示着某种可怕的信息"。

作者在第十二章《〈野百合花〉的前前后后》中，更仔细地"回眸"了1942年前后延安文艺界以周扬为首的"鲁艺"与以丁玲为首的"文抗"派的斗争，指出："历史资料显示，1940年到1942年春天，在延安形成了一股带有强烈启蒙意识、民族自我批判精神和干预现实生活的与已经占据主导地位的工农兵文学思潮迥异的文学新潮……"作者还明确地指出："我们这样不厌其烦追述1942年春天以前的延安往事，似乎离王实味这一主题远了点，实际上作者是在为王实味的登场从某一个视角给他搭建人生平台"，而且，"只有在这个具体的舞台上，我们才能清晰地把握王实味的命运之旅"。

正是在这个平台之上，作者写出了王实味《野百合花》发表的经过及其遭到的诬蔑、批判和攻击。

可贵的是，作者本着对历史负责的精神，如实地写出了罗迈（李维汉）、周扬、艾思奇、贺龙、朱德、丁玲、艾青等人在这些错误的批判中的各种表现，而不为尊者讳。

作者还披露了康生1943年8月在陕北公学训练班上所透露的批判王实味及所谓"五人反党集团"的阴谋策划过程，用康生自己的话来深入揭示他自己的卑劣、阴险和残忍。

应该说，这部传记具有深刻的思想意义。作者以严肃负责的精神和深入的研究，通过王实味个人的历史悲剧，揭示了中国现代思想史与知识分子命运史上的一条线索，其意义是很大的。正如朱正在该书序言中说的："如果人们从这里了解到此事的前因后果，认真接受了这一悲痛的历史教训，使今后能避免重演类似的悲剧，那么，王实味也可说是没有白白付出生命的代价了。"

在传记写作上，作者恰当地运用了倒叙的手法，一开始就在第一章《揭开一页沉重的历史帷幕》中以尘封多年的晋绥公安总局留存的关于王实味被秘密处死的五份原始材料，说明了王实味被秘密处死的经过；然后才顺着历史的发展轨迹，写出王实味的血雨腥风的人生旅程，这就增强了传记的吸引力。

第十三章 新时期艺术家、明星传记

一、新时期艺术家、明星传记概论

艺术家、明星的自传、回忆录和他传的大量涌现,是新时期传记文学的一大特色和景观。

美术家传记,首推徐悲鸿夫人廖静文的《徐悲鸿一生》,作家以生死不渝的感情、丰富感人的材料以及饱含深情的笔触,写出了徐悲鸿奋斗的一生及其独特的性格。石楠的《画魂——张玉良传》、《美神:刘苇传》、《海魂:杨光素传》展现了张玉良、刘苇、杨光素的传奇经历,受到读者好评。翟墨的《圆了彩虹——吴冠中传》,吴冠中的《我负丹青——吴冠中自传》,杨继仁的《张大千传》,张次溪的《齐白石的一生》,关振东的《情满关山——关山月传》,叶文玲的《敦煌守护神——常书鸿》,纪宇的《青铜与白石——雕塑大师刘开渠传》,茅山、光明的《丹青十字架——韩美林传》等也很有影响。

著名电影演员刘晓庆的《我的路》,开启了影视明星写作自传、回忆录的热潮,体现了作者顽强的奋斗精神和强烈的敬业精神,鲜明地表现了自己的独特个性。著名评剧艺术家新凤霞的《我叫新凤霞》,写出了她同吴祖光的爱情和她的曲折人生。倪振良的《命运交响曲——赵丹传》、《落入满天霞——白杨传》,刘大海的《演唱艺术家郭兰英》,姜金城的《阿丹魂》、《瑞草青青——张瑞芳传》,刘帼君的《从小丫头到大明星——阮玲玉传》,陈凯歌的《少年凯歌》以及杨澜的《凭海临风》,姜昆的《笑面人生》,姜丰的《温柔尘缘》,黄宏的《从头说起》等,都有自己的特色。

戏剧家的传记有马威、吴乾浩主编的《京剧泰斗传记书丛》，首辑 10 种，分别写出了程长庚、谭鑫培、盖叫天、梅兰芳等人的奋斗历程和人格风采；刘琦的《裘盛戎传》，汪景寿、曾惠杰的《马季传》；袁世海的《艺海无涯》和《袁世海》则是京剧表演艺术家本人的回忆，生动形象地表现了他刻苦学习、执著追求、不懈探索，终于在京剧和人生的大舞台上闯出一片天地的曲折历程。

音乐家的传记有叶永烈的《爱国的"叛国者"——马思聪传》，史中兴的《贺绿汀传》，存文学、冯德胜的《聂耳——从云南大山里走出来的音乐大师》，赵沛的《刘天华》和《风流道士——阿炳传》等。

电视主持人赵忠祥的《岁月随想》显得冲淡、平和、幽默、风趣，有较高的思想深度；倪萍的《日子》以散文笔法写作，表现出较强的抒情色彩和较高的文学修养；著名影视编导邓在军的《屏前幕后》也写得极有特色。

此外，还有体育明星的自传、回忆录，如陈祖德的《超越自我》、聂卫平的《围棋人生》等，也很受欢迎。

二、袁世海的回忆录

袁世海（1916—2003），著名京剧表演艺术家。父亲是马车夫，在袁世海两岁时去世。袁世海从小酷爱京剧，经过刻苦学习、执著追求、不懈探索，在人生的大舞台上闯出了一片天地，成为享有盛名的京剧演员。

1985 年出版的《艺海无涯》和 1993 年出版的《袁世海》是袁世海的回忆录。记叙了自己由一个马车夫的儿子成长为一个京剧艺术家的坎坷曲折而又奋进不止的人生历程和丰富阅历，还写出了当年京剧界一代名流谭鑫培、梅兰芳、郝寿臣、周信芳、尚小云、李少春等人的形象和风采，当年京剧界的风貌再现于其笔下。

袁世海才四五岁时就狂热地热爱京剧，8 岁开始学戏，11 岁正式进富连成科班，连续学习 7 年。在老师的严格要求下，在同学、朋友的帮助下，他奋发努力，顽强拼搏，以优秀业绩学成毕业。以后，在长期的艺术实践中，他虚心吸取各家之长，继承传统、探索创新，终于在京剧花脸艺术中取得了骄人的成绩。作者生动地写出了他小时候为学戏冒险翻墙进城南游艺园看戏,详细地写出了他在富连成科班学习时的艰辛和痛苦:拿大顶时的顽强撑持,生病时的苦熬,为偷看周信芳的戏而挨打等等;更突出地描写了他为实现自己的理想而甘之如饴、以苦为乐的精神,表现了他为艺术而献身的执著精神。作者也写了母亲对他的爱,以及他的婚姻和爱情。

作者通过对自己一生的回忆,塑造了热爱京剧,执著追求艺术,孝敬母亲,尊重师长,关心朋友,虚心好学,勇于探索,不懈进取,乐观开朗,正直朴实的优秀艺术家的自我形象。在他的身上,凝聚着中国文化人的优良品德,也有着现代艺术家的时代气息,应该说有着相当典型的时代意义。

作者有很好的记忆力和文字表达能力。作者在回忆自己的人生历程时,也满怀热情地缅怀了培养和帮助过自己的前辈、老师和朋友,并在深情的回忆中画出了一代名流的动人风采,总结和记载了他们精湛的表演艺术和宝贵的创作经验,具有很高的文献价值和艺术价值。作者对老师郝寿臣作了生动的描写。如写了郝寿臣的外貌:"郝老师四十多岁了,浓浓的眉毛下一对炯炯有神的细眼与长方形的面庞配得很匀称。"更写了郝寿臣贫苦的家世、典身学艺的艰难,还写出了他在艺术上的成就:"几十年的舞台实践,郝老师成功地塑造了具有丞相、统帅风度,又奸诈多疑的奸雄曹操,敞胸露怀、好打抱不平的花和尚鲁智深,喜洋洋洞房吟诗的福将牛皋,害人反害己的须贾大夫,粗中有细、莽中有美的上将张飞等等诸多发于内、形于外的鲜明的舞台形象。他们像艺苑奇葩,盛开于舞台之上,芳香沁醉了万千观众的心。"作者也写了四小名旦之首的李世芳过人的才华,写出了他在倒仓辍演之后,苦练三年,重新登上舞台的毅力并对李世芳的英年早逝寄予了深切哀悼。作者还写了梅兰芳在日军占领上海后罢演并蓄须明志的气节以及余叔岩的清高、严肃、严谨。作者还分析了周信芳、郝寿臣、李世芳以及他自己的不少精彩的舞台艺术。作者让许多京剧表演艺术大师的人品风貌活跃在纸上,使他们的艺术成就和艺术经验能流传下来,这对传承文化,弘扬国粹,发扬民族文化传统,都有很好的作用和很高的价值。

作者还大量记述了艺术家们丰富而深刻的人生哲理,也总结了自己在生活中的感受和体会,具有相当的哲理意味。如盛文哥说的:"你不是着迷地学郝先生吗？你看过他不少的戏，什么时候见过他在舞台上开搅？哪场戏不是在认真、严肃地演？这是饭碗，你们懂吗？不能自己往碗里扔沙子坏自己！"还有郝寿臣说的："科班里不读书是个缺点，演员应该有点书底子，演戏不从书本上体会人物的心情，就不好做戏。""你也要多看书哇！从书中求知识，揣情度理，找你所扮演的角色，体会他的性情，能帮助你在舞台上做戏。""你什么都学我，学得一分不差，一毫不差，你将永远学不像我。你不是我嘛！切记：你不能把你揉碎了变成我，而要把我揉碎了变成你！"再如梅兰芳说的："你已经做得很好的东西，别按着我的改。学我，千万别死学。个人都有个人的所长，学也要学人之长，避人之短嘛。"这些富于哲理的语言，增添了作品的审美价值，也丰富了作品的思想内涵和教育作用。

作者的语言十分流畅、优美，如写李世芳演出时的布景："舞台上，湖色的天幕犹如朗朗碧空，绽蕾吐蕊的嫩粉色寒梅斜枝独立，和一簇碧绿青幽的馨兰交相辉映，点点银星晶莹璀璨，散缀其间。面对如此漂亮的天幕，不仅仅是赏心悦目，而且好似已闻到万花之冠的梅和兰所散发出的缕缕醉人的芳香。"作者还吸取了不少群众的语言，如"从善如登，从恶如崩"，"晚办三慌，早扮三光"等，增添了语言的活力。

三、廖静文的《徐悲鸿一生》

廖静文（1923—），湖南长沙人。早年在湖南长沙女子中学读书。1942年在桂林被重庆中国美术学院筹备处招聘到重庆工作。在重庆美术学院筹备处跟随徐悲鸿工作的过程中，与徐悲鸿产生了爱情，并与徐悲鸿结婚。婚后，她全心全意地协助徐悲鸿工作。1953年徐悲鸿去世后，她把徐悲鸿遗留的1000余幅美术作品及其收藏的唐、宋、元、明、清及近代艺术家的书画1000余件以及珍贵的图书、图片、碑帖等10 000余件，全部捐赠给国家，然后到北京大学中文系读书。1957年她担任徐悲鸿纪念馆馆长。几十年来，她一面从事徐悲鸿纪念馆的工作，一面认真搜集资料。经过长期孕育和刻苦写作，于1982年写出了《徐悲鸿一生》。

廖静文以丰富的材料和深情的笔墨,生动而形象地描绘了徐悲鸿这位现代中国著名艺术大师那波澜壮阔而又坎坷曲折的一生,塑造了他热爱祖国、倾心艺术、刚正不阿、坚韧不拔的性格。徐悲鸿从小孜孜不倦地学习美术,以后又留学和游历法国、日本、意大利等国,他继承了中国民族绘画的优良传统,吸收西洋美术中的现实主义创作方法和技巧,大胆突破,锐意创新,为我们留下了大量不朽的艺术精品,为中国现代美术事业的发展作出了杰出的贡献。徐悲鸿还是著名的美术教育家。传记生动地展示了徐悲鸿在南国大学艺术系、中央艺术学院美术系、北平艺专及中央美术学院担任教授、系主任和院长期间如何兢兢业业地从事美术教育工作,又怎样倾注满腔热忱,并以其敏锐眼光和过人的胆识,识别、选拔、培育和造就了许许多多的艺术人才。作者令人信服地表明,徐悲鸿之所以能攀上中国美术的高峰,取得辉煌的成就,是由于他一生勤奋学习,刻苦砥砺,顽强拼搏和孜孜不倦地追求、探索的结果。

这部传记,不仅让读者看到了徐悲鸿不屈不挠、艰苦奋斗的一生,而且还跟着他的足迹和目光,看到了20世纪初江南农村的秀丽风光和农民们贫困的生活,看到了20世纪30年代上海、南京和40年代陪都重庆的优美迷人的自然风光和形形色色的社会生活场景。人们仿佛随着作者艺术的彩笔神游了辉煌灿烂的世界艺术之宫,看到了日本、法国、意大利等国的许多艺术大师的音容笑貌,欣赏了他们各具特色的艺术杰作。作者还表现了周恩来、郭沫若等同志对他的关怀和爱护,以及徐悲鸿是怎样一步步走上革命道路的。

作者从徐悲鸿一生的大量活动中,提炼了生动的事迹、感人的行动和闪光的富于个性化的语言,塑造了徐悲鸿丰富的性格,展示了他博大高尚的精神世界。作者通过徐悲鸿两次以重金收购历史名画《八十七神仙卷》的曲折经历,表现了徐悲鸿对艺术的挚爱和高度的爱国主义热忱;通过徐悲鸿拒绝蒋介石收买他的作品《灵鹫》和他顶住国民党右翼的威逼利诱，坚决在《陪都文化界对时局宣言》上签名的感人情节，刻画了徐悲鸿的刚正秉性和不屈风骨。作者还善于描写人物的心理活动，并从生活中提炼出精练、含蓄且蕴涵深意的语言，展示徐悲鸿独特的个性和高贵的气质。比如，作者描写徐悲鸿在1915年父亲去世后第一次离开家乡来到上海，在受到生活沉重打击的时候，血气方刚的他再也忍受不住了，在绝望中，他想投入黄浦江结束自己的生命。但是，一阵冷风使他清醒，他想起了父亲临终的教诲，想起了自己的责任和壮志，他低声对自己说："一个人到了山穷水尽的地步而能够自拔，才不算懦弱啊！"又比如，作者描写自己同徐悲鸿在成都游览，当廖静文看到树木比人长寿而有忧伤之感时，徐悲鸿则劝慰她说："人的一生是短促的，但躯体被埋葬了，生命仍可延续。每个人对国家、对事业以至对家庭所作的努力和贡献，都将长久地留在后人心中。其间一些杰出人物也能不断将美丽的花朵洒向人间，较之树木的生命更为绵长，而树木终究是要死亡的。"而到了杜甫草堂，他更进一步深有感触地说："杜甫留下的大量诗篇便是传世之作，他把这些美丽的花朵洒向人间，百世流芳。"他还深沉地说："每一个人的一生都应该给后代留下些高尚的有益的东西才对。"这些心理描写和徐悲鸿的语言，都深入地揭示了人物的内心世界和真挚情怀，表现了徐悲鸿的崇高品质。

廖静文还把她对徐悲鸿缠绵悱恻的爱倾注于对徐悲鸿一生的叙述、描写之中，融合于写景、状物、议论、抒怀之中，使传记充满了真挚感人的艺术韵味。加之叙述娓娓动人，语言流畅典雅，因而作品扣人心弦，感人至深。

《徐悲鸿一生》的成功，最重要的原因是廖静文对徐悲鸿至死不渝的爱情。可以说，在传记文学史上，还很少有这种作者和传主间有着如此真挚、强烈、深沉而又生死不渝的爱情的先例。正是这种至真至诚的爱，使她关注着徐悲鸿的一切，了解着徐悲鸿的一切（她直到徐悲鸿去世后还专门到他的家乡进行了深入采访），而所有这些又长久地酝酿于心；再加上作者为了写好自己至亲至爱的人，又从文化修养和写作技能上有意识地提高自己，到北京大学中文系读书学习；更因为作者是把这部传记作为奉献给九泉之下的爱人的心灵祭品，排除了一切功利目的和世俗杂念，精心撰写，认真打磨，所以，《徐悲鸿一生》能一举成功,享誉文坛,它真可以说是廖静文用几十年生死不渝的爱情熔铸而成的。

四、新凤霞的《我叫新凤霞》

新凤霞(1925—1998)是一代评剧皇后,走红了近半个世纪的戏剧艺术大师。她从小没有读过书,靠顽强刻苦自学成长为中国评剧皇后,同著名戏剧家吴祖光结婚后,又在吴祖光的帮助指导下努力学习文化,练习写作,在遭受"文化大革命"折磨,不幸半身瘫痪,不能再上台演出的情况下,她拿起笔来,写出了大量的文章,画出了数千幅水墨画,表现了顽强的毅力和卓越的才华。

《我叫新凤霞》就是新凤霞在去世前一个月才写完的一部自传。

《我叫新凤霞》写出了新凤霞从贫民窟的小丫头到新中国的大明星,从大右派到"大黑帮",从没有多少文化的演员成为著名作家的大起大落的坎坷经历和丰富多彩的人生阅历。作为一个女性作家,新凤霞以真切而细腻的笔触写出了她同吴祖光的美满婚姻和幸福爱情,写出了吴祖光的豪爽性格,也写出了自己的成长经历和自己的人格和艺德。

作者以坦诚直率的笔墨,记下了老舍介绍她同吴祖光认识以后所遇到的阻力和压力,反映了当时的政治气候和复杂的人际关系。由于吴祖光是从香港回来的,介绍人老舍是从美国回来的,又都是大知识分子,而新凤霞却是土生土长的穷苦人,所以包括李伯钊在内的许多高级干部都不同意新凤霞同吴祖光恋爱,单位领导也给她施加了很大的压力。但是,新凤霞凭着自己对吴祖光的理解和对爱情的忠诚,毅然同吴祖光结了婚。作者渲染了她们结婚的隆重:郭沫若主持婚礼,茅盾、老舍、阳翰笙、欧阳予倩、赵丹、洪深、侯宝林、丁聪等都到了。周恩来夫妇还专门设家宴为他们的新婚祝福。周恩来说:"祖光和凤霞结合,是很理想的一对,凤霞是贫民窟长大的戏曲艺人,她可以得到祖光的文化、艺术等各方面的帮助。希望凤霞做一个有文化、有理想、有修养的新社会戏曲演员。"

结婚后,新凤霞在吴祖光的帮助下努力学习文化,在各方面都有很大提高。可是,正当他们沉浸在爱情和事业中奋发向上之时,反右运动来了。吴祖光被打成了右派。新凤霞因为不听某领导的规劝,不愿同吴祖光划清界限离婚,竟然也被打成了右派。

在批判、诬陷、打击和迫害中，新凤霞同吴祖光相濡以沫，风雨同舟。作者写道："祖光被打成右派后他可没少挨批斗。各种颠倒黑白、莫须有的罪名一股脑儿压在他身上。我日夜为他担心，不知道什么时候把他送走。我倒是真愿意跟他一道走。只要有祖光在一起，再苦我也觉得幸福。我每天都紧张得透不过气来，祖光却神态自若，安详镇定。看书看报，一切照常。还常抱着小女儿霜霜玩。"

吴祖光被送到北大荒三年，新凤霞不断给吴祖光写信："我的信多，写得啰嗦，他回信批改的红字密密麻麻，这是对我的帮助。我们这是函授，祖光是我的函授先生。"

作者也写了"文化大革命"对他们"明火执仗"的抄家，给吴祖光剃光头等等。作者更写出了吴祖光的胸怀气度。吴祖光在北京被揪斗时，"他仍然照原样，不慌不乱，看报读书。在他去首都剧场接受批判时，我们全家紧张得很。可是，祖光一定要跟儿子的朋友打完一场乒乓球，而且打赢了，才穿戴得整整齐齐，带上笔和笔记本，跟母亲说：'娘，我去了，会散了就回来。'他那样沉着、冷静、自信，他对待一些不公平的待遇，从来都一笑了之。""文化大革命"中"吴祖光被造反派剃了光头，我们彼此看着，难受极了。他笑着用手摸着头对老人和孩子们说：'剃了光头很舒服，又凉快，又好洗，这没有什么奇怪。'"

作者写道："作为演员，我唱了几十年的戏，台上演戏，台下做人，台上演戏讲戏德，台下做人讲人格。在台上演戏对得起同行，在台下做人对得起人民，在家里对得起丈夫和儿女，教育儿女自尊、自强、自立、自信，这是一个人的精神支柱！我原来是从小学戏的演员，没有读过书，不识字，如今我能写出几百万字的书了，这是社会给我的机会，丈夫给我的力量，为我重新找到了位置，使我的生活有了新的希望。"

作者通过他和吴祖光的爱情雄辩地说明，世界上存在着永恒的爱。

> 夫妻能共命运是应当的。有人说没有永恒的爱，我认为不能这样说，几十年了，多少风暴雷雨不都没有动摇我们吗？

《我叫新凤霞》不仅写出了她自己的成长以及和丈夫的美满爱情，而且还写了儿女们的自立自强，写了"那么多在我坎坷人生中帮助了我的亲人、师长和朋友"。

作者写大儿子吴钢正直、忠诚、顽强、豪爽，法国女专家纪柯梅称赞其"真有父风，轻财仗义……"写二儿子欢欢好强、爱运动，喜欢帮助人，在北大荒那样艰苦的条件下还抓紧时间读书画画。写他们的小女儿霜霜天生一副好嗓子，后来，靠着自己的努力，从中央音乐学院毕业后，到美国留学，开了独唱音乐会。

作者还写了齐白石、黄苗子、小白玉霜、赵丽蓉、老舍等。作者抓住了每个人的特点，用几句话，几句描写，就勾画出了每个人不同的个性。比如写齐白石：

> 齐老常常把着手教我画画，常说："画画也是画骨气，画出神态，画出性格。画牡丹要画出雍容华贵，富丽堂皇；画梅花要画出主干的铮铮铁骨的气节；画桃子要画出丰满的热情来……"

齐白石教会新凤霞画第一幅画以后，高兴得像孩子，说："我是看看凤霞有没有胆子。画画的敢甩笔杆子，当伙计的敢端盘子，唱曲的敢扣弦子，当裁缝的敢下剪子。凤霞有胆子，有艺术家的气魄！"

作者写黄苗子夫妇也很传神："他们可说是珠联璧合的好伴侣。他们夫妻的共同点很多，热心好客，爱朋友，迷迷糊糊，大大咧咧，丢三落四，几十年就是两人比赛着赛糊涂。苗子看戏不带戏票，买东西不带钱包。下公共汽车把戏票交给了售票员，结果拿着公共汽车票进剧场，收票的不许他进去。""郁风更爱丢东西。"而两人又是那样好的恩爱的洋派夫妇："出门上班，两人必须亲吻告别。"

作者写老舍对她的关心，给她介绍吴祖光，鼓励她学文化："要学习呀！先从一、二、三、四简单的学起，要随时想着学，抓紧学。有了文化才能提高演唱艺术。以后不能演戏了，拿起笔来能写，当作家，当先生……"作者还写老舍在天桥帮穷人找驴子，帮助贫苦的小偷，在小戏院听戏，"在'万盛轩'看我们评戏，在昌盛居小馆吃、在小街吃，在'二友轩'喝茶，谁也想不到他喜欢逛估衣摊子，听卖估衣的吆喝"。老舍说："在小店里跟劳动人民一起聊天……好热闹，就像音乐演奏会哇！真丰富……"

作者写作态度严谨，感情真切深挚，文笔朴实无华，使这部传记成为艺术家、明星自传中很有特色的一部。

作者从生活的底层中来，熟悉人民群众的语言，从中提炼出一些精彩的、生动的、有表现力的语言来。如："要想人前显贵，就得背后受罪"，"艺亲不图金，浇花浇到根，交人交个心"，"技艺在身，上台有根"，"帮场子，亮嗓子，练胆子"，等等，大大增加了传记的艺术魅力。

五、邓在军的《屏前幕后——我的导演生涯》

邓在军（1938—），女，重庆人，大学文化。1950年参加中国人民解放军，从事文艺工作。1959年调中央电视台任编导至今，现任中央电视台高级编导、国家一级导演，中国文联第六届全委会委员，中国电视艺术委员会委员，中国首批享受国务院政府特殊津贴专家。40年来，编导制作了各类电视节目1000多台。20世纪60年代和70年代初，编导播出了《东方红》、《白毛女》、《宝莲灯》、《天鹅湖》、《茶花女》、《长征组歌》等大型文艺节目；80年代以来，主要担任大型文艺专题节目和大型晚会导演，是中国电视文艺和春节晚会的主要开拓者，曾执导1979、1980、1983、1987、1988年等多次春节联欢晚会并任总导演；都市性广场艺术《亚运前夜》总导演，亚运会开幕式、闭幕式电视转播总导演，国庆40周年大型晚会总导演，电视系列艺术篇《毛泽东诗词》总导演，电视专题艺术片《百年恩来》总导演，电视风光艺术片《黄山》、《自古华山》、《林都伊春》总导演；其主办节目中的创作歌曲《在希望的田野上》、《同一首歌》、《你是这样的人》、《春天的故事》、《故乡的云》等风靡全国，影响深远。其导演的节目多次获全国电视大奖及首届国家音像奖、中宣部"五个一工程"奖等；本人被评选为中央电视台"好编导"。在1992年中央电视台召开的邓在军电视艺术研讨会上，中央电视台原台长杨伟光指出：邓在军"是当之无愧的世界水平的电视导演"。其主要著述有：中央电视台研究室出版的《邓在军电视艺术汇编》、华文出版社出版的《邓在军电视艺术》、国防大学出版社出版的《缪斯的女儿——邓在军》。

《屏前幕后——我的导演生涯》是著名电视导演邓在军的回忆录。它真切地记述了作者由一个淘气活跃的农村小姑娘，成长为一个具有世界水平的著名编导的奋斗历程，展示了屏前幕后那些精彩纷呈的动人故事，塑造了自己敢闯敢干、肯学肯钻、不怕风险、勇攀高峰、勇于创新的性格。作者首先写她小时候就天不怕、地不怕，敢爬树摘果子，被妈妈罚站赌气把尿屙在裤子里；12岁就一个人偷偷离家参加解放军，当上了文艺兵。她在部队里用一个盆子洗脸、洗脚又当菜盆，却从不生病。她在艰苦的行军途中能够一边行走、一边睡觉，"睡得还挺香"，这成了她的一大发现：人能够边走边睡觉。

1959年，邓在军调到中央电视台文艺组当编导，一直干到现在。面对新的生疏的工作，邓在军学得很刻苦、很努力，"为了尽快适应工作，我很少待在家里，经常是清早出门半夜归；中午实在累了，就两条长板凳一拼，躺下小睡一会儿。……热爱是最好的导师。没过多久，我就从初入门径变得满怀信心，可以独立操作了。"而且她还充分发挥自己唱歌跳舞出身，对各种文艺节目的特点都很清楚的优势，能够一个人又调机又切换——一个人做两个人的事。就这样，才20多岁，她就已经多次担任各种晚会各种重大政治活动和节目的实况转播。在转播大型音乐舞蹈史诗《东方红》时，她更注意"谦虚谨慎，认认真真，老老实实当好'小弟弟'。……也借此机会，结识了一大批老师和朋友"。后来被尊称为"乔老爷"的乔羽老师、时乐蒙老师、王昆老师等等，当时就给过她很多帮助，后来他们成了好朋友。"文化大革命"中，邓在军和杨洁、王扶林、黄一鹤"四大导演"都成了"黑权威"，被批斗得灰溜溜的。在被批斗的时候，"我想哭，心里害怕，又憋着一口气。……我对自己很满意，虽然也胆战心惊，但我没有落井下石，没有乱说一气"。1975年，邓在军被下放到干校，干校的环境，"把我们降低到几乎为生存而战的状态，也潜移默化地影响着我们的精神品格"。"文化大革命"后期，邓在军开始转播一些重要节目。1979年春节晚会前，为交谊舞能不能上电视的事情，她和有关领导吵过一架。这是第一次由中央电视台单独组织春节晚会。她认为，当时正是中国历史上的伟大转折点，这台晚会，也应该有新的形式、新的氛围。要改革，要创新，要激荡起民心民意，为改革大潮推波助澜。为了渲染气氛，"我们决定让人们久违的交谊舞作为整台晚会节目的串场，这样可以让观众耳目一新"。但广播事业局的一些领导不同意。经过反复争论，领导还是不同意，"我敢说敢为的直性子又回到了身上。我终于发火了：'你要不同意我们不干了！'"最后，只好折中，交谊舞还上，但不整个都用，用在一头一尾。在这个晚会上，她和杨洁还请来被打成右派的白桦朗诵了诗歌，请来被打成右派又被残酷批斗不幸瘫痪的著名演员新凤霞出场。而李光曦的一曲《祝酒歌》，更是很快传遍了全国。1987年，她一个人兼国庆和春节晚会的总导演。她以"拼命三郎"的干劲，硬是接过来，干起来了。她对这台节目，提出了"欢、新、高、精"的要求。她推出了伤残军人徐良和王虹演唱的《血染的风采》，推出了由80岁的老助产士来演的《助产士之歌》，终于达到了要求，取得了成功。在1988年她执导的春节晚会上，她选中台湾演员费翔唱了《故乡的云》和《冬天里的一把火》，给晚会带来了蓬勃的生机。以后，她又拍了《亚运前夜》、《黄山》、《毛泽东诗词》、《百年恩来》，更以精心的构思、磅礴的立意、有力的组织，把中国的电视片创作和编导，推向了新的高峰。作者写出了拍摄黄山的艰难和惊险。他们航拍，把摄像人员吊在舱外拍摄，"差点出个烈士"！在飞机上"飞着飞着，头就发晕，难受得不行，好像五脏六腑都要吐出来。……真有一种活不成了，要掉进下面八宝山的感觉"。但是，即使这样，作者也坚持着，"不愿中断航拍，机会难得啊"！正是由于邓在军有这种为事业拼命的精神，才在电视节目的编导上，达到了国内的顶峰，达到了世界水平。

邓在军非常重视发现和选拔演员及安排、包装演员，使演员充分发挥其才华。在《屏前幕后》中，作者以很多幕后趣事、逸事，表现了她作为总导演，作为谁能入围、谁不能入围的裁判组长，对演员的选拔、关心与支持以及她同演员的友谊。如对费翔，邓在军就十分欣赏，看了他的《故乡的云》的录音带，决定起用这个演员。谁知在一次编导会上，有人突然提出费翔的父亲是美国人，因此，费翔不应算台湾人。最后，作者表态："我认为可以。他父亲是美国人，但是，孩子都随母亲；费翔的母亲是中国人，他又在台湾出生，就应该是中国人。"后来，她又提出让费翔唱两首歌，《冬天里的一把火》又引起争论，又是她的坚持，使这首爱情歌获得通过。

还有对韦唯，作者觉得她很有才华，对她就像对自己的孩子一样关心、疼爱，从生活上，甚至在爱情问题上关心她，帮助她。邓在军对毛阿敏也非常赏识，"录音棚里，我第一次听了毛阿敏的演唱，有点喜出望外。我感觉到声音很松弛，很有派，个儿也高，而且长得漂亮，歌唱演员有这样条件的并不多。我很满意，对她充满了信心。因此，我首先在《今夜星光灿烂》晚会上作了安排，让她同胡松华、李谷一、彭丽媛、阎维文等知名演员一起，担任独唱节目……毛阿敏上场了。她风度翩翩，唱得委婉动人，动作也很好，有小小的唯美的舞姿，又不是大跳，非常得体，台风不错，我很喜欢。她的优美歌声和落落大方的舞台形象，给观众留下了良好的印象"。后来，毛阿敏经香港某公司包装，已失去了当年的淳朴。沉寂数年之后，"在新千年的前一年，毛阿敏又在大陆的舞台上露面了，演唱了《同一首歌》。这次我同阿敏见面，她又有了新的变化，而且是我愿意看到的一种变化。她还是那样的热情和淳朴。她的歌声还是那么动人，那么富于感染力；有所不同的是，她在舞台上的风采，已经有某种更加沉实、厚重和大气的东西。生活的磨难给了她更多的智慧，使她更成熟了"。

作者还写了她所熟悉的中国的艺术大师白杨、侯宝林、孙维世、金山、乔羽等人及与他们的交往，写出了他们忠诚祖国、淡泊名利、献身艺术、奉献人民的高尚品质。

作者还写出了周恩来和邓大姐的高风亮节。周恩来教育她："你和尔均原来在一个部队，两个人相爱了，要互相关心，互相爱护，互相尊重，爱情要经得住时间考验。……再一个，不要因为我是总理，你们有了这层关系，就自认为特殊，放松自己的改造，造成不好的影响。"她还写了在总理去世后，邓大姐在追悼会结束后，给亲属们讲了话，她说，她与恩来早就决定把自己的骨灰撒到祖国的大好河山去。她还谆谆嘱咐后辈不要搞特殊化，一定要谦虚谨慎。作者还写了她与丈夫周尔均的爱情和家庭生活。她写尔均性格儒雅，脾气温和，对她的所谓"地主"出身，从不在乎，表现出美好的人性光辉。他不但给了邓在军一个稳固的大后方,还在工作上给她许多帮助,甚至成了她创作上的参谋。她深深感到爱情的幸福。她说:"作为一个女人,能有一个真心爱你,你也乐意以身相许的丈夫,是人生的大福分。在我看来,有了这种福分,就等于在生活的大海里有了一艘永不沉没的诺亚方舟,你就能生出胆量,坦然面对各种人生风浪。"

六、赵忠祥的《岁月随想》和《岁月情缘》

赵忠祥(1942—),山东人,18岁高中毕业后即考入中央电视台担任播音员和主持人工作。于1996年写出了《岁月随想》,发行量达100万册,名列当年中国图书市场排行榜首位。1999年写出《岁月情缘》,发行量也高达数十万册。

《岁月随想》以坦荡的胸怀和坦诚的语言,叙述了自己在中央电视台担任播音员和主持人的经历,特别是他担任《动物世界》和《正大综艺》栏目主持人的体会和心得;还写出了他所认识的伟人、名人,以及他与范曾等著名画家的交往,也写了他在干校劳动以及他在生活中的经历和感受。《岁月情缘》则记述了对自己小时候烂漫年华的回忆,以及他在全国各地乃至世界各地主持电视节目的经历和感受。

赵忠祥通过自己成长和奋斗的经历,为我们刻画出一位纯洁、正直、刻苦、好学、上进、谦虚而又有些世俗、胆小的自我形象。作者写他到电视台后刻苦学习,写他勤奋读书,虚心向各行各业的专家学习,尽心尽力地干好自己的工作,都很感人。作者也写出了自己的认识和感受:"我没有什么先天的优势,只有一颗不服输的心。只要我瞄准了目标,奔跑也罢,走路也罢,就是连滚带爬我也要达到终点。"充分地显示了他好强的性格。

赵忠祥还通过自己的成长历程,写出了新中国电视事业的发展,表现出个人和集体的辩证关系:"我是中央电视台这棵大树上的一片叶子,我为这个肌体输送过经光合作用而形成的养分,也受这棵大树的支撑才能在阳光下闪烁。尽管任何一片叶子都迟早会脱落,但是,这棵大树注定会根深叶茂,日益繁盛。没有中央电视台就没有我。"作者还进一步指出:"当然,没有国家的富强和发展,中央电视台又怎么会有灿烂的今天。我1960年来台,全国才有几台黑白电视机呀。

如今我们拥有8亿观众，我到世界各地，凡有华人之处就有我的亲切的观众朋友。"

赵忠祥是名人，他也采访和结交了许多名人。他说："我主持过12次春节晚会，每一次都与数百位老、中、青演艺人员共度除夕，在十多年中结交与往来密切者不下百位。这是我引以为荣和无人能比的艺术观赏上的收益。"他为我们描写了众多的名人。其中写得最好的是周恩来、王光美、时传祥和陈永贵。作者写周恩来："我太熟悉他那矫健的身姿与充满神采的目光。他身着中山装的一举一动，都会光彩照人。……我在每次见到他本人之后，都会感觉到，任何影像、照片与画报所记录的他的形象，都远远没有他本人的那么一种完美，也没能传达出周恩来所独具的神韵和磁石般的魅力。"作者写王光美："……王光美身着淡雅套服，平静而庄重地接受了我的采访。……我被她的雍容大度所折服。我难以想象，一个人是如何修炼到这样一种程度，世纪的波澜就装在她心中，怎么可能毫不外露？……她的内心仍涌动着昔日的辉煌，她的言谈举止处处流露出典雅华贵与平民意识的和谐共存，那尊严就融入于平静的返璞归真之中。"作者写自己采访时传祥，跟他一块背过粪桶，掏过粪便。"他一边干活，一边与我聊天……不断与老大爷、老大娘打着招呼。那时，他已是劳动模范……他仍然干着他从小就干的活，并没想到从此他不再去干这一般人饿死也不去干的活儿"，"而且一路上他与我说说笑笑"。而时传祥对记者讲他与刘少奇的照片，也只有掐头去尾的一句话："就是那一次，就是这张照片。"一句话，写了其人之老实，之纯粹，人物形象，跃然纸上。作者在写了时传祥"文化大革命"中的悲惨境地之后，深情而诚恳地说道："事平见节义，千古论人心。像时传祥这样的汉子，你一生能交上一位，足矣。"作者还写了陈永贵。作者以他的亲眼所见和亲身感受，写出了陈永贵在大寨拼命干最重、最难干的活；写他干活时挥镢不止，目不斜视，显示出他的独特风格。而他在不当副总理以后，还"穿着对襟的布衣，穿着一双布鞋"，是"一位漫步街头的老乡"。作者深情地写道："据说，他一直到生命最后一刻，没能再回故乡。他的骨灰回到了大寨。据说，大寨全体乡亲，为他披麻戴孝，哭声震天，把这位与他们同甘共苦的永贵接回了虎头山，接回了他生前洒遍了汗水的这方黄土地。据说，有的乡亲哭着呼喊：'永贵啊，千不该，万不该,你不该离开咱大寨呀。'"作者也写了自己与许多艺术界的名人如侯宝林、刘欢、范曾、黄胄、刘海粟、李可染等人的友谊和交往,有的写得十分感人。如写侯宝林:"大师也是平常人。他每天早晨上班,低着头,不苟言笑,手提一个热水瓶匆匆走来。平常是平常,可是他一身绝技就藏在身上,到了台上,那神采四溢,伴随着笑声四起,给人的艺术享受难以形容。"再如写黄胄:"看黄胄作画,可以说是一种享受,他落笔犹如叱咤风云的大将军,挥毫那力挟千钧的气势,勾划那稳如泰山的感觉,使我悟得了一个主持人在台上应有的气度。黄胄作画的过程,你会感到那围绕着他的气场的旺盛。他的画儿漂亮,画画儿的神态动作也漂亮,帅。"作者在与名人的交往中也写出了自己的个性:"我接触人,从年轻时起,也采取实用主义的态度,看对方能不能在某个方面对我有所帮助。我结交文学修养高的人,就时不时讨教古文……如果在任何一方面都不能帮我,哪怕是帮我唤起对各种美好事物的向往的人,我是不可能与他们做朋友的。"作者既写出了他追求知识和上进的一面,也显示了他世俗的一面。

作者在这两部著作中也写了他担任主持人工作的经验和体会,他在国内和国外工作的观感、见闻和体会。尤其是关于串词,关于芬兰之行,关于蛐蛐和蝈蝈,关于风筝等内容,写得比较生动。

从总体上看,赵忠祥的《岁月随想》和《岁月情缘》是不错的。然而,也有明显的不足,这主要是结构比较杂乱,缺乏统一的、全面的布局与策划。其次是章节内部混乱,特别是在"蓝色之旅——芬兰行"中,作者在描写异国风情的游记中竟然穿插了七则谈中国玉石和陶瓷的内容,内容上显得杂乱,结构上显得臃肿,完全应该分成两章来写。

七、陈祖德的《超越自我》

陈祖德(1945—),上海人。从小跟名师学围棋,"中国流"布局的创始人,曾三次获得全国围棋冠军,也是我国战胜日本九段的第一人。

《超越自我》是陈祖德身患癌症后在医院写出的一部极其优秀的自传。冰心对这部传记作了很高且很精辟的评价:由于作者"写这本书时,也许以为这本书将是他的绝笔了,他要趁离开这个世界之前将他的事业、他的感谢、他的拼搏、他的爱憎和他的希望,呕心沥血地倾吐出来,这一种神魂奔赴的挚诚,使得这一本《超越自我》,在我的眼中成了一本高出一般文学作品的杰作"。

作者写作此书时面临生死考验,因而能够站在更为超脱的高度,冷静地回顾和观照自己的人生经历、围棋生涯及心路历程,回忆陈毅等老一辈革命家及前辈、老师、朋友对他的帮助和指导;写出他同众多围棋高手对弈的经历及众多棋手的形象风采,并写出了不断超越自我的深刻体验。

从内容上看,这部自传生动地记叙了他的围棋生涯和征战历程:他从小受父亲指导,爱上了围棋,父亲又为他请了围棋高手顾水如先生,陈毅更给了他巨大的支持和帮助。陈毅从中国围棋事业和国际交流的角度看待围棋,鼓励陈祖德等运动员,要赶上日本选手,为中华民族争光。就这样,陈祖德刻苦磨砺,奋勇拼搏,真正是小小棋盘,驱动金戈铁马,一着一式,犹如沙场鏖战。经过多年奋斗,他创造了围棋"中国流"的布局,三次获得全国围棋冠军,并第一个战胜了日本九段,为祖国争得了荣誉,为国际友好交流作出了贡献。

作者在生动地记述他的围棋生涯的同时,还突出地描写了他的鲜活个性和丰富的内心世界。陈祖德的性格,最突出的就是虚心学习、顽强进取、追求完美、勇夺冠军,不断地超越自我,奉献祖国。他从小同陈毅下棋就不知退让;当了国手之后更是抛弃一切,志在夺冠;他在冰雪中登上黄山,并赢得全胜的成绩;他在精力不济之后热情支持年轻运动员赶超自己;他在得知自己患癌症之后不但不畏缩,不悲观,反而迎上去并跨入并不熟悉的新领域,进行新的艰苦拼搏——写一本自传,并且果然写出了,还写得那么好,产生了那么大的影响。在他同郑敏之的爱情上,也体现出自己鲜明的性格。他已经被赶到工厂当工人了,而郑敏之却是正红的乒乓球世界冠军,他竟然不管别人有没有对象,就大胆地给人家去了一封求爱信。——这就是陈祖德的性格。

作者也深入地展示了他丰富多彩的内心世界:他对围棋事业的挚爱,他对周恩来、陈毅等老一辈革命家以及他的老师的感谢,他在拼杀时的细腻的内心活动,他在面临新手即将赶上并超过自己时的复杂心情,他对振兴中国围棋的殷切期望,等等。

作者还写出了他得以成长为围棋冠军的社会环境和社会因素：他的健康和谐的知识分子家庭；周己任、顾水如等老师；陈老总、李立三等前辈的关心和指导；上海市领导对围棋的重视；新中国的强大和对围棋事业的越来越重视，等等。正是这些客观环境，加上陈祖德自己的天分和努力，才造就了陈祖德。这也正是他在《我这20年》中所说的："一个爱好者能否在围棋上成才，主要看三个方面：一是天资，本人的悟性，这最重要；二是努力，再聪明的人不努力，往往不如努力的聪明。……第三个方面就是外部环境，要棋迷热情，国家重视。"

作者作为新中国围棋运动的卓越代表，他的成长历程，也反映了新中国围棋事业的历史。

在陈祖德投身棋艺的时候，由中国人发明的棋艺在世界上是那样的衰败：1960年第一次日本围棋代表团来访，中国竟以2.5∶32.5惨败于日本。在同坂田下棋时，虽然陈祖德把吃奶的力气都使出来了，但终究不是坂田的对手，坂田得意地时而吃糖，时而漫步到其他棋桌旁观战！桥本九段在比赛时也经常"悠悠地站起来，去观看其他几局比赛"——他们根本没把中国对手看在眼里，那时中国对手也根本不是他们的敌手。1961年的中日比赛又是5胜32败1和。而且曲八段和伊藤五段竟都是八战全胜。陈祖德痛心地认为："这不仅是围棋手的耻辱，而且是民族的耻辱，是国耻！我国是围棋的发源地，有着数千年悠久的历史……但如今却敌不过东瀛女将，这是多少年国运不盛的结果。"于是，他默默发誓："下次日本围棋代表团再来我国，我定要做个胜利者！我要让围棋爱好者们舒出一口气，要让陈老总打心眼儿里笑出来！"1962年到日本，比赛的成绩上升到12胜23败，虽然败，但成绩已上升了很多。"文化大革命"中，围棋同其他事业一样，受到冲击。在周恩来的关心和保护之下，围棋不但没有被撤销，陈祖德还以围棋名家的身份出访了日本。1975年，陈祖德出席全运会，顺利地赢得了预赛。就在迎接决赛时，他听说"四人帮"又想撤销围棋，就连夜写信给主持中央工作的邓小平，表示自己要像捍卫生命一样捍卫围棋事业——邓小平很快批转了这封信——围棋事业得救了。虽然因为没有将全部心思用在比赛上而只得了第三名，陈祖德却已感受到精神的升华。而且他深深感受到中国围棋界新手林立，中国的围棋事业飞速发展。陈祖德用他个人的成长和新中国围棋发展的事实,说明了国运昌、棋运昌的道理。

陈祖德怀着深厚的感情,记述了周恩来、陈毅对他、对围棋事业的关心和爱护,描写了周恩来、陈毅的动人形象,表达了他对老一辈革命家的感情。作者写1973年周恩来在人民大会堂接见赴日代表团时接见了他,握着他的手关切地问:"陈祖德,你现在下棋了吗?"在谈话中,总理谈完乒乓球后,立即就谈到了围棋,不但谈到请吴清源回祖国看看,还指出"有人要撤销围棋,借口说围棋不属于体育项目。但这项事业总要搞嘛"。正是在周总理的关怀下,围棋才没有被取消,在"文化大革命"中还得到了一点发展。作者着墨最多的是陈毅。还在他10岁时,作为上海市市长的陈毅就从关心小棋手、关心围棋未来的角度,同陈祖德下了棋。"陈毅市长这么随和,这么亲切,这么磊落,又这么有风度!我已经那么喜欢他、那么崇拜他了!"以后,陈毅一直关怀着他,更关怀着祖国的围棋事业。作者写了陈毅多少次到赛场鼓励他,多少次请他吃饭,让他坐在自己身边,亲切地同他交谈。作者也写了当他与日本名将苦斗时,把好端端一局棋输了,陈毅的兴致竟一扫而光,什么也没有说就离开了民族文化宫。事后,陈老总语重心长地对他说:"比赛可不能开玩笑……比赛就是要赢得下来,这关系到国家的荣誉。"作者还写1965年陈老总在中南海宴请乒乓球队时,请他去参加宴会,并把他介绍给周恩来和邓小平、李先念等领导同志,陈老总还对李先念说:"你要给围棋出钱啊!"还对小平说:"总书记,你要多支持啊!"作者写道:"邓小平同志微笑着点点头。想不到10年之后,围棋事业面临生死存亡的关键时刻,亏得有邓小平同志的点头,有邓小平同志强有力的支持,才使得围棋事业免遭'四人帮'的毒手。"

本书在艺术上的成就也很高,以至于冰心先生称赞其为一部高出一般文学作品的杰作。

第一,是传记在人物描写上的成就。作者简直就是一位写人的高手,他善于抓住人物的不同特点,短短几笔,就勾勒出人物的突出个性,画出人物的剪影,摄取人物的精髓。作者写他的老师顾水如,他青年时代就坐镇北京,是全国水平最高的棋手,又到日本学习了棋艺,在中国围棋界更是鹤立鸡群。而他最大的优点就是热心培养下一代。他发现了9岁的吴清源很有潜力,就动员他跟自己学棋，14岁后，吴清源东渡日本，以惊人战绩称霸日本棋坛20余年。顾先生在60岁左右又收下了陈祖德，他虽是以棋谋生，但辅导学生却根本不考虑赚钱，顾先生"在我身上倾注了很多心血，并经常为我破费"。还带他到各处与人对弈，并作讲解，顾先生还把他让五子、四子输与陈祖德的棋谱寄给日本《棋道》发表，鼓励陈祖德。而陈祖德写顾先生最精彩的是写顾先生的形象："他没有刘棣怀先生那样魁梧的身材和大将风度，也不像王幼宸先生那样精瘦和有一个锃亮的头顶，更没有汪振雄先生那样一个奇特的大脑袋。他的个子是矮小的，不引人注目。虽然是花甲老人，却有一头茂密而乌黑的头发，顾先生把这么一头乌发剃得几乎精光，只留下那么一丁点儿。头发虽好，但绝非他的主要特征。他那突出的脑门下面的一双大大的眼睛才是他的不平凡之处。天下大眼睛有的是，但像他那样有神的却为数不多。他的眼睛是明亮的、机灵的、深邃的、具有洞察力的、富有经验的、闪烁着智慧的。谁如对炯炯有神这个词理解得不太清楚，那只要看看顾先生的眼睛就明白了。……谁要是看到顾先生的眼睛，便会感到此人不凡，绝不可等闲视之。"这段多么精彩地写出了顾先生的特色——他那双炯炯有神的眼睛。这一段还同时写出了刘棣怀、王幼宸和汪振雄先生的外貌特点。

第二，是作者怀着强烈的感情来写作，笔端流泻着真挚、深沉而又炽热的感情。真挚的感情是创作的灵魂。不管是写陈老总，写自己的父母姐弟，写自己的战友乃至棋坛对手，还是写自己挚爱的围棋事业、自己的家乡、自己的祖国，甚至于写日本的山水、法国的风光和文物，作者都倾注着那样诚挚的情意，以至于全书都流荡着浓浓的感情，流泻着浓郁的文学氛围。比如作者写他的家庭："姐姐的那对大眼睛是多么富于感情。也许她太富于激情了，她和我从小就老是吵架，但每吵一次感情就深一分。争吵的次数之多难以算计，感情深厚的程度也就无法测量。弟弟和我却是从不争吵，两个相差1岁的男孩子常年在一起能这样太平，我想世界上也并不多。我俩彼此都珍惜这种难能可贵的融洽气氛。""当爸爸教我下围棋的时候，并没想到日后我会成为冠军；当爸爸教我们背唐诗、宋词的时候，并没想到日后我弟弟会成为攻读唐宋文学的研究生；当爸爸给我们订阅《人民文学》等杂志的时候，并没想到我姐姐日后会成为作家。爸爸在这一点上是可以慰藉的，而我们姐弟三人在这一点上是得天独厚的——我相信，只有少数人才能从父母那儿得到那么多。"

第三，是作者对人生、对事业、对祖国、对世界的深刻的体验、见解和认识。作者是一个有深刻思想和独特见解的人，而且还善于把他对人生的思索凝聚为言简意赅的文字。这就赋予全书以丰富的思想和深刻的哲理。

下面试举几段——

> 我们在下棋的同时，也在学做人。
>
> 一个棋手，只有在赛场上才能焕发出生命力，才能取得胜利的欢乐。人生没有这样的欢乐，简直如死水一般。
>
> 一个干事业的人，就是在忘却自我中获得自我的。
>
> 一个人拼搏的过程，就是忘却自我、超越自我的过程。
>
> 真正的男子汉，往往在命运的低潮时，方显出英雄本色。
>
> 一个人能鼓励别人超过他，帮助别人超过他，这得有多高的境界。
>
> 眼看后起之秀要跑到前面，同样需要超越自己，欢迎别人战胜自己。每个强者都有他的黄金时代。他的黄金时代越短，则事业的发展越快。
>
> 一个民族，应当首先看得起自己，应当尊重自己的历史、自己的文化和艺术。
>
> 一个国家和一个人一样，只有走自己的路，才能闯出一个局面来，才能让别人承认你、尊重你。
>
> 我的心，总是因那些看不起自己人而感到难过屈辱！是的，人的卑怯、低下，往往是自己造成的。一个人的强大，一个国家的强大，首先要靠精神的强大。

八、聂卫平的《围棋人生》

聂卫平（1952—），北京人。出生于革命干部家庭。从小受父母影响，迷上了围棋，在少年围棋班经过训练，又经常和陈老总弈棋，棋艺大增。以后去农场插队落户，继续钻研棋艺，后来成为国家队队员。从1975年到1979年，他蝉联全国围棋冠军，以后又多次战胜日本围棋九段，威震日本棋坛。他是新中国成立之后第一个完全由中国本土培养出来而在较长时期的比赛中连续战胜日本最强棋士的棋手。他在中国围棋步上世界舞台的过程中建立了历史性的不朽功勋，是在中国围棋发展史上占有重要地位的代表性人物。现担任国家围棋队总教练。

聂卫平《围棋人生》的最大特点，最迷人的优点，就是真诚坦荡，实话实说，把自己的功绩和缺点，长处和弱处，自己的生平、事业、家庭、婚姻、爱情、亲情、友情，自己光耀全国的荣誉和"败走麦城"的丑闻，都全盘暴露出来，坦坦白白，无牵无挂，真正是难得！其次是行文的直爽坦诚，行云流水，生动爽朗，天然风趣，确如聂卫平的好友沈君山在前言《卫平和我》中所说的：这"绝对是活的传记"！

传记的真诚源于传主豪放不羁、爽朗坦诚的个性。

作者一开始就坦言自己是一个"天生的'赌徒'"。这"赌徒"二字，说出了他性格中最大的特点：极端地争强好胜。而且他因为有先天的心脏病，为了免受欺负，不得不经常向班上的"大王"进贡点小东西，而且把精力转移到凭智力取胜的活动中去，于是他的数学特好，他对围棋也特别爱好。作者在写他小时候对围棋的挚爱时，既大写自己如何聪明、好胜，也毫无顾忌地写出了自己的幼稚和"丑闻"，例如写他为看围棋比赛，连续装病，逃学三天，妈妈找来竟藏入厕所，最后回家挨一顿好打。还写他在陈毅家吃饭时连喝十几瓶汽水，居然喝醉了，回家挨父亲一顿打，说他太没出息，一点样子也没有。这些例子既生动又有趣，体现了他对围棋的热爱。作者写了他在围棋战术上的一步步前进，写了他如何夺得全国冠军，又如何战胜日本九段，登上棋坛宝座；同时，作者也如实地写出他那些失误甚至惨败的经过和心理因素，认真地总结着经验教训。作者还特别直接、大胆地写出了他曲折的初恋，他和孔祥明的婚姻，他同王静的爱，显得真切感人。作者写了他与章娅的纯洁的初恋：章娅迫于母亲的压力参军，与他断绝来往，他冒着风险、历尽艰辛，到部队找到她，她却冷漠地拒绝了他的热情。可是17年后，章娅却主动找到了他，并要和他保持以前的关系，被他拒绝，她却在他生病时给他输氧，同他谈心，最后作者还是冷静地离开了她。作者还写了他与孔祥明的带有传奇色彩的婚姻，写出了孔祥明在围棋上对他的帮助，在精神上给他的鼓励，她鼓励他要敢赢日本的超一流棋手："你有能力把棋下好，什么样的日本人你都能赢。"作者如实地肯定了孔祥明的优点：在事业上有共同语言，在生活中她很能干，理家是一把好手，另外还很会关心人。同时，作者也冷静地分析了他们离婚的原因，主要是两人的个性都倔强，两人的兴趣爱好截然不同，相互间又不能谦让，以致造成隔阂。当然最主要的原因是他同王静的婚外恋有了孩子，王静又坚决不打胎，而他又不能甩手不认这个账，"否则我又怎么做人"？作者如实地写出了离婚时儿子在办事处大哭，不让他们离；亲友、中央领导同志都不同意他离婚，社会舆论骂他的就更多了。作者也写出了他内心的痛苦、矛盾、焦急："我那时真是惶惶不可终日，每天不知道该干什么，比赛也一塌糊涂，而王静的肚子却一天比一天大，什么叫烦？那才叫烦啊！"但是，他最终还是以一个男子汉的气魄，对自己的行为负责，对王静负责，也对那个未出生的孩子负责，选择了离婚。作者为孔祥明做好了去日本的安排，以后也同她保持了不错的朋友关系。作者还写到他与王静婚后平静的生活。自传最难处理好的是真诚与坦白，特别是对自己的缺点、错误、失败，敢不敢如实地写出，是检验自传成功与否的试金石。应该说，《围棋人生》这样写是很不容易的，它充分体现了作者真诚坦荡的性格。

《围棋人生》也写了聂卫平的老师、棋友，写了他的亲情、友情，写得生动活泼，情深意挚。比如《我的恩师们》一节，写雷溥华老先生，写他的严格要求、学识渊博、为人正直、谦虚有礼，就是对孩子也从不摆师尊架子瞪眼发火，进而对比自己见别人下了"臭棋"，就忍不住大加训斥，甚至连"太臭了"、"糟蹋围棋艺术"等过激语言都用了出来，许多棋手被训得眼泪汪汪。在自我批评中，对比地写出了恩师的美好品德。

九、刘晓庆的几部自传

刘晓庆（1955—），女，重庆涪陵人。中国作家协会会员，中国电影家协会会员。1970年毕业于四川音乐学院附中，1975年担任成都军区战旗话剧团演员，1980年后担任北京电影制片厂演员，一级演员。主演了《小花》、《原野》、《许茂和他的女儿们》、《火烧圆明园》、《垂帘听政》、《红楼梦》、《芙蓉镇》、《春桃》、《大太监李莲英》、《武则天》等近30部影视作品，获国内外数十种大奖。出版传记文学作品《我的路》、《我这八年》、《刘晓庆信箱》、《我的自白录——从一个女明星到亿万富姐》。

刘晓庆是一位知名度极高而又争议极大的名演员，又是一位著名的、有争议的传记文学作家。但不论怎样争论，她对艺术的忠诚，她在艺术创作上的自信、自尊、不畏艰险、顽强拼搏、大胆创新、永攀高峰的精神，她在传记文学写作上的坦诚、真挚，敢于说真话，敢于暴露自己的内心世界，敢于写出个人真知灼见的作风，使她在影视表演和传记文学写作上都得到了极大的成功，成为中国著名的电影表演艺术家、传记文学作家。

《我的路》是刘晓庆的第一部传记文学作品、第一部自传，也是粉碎"四人帮"以来，年轻的电影明星为自己写出的第一本有血有肉的自传，无论如何，在中国当代传记文学发展史上，《我的路》都占有一席之地。

这部自传的最大特点是大胆泼辣、思想开放、激情充沛、敢想敢说，写出了刘晓庆在极其艰难的"文化大革命"岁月中如何通过自己的顽强拼搏、艰苦奋斗、大胆探索、奋勇创新，从一个普通青年成长为杰出影星的不凡经历和心路历程，写出了她敢闯敢干、特立独行的性格。作者一开始就不无夸张地写出了她大起大落、逢凶化吉的"本领"，她小时候是丑小鸭，这使她从小就有反抗精神，十分要强，不甘落后，而且从小就认定了"吃屎都要吃尖"；并把"人所具有，我都具有"当做座右铭。正是这种精神使她在幸运地开始拍电影时，每天摸爬滚打，回宿舍时全身都成了泥人；碰伤了左脸，肿得老高，还从3米高的墙上往下跳。实拍时，要在青石板上摔，经过两次试拍，手、腿都肿了。摄影师都心疼地说:"别拍了,太惨了。"她想到"养兵千日,用兵一时"的古语,想到关键时刻如不争气,会遗恨终身,为了拍好戏,"哪怕粉身碎骨我也认了"。她含着眼泪,又往石板上摔。戏拍好了,她却趴在地上,身上青紫了好大一片,久久爬不起来。刘晓庆不光是在每次演出时刻苦磨炼,而且还争取演各种角色,体验各种人物性格,刻苦地学习文化,学习戏剧理论,虚心向别的演员学习,认真总结自己的表演经验,全面提高自己,而且不怕失败,不怕挫折,锐意追求,矢志不渝。就是凭着这种精神,她终于取得了艺术上的杰出成就。作者的这些经历,这种精神,是有普遍意义的。

《我的路》还从更深的层次上表现了作者在成长过程中所经历的情感上的痛苦折磨以及在社会舆论的压力下内心的巨大痛苦和深沉思索,更表现了作为现代女性、女强人的独立意识和坚强性格。作者写道,当她拍了《瞧这一家子》和《神秘的大佛》以后,批评文章一篇接一篇,群众中谣言四起,"这对我无疑是重重的一击"。"我怎么办?还要不要继续走探索创造不同形象的道路?还是干脆全部演温良恭俭让的正面角色,以扭转大家对我的看法?……我简直被打懵了。我失去了自信……我万念俱灰。"作者在极度的痛苦中反反复复地思考,回忆起几年来在电影艺术表演中的艰苦磨难,终于意识到:"要坚强起来,保持自己独立的个性,不要人云亦云。""决不随波逐流","走自己的路,让人家去说吧!"然而,在离婚后,她更成了人们议论的中心,成了"丧家之犬",她孤孤单单、浑浑噩噩,到处辩诬。"一个人处在需要辩诬的地位,是可怜的。"但是,作者揭穿了那些所谓的卫道士们的空虚的心灵。她表明,"我愿意正大光明地宣布我之不爱,去寻找我的所爱,我鄙视他们,他们比我还要可怜。我憎恨他们,在他们的嘴里葬送了多少人的幸福……"作者的内心独白是深刻的,打下了时代的烙印,凝聚着深沉的情感。作者还以深刻的、矛盾对立的语言,写出了内心巨大的、深沉的痛苦、困惑、挣扎和奋发:"几年以来,我一直在艺术的海洋里东撞西碰,在世俗的旋涡中挣扎。我好比一个人在大风浪中游泳,没完没了地游,太累了,太乏了。对于疲惫不堪的我,哪里才是彼岸,哪里才有我得以憩息的绿洲?……白天,我在喧嚣的人群中,俨然是一个奋斗者,成功者,一个强者。可是,当一切纷扰过去,独自一人的时候,我分外地孤独和寂寞。"作者还深刻地剖析自己的矛盾性格:"我有时比男子汉还要坚强,有时比小姑娘还要软弱。我十分通情达理,但又非常任性倔强,在我扮演的十二个角色中,我都看到过自己的影子。"

这部自传还有一个突出的特点,就是有深刻的哲理和思辨色彩。作者30多年的拼命奋斗、曲折挫折、成功失败、学习思考,使她对生活、对人生的认识有异于常人,而她的大起大落、大悲大喜、大欢乐大痛苦,更是不同凡响,这就铸就了作者对人生的深刻见解,而她的率真而坦诚的性格和高度的文学修养又使她敢于并善于把这一切都表现出来,因而赋予传记以浓厚的议论色彩和哲学内涵。比如"做人难。做女人难。做名女人更难。做单身的名女人更难,难乎其难"。这段名言,通过四个递进的句子,把她人生的困难和挫折、困惑和愤懑、奋斗和思索,都凝练而伤感地展示出来了。再如:"人总要有所追求,有所寄托。精神上是事业,生活上是爱情。二者同样重要,二者又很难同时得兼。它们互相依存,又容易互相扼杀。"但是她毕竟还是自己解脱了,因为她"太热爱艺术了"。因为"生活中有阴暗,更有阳光,耀眼的阳光随时都会穿过阴霾的云层,给人以温暖,给人以希望"。作者也写出了她的自知之明:"当我在峰顶的时候,我从没有认为我就是高山上的雪莲;当我在深谷之中,我也没有认为我就是淤泥。我知道我自己。每个人都在写自己的历史。真实是篡改不了的。"这些句子,都有着深刻的寓意。

1995年,上海文艺出版社出版了刘晓庆的《我的自白录——从电影明星到亿万富姐》,华夏出版社推出了《刘晓庆写真》。《我的自白录》尚未问世,仅凭一个标题,就在深圳首次拍卖会上,以108万元拍卖成交,首次印数达46万册,成为畅销热点。这部传记的主要特色是大胆的自我暴露以及传主的真实性、丰富性和复杂性。作者毫无顾忌地叙述了她在艺海、商海、情海中的摸爬滚打、起伏跌宕、沉浮挣扎和酸甜苦辣。作者以惊人的坦率和极大的勇气,把她个人感情上的隐私和商战中的错误缺点公之于众——她的两次失败的婚姻,她充当第三者的隐情,她的婚外恋,她的地下情,她的走穴漏税,为打官司、为出国如何不择手段。她的坦诚,她的大胆,在近年的传记文学中,都是少见的。她自己也有过思想斗争:"写的过程中我无数次停笔:究竟该不该写?这样写下去好不好?要不要把那些见不得天日的心灵角落写出来？无数次反复，我的勇气还是取得了胜利。"正因为她敢于无所顾忌地写出自己的内心世界和感情世界，所以，塑造了血肉丰满、个性鲜明的自我形象。

　　这部作品的缺点是谈自己的艺术生活及艺术实践稍少了些，而谈自己的结婚、离婚、走穴、挣钱、打官司多了些，有时还吹嘘自己的特殊的直觉，从而影响了本书的艺术水平，这是值得我们和后来者深深思索的。

第十四章　新时期科学家、企业家传记

一、新时期科学家、企业家传记概论

新时期还出现了大量科学家、企业家的传记。

科学技术是第一生产力。在科教兴国国策的带动下，新时期科学家传记打破新中国成立以来的一片空白，得到了蓬勃发展。20世纪80年代出版了陈群等的《李四光传》，吴崇其、邓加荣的《林巧稚》，顾迈南的《华罗庚传》。90年代出版了《科学巨匠丛书》、《中国国防科技科学家传记丛书》、《中国科学家传记文学丛书》和《当代中华科学英才丛书》等，为世界公认的华人科学家钱学森、杨振宁、丁肇中、邓稼先、王淦昌、华罗庚、苏步青、吴健雄、李远哲等树碑立传。在科学家传记中，魏根发、祁淑英的《钱学森》，林沫的《困惑的大匠·梁思成》，聂冷的《吴有训传》，聂冷、庄志霞的《袁隆平传》，张维的《熊庆来传》，吴崇其的《林巧稚》，江才健的《吴健雄传》等都是优秀的传记。

企业家（包括商业家）在国家的经济生活中占有很重要的地位。《史记》就专门写了《货殖列传》（那时只有商人，还没有企业家）。新时期以来，一些成功的企业家受到传记作家的重视，出现了一大批企业家的传记。如写香港富翁陈嘉庚、包玉刚、李嘉诚的传记，写大陆企业家荣毅仁、步鑫生、胡子昂的传记等。其中较有影响的有桑逢康的《荣氏家族》，王惠章的《王光英传》，汪卫兴、倪冽然的《船王包玉刚》，傅子玖的《陈嘉庚》及杨国桢的《陈嘉庚》，夏萍的《李嘉诚传》、《曾宪梓传》等。新时期还出版了资本家的丛书，如《中国大资本家传记系列丛书》、《中国红色资本家丛书》。

企业家传记的作者往往会受到传主及其家属的干扰，因而时常有渲染、夸张传主的优点而隐讳其缺点、弱点的情况，这就影响了传记的真实性。这是传记作家应注意的。

二、魏根发、祁淑英的《钱学森》

魏根发（1934—），河北省获鹿县人。先后在《河北日报》、河北人民广播电台任编辑、记者，1988 年被聘为高级编辑。采写了大量新闻稿件，写过不少报告文学、影评、杂文等，与妻子合作撰写了《钱学森》、《邓稼先》等长篇传记文学。其中，《钱学森》一书获第二届"苹花杯"中国优秀传记文学作品奖。

祁淑英（1933—），女，河北省滦南县人。中国作家协会会员。先后在《河北青年报》、《河北日报》从事编辑、记者工作。担任过河北青年杂志社总编辑、花山文艺出版社副总编辑。先后出版《废墟》、《唐山大地震记事》、《鸳鸯剑》等作品。报告文学《妈妈，五丫对您说》获河北作协文学创作奖，与丈夫合作撰写《钱学森》、《邓稼先》等长篇传记文学。

钱学森是一位天才的科学巨擘，科技事业的伟人，世界著名科学家，人们尊称他为"导弹之王"、"中国的航天之父"。长篇传记文学《钱学森》以生动精

彩的事例，描绘了钱学森充满戏剧冲突和传奇色彩的一生，展示了他对伟大祖国和伟大民族的无限热忱，对科学事业和理想信念的执著追求，也表现了他对爱情忠贞不渝的美好品德。作者追溯了钱学森祖辈的家训和遗嘱，记录了钱学森父母对儿子良好的启蒙教育。作者更描写了钱学森在美国师从世界著名权威、工程力学和航空技术大师冯·卡门等导师，以自己过人的智慧和勤奋，取得航空和数学两个博士学位，成为麻省理工学院最年轻的终身教授，并参与设计了美国第一枚导弹，为第二次世界大

战的胜利作出了贡献的人生经历。可是,当他决心舍弃美国给予他的高度荣誉和优厚待遇返回祖国时,美国政府却撕下了所谓民主自由的面纱,无耻地诬陷和残暴地迫害他,把他投进监狱,对他严格软禁,使他备受侮辱和折磨。但是,钱学森怀着对祖国的挚爱,以坚强的毅力和大无畏的胆略,顶着侮辱,顶着迫害,保持坚定的信念,继续顽强地从事教学和科学研究工作。他竟然在软禁之中,在科研条件极其有限的情况下,写出了通往理论顶峰的《工程控制论》一书,使他的有着崇高国际威望的恩师冯·卡门说出了"你现在在学术上已经超过了我"的最高评语。在中国政府和中外专家学者的关怀和支持下,钱学森终于冲破重重障碍,回到了祖国。他的聪明才智更加蓬勃地焕发出来了。在党中央领导下,他领导研制了中国的仿苏式、近程、中程、中远程和战略导弹,领导了人造卫星和核潜艇导弹的发射,并带领中国的航天事业走向了国际市场,参与了国际市场的竞争。作者还写出了钱学森在控制论、系统科学方面的巨大理论贡献,以及他为推动运筹学、系统工程、系统分析在我国的推广运用与发展所作出的巨大努力。正是由于这些贡献,钱学森获得了"国家杰出贡献科学家"荣誉称号和"一级英雄模范"奖章。江泽民称赞他是我国爱国知识分子的典范。

作者不仅表现了钱学森的传奇经历、伟大贡献和不朽功勋,而且还写出了他的美好幸福的爱情和他丰富的精神世界及独特的性格人品。作者不但写出了他和蒋英青梅竹马的少年情意,十几年的思念和期待,独特的求婚,婚后的恩爱,写出了蒋英的纯洁和高贵,写出了他们对音乐的沉醉和迷恋;还深层次展示了钱学森对待祖国历史文化传统,处理人际关系、家庭关系及邻居关系方面的美好情操和高度修养。

在传记写作艺术方面,作者运用了文学的手法、文学的语言,运用了生动的环境描写、对话描写、心理描写、行动描写,细腻地刻画出了人物性格和内心世界。作者善于把环境描写与心理描写相结合,并以优美的语言描写人物心理活动,如写他回到故乡后,"每当注视着母亲的遗像,和母亲一起生活的杭州市小瀛巷故居便浮现在眼前——故乡小屋旁,伴有一窗梅花,每每到了严冬季节,窗前总浮现出朵朵笑梅,溢出阵阵清香。于是,母亲便用那甜美的声音将那优雅的诗句融进西湖的黄昏里……"再如作者描写钱学森再次到加州理工学院任职后,租用了洛杉矶市郊一所老式楼房,这里环境幽静,有原始森林,有绿色草地,他们与各种野兽禽鸟和平共处,写他们看着鸟儿争抢喂给它们的吃食,"钱学森的心里便升腾着回归大自然的喜悦。因为这就是他向往的那种美好的和谐,那种'天人合一'的理想境界"。

作者写钱学森的语言十分符合钱学森的身份,显得极有分量,蕴涵人生的哲理。如写钱学森给青年科学工作者讲:"普罗米修斯为人类献火而牺牲了自己。我们搞火箭、导弹的,同样是为了人类和平,为了祖国人民的安定和幸福,因此,也应该具备普罗米修斯的牺牲精神。"作者写在1992年中国发射第二颗"澳星"受挫时,钱学森鼓励大家不要怕失败,在讲了许多国家发射火箭失败的例子后指出:"航天事业就是一项高风险的事业。成功时常与失败相伴,辉煌与挫折相随,这就是航天人应当面对的现实。"再如,作者写钱学森对事业、爱情和音乐的挚爱:"事业和爱情使我的人生有了支点,有了依托。所以,我始终感到幸福和充实。当然,音乐也是我生活中不可缺少的一部分。""我觉得音乐会把我们的灵魂带到人间看不到的神奇世界中去。那里有旖旎的风光和斑斓的色彩,任你怎样夸张想象,都不会过分。"

作者也常以直接的议论抒情,来表达个人的情怀,增加传记的理性分量和感人力度。比如,作者在写了钱学森与蒋英关于草的谈心后,以蒋英的口气写道:"在众多的科学家中,钱学森属于那种既有严格的理性思维,又有丰富的感情生活的人。他总是借助于艺术,借助于大自然,以富有哲理的思维方式,来净化自己的灵魂。"再如,在钱学森看到"长征二号E"终于把第二颗"澳星"发送上太空后,作者发挥了想象:"当人们从电视屏幕上注视着火箭腾飞的壮丽场景时,祖国人民似乎感受到了钱学森那颗怦怦跳动的赤子之心!"作者更进一步发出了精湛的议论:"钱学森那一双天才的大手,托起了共和国值得骄傲的天空。"

三、桑逢康的《荣氏家族》

桑逢康(1936—),山东肥城人,作家、文学研究家。1959年毕业于四川大学中文系。毕业后分配到新华社做编辑，后调到中国科学院文学研究所从事现代文学的研究工作。理论著作有《茅盾的小说艺术》、《郭沫若人格》、《现代文学大师品评》，曾参与《郭沫若全集·文学卷》编辑，并编著《〈女神〉汇校本》；创作长篇小说《此情可待成追忆》、《友人·情人·路人》，中篇小说《被囚的普罗米修斯》、《赴美华人录相》。其主要的传记文学作品有《荣氏家族》、《郁达夫之恋》、《感伤的行旅——郁达夫传》和《郭沫若和他的三位夫人》等。

荣氏家族是现代中国历史上最大也最具有代表性的民族资本集团。毛泽东曾经说过，中国在世界上称得上是"财团"的，就只有他们一家。邓小平1986年6月在接见荣氏亲属时也高度地肯定了他们的功绩："荣家从整个历史看，对发展民族工业作了贡献，是有功的，是推动历史前进的。"

桑逢康的长篇文学传记《荣氏家族》以荣氏家族艰苦创业的坎坷历程及其发展变化为中心线索，着重描写荣宗敬、荣德生兄弟二人怀抱振兴民族工业、裕国利民的宗旨，以宏伟的魄力和胆略，以踏实而稳健的作风，开钱庄，兴实业，创立名牌，开拓市场，积累资金，扩大再生产，战胜无数的艰难险阻，最终赢得"面粉大王"和"棉纱大王"两项桂冠的传奇经历和波澜壮阔的人生。作者既描写了他们在国内率先进行管理体制方面的改革，重用技术人才，废除封建工头制度，创办全国第一个工人自治区，兴办大、中、小学和地方公益事业的成功经验；也描写了他们同封建势力、官僚资本、国民党政府、外国资本及帝国主义势力的矛盾和斗争。作者通过荣氏企业集团创立和发展的艰辛历程，形象、鲜明地勾勒出了中国民族工业艰难曲折的发展轮廓。作品内容丰富，人物众多，重大事件层出不穷，故事情节波澜起伏，时间跨度很长（从清末到新中国成立），几乎形象化地写出了中国现代民族工业的发展史。这就使作品具有了历史的纵深感和很高的史学价值和认识价值。

作者还突出地表现了荣氏家族的团结和合作，从小时候荣宗敬带荣德生到上海钱庄当学徒；到办钱庄荣宗敬任经理，荣德生管正账；到开设无锡分庄后荣宗敬任总经理，荣德生任分庄经理；直到两人成为"棉纱大王"、"面粉大王"，两兄弟始终是携手合作，同舟共济。荣宗敬总是大刀阔斧，披荆斩棘，勇敢创业，而荣德生总是在家中和公司系统内树立哥哥的绝对权威，自己则甘当配角；两人优势互补，同心协力，同甘共苦，带领子侄辈和同事一起，共同战胜了人生道路上的惊涛骇浪，创造了辉煌的事业。作者也如实地揭示了荣宗敬与荣德生性格上的差异和分歧以及荣氏家族内部的矛盾和斗争（比如抗日战争胜利后荣德生同大女婿李伟国之间控制和反控制的矛盾和斗争）。这些矛盾和斗争也是正常的、必然的，但是，最后大都在相互的协调中逐步解决，企业和事业也就进一步发展。作者通过他们的团结合作、共创辉煌，深刻地表现了荣氏家族成功的一条秘诀，给读者以深刻的启示。作者还揭示了某些内在的规律性的东西，如民族工业的发展不仅要靠企业家的优良素质，而且与国家的政治形势、社会制度及市场变化都有密切关系；企业要发展、要兴旺必须要重质量、守信誉、创名牌等。作者也提炼出了一些具有思想意义的格言和警句：如荣熙泰教育荣宗敬、荣德生两个儿子的话："孟子曰'穷则独善其身，达则兼济天下'。修身齐家之道，首在立业；推其有余，则建设乡里，致力社会，利及国家。"又如荣宗敬的叮嘱："商战必须争取时间，造厂力求其快，设备力求其新，开工力求其足，扩展力求其多。"再如荣德生的座右铭：立上等愿，结中等缘，享下等福。这些，不但加深了传记的思想深度，还能给读者以思想的启迪。

在中国现当代文学史上，民族实业家都是作为具有两面性的形象出现的。茅盾的《子夜》描写民族资本家在民主革命中的两面性，周而复的《上海的早晨》则突出了民族资本家在社会主义时期的两面性。它们都未能充分地表现民族实业家在历史上、在新民主主义革命和社会主义建设中的重要作用。桑逢康的《荣氏家族》则打破了这种传统的思想观念和写作模式，以邓小平同志在接见荣氏亲属时对荣氏家族的评价及社会主义市场经济的观点作为指导思想，以实事求是的精神，着重表现了中国的民族实业家在发展社会生产力，推动国民经济发展，振兴民族工业，抵制帝国主义的经济侵略和掠夺方面所起的巨大作用，把荣宗敬、荣德生、李国伟等作为创造资本的专家，作为对民族经济发展有重大贡献的正面形象给予肯定的描写。这就是说，作者站在了时代的新高度，站到了更高的思想层面，并以与改革开放的新时期相适应的新观念和新视角，塑造了民族实业家的正面形象，给中国文学的人物画廊增添了新鲜的人物和新鲜的色彩，给人以全新的感受。

作者以大量真实、丰富、生动的材料，在尖锐复杂的矛盾冲突中，在人物自身的言语行动中，刻画了个性鲜明、生动丰满的民族实业家的正面形象。全书通过荣氏兄弟在近半个世纪的岁月中，为发展民族工业而同外国资本、买办资本，特别是日本资本的矛盾分歧和搏斗拼杀，以及他们同其他民族资本以及形形色色的从中央到地方的各级官员的联系、纠葛、矛盾和斗争，来展示他们的胸襟抱负和人品性格。作者写荣宗敬"永远是绷紧了的弓弦出鞘的剑。他好像永远置身在恶斗无情的拳击场上，不是他把对手打倒在地就是对手把他打倒在地。每一次成功、胜利给他带来的欣喜和快慰都如火花一样短暂，随之而来的新的冒险和更多更大的焦虑却无穷无尽，没有间歇停顿的时候"。作者还通过人物自身的言语行动来展示人物的性格。作者描写荣宗敬在欠市款达数百万，一下陷入穷途末路之时，竟大胆向日商东亚兴业株式会社举借巨债以渡过难关，显示了他巨大的魄力和胆识。他对劝他的人说："我一向是借钱办厂，日本人借钱给我虽然包藏祸心，但从我这一方面来说，等于是日本人给我输了血，将我养胖了与他斗。为国家争利争权，为社会服务，利自在其中，这是我终生的职旨，没有也不可能会有一丝一毫之改变。"以此刻画了荣宗敬"办事灵活，善于开拓，做生意办事业都相当有魄力。每遇大事有静气，处于困境而不乱方寸"的特点和优点。作者描写荣德生14岁初到上海，看到外国大资本家在随员簇拥下昂首阔步走进银行大门，忽然高声说道："大丈夫不当如是耶！"显示了他的雄心和抱负。作者描写荣德生为提高面粉质量，冒着吃官司的风险，乔装打扮，潜入华兴面粉厂打探其工艺机密，然后更新设备，迎头赶上，突显了荣德生不达目的绝不罢休的性格。作者描写李国伟为了保住工厂，在武汉发大水时，自始至终站在抗洪第一线，与洪水搏斗达40余天，没有睡过一个囫囵觉，没有吃过一顿安稳饭。在关键时刻，他竟用面粉袋堵缺口；在几千名居民受洪水侵袭时，他腾出库房空地搭起帐篷供灾民使用，并且每天免费为灾民发放数以千计的馒头，表现了李国伟作为新一辈荣氏家族人爱国爱厂，刚毅、沉稳、忠勇的个性。作为新一代的企业家，李国伟在抗日战争极其艰难的条件下，在大后方开辟出荣氏企业的新天地，说明了他的远见卓识和非凡能力，比之荣宗敬和荣德生，可以称得上是"青出于蓝而胜于蓝"。

作者还运用对比手法写出了人物的不同性格。如写荣宗敬的60岁生日。因为他爱讲排场，而且主张"排场是公司经济实力的外场表现"，因而举行了盛大庆典，设立了三处寿堂，大摆三天宴席，花了5万多元，并当众抒发抱负："烈士暮年，壮心不已。吾今已届六十，纱锭数达到了六十万。我还要活到七十岁、八十岁，纱锭数要达到七十万、八十万！……"这个寿庆，充分地展现了荣宗敬的雄心壮志和奢靡放达的性格。而荣德生却相反。但在哥哥办生日之时，尽管他自己不主张奢侈，却要主持寿诞工作的儿子荣毅仁一切按伯伯的意思办，一定让伯伯满意。当别人问到他的60岁生日是否效法哥哥时，他坦诚地说："吾与兄长脾气有所不同。吾之座右铭为：立上等愿，结中等缘，享下等福。粗茶淡饭，布衣长衫，尽足矣。吾六十寿时，决不事排场，寿仪将全部作价捐出，为地方修造桥路，装饰梅园等景点，以作永久之纪念。"他是这样说的，也是这样做的。他将60岁生日的寿礼全部作价捐出，自己又拿出一笔款项，在蠡湖北修造了一座大桥，并修了一条环湖马路。作者在对比中写出了荣德生沉稳、刚毅、善良的性格。

桑逢康是一位学者型的作家，具有相当深厚的文史功底和理论修养。他认为传记文学既然是以历史和现实中的人物为立传对象，那么，这种形式就必须以历史的真实为基础而加以文学的表现；传记作家也必须要有历史学家严谨科学的态度和丰富的历史知识，还要有文学家的才华和艺术功力。作者对传记作品的基本要求是两条：一要写得真，二要写得像。所谓"真"，不仅指材料必须真实、准确、可靠，尤其是传主的主要经历和重要的思想观点不能有任何虚构，必须有根有据，而且传主生活的时代背景、社会及人文环境都应当真实可信；所谓"像"，则指传记的写作不应满足于材料的堆积与罗列，仅仅对传主一生经历作编年史的叙述，而应着重刻画出传主的个性特征、心理状态、音容笑貌、独特的行为方式和情感表达方式，以及个性化的语言等等。总之，传记文学的材料应该是真实的，但是，传主的形象又应该是鲜明的、立体的、活生生的、有血有肉的。为此，就必须在保持真实性的前提下，尽可能调动一切艺术手段。如果说丧失了真实性，传记文学就失去了立足之地；那么，写谁不像谁，则是传记写作的失败和传记作家的无能。《荣氏家族》较好地体现了作者的上述主张。这部长篇传记文学的真实性是毋庸置疑的，它甚至于可以当做一部近现代中国民族工业的发展史。同时，传记的写作又是高度文学化、艺术化的。桑逢康是一位优秀的小说作家，他在写作传记文学之时，比较熟练地运用了小说的手法，这就赋予了他的传记以文学的色彩和艺术的魅力。但是，作者写的又不是小说，而是传记。因为作者进行了艰苦的资料搜集工作，所有的材料都是真实的。作者只是在情节的安排上，在环境氛围的营造上，在人物心理活动的描写上，在人物对话上，在人物细节的展示上，进行了适度的、合理的想象、夸张和虚构，以使人物形象更生动，更丰满，使作品更精彩，更吸引人。作者写传记文学作品主要是展现，是描写。即把真实的、死的材料在作者设身处地的想象之中，运用鲜活的文字，再现出来。作者的这个做法是可取的，对我们广大的传记文学作家也是有借鉴意义的。

四、余德庄的《世纪情结——侯光炯的人生道路》

余德庄（1946—），重庆人。1965年重庆一中高中毕业，当过西双版纳农场工人，《云南日报》副刊编辑、《红岩》杂志编辑、重庆文联专业作家，国家一级作家。1971年开始发表作品，著有长篇小说《海噬》、《太阳雨》，中篇小说集《同舟的人》、《陌路相逢》等。长篇传记文学《世纪情结》是采写中国科学院院士、侯光炯教授的长篇传记作品，获1999年重庆市最佳图书奖。

侯光炯是我国著名的土壤学家，中国科学院院士，原西南农业大学教授、博士生导师。他1905年出生于上海金山县一个清贫的私塾家庭，年轻时萌发了"科学救国"的坚定信念，1935年作为站在牛津第三届国际土壤学讲坛上的第一个中国人，提出了"水稻土"的概念和土壤学要为农业生产服务的观点。新中

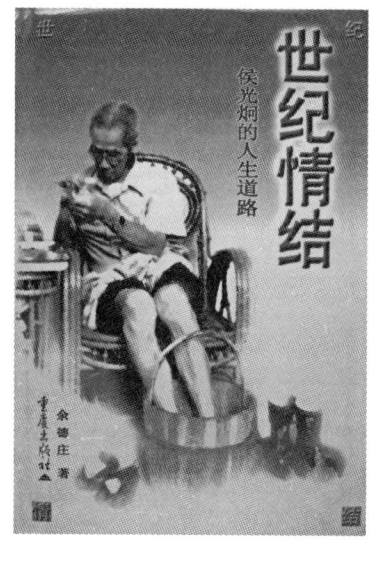

国成立后他数十年如一日，废寝忘食，风餐露宿，在农业技术、土壤地理、土壤分类、土壤物理化学、土壤改良及人才培养等方面作出了卓越贡献。

余德庄在采访这位著名土壤学家的子女、同事、学生及众多干部群众的过程中，被侯老的事迹深深感动。"可以说每天每日都沉浸在对老先生的追忆之中，晨昏朝夕都在与一个伟大的心灵对话。"于是，侯老的人生轨迹，侯老的音容笑貌，侯老的感人风范和崇高精神都在他心中鲜活起来，于是，他开始了这部传记的写作。

这部传记以尊重历史、尊重科学、尊重传统的精神，以充实的材料，为我们写出了一个真实的、有血有肉的侯光炯，写出了一个鞠躬尽瘁、无私奉献的老知识分子的崇高人格和伟大精神，写出了一个著名科学家对国家民族的卓越贡献。读来感人肺腑，催人泪下。

作者对搜集的几百万字的材料进行了认真筛选，对疑难之处进行了反复查证核实，因而材料真实可信，剪裁得当，繁简适宜。作者写侯老家事时，突出写了侯氏先辈白马将军抗倭的悲壮事迹和他父亲刻苦学习，当私塾老师，做一代名医，热爱乡亲，正直朴实的品质。在写侯老90余年的人生经历中，也精当地写了他青少年时期的刻苦求学，写他1935年登上国际土壤学会议讲坛，提出土壤科学要走中国人自己的路为农业生产服务的观点。写他在新中国成立后，多次到云南考察，摸清了西双版纳的土壤资源和物资条件，为规划橡胶林地提供了重要科学依据，把北纬17度的橡胶种植"禁区"推进到北纬25度附近，创造了世界奇迹，也为把西双版纳开发为中国第二个橡胶基地提供了科学根据；写他"文化大革命"中每天吃粗茶淡饭，抽8分钱一包的经济烟，却把工资的一半交了党费；写他"文化大革命"中坚持到农村去搞土壤研究；写他经过多年研究，突破西方土壤理论，提出"土壤肥力生物——热力学理论"；写他提出"自然免耕法";写他90岁高龄尚在农村蹲点从事科研;写他逝世后受到的高度评价。作者对侯光炯的光辉人生之路及伟大的人格魅力作了全面、深入、深刻而生动的描绘。全传气势宏伟,思想深刻,结构谨严,文笔畅达,可谓当代描写科学家的传记文学中的力作。

侯光炯是一位造诣高深、成就卓著的土壤学家,要写出他的经历、贡献和成就,就不得不涉及他的专业。作者对侯光炯从事的科学领域的有关专业知识进行了钻研,对侯光炯留下的多达60万字的学术论文集也硬着头皮去啃。因而能以深入浅出的语言,概括说明侯光炯在土壤学方面的理论建树和实践成就。这是十分难能可贵的。

五、张维的《熊庆来传》

张维(1949—),云南昆明人。1969年赴德宏自治州农村插队务农。1982年毕业于云南大学中文系。现为云南大学中文系教授。1994年加入中国作家协会。著有传记文学《楚图南传》、《袁嘉谷传》等。

张维长期从事作家、科学家传记文学写作。其《李广田传》写出了云南籍著名作家李广田在文学和教育方面的成就及其起伏跌宕的人生际遇。《熊庆来传》和《张香桐传》则写出了现代数学奠基人、著名教育家熊庆来和当代著名国际神经生理学家张香桐为中国科学事业发展所做的卓越建树和杰出贡献,勾画了两位科学家追求真理、顽强奋斗的崇高人格。

《熊庆来传》是张维先生9年艰苦采访写作的成果,也是他的代表作。作者以丰富的材料和历史的眼光,表现了著名科学家、教育家熊庆来先生为祖国的科学事业和教育事业艰苦奋斗而又成就卓著的一生。熊庆来是中国近代数学的先驱者和奠基者之一。他从云南一个落后的小山村走向昆明，被保送到欧洲留学。8年里，他在巴黎大学等4所大学刻苦学习，取得了5个高等学历证书，获得了法国理学硕士学位。回国不久，熊庆来到刚刚成立的清华大学工作，创办了算学系，担任系主任，把清华大学算学系办成了全国一流的算学学术中心，还发现并培养了华罗庚、陈省身、柯召等优秀人才。1932年至1934年，熊庆来利用休假机会赴法国深造，获得法国国家级博士，并取得了被国际数学界誉为"熊氏无穷极"的重要学术成果，为世界数学研究作出了不可磨灭的贡献。1937年，云南省政府邀熊庆来去云南大学担任校长。他一心想"将云大办成小清华"，12年中，他呕心沥血、努力经营，为云南大学的建设和发展作出了可贵的贡献，将云南大学从一所普通地方大学办成全国知名的综合大学，培养了大批优秀人才，取得了世界瞩目的科技成果。1949年，熊庆来到法国，从事数学研究工作，取得了很有影响的学术成就。1957年，熊庆来冲破重重顾虑和种种障碍，怀着爱国的赤诚，回到了祖国。他以"残而不废之身"，抱病工作，写出了20多篇科学论文，并培养了杨乐、张广厚等著名数学家。"文化大革命"中，熊庆来遭到批斗，悲惨去世。熊庆来的人生历程，就是一部丰富充盈的科学家和教育家的成长史，代表了旧中国很多知识分子走过的道路，有很高的认识价值和历史价值。

作者在表现熊庆来曲折经历之时，突出展现了他哪怕受尽挫折也至死不悔地抱定科学救国、教育兴邦的坚定信念和为祖国培养人才，为桑梓造福、为科学效力、为祖国献身的精神。作者突出描写了熊庆来对法国伟大的科学家巴斯德的推崇，常用巴斯德以自己的科研成果使法国渡过经济难关的事迹勉励自己和教育学生，为祖国复兴而勤奋学习。

作者突出描写了熊庆来对华罗庚的发现、赏识和培养。写熊庆来在清华大学算学系看《科学》杂志时，不禁被其中一篇论文吸引，"熊庆来从华罗庚这篇论文中发现作者很有数学天才和探索精神，也很有智慧和勇气"，而且"文章写得很好"。于是他到处打听此人究竟是谁。当听说华罗庚只是一个初中毕业生且是个残疾人，但热爱数学，很有天分时，他立即请清华大学给华罗庚写信，请华罗庚到学校来，经过交谈，熊庆来发现华罗庚才华横溢、见解不凡、功底扎实，不禁欣喜万分："确实是一个有天才的青年，一定要好好培养他！"熊庆来想办法在清华大学算学系图书馆专门为华罗庚设了一个职位——助理员，使他有较高的月薪、较多的学习时间和较好的学习听课的条件，不仅让他读书、听课、思考、钻研，还亲自指导他学习。很快，华罗庚就能同高年级学生和研究生一起听课了。一年以后，熊庆来又冲破清华大学的传统规定，破格把华罗庚由助理员转为助教，使得华罗庚发表了许多高水平的论文。1936年，熊庆来又推荐华罗庚由清华大学派往英国剑桥大学做访问学者，华罗庚在数论方面取得了卓越成果。回国后，清华大学第三次为华罗庚打破传统的严格制度，在他没有高学历和没有经过讲师、副教授阶段的情况下直接晋升为教授。作者热烈抒情道："幸运啊！华罗庚真是幸运！假如没有熊庆来的发现和精心培养、热情提携，那华罗庚的命运将会是什么样的呢？"作者还继续描写了华罗庚以熊老为榜样，"生命不息，奋斗不止。鞠躬尽瘁，死而后已！……他们几代师生之间，就像接力赛跑一样，在中国近代数学发展的跑道上，接力棒从一代人交到下一代人手中，永不停步……"通过对熊庆来和华罗庚等民族精英追求真理、献身科学的精神业绩的描述和讴歌，既突出展示了熊庆来作为一代数学宗师的光辉形象，又表现了新中国第一代科学大师及其后继者的崇高理想、人生追求和价值取向，还使全书洋溢着一种崇高圣洁的美感和一股热爱科学、献身科学的浩然之气。它使我们更具体地认识到知识、科学、人才的重要；知识分子是推动科学进步和社会发展的主体。它使我们想起熊庆来的名言："现在救国固然需要科学，而将来建国更将依靠高深的科学。没有科学，谁也不可能把中国建成现代国家。"

教育是培养人才的伟大事业，是科技进步的重要基础，是社会发展的强大动力。作者描写了熊庆来在东南大学、清华大学、云南大学从事教育活动及其为祖国的教育事业作出的巨大贡献。作者特别详尽地展示了熊庆来到云南大学的思想活动，写道：正当熊庆来想在清华大学大干一场之时，落后的家乡云南省热情邀请他出任云南大学校长。为了家乡的教育事业，为了给桑梓造福，熊庆来"敬恭桑梓，甘入幽谷"，毅然舍弃清华大学优越的生活条件、崇高的学术地位和自己喜爱的学术研究工作，去到偏远的昆明担当繁重的行政工作。他曾对人说："有位朋友对我说：'孟子曰，吾闻出于幽谷而迁于乔木者，未闻下乔木而迁于幽谷者。你不遵孟子之教，将来必有后悔。'孟子我是读得很熟的。这话我也曾经想过。但我仍决心回去，为什么呢？因为我深知：云南文化落后，没有一所完善的高等学校。……我认定，只有在云南办好自己的大学，使很多青年易得深造机会，不必舍近求远，才能满足建设的需要。"同时，作者还详细叙述了云南上层人物龙云、缪云台、龚自知等再三邀请他回滇主持云南大学工作的缘由与经过，不但深入地说明了熊庆来作出重大抉择的内因和外因，而且还表现了抗日战争初期云南的教育、文化乃至经济政治方面的状况，揭示了熊庆来到云南大学主持工作的心理因素、历史背景和时代原因，对我们深入认识熊庆来及其所处的时代社会，起了很好的作用。这是作者深入探究熊庆来及其时代环境取得的成果。

作为从旧中国成长起来的老知识分子，难免不受旧时代的影响。怎样来看待和描写这些问题，作者不能不认真对待。可喜的是，作者不但没有回避这些问题，而且能在正确把握世界、中国以及云南现代和当代历史发展脉络的基础上，对熊庆来的一生，特别是他在几个重要转折关头的心路历程和是非功过作了鞭辟入里而又切合实际的分析评价。比如熊庆来当云南大学校长期间，曾参加过国民党；在学生民主集会中，他也因宣传不问政治的思想而受到闻一多的批评；还有他1957年从巴黎回国之前，有些困惑、苦闷、彷徨等。作者对上述问题，都如实地做了描写，同时也用熊庆来自己的剖析和有关人物的分析给予解释，特别是引用了20世纪三四十年代曾在云南大学文史系当过教授和系主任的老共产党员、全国人大副委员长楚图南的话来解释："在抗战期间……熊先生从替国家爱惜人才的角度，在云南大学安排了为数不少的一批革命的、进步的知识分子……这一点是不应该被遗忘的。当然，现在有些回忆当时昆明爱国民主运动的文章中，对熊先生有过一些不同的看法，也是正常的，但事过几十年，在了解了熊先生一生苦心孤诣，培养中国青年在数学领域中不断进取方面，竭尽全力的心境后，我想我们对熊先生的过去应有更多和更深一步的理解，而不应该有过高的要求和苛求。"

传记材料丰富，主题明确，结构清晰合理，语言朴实、流畅生动。

六、董明珠的《棋行天下》

董明珠，江苏南京人。中国最大的专业化空调企业——珠海格力电器股份有限公司主管营销的副总经理。全国"五一劳动奖章"获得者，《北京青年报》"99十大家电风云人物"之一，珠海市政协常务委员。

波涛汹涌的商海涌现出不少搏风击浪的俊杰和人才，涌现出不少为人熟知的佼佼者，但其中女同志较少。而这些优秀的女企业家中，能够并且敢于把自己真实地、传神地写出来的就更是凤毛麟角了。而珠海格力公司的副总经理董明珠不但在商海搏击中成为优胜者，难能可贵的是，她还敢于在文坛上驰骋，写出了畅销的记录自己驰骋商场的经历和经验的《棋行天下》一书，为中国的女性、为中国的女企业家争了光。

董明珠从一个营销员成长为全国知名大企业的营销副总经理，从一个叱咤商海的女能人，到纵横文坛的才女，经过了多少艰苦和磨难，多少挫折和屈辱，又赢得了多少掌声与鲜花，获得过多少的胜利与荣耀。在这之中，又有多少经验和教训，有多少体验和感受。《棋行天下》把她多年来亲身经历过的这些经历和认识，经验和教训，真诚、坦率地为读者一一讲述出来，记录下来，总结出来，流传下去，不但可以帮助营销界、企业界的友人，并且对广大读者也大有裨益。而且，作为一个优秀的、诚信的企业家，其性格魅力，其人格榜样，其创业精神，其拼搏意志，对营销界、企业界的友人，对广大读者，也是十分宝贵的精神力量。因而，这部自传，是有重要意义的。

作者通过自己在商海搏战的亲身经历，基本上按照时间先后，讲述着一个又一个生动真实的故事，倾诉着一段又一段铭心刻骨的体验，因而具有相当的思想深度。

作者写她初涉商海，就遇到一个无赖，在向他讨债的40天里，她受尽了愚弄和欺骗，付出了无数的泪水和辛酸。但是，她终于以顽强的韧性和百折不挠的毅力追回了大部分产品。而更重要的是，她增强了做营销工作的信心，学到了如何面对复杂的人。

紧接着，她通过对安徽空调市场充分的了解，选择了几家可以信赖的经销商，打开了沉闷的销售市场。她又以不妥协的顽强劲，在官商之外找到了一个商机，成功地推销了 200 万元的空调，创造了奇迹。她还在扬州的春兰订货会上，同江苏五交化联系上，并说服朱总经理同意了经销商的意见，赢得了胜利。而在惊心动魄的空调大战中，她坚持不降低价格，顶住压力，又在江苏全面打开市场，使格力成为空调界"三足鼎立"中的一员。

以后，董明珠在原公司某领导与部分骨干集体辞职，格力空调营销出现危机之时，临危受命，由营业员一跃而为营销部长。她出台了一整套严格的规章制度，重塑了格力营销部的形象。作者进一步展示了她同客户的关系及对矛盾的处理。她在担任主管销售的副总经理后，对部属的各项要求更高了。她利用"时间差"和"空间差"因素，打了漂亮的营销战，还与供销商共同组建了销售公司，使格力的销售更上一层楼。

作者在自传中，写出了她丰富的营销和管理经验，比如她与经销商打交道的四条原则：一、不能建立在私人买卖关系上；二、要驾驭市场；三、要树立正确的经营思想；四、不能掺进私利。

作者还在自传中写出了她的抱负人生和体验。如："一个人得到的荣誉是以付出巨大的艰辛和遭受无数阻力为代价的。""在社会上奋斗一辈子，实现自己的价值，即使死了，也有后人怀念起。我觉得这就是成功的人生。""为单纯的信念而生活，总是美丽而动人的。""一个人的伟大不在于做了一件伟大的事，而在于一生的积累和创造。""逆境可以激发顽强前进的动力。"这不仅提高了传记的思想内涵，而且增加了作品的美学效果，增加了作品的感人力量。

第十五章　新时期中外历史人物传记

一、新时期中外历史人物传记概论

表现中外历史人物的传记和评传在新时期也得到了发展。朱东润连续写出了《陆游传》、《梅尧臣传》、《杜甫叙论》、《陈子龙及其时代》等学术传记。匡亚明的《孔子评传》，结合孔子的生平和时代背景，深入系统地探讨了孔子的思想及其哲学、伦理学和政治学价值。北京大学教授陈贻焮的《杜甫评传》，3卷108万字，是有史以来最长的学术传记，对杜甫的一生及其思想性格的发展作了生动的描述。还有冯尔康的《雍正传》，董蔡时的《左宗棠评传》，章开源的《开拓者的遗迹》，杨国桢的《林则徐传》，苑书义的《李鸿章传》，以及《王国维评传》、《司马迁评传》等也是较好的传记作品。

此外，这一时期为历史人物编写年谱也成为一个热点。其中较有价值的有梁家勉的《徐光启年谱》，章培恒的《洪昇年谱》，张菊香、张铁荣的《周作人年谱》，周邦立的《达尔文年谱》，杨明轩等的《宋庆龄年谱》等。

新时期还有一些作家为外国名人编写了篇幅较长、材料翔实、学术水平较高的传记作品，如李显荣的《托洛茨基评传》，陈子骅的《克鲁泡特金传》，解力夫的《纵横捭阖斯大林》、《身残志坚罗斯福》、《临危受命丘吉尔》、《坚韧不拔戴高乐》、《盗世奸雄希特勒》、《专制魔王墨索里尼》、《战争狂人东条英机》等。

二、匡亚明的《孔子评传》

匡亚明（1906—1996），江苏丹阳人。1924年加入国共合作的中国国民党，1926年加入中国共产党。1927年领导了宜兴的秋收起义，以后四次被捕，坚贞不屈。出狱后任上海总工会宣传部长，中共中央社会部政研室副主任，华东局宣传部副部长兼大众日报社社长、总编辑。新中国成立后任中共华东局政治研究院党委书记兼院长，中共华东局宣传部常务副部长，东北人民大学（后改名吉林大学）党委书记兼校长，南京大学党委书记兼校长；1981年辞去南京大学校长实际工作职务，全力进行《孔子评传》的研究与写作工作，1984年完稿。1982年起任南京大学荣誉校长，1991年起任国家古籍出版规划小组组长，主持编写《中国思想家评传》。其著作有《孔子评传》、《求索集》、《匡亚明教育文选》等。

匡亚明的《孔子评传》是一部史料充实、立论坚实、见解深邃、论述充分、富于文采的评传。该书对孔子的人生经历及其所处时代背景和社会环境作了具体叙述，对孔子的哲学体系、伦理道德观念和政治思想、教育理论和实践，都作了充分而精当的论述，对孔子的历史功绩及对后世（国内外）的影响，也作了详

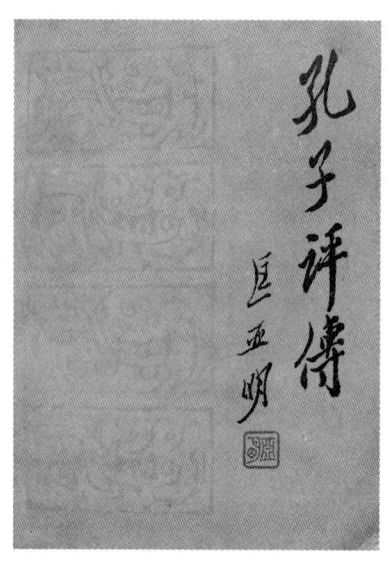

尽的阐述，实为学术评传之杰作。该书中有关孔子生平及孔子时代的社会背景的内容几乎占全书的1/3，加上对后世的影响一章，则占全书2/5强，故该书虽然以学术性为主，但编者也把它收入传记文学史中加以评析。

孔子生于两千多年前，其思想博大精深，虽然司马迁在《史记》中就写了孔子生平传记，而且历代也写过不少研究文章，但毕竟因文献残缺不全，真伪相杂，认识不同，争论不休，所以，其传记和评传是很难写好的。作者经过60多年学习、酝酿，对孔子经过肯定、否定、

否定之否定的反反复复、曲曲折折的螺旋上升的认识，最后在思想大解放的大好形势下，辞去实际工作职务，在中国的高等学府之中，"全力以赴地从事孔子的研究工作，经过三四年的连续不断的不懈努力"，在一批专家学者的大力支持下，终于完成了《孔子评传》的写作。可以说，这部著作不但是匡亚明先生几十年理想愿望和心血智慧的结晶，而且也是作者的艰苦努力与改革开放时代提供的天时地利人和的优越条件结合的产物。

本书以马克思主义的辩证唯物主义和历史唯物主义为指导，高屋建瓴而又鞭辟入里地论述了孔子的生平、思想及其时代，具有很高的理论性和哲理性。同时，作者又以实事求是的精神，以充足的史料，叙述了孔子的身世，几乎无一处无来历，具有很强的真实性、准确性和历史性。而作者在叙述论证时，又立论高远、构思严谨、思路畅达、文采焕发，具有一定的文学性。作者叙述了孔子的家世和祖先。写他第七代祖宗正考父曾连续辅佐宋国三公，不但不骄傲奢侈，反而越发谦逊俭朴，作者翻译古典文献，为我们生动地描绘了他的形象：他"每逢接受任命、提升职务时，都是越来越恭敬。始而低头，再而曲背，三而弯腰，连走路也靠着墙边走，然而，谁也不敢侮慢"他。孔子3岁丧父，寡居的母亲勤劳俭朴，给了孔子很好的教育。可是，孔子还不到17岁，慈爱的母亲又去世了。孔子只好独自谋生、学习和奋斗，曾做过管理牛羊和仓库的小吏，他把礼、乐、射、御、书、数六项基本功全面掌握了。他从15岁立志于学，到了30岁时，已打下了坚实的基础。这时，他已确立了以"仁"为内容，以"礼"为形式的整套伦理观、政治观和社会观；确立了由"仁"的思想产生的"忠君尊王"的思想；确立了反对"过"与"不及"的"中庸"思想；确立了不迷信鬼神但又敬畏天命的天道观。这以后，孔子进入贵族集团，当了几年的中都宰、小司空、大司寇，在堕三都（即把三个据以叛乱的城堡拆除以加强公室的力量）的过程中终于失败，孔子不得不弃官离鲁，到陈国、卫国等访问，以期求仕治国，但四处碰壁，不得已又回到鲁国，这时他已经68岁。他把晚年的精力放在了教育与古代文献的整理与保存上。在晚年，他的妻子、儿子不幸先他而亡，特别是他最优秀的学生颜回与子路去世，引起他巨大的悲痛，使他很快衰老。作者生动地描写了孔子之死：在去世前7天的早晨，他扶杖站立门前，意气逍遥，很有感慨而又自信地自吟自歌道:"高高的泰山啊,快要崩颓!直直的梁柱啊,快要断折;炯炯的哲人啊,快要枯萎!"歌罢入门,当户而坐,悠然长叹道:"大概我快要死了啊!"自此卧床不起,7天后,即鲁哀公十六年(前479年)夏历二月十一日去世,享年73岁。

《孔子评传》关于孔子的生平是描绘得非常成功的,叙述中有描写,又融进了感情和议论。作者不单写出了孔子的生平,还专门用一章来论述孔子所处的时代、社会背景,帮助我们更好地认识孔子。作者在第四、五、六章中分别论述了孔子的"仁"的哲学思想、"仁"的伦理思想、"仁"的政治思想以及他作为中国历史上第一个伟大的教育家和文献整理家的教育实践和文献整理工作和功绩。在结论中,作者除对孔子学说的意义作了阐述外,还论述了孔子是人类许多优良品质的体现者,并留下了不少有益的箴言,归纳起来,主要是以下五条:

　　一是学而不厌。
　　二是诲人不倦。
　　三是谦逊虚心,严于律己。
　　四是坚持道义。
　　五是知难而进。

最后作者指出:孔子作为一位中国古代伟大的思想家、政治家和教育家,不仅是中国历史上的伟大人物,而且是有世界历史意义的人物。因此,我们应该对孔子作出应有的实事求是的研究和评价,探索和开辟"古为今用"的途径,继承这份珍贵的遗产,为中国人民振兴中华和实现四化服务,为全人类的繁荣幸福服务。

三、陈贻焮的《杜甫评传》

陈贻焮(1932—2000),字一新,湖南省新宁县人。1947年入北京大学国文系学习,毕业后留校任教,后为该校教授。中国作家协会会员,中国唐代文学学会理事，中国韵文学会常务理事，王维研究会名誉会长。长期特别致力于六朝及唐代诗歌的研究，主要著作有《唐诗论丛》、《论诗杂著》、《梅棣庵诗集》，选编《王维诗选》、《孟浩然诗选》，主编《增订注释全唐诗》等。而《杜甫评传》则是他献给中国传记文学的一部巨著。

《杜甫评传》是陈贻焮在经过近30年对唐代诗人诗歌的深入研究之后，又潜心多年钻研写作而成的一部长达120万字的三卷宏文。这是中国有史以来规模最宏伟、篇幅最浩大的学术性传记。

杜甫历来被称为"诗圣"，他的诗被誉为"诗史"。杜甫走过了中国大唐帝国由盛到衰的转折时期，其留下来的1000多首诗歌，则是唐朝"安史之乱"前后几十年社会生活的"百科全书"，不仅深切地表现了诗人的心路历程和人生体验，而且深刻反映了那个时代广阔的社会生活。因而，写杜甫评传，不仅要写出杜甫的人生和诗篇，还要写出他所走过的那个时代，表现出大唐帝国由盛而衰的曲折过程和重大问题，这个任务显然是十分繁重的。而作者以深厚的积累和才学，渊博的学识和功力，巨大的决心和魄力，"十年磨一剑"，终于锤炼出这一鸿篇巨制。

作者首先叙述了杜甫的家世和身世，指出其十三世祖"杜预是杜甫心目中最理想的'奉儒守官'的楷模"。杜甫从这位著名祖先身上吸取了精神力量，形成自己的远大理想和宏伟抱负。杜甫的祖父、著名诗人杜审言是引导杜甫走上诗坛的先导，杜甫为杜家出了这样一位著名才子和诗人而自豪，把诗看成自己家族的专业，并决心继承和发扬祖父开创的诗歌传统。

进而以杜甫诗"七龄诗即壮，开口咏凤凰"，写出"凤凰——诗人的图腾"，展示了杜甫一生的追求，指出：这带来太平和祥瑞的凤凰，就是他伟大政治抱负的象征，是他人生的图腾。作者由此写道："他歌唱凤凰，赞美凤凰，向往凤凰，追求凤凰，一生执著，毫不懈怠，终于用他那心血孕育出来的朱凤，冲破童年天真的理想幻境，从盛世飞向乱世，从京洛飞向西南，从阿阁飞向南岳之巅，为遭罗网之灾的百鸟而放声悲号，这无疑是一个值得纪念、值得敬仰的苦难历程。"

作者写出了杜甫如何在家庭教育下度过童年，在开元盛世中南北壮游，进入繁华的首都长安城，见到当时已名满京都的李白。作者顺势引用了杜甫诗歌和古今诗人的评论，最后发表了自己的观点，对李杜诗的成就作了较准确的评价。

以后，杜甫在战乱中颠沛漂泊，客秦州，入巴蜀，又去梓州、阆州，再到奉节，最后客死潇湘。杜甫以他的一支彩笔，写出了自己的游历生涯，更写出了唐代由盛而衰的社会现实和人民的生活。而作者则以杜甫的经历为经，以对杜甫诗歌的评析为纬，谱写出杜甫人生与艺术的交响曲。评传汲取当代及前代学者研究杜诗及唐诗的丰硕成果，详尽描绘出"安史之乱"前后中国社会变迁的历史画卷，并通过杜甫同唐代数十位诗人作家的交往和友谊，塑造出杜甫的真实形象，展示其复杂性格。

评传上卷写杜甫游历京城，卷入了政治斗争的旋涡，其100多首诗歌也较集中地反映了大唐帝国由盛而衰的过程。作者从宏观的角度，将杜甫的经历、思想、作品及历史背景联系起来，以宏大的气魄和精湛的议论，展示了杜甫的理想和抱负、人格和心灵，表现了众多唐代诗人和作家的气质和文采，让我们感受到庞大的封建帝国怎样一步步衰落下去。中卷和下卷写杜甫后半世漂泊西南天地间的人生道路和诗歌创作。后半世由于远离了社会政治中心，其作品与政治关系较为疏远，其诗歌除了忧时的感伤、对人生的回顾和对历史的总结，更多地是对山川风物的描绘、生活情绪的捕捉和朋友间的应酬唱和，于是，作者改粗线条的勾勒为细致的分析和刻画，特别是对杜甫生活风貌的描述和思想性格的剖析，生活气息较上卷更浓烈。

在表现杜甫性格时，作者通过杜甫的诗歌，深入杜甫的内心，准确地把握杜甫的思想和气质，为我们塑造了诗人的形象和风采。作者没有把杜甫简单化、概念化，既没有把他美化成每饭不忘君的圣人，也没有把他贬低为庸俗自私的土老财，而是如实地写出他是忠实于唐太宗的正宗派，对荒淫误国的玄宗以及肃宗、代宗不满，敢于对皇上提意见，这是他的进步性；他有"致君尧舜上，再使风俗淳"的理想，热爱祖国，维护国家统一，同情劳动人民，为人处世忠厚、耿直、热诚；但他又经常尾随于达官贵人之后，有违心的社交和世故的时候，同时他也支持平定农民起义。作者如实地写出了杜甫的伟大，也写出了他的缺点，并进而指出：他的进步性和局限性，均植根于他所处的时代、经济地位和当时的环境。

　　《杜甫评传》在写法上亦有创新。如林庚所指出的"盖脱胎于诗画而取意于章回"。作者早年喜欢写小说,又对唐代诗歌有深入研究,故下笔繁丽,常常放言抒情议论,细腻地刻画人物。如第十一章第十四节"水深波浪阔,无使蛟龙得",首先提出"这一时期所作怀人诗中的名篇,当推那几首怀念李白的诗"。然后引出《梦李白二首》其一:"死别已吞声,生别常恻恻。江南瘴疠地,逐客无消息。故人入我梦,明我长相忆。……君今在罗网,何以有羽翼。落叶满屋梁,犹疑照颜色。水深波浪阔,无使蛟龙得。"作者分析:至德二载(757年),李白因参与永王李璘的军事行动,坐系浔阳狱。乾元元年(758年)长流夜郎(今贵州桐梓县境)。乾元二年(759年)春夏间遇赦放还……这年七月,杜甫度陇客秦州以来,没能得到李白已遇赦放还的消息,因而思念成梦,醒而作此二诗以寄意。接下来,作者详细分析了古往今来对李白获罪的各种看法,然后指出,李白参加永王李璘军队的原因,是为了实现他救世济人,"使寰区大定,海县清一"的理想;他的获罪,玷污不了他"不欲微躯捐"、"誓欲清幽燕"的爱国赤诚。最后作者指出:即使如此,在封建时代,像李白那样判了从逆罪,那是罪莫大焉的,而老杜对他不仅不回避,反而写诗无限同情他的不幸遭遇,深切关心他的生命安全,这真是古道热肠,难能可贵。这不是对亲者无原则的袒护,而是对挚友正直蒙冤而发出的呼吁。它表现了杜甫清醒的自知之明,表现了杜甫仗义执言的勇气。至此,作者才分析了这两首诗的意境:"君今在罗网,何以有羽翼。"这是人处在似梦似醒、恍恍惚惚的精神状态中的惊诧。"落叶满屋梁,犹疑照颜色。"这是实感和梦幻交织在一起的错觉。这样,诗人就一举两得,把梦中李白漂泊无依的灵魂和自己不安定的灵魂,同时显现出来了。……"水深波浪阔,无使蛟龙得!"是对才返生魂的叮咛,是对远方逐客的祝愿,弥见深情。言虽望其无使蛟龙得,心实疑已得之了。愈婉愈悲,老杜对李太白的感情,是无比诚挚的。通过对杜甫梦李白的诗歌的解释,写出了杜甫对李白的深情,对友谊的珍视,对朋友的忠义。

　　《杜甫评传》将注解、典故、赏析、翻译融为一体,对名篇佳作均作了串讲,而他的串讲既准确又深入,又结合了杜甫的身世,故能给人以美感,给人以启迪，给人以艺术的享受。作者的语言富于生机和情感，比如在分析《诸将五首》时说："《诸将五首》是一组政论性很强的作品。……老杜创作这组诗时……首先，从自己最深切的感受出发，选取最具体最典型最能说明问题的事件，然后使出浑身解数，尽量调动七律音调宛转可曲尽其意，中虽对仗可呈其巧思等特色，又借鉴于古体一气呵成、浑然一体之长以补律体易显割裂之短，使精美的艺术形式得以最圆满地表现重大题材和丰富的思想内容。"然后作者引述了其中的第二首，分析道："你看这高屋建瓴的气势，这鞭辟入里的讽喻，这气青血热的激情，这典雅瑰丽的辞藻，这神奇莫测的对仗，这掷地铿锵的音韵，这疾徐称情的节奏，经过诗人巧妙的烹炼，竟水乳交融地凝聚起来，成为一首思想性艺术性高度结合的作品。其余几首也莫不如此。……这组诗每首都是写得很饱满很完美的独立单篇，但同时又统一于同一风格和思想倾向的基础之上，从而大大扩展了律诗表现的深广度，犹如由自成格局的山水图画组成六曲屏风能显示更广阔的天地一样。"这样的语言，是何等精练、典雅、深刻，既有论文的深度和厚度，又有叙述的激情和诗意，真正绝妙地将注解、典故、赏析、翻译融为一体。

  作者从小喜欢杜诗，从北大毕业留校任教后，一直钻研唐诗，并在50年代就两次写过杜甫传记，可以说对杜甫的诗歌和人生及其时代，都已烂熟于心，所以能在5年多的时间内，写出120万字的巨著，为中国当代传记文学献上既有深邃的学术性，又有高度文学性的典范性的优秀评传。也许是由于作者掌握的材料太多，不忍割舍，有时似嫌对杜甫的诗歌分析太多，连一些较平淡的诗都给予引述和评论，反而冲淡了全书的重点和意韵。当然，瑕不掩瑜。作者以数十年心血孕育出的皇皇巨著，终因其内容的宏博、体例的创新、思想的深邃、文采的华赡、风格的清新而留在了中国20世纪传记文学史上。

第十六章 新时期普通百姓传记

一、新时期普通百姓传记概论

为普通人、为平民立传是传记文学发展的趋势和必然。早在《史记》之中，司马迁就以过人的胆识和超前的眼光，为普通百姓立传。以后的史书多为官撰，均不为平民百姓立传，梁启超批评它们为帝王将相之家传。但历代进步作家却为出身低微的平民百姓作传，如唐代柳宗元的《童区寄传》，明代袁中道的《关木匠传》，宋濂的《记李歌》，清代黄宗羲的《书澹台事》等。五四时期，胡适为被封建婚姻制度迫害致死的青年女子李超作《李超传》，认为可以把传主看成是"中国女权史上的一个重要牺牲者"。五四以后，传记文学作家张默生以平民为自己的创作对象，写了自己熟悉的有一定至性的平民百姓的传记，如《苗老爷传》、《疯九传》、《鸟王张传》、《异行传》、《义丐武训传》等，显示了高度的人民性，而且在人物描写方面取得了很高的成就。传记作家朱东润说："任何人都有自己的世界，自己的一生。这一生的记载，在优秀的传记文学家底手里，都可以成为优良的著作。"他自己在"文化大革命"中就为自己的妻子写了《李方舟传》。新中国成立后，陈寅恪以洋洋80万字为历史上的一位妓女立传。粉碎"四人帮"后，平民传记受到传记作家的关注，陆续出版了张天来、张朝阳的《小学教育家陶淑范》，喻明达的《一个平民百姓的回忆录》，陈丹燕的《上海的红颜遗事》，遇罗文的《我家》，著名作家刘心武的《树与林同在》，还有两位残疾人赵定军的《妈妈的心有多高》和寒星的《我是寒星》等，这些传记都很有特色。

还应该提到的是大量有关"知识青年"的出版物。如《知青档案》、《知青岁月》、《蹉跎与崛起——五十五位知青的人生道路》、《知青沉浮录》,还有于1964年、1965年下乡的真正的老知青自己写的《无声的群落》等,其中绝大多数都是知青的回忆录,都是写的那一代特殊的群体——真正的普通百姓——知青们在"文化大革命"中的人生命运及挣扎与沉浮。冯骥才的《一百个人的十年》也是写普通百姓的传记。他在该书的前言中说:"我有意记录普通人的经历,因为只有底层小百姓的真实才是生活本质的真实。""我关心的只是普通百姓的心灵历程。因为只有人民的经历才是时代的真正经历。"这正是对普通人物传记的最高评价。

二、朱东润的《李方舟传》

朱东润笔下的传主,多为古代著名政治家或文学家,但是他内心深处却时常想为平民百姓作传。他认为:"上自伟人,下至普通的平民百姓,都可以作为传记文学的传主,一个普通百姓的命运,同样可以折射出时代的精神和民族的品格。"新中国成立后,朱东润在农村劳动时,曾见过一位女生产队长韦娘,他在韦娘身上,"看到了中国妇女的贤淑,以及南方人特有的热情和现代女性的勇敢……"他说:"我是热爱传记文学的,韦娘的身世也确实是一部传记文学的素材。"但是考虑到自己的工作、精力和体力,他只好放弃了。他曾多次与人谈起韦娘的故事,以不能为她作传为憾事。

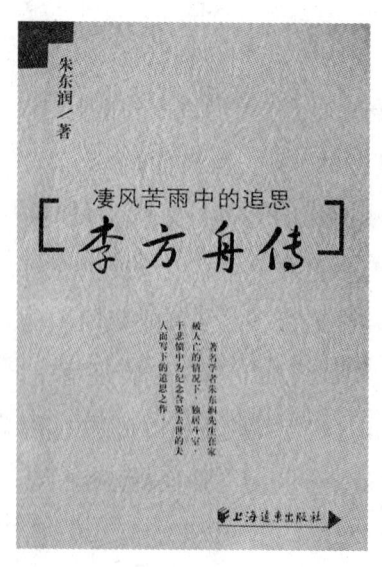

"文化大革命"中,身为复旦大学中文系主任的朱东润,被当做首批抛出的名教授,受到批斗和迫害,他妻子邹莲舫也受到牵连,成为里弄的审查对象。原来身体就不好的她,更加衰弱不堪,曾多次昏倒被人送回家中,后终因不堪忍受人格的伤害和精神的摧残,毅然抛下

丈夫和子女，告别了人间。她死了，却还背了个"欺骗伟大领袖"的罪名！她的死给朱东润以沉重的打击。但是，朱东润依然要接受批斗。在那样严酷的政治高压下，在沉痛的悲哀中，朱东润以大无畏的气概和深挚的感情，在堆满书籍和杂物的小屋里，在夜阑人静之时，在一盏孤灯之下，展纸染毫，在深深的回忆中，与亡妻相会，去追溯他们往日的足迹，倾诉他心里郁结的无尽思念——《李方舟传》就这样写出来了。

《李方舟传》是在那个恐怖的时刻，"在惊涛骇浪中"写出来的。当时因担心被人发现，朱东润不得不改换人名和地址，但基本事实没有变。作者为我们写出了一位可敬可亲的普通女性的人生足迹，写出了普通夫妻的真挚感情和家庭生活，也写出了那个动荡的时代和社会。

李方舟是"寻常巷陌中的寻常女子"，她在家读了私塾，经亲友介绍，同宋敦容结婚。作者写出了他们夫妻相亲相爱、相濡以沫的深情。他们一起在动荡的岁月里撑持着自己的家庭。当丈夫远去武汉、四川教书时，李方舟独立支撑着家庭，从不埋怨，也从不居功。宋敦容也在四川感物伤情，思念着家人，他在乐山看到木芙蓉，写诗《见芙蓉却寄》：

> 芙蓉新发好花枝，试倩飞鸿欲寄谁？
> 宝镜香残秋漏冷，戍楼天远报书迟。
> 可怜瘴雨蛮烟地，又是弓刀甲帐时。
> 但愿他生重觌面，一生长得侍蛾眉。

作者写出了两人的相互信任和忠诚以及方舟对敦容和儿女的爱。早在敦容入川之前，有人就劝方舟把一两个孩子送到四川，交给敦容，方舟不同意，她说："万一中途失散了，孩子离开母亲，又找不到父亲，两头落空，又怎么办？"日本投降后，敦容因回家的船不够装人回乡，迟迟没能返乡，就有谣言传入方舟耳中："敦容不想回来了，某人某人已经回来，为什么他没有回来？八成是他在四川成了家，不想回来。"有人甚至说他在四川已经有了孩子，所以不想回来。但是"方舟听了以后，没去追问，她对于敦容没有一丝一毫的怀疑，正如敦容对她没有任何怀疑一样"。

　　作者以生活中的例子,写出了方舟的优秀品质:新中国成立后,"方舟看着家里的人都有了着落,她在幼年时期所向往的社会生活,一向被家庭生活所牵制,现在有实现的可能了。……于是以百倍的精力投身进去"。她满腔热情地帮助两位家庭妇女在济川办了一所缝纫社,虽然后来没有办下去,她也并不埋怨。在"大跃进"时期,"每个人都在狂热地工作,要在'大跃进'中贡献自己的一切"。方舟所在的宿舍办成了第一食堂。方舟和其他四位家庭妇女都参加了这个工作。她是出纳,天没亮"就得起来验收采购员送来的一切……这一切她都得过秤。是公家的事嘛,一点马虎不得。……十点,工作人员照例是可以无偿吃一两只馒头的,但是方舟坚决不吃。她认定自己是来搞义务工作的,因此不能沾食堂的光"。方舟在食堂工作,前后三年,几乎全是义务,完全没有要一分报酬,仅仅只领过十元奖金和参加过一次食堂组织的到杭州的游览。作者还写她在外出乘船时,热心帮助一位临产的妇女在船上生孩子。告别时,他们和方舟都忘了互问姓名和地址。作者却解释道:"事实上也没有这个必要,方舟只是做了她在这个环境中必要的照应。"

　　最后,作者写敦容夫妻早在1954年搬出的时候,曾经把旧宅六间和新宅后的两亩地献给地方;1965年,他们又决定把新宅20余间和书籍一齐捐献给地方,让他们办成图书馆。这一对夫妻,人品都是那样的高尚,可是,就是这样的好人,一个却在两年以后被活活地逼死了,另一位也在"文化大革命"中受到批斗。

　　该传写的只是一个平凡的教授夫人,一个没有读过多少书的家庭妇女,但是,作者却通过她,写出了中国妇女的美德:吃苦耐劳,忍辱负重,满怀爱心,相夫教子;而且深明大义,爱国爱民,大公无私,乐于付出。

　　同时,作者还通过李方舟一生的遭遇,写出了时代的风云和沧桑、社会的变迁和发展。作者写了他们结婚的风俗:父母之命、媒妁之言的婚姻,坐花轿,同新郎照合欢镜,吃煮好的枣子和莲子等等。还写了日军的侵略,军阀的混战,物价的飞涨,学校的搬迁,真正地"折射出时代的精神和民族的品格",构筑了民族的人格力量和精神境界。

三、赵定军的《妈妈的心有多高》

赵定军（1951—），云南昆明人。因患小儿麻痹症，右腿残疾。1967年初中毕业，1969年进北京一印刷厂当刻字工人。1994年调入某杂志社当编辑、记者。曾发表报告文学、散文、随笔若干。《妈妈的心有多高》是她的长篇处女作。

《妈妈的心有多高》通过一个残疾女人的自述，写出了一位残疾女性的奋斗史及其丰富而细腻的内心世界、情感世界，写出了当代中国女性的高尚人格和坚强性格。

赵定军是一个残疾女性，从小就受到一些人的谩骂和嘲笑，她心中那神圣的人格和尊严被无情地撕裂、践踏，于是，她那原本温和、怯懦的性格，被锻造得像花岗岩一样坚硬。她很小就学会了反抗和抗争。同时，学校、老师、同学和亲友们对她的关怀、帮助和爱护，又使她如沐春风。她说："人世间的阴晴冷暖，都特别强烈地反映在我的心中。"也正是这种巨大的反差形成了她坚韧顽强和不懈进取的个性。她刻苦地学习，拼命地读书，可是，才进初中不久，"文化大革命"就爆发了，她不得不中止学业，到工厂当排字工人。她仍然不断地读书，参加工厂组织的编书写书活动，提高自己的写作水平和文化修养。粉碎"四人帮"以后，她在身体不好、经济困窘而且又带着小孩的情况下，克服常人难以想象的困难和挫折，用7年多的时间，取得了电大中文专业的毕业证书。以后又调到杂志社当记者、编辑，开始从事新闻和文学写作，写出了不少优秀的著作，成了一名残疾女记者、女作家。更难能可贵的是，作为一个母亲，她还以满腔的爱心和无私的付出，同丈夫一起，把她们先天不足而又后天多病的女儿，培养成了一个优秀的大学生。作者以她这段独特的、坎坷曲折而又令人感奋不已的人生经历告诉我们："只要有了无

私无畏的慈母之心，一个女人就能从弱小走向强大，从卑微走向崇高。"

本书不但叙述了作者曲折感人的心路历程，而且还以一个女性，尤其是残疾女性的敏锐感受，写出了她丰富宽广而又细腻深沉的内心世界、情感世界。作者写出了学校老师、同学和街坊邻里对她的关爱和呵护，也写出了她对师长、同事和朋友的关心和帮助。作者热烈地歌颂了友谊："正是那些善良而真诚的人们，在我最困难的时候，给我以关心和慰藉，是他们使我感受到人间的温暖，是他们使我感受到人生的真正的意义。"作者还写了她和丈夫青梅竹马的友谊，甜蜜而真挚的爱情。作者以浓浓的抒情笔触歌唱了他们的爱情："爱情是浪漫的月光曲，如诗如歌；而婚姻则是船工的号子，伴随着沙滩上深陷的脚步和苦涩的汗水。……苦涩中包含着甜蜜，贫穷中蕴涵着丰饶，这就是我们婚姻生活的内核。"

作为一个女人、一个母亲，作者在这部自传体的作品中以主要笔墨写出了她和丈夫如何以深沉、炽烈的爱心培养自己的女儿。作者真切具体地叙述了生产时那撕心裂肺的疼痛："生孩子是一个女人最大的劫难。这是一个凤凰涅槃的庄严时刻。在生与死的搏斗中，在血与火的洗礼中，一个新的生命就要诞生，一个普通女人就要成为神圣的母亲。我想，母亲之所以伟大，就在于她用自己的血肉孕育了生命，她用自己的苦难创造了新生。"从此，作者就把她的爱心倾注在女儿身上。作者以大量具体生动的例子写出了她和丈夫怎样精心培养自己的女儿。他们对孩子制定了"不希望过高，不操之过急；循序渐进，持之以恒"的原则。他们既重视女儿智力的开发，又重视女儿品德的提高；既严格要求，又尊重女儿的人格；既让孩子辛勤刻苦地学习，又让孩子心情舒畅、主动地学习。她特别重视培养女儿善良的心灵和美好的品质。他们在80年代只有几十元工资的情况下，克服经济上的巨大困难，给女儿买了钢琴，让女儿学钢琴。而在孩子功课加重时，她们又让女儿放弃学钢琴。练钢琴是为了让孩子左右脑都得到开发，使孩子的形象思维和抽象思维都得到锻炼；但当孩子不能当音乐家，而其他功课又很紧张时，她又毅然让孩子停止严格训练，这都是很明智的。他们还经常带孩子"游览充满大自然气息的公园和动物园，参观各种博物馆和文化古迹……"他们在孩子选择高中的时候，在孩子高考的时候，都"既以最顽强的信念鼓励孩子，给她一个奋斗的机会，又十分谨慎地考虑利弊得失，为她做好了后退的准备"。就是这样一步一个脚印，一步一滴汗水，把体弱多病的女儿送进了北京的重点高中，送进了重点大学。而她和丈夫，都在这个过程中通过自己的奋斗，在各方面得到了升华、净化和提高，她则从"一个连普通女人都不如"的残疾女人，成长为一名女记者、女作家，成了一个让女儿自豪的母亲。

《妈妈的心有多高》在语言上很有特点。作者把自己对生活的认识、感受、见解和情感融注在传记之中，使传记带上了浓郁的抒情色彩和深刻的哲理意蕴，大大地增添了作品的审美感染力。如前面所引用的关于母爱，关于爱情、友谊，关于人生的语言，都是很抒情，也蕴涵哲理的。作者歌颂友谊和爱情："那滚滚的红尘，那喧嚣的名利，在岁月的冲刷下，都消失得无影无踪。只有那至亲至爱的亲情、友情和爱情，像亘古不变的繁星，永远在岁月的天穹里闪烁着动人的光彩。"作者写她对贫困的真切体验："贫穷是什么？是一种浸入到骨髓之中的痛楚和无奈。"作者写她带女儿游览公园、参观天文馆的体验："大自然是那样仁厚，朗朗的晴空、悠悠的白云、潺潺的流水……几乎随处可见。只要我们用心去体验，美的韵律，就会随时跃动在我们心间。""当我们置身于漆黑的天幕下，在这茫茫宇宙、浩浩星空面前，我们心中那些小小的块垒、点点的忧愁又算得了什么呢？……我想，只有以博大的胸怀来面对这无尽的宇宙，我们才能让自己的一生，过得充实而有意义。"这些语言都是极有意义，也很能启迪读者的。

这部传记在当代传记文学发展史上是有一定地位和价值的。这是因为，这部传记是真正意义上的平凡人为自己写的传记文学作品。作者不是名人，也没有什么政治地位、社会地位，可是她却敢于为自己写一部回忆录、一部传记。作者的勇气和出版社的魄力，都是令人钦佩的。这部作品在1999年8月出版后，在短短一年多的时间里就印刷了4次，发行量达8万册，极受读者欢迎，说明了它的成功。这给我们的传记文学创作一个新的启迪：传记文学不但应该写卓越的人、优秀的人、伟大的人，也应该而且可以写一写平凡的人、普通的人。因为，人民是历史的真正创造者，人民是时代真正的主人，人民是社会的主体和最主要的成分。而人民，正是由大量普通而平凡的人组成的。

四、杨二车娜姆的《走出女儿国》

杨二车娜姆（1970—），女，摩梭人，出生并成长于四川与云南交界处的泸沽湖。1983年13岁时，她独自一人离开原始母系氏族社会的女儿国，到西昌市凉山州歌舞团当独唱演员，不久又考上了上海音乐学院。1989年，调入中央民族歌舞团，成为全国最年轻的独唱演员。1990年去美国、意大利、日本、新加坡等地游历、讲学和演出。1995年，参加好莱坞电影演出并配唱歌曲。1997年出版的《走出女儿国》就是她这段经历的真实写照。1998年，她又出版了《走回女儿国》一书，叙述了她出国后的经历和返回故国故乡的感受。

自传《走出女儿国》的第一个特点是写出了摩梭人成长的家庭环境、社会环境、自然环境、民风民俗以及一个摩梭姑娘勇敢地闯荡世界的传奇经历和她的爱情故事。在她的笔下，那泸沽湖秀色可餐的幽幽绿水，崇山峻岭，参天大树，茂密草原；那摩梭人特殊的宗教信仰，母系氏族社会独特的婚姻方式；摩梭人在大自然中陶冶出来的勤劳勇敢、活泼开朗、乐观向上、不畏艰难的性格，都令我们大开眼界。就在这样的背景下，作者写出了她独特的经历和爱情。她因为天生的好嗓音而被州县选进北京参加了全国少数民族民歌调演，从此，她再不愿待在这原始的小山村，她的心飞向了外面的大世界。于是，她怀揣7个鸡蛋，在莽莽苍苍的原始森林晓行夜宿、风餐露宿，整整走了7天，才走出了原始森林，到州歌舞团当了独唱演员。当听到上海音乐学院招生的消息，她立即又以阿妈的手镯当了100元作路费，闯到了上海，并以她的天才和胆量，考上了上海音乐学院。毕业前，她为了能分到北京，竟不惜30次坐火车到北京奔走联系，终于调进了中央民族歌舞团，进了首都演艺圈。她因为同外国人接触产生了爱情，同外国人结了婚，去了美国，闯荡在世界各地，并在美国开辟了一块属于自己的领地。作者把这一切，把她的经历和见闻，把她的感受和体验，都写出来了。正如她在本书《写在前面的话》中所说的那样："我要把自己的成长经历和真实感觉记录下来，通过书告诉读者，我是怎么从一个原始封闭的地方走到现代文明的世界的，其中的风风雨雨、坎坎坷坷、得得失失、对对错错，不但要我一人知道，还要让朋友们了解……"

　　这部自传的第二个特点是她的真诚和坦率，她的大胆和热烈。在这个纷繁驳杂的世界上，许多人都在包装自己，许多人也丧失了自己。而这位来自泸沽湖的摩梭女，却以一个女性的心灵，那样真诚坦率地诉说着自己，那样大胆直爽地剖析着自己。她诉说着可爱的故乡、美丽的风情、动人的亲情，叙述着她的一次又一次的追求，以及她在追求中的悲欢离合、喜怒哀乐、挫折屈辱、胜利欢乐。作者写她的心路历程，写她的恋情婚姻，是那样的坦率，毫无一点掩饰，毫无一点做作。作者写她独闯原始森林的艰难危险，使人胆战心惊；写她到上海考试的艰辛，使人欲洒同情之泪；写她冒昧地去拜见班禅副委员长，又使人钦佩；而她写自己的爱情观，写她的初恋，写她与法国小伙子的恋爱过程，写她的跨国婚恋，都写得那样坦诚自然。这也许是因为她的血脉里流动着摩梭人的血液，因为她敢爱敢恨。翻开这一页页的自传，你好像掀开了一个摩梭族少女心灵的窗扉，一行行字迹就像她的血液在流动，她内心的一切秘密，她的一切思想言行，她的一切隐私，甚至她的初恋，她都把它们坦陈出来，毫无忌讳，毫无顾虑，毫无隐瞒，这是对自己的信任，也是对读者的信任，这不是一般人能做到的。她使你震撼于她的大胆、她的真诚，她使你钦佩她的独立不羁的个性和洒脱坦率的性格。

　　这部传记的第三个特点是写出了一种不满现状、不甘平庸、抓住机遇、英勇奋斗的精神。初读这部传记，就会被杨二车娜姆的追求精神所震撼。她一旦看到了外面的世界，就决心去闯。作者以她的奋斗和追求的历程，告诉我们："我不信命！我相信抓住机遇就会改变命运！"

第六篇

港台及海外华人传记文学

第十七章 港台及海外华人传记文学

一、港台及海外华人传记文学概论

香港、台湾和海外华人传记文学是中华民族传记文学的一部分。20世纪下半叶以来，也得到了较大发展。

香港传记文学在中西文化交汇、多元并存的独特环境中发展，取得了较大的成就，出现了曹聚仁、寒山碧、司马长风、丁望、余昆牧、郑义（胡红伟）、李立明、冷夏等传记文学作家，还出现了寒山碧撰写的专门研究香港传记文学的《香港传记文学发展史》。香港以其超脱于海峡两岸意识形态的干扰及其在资料搜集、人物臧否和出版方面的自由而在当代传记文学，特别是政治人物传记文学创作上取得了突出的成就。

50年代，著名学者曹聚仁迁居香港后写出的《鲁迅评传》以其对鲁迅的亲身观察体验和深入研究，以求真务实的精神，写出了他心中的鲜活的鲁迅，成为数十部鲁迅传记中的精品。

现任香港传记作家协会会长的寒山碧不仅在政治人物传记写作上取得了骄人成绩，而且在传记文学研究方面亦取得了丰硕成果。《邓小平评传》和《香港传记文学发展史》就是他这两方面的代表作。

作家徐铸成的《杜月笙正传》、《哈同外传》等反面人物传记也颇有特色。

70年代在海外出版的周作人的《知堂回想录》，其幽默风趣的风格也接近林语堂。作者不是全面写自己的一生，而是选择有趣味性的逸事来表现自己的个性，从侧面反映历史的巨变；作者还以简洁的笔墨，生动的趣事，描绘出现代文化史上的一些名流的肖像。

　　胡适到台湾后在传记写作方面，继续做了有力的工作。他在台湾专门作了关于传记文学的演讲，又发表了《提倡现代史研究（给黄夫人的信）》。他在美国还写了《胡适口述自传》，对台湾和海外华人传记文学的发展起了很好的促进作用。以后刘绍唐在台湾创办了《传记文学》杂志，不久又成立了传记文学出版社，并出版传记文学丛书。台湾还编辑出版了《近代中国史料丛刊》和《中国现代自传丛书》等。这些都有力地促进了传记文学的发展。

　　李敖的《梁启超胡适徐志摩连环传》和《李敖回忆录》、《胡适评传》，著名作家江南的《蒋经国传》，也很有影响，在体式上都有一些创新。

　　台湾还出版了胡德平编的《胡适之先生晚年谈话录》，著名画家徐悲鸿前妻蒋碧薇流寓台湾后写的《我与悲鸿》和《我与道藩》，文笔清新，在台湾影响较大，在内地出版后影响也不小。

　　前国民党主席连战偕夫人连方瑀到大陆访问，并与共产党领导人会谈，意义重大。回台后，连方瑀即时写下了《半世纪的相逢——两岸和平之旅》，享誉海峡两岸，她也因之而蜚声海内外。

　　台湾学者郑尊仁的《台湾当代传记文学研究》运用政治、社会、文化的多维视野及散点透视法，较为全面地梳理和探讨了台湾当代传记文学的发展历程和台湾当代传记文学在形式、内容及理论研究方面的成绩和问题。提出了自己的一家之言。

　　海外（主要是美国）一些大学研究所组织中国一些政治家进行"口述历史"的写作。前国民政府代总统李宗仁写了《李宗仁回忆录》，详细记述了他大半生的经历；前国民政府外交部长顾维钧写了《顾维钧回忆录》，该书前后写了17年，译成中文约500万字，是中国作者所写的最长的一部回忆录。该书详尽而完整地记述了作者一生经历的外交活动，揭露了不少鲜为人知的内幕；作者还对世界各国的政治和外交人物作了描述。为李宗仁和顾维钧以及胡适整理过口述回忆录的美籍华人唐德刚还为胡适整理了一本《胡适口述自传》，也较有特色。而唐德刚在为再版的《胡适口述自传》写序时，回忆他记录整理胡适口述自传的经过及同胡适的交往，居然洋洋洒洒，写出了18万字的《胡适杂忆》，成为一部很有创新意味的传记佳作。

在海外，最重要、最有成就的传记作家是林语堂。林语堂（1895—1976）一生著述丰富，有小品、小说、翻译、语言学著作和辞书，也写过不少传记。他的传记作品主要是《苏东坡传》、《武则天传》以及《林语堂自传》（写于1933年）和《八十自叙》（写于1976年）。《苏东坡传》是林语堂最满意也最成功的一部传记，分别用英文和中文写成。林语堂对苏轼的政治理想、不幸遭遇及其心灵感受作了详细描述；他更以自己的幽默风趣的人生态度来改造苏东坡，把苏东坡写成一个"尽情享受人生"的"乐天派"。林语堂的自传则对自己从出身贫寒的学士到成为世界文化名人的丰富经历、复杂人生和独特性格作了较深入的剖析；他还以犀利的笔触勾勒出他所接触过的形形色色的东西方文化名人的特征，并作出了自己的评价。林语堂把西方的幽默和趣味引入中国传记，在学习西方传记方面作出了显著的贡献。他的女儿林太乙写的《林语堂传》，从女儿的角度再现了父亲的个性和风采。

著名美籍华人女作家、政治活动家陈香梅写了《一千个春天》等回忆录，表现了她同美国飞虎队队长陈纳德将军的爱情和奋斗历程。

德籍华人作家关愚谦的《浪，一个"叛国者"的人生传奇》以优美的文笔和深沉的感情，写出了作者曲折坎坷的人生际遇和鲜明性格，展示出其丰富的情感世界。

海外著名科学家的传记也不少，如《杨振宁传》、《吴健雄传》等；还有写港台及海外华人企业家的传记，如《船王包玉刚》、《陈嘉庚》、《李嘉诚传》、《曾宪梓传》等。

二、顾维钧的《顾维钧回忆录》

顾维钧（1888—1985），祖籍嘉定，1888年出生于上海市。1901年考入上海圣约翰书院，1905年考入美国哥伦比亚大学主修政治和国际外交，先后获学士、硕士和博士学位。1912年后任总统府和国务院总理秘书、外交部参事、墨西哥公使、驻美国兼古巴公使等职。1919年在巴黎和会上就山东问题代表中国发言，驳斥日本代表的无理要求，并拒签对德合约，声名鹊起。1926年代理国务总理兼外交总长，宣布终止中国与比利时条约，开中国废除不平等条约的先例，1927年出面组阁，任国务总理兼外交总长，罢免英籍总税务司安格联，引起中外震动。1931年任国民政府外交部长，1936年任驻法大使，代表中国出席国联大会。1944年奉派出席旧金山联合国成立大会代表团代理团长，并提议董必武作为中共代表参加大会。1957年当选国际法院法官，1964年担任国际法院副院长。1985年以98岁高龄在纽约逝世。1960年顾维钧应哥伦比亚大学邀请，开始口述回忆录的工作，至1976年写成长达11 000页的英文打字稿。顾维钧在逝世前将回忆录原稿及个人保存的信函电文和35年的完整日记全部捐赠给母校哥伦比亚大学。1977年，台湾《传记文学》杂志曾考虑将《顾维钧回忆录》翻译发表出版，但因人力财力有限，未能如愿。1980年中国社会科学院近代史研究所决定翻译出版《顾维钧回忆录》，约请天津编译中心全文翻译此书，中华书局于1983年出版第一分册，到1994年出全13分册。全书约600多万字。1994年，考虑到《顾维钧回忆录》卷帙浩繁，经顾维钧女儿顾菊珍与天津编译中心协议，编写了一部100万字的缩编本，以便于广大读者阅读。

《顾维钧回忆录》的历史价值和文献价值极高。

这首先是源于作者的真诚的人格及对回忆录真实性的高度重视，他认为：今天的历史来源于昨天，过去的历史不仅能为人们提供一面反映过去的镜子，还能帮助人们更好地理解当今世界发生的巨大变化。因此，他写回忆录，"完全根据事实，绝不虚构捏造，更不诽谤他人。完全是历史性的客观的忠实叙述。其至一语一字及标点都曾经思考再三，才开口或下笔。一切只求保全其真实性"。其次是由于顾维钧经历的重要和丰富。顾维钧从20世纪初至70年代的50多年里一直在政界与外交界担任要职，经历特别丰富复杂，见闻非常广博丰赡，因此其回忆录的历史和文献价值极高。第三是得力于材料的丰富和准确，他从早年从事外交工作起，就十分重视保存重要的外交史料：他不但坚持每天记日记，而且每逢与国内外政要谈话，他一定要马上追忆，详细记录打印下来；重要的外交文件，他都保留副本；有关媒体的重要剪报，他也注意保存。因此，当他开始进行口述回忆时，其资料竟有37个文件箱之多；而且，除少数散失外，其余均非常完整和齐全，且分类清楚，条理分明，使整理者感到非常惊讶。第四是他有极好的记忆力，又有卓越外交家的清晰的思维、出口成章的口才和极其标准而清亮的英语，因而他的语言一经录下，犹如山间清泉，清纯畅达，优雅动人。第五，则要归功于他对回忆录撰写工作的高度重视。《顾维钧回忆录》的撰写，是以顾维钧为主，在其助手（著名美籍华人学者唐德刚等四名博士）及五位打字员、两位庶务员的密切配合下进行的。首先，由助手提供题目、年代和范围，再由顾维钧循此查阅有关的日记和文卷，随后进行谈话和录音，对题目作一般性的绪论，并从日记和文卷中指出可用的材料（或引用，或摘录，或修正），再由助手根据录音打出英文初稿正副两本，正本归卷，副本送顾维钧审核修改；在对初稿进行认真的研究、探讨、核实的基础上，再加增删润色，几经反复，最后定稿。历时17年，耗资25万美元。其所用时间之长，所花精力之大，所用经费之多，参与人员之多，在中国，甚至在世界上，恐怕都是极其罕见的。

顾维钧在半个多世纪的高层政治和外交活动中，亲身参与了一些重大的历史事件（如在巴黎和会上大胆驳斥日本并拒签对德和约，罢免英籍总税务司安格联，率中国代表团出席旧金山联合国成立大会），接触和了解了许多重要的历史人物（如罗斯福、丘吉尔、戴高乐、张伯伦、孙中山、袁世凯、蒋介石、张学良、胡适、宋子文等等），了解到许多不为人知的历史内幕，是中国外交史上的一些重大事件的当事人和见证人。作者把他从1912年获得博士学位后担任总统府秘书到1967年从国际法院副院长任上退休的半个多世纪的亲历、亲见、亲闻的一切重大事件及其内幕和他所了解的重要历史人物都具体、真实而详尽地表现出来，这就为我们展示了半个多世纪的中国外交秘史及中国的外交、政治、军事、文化的发展变迁和社会风貌，展示了波澜壮阔的时代风云，为我们了解和研究中国近现代历史，尤其是中国近现代外交史，提供了极其珍贵、极为丰富的文献资料。

顾维钧在回忆录中记录了他与形形色色的历史人物的交往和他对这些人物的观察、感受，也记录了他们的谈话和行动，这就为我们提供了关于这些人的真实、珍贵的第一手资料和信息，对我们了解这些历史人物很有帮助。作者还写出了他作为一位爱国的、忠诚的外交官，在错综复杂、风云变幻、弱肉强食的国际局势下,如何竭尽全力、不畏一切艰难险阻地维护国家的利益和尊严。

比如,作者写1919年1月巴黎和会期间,国人强烈要求政府力争收回山东权益,顾维钧也力主此事,并做了相应准备;可是,当时的北京当局在讨论与会方针时,段祺瑞却以中国参战宣布过迟,不应提出过多要求为由,主张不提归还山东的要求。结果,日本代表竟在没有中国代表参加的五国十人会上临时动议,要求和会确认日本接管德国在中国山东的权益。对日本这一先发制人的突然袭击,中方代表毫无准备,而且还在为席位问题交涉,为代表序位问题争吵。到此时,派谁赴会呢?首席代表陆徵祥称病卧床,第二代表王正廷博士及施肇基博士均要他发言,他只有勇敢冲锋。

历史选择了顾维钧。但是,顾维钧面临的是严峻的挑战。会议一开始,日本代表就迫不及待地公然宣称:德国在山东的一切权利,应无条件让给日本;并说山东问题应在日中两国间以双方所商定的条约、协议为基础来解决,而对山东交还中国却只字不提。

机敏的顾维钧要求会长允许中国陈述理由后再进行讨论,而山东问题事关重大,须让中国有一定时间准备。回到下榻的使馆,顾维钧在中国代表团所带资料在途中神秘失落的情况下,凭着他平日的积累,经过了一个晚上的准备,第二天在大会上抛开讲稿,即席发言,并同日本代表牧野展开了一场唇枪舌剑的激烈论战。这场中国外交史上石破天惊的壮举,被顾维钧全部记录下来了:

> 顾维钧曰:……青岛完全为中国领土当不容有丝毫损失。三千六百万之山东人民,有史以来,为中国民族,用中国语言,信奉中国宗教。……其不容他国之侵入殖民,固无讨论之余地。是以如就本会承认之领土完整原则言之,胶州交还中国,为中国当有之要求权利。本全权认为交还青岛为公正圆满之一条件,若本会舍此采用他法,则本全权不得不认为谬误。……
>
> 牧野曰:……日本占领胶州湾后,迄至今日事实上已为领属;然而中日两国间,已有胶州湾交换之约并关于铁路亦有成约……
>
> 顾维钧曰:中国关于胶济铁路事,与牧野男爵之看法不尽相同。本全权陈说中国当时并未谓日本从德国取得山东租借土地及他项权利后不肯归还中

国,日本曾向中国以及世界凯切声明不欲据为己有,我中国已深信不疑,今复闻牧野男爵在议席上之重言声明,本全权尤为欣悦。但归还手续,我中国愿取直接办法,盖此事为一步所能达自较分为二步为直捷。……

由上述引文可见顾维钧在和会上之发言,既能引经据典,又能说理陈情,且言辞得体,很讲策略。顾维钧可谓是近代中国在大型国际会议上第一个敢于在列强面前针锋相对、大胆争辩的外交家。以后,顾维钧又草拟了关于山东问题的多项说帖提交给大会,要求国际公道,表达了中国人民恢复主权和领土完整的强烈愿望。然而,和会最终向日本妥协,出卖了中国,允准日本接受德国在山东的权益。公理战胜强权的幻想破灭了。顾维钧豁出去了,他勇敢地拒签了!在法国凡尔赛宫的和约签字仪式上,中国代表没有参会。顾维钧正驱车漫游于巴黎街道。他写道:

> 汽车缓缓行驶在黎明的晨曦中,我觉得一切都是那样暗淡——那天色、那树影、那沉寂的街道。我想,这一天必将被视为一个悲惨的日子,留存于中国历史上。同时,我……想象着当出席和会的代表们看到为中国全权代表留着的两把坐椅上一直空荡无人时,将会怎样地惊异、激动。这对我,对代表团全体、对中国都是一个难忘的日子。中国的缺席必将使和会,使法国外交界,甚至使整个世界为之愕然,即使不是为之震动的话。

顾维钧在1950年至1956年担任国民党"驻美大使",自然表现了自己的立场,其观点是我们所难以苟同的。但是他所记录的真实的内幕,对我们了解和研究这段历史,还是很有价值的。

顾维钧有很高的中外文修养,整理者唐德刚等也有很高的文学水平,因此,《顾维钧回忆录》构架雄伟,气势宏博,材料丰富准确,语言流畅,是一部不可多得的传记佳作。也许是为了保存自己在半个多世纪亲历、亲见、亲闻的珍贵的历史资料,所以作者选择了尊重空间,而牺牲了简略。

三、李宗仁的《李宗仁回忆录》

李宗仁（1891—1968），出生于广西桂林一耕读之家。1908年冬，进广西陆军小学读书，1913年进广西将校讲习所读书，以后从军。历任国民党和国民政府高官；后客居美国；1965年回到祖国，1968年去世。

《李宗仁回忆录》是李宗仁寄居美国期间于1958年至1962年写成的。据作者在该书"结论"中说，他自1949年岁末到纽约治病在城郊居住10多年，因脱离政事闲居无事，"对我国三十余年来的变乱和个人所参预的军国大事，曾不时作冷静的深思及客观的分析"；其妻亦劝他撰写回忆录。1958年美国哥伦比亚大学口述历史学部亦愿襄赞其事，并派唐德刚博士协助撰述。遂由李宗仁口述，唐德刚笔录，整理成篇，然后核对史实，详加校订，再由李宗仁复核认可，即为定稿，并译为英文。历经3年，写成6编，72章，50多万字。

李宗仁是中国现代史上的重要人物，参与了北伐战争、抗日战争，《李宗仁回忆录》全面翔实地记述了他从童年起到陆军小学、将校讲习所学习，再到参加讨袁护国战争、北伐战争、十年内战、八年抗战、解放战争等重大历史事件的亲身经历和所见所闻及其遭遇的各种错综复杂的矛盾斗争。由于作者身居高位，又亲身经历了中国现代史上的许多重大历史事件；加上作者动笔写作此书时，脱离国民党和中国政局已久，并久居国外，避开了一切干扰，故能真实、客观、冷静而全面地回顾自己的一生经历及见闻；加之，作者写作态度极为严谨，所有回忆均经过认真核实，反复校定，故本书有很高的史料性、科学性、真实性，有重要的历史价值、认识价值和学术价值。同时，李宗仁和整理者唐德刚都有很高的文化修养和文学水平，故全书结构严谨，详略得当，描述生动，文采斐然，具有较高的文学性。

本书为我们描述了作者的自身经历、形象和性格。我们可以看到一个起自行伍的军事家的形象；看到一位热爱祖国、正直热情、文韬武略的政治家的形象，看到他在各种重大历史事件中的言论、行动及思考，听到他对许多重大事件和历史问题的思索和态度。比如，写北伐以后，"蒋先生如气度宽宏，为政以德，以大公无私的精神领导建国事业，则偃武修文，并非难事，无奈蒋氏无此德量，一心一意以诛锄功臣，消灭异己为能事，致使同室操戈，兵连祸结，内战之惨甚于军阀时代。不论贤与不肖，俱被卷入旋涡，甚至欲达目的不择手段，以拒敌图存为职志，使政治道德江河日下，社会正义沉沦无遗。本为吊民伐罪的革命军，转瞬变成军阀争权夺利的工具。民国十九年蒋、冯、阎中原大战相持不下时，张学良受蒋的利诱率其奉军入关参战，终以东北防务空虚而引起九一八事变。东北四省沦陷于旦夕之间。虽满族的颠顿，与北洋军阀的无知，其所招致的外侮也不若蒋氏主政中枢时之甚"。应该说，作者的见解是很深刻的。

作者还记述并描写了形形色色的人物。如描写共产党员邓演达（择生）："邓氏生活刻苦，精力过人，每日工作十余小时无倦容。他对工作的狂热，几乎到失常的程度。然邓氏为人极正派，是非之心极为强烈，他任事和待人实是可钦可敬的。"作者描写和记述了他接触过的许多政界和军界人物，如作者描写唐生智大革命时期驻粤代表刘文岛，此公颇好阿谀，竟在纪念会上要求大家"孝顺唐生智，像儿子孝顺父亲一样"，惹得台下文武官员2000余人哄堂大笑。在武汉时，此公反蒋似最激烈；可是，等到武汉局势解体，"刘氏乃摇身一变，输诚投到蒋先生的怀抱，又对蒋先生'孝顺'起来了"。作者写得最多的是蒋介石。作者写蒋介石北伐时在长沙检阅部队，"蒋总司令骑着一匹高大的枣红色战马……三军主帅，春秋正富，马上英姿，更显得器宇轩昂，威仪万千！"谁知，他却不善骑马，竟被惊吓的马摔下地来，跌得狼狈不堪。作者写蒋介石非要同自己拜把换帖，试图以封建手腕拉拢自己。作者还揭露了蒋介石在抗日战争时期玩弄手腕，排除异己，消灭异党的种种阴谋手段；作者还写出蒋介石在李宗仁竞选副总统时的出尔反尔、阴谋破坏；作者特别详细地描写了蒋介石让他担任代总统的花招："蒋先生在下野前夕既已预备放弃大陆，他要我出来，显然是借刀杀人，好让他争取时间，抢运物资赴台。"蒋介石把国库几亿美元的金钞及黄金白银悉数运到台湾，使李宗仁这位代总统手头一文不名。而后蒋介石又将军国大权完全操纵在手，使李宗仁"在京"形同俘虏，只有听任他的摆布。"金银之外，蒋先生又秘密将海空军逐渐南移，以台湾为中心，值此江防紧急之时，海空军为守江所必须，重心一旦南移，江防军斗志便大半丧失，纵有可为也不可为了"。作者还写出了蒋介石以特务监控高官的恶劣行为。他说:"在南京的何应钦、顾祝同等,提到蒋先生这种作风,无不痛心疾首。但是何应钦心头口头虽然不满,而对蒋先生仍不敢有丝毫违抗。我有时难免因何应钦的矛盾言行而诧异。何才据实告诉我说,他在南京早有特务跟踪,他稍有不慎,即有杀身之祸!说来令人不寒而栗。"最后,蒋介石见李宗仁不全听他的,甚至还批评他,于是,竟置其五年内绝不过问政治的诺言于不顾,又再次"复辟",再当总统。作者以他的亲身见闻和切身感受,把蒋介石的独裁本性,揭露得极为深刻。

作为一位身居高位、亲历政事且又有自己独立个性和独到见解的高官,李宗仁在回忆录中不仅写出了许多重大的、隐蔽的官场和国事内幕,而且还认真总结了自己的见解和感受,这就大大增加了这部回忆录的思想容量和政治价值。在第五十九章"八年抗战敌我优劣之检讨"中,作者首先指出日本侵华战争的基本错误便是"企图征服中国",同时也分析了它在战略上的错误;接着又肯定了我方的优势:"第一,我们是以哀兵作战,为着保家卫国,与入侵强盗火拼",所以抗战初期,士气的悲壮实亘古所未有。……"再者,在本土之内与深入的外族作战,实具备天时、地利、人和各种条件。同仇敌忾,到处得到人民帮助,随处可以补给,敌人的情况,适得其反……我军还有一最大优点便是吃苦耐劳,在任何恶劣的条件下,都可继续作战。"同时,作者还详细分析了国民政府的缺点,指出蒋先生一人当国,引起内战频仍,兵连祸接,国家不能统一:"加以蒋先生为巩固其独裁政权,竟不择手段豢养特务,鱼肉人民。知识分子偶有批评蒋先生的,辄遭迫害。……更勾结江浙买办阶级,滥发公债以营私,操纵金融以自肥。……皇亲国戚,权倾中外。上行下效,贪污之风弥漫全国。"在军事上的糟乱也不在政治之下,硬把全国军队分成"中央军"和所谓"杂牌",并在各方面歧视"杂牌"。同时,战略上错误亦多,蒋先生又爱越级亲自指挥,造成前线紊乱……这些分析,是很有见地的。作者到美国养病期间,对国家几十年的形势亦进行了分析,指出了蒋先生的缺点错误,总结了国民党的经验教训。特别值得指出的是,作者的爱国主义思想和追求真理、尊重事实的精神,使他超越了党派之争,看到了问题的实质,很令人佩服。比如,谈到西藏问题时,作者尽管身在美国,又是共产党之政敌,却能明确指出"须知远在隋、唐时代,中国即享有对西藏的宗主权。……民国以后,汉、满、蒙、回、藏五族共和……西藏更为中国领土中不可分割的一部分。美国朝野为憎恶中共,便歪曲事实,硬欲将西藏划出中国版图,其幼稚无知,岂不可笑?"在谈到大陆中共政权时,作者说"惟中共急于工业化,及实现共产社会理想,不无躁进之嫌。然中共十余年来百废俱兴,建设规模之大与成就之速,皆史无前例。国势日振,真可说举世侧目,我本人虽失败去国,而对北平诸领袖的日夜孜孜,终有今日,私心弥觉可喜"。作者并指出,"台湾绝无独立的法律依据,任何中国人自皆不愿接受。希望美国撤出第七舰队,使成为纯粹的中国内政问题,时日推移,大陆和台湾内部彼此敌对态度减轻,则真正解决便可实现"。作者和平统一祖国的观点是十分高明的。正是由于作者有此认识,才于1965年毅然回到祖国。

四、林语堂的《苏东坡传》

林语堂(1895—1976),福建龙溪县人。出生于基督教牧师家庭。17岁进上海圣约翰大学,1919年赴美国留学,1920年获哈佛大学文学硕士,1923年获德国莱比锡大学文学博士。同年回国,先后在清华大学、北京大学、厦门大学任教授。30年代后,他创办了《论语》、《人世风》、《宇宙风》等刊物,提倡幽默,受到了鲁迅和左翼的批判。1936年被美国女作家赛珍珠邀请去美国从事写作。1966年回台湾定居,1976年病逝于香港。

在海外的40年中,林语堂先后出版了中文著作5种,英文著作36种,其中最有影响的长篇小说《京华烟云》,曾被第四十一届国际笔会推举为诺贝尔文学奖参选作品。林语堂还是台湾和海外最重要的传记文学作家。他写过两部长篇传记和两部自传。而自己最满意,影响也最大的传记是《苏东坡传》。林语堂的第一部自传《林语堂自传》,晚年的《八十自叙》保留并发展了《林语堂自传》的洒脱自如、谈笑风生、调侃幽默的风格。

林语堂是中国作家中最具有广泛国际影响的,是享誉世界的文化名人。他为自己做了一副对联:"两脚踏东西文化,一心评宇宙文章",这可以说是他的自画像吧。

传记文学在传主的选择上是很有学问的。聪明的作家往往选择在历史或现实中有杰出贡献和突出影响的，而又与自己经历、性格、兴趣比较接近且又比较了解或易于了解的人作为传主。英国传记文学作家鲍斯威尔选择在传记文学写作上取得了卓著成就而且爱好、兴趣乃至追求都跟自己接近的传记文学作家约翰生作为传主，经过多年亲自观察、亲身感受和精心写作，使《约翰生传》成为传记精品。林语堂是一位幽默大师，他在紧张的社会中保持着"从容不迫的达观态度"。这种人生态度，这种活泼的作风，与苏东坡颇有相同之处。他对苏东坡十分热爱和敬重，早就"希望写一本有关苏东坡的书"，在举家赴美时候，他就带了上百种苏东坡著作以及有关苏东坡的珍本古籍。而且他是那样喜欢读苏东坡，他甚至觉得，只要"有他的作品摆在书架上，就令人觉得有了丰富的精神食粮"。苏东坡是中国古代最伟大的作家、诗人之一，成绩卓著，经历曲折，性格达观。所以，林语堂选苏东坡作为传主，非常聪明，为传记的成功奠定了坚实基础。

　　当然，选好传主，仅仅是第一步，能不能写好传记，还有赖于丰富的资料。这一点，林语堂也具备了很好的条件。首先，苏东坡的历史资料相对于其他作家是极为丰富的；其次，林语堂是学贯中西的名人，担任过多年大学教授，他又做了多年准备，阅读、研究了那么多的关于苏东坡的著作。这就是这部传记成功的第二个原因。比较而言，他稍后创作的《武则天传》，则由于他的性格与武则天差距太大，加之武则天留下的材料又太少，所以就远不如《苏东坡传》成功。其三，林语堂在《苏东坡传》的写作中既继承了中国传记文学崇尚考据、义理、辞章的传统，又借鉴了外国传记文学诙谐、乐观、幽默，重视趣味性、通俗性的特点，因此此传既能为外国读者欣赏，又能得到中国人的欢迎。

　　作者在这部传记的序言中说："我不是把本书当做小说写的……书中的人物、事件、对白，没有不是根据史书写的。"作者以学者的治学方法，大量搜集了众多资料，又以哲学家的高超智慧对素材进行考证、核实、提炼和组织，再以文学家的高度技巧和优美语言，在表现苏东坡生活经历的同时，还写出了苏东坡多才多艺的天赋，天真烂漫的童心，引人沉醉的魔力，更突出了苏东坡的乐观旷达、潇洒豪迈的性格。作者在表现苏东坡坎坷曲折的仕途生涯和政治斗争中的风云起伏的同时，还挑选大量生动的、有趣的逸事传闻，把苏东坡写成"尽情享受人生"，"快快活活、无忧无惧，像一阵风般活过一辈子的乐天派"。如写苏东坡在杭州时领着名妓去拜访高僧，把这位高僧比作乌龟戏弄一场；写他会考时杜撰典故骗过主考官，等等。

《苏东坡传》还写苏东坡的爱情、亲情与友情。他深爱他的妻子，妻子去世十年后，还为她写下了情真意切的《江城子·十年生死两茫茫》；他爱他的弟弟，为他写出了脍炙人口的《水调歌头·明月几时有》；他还喜爱交友，在京城时有司马光、范缜、张方平等朋友，贬谪流放岭南、海南时有程之才、张中为友，在海南时，他从没有一天没有客人，闲谈时，他常是席地而坐，并以闲谈为乐。在与朋友的交往中，充分展示了苏东坡真诚、坦荡、豪爽、幽默和乐观的性格。

作者还写苏东坡对大自然的热爱。作者写了苏氏父子三人畅游三峡的情景，写他在杭州不仅为杭州修水井，疏浚西湖，而且在那儿饱览自然风光，"他尽量逃向大自然……他的诗思也随时得以在杭州附近饱餐风光之美"。直至贬谪岭南，虽年事已高，生活艰苦，依然保持了"千里江山，供我遐瞩"的乐观而开阔的心胸。

对苏东坡尊主泽民的政治理想，对苏东坡壮志未酬的深层苦闷，作者着墨不多；作者实际上是以自己的爱好和兴趣来选取材料，来改造苏东坡。林语堂有着深厚的中西方文化修养，为了让外国朋友更好地了解苏东坡，作者在写作时进行了宏观的中西方文化和人物的比较。他把苏东坡与法国作家雨果，英国作家约翰生、萨克雷等相比较；他写到苏东坡同弟弟苏辙的关系时，又联想到美国作家亨利·詹姆斯和威廉·詹姆斯兄弟。他甚至还在传记中引进了斯大林、托洛茨基、华盛顿、路易十六等西方近现代名人来说明自己的观点。实际上，作者把苏东坡写成了"具有现代精神的古人"，他还赋予了苏东坡以自己欣赏的某种西方精神。

五、曹聚仁的《鲁迅评传》

曹聚仁（1900—1974），浙江省金华浦江人。著名作家、记者、教授、学者。前50年在内地生活、写作；1950年到香港从事写作。一生著作几十部，约有4000万字。学者方汉奇在《曹聚仁研究》中说："曹聚仁在本世纪中国文化史上是个多才多艺的人物，作家、新闻记者与学者兼于一身，著述甚丰。但曹聚仁引以为自豪和自傲的，还是他的历史研究和传记著作，而传记文学方面的代表作就是《鲁迅评传》。"

《鲁迅评传》是曹聚仁精心创作的一部传记精品。从搜集资料立意构思到实际完成，足足用了20年时间；而且他本人与鲁迅是同时代的人，对鲁迅生活的时代有较深的认识；又同鲁迅先生有过较为密切的接触和长时间的交往，对鲁迅有亲身的观察和体验，有真正直观而深刻的认识。作者又有史学研究的功力，善于搜集、考证和组织史料；加之作者写作《鲁迅评传》时又迁至搜集资料、臧否人物、出版发行都较自由的香港，因此，这部传记才写得如此富于强劲的生命力和经久不衰的魅力。

本文拟从以下几方面论述之。

第一，《鲁迅评传》立意高远，定位准确，写出了既非神非圣亦非鬼的真实的鲁迅。

现代以来，鲁迅的研究者数以千计，鲁迅传记也不下数十种。由于意识形态和情感倾向等因素的作用，大陆一些作者不时把鲁迅当做神来膜拜，或自觉不自觉地加以美化；而台湾的一些作者则有意无意地贬低乃至丑化。而曹聚仁则从准备写《鲁迅传》开始，就抱定了一个宗旨：要写出作为一个人的鲁迅。他在1933年就对鲁迅说："我想与其把你写成为一个'神'，不如写成一个'人'的好。"以后，由于看到大陆王士菁的《鲁迅传》"不成东西"，台湾郑举稼的《鲁迅正传》"更是胡闹"，因此，他更决心要写一部《鲁迅评传》。

为了把这部评传写得真实准确，的确下了极大的工夫，搜集了大量的资料，作者在同鲁迅交往时，就开始搜集资料，反复地、深入地进行研究，结合他自己对鲁迅的亲身观察和真切感受，思索着鲁迅的经历、思想、品德、人格、性格、心灵乃至外貌和风采，对照着各种各样的看法，经过审慎的思索，才得出自己的结论。曹聚仁虽然与鲁迅有较密切的接触，但他又与鲁迅保持了一定的距离，且进行了冷静的、深入的观察和体验，因而能对鲁迅有独到的观察和了解，既能写出鲁迅的伟大与平凡，又能写出鲁迅的成就与局限；"不但说他的长处，还常常指出他的短处"；而且作者敢于说出自己的真知灼见，说出自己的真话，而不怕得罪人，不怕与人唱反调。因而能写出真实的既非神非圣亦非鬼的鲜活的鲁迅。

第二，作者勾勒出一个形神兼备的鲁迅。作者对鲁迅了解较深，通过对鲁迅生世及作品的探讨，对鲁迅的接触观察和对众多研究资料的分析，全面地写出了鲁迅的人生经历、作品成就、历史地位、社会交往、性格风采，他的世界观、社会观、人生观，并对有关鲁迅的争论发表了自己的见解。作者写出了吴越地域文化对鲁迅的熏陶和濡染；写出了鲁迅的人格：他是一位"冷静和热烈双方都彻底"的人，"是仁智双修的人"，是"战斗的现实主义者"，是一个认真的人，一个有趣的人，一个值得尊敬的人，是一位冷静地暴露中国社会黑暗的思想家。他写出了鲁迅的风格："一方面可以说是纯东方的，他有着'绍兴师爷'的冷隽、精密、尖刻的气氛；一方面可以说是纯西方的，他有着安特烈夫、斯微夫脱的辛辣讽刺气息，再加上了尼采的深。"还写出了鲁迅的爱情和家庭生活：写鲁迅与朱女士的毫无感情的婚姻："这是一件母亲送给我的礼物，我只得好好地供养她"；写鲁迅在凄凉的家庭和苦痛的婚姻下度过了悠长的20年的岁月，直到1923年，他才认识了许广平女士，才有了真正的爱情，建立了幸福的家庭，并有了自己的孩子海婴。作者还写出了鲁迅的日常生活："说鲁迅能过刻苦朴素的生活，那是不错的；说他过的是刻苦朴素的生活，那就可以保留了。"他引用许广平的话说："沉迷于自己的理想生活的人们，对于物质的注意是很相反的。"鲁迅的起居，也是无定时的，他在北京时每天常是子夜才客散。之后，如果没有什么亟待准备的工作，稍稍休息，看看书，二时左右就入睡了。他并不以睡眠为主而是以工作为主的；假如倦了，也就倒在床上，睡两三小时，衣也不脱，被也不盖，就这样打一个盹，翻个身醒了，抽一支烟，起来泡杯浓清茶，有糖果糕点呢，也许多少吃些就动笔了。作者还生动地、多方面地写出了鲁迅的外貌和风采。作者既引用了"不知天高地厚"的青年马珏、吴曙天、阿累对鲁迅的描写，又引用了许广平对鲁迅的印象，也写了他本人对鲁迅的观感："他那副鸦片烟鬼样子，那袭暗淡的长衫十足的中国书生的外貌，谁知道他的头脑，却是最冷静，受过现代思想的洗礼的。"

第三，结构宏伟，内容丰富、全面、深刻。为了表现一个真实的、立体的、鲜活的鲁迅，曹聚仁在结构上下了硬工夫，创造了一个新形式，即纵横交错式。前十七章是纵式，从故乡、童年写起，再到日本、北京、厦门，一直写到上海，到鲁迅逝世，描绘鲁迅的人生历程和创作业绩。十八章至二十九章则为横式，写对鲁迅的"印象记"，写鲁迅的"性格"、"日常生活"、"社会观"、"青年与社会问题"、"政治观"、"'鲁迅风'——他的创作艺术"、"文艺观"、"人生观"、"他的家族"、"他的师友"、"闲话"；从日常生活及生活细节等方面写出鲁迅的世界观、文艺观、家族、家庭和个性。这就为我们从纵横两方面写出了鲁迅的心路历程及其心灵、个性和风采。显得脉络清晰、结构完善、重点突出而又系统全面，纵横交错而又主次分明。而在具体行文时，作者又能从时代背景和社会历史出发，把传主自叙、亲友回忆、学者研究同自己的观察感受及理论研究结合起来，把理论研究与人物描写结合起来，把史料介绍与个人认识融合为一体，把枯燥的研究变成了生动的描述，使理论性、史料性、科学性同文学性、可读性得到了较好的统一。

当然，曹聚仁的一些观点，我觉得也不能完全同意。如说鲁迅的主要思想是"虚无主义"，是"自由主义者"，"是坚强的个人主义者"；这些提法，值得商榷。特别是作者说中国现代作家中真能继承"鲁迅风"的只有周作人，更是不准确的：鲁迅的尖锐泼辣的"斗士风"同周作人散淡含蓄的"隐士风"，相距十万八千里，更不用说他们在政治思想上的分歧了。

但不论怎样，曹聚仁的《鲁迅评传》是香港最优秀的传记文学作品之一，也是鲁迅传记中的最优秀者之一。

六、徐铸成的《杜月笙正传》

徐铸成（1907—1991），江苏宜兴人，著名新闻记者、编辑。1926年入北京师范大学半工半读，1927年投身报业，先后任《大公报》、《文汇报》记者、编辑、总编辑等。除发表大量新闻作品外，还撰写了《报海旧闻》、《旧闻杂记》、《亲历一九五七》、《徐铸成传记三种》、《报人六十年》、《杜月笙正传》、《哈同外传》等回忆录和传记作品。

《杜月笙正传》是徐铸成撰写的第一部比较全面地展示上海著名"闻人"杜月笙的传记。可喜的是，作者在该书"前言"及"再版后记"中写出了他对传记文学的一些看法，也是他写作这本书的指导思想，我以为很有见地。特先介绍如下：

徐铸成说："鼓励我尝试（写《徐铸成正传》——郭按）的，主要是三中全会以来的实事求是的精神，不必求大求全，一是一，二是二，圣人未必没有缺点，'反面人物'在某些方面也可以'一分为二'。总之，具体问题要具体分析，不全面肯定，也不一笔抹杀，这样，写出的人物才可能有血有肉，能够生动地再现其本来面目。"作者对司马迁的传记作了很高评价："状人状事，刻画细腻，而文笔流畅，琅琅可诵；他所描述的人物，两千多年后的今天，读来犹栩栩如生，活现在目前。"可是，"元明以来，禁纲日严，正史所看的人物传，都只简单地列举其行状，或忠或奸，干巴巴地'画'了几条骨架，血肉全没有了。而且也已经有了一个程式，好人好到底，没有一星半点缺陷，坏人从来就是坏，看不出他变化的过程，更不承认他的变好——哪怕部分地变。近代的所谓人物志、传记，仿佛是勾画出的图样，好人、坏人、圣人、小丑、英雄、美人，各按其突出的事迹，加以筛选，并按其地位，按比例尺放大。当然，这里面还要突出政治，要为亲者讳、为贤者讳、为尊者讳，而实际则近于运用实用主义和功利主义。即使是那些十分可敬、可亲、可爱、叱咤风云而又十分有人情味的人物，一经立传，就只剩下粗粗细细的事迹行状，空洞的赞词，一大堆桂冠，再也看不到有血有肉、声音笑貌了。"而在写人的艺术上，作者也谈出了自己的看法："只能学习丰子恺先生的笔意，勾一个脸盘，画上两点作为眼睛，就画好了。自然工拙大有不同，丰先生有高度的艺术造诣，着墨不多，而神态逼真，意在画外。我只是依样画葫芦，画出的还只不过是一个葫芦而已，差可自信的，画的还有一点像葫芦，既不是花瓶，也不是尿壶。在布局、背景上，也曾下了一番工夫，不落俗套，如此而已。"

正是基于对传记文学的真实性的高度重视，作者根据他本人亲眼所见、亲耳所闻及从报刊书籍中搜集到的材料"加以排比、综合、核对、加工"。所以其传记在真实性上是做得很好的。

作者首先写了对这位"闻人"的感性认识。作者被邀参加他的生日晚宴，只见"宾客盈门，几十桌酒席，铺陈好了"，作者写道："我原来想象，这样一个'人物'，纵使不是红眉毛、绿眼睛，总该是个粗壮的赳赳武夫。见了面，原来只是一个修长身材、面色带青的瘦削老人（大概五十多岁吧），看上去真是'手无缚鸡之力'，而谈吐间，一口浦东土话，似乎也很少带这类人物常带的习惯词汇。"作者写他不是整寿的小生日，居然有重庆政府的驻港大员及沪港富商大贾参加，可见其声势之显赫。接着，作者才一步步写出了杜月笙怎样从只上过半年私塾就辍学到处流浪贩卖水果的小混混，到贩卖鸦片到经营商业到工商界巨子到成为红透上海洋场的第一号"闻人"的经历和要诀，而且还刻画了他的独特性格。作者指出，杜月笙之所以能经几十年而不衰不倒，看来，"顺应潮流"，是他成功的要诀之一。作者写了他的发迹，主要是在结识了黄金荣、张啸林之后，但他又不同于黄金荣和张啸林。他不像黄金荣那样满嘴脏话，更不像张啸林那样粗鲁，他眼光远大，具有雄才大略，重视舆论，善于宣传，建立了一套情报网和特务网，善于把报界、律师、法院、流氓等势力结合起来，加以利用。他"不孜孜于近利，对于不论当权的或在野的，肯折节结交。对于有些落魄的名士，也加以接济和收养……罗致幕下，尊为上宾，有事则倾心请教"。虽然他也心狠手辣，但却给人颇有几分"江湖义气"的感觉。当时社会流传说："黄金荣爱钱，张啸林爱打架，杜月笙则会做人，会赚钱，也肯花钱。"

《杜月笙正传》对这样一个反面人物也并未全盘否定，而是坚持历史唯物主义的观点，不为贤者隐恶讳失，亦不为恶者隐善讳德。"实事求是地说一是一，说二是二"，基于此，作者肯定了杜月笙在"一·二八"淞沪会战时同史量才等组织抗战后援会，支援前线；又同史良、黄炎培等成立上海地方协会，支持救国运动；晚年也曾向往新中国等。

作者对上海、香港的场景逸闻，十分熟悉，写起来得心应手，涉笔成趣。如写杜月笙的收徒仪式，活灵活现，反映了这位"闻人"的气派和威势："在开筵前，大厅中央放着绣花红缎椅帔的'太师椅'两旁高烧红烛。仪式开始时，杜由他的几个大徒弟簇拥着安然坐在'太师椅'上，然后，有人把三个新收的徒弟引到红毯前。这三位，都是西装革履，但都肃然向上作了长揖，而且恭恭敬敬叩了四个响头。杜纹风不动，安坐受礼。……（被收之徒）在行礼如仪之后，仿佛还面有得色，大概是觉得从此就跳进龙门了。"写得真是富于幽默讽刺之意味。

作者还写了《哈同外传》，揭露了一个外国瘪三，靠投机取巧、敲诈欺骗、贩卖烟土、倒卖地皮等牟取暴利，从孑然一身到富可敌国。作者揭露出哈同洋行、哈同花园，每寸土地都浸透了中国人民的血汗。

七、赵浩生的《八十年来家国》

赵浩生（1920—），出生于河南省息县。抗日战争时期投身新闻事业，1950年后由日本到美国，担任耶鲁大学教授，并兼任新闻记者。一生采访过许许多多、形形色色的人物和大大小小的历史事件。半个世纪以来，作为一个海外游子，他对祖国和海外的人物和事件，更有自己独到的观察和感受。正是这些，构成了《八十年来家国——赵浩生回忆录》这部著作的独特的价值。

这部著作是一部回忆录，以他自己为主角，自己写自己。作者为自己定下了一个原则，就是"力求真实、平实，实话实说"。在这个原则之下，作者写出了他个人的成长经历，写出了自己的奋斗历程，也写出了个人的人生感悟。而他的经历则是一次又一次的冒险故事，在他人生的每一个转折点都有冒险的成分，但是，每一次冒险又都把他的生命导向了一个柳暗花明的新天地。作者在回忆往事的时候，以他真切感人的笔触，把我们带进了历史的风云之中，让我们时而开怀

大笑，时而悲伤泣涕，时而掩卷沉思，时而又深受鼓舞和激励。作者写出了他独特的个性和追求。作者的勤奋刻苦，作者对新闻事业的热爱和高度的敬业精神，作者追求真理、探究事实真相和与时俱进的精神，都在生动的故事和丰富的事件中展现出来了。更重要的是，作者透过他的人生经历和体验，写出了我们这个时代的发展和变迁，写出了"一个伟大的、与我血肉相连的祖国的新生和变化"。

作为一个有幸置身于许多历史性场面中充当一名目击者、参与者和记录者的资深的新闻记者，赵浩生在回忆录中又精选了许多他做记者时耳闻目睹的名人逸事和幕后新闻，这无疑是十分珍贵的。作者以记者的犀利眼光和尖锐笔力，写出了许多历史人物的形象和历史事件的真相。比如，作者在"历史性的采访"中写采访周恩来："周的招待会是当时最有号召力的新闻活动……那天他穿着深蓝色的西装，乌黑的短发梳理得非常整齐，浓黑的眉毛下闪烁着一双充满智慧和热情的眼睛。他用目光扫视着全场，放射出一股神奇般的磁力，吸引着每个人的视线。……紧跟在他后面步入会场的，是龚澎女士。龚澎女士不仅年轻美丽，而且很有风度……是一个典型的美与革命完美结合的化身。按照国民党的说法，她是一个'女匪'，这样的'女匪'实在是可敬可爱，充满魅力。……招待会开始，周恩来坐在沙发上从容地发言，龚澎坐在一旁的椅子上充当翻译，二人珠联璧合，谈笑风生。这是我第一次看到中国的新闻人物用中文通过翻译对外国记者发表谈话，这使我感到作为一个中国人的尊严和骄傲。"作者在叙述中把他对周恩来和龚澎的观察和感受，尊重和敬爱，都鲜明地表现出来了。作者也写出了他的爱情、婚姻，乃至他心中的一些隐私，比如他同孔小姐的恋爱，他对张瑞芳的梦中情人般的爱，追求丫先生的女儿，他同金泉女儿智惠小姐的婚姻等。作者还写了他的一位白人保姆：她是一位古道热肠、具有东方道德观念的妇女。"她对孩子照顾得无微不至，只吃孩子们吃剩下来的饭，对主人忠心耿耿，绝不自己单独做饭吃……她经济上相当富裕,她自己拥有很多名贵时装,对我太太的穿着不但常加批评,而且主动把自己的名贵时装借给我太太穿上去参加盛大宴会。"这样的保姆实在是很有特色、独具风采的。

八、陈香梅的《一千个春天》

陈香梅(1925—),女,生于北京。著名的国际政治活动家,著名作家。在北京读小学,在香港铜锣湾圣保罗女子书院和真光女中读中学。大学毕业后被"中央通讯社"录用,分派到昆明分社工作,在采访陈纳德航空大队的过程中,与陈纳德将军相恋,结为夫妻。抗日战争胜利后到台湾、美国。陈纳德去世后,陈香梅跻身美国政界,奔波于大洋两岸和海峡两岸,为促进中美两国交流和大陆与台湾的沟通,做了大量工作。她热爱写作,写了大量文学作品。

《一千个春天》是陈香梅回忆她与陈纳德将军相识、相爱、结婚的经历的回忆录,是一曲真正的生死恋歌。该书原作是英文,畅销于美国,后由台湾电视台改编拍摄为电视连续剧。

作者写出了她初见陈纳德将军的情景,作者以女性特有的细腻笔触,写出了陈纳德将军在她眼中的外貌和风采:"他满脸的皱纹,宽大的下巴,一双深邃的棕色眼睛,流露出倔强果断、坚韧不拔的神情。我对他瞬间产生的印象是:他具有坚强的毅力和无畏的勇气与超人的智慧。"作者也写出了她对他的强烈感受:"他有一双能洞察一切的眼睛,充满了自信、必胜的神情。他有一副战斗者的面孔,流露出智慧、刚毅、极富阳刚之气的面孔,充满巨大的诱惑力和感召力。他不老,永远也不会老。"以后,她同陈纳德将军愈来愈亲密,陈纳德将军在离开中国时,亲吻了她,他们相爱了。但是,他们的相爱,"不仅存在着种族问题,而且存在着同样重要的年龄、宗教信仰的差异"。在那时,"一个中国姑娘同一个外国人的结合仍被视为对祖国和同胞的背叛"。作者详尽地表现了他们二人是如何克服家庭、宗教等方面的困难和障碍,终于结为夫妻的。首先是家庭的阻挠。外祖父和外祖母都不理解她为什么要同外国人结婚,陈香梅强调她爱陈纳德,外祖父要同陈纳德玩桥牌,陈纳德再忙,也挤出时间同他打牌,并尽量迁就他，从而说服了外祖父。以后，他们又说服了父亲和继母。这之后，又面临宗教问题，但陈纳德对她说："宗教应该成为人们追求真理、向往美好生活的无穷的力量源泉，而不应成为阻碍干涉两个相爱的人生活和幸福的屏障。它应该产生一种凝聚力、向心力。小东西，我们决不能让这点差异将我们分开。"他们终于结婚了。

婚后，他们互相尊重、互相体贴。陈香梅出于对陈纳德的爱，自觉地使自己"适合"陈纳德将军，不仅改变和调整生活中的某些习惯，而且还自觉保持自己原有的个性。陈纳德则要求她"第一，始终保持一位中国妻子的形象；第二，保持你美丽苗条的身姿"。

作者还写出了陈纳德对宋美龄女士的钦佩和尊敬："他认为宋女士是世界上最聪明、完美、果敢的女人之一。直到他生命结束前，她一直是将军的'公主'，而他永远是她的'上校'。"

不幸的是，陈纳德将军患了癌症，他以顽强的意志同癌症作斗争。他们以相互的爱互相支撑着，互相勉励着。宋美龄女士专门赶来看望陈纳德，美国国会和总统授予他三星级中将，并向他表示祝贺和祝愿。

他去世时，陈香梅向丈夫表示了她的深情："如果上帝容我选择，我会在死后更加爱你。"宋美龄女士等5000多名各界人士从世界各地赶到殡仪馆，向陈纳德将军表示崇敬的送别之情。作者在书中表达了对去世丈夫的无限深情："回首往事，我确实给了他极大的幸福。我知道那是奉献出的爱所给予他的幸福，他拥有了我全部的爱。现在，那逝去的美好时光，一直珍藏在我的心底。最令人难忘的是他始终把我视作闪闪发光的翡翠，他始终把我的爱视为圣物并一直珍藏在心底。"

本书在艺术上的突出特点是强烈的感情。作者把她与陈纳德将军的美好爱情的高峰体验、刻骨铭心的美好记忆，把她的柔情蜜意的美满幸福和生离死别的无限沉痛全部倾注在作品之中，使全篇富有强烈的抒情色彩和美学魅力。全书辞采优美，文情并茂，结构严谨，浑然天成，闪烁着东方文化的智慧和魅力。作者在自序中写道："它是一本日记……它响彻了一个女人的欢笑与悲哀。这个女人为爱曾献出她的一颗慧心，整个灵魂；并深知她已获有爱的报偿。"著名作家林语堂在序言中称赞此书："是少数珍贵书籍中的一本。""是片断的回忆，是生活的琐事，有温暖、有感情、有柔情，是他们伟大永恒的恋爱生活史。"

这一传记创作也成为陈香梅作品中最完美最动人的一部，成为她所有作品中最优秀的一部。

九、唐德刚的《胡适杂忆》

唐德刚（1920—），安徽省徽州人，美籍华人，著名历史学家和文学家。幼时在私塾念书，10多岁时圈点了《资治通鉴》，1939年考入重庆国立中央大学历史学系，1943年毕业后入安徽学院任教，1948年赴美留学。1955年获美国哥伦比亚大学史学博士学位。先后在哥伦比亚大学及纽约市立大学执教，讲授亚洲史、中国史、汉学概论等课程。主要著述有《中美外交史》、《第三种美国人》、《史学与红学》、《书缘与人缘》、《美国民权运动》、《中国之惑》、《晚清七十年》、《袁氏当国》以及自传体长篇小说《战争与爱情》、传记文学作品《梅兰芳传稿》等，他还为福特基金资助的哥伦比亚大学"中国口述历史学部"记录、整理和编写了《胡适口述传记》、《顾维钧回忆录》、《李宗仁回忆录》及《张学良口述历史》等。

《胡适杂忆》原名《回忆胡适之先生与口述历史》，本书是作者在1979年将他为胡适之整理的口述自传转译为中文后所写的一篇"短序"，不想这一短竟"短"出了18万字，于是短序便只好自立门户，独立成书了。由于这种特殊的写作情况，由于作者写这部《胡适杂忆》时不是有意要为胡适作传，而是随意地回忆自己与胡适的交往和为胡适撰写口述历史的经过及对胡适其人的感受和认识，因而使这部传记与一般的传记有很大的区别，进而形成了自己特别的、独创的风格。那就是，它打破了一般传记严格完整的布局和程式，不求面面俱到，而是纯用散文、杂文的笔法，以自己的真切、自然的回忆，从各个方面自由书写，从各个断面逐层突破，将真切的观察、深沉的感受、真实的叙述，生动的描写，恰当的评价、幽默的议论、真挚的抒情融为一体，多方面地展示了胡适的生活、经历、学问、业绩、人品、婚姻、爱情，从不同侧面描写和塑造了胡适的形象。

作者仿佛为我们打造了许多面镜子，让我们从不同侧面和角度去观察、认识和了解胡适，这也许是作者无意中在形式上的创新吧。

这部传记的第二个特点是对胡适评价、叙述和描写的全面、准确和贴切。作者既有中外历史的深厚造诣和文学创作的高度修养，又同胡适先生有过多年的亲密接触，还为胡适记录、整理过口述自传，可以说对胡适及其所做学问非常了解，因而能把胡适放在中国文化史、文学史、文字史、社会史、政治史的层面上，给予全面的观照和熨帖的评价。作者以学术上的纵深发掘和横向对比，以确凿的史料和生活的趣事，评判了胡适的文化地位，重塑了胡适的文化人格，建构了胡适的文化身份，勾勒了胡适的独特个性。

自从胡适因在新文化运动中提倡文学革命而出名以来，几十年间，围绕胡适的争论尖锐激烈，从未停止，真可说是"誉满天下，谤亦随之"。新中国成立前，众说纷纭；50年代后，更为他扣上了反动文人的帽子；80年代以后，开始全面地、客观地评价他。但由于许多研究者对其了解不多，知之不深，因而评价难免欠全面、欠公允、欠准确。而唐德刚先生的这部传记，则于历史的广度和学术的深度的纵横对比中，在政治史、社会史、文化史的大背景中对胡适的行迹、人品、学识及其在学术界的地位，都给予了明晰、通达、精辟而又贴切的论述和评价。作者指出："适之先生一生，原即是中国文化史。""适之先生在中国文化史上最卓越的贡献应该还是在文学方面。他是近百年来提倡'文学改良'和推行'白话文学'的第一人。"作者指出："如果近代的中国白话文也有个开山之祖的话，哪一位大师比胡适更能当之无愧呢?！"但是，同时作者又指出：一个人的成就单靠"主观条件"是不够的，"客观条件"也是决定事业成败的一大半原因，作者进而指出："胡适的生命里如果没有《新青年》、陈独秀、蔡元培和那'首善之区'里的'最高学府'来配合他，那他……恐怕也找不到适当的地方去'登高而招'、'顺风而呼'了。"应当说，作者的观点是公允的，也是有水平的。作者实际上指出了中国文化史与胡适的关系，既是时势造英雄，又是英雄造时势。作者进一步阐释道："在近代中国以白话文作大众传播工具的不始于胡适。……但是正式把白话文当成一种新的文体来提倡，以之代替文言而终于造成一个举国和之的运动，从而为今后千百年的中国文学创出一个以白话为主体的新时代，那就不能不归功于胡适了。"作者也指出了胡适在中国新诗上的地位："他是新诗的老祖宗。"作者正确地指出："胡适不是第一个做白话诗的人。……但是在胡适之前却没有哪个诗人要真的把白话当'诗'来做；也没有哪个诗人要用白话来'尝试'一下并出个'诗集'。""第一个'尝试'的人，自封为'老祖宗'，又有何不可呢？"作者在高度评价胡适在新诗发展史上的地位时，也实事求是地、详尽地分析了"胡先生不是个第一流的大诗人"。唐德刚还论述了胡适在语言文字改革方面的观点和成绩，指出：在近代中国各种文化运动中，"胡适之先生真是一味'甘草'，你在哪一剂药里都少不了他。文史哲各大行道之外，一些小型的，相当专业化的文化改良运动，例如'文字改革'和'推行国语'，甚至'汉字拉丁运动'，也照例少不了他"。作者引述了一篇胡适早在1923年在《国语月刊》"汉字改革号"所写的"卷头语"："这两千年的中国小老百姓不但做了很惊人的文法改革，他们还做了一件同样惊人的革新事业：就是汉字形体上的大改革，就是'破体字'的创造和提倡。"胡适热心提倡汉字简化。唐德刚生动地描写道：在大陆"批胡运动"和"文字改革运动"双管齐下之时，在文字改革家大骂胡适之时，大陆的"简字表"一出，胡适立即叫唐德刚给他送去，"每张他都细细看过。认真评阅之后，总是称赞不置。心平气和，言出由衷，那种为学术而学术，为文化而文化的崇高风范，真令我万般心折"。

作者在高度赞美胡适的时候，也如实地指出了胡适的缺点和不足。作者指出胡适"对'经济学'这门重要的'行为科学'的知识是一团漆黑；而现代史学近百年来一马当先的正是社会经济史这一派"！此外，胡适"在史学上的弱点是他老人家'因噎废食'，过分着重'方法学'而忽视了用这方法来研究'学'的本身"。

这就是这部《胡适杂忆》在学术上的第二个成功之处：作者在古今中外政治史、社会史、文化史的大背景中，全方位地、客观而准确地评价了胡适的文化地位和文化身份。

唐德刚《胡适杂忆》的第三个特点，在于亲切的回忆和情思的濡染，以大量亲眼所见、亲耳所闻的趣事、逸事、琐事，以妙趣横生、逼真贴切、感同身受的叙述和描写，将胡适的学者形象勾勒得活灵活现、栩栩如生、呼之欲出。

作者描写"胡先生是一位可爱的老人家。他不是官僚,也更不会摆出什么大师或学者的姿态来装腔作势。……他和普通人一样地有喜有怒,其喜怒的对象也不一定正确。一个人如果喜怒的对象太正确,那这个人一定不近人情,而胡先生却是最近人情的'人'"。"胡氏的一喜一怒,也确是他的真情的流露。""胡先生的另一种难能可贵之处,是他毫无道学气味。他可以毫不客气地指导人家如何做学问……被他大教训一顿,有时受教者往往还觉得满室生春,心旷神怡。这就是胡适之的本事,别人是绝对学不到的!"作者还写了胡适作为教师的特点:"胡先生心到口到,胸中别无城府,他这位老师实在是天下最好的教师。胡适循循善诱,诲人不倦;其为人又诚恳和善,使你不觉得他是个前辈或师长。知之为知之,不知为不知,他和学生一起切磋研究,教学相长。所以向胡先生学习,真是春风坐对,其乐融融。"

作者还写出了胡适对自己的关爱帮助,写出了胡适与学子的友谊:"他老人家爱屋及乌,所以对我们亦推爱甚挚,期许甚殷。他既视吾人为子弟,我们也敬他如父兄,在这个绝情寡义的洋人社会里,我们这两代来自中国的知识分子,涸辙之鲋,相濡以沫,友谊之形成,也就是很自然的了。"作者善于用典型的细节来表现人物性格。比如,作者以一件生动的趣事表现了胡适对书籍的热爱和我行我素的性格:珍珠港事件前,中国将数百部善本书运到美国国会图书馆代为保存。美国国务院和该馆馆长特请胡适在开馆时前往书库。"谁知这位'大使'是个'书迷',他一进书库,便如入宝山,情不自禁地席地而坐,旁若无人地看起书来。一看便看了个把钟头;把那些陪他前来,而与善本无缘的外交大臣和图书馆长,冷落在黝黯的书库走廊,踱其方步。最后'大使'才从书堆里提着上衣,笑嘻嘻地走了出来,和这批要员们大谈其'善本'的经纬。"

胡适是一位真正的学人。然而晚年他在美国的生活却十分困难。作者以自己相近的人生经历,把笔触深入社会文化的层面,写出了胡适作为跨文化的"边缘人"的孤寂和困窘:"适之先生夫妇年高多病,缚鸡无力,自然更是坐吃山空。"作者写道:"记得有一次我用车去接他,但是电话内我们未说清楚,他等错了街口。最后我总算把他找到了。可是当我在车内已看到他,他还未看到我之时,他在街上东张西望的样子,真是'惶惶如丧家之犬!'等到他看到我的车子时，那份喜悦之情，真像三岁孩子一样的天真。"

但是，即使在那样的情况下，胡先生依然是一位"不可救药的乐观主义者"，并且以自己的经验告诫作者："年轻时要注意多留点积累！"而且胡适之还是在很多人都劝作者不要在美国继续读书之时而"唯一劝我'不问收获'读下去的人"。

《胡适杂忆》还对胡适的婚姻和爱情作了生动的描述。作者突出地写了胡适的畸形婚姻。胡适是一位洋学生、洋博士，"一提到胡适之，心目中的直觉形象，总是一位西装革履、金边眼镜、满口洋文、风度翩翩的摩登学者了"。"可是最能代表'胡适'这个形象的反面事物——落后、腐朽、肮脏……则莫过于王大娘裹脚布里面的那双'小脚'了。""因此'胡适之的小脚太太'这一概念似乎也就变成民国史上的'七大奇事'之一。"作者写"胡伯母是一位相当爽朗的老太太。和她相比，她那位白面书生的丈夫，反而显得拘谨"。她的小公寓内，"麻将之客常满，斗室之内，烟雾弥漫"。"这一对老夫妇在纽约相依为命，我实在看不出他们伉俪之间有丝毫不调和或不寻常之处。"作者也写了胡适在进了美国研究院后，"'红鸾星'大动，而大'碰'特'碰'起来"。"他第一个'碰'的，便是众所周知的他的洋女友燕嫡兹·韦莲司女士；回国前半年，他又'碰'了近代中国史上有名的莎菲陈衡哲女士。适之对她二位皆一往情深。命运之神如不作梗，他们都有双飞的可能！这也是江冬秀女士的'八字'好吧，他在两处情场都'碰壁'了，夫复何言！"作者通过胡适的婚姻写出了胡适的性格："适之先生是位发乎情、止乎礼的胆小君子。搞政治，他不敢'造反'；谈恋爱，他也搞不出什么'大胆作风'。加之他对他的婚姻也颇能想出一套深足自慰的哲学；婚后蔗境弥甘，所以他也就与冬秀夫人和和平平四十年，始终一对好姻缘；他二人白首相依，是十分幸福的。"

正如周策纵教授在《胡适杂忆》序言中所说："唐德刚教授在这里把胡适写得生龙活虎，但又不是公式般装饰什么英雄超人。他笔下的胡适只是一个有血有肉、有智能、有天才也有错误和缺点的真实人物。这做法承袭了古今中外传记文学的优良传统。中国第一个最出色的传记文学家司马迁早就用好的例子教导了我们，他笔下的人物多是活的、立体的、可爱可佩的、可嗔可斥的，或可怜可笑的，但没有使你打瞌睡的。……读了德刚的胡适，你也可以和他握手寒暄，笑语谈辩，不知夜之将尽、人之将老，也在胡适里找得到唐德刚。"

《胡适杂忆》第四个突出的成绩是史学和文学的有机结合。作者写的是历史名人，所叙史实均采自与这位历史名人的密切交往及自己的亲见亲闻亲感亲忆，十分真实，具有很高的史学价值。而且，作者又对传主所从事的广泛的社会科学领域都进行过钻研，对传主在学术方面的贡献进行了全面深入的评价，这又使传记极富学术性、科学性。这两者的结合，就赋予了传记很高的真实性、历史性和科学性。同时，这部传记还有浓郁的文学意韵。作者以回忆、追述的散文笔法进行写作，作者面对前辈、导师、挚友，游思骋怀，兴致淋漓，意到笔随，文气酣畅，文采斐然，具有很高的文学水平。比如作者写胡适的爱情、婚姻、婚外情，真是写得纵横腾挪，妙趣横生，令人怦然心动，遐思绵绵，其文字之浑圆流转、自然天成，更属难得。比如作者写胡老太太的回忆录之珍贵和可爱："可是读书如登山。平时我们看惯了泰山之伟，黄山之秀，华山之奇……殊不知一些不知名的小山，亦自有丘壑。其中奇艳之处，往往为名山所不及。我拜读胡老太太的手稿，心中即有此种感觉。我想真识山水者，或亦不以鄙言为河汉也。"

再如写爱情，文笔是那样的俏皮："就青年文士来说，烟丝披里纯（灵感——引者注）最大的来源还是女人。没有个工诗善文的女人，一个日不暇给的'博士候选人'哪有工夫去唱那些无聊的'蝴蝶儿上天'呢？蝴蝶儿上不了天，胡适之还搞什么'诗国革命'和'文学改良'呢？没有'文学改良'，胡适之又哪里搭得上陈独秀、蔡元培……又哪里能去北京大学登高而招呢？所以新文学、新诗、新文字，寻根究底，功在莎菲。莎菲！黄河远上白云间，你就是天上的白云！人间的黄蝴蝶啊！……我们新文学大师们全部的烟丝披里纯，都由你而发！没有你，哪里有胡适之、梅光迪、任叔永和朱经？没有你，哪里有夏志清、颜元叔、余光中……啊！"

唐德刚是一位语言大师，著名文学史家夏志清在《胡适杂忆·序》中说："《胡适杂忆》出版后，我想他应被公认为当代中国别树一帜的散文家。唐德刚古文根底深厚，加上天性诙谐，写起文章来，口无遮拦，气势极盛，读起来真是妙趣横生。"试看"传记·史学·行为科学"一节，作者说他写的《梅兰芳传稿》，胡适觉得太过渲染，而介绍胡适写的《丁文江的传记》给唐看。但唐一看，却觉得其有史无文，其写作方法就像《范氏大代数》，虽无征不信，却不如《侯生列传》活泼，于是作者写道："'无征不信'先生和'生动活泼'女士为什么就不能琴瑟和谐，而一定要分居离婚呢？我就不相信！"唐德刚觉得胡适的写法太"传统"（他不敢说是"守旧"、"陈腐"或"落伍"），"但是，在这方面我和胡先生辩论是适可而止的，因为辩论是没有用处的"。于是作者举了一个例子：他族中一个老祖父在给儿女批学杂费时，总要把"游泳衣"一项"画掉"。女孩子们气死了，背后把老头子说成"守旧"、"陈腐"、"落伍"，但"游泳衣"还是买不成。后来女人们聪明了，把"游泳衣"改写成"夹层连衫围裙"，老祖父欣然同意，合家皆大欢喜。作者说：他与胡适这位"老祖父"厮混得太熟了，知道"老祖父"的脾胃，所以他最多只要买一条"夹层连衫围裙"。请看这一段，用这个例子，是多么生动幽默地把他尊重胡适的意思，不同他争论，而保持自己主见的做法，鲜活风趣地写出来了。

正是由于《胡适杂忆》以回忆的手法着笔，将胡适的人品、学识、性格、成就，放到历史的大背景中来追忆、描写、考察、评价，既能鞭辟入里、毫无顾忌地谈史实、发议论、明事理，同时又能亲切深情地抒情怀、叙家常、记琐事、传须眉；既时时闪耀着历史学家的真知灼见，又处处洋溢着文学家的文采诗情。这就使作品达到了史学与文学的交融契合，既具有历史的真实性和学术的准确性，又有很高的文学性和可读性。

十、寒山碧的传记文学创作与研究

寒山碧（1938—），海南文昌人。1962年毕业于广州师范学院中文系。1968年移居香港。30多年来，热心从事中国政治人物传记文学写作及传记文学史研究，是香港传记作家协会会长。主要传记文学作品有《邓小平评传》（4卷）、《毛泽东评传》、《蒋经国评传》等。主要传记文学理论研究著作是《香港传记文学发展特色及其影响》和《香港传记文学发展史》。

寒山碧是香港著名传记文学作家和理论家，著名学者。在香港这个东西交

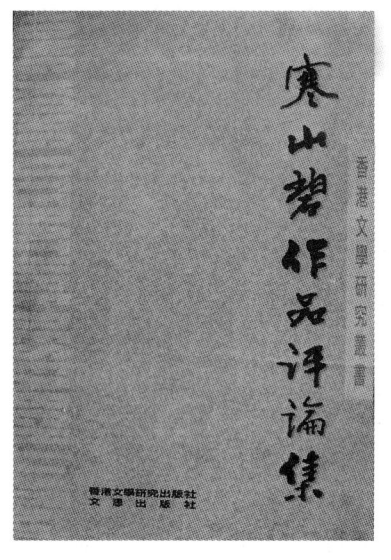

汇、多元共存的文化环境中,她独立思考,深入钻研,对传记文学形成了自己的精辟见解。他认为:"要写好一部历史人物传记,除了要有扎实的文字基础和表达技巧(即'史才')之外,还要掌握丰富的史料,但更重要的是要有足够的'史识'和'史德'。所谓'史识'就是要求作者有足够的历史知识和文化知识,使自己能站在高处观看历史长河,并把传主放到历史长河中评估。所谓'史德'就是要秉笔直书,忠于史实,不贪财富,不惧权威。只有具有足够的'史才'、'史识'和'史德'的作者,才不会仰视或膜拜传主,才可以站在老百姓的立场,史家的立场,对传主作平视的观察和描绘。"寒山碧是这样说的,也是这样做的。作者于是自由自主、纵横恣肆、高屋建瓴地写国共两党之领袖人物毛泽东、邓小平、蒋经国的评传,发表属于自己的真知灼见。而作者又是一位有着大陆与香港的丰富经历,有着关注当代政治的满腔热情和很高写作水平的作家和学者,加之在香港又有查阅各种资料的有利条件,这就使他的《邓小平评传》(4卷)、《毛泽东评传》、《蒋经国评传》等传记文学作品具有材料真实准确,丰富全面,立论公允、客观,又有自己的独到见解的特点;且作者语言典雅富丽,生动形象,描写、抒情富于感染力,议论精当且带有激情,融诗人的激情与史学家的理性于一体,寓历史的深刻分析于文学的叙述与描写之中。正如广东省社科院文学研究所所长张振金教授指出的那样:寒山碧的"传记文学内容扎实,涵容深广,有史诗的大气概与魄力,文笔舒卷自如,简洁明快,人物性格鲜明,见解独具,让人从中了解历史,又受到文学的感染"。

特别是他用了15年时间酝酿撰写的100万字的长篇巨制《邓小平评传》,更成为具有国际影响的传记文学精品。

首先,作者以高屋建瓴的胸怀和气魄,把《邓小平评传》作为"中国当代史的一部分来写,希望对中国大陆各场翻天覆地的运动都有所披露和评述"。作者正是在遒劲有力地描述中国现代和当代波澜壮阔的时代风云中来展示和评论邓小平的功勋和缺失、成就和局限的。因此，这部作品规模宏大，气势壮阔，写出了邓小平曲折丰富的人生，也写出了百年中国的革命风云。

其次，作者敢于秉笔直书。正如他在《邓小平评传》第六版跋语中所说的："在写这部书时，确实是在'秉笔直书'，没有任何杂念，也没有任何顾忌，里面每一句评述，都是我真正的看法。"作者在香港特殊的环境中，大量搜集来自世界各国的资料，接受各种哲学、观点、评价，经过自己的独立思考和研究，反复比较，反复分析，反复筛选，去粗取精，去伪存真，达到史料丰富、准确，评价客观、可信。不少大陆、香港、台湾乃至海外作家、评论家都认为，在众多邓小平传记中，寒山碧的可能是最好的。

第三，作者以大量生动的材料，写出了邓小平性格的主要特点及其丰富性和复杂性。寒山碧说："邓小平时代已经形成，他是继毛泽东之后对中国、对世界发生巨大影响力的人。薄一波曾称赞邓小平是中国改革开放的总设计师、历史的巨人。""邓小平已提升到中共精神领袖的高位。"作者指出："邓小平经过三上三下之后，终于成为中共独一无二的'领袖'，这绝不是偶然的。他不是被捧上台的傀儡，而是凭实力打出来的真正'领袖'，因此他必然有过人的智慧、胆识、勇气和能耐。"接着，作者用毛泽东评价邓小平的八个字"绵里藏针，行方思圆"来分析邓小平"邓小平早期给人的印象总是循规蹈矩，温顺有礼，从不急于表现自己，只是默默工作，不争权不出风头……可是到了非斗不可的时刻，他又会毫不迟疑地豁出去，置之死地而后生。"然后作者以大量事例说明邓小平的"绵里藏针"。"行方思圆，表示邓小平行为循规蹈纪，不逾规范，但他的思想却是灵活圆滑，而不是死板僵化的。""邓小平性情虽略为峻急，但一生遵守规章制度……正因为他有守法习惯，所以重视立法，希望进口社会改革，逐步实现法治。"

第四，作者根据自己的独立见解和自由意志，秉笔直书，议论评判多点睛之笔。比如，关于反右运动，作者作了详尽描写："邓小平第三次复出之后，要鼓起很大的勇气为'右派'平反。因为当时（1980年初）社会上'左'的思想还非常浓厚，提出为'右派'平反，已经是很大胆的行为，这毫无疑问是一件值得赞扬的措施；是一件使八十万人脱离苦海，使三百万人得过正常生活的措施；是一件使上千万知识分子开始对中共，特别是对改革派恢复些许信心的措施。不过，我们也应该体谅他当时的处境，1980年春，若彻底否定'反右运动'也许在中央的政治局上无法通过，而说改正'反右'扩大化，则较为委婉，较易为其他政治局成员所接受。"这段话经过几个反复，把邓小平为右派平反的贡献、功绩（这点大家都有共识）、不足都指出来了，同时又能体谅邓的处境，应该说是写得很公允的。

香港文坛同内地文坛一样，在现当代，都把传记文学排除在文学史的研究视野之外。内地和香港的绝大多数文学史都没有传记文学研究的内容，即使有，也把它置于散文或报告文学的名义下。正是在这个背景之下，寒山碧先生在2000年出版《香港传记文学发展特色及其影响》之后，又花两年多时间，在香港艺术发展局资助之下，写出了40余万字的《香港传记文学发展史》，不但矫正了香港文坛忽视传记文学的风气，而且填补了香港传记文学研究方面的空白。作为优秀的传记文学作家和香港传记文学作家协会会长，长期从事编辑出版工作，寒山碧对香港传记文学早已进行了长时间的全面而深入的了解和研究，这为他统摄全局写出香港传记文学历史，显然积累了丰富的材料，奠定了坚实的基础，创造了很好的条件。同时，传记文学的创作，也磨炼了他敏锐的眼光和犀利的鉴赏力、鉴别力。正是在这样坚强而厚重的基础上，作者又进行了十多年的钻研、酝酿和写作，所以形成了这部博大和深厚的著作。

作者首先以热爱中华、胸怀世界的开放胸襟和开阔视野，拟定了作家作品的取舍标准："本书非以作者国籍为取舍标准，而是以传记出生（初版）地为取舍标准，作者只要是华人，其著作中文初版在香港印行或发表，我们皆视之为香港传记文学。"因为，"侨居各地之作者，所持护照虽然不同，但其文化传承则一，其所关心的事物也一样，他们的中华心是相同的"。

抱着这样的艺术眼光与文化视野，作者构建了传记史的研究体系：以时间和性质的纵横交错及政治与文化的主次搭配，经纬全书。全书由导言、正文16章和附录一、二组成。在导言中，作者从文化的大视野出发，以"自由孕育和造就了香港传记文学的辉煌"为主旨，在宏观地、纵向地论述了香港传记文学的兴起、发展与辉煌成就之后，又高屋建瓴地、横向地综述了香港政治人物传记和作家、学者传记以及富豪传记的特色及其影响；正文分16章，以纵向发展为主，探讨从50年代、60年代、70年代直至90年代的政治人物传记以及寒山碧本人的《邓小平评传》的研究，内地和香港现当代作家研究以及香港富豪的传记文学研究。

著名传记文学作家曹聚仁曾说过："一部文学史的真正价值，就看这位史家所保持的公正程度。"寒山碧正是力图按照这个观点来撰写香港传记文学史，以高度的史识和史德，坚持客观公允，说真心话，说知心话，好处说好，坏处说坏。他对香港的主要传记文学作家作品，对香港传记文学的传承流源，进行了切中肯綮的分析和评论。

寒山碧还在《香港传记文学发展史》中对香港传记文学研究方面的著作进行了评价，正确地评论了香港各类传记文学的产生、发展的轨迹及其地域和人文环境诸多因素，并指出了这些作品的优劣得失，揭示了香港传记文学的脉络源流乃至发展规律。

比如对曹聚仁的《鲁迅评传》，寒山碧就给予了详尽、深刻的分析。作者首先指出，曹聚仁早在30年代就搜集资料，准备为鲁迅写传，直到50年代初才动笔，因此资料准备相当充分；其次，作者分析了香港"能兼容并蓄，拥有充分的自由"的政治环境；第三，作者还分析了曹聚仁与鲁迅的关系，指出："要绘画一个人的内心世界，必须对他有深刻的了解，而这不是生活在他身边就能做到的。因为只有冷静观察，才能达至深刻的了解，而要作冷静观察，就必须保持一段距离。"而曹聚仁"既不是鲁迅的学生，也不是鲁迅的密友，他跟鲁迅虽时有交往，但始终保持一定距离，所以能够看见得真切"。在这一基础上，作者更进一步从思想内容和艺术特色两方面分析指出了《鲁迅评传》的特点：定位正确，构思深刻，主题深邃，既勾勒出鲁迅的神韵风采，又探索了鲁迅的独特性格，更展示了鲁迅的精神世界，而且传记作者持论较为公允。

而对一些吹捧富豪的传记，则给予了尖锐的批评，作者指出：冷夏的《何鸿燊传》"吹捧太盛"；夏萍的《曾宪梓传》"回避传主的过失"；《李嘉诚传》"资料全部由传主提供，书中的话，也全是传主想说的话"。

寒山碧还在自己的《香港传记文学史》中，对自己的传记文学辟专章"寒山碧《邓小平评传》及其他著作的价值与影响"予以论述，显示了其高度的自信、坦诚的胸怀和实事求是进行学术评价的勇气。

寒山碧对香港传记文学，特别是政治人物传记文学评价甚高，认为"近五十年来，香港传记文学成果之丰硕，成就之高，以及在国际上之影响，远远超越海峡两岸"。这反映了他对香港传记文学的自信。如果从香港传记文学较少受海峡两岸意识形态影响、自由度较高一些来看，也许有其正确的一面；但是，如果笼统提香港传记文学在整体上，在成果、成就、影响方面"远远超越海峡两岸"，则只能是寒先生一家之言。因为祖国大陆和台湾、香港的社会、政治、经济、文化差别较大，传记文学亦各有特点和个性，还很难站在一个高度，用一个标准去全面研究和评价。

十一、林太乙的《林语堂传》

林太乙（1926—2003），林语堂次女，长期从事文学创作和编辑工作。曾担任《读者文摘》中文版总编辑 23 年。著有自传《林家次女》及《林语堂传》，长篇小说《春雷春雨》、《明月几时有》、《金盘街》、《萧邦，你好》，短篇小说集《好度有度》，编纂《语堂文选》、《语堂幽默文选》，翻译《镜花缘》为英文。2003 年病逝于美国。

林语堂可能是"近百年来受西方文化熏染极深而对国际宣扬中国传统文化贡献最大的一位作家与学人"。林太乙的《林语堂传》以她对父亲的真切观察、感受和体验，并参阅母亲日记，访问亲戚朋友，以一颗纯洁的爱心和灵动的笔墨，为我们写出了林语堂曲折辉煌的人生历程和文学成就，写出了林语堂鲜活独特的个性以及他的家庭生活，写出了他所处的大半个世纪的时代和与之交往的人物的剪影。

林语堂的经历极其复杂，著述极其丰富，成就极为巨大。林太乙以准确的描述，平实的笔墨，翔实的史料，展示了林语堂快乐的童年，在上海圣约翰大学、北京清华大学的学习生活，在哈佛大学、莱比锡大学获硕士、博士学位以及回国创办《论语》、《人世间》，同鲁迅、胡适、萧伯纳、赛珍珠等人的交往，展示了林语堂在国外为中国文化进行宣传，写作《生活的艺术》、《吾国与吾民》、《京华烟云》、《苏东坡传》、《武则天传》及编撰《当代汉英辞典》的经历，写出了林语堂"两脚踏中西文化，一心评宇宙文章"的杰出成就。

作者在这部传记写作中有三点突出的成就：一是写出了林语堂的独特性格；二是写出了丰富的家庭生活和林语堂的亲情；三是通过林语堂大量的交往，写出了他的友情和人情。

作者写林语堂热爱读书、刻苦学习，他在美国读研究生时，在图书馆求知："像一个猴子在森林里寻找坚果"；"乐得像孙悟空在花果山饮涧水，采山花，觅树果"。作者还突出地表现了他热爱祖国、热爱中国文化，文章幽默、做事认真、乐观、开朗、重亲情、有教养的独特个性。

作者写林语堂于抗日战争时期在美国努力作文为国家宣传，"他接受《纽约时报》的访问，登出的标题是：'林语堂认为日本处于绝境'"。他写信投《纽约时报》的读者来信专栏，"毫不隐讳地指责美国的两面手法"。作者引用林语堂的文章批评美英不积极支持中国抗日战争的种种表现后指出："我眼看中国强大起来，苏联强大起来，整个亚洲强大起来。我知道这个四亿五千万人口的国家已经团结、觉醒和经过战火洗礼之后正在日益强大；她的力量寓于本身，西方国家不能制止她，也不能使她永远弱小。"表现了鲜明的爱国主义思想。

作者引用林语堂的文章，精辟地分析了中华民族与西方国家的国民性之差别："中华民族与西方国家比较，我进取不足，保守有余，勇毅有为的精神不足，而动心忍性之功夫甚深。……得过且过是表示我们祖传的涵养，励精图治是东洋人及西洋人的作风。……中国人的美德是静的美德，主宽主柔，主知足常乐，主和平敦厚；西洋之美德是动的美德，主争主夺，主希望乐观，主进取不懈。……"

作者写出了林语堂通达乐观、享受生活的态度。作为女儿，作者曾问父亲："人生既然这么短暂，那么，活在世上有什么意思？"林语堂回答说："我向来认为人生的目的是要真正享受人生……最重要的是：我们虽然知道生命有限，仍能决心明智地、诚实地生活。"他还说："苏东坡逢到悲哀挫折，他总是微笑接受。"

　　作者还写出了林语堂众多朋友的形象。作者写胡适是林语堂真正的密友,当林语堂在美国留学为生活所困时,是胡适从自己腰包里掏出近乎天文数字的两千美元解了林语堂之急,而胡适却一字未提。作者写"玉堂担任北京大学英文教授兼北京师范大学英文系讲师"之时,"每两星期的星期六,在中央公园'来今雨轩',另有一批人聚会。这些人有的来一杯清茶,一碟白瓜子,有的叫一碗面。他们意在聊天不在食……这些语丝社的同人,是周氏兄弟鲁迅和作人、孙伏园、钱玄同、刘半农和林语堂"。作者写:"鲁迅身材矮小,穿白短衫黑裤、布鞋,衣冠不整。他颧高额瘦,尖尖的胡子,两腮干瘪,看来像个瘾君子。他所著的《狂人日记》、《药》、《呐喊》、《阿Q正传》等,已使他成为名闻全国的作家。他有绍兴师爷的刀笔功夫,巧妙地动用一字之微,可以陷人于绝境,置人于死地。……这位文人的生活毫无秩序。他和他的太太不睦,和许广平女士同居。""周作人不大说话,泰然自若,说话声调低微,和他的文章一样,从不高喊。这两位绍兴弟兄出生在一个破落的旧家……他们笃信科学,赞成进化论,有志改革社会。这两位兄弟彼此不大说话,是因为作人讨的日本太太跟鲁迅格格不入,兄弟之间误会很深,但两人都很通达人情世故。""钱玄同是《新青年》杂志的一位编辑,也是力主改革的思想家。他专攻语言学,提倡汉字拼音和汉字简化。他反对儒家的一切思想,对一切采取极端的立场。……语堂不接受玄同对中国旧文学的诋毁,但却满喜欢玄同这个人,因为玄同天真自然,像孩子一样害羞、乐观……语堂觉得,玄同有点神经病,他怕女人,怕狗,与太太分居,独住在大学宿舍。双眼近视,说话时常常脸红,老是笑嘻嘻,是个可爱的人物。""郁达夫来了。他是鲁迅的至交。他一来,便增加轻松的气氛。他马上叫绍兴酒,点几样送酒的小菜……论酒量,鲁迅与达夫最好。达夫得意洋洋地边喝酒边摩挲他那剪平头的脑门子,谈笑风生。""北大那时真是人才荟萃的地方。在英文系,除了语堂之外,有张歆海、陈源、温源宁、徐志摩、叶公超等,语堂对志摩尤为钦佩。'徐志摩这个人,可谓绝无仅有,文如其人,而人亦如其文。才华英发,天真烂漫。'"

　　作者还写出了林语堂的初恋及其爱情、婚姻、家庭生活。作者作为林语堂的女儿，却能写出父亲的初恋，这说明她对传记真实性的尊重。她写林语堂一见陈锦端，"惊奇之余，仔细一看，那简直是个美人。秀长的头发在微风中吹着，一对活泼的眼睛对他笑时，好像阳光的焦点集中在她一人身上，使她似乎发出一种光芒。玉堂顿时心身都化了"。"玉堂爱上了锦端。她是个天真烂漫的女孩，由于家里有钱，所以无忧无虑，来上海读书是为了学美术，她画一手好画。玉堂觉得他有生以来一直在追求着什么，原来是追求美，在他心目中，她就是美的化身。他爱她的美和她爱美的天性……""他在认识锦端之后，仿佛饱吸生命的活力，感到如醉如痴般。"但是，锦端的父亲瞧不起没钱没势的林语堂，就把林语堂介绍给了邻居廖悦发的女儿翠凤，林语堂没有追求到陈锦端，只好同意了与廖翠凤的婚事，但他却久久不肯同廖翠凤结婚，心里"对陈锦端的爱情始终没有熄灭"。在林太乙的印象中，每次陈锦端要来他家玩，对父亲都是一件大事，而且林太乙的母亲廖翠凤则要得意地告诉孩子们，父亲是爱过陈锦端阿姨的。这使林太乙感到，"在父亲心灵最深之处，没有人能碰到的地方，锦端永远占一个地位"。甚至直到林语堂去世前几个月，他已经80多岁，住在香港，身体虚弱，行走不便，但一听朋友说陈锦端还住在厦门，立即高兴地对朋友说："你对她说，我要去看她！"林太乙说："这位饱经沧桑，名满全球的老人，仍旧是个二十岁，在初恋的青年。……数月之后，父亲撒手人间。我不觉想起白居易的《长恨歌》：'天长地久有时尽，此恨绵绵无绝期。'"

当然，作者以更多的笔墨，描写了父亲同母亲的爱情和对女儿的亲情。林语堂尽管开始不爱廖翠凤，让她等了四年才同她结婚，但结婚后对她却很体贴。开始，廖翠凤对林语堂写作的情况不大了解，说他在"邋遢讲"，即胡说八道。等以后林语堂写文章赚钱了，她还是叫他"邋遢讲"，但已变成他们之间的笑话了。作者引用了他俩之间的对白：

"堂呀，你还在邋遢讲，来睡觉吧。"
"我邋遢讲可以赚钱呀。"
"你这本书可以赚多少钱？"
"不知道。你要多少？"

"多少都要。"

还有一段"非常可爱"的"像相声的对白":

母亲有一次说,她有个朋友生了"两个双胞胎"。父亲说,你不应该说"两个"双胞胎。双胞胎就意思两个。
当然,双胞胎是两个,有什么错?
你可以说一对双胞胎。
一对不是两个是什么?
父亲无话可说。

作者写出了母亲的性格:"母亲是这个世界的女王。她是个海葵,牢牢吸住父亲这块岩石。她不游到大海,但她有彩色的触手,能伸能缩,可以自卫和提取食物。我们孩子们是海葵鱼,在海葵的触手中游来游去。""她眼睛敏锐,说话毫不含糊。"——因为她有廖家女人的基因。

作者写父亲的人生观:"我认为合情理的精神是人类文化的最高理想,而合情理的人也就是最有教养的人。""人性化的思想就是合情理的思想。"然后,作者写了父亲最感快乐的事,就是"和全世界最乖的小妞"玩:"小妞只会爬行时,有时钻进他的书桌爬到他的膝头,拉着他的裤子站起来。父亲在埋头写作,忽然有这么个打扰,使他高兴得抱她起来亲个不停。""小妞四岁时,有了弟弟。父亲从此称两个外孙和自己为'我们三个小孩'。和他们玩起来时,他们是一党,'大人'指母亲,是另外一党。他把自己小时的相片和两个孙子的相片拼在一起,晒出一张'三个小孩'的相片。母亲出去买菜时,'三个小孩'会把他们的鞋放在饭桌上,自己躲进藏衣室里,等母亲回来发现时,听她问,'这是怎么回事?'不答,只在藏衣室里咯咯笑。等到最后忍不住了,他们才杀出来扑到母亲身上,大叫大笑。'堂呀!你怎么教孩子胡闹?'母亲嘴里说,其实她心里是高兴的。"这段,把林语堂的乐观、开朗、天真、童心和爱心都表现出来了。

应该说,林太乙的《林语堂传》是一部较有特色的传记文学作品。

十二、关愚谦的《浪,一个"叛国者"的人生传奇》

关愚谦(1931—),出生于广州,在上海长大。50年代初就读于北京俄语学院,毕业后分配到财政部,担任苏联专家翻译。反右运动中被划为"中右",调到青海工作。1962年回京,调入中国人民保卫世界和平委员会工作。"文化大革命"期间离开祖国,由埃及转赴德国,1977年在汉堡大学获得博士学位,并任终身教授。是香港《信报》、马来西亚《星洲日报》、新加坡《联合早报》专栏作家。著有《苏联东欧风云变幻录》、《德国万象》、《从戈尔巴乔夫到叶利钦》等作品,还与德国汉学家顾彬合编德文本的《鲁迅选集》(共6卷)。现居德国汉堡,为欧洲华人学会理事长,《德中论坛》和《欧华学报》主编。

《浪,一个"叛国者"的人生传奇》是作者"献给我深爱的也深爱我的母亲"的自传,也是作者的忏悔录和血泪史。作者以极为真实而真诚的文字,写出了自己极为曲折复杂的人生经历。他在上海,教会学校读书期间,看见过日本侵略者的丑恶嘴脸。新中国成立初考入北京俄语学院,毕业后分配到财政部工作,当过苏联专家翻译。1957年被划为"中右",调到青海工作。在经过了艰苦的磨炼和极大的屈辱之后,他调回北京,在中国人民保卫世界和平委员会工作。"文化大革命"初,他被自己的妻子"控告",在即将被批斗正准备自杀之时,突然看到了一本蓝皮的日本护照,经过激烈的思想斗争,他毅然决然地选择了冒死潜逃的路。于是,他化用日本人的护照,顶着巨大风险,通过重重关卡,勇敢而机智地乘坐国际航班,侥幸地去了埃及。正当他庆幸自己逃脱了"四人帮"的追捕时,却又在开罗被关进了监狱,成了"国际囚犯"。这又是一段多么离奇古怪而又惊心动魄的经历呀!一年多以后,他被送到德国,又经历了无数磨难,经

过刻苦学习,终于找到了任职的学校,找到了称心的爱人,还获得了博士学位。祖国大地也冬去春来,丽日高悬。祖国邀自己的儿子回到了故国,回到了自己的家园。

作者写出了自己正直诚恳、热情向上、聪明好学、精力旺盛、真挚诚恳、多才多艺、积极上进的性格和追求平等、自由的顽强意志及蓬勃旺盛的生命力;同时,也写出了他敏感、急躁、任性、骄傲的性格缺点。他追求幻想,好高骛远,渴求心灵上的自由和情感上的美满。小时候,他在学堂受同学欺负,就找文师傅学武术,当他为帮助弱小同学而打伤同学后,又主动站出来承认,被老师"火鸡"打得鞭痕遍体,他不但质问"火鸡"为什么打人,而且还躺在讲台上以示抗议,迫使学校严厉处罚了殴打学生的老师。

在青海时,关先生采访安卓玛吉,赶夜路时遇到了狼群,他机智地用照相机的闪光灯驱走了狼群;后来,又从搭在两山之巅中间的木头做的水槽中渡过。作者写道:"把闪光灯放回皮箱,用屁股一点一点地向前移动。当我逐渐接近水槽中央的部分时,水槽颤抖得特别厉害,上下摆动,我好像已听到木头的断裂声。水槽下面是一眼望不到底的深渊,如果木槽一旦折断,我必将粉身碎骨。我咬紧牙关,继续一点一点地往前蹭。终于,到达了彼岸。"这是怎样惊心动魄的一幕啊!它显示了关先生的机智、聪慧和勇敢无畏。

作者在自传中不仅写出了自己的经历,还大胆、坦率地写出了自己的友谊、恋情和爱情,甚至是自己的隐私、隐情。作者细腻地描写了他与青梅竹马的少年恋人露西长达数十年的起伏曲折的恋情,写他对露西的思念,他们的友谊,他们的初吻,他们的分离,他们在青海高原的生离死别,写得委婉动人,一往情深,真切感人。特别是写露西到青海与自己见面的一段极为生动感人:

露西双手将我按在地上。然后趴在我的身边,用手搂着我,喃喃地对我说:"一直把你当做小弟弟,也许是我一生最大的错误。你不恨我吧?"和露西认识了十几年,我们还没有这么单独地躺在一起。我们俩眼睛对视良久,终于拥抱起来。

"你知道吗?中学时我背后叫你白雪公主,你使我像少年维特一样,忍受着单相思的煎熬,但我不恨你。现在想想,那既是一种痛苦的期待,又是一种甜蜜的煎熬。"

我把她搂在怀里。我的躯体如一团火,滚烫滚烫。她的身体像一块玉,凉冰冰的。我们两个人在海拔几千米高的山坡上,把天当被,地当床,紧紧地拥抱着。当我们两个人的躯体一接触,就好像正负两极碰撞,发出了闪电一样。我似乎这一辈子从来没有这么愉快过、幸福过。天地间,似乎只剩下我和露西。我们的狂热是那么长久、那么甜蜜……我想到了伊甸园里的亚当和夏娃,同时也想到了偷食禁果遭到的惩罚。……

五四时期,郁达夫、郭沫若写过自己的性意识、性觉醒,而在当代中国的传记文学中,却很少有作品写自己的私生活,更不要说写自己的性生活了。可是,关先生却大胆地写出了他与露西的感情生活,这是很难得的。还描写了他与第一任妻子美珍的闪电似的婚姻以及婚后的纠纷和烦恼。作者更描写了他与现任妻子佩春的动人恋爱和美好婚姻。作者通过他的这些爱情经历,表现了他热烈的性格和丰富的内心世界,展示了他对美、对爱情和幸福的大胆追求。这些大大丰富了传记的感情色彩和艺术魅力。

作者还继承了中华民族的传统美德,特别热爱自己的母亲和祖国。作者写他不得已叛逃出国之后,坚决不到美国,坚决不做对不起祖国、人民的事情,表现了高尚的爱国情操。在国外,他也只做传播中国文化的工作。作者在题记中以那样深情的语言表达了他对母亲的挚爱:

因了你无边的善良,我将会在天堂里最美丽的地方找到你。然后,永生永世依偎在你的身旁永不离去。

在自传的末尾,他又以那样诚挚的语言倾诉了对祖国对母亲的深情:

年近古稀,我无法追悔以往所做的一切。但是有一点我感受最深切:受过亡国之苦的我们这一代人,故乡和祖国的观念,比现在的年轻人强烈得多。她常常和母亲的形象连在一起，饱受苦难而善良宽容。祖国就是我的母亲，祖国再受磨难，祖国再穷困，祖国再使我受了委屈，我对祖国仍然充满真挚深情的爱……

实际上，在我对祖国的想念中，最主要的是我对母亲的想念；对祖国的忏悔里，最深重的忏悔是对母亲的忏悔。我一生里最大的罪过，是对母亲的背叛；最不可原谅的行为，是对母亲的伤害；最痛心疾首的，是未能在母亲生前与她见上一面！此恨绵绵，此恨绵绵无尽期啊！

王蒙在本书序言中深情地说："这是关愚谦用生命写下来的话，是一代又一代中国人用生命写下的话；能写出这样的话的人，已死者有权利复活，做错者有权利重做，已经苦不堪言者有权利得到永远的自信与欢乐。"

作者写这部自传，经过了30多年的孕育。他在开罗坐监的时候，就产生了写自己传奇一生的想法。从此，他随时随地、持续不断地把一些回忆起的小事，用小条子记录下来。在65岁退休之后，他开始把主要的精力转到写作上来。经过两年多的艰苦写作，又经过两年多的反复修改，这本书才与读者见面。由此可见，这部自传的写作倾注了作者多少心血，多少智慧和辛劳。

这部自传在写作技巧上十分高明。作者运用了倒叙法，先把他逃离祖国的事件放在文首，写他在飞机上回忆自己的过去，然后回述他的家族、家庭和青少年时代的生活以及他工作后被整、被发配青海和"文化大革命"初期被批判的经历，这才接上了第一章飞离祖国时的回忆，这以后再接着写他到埃及、到德国的经历，直到全文结束。这样写，既摆脱了一般传记文学按时间顺序安排层次的套路，又能给人以强烈的刺激和深深的悬念，增强传记的艺术魅力。

传记在人物刻画上也颇见功力，比如写他父亲："父亲虽已五十开外，但精力充沛，两眼炯炯有神，一对粗眉，向上跃起。他的神情中有一种慑服力，说话果断，让人很难去驳斥他。"再如描写安卓玛吉："队长带着安卓玛吉来到我的屋子，我几乎不敢相信自己的眼睛了。她比我第一次见到她更美，身穿一身浅蓝色藏袍，袍边镶着雪白的羊羔毛，一只胳膊套在袍袖内，另一只露在外面，腰间系着一个深蓝色的腰带，手腕上戴着镶着玛瑙的铜镯子，脚上穿着一双黑色长筒靴。"很像一幅人物画。同时，传记的语言流畅雅丽，富于感情色彩，显示了作者很高的文学修养。

十三、李敖的自传与回忆录

李敖（1935—），哈尔滨人，台湾著名作家、思想家。北京市立新鲜胡同小学毕业，在上海读初一，1949年4月到台湾。1954年由台中一中考入台湾大学法律系，后转入台大历史系。

李敖的传记文学作品不少，他写了关于胡适的几本传记和研究著作。但影响最大的传记著作是《李敖自传与回忆》及《李敖快意恩仇录》。

《李敖自传与回忆》是以他80年代初期所写的自传及13篇回忆文章组合而成的。《李敖自传》写他的家世和童年；《从上海到海上》、《我最难忘的一位老师》、《怀严侨》、《北土非吾愿，东林怀我师》，写初中、高中、大学及研究所时代的人生经历及师生感情；《提升文星的一个回忆》写作者办文星出版社的风云契合；《我最难忘的一个警察》、《最后的九日》、《我最难忘的一个"匪谍"》、《我最难忘的一个小偷》、《我最难忘的一间牢房》、《我最难忘的一段洗脑》等，写自己被国民党软禁期间和监禁时代的经历和见闻；《被封杀的"人民公敌"》写他同迫害自己的国民党所进行的斗争。

作者在这本回忆录中，突出地表现了"个人、历史与时代的错综关系"（《李敖自传与回忆·自序》）。作者在自书中写爷爷独特的性格，非常传神。如写爷爷在赌博中面对一个欲以割腿上的肉来进行"肉赌"的赌徒时，竟自己也割下了自己大腿上的肉，吓得这个赌徒甘愿认输。还写爷爷家被土匪包围时，爷爷"手拿丈八蛇矛"，英勇冲杀，勇敢地保卫家园。爷爷的豪气、勇气、胆气、侠义，似乎遗传到了李敖身上，使李敖有那样特立独行的性格。作者在回忆录中还描写了男佣人温茂林的憨厚耿直；描写了老师严侨的迷人气质、过人才华和酗酒的恶习以及坎坷曲折的命运；描写了姚从吾老师老农般的外貌和独特的性格；描写了胡适对他的关心、帮助和指导。作者还描写了他在坐牢期间所看到的形形色色的、极富特色的下层人物，如莫名其妙当了"伪海军"而后冤死狱中的黄中国,还有杀人犯余中兴的奇谈怪论和悲惨命运等。

但写得最多的,自然还是李敖本人。作者不但写出了他成长的经历及环境,更写出了他"跟环境苦斗的历程",写出了他惊世骇俗的言行及其独特性格。作者写道:"多少年来,赞美的眼睛,挖苦的眼睛,嫉妒的眼睛,仇恨的眼睛,看好戏的眼睛……多少种眼睛在看着我,我低眉自许,我横眉冷对,我细嚼黄连不皱眉!""三十二年来……我努力使自己不受一时一地的污染,保持自我,做特立独行的大丈夫、男子汉,做一个永不自满的人。"

综上所述,《李敖自传与回忆》是以自己曲折、坎坷、浪漫、神奇的人生经历写出的得意之作,成为横扫书市的风云之作。然而,李敖回忆录尚未说尽李敖生平的快意恩仇、侠骨柔情。

10余年后,作者再次秉笔直书,写出了又一部回忆录《李敖快意恩仇录》。李敖说:"若《李敖自传与回忆》正集为画龙之作,则《李敖快意恩仇录》即是点睛之须。"确实如此。

《李敖快意恩仇录》在内容的广阔和材料的丰富上,在思想的深度和感情的强度上,均较《李敖自传与回忆》有很大提高。诚如作者指出:"成功的回忆录绝不光写自己,还要能衬出自己所处的旧家与时代。"关于家世和少年时代,作者聪明地大量引述了二姊所写的回忆录,弥补了李敖个人回忆的缺陷,大大地丰富了这部回忆录的内容。李敖在引述二姊的回忆时,加上了自己的认识、感受和联想,使之与自己的回忆录融为一体。如二姊写父亲不让子女参加学潮,但因为她喜欢的教历史的陈琏老师被捕,所以她立即参加了学生组织的罢课活动。想不到的是,新中国成立后,陈琏老师却出现在全校聚会的主席台上,引起台下学生长久持续的欢呼声和掌声。陈琏给学生们讲了她被捕的经历:她是陈布雷的女儿,被国民党软禁在自己家。新中国成立前,陈布雷自杀,"文化大革命"期间,陈琏亦跳楼自杀身亡。二姊的回忆录写道:"可叹陈琏先生本以为与父亲走的是'幽明异路',想不到最终竟然是父女'殊途同归'!"接下来,李敖写道:"不管怎样反讽,还有陈布雷、陈琏永不明白的外一章:陈布雷的孙子、陈琏的侄子陈师孟,几十年后,却在台湾小岛上数典忘祖夜郎自大的做了台独党的台北市副市长!这个投机分子早被我写文章痛斥过,他的祖父与姑姑的故事也早被我写文章评论过，二姊绝没想到我们李家与他们陈家竟有这么多的前缘与后话。这就是二姊回忆的可贵处，她行云流水的写别的，但总被我峰回路转的变成李敖回忆的相关章节。"

作者在回忆录中善于以突出言行和典型细节刻画人物。比如写王渔湘老师："此公为名士派，一袭阴丹士林长衫，其脏无比，但比起他的茶杯来，长衫总还洗过，而他的茶杯却从来不洗。茶杯上清楚的有一道他的唇印，上面是半圆形的黑垢，看了非常怕人。"还描写一位黑社会的流氓俞中兴："俞中兴身体极好，长得人高马大，他念过大学，后来讨厌做书生不念了，去混流氓。"他在一次同古永城派的冲突中，杀掉了古永城的大将，被抓进了监狱。他因佩服李敖的文章，做外役时，就尽力照顾李敖。他还有一定的思想，大骂"他妈的警察真不够朋友！……他妈的我们干掉了古永城他们的流氓，是等于帮了警察的忙啊！他们怎么可以反倒抓我？他们整天靠我们养，真他妈的太不朋友了！我们杀古永城他们，是'为民除害啊'！"当作者宽慰地说他也是流氓时，俞中兴坦然地说："我是一害啊！可是我们杀了一个，总少了一害啊！他妈的警察怎么可以抓替他们办事的人！……这样乱来，以后谁还敢'替天行道'啊！"

作者写胡适也十分深刻。作者写了胡适对他的器重和关爱。胡适在得知他穷得把裤子当了时，立即用限时信给他汇来 1000 元，又怕他碍于面子不收，又是请他去玩，并叫他千万不要推辞，写出胡适对人才的关心和性格的细致。而且，当胡适得知自己写的信可能给李敖带来影响时，他又请姚从吾先生转交，而不通过邮局寄。作者还写了胡适临死前在读了李敖的《播种者胡适》后给李敖的信，"写得又认真、又宛转、又诚恳，足见此公光明正大的一面"。作者还进一步指出了胡适的真精神，这就是思想自由和个人主义："这个个人主义的人生观一面教我们学娜拉，要努力把自己铸造成个人；一方面教我们学斯托曼医生，要特立独行，敢说老实话，敢向恶势力作战。……我对你们说：'争你们个人的自由，便是为国家争自由！争你们个人的人格，便是为国家争人格！自由平等的国家不是一群奴才建造得起来的！'这是胡适思想的真精神。"作者更写出了殷海光的独特性格和遭际："为人应世笨拙不堪"（打电话差点晕倒，坐电梯差点出不了门），"但仍处处不忘自己是高级知识分子……他从不坐公共汽车，他认为人的尊严会给挤掉；他喝高级咖啡，吃英国饼干，去贵族医院看病，这些都表示他满布尔乔亚的。……殷海光虽然天资聪明，但在生活面上和人事面上却很容易被投其所好，被国民党人利用"。

作者批评得最尖锐的是国民党及"台独"人物。他说："多少年来，国民党处心积虑给我李敖戴帽子可就是难以戴上红帽子。……国民党这回很宽大，他们抓我，的确免了红帽子，但给我台独的帽子，我这根本反台独的人，居然戴着台独之帽入狱，真是荒谬绝伦，我宁愿当匪谍呢！"作者在详细描写了国民党对他的监视、软禁、监禁和诬陷迫害之后，愤怒地写道："他们终于为我达成了深恨他们的充足理由，我自出狱又复出后，一路追杀蒋家，从蒋介石到蒋经国到蒋孝文、武、勇，乃至一干走狗等，一连二十年犹未停止，可见我有仇报仇的凶悍。——要关老子吗？让侬认得阿拉，他妈的你可关错人了，你们后悔都来不及啦！……我最后能够口诛笔伐，干他们二十年，真是痛快淋漓之至，'文化基督山'，世上只李敖而已。"作者也批判了"台独"分子对他的诬告和诬陷，揭穿了"台独"分子的无耻嘴脸。李敖曾经是彭明敏、谢聪敏的好朋友，但是，当他们两个被国民党逮捕以后，却将李敖诬告为"台独"分子，使李敖进了监狱。李敖写了害他的"台独"分子最关键的人物是"二敏：海外彭明敏，岛上谢聪敏。为了政治，牺牲朋友，何必责怪？"作者希望彭明敏成为最有志气、最有学问、最有教养的大知识分子，因此豁达大度地宽恕了他。但是，彭明敏回到台湾之后，立即被群小包围，忘记了老朋友，大搞"台独"。李敖去信指出"台独"的错误。在数次劝说无效，反被其辱之后，李敖开始揭露彭明敏从诬陷朋友到诱奸学生，从出卖同志到不义寡情的无耻行径。于是，李敖"与彭明敏这样惊心动魄又代价奇高的友情"，"就此走向落幕"。

笔者认为，李敖回忆录最突出的特色是以强烈的口气、鲜亮的色彩，画出了自己鲜活丰满、特立独行、捍卫信念、敢作敢为、疾恶如仇、狂放自信的自由知识分子形象。这个形象的峥嵘傲岸、鲜明独特，在中国传记文学史上，是罕见的；这部著作，在中国传记文学史上，也具有特殊的价值。

李敖首先在与众多的人物交往中写出自己独立不羁的性格，前面所述均已说明，下面再举一例：如对自己的老师王作荣，本来是有师生情的。但因其担任

"监察院长"后,"支持李登辉,写了许多马屁文章,犯了我怒也犯了众怒",所以,李敖就当面指出他的要害,并著文指出:"王作荣应该为过去支持李登辉而赎罪,以自己下台逼李登辉下台。""师生之谊,竟为一个杂碎李登辉而绝。"作者引述亚里士多德被改造的名言"吾爱柏拉图甚于余物,吾爱真理甚于吾师"之后自豪地说:"西哲风范与决绝,唯我有焉。"

这就是李敖!他从小因为生长在全是姊妹的家庭,受到特殊的宠爱和娇养,养成了他肆意而为的性格。他对学校教育持批判态度,主张"大学教育带给人们的不该是读死书、死读书,甚至读书死,它应该真正培养出一些智慧的才具,培养出一些有骨头、有判断力、有广博知识,同时又有影响力的知识分子"。这显然包含着自己的人才观。他就是这样的人,敢于反对传统,敢于反对"把活人弄成死人,把死人弄成鬼"式的丧礼,力主丧礼改革。他有骨头,即使坐了十几年的牢,也依然敢于同恶势力斗争;在老师、朋友、权贵面前,他都能坚持原则。他知识渊博、博闻强记、写作水平极高,而且自信心很强。他敢于在传记中大力地宣扬自己、赞赏自己或者用别人的评价来褒扬自己,并且敢于在回忆录中大量地、大胆地,甚至是赤裸裸地谈自己的爱情、婚姻、性意识、性行为、性崇拜,这些,在中国的传记文学中,都是极为罕见的。作者还经常引用别人的采访、书信、访问记来表述自己的观点和对自己进行评价。他自夸道:"我完全是一个个人——最有力量的个人。我能够独来独往,也能够孤军作战,我不是群居动物,但我却一再展示个人的力量来。……在现代的战斗形态中,我是最后一位展现个人力量的,可说是'末代个人'。我死了以后,这个世界大概很难再出现这种伏尔泰式的怪杰了。"连写他的牢房,也那样的令人动情:他的囚房"不仅洋溢着书香,也散发着一股庄严而不可侵犯的正气,任何人参观他的囚房,都要肃然起敬的……(狱吏都不敢弄乱他的房间。李敖虽坐牢,并不失大读书家的风格和气派)"。"可是李敖一出狱翻脸不认人,抖出黑狱内幕,造成天翻地覆的大震撼。也许有人要骂李敖……然而我们知道:李敖争的是社会公义,是是非,他不是一个容易被小人包围、被小人灌迷汤、被小人收买的人;像这样一个不惜冲破人情藩篱、提倡社会公义的人,当今台湾有几个?"李敖还写了他对性的认识和他的性行为。中国的自传体文学作品写爱情、婚姻的很少,写性的更是凤毛麟角。明末清初作家冒襄的《影梅庵忆语》，以其对爱姬缠绵悱恻的回忆和怀念，首开对传主的感情生活和爱情生活的描写，开创了"忆语体"文学的先河；延至沈复的《浮生六记》，更以细腻而生动的笔触，写出了夫妻之间的浓情蜜意及诚挚感情，但这时的传记文学尚未接触性。直到五四运动以后，郁达夫、郭沫若才打破了禁忌，第一次写出了传主性意识的觉醒和婚外恋情。这以后，中国传记文学作品中写爱情婚姻的就比较多了。廖静文的《徐悲鸿一生》同蒋碧薇的《我与悲鸿》，写了她们同徐悲鸿的婚姻和恋情，但绝不涉及性的问题。相比之下，《李敖快意恩仇录》在性的描写方面可算达到了极致。他不但大谈自己的婚姻和爱情，大胆地写他与多个女人的性生活，甚至他的手淫，他的意淫；而且还专写一章"宣淫记"，题记曰："男女不防，颠倒阴阳，宣淫有理，我为卿狂。"作者宣称："我一生最大的成就是可以公然歌颂性开放性语言，并以高标准高格调，振聋发聩、开导苍生。"

当然，李敖也有失之偏颇的地方，如在批判国民党时，连孙中山先生也一起批判了，这显然有失偏颇。此外，性的描写也似乎多了一些，影响了传记的严肃性。

十四、连方瑀的《半世纪的相逢——两岸和平之旅》

连方瑀（1943—），重庆人，原名方瑀，与连战结婚后改名为连方瑀。台湾大学学士，美国康乃狄克大学生化硕士，曾任教于东吴大学中文系。作品有《欧游杂记》、《伊莲集》、《亲情》、《爱苗生我家》等。2005年随连战访大陆后著《半世纪的相逢——两岸和平之旅》。

国民党前主席连战先生2005年4月的大陆之行，是一次了不起的和平之旅、破冰之旅。诚如中共中央总书记胡锦涛所说，从国民党代表团踏上大陆的那一刻起，"我们两党就共同迈出了历史性的一步"。这一步，必将记录在两岸关系发展的史册上，也必将记载在中华民族的史册上。记录这一全球关注的不平凡的新闻和文学作品非常多。但是，连方瑀女士的这本薄薄的《半世纪的相逢——两岸和平之旅》却以其特殊的身份、独特的视角、真挚的情感和优美的文采以及丰富的文化内涵脱颖而出，被多家媒体转载，并很快在海峡两岸出版发行，得到广大读者的欢迎和好评。

这当然首先是因为其题材的重要和抢眼。在海峡两岸局势动荡不定之时，国民党前主席连战先生率国民党代表团访问大陆，受到海峡两岸媒体的追踪，受到世界华人的高度关注，对两岸关系的发展，产生了深远而重大的影响，具有十分重要的政治意义、经济意义和文化意义。美国总统布什评论说"是一次历史性的访问"。而连方瑀女士作为连战的夫人，作为代表团的重要成员，亲身参与了代表团的全部政治活动和连战先生家族的重要活动，她亲自执笔写出这部访问记，忠实而准确地记载了连战先生和平之旅的全过程，记载了连战先生和平之旅的重要活动：与胡锦涛的会面，晋谒中山陵，参观明孝陵，参观总统府，参观故宫，在北京大学演讲，参观西安兵马俑、大唐芙蓉园，在上海拜会汪道涵先生、夜游黄浦江等等，记载了连战先生的重要讲话及与中共官员的重要谈话，这就使这部作品具有较其他许多类似作品更高的真实性、准确性、权威性和史料价值。

同时，也由于作者的这种特殊身份，使她得以最真切、具体、详尽地了解连战先生的意图和心理活动，因而就使这部作品在记载连战先生活动的同时，还记叙并展示了连战的复杂经历、思想感情和内心活动，写出了连战的人文情怀，为我们认识和了解连战，提供了很珍贵的材料。比如，作者写连战受到胡锦涛总书记的邀请，非常高兴："因为战哥在台湾生活了六十年，成长在这里，求学在这里，工作在这里，人生的大半岁月都奉献给这个美丽的宝岛，儿女们也都生于斯、长于斯，对宝岛台湾的深厚情感，是永远无法割舍的。因此，目前虽然没有担任公职，但有鉴于台湾目前的政治形势、竞争力的衰退、经济的不景气、失业人口的增加，战哥时时在思考如何让我们恢复安和乐利的生活，而且对岸这些年来积极发展经济，如果两岸能搁置争议，异中求同、互补互助多好呀。怀着这样的心情,战哥毫不犹豫地接受了胡总书记的邀请。"

如下榻北京饭店时,有人开玩笑,听说北京饭店有窃听。连战理直气壮地说:"实实在在,诚诚恳恳,怕人听什么!"作者即写道:"实实在在,诚诚恳恳,一直是战哥和我,以及我们的子女做人所遵行的原则与做事的方法,不是吗?"

再如,在连战离开西安之前,作者写道:"时间虽然短暂,但感觉上却很久,我想不仅是行程安排得紧凑而丰富,而且战哥也完成了他的寻根之旅,一偿祭拜祖母的夙愿,所有这六十年的思念、回忆,都已重拾了。这种感受,也许只有亲身经历的人才能深深体会到。"而作者作为连战的妻子,又有同连战类似的经历,因此恰好能最真切地体会到连战的这些感受,她接着写道:"就像战哥所说,他曾经在艰苦的环境中长大,他曾经经历过兵荒马乱,所以他可以深刻体会对话、和解、和平、合作的重要。……两岸分隔也是如此,半个世纪的生离,痛苦更远胜于死别。更何况至今仍有许多中国人,老死不得相见,这是两岸分裂最痛苦的感悟。"

作者在8天和平之旅后,深刻地感悟到:双方能"持续努力,化干戈为玉帛,化刀剑为犁锄,不再是遥不可及的梦想"。

所以,连战称赞说:"这本书虽是内人的游记整理,但也对我大陆之行的整体思想有了最贴身的掌握。"

其次,本书获得成功的原因,还由于作者选择的特殊视角,亦即构思的新颖性。

作者写这本书,选择了一个虽置身于政治中心,却又不从事政治且不是很懂政治的妻子和文化人的独特视角和眼光来记叙、描写和评价这场具有重大政治意义、经济意义、文化意义的和平之旅,这就不但赋予了本书重要的政治意义,而且还赋予了本书以深厚的文化内涵和文化意蕴。

比如,作者对两岸关系,就常从文化的角度来写,如写后宰门小学的小朋友学习古代文化之时,作者联想到台湾:"在执政者狭隘的民粹与刻意'去中国化'的原则下,台湾的地图横过来放,教科书中很难找到古文或诗词,学习毛笔字也是可有可无。弃绝五千年悠久的历史文化,这是孩子们多大的损失啊!"

作者写连战西安之行时，重点表现了连战扫墓。作者写道："由于战争，战哥一家人仓皇离开大陆。埋葬在清凉寺的祖母，这六十年来，没有任何连家人扫墓祭拜，这一直是战哥内心最深的痛。此次终能一偿夙愿，带着妻儿，在香烟袅袅中跪拜。这一跪拜跪醒了六十年的梦，祖母如果魂兮有知，或许会有一份迟来的安慰。"

本书的文化意蕴还表现在对五千年优秀的中华历史文化、丰富博大的古典与现代的城市建筑文化、源远流长的中华饮食文化及服饰文化的描写和展示方面。

作者与连战等在故宫博物院院长陪同下游览故宫时，不仅记叙了故宫的历史、规模，而且还抒发了深沉的历史感慨："故宫又名紫禁城，是明清两代皇帝的皇宫，建于一四二〇年……这是世界上现存规模最大、最完整的古代木结构建筑群，已列入联合国世界历史文化遗产目录，是国际观光客最喜爱的文化古迹之一。"作者面对这"殿宇之巍巍，雕梁之凛凛"，在感受这"金銮殿"的迷人魅力时，"不由得百感交集，感慨良多"。

作者参观兵马俑时，详尽描述了兵马俑的发现、历史以及兵马俑博物馆的恢弘场景和万千气象，而且还抒发了深沉旷远的情怀：兵马俑的发现，"立即震惊了世界。不仅推翻了中国人像雕塑阙如的遗憾，同时也弥补了秦代因国祚短暂、战乱、焚书坑儒，致使文献资料的空白。那一段锦绣辉煌、耀眼迷人的帝国风采，于人间再度呈现，仿佛秦始皇叱咤风云、不可一世的雄姿又在眼前，让我们体验一代霸主的雄才大略"。

作者对北京大学的人文历史和崇高地位也作了精彩评述："那天，风和日丽，晴空万里。上午九点四十五分，来到这所创校一百多年，学术地位崇高，并曾是新文化运动的中心和马克思主义的学府，我们受到了不少教授、学生和民众的热情欢迎。"

作者还描写了中山陵、明孝陵、天妃宫、恭王府、瀛台、大唐芙蓉园等名胜古迹和现代建筑艺术，抒发了对中华文化的无比热爱之情。

另外，作者很有兴致地写到了中国的饮食文化。作者不但记下了在南京、北京、西安、上海盛宴上的各种精美佳肴和名酒的名称、特点，而且有时还展开描写。这不但表现了大陆对连战访问的高度重视和对台湾人民的深情，也表现了中华民族精深博大的饮食文化。作者写"茅台酒香浓烈，幽雅细腻，酒体醇厚，回味悠长……闻之沁人心脾，饮后余香绵绵"。

作者对喜来登的陕西饺子作了细致描写："陕西一向以面食花样多闻名……如许多道不同的口味、皮薄、馅多、汁鲜、味美的饺子……各式各样精巧玲珑、千变万化，美不胜收。难怪有人说，'一顿饺子宴，尝尽天下鲜。美味佳寰宇，疑是做神仙。'"

作者还写了老舍茶馆。老舍茶馆是以中国当代知名文学大师老舍的脍炙人口的作品《茶馆》而命名的。自1988年至今，据说已接待了布什等40多位元首政要，及近两万名的台湾游客。战哥点了龙井，而我则选择丹桂飘香。老舍茶馆面积不算太大，大约摆放了三四十张桌子，布置得古色古香。身穿长袍马褂和红色旗袍的服务员殷勤侍候，我们品尝着宫廷细点及风味小吃，观赏大鼓、五音连弹、川剧变脸等精彩节目……

此外，作者作为一名曾经荣膺"中国小姐"桂冠的现代女性，有很高的服饰文化修养。在她同连战和平之旅的行程中，她时而穿着白色的百褶裙、粉色长裤，时而穿着红色大翻领外套，时而穿着金黄直条套装，走向中山陵，走进人民大会堂，走进西安古城，走进大上海，走进中央电视台，给大陆许多女性以感染，甚至成为大陆一些女性膜拜的对象。作者在作品中兴致勃勃地写了她准备衣物时紧张而喜悦的心情，更写了由闻名遐迩的"江宁织造府"改名为"南京云锦研究所"的十几名最优秀的工艺师挑灯夜战，为她量身订制的牡丹图案的旗袍和短袄的云锦服饰过程。作者深情地表示"这两件衣服，将是我今年最珍贵的两件服装"。

连方瑀还是一位见多识广、感情细腻、文笔优美的作家。这部作品，是她在停笔五六年后，在愉悦和期盼中，在激情冲击之中写成的，因而不仅剪裁得当，叙述传神，描绘生动，而且格外富于文采。作者以充沛的激情笼罩全文，又以清醒的理性运筹全篇，把叙述、描写、议论、抒情巧妙地结合起来，显得舒展灵动。比如为大陆简体字版《读者》特写的自序的结尾："今夕何夕，寨舟中流；今日何日，两岸得以同舟。让我们以微笑，迎接属于所有中国人冉冉上升的希望。"融抒情于叙述描写之中，给人希望和美感。再如"大唐芙蓉园大展雄风"

一节，作者在介绍了大唐芙蓉园的建设经过和特点之后，即叙述了宴席的盛况，最后写观看《梦回大唐》的演出。作者对演出作了那样精彩的描写："华美的乐曲幽幽响起，似天籁从远方传来，挑着宫灯的仕女从观众席中缓缓走上舞台，那梦幻色彩的大殿，让我们也随着她们的足迹到了大唐盛世。舞台上的大殿回廊、石拱桥、木桥、莲花水池、水滴构成的珠帘、流动变幻的布幕、雄壮的士兵方阵投影、美轮美奂的灯光布景道具，赢得我们全体一波一波的掌声。战哥说，重回西安，仿佛在梦幻之中，真是'梦回大唐梦非梦，心系两岸心连心'。"这里，又有描写，又有议论和抒情，十分感人。作者在抒情叙事中还经常穿插古诗，更增添了民族的色彩和艺术的魅力。如在连战见到几十年未通音信的表姐后，作者十分伤感地写道："对立和误解，使多少家庭骨肉分离，多少家庭劳燕分飞，多少家庭流离失所啊！'多年战乱后，老来再相逢，问姓惊初见，称名忆旧容。'今后，我们还要让这样的悲剧继续演下去吗？"再如，在上海离别时，作者写道："晚宴结束……离别的感伤萦回心头，李益的诗浮现眼前：'别来沧海事，语罢暮天钟。明日巴陵道，秋山又几重。'甫相识，又将离别，下次再相逢，却不知是何时！"真是情深义重，撼人心扉。

结 束 语

综观20世纪，尤其是新中国成立以后和改革开放以来，中国传记文学的成绩是巨大的。

20世纪初期，梁启超以其富于理想和激情的传记文学创作开启了中国现代传记创作的新局面；五四以后，鲁迅、郭沫若、胡适、郁达夫、沈从文、朱东润、张默生、吴晗、谢冰莹、沙汀等人撑起了现代传记文学的巍巍大厦；新中国成立后，描写英雄人物的传记得到了蓬勃发展；在"文化大革命"中，传记文学受到摧残；粉碎"四人帮"以后，中国的传记文学终于冲破"左"的桎梏，得到了蓬勃发展，取得了巨大的成就。

第一，是传主范围大大扩展，题材内容大大丰富，发表和出版的种类和数量大大增加，显示出多样化的、蓬勃发展的势头。新时期，以叶永烈、陈廷一、权延赤等人为代表的政治人物传记，以茅盾、刘白羽、杨绛等人为代表的作家、学人传记，以及以廖静文、陈祖德、刘晓庆为代表的艺术家、明星传记，以桑逢康、董明珠为代表的科学家、企业家传记，以匡亚明、陈贻焮为代表的中外历史人物传记和以杨二车娜姆为代表的普通百姓传记，都涌现了一大批佳作。

第二，是禁区开始突破，传记作者能够写出历史的真实和自己的独到见解。如《陈寅恪的最后二十年》、《心香泪酒祭吴宓》和《思痛录》等，深层次地揭示了中国高级知识分子在新中国成立后，特别是在反右斗争和"文化大革命"中在精神上、思想上、灵魂上乃至肉体上所受到的压制、批判和摧残。权延赤的《走下神坛的毛泽东》、《走下圣坛的周恩来》写出了领袖的日常生活和真实的风采，曾志《一个革命的幸存者》大胆地写出了她一生的功过得失。叶永烈大胆开拓，写出了"四人帮"和陈伯达等反面人物的传记。

第三，不少传记作家既注意学习司马迁以来中国传记创作的优良传统，又重视学习西方先进的表达技巧，在传记文学的文学性和艺术性方面进行了卓有成效的、认真刻苦的探索和创新，在传记的形式、传主的选择、人物的刻画、心灵的展示，人物命运的解释以及语言的运用等方面，都有很大的突破和进展，出现了一大批传记文学佳作，把中国传记文学提高到一个新水平。特别是进入21世纪最初几年，传记佳作迭出，传记理论研究也出现了高质量的著作，显示出良好的发展势头。

然而，也应该看到，由于几千年封建思想的遗风及数十年极"左"思潮的影响，当代传记也存在一些值得注意的问题：

第一，文学地位的下降与人文环境的影响，各方面重视支持的力度也不够，传记作家还不能潜心构筑传记文学的经典之作。因此，整个20世纪还没有出现非常优秀的传记文学大师，也还没有出现旷世杰作。

第二，在传主选择上，"英雄化"倾向比较突出，对政治、军事、经济、文化、艺术等领域中的杰出人物写得较多，而普通人物、平凡百姓的传记很少。这是传记作家和出版界应予关心和注意的。

第三，在人物评价上，"英雄化"的倾向使作者不敢客观公正地评价人物，为尊者讳、为亲者讳的教条，还严重地束缚着传记作者的头脑，使他们总是把政治领袖、杰出人物写得完美无缺。特别是一些明星的回忆录和自传，把自己打扮成一朵花，甚至为自己粉饰，缺乏实事求是的观点。相反，对反面人物，则不敢或不能写出其确实存在的优点及功绩。这样，就使我们的一些传记缺乏公允和公正，不能正确全面地评价人物。

第四，在人物形象的刻画和描写上，还显得较为拘谨，尤其是写政治领袖，往往只写其政治斗争，而对人物心理活动、生活细节、日常生活、家庭生活、感情世界等重视和描写得不够，以致人物形象单调、平板，概念化，缺乏主体感，而且生动性和趣味性也不够。而写领袖人物生活方面的传记，又未能很好地把领袖的历史功勋、伟大成就结合起来进行描写，具有一定的片面性。

第五，进入20世纪90年代以后，一些传记文学作品，特别是企业家和明星的传记，开始出现商业化和庸俗化的倾向，这也是值得关注的问题。

第六,在传记写作的艺术上,还缺乏精品意识,传记创作中还缺乏史诗的气魄和人生豪情,缺乏生命的激情和思辨精神,缺乏对人物个性的深入开掘和立体展示。

第七,传记理论研究薄弱,缺乏对传记文学进行全面探讨、研究的学术著作和学术文章。前面提到,近年来出版了几部有关传记历史及传记写作方面的著作,但相对于如此浩繁的传记著作,面对亟待提高的传记文学创作,这点理论著作是太少太少了。我们还需要大量的有水平的有独立见解的传记评论和传记理论研究的力作。

第八,对外国传记文学作品及理论的翻译和评价也很不够,对几千年来世界各国的优秀传记文学作品,我们还没有认真地出一套丛书,对当前世界各国大量出版的传记文学作品,也缺乏较为全面、系统的介绍。至于外国的传记理论著作和理论文章,我们就介绍得更少了。而在当今这个信息化的时代,要求我们的出版界和传记作家们要更多地了解世界各国传记文学创作和理论研究的信息,作为借鉴,以便促进我国传记文学更快更好地发展。

从《史记》的巨大成就和"前四史"以后的衰落以及新中国成立后传记文学的复兴、"文化大革命"中的沉寂到新时期的大发展,纵观传记文学发展及其兴衰成败的历程,我们可以总结出以下经验:

第一,传记文学的兴盛,往往是在国家安定、政治开明、经济繁荣、文化昌盛的时代。所谓"盛世修志",就是这个意思。战乱的年代、动荡的年代、专制统治的年代,是难以出现传记文学的兴盛局面的。

第二,传记文学的繁荣,需要政治的开明和思想的解放,需要宽松的环境和自由的心境。专制的高压、官方的禁锢、条条框框的设置,都是极不利于传记文学的发展的。

第三,传记作家要有很高的思想品德修养、胆略见识修养和学识才能修养。即是说,传记文学作家要有高度的事业心,热爱写作,矢志不移;要敢于坚持真理,尊重事实,尊重历史,尊重科学;不曲意逢迎,不歪曲捏造,要千方百计搜集各种材料,认真核实鉴别材料,做到史实准确、观点正确。同时,传记文学作家还要有胆有识,要有对时代、对社会、对传主的认识、品评、鉴定、抉择、烛照的眼光。而且，传记文学作家还要具备相当的学识和写作才能。传记文学作家要有历史学家收集史料，考证和辨析史料的能力，要有哲学家的思辨头脑，更要有作家的高超的写作能力。

以上是传记文学发展和兴盛的主客观两方面的条件。

从这两方面来分析，在新世纪，随着中国的改革开放和中国与世界的政治、经济、科技、文化交流的日益扩大和深入，随着中国的政治、经济、科技和文化的日益发展以及人民生活水平、文化水平的大大提高，随着中国人民自主意识、竞争意识和民主意识的强化和提高，中国的传记文学肯定会得到进一步的长足的发展，取得更大的成就。

中国的传记文学在21世纪可以而且应该在以下几个方面得到发展：

第一，传记文学在文体意识和主体意识上会进一步强化，传记文学的禁区和禁忌将进一步被冲破，中外传记文学的交流和学习借鉴将进一步加强，中国的传记文学将得到空前的大发展，传记文学在文学界和社会上的地位将进一步提高，获得独立的文体地位。

第二，在传主的选择上，将更加多样化、现实化、平民化。传主将由历史人物走向现实人物，由伟人名人走向有成功经历的平凡人，经济、科技、教育、企业、商业、文学艺术等方面有贡献、有成就的人物将更多地走进传记文学作家的创作视野。

第三，在人物描写上，传记文学将由写高大完美的政治人物，转向写生活化的，有血有肉，有优点也有缺点，有成功也有失败，有事业也有家庭和情感的，圆形的、立体化的人物。

第四，随着有高度文化修养和写作水准的作家跨入传记文学创作队伍，传记文学的艺术性将进一步增强，传记文学必将进一步加强同史学、美学、哲学、心理学、社会学等学科的联系和交融，增强其真实性、历史性、科学性和文学性、文化性、哲理性的有机结合，传记文学创作将增强其个性化、诗意化、审美化。传记文学在形式上、类型上、手法上、技艺上、风格上、语言上，都将有更多的突破和创新。

最后，笔者要强调的是，随着中外联系和交流的进一步增强，西方的各种传记文学作品及其理论将会更多地传入中国,中国的传记文学必将面临新的机遇和挑战。我们应当始终保持清醒的头脑和冷静的态度,坚持继承和发扬以《史记》为代表的中华民族传记文学的优良传统,同时,认真借鉴、吸取和消化世界各民族传记文学创作的优秀成果,抵制腐朽文化的侵蚀,以促进和保证中国的传记文学沿着先进文化的正确方向阔步前进。

21世纪传记文学的曙光已经升起在神州广阔的地平线上,让我们饱含生命的激情,伸出双手,热烈地去迎接它!

主要参考文献

韩兆琦主编. 中国传记文学史. 石家庄：河北教育出版社，1992.

陈兰村主编. 中国传记文学发展史. 北京：语文出版社，1999.

陈兰村主编. 二十世纪中国传记文学论. 天津：天津人民出版社，1998.

杨正润. 传记文学史纲. 南京：江苏教育出版社，1944.

萧关鸿编. 中国百年传记经典. 上海：东方出版中心，1999.

赵白生. 传记文学理论. 北京：北京大学出版社，2003.

全展. 中国当代传记文学概观. 南京：江苏教育出版社，2004.

何元智，朱兴榜. 中西传记文学研究. 北京：中国文学出版社，2003.

莫洛亚. 传记面面观. 剑桥：剑桥大学出版社，1929.

寒山碧. 香港传记文学发展史. 香港：东西文化事业公司，2003.

后 记

20 世纪,是中华民族探索奋进的世纪;

20 世纪,是中华民族改天换地的世纪;

20 世纪,是中华民族摆脱奴役和压迫,赢得独立和解放的世纪;

20 世纪,是中华民族告别贫穷和愚昧,走向繁荣和文明的世纪。

时势造英雄,英雄造时势。

这个翻天覆地的世纪造就了无数伟大的英雄和杰出的人物。这些伟大英雄和杰出人物同亿万人民一道,推动了这个伟大的时代。

20 世纪的中国传记文学也取得了极大的成就,迎来了长足的发展,获得了丰富的经验。

站在时代的高度,回顾 20 世纪传记文学的发展历程,正确地评价其主要的作家作品,梳理其主要的脉络和流变,寻找出其中的某些规律,总结其经验和成就,也指出其缺点和不足,从而为新世纪传记文学的发展提供有益的借鉴和指导,就成为 21 世纪初叶的重要课题。

本书就是回答这个问题。

我认为,20 世纪的中国传记文学是中国两千多年来传记文学的继承、创新和发展,属于中国近代和现当代文学的一部分。它受到时代风潮的激励,受到西方传记文学的影响,摒弃了封建主义的思想内容,发展了新民主主义和社会主义的时代内涵,在政治思想、题材范围、传主性质、表现内容等方面,都有划时代的发展,都有极大的提高;在表现方法和艺术形式及语言运用等方面,也告别了陈旧的一套,吸收了西方新的技法和手法,呈现出崭新的面貌。而其发展又经过了旧民主主义、新民主主义、社会主义三个阶段,在新中国成立后,又分为新中国成立初期和改革开放后两个时期，而以改革开放 30 多年来的成就最高。尤其是 90 年代以后，出现了许多优秀的、高质量的传记文学作品。应该说，20 世纪的传记文学是中国几千年传记文学发展的新的高峰。在新的世纪，我们应更好地继承民族的优良传统，汲取和借鉴世界各民族的长处和优点，把传记文学创作推向新的高峰！

我为什么要写这本书呢？

我从小喜欢阅读英雄人物的传记，在四川大学中文系读书时又大量阅读了古今中外，特别是中国现当代的传记文学作品。粉碎"四人帮"以后，我开始从事传记文学的写作与研究。20 多年来，我先后采写、出版了 5 部传记文学作品（其中《罗世文传》获得省市社科优秀奖，《陈毅青少年时期的故事》由团中央向全国青少年推荐）；出版了研究传记文学写作规律和评析从古至今的传记文学名著的两部专著——《传记文学写作论》（四川省教委科研立项项目）和《传记文学写作与鉴赏》（重庆市社科规划立项项目，2003 年由中国三峡出版社出版）。这两部专著的历史篇，都专门论述了中国传记文学的发展历史，特别论述了中国近代及现当代传记文学的历史；《传记文学写作与鉴赏》的鉴赏篇，则不但对古代传记文学精品进行了评析，而且对中国近代、现代和当代的传记文学精品进行了深入评析。这些，使我对中国 20 世纪近代和现当代的传记文学的作家作品有了相当程度的了解，也为写作《中国二十世纪传记文学史》一书奠定了坚实的基础。在 20 世纪刚刚过去、21 世纪刚刚起步的时候，来回顾 20 世纪传记文学的发展历程，总结其经验教训，对于 21 世纪传记文学的进一步发展，显然是十分重要而又很有现实意义的。因此，我决定趁热打铁，再接再厉，一口气写出这部《中国二十世纪传记文学史》。

在本书的写作中，我力求遵循辩证唯物主义和历史唯物主义以及实事求是、一分为二的观点，力图运用中外对比、前后对比的方法，循着 20 世纪历史发展的脉络，在准确、全面、深入地评析其各个时期的主要传记作家及其优秀传记作品的基础上，深入研讨 20 世纪中国传记文学的发展轨迹，梳理出其主要的规律和脉络，分析其成功和不足，总结其经验和教训，为 21 世纪传记文学的发展提供有益的借鉴。

研究工作开始之后，我才感到工作量之大，工程之艰巨。原以为一年能完成，结果三年多才完成。

重庆市社科规划办公室、重庆市教委和四川外语学院批准我申报这个课题后，我即反复比较、挑选20世纪的优秀传记文学作品，一部一部地进行分析、评论；然后又在总体上对20世纪传记文学进行了系统的观照和梳理，研究大的发展趋势和脉络，思考并写出本书的大致纲目。这是一个双向互动过程：对20世纪前后具体的传记文学作品的研究评论深化着我对20世纪传记文学的总体认识；而对20世纪传记文学发展的总体性的深入认识又升华着我对具体的传记作品的深层理解。在这个双向互动的探索、比较、分析、研究和写作过程中，在不断地寻找、借阅、购买、研读有关传记著作和资料的过程中，评析的作品越来越多；而目录（即大纲）也一次又一次地增删、改动、补充，渐趋完善；对各章节及章节之间的关系的认识也越来越清晰；对整个20世纪传记文学的发展轨迹、脉络和规律性的理解也越来越深刻。

最后，我确定把全书分为6篇17章。第一篇绪论部分分两章，第一章论述传记文学的性质、作用及分类；第二章论述中国传记文学的发展历史。第二篇分两章，论述中国传记文学由古典到现代的嬗变，主要论述从19世纪末期到五四时期中国传记文学的发展历程及其主要的作家作品。第三篇分三章，论述了中国现代传记文学的突破和发展，主要是评析了以鲁迅、胡适、郭沫若、郁达夫、沈从文为主力军的自传文学和以朱东润、张默生、吴晗为主力军的他传文学以及以沙汀、周而复为代表的解放区的传记文学。应该说，现代传记文学是中国20世纪传记文学创作的第一个高峰。它显示了中国传记文学的高度成就。中国当代传记文学以其辉煌业绩赫然成为文学百花园中的一朵奇葩！当代传记文学因其规模巨大而又呈马鞍形发展，我把它分成了第四、五两篇：第四篇论述新中国成立初期的传记文学。我又把这篇又分两章，第八章论述新中国成立初期传记文学的兴盛——大量涌现的革命英雄传记、回忆录和几部非主流的优秀传记作品；第九章论述"文化大革命"中传记文学的衰落及作为检查而写出的《彭德怀自述》及陈白尘秘密写下的《牛棚日记》。第五篇论述新时期传记文学。这是中国20世纪传记文学的又一个高潮，也是20世纪传记文学发展的最高峰。禁锢的解除和思想的解放，经济的发展和个性的张扬，给中国的作家、专家、名人乃至平民提供了丰沃的土壤和广阔的天空；于是，传记文学创作的队伍空前壮大，传记文学的传主和题材范围大大增加，传记的品种大为扩展，传记的形态日益多样化、多元化；传记作家在艺术创造方面大胆探索，不断突破，勇于创新，传记创作在人物刻画、艺术构思、艺术手法及语言表达等方面都达到了新的高度，提高到新的水平。传记文学的历史性、真实性，与文学性、艺术性相结合的个性特征越来越鲜明，已然成为一个独立的文学体裁。正是从这个认识出发，我把新时期传记文学分为了七章，第十章总论新时期传记文学在创作和理论研究方面的成就，第十一章论述新时期政治人物传记，第十二章论述新时期作家、学人传记，第十三章论述新时期艺术家与明星传记，第十四章论述新时期科学家、企业家传记，第十五章论述新时期中外历史人物传记，第十六章论述新时期普通百姓传记。第六篇论述港台及海外华人的传记文学。这样，笔者就对整个20世纪中国传记文学进行了全面论述。而且，笔者认为，要了解中国20世纪的传记文学，就应该了解19世纪末期的中国传记文学的情况，因此，笔者把20世纪传记文学的研究向前延伸到19世纪后半期的李秀成和王韬；同时，笔者还发现，21世纪前几年，传记文学发展势头极好，佳作迭现，精品纷呈，预示着21世纪中国传记文学将出现更加兴盛的局面，传记文学必将成为文学园地中的一枝奇葩，成为文学大潮中的主流。于是，笔者又把20世纪传记文学的研究向下延伸到本书截稿时的2006年。

读者可以清楚地看到，第五篇是全书的重点、难点。其论述的作家多达60多人，作品上百部，几乎占全书的一大半，而且这些作家作品均少有人评论，作品篇幅又长，完全要靠自己去阅读、去学习、去感悟、去体味、去研究，去写出评论。因此，其研究难度之大，所需时间和精力之多，都是可想而知的。为此，我不得不舍弃一切的娱乐和爱好，把除了上课以外的精力全投入传记文学的研究写作之中。在2006年暑假，我顶着39℃以上高温，熬更守夜，呕心沥血，精益求精，足不出户，天天夜以继日地工作，终于在8月底完成了全书的撰写工作。我感到由衷的喜悦！此外，作为前期研究成果，《论中国西部传记文学的发展与走向》、《论毛毛的邓小平传记创作》、《论叶永烈的传记文学创作》、《还张默生在传记文学史上应有的历史地位》、《论陈晋的领袖影视传记片的创作》等论文已在几家很有水平的刊物（包括核心刊物）上发表。这也是令我非常欣慰的。

　　本书的立项和写作，得到了重庆市社科规划办公室、重庆市教委、四川外语学院、西南大学育才学院的鼎力支持，谨表真诚的谢意！著名诗人贺敬之为本书题写了书名；中国传记文学学会会长、原中国青年出版社总编辑王维玲长期关注我的传记文学研究工作，为本书写了热情洋溢的序言；著名美籍华人作家陈香梅、赵浩生，德籍华人作家关愚谦，著名传记文学作家叶永烈、陈廷一、王火、柯岩、韩石山、张紫葛、许渊冲、陈晋、廖静文、钱理群、桑逢康、戴煌、陆健东、张俊彪、东方鹤、胡辛、王晓明、张维、余德庄等给了我热情的支持，或寄书给我，或来信来电指教；中外传记文学研究会会长、北京大学赵白生博士，南京大学博导杨正润，北京师范大学韩兆琦教授，浙江师范大学研究生导师陈兰村教授、俞章华教授，复旦大学李祥年教授，荆州职业技术学院学报主编全展教授，四川外语学院何元智教授，南京大学王成军博士，西南大学许德金博士，都十分关心和支持我的传记研究和创作工作；西南师大育才学院李学春、王长楷、张卫平、曹廷华、胡国强，重庆著名作家冉庄、李显福等对本书写作十分关心，经常来电支持鼓励；山西人民出版社社长李广洁先生、第四编辑部主任孔庆萍女士及编辑张胜强及魏美荣等对本书的出版付出了许多心血。在此，谨向他们表示深深的谢意！

郭久麟
2006年8月底初草
2009年6月再改于重庆白市驿

附录

论郭久麟传记文学创作与理论研究

全 展

一

郭久麟,传记文学圈内的朋友常呼为"郭大侠",其为人真诚直率,热情豪爽。他1942年出生于重庆渝中区。1965年四川大学中文系毕业,分配至四川外语学院任教。1991年加入中国作家协会,1992年晋升为教授,2000年当选为重庆作家协会主席团委员暨影视文学创委会主任,重庆写作学会副会长,四川大学重庆校友会会长。郭久麟教授勤奋而执著,是文坛多面手,主要作品有:文艺理论专著《文学创作灵感论》(获重庆市优秀社科三等奖)、《论贺敬之的诗》、《散文知识与写作》,诗集《爱的琴弦》,散文集《郭久麟散文集》,电视剧本《沉默的情怀》(获成都市优秀电视剧奖)、《雕像的诞生》(获中宣部文艺局暨中央电视台全国优秀电视剧展播奖),电视片《记日本友人石川一成先生》等。但他更看重的是他的传记文学创作与理论研究。

郭久麟为什么特别钟情于传记文学呢?按作者自述,首先源于自己的爱好和兴趣,其次是对英雄人物的崇拜情结,第三是基于对传记文学作品的认识作用、教育作用和审美作用的高度评价和认识,第四则是时代和环境的促成。人们记忆犹新,在粉碎"四人帮"的头几年,我国传记文学园地还相对冷清,仅仅再版了《刘胡兰传》、《未完成的画》、《闻一多传》等几部旧作,和《梅尧臣传》、《任弼时》、《高士其爷爷》等几部屈指可数的新传,这其中便有郭久麟的两部新作《随卫敬爱的周副主席》和《陈毅青少年时期的故事》。接下来,他还写了传记作品《罗世文传》、《少年罗世文》、《怀念吴老》、《雁翼传》等,传记文学理论著作《传记文学写作论》、《传记文学写作与鉴赏》、《中国二十世纪传记文学史》,传记研究论文《传记文学的性质及功能》、《论传记文学的想象、夸张与虚构》、《让历史伟人在观众中鲜活起来》、《应该给予传记文学独立的文学文体地位》、《张默生的传记文学作品及其特点》、《试论中国西部传记文学的发展与走向》等数十篇。毫不夸张地说,郭久麟集传记文学作家和研究家于一身,堪称中国当代传坛不可多得的优秀的双栖型传记文学家。

二

据《中国文学大辞典》记载,从1976年11月起,郭久麟便致力于传记文学写作。1978年根据曾任周恩来警卫副官廖其康的回忆,他整理出版了《随卫敬爱的周副主席》,这可以说是全国第一部写周总理的单本传记作品。1979年出版的《陈毅青少年时期的故事》,是我国最早描写陈毅元帅的传记作品。它先于20世纪80年代南京军区"陈毅文学传记"的出版,在全国产生了较大的影响,次年五四便由团中央向全国青少年推荐。作者把精心搜集的材料进行了合理的再造想象,并运用多种艺术方法,绘声绘色地描写了陈毅在五四时期经过重庆、三峡去上海,登轮赴法国勤工俭学及因参加革命活动被法国驱逐回国的历程,表现了青少年时期的陈毅热爱祖国、同情人民、关心国事、刻苦学习、追求真理的性格。为了突出陈毅人格性格的形成过程,作者写了陈毅父母的性格特点、家庭环境以及当时的社会环境,充分展示出传主成长的时代环境。即便是采访调查过程中得来的间接材料,只要对丰富人物性格有用,作者也大胆地写进传中而使其熠熠生辉。比如"可贵的民族气节"一节,写陈毅留法时,路过重庆,约了几位好友去凭吊巴曼子墓。巴曼子是谁?少年陈毅为何要去凭吊他?郭久麟通过查阅《巴国志》,了解到巴曼子是两千多年前周朝巴国的一位名将。为了平定巴国内乱,他以三城相许借楚兵平定内乱。内乱平定后,他不愿违背诺言,但又不愿以巴国三城送楚,遂刎颈自杀,以自己头颅报答楚国之恩。楚国国君为他的忠勇感动,遂不要巴国城池。巴国人民在重庆厚葬了巴曼子。郭久麟曾亲自到巴曼子墓去凭吊,观察周围的环境氛围,体味陈毅当年凭吊巴曼子的情感思绪,从而写出了生动感人的陈毅凭吊巴曼子一段,充分展示了陈毅仰慕先烈慷慨磊落的情怀。

1983年出版的《罗世文传》,是郭久麟的成名作(获四川省暨重庆市社科三等奖),写的是原四川省委书记罗世文悲壮的一生。为采写这部传记,郭久麟前后花了4年多时间,其间辗转跋涉了六七个省份,上万里路程,采访了100多位知情人士。这就使得这部作品格外厚重扎实。作品运用时空交错的结构方式,运用大量材料,表现了罗世文烈士的悲壮人生。他经过社会现实的教育和马克思主义的学习后逐步走上革命道路,并在狱中同军警特务顽强斗争5年多,最终英勇就义。《罗世文传》深入地揭示了罗世文的母亲对他的教育和影响,写出罗世文成长道路上的曲折和艰难,写出历史上的极"左"思潮对革命事业的危害。在写作手法上,能穿插经过艰难采访搜集到的罗世文的众多优秀诗篇来展示其丰富的内心世界;作品还运用"移花接木法",展示罗世文在川江上航行听到的拉纤的船夫们的川江号子的心情。此外,作者还经过多年的艰苦采访,查清了"文化大革命"前因被错误地批斗而含冤自杀并被组织上定性为"叛党分子"的罗世文妻子王一苇的事实真相,并协助四川省省委为其落实了政策,恢复了党籍;作者还率先大胆地在报刊上披露了被埋没了30多年的,受叶剑英派遣打入军统特务内部发展党员、窃取情报的女共产党员张露萍的事迹,使之和一大批革命烈士得到确认,受到亿万人民的怀念。1999年收入《革命家少年时代丛书》的《少年罗世文》,更运用了文学手法,写出了罗母悲惨的身世和善良的品格及其世文的培养写活了少年罗世文成长的历程,少年朋友们无疑将会从罗世文艰难奋进的少年生活中得到启迪和激励。

三

新世纪创作的《雁翼传》,可视为郭久麟的传记代表作。传主是一位只读过一年小学,而从小八路成长为出版70多部著作,在海内外都有很大影响的著名诗人、作家的传奇式人物。郭久麟从1971年就同雁翼熟识并在一起工作了大半年,以后也一直关注着雁翼的生活和创作。在同雁翼的长期接触和交往中,郭久麟越来越了解和尊重雁翼,而且发现自己同雁翼身上有许多相同或相近的地方:

如对文学的挚爱，对事业的追求等，因此，郭久麟选择雁翼作为传主，创作了《雁翼传》。作者在表现雁翼波澜壮阔、曲折丰富的人生历程之时，紧紧抓住雁翼之所以能从半文盲成长为海内外都有相当知名度的诗人作家的原因——就是他对文学事业的挚爱及他的正直、勤奋和孜孜不倦的求索精神。传记通过雁翼的大量事例，如少年时受家乡民间文化艺术的熏陶，在部队刻苦学文化，读名著，调入西南文联后不发工资也要当专业作家；在"文化大革命"中惨遭逮捕、关押、批斗却矢志不忘文学创作，直到离休多年、70多岁之后还远离妻子儿女，舍弃天伦之乐，独自一人到深圳体验生活，写出几部新作；旋又独自去北京，投入个人的全部积蓄，自费约请世界各国领袖撰写歌颂和平与发展的诗歌和箴言，编辑出版了世界诗歌史上独一无二的《世界和平圣诗》等，充分显示了他献身文学事业的执著精神和坚毅顽强的独特性格。

《雁翼传》围绕雁翼的人生足迹，充分地展现了形成雁翼独特性格、人格的家族、家庭、社会乃至时代的深刻原因，并进而深入探讨了雁翼个人与时代、社会的关系。

作者首先写出，雁翼是孔子高足颜渊的后代，他们家族每年都要祭祀颜渊，爷爷在祭祀时都要给后代讲述颜渊清贫、廉洁、坚韧、旷达的人生故事和性格特点，这对雁翼的性格，无疑产生了潜移默化的影响；雁翼的母亲在丈夫离家远出后，独自一人在艰难困苦中耕田织布，艰辛劳作，撑持着家庭，养育两个儿子。她的坚强好胜、独立倔强的品格更对雁翼产生了直接的影响。雁翼的爷爷在雁翼受到同学欺负时不许他哭，而让他拿起棍子"打回来"，以后爷爷为保护乡亲不被日军蹂躏遭到日兵踢骂而含恨自尽，这件事更影响了雁翼的性格，并促使他才十二三岁就参加了八路军，义无反顾地走上了革命的道路。

传记更详尽地写出了雁翼进入八路军这一革命熔炉后受到的培养和熏陶，写出了许多八路军战士，尤其是一些同他年龄不相上下的小八路对他的帮助和影响。如周营长为保护众多战士身负重伤、落下残疾，为不拖累未婚妻和部队，毅然自杀；晋士林团长英勇、坚强，指挥若定，关爱战士生命，富于人道主义精神，他在淮海战役中冒着生命危险进入敌营劝说敌人放下武器，劝降了好些敌方部队起义投诚，但最后一次却被顽固不化的敌军官打死；还有小八路薛保成的牺牲；刘柳根在被敌人包围时同敌人同归于尽；齐景秋把辛苦拾得的野菜送给贫苦老人而宁愿自己被误解、挨批评，而当老人来部队认送野菜的恩人时，他又坚决不露面……传记以雁翼的眼光和心灵观察、感受着部队的一切，写出了他怎样在部队这个大学校、大熔炉中，怎样在首长和战士们的言传身教之下，加入共产党，逐步走向成熟。

作者没有把革命部队和新社会写得十全十美，而是在充分描写正面力量的同时，客观地、如实地写出了部队和社会上的一些人对雁翼的伤害，而这些伤害使雁翼看到了官场中的阴暗面，而决心远离官场，专心从事文学创作。所以，在新中国成立后，雁翼经过一段时间的刻苦自学，坚定地走上了专业的文学创作之路，写出了大量优秀诗作，成为新中国的优秀诗人。

但是，文坛亦非净土。1958年雁翼就因一封信而遭到了错误批判，"文化大革命"中更惨遭逮捕、监禁、批斗、审查，饱受折磨和摧残。但是，这不但没有动摇他对文学事业的信念，反而让他更多、更深地认识了生活，看到了生活的真实和惨烈，感到了一个作家应尽的职责和使命，使他写出了更加深刻、深入地反映人民生活和历史真相的作品，一步步走向自己人生和事业的高峰。

传记通过上述描写，不但深刻地展示了雁翼丰富复杂的性格，生动地显示了雁翼性格形成的家庭的、社会的、时代的原因，而且还鲜明地揭示了一个深刻的主题：通过中国的一个农民的孩子，经过革命战争和社会生活的磨炼以及个人坚持不懈的学习奋斗而成为具有世界性影响的作家的人生经历和心路历程，充分显示了雁翼和他的战友们身上所体现的中华民族的优秀品质和光荣传统，佐证了中国由东亚病夫、世界弱国成长为世界性强国的悲壮历程和必然性，见证了我们党战胜形形色色的外部敌人和各种各样的错误缺点而逐步走向胜利、走向成熟的曲折而辉煌的历程。

《雁翼传》的成功，还在于传记作者突破了当代传记文学写作中不敢表现人物内心情感的禁忌，大胆地、深入地揭示了传主的内心世界，甚至是隐秘的情感领域。要做到这点，不仅需要传记作家的胆识和勇气，更需要传主的高度修养与积极配合。而这方面，雁翼是做得很好的。当郭久麟提出要写雁翼的传记时，雁翼立即给郭久麟回信说："相信你会突破一般的传记的写法。人，都是感情的载体,有美亦有丑,我亦然。"在交谈中,雁翼把他的第一次不幸的婚姻,他后来的婚姻,他的婚外恋乃至私生女,甚至因有了私生女而受到的批评和处理等等都告诉了传记作者。而且,雁翼还把他个人的缺点、错误、弱点以及人生中遇到的形形色色的人物事件及对这些人物事件的观察分析都告诉传记作者,让他如实写出,表现出真诚无私的坦率情怀和对传记文学真实性的执著追求。这就使作者敢于并能够写出传主隐秘的情感并使这部传记超越了当代大量的传记文学作品。我至今仍清楚地记得,2004年11月在中外传记文学研究会第九届年会(北京大学)期间,"郭大侠"向我和王成军教授兴奋地谈起他的《雁翼传》的"新突破"时的情景。他是那样的兴高采烈、兴致勃勃、神采飞扬。

此外,这部传记还深入、尖锐、真实地写出了雁翼在"文化大革命"中的惨痛遭遇和稀奇古怪的见闻,大胆地、血淋淋地展示了"文化大革命"的荒诞、荒唐、罪恶、丑恶、残忍、血腥,刻画了众多的无耻而丑恶的嘴脸,也写出了革命家和知识分子的正直而又光彩照人的灵魂,表现了广大人民对"文化大革命"的怀疑、愤慨和抵制。这就使社会的千奇百怪,跃然纸上;众生的千姿百态,被描绘得惟妙惟肖。使这部传记,既有历史的深度,又有现实的广度;给读者以历史的厚重感和现实的参照,不仅促人思考,而且令人久久难以忘怀。

郭久麟是一位富于激情的诗人和散文作家。在写作《雁翼传》时,他不时地把自己摆进去,把历史与现实对接,把对传主的现实的描写与对历史的回忆相穿插,把传主对他的讲述同他对传主的观察、了解及他自己的经历、认识相参照,从而写出更加丰富的社会内容。在写法上,作者力图用富于情感的、具体生动而又流畅典雅的语言,创造文学的氛围、文学的意境,使传记显得生动活泼、生意葱茏,有较强的艺术魅力和吸引力。

四

在传记文学作品的创作过程中,郭久麟深感中国传记文学理论研究方面的贫乏。于是,他决心把自己传记文学写作中的经验和教训、心得和体会加以总结,并系统地研究古今中外的传记文学及其理论,为中国传记文学的理论研究做一点筚路蓝缕的工作。在这一点上,他服膺我国著名学者、卓越的传记文学家朱东润先生,常以朱先生为学习的楷模。朱东润一生著述达1000万字,是著名的古典文学研究专家,但他更看重的是"当一名忠实的传记文学家"。他不仅撰作了大量的传记文学作品与传记理论著述,还是我国传记文学教学领域的开创者。据他的高足李祥年博士回忆,朱先生晚年不止一次地对别人说起,"到我死后,只要人们说一句:'我国传记文学家朱东润死了。'我于愿足矣。"朱东润先生在推动中国现代传记文学的发展过程中所体现出来的矢志不渝、锲而不舍的精神,以及他所取得的令世人瞩目的成就,极大地鼓舞了郭久麟。就这样,从1976年到2006年的30年来,郭久麟和传记文学结下了不解之缘,他立誓"为我热爱的传记文学奉献出全部的智慧和心血"!不仅为读者捧出《罗世文传》、《雁翼传》等6部传记作品,而且在最近10年内,一鼓作气地写出了3部传记理论著作(共计100万字)。他从传记文学的写作理论探讨,到传记作家作品的鉴赏评析,再到20世纪中国传记文学史的勾勒,全方位、多角度、深层次地研究,为繁荣我国传记文学的理论批评作出了开拓性的贡献。

《传记文学写作论》是中国第一部全面、系统、深入地探讨传记文学写作规律的专著,有着重要的参考价值。在这本专论中,郭久麟将人类几千年来传记文学写作的诸多问题作了一些探讨和研究,也把自己近20年来的创作体会做了一番总结和梳理。著者较为详尽地论述了传记文学的性质、作用、功能、分类,中国传记文学的起源与发展,传主的选择和传记类型的确定,传记文学材料的搜集整理、主题提炼、谋篇布局、人物塑造、技法和语言等,并用专章讨论了传记作家的修养问题。应该说,这是一部具有较强的理论和实践意义的研究著作。

《传记文学写作与鉴赏》(中国三峡出版社,2003年),是一部把传记文学的写作理论同传记文学的分析鉴赏相结合的专著。该书分上篇、下篇两辑,其上篇"写作理论篇"分为四章,分别是本体篇、历史篇、修养篇和实践篇,论述了传记文学的写作规律与方法,对先前的《传记文学写作论》做了一些修改补充;下篇"传记鉴赏篇"分为三章,则是对中国古代、近代、现当代传记文学名篇的赏析和评论。作者认为:传记文学应该是史学和文学的有机结合与统一,既要有高度的真实性、历史性、科学性,又要有鲜明的文学性、艺术性、审美性。他以这个标准来选择所要评析鉴赏的传记作品,其中古代传记29篇(部)、近代传记7篇(部)、现当代传记48篇(部)。这些作品大多为优秀的传记作品,有些甚至可以说是公认的经典作品,但略感不足的是,著者选取作品过于宽泛,以至于将少数人物通讯和散文也视为传记。本书在鉴赏方面,着重思想内容和艺术特色,十分重视分析作品的真实性、艺术性及其在同类传记作品中的独特性,在传记文学发展史上的地位和影响。不同的传记风格,释文笔调不同;不同的表现手法,赏析角度也各异。或从结构上着手,大刀阔斧,见出传记作家艺术构思的匠心,如"叶永烈《国共风云——毛泽东与蒋介石》赏析";或从内容上解剖,层层剥笋,道出传主的人格真谛,如"曾志《一个革命的幸存者》赏析";或一传细品,于条分缕析中窥见传记迷人的魅力,如"冒襄《影梅庵忆语》赏析"、"郭保林《高原雪魂——孔繁森》赏析"。这就使《传记文学写作与鉴赏》既有理论的高度,又有文学赏析的深度,因而既能帮助读者提高理论的修养,又能帮助读者对传记作品进行审美的感知、领悟和理解。

五

如果说《传记文学写作与鉴赏》的鉴赏部分是对中国传记文学名家名篇的散点式的分析和鉴赏的话,那么,《中国二十世纪传记文学史》则是作者在此基础上的又一次飞跃,是作者对刚刚过去的20世纪中国传记文学更加广泛而深入的探索和研究。虽然坊间"传记文学史"已出过数部,但大多是对中国古代传记文学发展的历史性回顾,如韩兆琦主编的《中国传记文学史》(1992年)、陈兰村主编的《中国传记文学发展史》(1999年)、李祥年的《汉魏六朝传记文学史稿》(1995年)等;或是比较传记文学史,如杨正润的《传记文学史纲》(1994年);或是研究中国当代某一区域的传记文学之发展历程,如寒山碧的《香港传记文学发展史》(2003年)、全展关于大陆的《中国当代传记文学概观》(2004年)。应该说,关于整个中国20世纪的传记文学的发展历史,陈兰村、叶志良1998年主编的《20世纪中国传记文学论》,陈兰村1999年主编的《中国传记文学发展史》,都曾做过积极的探索研究。前者对20世纪中国传记文学的重要传记文学作家及其作品、传记文学思潮和现象作了较为深入系统的梳理论述，后者以两章的篇幅分别论述了现代传记文学和当代传记文学，有意朝着"通史"方向掘进，但这两本著述只是具备了20世纪"史"的雏形，并非真正意义上的"中国20世纪传记文学史"。郭久麟将他的第三部传记文学研究著作，旗帜鲜明地命名为《中国二十世纪传记文学史》，这确实是需要极大的学术气魄和勇气的。我十分佩服"郭大侠"的学术眼光和学术胆识，他以一人之力来填补这一学术空白，进行了一次艰辛而极具探索意义的学术攀登。

郭久麟教授有着清醒的个人治史意识。他力图以自己的观点和认识来选择和评价作家作品，写出个人对中国20世纪传记文学发展历程的规律性认识和总结。他对20世纪中国（包括香港、台湾及海外华人）传记文学名家名篇进行了科学的评析和历史的定位，总结了中国20世纪传记文学发展的巨大成就和明显不足，并从中提炼出若干带规律性的结论和值得注意的倾向，为中国21世纪传记文学的更加广阔的大发展提供了一些有益的借鉴。全书计6篇17章，除绪论外，其余各篇分别是"中国传记文学从古典到现代的嬗变"、"中国现代传记文学的突破和发展"、"新中国成立初期传记文学的兴盛和衰落"、"新时期传记文学的繁荣和发展"、"港台及海外华人传记文学"等，作者的视野旁及19世纪末期和21世纪初叶，并且还对中国两千多年来传记文学的发展做了简明扼要的论述，这就使《中国二十世纪传记文学史》具有了宏阔的学术气象和扎实的理论品格，以及现实的指导作用。其特点突出体现在如下三个方面：一是气势宏大，构建完整，作者贯通近代、现代、当代100多年的历史，对中国传记文学的发展历程做了全方位全景式的描述；二是史论结合，运用史家眼光，文学家的视角，分析评价了100多年来上百位卓越的有成就的传记文学作家的数百部优秀的传记作品，并总结了20世纪传记文学的成绩和不足，经验和教训。作者大胆臧否作家作品，见解新颖独到；三是富于情感文采，写得有声有色。当然这部史著的不足也在所难免，一个突出的缺憾是对台港传记文学的创作与研究未能作比较充分的介绍。但这毕竟是白璧微瑕。我相信，书中许多章节丰富的材料、详尽的阐析、迭出的新意等等，会让每一位读者获得教益与启迪。